HEYNE <

Das Buch

Der Abenteurer Mac schlägt sich mit Bootstouren für Touristen durch und genießt die Sonne Floridas. Als ihn die attraktive, geheimnisvolle Sara Ortega für eine Tour nach Kuba anheuert, beginnt für Mac der heißeste Trip seines Lebens. Einst hat Saras Großvater unter Castro 60 Millionen Dollar zur Seite geschafft – dieses Geld will Sara jetzt finden. Im Chaos eines Landes, das sich im Umbruch befindet, wird die Jagd nach dem Geld zu einem Himmelfahrtskommando …

Der Autor

Nelson DeMille, Jahrgang 1943, studierte Geschichte und Politologie, ehe er 1966 nach Vietnam eingezogen wurde. Seit 1974 schreibt er Romane. Heute gehört er zu den erfolgreichsten Thrillerautoren Amerikas. Seine Werke stehen regelmäßig auf den vordersten Plätzen der internationalen Bestsellerlisten. DeMille lebt auf Long Island in New York.

NELSON DeMILLE

DER KUBA DEAL

Roman

Aus dem Amerikanischen
von Kristof Kurz

WILHELM HEYNE VERLAG
MÜNCHEN

Die Originalausgabe THE CUBAN AFFAIR
erschien erstmals 2017 bei Simon & Schuster, New York

Verlagsgruppe Random House FSC® N001967

2. Auflage
Vollständige deutsche Erstausgabe 04/2020
Copyright © 2017 by Nelson DeMille
Copyright © 2020 der deutschsprachigen Ausgabe
by Wilhelm Heyne Verlag, München,
in der Verlagsgruppe Random House GmbH,
Neumarkter Straße 28, 81673 München
Redaktion: Sven-Eric Wehmeyer
Printed in Germany
Umschlaggestaltung: designomicon/Anke Koopmann, München,
unter Verwendung von Motiven von © shutterstock
Satz: Buch-Werkstatt GmbH, Bad Aibling
Druck und Bindung: GGP Media GmbH, Pößneck
ISBN: 978-3-453-42312-1

www.heyne.de

*In Gedenken an Bob Dillingham –
meinen gutherzigen Schwiegervater.
Und an Pat Dillingham –
meine weltoffene Schwägerin.*

ERSTER TEIL

1

Ich stand im Green Parrot an der Theke und wartete auf einen gewissen Carlos aus Miami, der mich vor ein paar Tagen auf dem Handy angerufen und mir eine Charter in Aussicht gestellt hatte.

Seinen Nachnamen hatte mir Carlos nicht nennen wollen, sich aber als Kubanoamerikaner zu erkennen gegeben. Warum das so wichtig war, wusste ich nicht. Ich hatte ihm im Gegenzug verraten, dass ich schottische, irische und englische Wurzeln hatte – für den Fall, dass ihn das interessierte.

Ich heiße Daniel Graham MacCormick oder einfach nur Mac, bin fünfunddreißig Jahre alt, groß und sonnengebräunt – und auf raue Art attraktiv, wenn man den schwulen Stammgästen des Green Parrot Glauben schenken darf. Mir soll's recht sein. Ich wohne auf Key West und bin Eigentümer und Kapitän eines Zwölf-Meter-Hochseefischereiboots namens *Maine* – benannt nach dem Bundesstaat, aus dem ich stamme, nicht nach dem amerikanischen Schlachtschiff, das im Hafen von Havanna explodiert ist. Auch wenn manche Leute das glauben.

Normalerweise heuert man mich telefonisch an. Die meisten Kunden kontaktieren mich, weil sie schon einmal mit mir rausgefahren sind, weil ich ihnen empfohlen wurde oder weil sie meine Website besucht haben. Man muss nur fünfzehn Minuten vor Abfahrt am Pier sein, und schon kann's losgehen mit der Jagd auf Marlin, Segelfisch, Thunfisch, Haie und so weiter. Hin und wieder schippere ich auch ein paar Angler zu einem Turnier oder ein verliebtes

Pärchen in den Sonnenuntergang. Was der Kunde eben wünscht. Solange es legal ist.

Dieser Carlos allerdings wollte mich vorher erst mal persönlich sprechen, und dafür nahm er die lange Fahrt von Miami bis hierher auf sich. Er tat sehr geheimnisvoll. Als würde es gar nicht ums Angeln gehen.

»Noch eins?«, fragte Amber, die hinter der Theke stand.

»Ja, aber ohne Limone, bitte.«

Amber öffnete das nächste Corona und schob einen Limonenschnitz in den Flaschenhals. »Die geht aufs Haus.«

Amber ist sehr hübsch, aber die Arbeit hinter dem Tresen lässt sie allmählich verbittern. Wie so ziemlich jeder Bewohner der Conch Republic, wie sich unsere paar kleinen Inseln stolz nennen, kommt Amber ursprünglich von woanders und hat eine bewegte Vergangenheit.

Ich bin ebenfalls nicht von hier – sondern, wie bereits erwähnt, aus Maine. Genauer gesagt aus Portland, das durch den U.S. Highway 1 beziehungsweise eine Fahrt die Küste runter direkt mit Key West verbunden ist. Trotzdem ist Portland so weit von hier entfernt wie Pluto von der Sonne. Übrigens war ich fünf Jahre lang Offizier der amerikanischen Streitkräfte, wurde in Afghanistan schwer verwundet und bin schließlich hier gelandet. Das jedenfalls ist die Kurzversion einer langen Geschichte, und keiner auf Key West will lange Geschichten hören.

Es war etwa fünf Uhr nachmittags. Plus/minus eine Stunde. Die Einwohner der Conch Republic haben es nicht so mit Uhren. Deshalb sind sie auch hier. Wir leben nach dem Rhythmus der Sonne. Außerdem haben wir offiziell unsere Unabhängigkeit von den Vereinigten Staaten erklärt, wir sind also allesamt Auswanderer. Ich besitze sogar den regenbogenfarbenen Pass der Conch Republic, ausgestellt vom selbst ernannten Generalsekretär der Republik, einem Typen namens Larry, der ein kleines Büro drüben in der Angela

Street hat. Der Pass war ein nicht ganz ernst gemeintes Geschenk meines Bootsmanns Jack Colby. Jack ist Armeeveteran, genau wie ich. Sein Einsatz in Vietnam hat ihn etwas wunderlich werden lassen, doch da er inzwischen ein alter Mann ist, halten ihn die Leute einfach nur für mürrisch und kauzig, aber nicht für richtig durchgeknallt. Auf seinem Lieblings-T-Shirt steht: »Nicht Waffen töten Menschen, *ich* töte Menschen.« Gut, vielleicht ist er doch durchgeknallt.

Ich hatte also keine Ahnung, wie spät es war, aber den Monat wusste ich ganz genau: Oktober. Das Ende der Hurrikansaison. Bald brummte das Geschäft wieder.

Amber trug ein Tanktop, trank schwarzen Kaffee und beobachtete die Kundschaft. Die Stammgäste des Green Parrot sind ein bunt zusammengewürfelter, exzentrischer und größtenteils barfüßiger Haufen. Pat, der Besitzer, ist ebenfalls nicht ganz dicht. Er erzählt den Touristen mit Vorliebe, dass der Fallschirm, der von der Decke hängt, mit Termitenscheiße beschwert ist.

»Wie läuft das Geschäft?«, fragte Amber.

»Der Sommer war ganz okay und der September furchtbar. Aber allmählich geht's aufwärts.«

»Du hattest mich für September zu einem Ausflug eingeladen.«

»Auf dem Boot gab's eine Menge zu reparieren.«

»Ich dachte, du wolltest nach Maine fahren?«

»Das dachte ich auch.«

»Wenn du losfährst, sag mir Bescheid.«

»Da brauchst du aber einen warmen Pullover.«

Ein Gast bestellte die nächste Runde, und Amber machte sich an die Arbeit.

Amber und ich haben zwar nicht miteinander geschlafen, aber wir sind mal nackt vor Fort Zachary Taylor schwimmen gegangen. Sie hat eine Schmetterlingstätowierung auf dem Hintern. Und prächtige Titten.

Allmählich füllte sich die Kneipe. Ich grüßte mehrere Bekannte – Knallköpfe, Paradiesvögel, liebenswerte Spinner und Hemingway-Doppelgänger. Der hat übrigens auch mal hier gewohnt, für zehn Dollar kann man sich sein Haus ansehen. Meins ist gratis für jeden zu besichtigen, der einen Sixpack mitbringt. Der Leitspruch von Key West lautet: »Die Menschheit ist eine Familie«. Nun ja, wer sich den ausgedacht hat, kannte meine Familie nicht und hat auch nicht die Familienmitglieder aus Afghanistan kennengelernt. Oder die aus Vietnam, mit denen Jack Bekanntschaft gemacht hat. Denn sonst würde er sich hier, wie Jack und ich, auf einem Meer der alkoholinduzierten Amnesie treiben lassen. Ich bin seit vier Jahren auf Key West. Nach fünf vergisst man, warum man überhaupt hier ist. Und dann will man auch nicht mehr dorthin zurück, wo man herkam.

Keine Sorge, es könnte schlimmer kommen. Key West ist das Paradies. Besser als zwei Einsätze in Imarschistan oder sich den Hintern in Maine abzufrieren. Und definitiv besser als die Wall Street Nr. 23, wo ich nach meinem Abschluss vom Bowdoin College ein Jahr lang gearbeitet habe. Wäre ich bei Hamlin Equities geblieben, wäre ich schon längst vor Langeweile gestorben.

Stattdessen bin ich heute ein ehemaliger Captain der Infanterie mit einem Versehrtengrad von fünfzig Prozent und Kapitän der *Maine*, die mit einer Hypothek von einer Viertelmillion Dollar belastet ist. Der Versehrtengrad ist nur für die Höhe meiner Rente wichtig; körperliche Beschwerden habe ich ausschließlich beim Hausputz. Die Hypothek dagegen geht mir zu hundert Prozent auf den Sack.

Nur draußen auf See bin ich frei. Besonders nachts. Dann bin ich der Kapitän meines Schicksals.

Weshalb ich mich auch bereit erklärt habe, Carlos den Kubaner zu treffen, obwohl er sich nicht die Bohne fürs Angeln interessierte. So viel war mir nach unserem kurzen Telefonat klar. Und ich wäre nicht der erste Kapitän, der sich mit diesen Typen einlässt.

Jedenfalls würde ich mir sein Angebot erst anhören und dann eine kluge Entscheidung treffen. Genauso klug wie damals, als ich die Wall Street verließ und zur Army ging, um Abenteuer zu erleben. Das hat ja auch prima geklappt, nicht wahr, Mac?

Nur weil man Kapitän seines Schicksals ist, heißt das noch lange nicht, dass man immer die richtigen Entscheidungen trifft.

2

Ein gut gekleideter Mann trat durch die Doppeltür. Ich wusste sofort, dass es Carlos war. Er sah blendend aus, hatte volles, perfekt frisiertes braunes Haar und blasse Haut, trug eine ordentlich gebügelte beige Leinenhose, Gucci-Slipper und ein teuer aussehendes Polohemd in derselben Farbe wie der Limonenschnitz in meinem Bier. Ich stellte mir vor, wie Carlos heute Morgen in seiner klimatisierten, begehbaren Garderobe gestanden und sich gefragt hatte, was man in Key West trug, um nicht aufzufallen. Er hatte sich zwar völlig verschätzt, doch hier im Green Parrot gab man nicht viel auf Äußerlichkeiten. Die schwulen Stammgäste zeigten sogar verhaltenes Interesse an ihm.

Ich hatte mich ebenfalls für das Treffen in Schale geworfen. Zu einer sauberen Jeans trug ich Segelschuhe statt Flipflops und ein Designer-T-Shirt mit der Aufschrift »Designer-T-Shirt«.

Carlos sah mich am Tresen stehen, kam auf mich zu und streckte die Hand aus. »Carlos.«

»Mac.« Ich schüttelte sie.

»Danke, dass Sie sich Zeit für mich nehmen.«

Wenn mir jemand für meine Zeit dankt, will er mir für gewöhnlich etwas verkaufen. Aber vielleicht war Carlos auch einfach nur höflich. Als Kubanoamerikaner der dritten Generation hatte er keinen Akzent mehr, und seine Herkunft war nur an der sorgfältigen Aussprache des Englischen und dem etwas ungewöhnlichen Satzbau zu erkennen. Außerdem bestand er wie die meisten seiner

Altersgenossen auf seinem spanischen Vornamen. Und ein Carl war er ja nicht. »Was wollen Sie trinken?«, fragte ich.

Er warf einen Blick auf mein Corona. »Dasselbe.«

Ich winkte Amber zu uns und bestellte zwei Coronas.

Amber musterte Carlos genau. Anscheinend gefiel ihr, was sie sah, doch davon nahm Carlos seinerseits keine Notiz. Er war zu sehr damit beschäftigt, sich umzusehen. Offenbar wusste er nicht so recht, was er vom Green Parrot halten sollte. Ich hätte mich mit Carlos auch auf dem Boot verabreden können, doch aus einer Ahnung heraus hatte ich einen öffentlichen Ort vorgezogen. Dass er damit kein Problem gehabt hatte, war schon mal ein Anfang. Außerdem konnte ich mich von ihm einladen lassen.

Amber reichte Carlos sein Corona mit einem Limonenschnitz und einem Lächeln, bevor sie mir meine Flasche über den Tresen hinweg zuschob.

Carlos und ich stießen an. »Cheers.«

Dabei bemerkte ich, dass er eine Rolex trug. »Waren Sie schon mal auf Key West?«, fragte ich.

»Nein.«

»Wie sind Sie hier?«

»Mit dem Auto.«

Der U.S. One, hier auch bekannt als Overseas Highway, verbindet die hundert Meilen lange Inselkette durch eine Brücke nach der anderen mit dem Festland und endet schließlich auf Key West, der letzten, nur neunzig Meilen von Kuba entfernten Insel des Archipels. Einige behaupten, der Highway One sei die schönste Straße Amerikas. Andere finden ihn überaus anstrengend und kommen das nächste Mal per Schiff, Flugzeug oder gar nicht mehr. Damit können die Einheimischen, die nicht auf die Touristen angewiesen sind, gut leben. Ich dagegen brauche die Kunden vom Festland. Kunden wie Carlos zum Beispiel, der vier Stunden gefahren ist, nur um mich zu treffen. »Was kann ich für Sie tun?«

»Ich möchte Ihr Boot für eine Fahrt nach Kuba chartern.«
Darauf entgegnete ich nichts.

»In ein paar Wochen findet von Havanna aus ein Angelturnier statt.«

»Weiß das auch die kubanische Marine?«

Er lächelte. »Die Veranstaltung ist selbstverständlich genehmigt. Das Pescando Por la Paz«, sagte er. »Die diplomatischen Beziehungen normalisieren sich allmählich. Das kubanische Tauwetter.«

»Ach ja, richtig.« Ich hatte von diesem neuen Angelwettbewerb mit dem zweideutigen Namen – Pescando Por la Paz, das Friedensfischen – gehört, war aber noch nie dabei gewesen. In den Neunzigern, vor meiner Zeit, hatte es regelmäßig Angelturniere und Segelregatten zwischen den Vereinigten Staaten und Kuba gegeben, darunter auch das seit siebzig Jahren stattfindende Hemingway Tournament. Bis George der Zweite allem ein Ende bereitet hatte. Jetzt sah es wieder nach Tauwetter aus. Kubanischem Tauwetter. Die Handelskammer von Key West hatte sich sogar einen neuen Slogan ausgedacht: »Zwei Länder, ein Urlaub.« Griffig, aber bis dato noch Zukunftsmusik.

»Wie sieht's aus? Interessiert?«, fragte Carlos.

Ich nahm einen Schluck Bier. Vielleicht war das alles ja tatsächlich legal, und Carlos wollte die *Maine* nicht im Hafen von Havanna in die Luft sprengen oder Dissidenten außer Landes schmuggeln.

Selbstverständlich hatte ich zunächst ein paar Fragen – zum Beispiel, wer Carlos überhaupt war. Aber Fragen bedeuten, dass man interessiert ist. Und dann ist es nur eine Frage der Bezahlung. »Ich nehme zwölfhundert für einen Acht-Stunden-Tag. Bei Angelturnieren kann es etwas teurer werden.«

Carlos nickte. »Die Veranstaltung dauert zehn Tage. Wir fahren am Samstag, den vierundzwanzigsten, und kommen am Montag, den zweiten November, zurück. Dem Tag der Toten.«

»Wie bitte?«

»Bei uns in den Staaten heißt es Allerseelen.«

»Richtig. Das klingt weniger bedrohlich.« Die meisten Angelturniere dauerten vier bis sechs Tage. »Zuerst gehen alle Teilnehmer als Zeichen des guten Willens eine Nacht lang in Havanna vor Anker. Dann geht es weiter zum eigentlichen Angelturnier vor Cayo Guillermo, das ist etwa eine Tagesreise östlich von Havanna. Waren Sie schon einmal dort?«

»Nein.«

»Einer der Lieblingsangelplätze von Ernesto.« Er grinste. »Hemingway, nicht Guevara.«

Wahrscheinlich ein alter kubanischer Witz.

»Sein berühmtes Buch *Inseln im Strom* spielt dort. Haben Sie das gelesen?«

»Ja.«

»Dann kennen Sie auch Cayo Guillermo. Einer der besten Fischgründe der Welt zum pelagischen Angeln.«

Dass er Worte wie »pelagisch« in den Mund nahm, beeindruckte mich schwer. Ich beschloss, etwas mehr zu verlangen.

»Es geht auf Segelfische, Schwertfische und Marline«, fuhr er fort. »Kann ich mit Ihnen rechnen?«

»Vielleicht. Das ist eine Menge Diesel. Dreitausend pro Tag?«

Er rechnete nach. Wenn er keine Niete in Mathe war, würde er auf einen Betrag von dreißigtausend kommen. Ich konnte das Geld gut brauchen. »Auf der *Maine* können vier Mann oder fünf gute Freunde bequem schlafen«, verkündete ich, obwohl mir Verkaufsgespräche zuwider waren. »Mein Bootsmann und ich sind sogar bereit, auf unsere Koje zu verzichten. Im Preis sind Leihangeln und Zubehör, Treibstoff, Köder und so weiter enthalten. Ich habe keine Tiefkühlmöglichkeit für so große Fische an Bord, aber ich nehme an, dass Sie Ihre Beute sowieso wieder zurücksetzen werden. Sie stellen den Proviant, außerdem will ich vorher Ihren Angelschein und Ihre Einreiseerlaubnis für Kuba sehen. Da in Florida keine Mehrwertsteuer auf Angelausflüge erhoben wird, sind dreißigtausend der endgültige Preis, zuzüglich eines Trinkgelds für den Bootsmann in Höhe von, sagen wir, zehn Prozent. Ich selbst nehme kein Trinkgeld. Außerdem muss ich alle anderen Buchungen absagen.«

»Auf Ihrer Website ist für diesen Zeitraum nur eine Buchung eingetragen.«

»Wirklich? Das muss ich dringend aktualisieren. Wie dem auch sei, das ist der Preis.«

»Sie sind ein zäher Verhandlungspartner, Mr. MacCormick.«

»Käpt'n MacCormick.«

»Käpt'n.« Er sah sich um. »Setzen wir uns.«

»Warum?«

»Ich möchte Sie noch mit einigen Einzelheiten vertraut machen.«

Das hatte ich befürchtet. »Passen Sie auf, Carlos ... Sie können mein Boot für Angeltrips, Ausflüge, von mir aus auch für eine Party chartern. Mit einem Angelturnier bin ich einverstanden, selbst wenn es nach Kuba geht. Aber das war's. Kapiert?«

Carlos antwortete nicht. Sein Schweigen sprach Bände.

»Aber danke für Ihr Interesse.« Ich bat Amber, meine Getränke auf Carlos' Rechnung zu setzen, und wünschte ihm eine gute Heimreise.

»Zwei Millionen«, sagte er.

»Wie bitte?«

»Sie haben mich verstanden.«

»Warte mit der Rechnung«, sagte ich zu Amber. »Setzen wir uns doch, *amigo*«, sagte ich zu Carlos.

3

Wir trugen unsere Bierflaschen zu einem freien Tisch.

Niemand kann sich vorstellen, wie viele zwielichtige Geschäfte diese Kaschemme im Laufe der letzten einhundertfünfundzwanzig Jahre mitbekommen hat. Doch wäre der Green Parrot der Sprache mächtig gewesen und hätte man ihn um eine Geschichte gebeten, er hätte wohl nur »Erst will ich Kohle sehen«, gesagt.

»Zwei Millionen«, sagte ich.

»Korrekt.«

»Für ein Angelturnier.«

»Nein. Dafür gibt's dreißigtausend im Voraus, bezahlt mit einem gedeckten Scheck. Die zwei Millionen erhalten Sie in bar nach Erledigung eines Auftrags auf Kuba.«

»Klingt nach harter Arbeit«, sagte ich. »Mit wem mache ich denn hier Geschäfte?«

Carlos nahm eine Visitenkarte aus der Tasche und schob sie mir über den Tisch hinweg zu.

Ich sah sie mir an. Carlos Macia, Rechtsanwalt. Eine teure Adresse in South Beach. Allerdings schien er nicht für eine Kanzlei zu arbeiten.

»Ich bin in Miami stadtbekannt«, sagte er.

»Wofür?«

»Für meine enge Zusammenarbeit mit der kubanischen Opposition gegen Castro.«

Ich ließ die Karte auf dem Tisch liegen und sah mir Carlos Macia genau an. So merkwürdig es auch klingen mag: Ich war froh, dass ich es mit einem Anwalt zu tun hatte. Viele dieser Anti-Castro-Typen waren hirnlose, schießwütige Cowboys, die eine Gefahr für sich und andere darstellten. »Wer hat mich empfohlen?«, fragte ich.

»Ein paar Amigos von mir.«

»Dann erklären Sie mir mal ganz genau, was Sie von mir wollen, Herr Anwalt.«

Er sah sich in der gut gefüllten Bar um. »Hier haben die Wände Ohren.«

»Hier haben die Wände höchstens Termiten, und niemand interessiert sich dafür, was wir miteinander besprechen. Mr. Macia, Sie haben mir zwei Millionen Dollar geboten. Die Tatsache, dass ich das Geld gut gebrauchen kann, wird Sie nicht besonders überraschen, aber ...«

»Sie könnten die Hypothek zurückzahlen, mit der die *Maine* belastet ist.«

»Ich werde dafür nichts Illegales tun.«

»Das würde ich auch niemals von Ihnen verlangen. Ich bin Anwalt.«

»Und Ihre Amigos? Sind das auch Anwälte?«

»Nein. Aber ich verspreche Ihnen, dass Sie ausschließlich kubanische Gesetze brechen werden. Können Sie damit leben?«

»Solange ich nicht dabei erwischt werde.«

»Tja, wenn Sie nicht erwischt werden, sind Sie um zwei Millionen Dollar reicher, ohne ein amerikanisches Gesetz gebrochen zu haben.« Er grinste. »Vorausgesetzt, Sie bezahlen brav Ihre Einkommensteuer dafür.«

Apropos Tod, Steuern und die Wahrscheinlichkeit, erwischt zu werden: »Wie gefährlich ist das Ganze?«, fragte ich Carlos.

»Das können Sie selbst entscheiden, sobald Sie die Fakten kennen.«

»Carlos, wie gefährlich ist es?«

»Kuba ist grundsätzlich gefährlich.«

»Sie erwarten doch nicht etwa von mir, dass ich mein Leben für mickrige zwei Millionen aufs Spiel setze? Vor Steuern?«

Er sah sich meine Unterarme an. Die Narben der Schrapnell- und Brandwunden zeichneten sich auf der gebräunten Haut ab. »In Afghanistan haben Sie für weitaus weniger Ihr Leben riskiert.«

»Das war im Auftrag der Regierung, da gab es exzellente Sozialleistungen.«

»Man hat Ihnen den Silver Star und zwei Purple Hearts verliehen. Gefahr scheint nicht gerade ein Fremdwort für Sie zu sein.«

Ich schwieg.

»Deshalb sind wir auf Sie gekommen.«

Auch dazu sagte ich nichts.

»Außerdem haben Sie ein gutes Boot.« Wieder grinste er. »Der Name gefällt mir. Die *Maine*. Ein Symbol für unsere gemeinsame Vergangenheit.«

»Sie ist nach meinem Heimatstaat benannt. Nicht nach dem Kriegsschiff.«

»Ach ja, Sie sind aus Portland. Sie haben keine Familie hier und tragen für niemanden außer sich selbst Verantwortung. Und als ehemaliger Offizier sind Sie durchaus vertrauenswürdig.«

»Ich trinke gelegentlich etwas zu viel.«

»Von mir aus, solange Sie dabei nicht zu viel reden. Sie haben keine Verbindungen zu der Anti-Castro-Bewegung, sind dem kommunistischen Regime aber auch nicht gerade freundlich gesinnt, richtig?«

»Unter uns, Carlos: Mir ist das alles scheißegal.«

»Das behaupten Sie, aber ich würde – und werde – eine beträchtliche Summe darauf verwetten, dass Sie nichts dagegen hätten, diese kommunistischen Drecksäcke loszuwerden.« Er grinste wieder. »Dann können Sie Ausflugsfahrten nach Havanna anbieten.«

»Das kann ich auch, wenn das Tauwetter weiter anhält.«

»Darauf können Sie lange warten. Und in der Zwischenzeit liegen zwei Millionen auf dem Tisch.«

Ich blickte auf den Tisch, sah aber nur seine Visitenkarte und einen Aschenbecher. Hier war Rauchen noch erlaubt. »Die dreißigtausend für das Angelturnier will ich mir jedenfalls nicht entgehen lassen.«

»Käpt'n, das Wettangeln interessiert mich eigentlich nicht. Wie Sie sich sicher denken können, ist das nur Tarnung. Tatsächlich werden noch nicht einmal Sie die *Maine* nach Kuba fahren, sondern Ihr Bootsmann. Ich stelle Ihnen ein weiteres Mannschaftsmitglied sowie drei begeisterte Angler. Sie selbst werden mit einem meiner beiden Klienten mit einer ganz legal gecharterten Maschine nach Havanna fliegen. Sobald Ihr Auftrag erledigt ist, können Sie auf Ihr Boot zurückkehren und Kuba verlassen.«

»Und was habe ich dann an Bord?«

Er beugte sich vor. »Sechzig Millionen amerikanische Dollar. Von denen Sie zwei behalten dürfen.«

»Fünf.«

Carlos sah mich an. »Das muss ich mit meinen Klienten besprechen.«

»Einverstanden. Und was erhält mein Bootsmann als Aufwandsentschädigung?«

»Das ist Ihre Sache«, sagte er. »Da Mr. Colby sein Leben nicht riskieren wird, muss er auch nicht mit allen Details vertraut sein.«

»Riskiert denn außer mir sonst noch jemand sein Leben?«

»Mehrere Personen, ja.«

»Sie auch?«

»Nein. Ich gelte auf Kuba als Persona non grata.«

»Aha.« Ich hatte mir damals im Militärkrankenhaus hoch und heilig geschworen, in Zukunft vorsichtiger zu sein. Aber …

Carlos sah auf seine Rolex. »Das sollte fürs Erste genügen. Meine Klienten hätten gerade Zeit für Sie, falls Sie sich entschließen, sie anzuhören.«

Die Einsatzbesprechung. Darüber musste ich nachdenken. Wenn ich mich früher freiwillig für eine gefährliche Mission gemeldet hatte, dann hatte ich das für mein Land getan. Jetzt tat ich es für Geld. Für eine Menge Geld. Und womöglich war es gar nicht so gefährlich, wie Carlos glaubte. Dieser Anwalt aus Miami hielt mit Sicherheit schon die nächtliche Autofahrt, die vor ihm lag, für gefährlich. Ich hatte da ganz andere Standards. Selbst jetzt, vier Jahre nach Afghanistan, gab es wohl nichts, mit dem ich nicht fertigwurde. Nun, wahrscheinlich hatte mich diese Einstellung überhaupt erst ins Krankenhaus gebracht.

»Wenn Sie wollen, können Sie heute Abend mit der Klientin sprechen, die mit Ihnen nach Havanna fliegen wird.«

Klientin?

»Ich sollte Ihnen wohl nicht verschweigen, dass wir noch weitere Kandidaten für diesen Auftrag in Betracht ziehen.«

»Nehmen Sie den, der am wenigsten verlangt«, sagte ich und stand auf. »Und übernehmen Sie die Rechnung, bitte.«

Carlos stand ebenfalls auf. »Meine beiden Klienten können in fünfzehn Minuten bei Ihrem Boot sein. Sie sollten sich ihr Angebot anhören.«

»Ich habe genug gehört.«

Er sah sehr enttäuscht aus. »Also gut, ich sage meinen Klienten Bescheid. Oder warten Sie ... Ich habe eine Idee. Sagen Sie es ihnen doch selbst. Ich möchte Ihr Boot für eine Fahrt in den Sonnenuntergang chartern. Wie viel verlangen Sie dafür?«

Carlos war clever. Oder zumindest hielt er sich dafür. »*Adios*«, hätte ich sagen sollen. »Machen Sie mir ein Angebot«, sagte ich stattdessen.

»Zweitausend.«

»Wie viele Passagiere?«

»Drei, mich eingeschlossen.«

»In einer halben Stunde bei meinem Boot. Was trinken Sie?«

»Cuba Libre.« Er grinste.

»Bis später. Geben Sie der Dame hinterm Tresen ein ordentliches Trinkgeld.«

Ich zwängte mich durch die laute Kneipe, winkte Amber zum Abschied zu und trat auf die Whitehead Street hinaus. Ganz in der Nähe stand das Schild, das den Beginn des U.S. Highway One markierte. Für mich das Ende einer langen Reise, die in Maine ihren Anfang genommen hatte. Solche und ähnlich tiefschürfende Gedanken machte ich mir für gewöhnlich, wenn ich ein paar Bier intus hatte. Jetzt fiel mir etwas anderes ein: Auch der einhundert Meilen lange Weg nach Havanna begann mit dem ersten Fehltritt.

4

Key West ist nur eine Meile breit und etwa vier Meilen lang. Man kommt überall zu Fuß oder mit dem Fahrrad hin – gesundheitsfördernde Fortbewegungsarten, besonders wenn man vorhat, sich zu betrinken. Ich war zu Fuß von meinem Bungalow zum Green Parrot gegangen, jetzt ging ich zur Marina hinüber. Eine angenehme Brise rauschte in den Palmen. Der Sonnenuntergang an einem so klaren Tag war auf jeden Fall zweitausend Dollar wert.

Ich hatte Jack aufgetragen, Klarschiff zu machen, falls Carlos das Boot in Augenschein nehmen wollte. Jetzt schrieb ich ihm eine SMS: *3 Gäste für Sonnenuntergangstour. Cuba Libre. Beeil dich.*

So oder so würde ich heute Abend zweitausend Dollar verdienen. Und außerdem: Was wollte ich mit zwei Millionen überhaupt anfangen?

Ich bog in die Duval Street ein. Die Hauptstraße beziehungsweise Partymeile von Key West besteht größtenteils aus Kneipen, Dragqueen-Shows, Souvenirläden und Designerhotels. Gegen das bunte Treiben wirkte der Mardi Gras nahezu züchtig. Das Fantasy Fest in der Woche vor Halloween war ein ganz besonderer Höhepunkt, da viele der anwesenden Ladys nichts als Farbe auf dem Körper trugen. Dieses Jahr würde ich es verpassen – falls ich mich entschloss, nach Kuba zu fahren.

Jack, der sich erst kürzlich ein Klapphandy angeschafft und das SMS-Schreiben gelernt hatte, antwortete: *Der Kubaner, den du im Parrot getroffen hast?*

Ja, schrieb ich. Und hör auf, deinem Käpt'n Fragen zu stellen.

Da ich vor meinen Gästen am Boot sein wollte, nahm ich mir ein Taxi zur Charter Boat Row.

Auf Key West leben etwa fünfundzwanzigtausend Menschen, Touristen nicht mitgerechnet. Trotzdem kommt einem die Stadt viel kleiner vor. Die Einheimischen kennen sich alle untereinander, daher kannte ich auch den Taxifahrer. Er hieß Dave Katz und war seinem Geschäft früher in New York nachgegangen. »Legst du heute noch ab?«, fragte er.

»Sonnenuntergangstour.«

»Schön. Wie läuft das Geschäft?«

»Allmählich besser.«

»Gut für dich«, sagte er. »Wenn sie Kuba aufmachen, sind wir alle am Arsch.«

»Wieso das?«

»Weil die Touristen dann direkt nach Havanna fliegen. Dann hält hier kein Kreuzfahrtschiff mehr.«

»Zwei Länder, ein Urlaub«, erinnerte ich ihn.

»Quatsch. Wir sind am Arsch.«

»Außerdem gibt's in Havanna kein Fantasy Fest«, gab ich zu bedenken.

Dave lachte. »Fünf Jahre, dann sieht Havanna wieder genauso aus wie vor Castro. Stripclubs, Casinos, minderjährige Prostituierte, Rum, Zigarren. Wie sollen wir da mithalten?«

»Keine Ahnung, Dave. Darüber habe ich noch nicht nachgedacht.«

»Solltest du aber. Die Kubaner wissen, wie man Geld verdient. Sieh dir doch nur Miami an. Das gehört ihnen doch praktisch schon. Und sobald die Kommunisten weg sind, wird Havanna genau wie Miami. Nur billiger und mit Casinos. Wir sind am Arsch.«

Zum Glück dauerte die Fahrt zur Charter Boat Row nicht allzu lange. Ich gab Dave einen Zwanziger und einen guten Rat: »Kauf dir einen 56er Buick und zieh nach Havanna.«

»Das ist nicht lustig, Mac. Du wirst schon sehen, in Zukunft werden die Leute von Havanna aus zum Angeln fahren, und zwar für die Hälfte von dem, was du verlangst. Dann kannst du für die Kubaner Köder schnippeln.«

Wie es aussah, arbeitete ich bereits für die Kubaner. *»Adios, Amigo.«*

»Hör mir bloß auf damit.«

CHARTER BOAT ROW – HISTORISCHER PIER UND ANGELAUSFLÜGE stand auf einem Schild vor der Marina. KAPITÄNE MIT ERFAHRUNG. Damit war ich gemeint.

Auf dem Weg über den Pier grüßte ich mehrere Kapitäne und Bootsmänner mit und ohne Erfahrung, die gerade bei ihrem Feierabendbier saßen. Also würden sie wohl heute Abend nicht mehr rausfahren. Dennoch – bald lief das Geschäft wieder, so war es immer. Ich musste die nächste Rate für die Hypothek und die Kundendienstrechnung für den Schiffsmotor bezahlen. Vielleicht war es wirklich besser, in Havanna Köder zu schnippeln. Oder gleich nach Hause zurückzukehren.

Eigentlich hatte ich vorgehabt, mit der *Maine* im September nach Portland zu fahren. Einfach, um zu sehen, ob diese Möglichkeit für mich überhaupt noch in Betracht kam. Inzwischen überlegte ich, zuerst meinen Vater anzurufen und mit ihm darüber zu reden, doch der war wie alle aus der Gegend recht wortkarg. Wenn ich gefallen wäre und er eine Todesanzeige für zwanzig Dollar pro Wort hätte aufgeben müssen, hätte er sich wohl in typischer Yankee-Bescheidenheit und der in Maine üblichen Zurückhaltung mit *Daniel MacCormick: tot* begnügt. Bei einem Minimum von sechs Worten hätte er wahrscheinlich noch *Gebrauchtwagen günstig abzugeben* hinzugefügt.

Gut, vielleicht ist das dem alten Herrn gegenüber etwas unfair. Als ich mich verpflichtete, war er sehr stolz auf mich, und vor meinem zweiten Einsatz in Afghanistan gab er mir den guten Rat: »Komm wieder zurück«. Was ich auch tat. Das schien ihn zu freuen, wenn er sich auch ein paar Sorgen über meine körperlichen Verletzungen machte. Nicht über den posttraumatischen Stress natürlich. An so etwas glaubt er nicht. Er sagt immer, dass ihn Vietnam nicht im Geringsten verändert hätte. Leider, wie mir meine Mutter einmal gestand.

Apropos Krieg: Die MacCormicks haben seit ihrer Ankunft im frühen achtzehnten Jahrhundert für ihr Land gekämpft und Indianer, Franzosen, Briten, Konföderierte, Deutsche, Japaner und Kommunisten verschiedenster Couleur getötet – ohne Ansehen von Hautfarbe, Religion oder kultureller Zugehörigkeit. Mein älterer Bruder Web kämpfte im zweiten Irakkrieg, also ist meine Familie wohl auch für ein paar tote Araber verantwortlich. Ich selbst habe ein paar Afghanen beigesteuert. Aber wer meine Familie kennt oder meine Vorfahren kannte, würde uns wohl für anständige, friedliche Leutchen halten. Sind wir auch. Trotzdem haben wir stets unsere Pflicht gegenüber Gott und Vaterland erfüllt. Und das heißt eben, dass hin und wieder jemand ins Gras beißen muss.

Nachdem ich meinen ersten Taliban ins Jenseits geschickt hatte, bekam ich von meinen Kameraden ein T-Shirt geschenkt, auf dem »Der Pfad ins Paradies beginnt mit mir« stand. Ich habe es Jack überlassen. Er war richtig begeistert davon und hat es seiner sowieso schon sehr interessanten Sammlung hinzugefügt.

Mein Vater – Webster senior – ist ein Sonntagssegler und werktags Finanzberater. Er legt das Geld seiner Kunden so risikolos wie möglich an, sein eigenes hütet er wie seinen Augapfel. Es würde mir ja schon gefallen, mit ein paar Millionen auf dem Konto zu ihm raufzusegeln und ihm eine halbe Million hinzuwerfen, damit er sie für mich investiert. Meine Mutter June, geborene Bedell, unterrichtet die dritten Klassen an einer Privatgrundschule. Dabei kann sie Kinder nicht besonders leiden, ihre eigenen eingeschlossen. So gut wie jeder MacCormick oder Bedell hat einen Collegeabschluss. Mein Vater sagt immer, dass wir mehr Bildung genossen haben, als gut für uns ist. Da könnte was dran sein.

Wie viele Neuengländer ist mein Vater politisch gesehen sowohl fortschrittlich als auch konservativ. Es ist unsere feste Überzeugung, dass man denjenigen helfen muss, die weniger Glück im Leben haben. Aber kosten darf es natürlich nichts. Ich persönlich interessiere mich nicht für Politik, und mit der Yankee-Bescheidenheit kann ich auch nichts anfangen. Hätte ich, sagen wir, zwei Millionen auf dem Konto, würde ich eine Runde im Green Parrot schmeißen und danach mit Amber zu einem langen Segeltörn aufbrechen. Mein Finanzberater Jack Colby sagt immer: »Ich habe viel Geld für Alkohol und Frauen ausgegeben – und den Rest einfach verprasst.«

Wie man sieht, könnten Portland und Key West, obwohl durch einen Ozean und eine Schnellstraße verbunden, unterschiedlicher nicht sein. Und es ist ebenso offensichtlich, dass der Krieg mich – anders als meinen Vater – sehr wohl verändert hat. Aber die Menschheit ist eine friedensfischende Familie. Fürs Erste würde ich mir also anhören, was Carlos und seine Freunde übers Geldfischen zu sagen hatten. Das kostete nichts – im Gegenteil, ich wurde sogar dafür bezahlt.

5

Die *Maine* lag am Ende des Piers vor Anker. Die Bank und ich sind Eigentümer einer wunderschönen, zwölf Meter langen Wesmac Sport Fisherman, gebaut im Jahre 2001 von Farrin's Boatshop in Walpole, Maine. Der ursprüngliche Besitzer hat das Boot mit einer Beobachtungsplattform – einem sogenannten Tuna-Tower –, einem Kran, zwei Kampfstühlen und anderem teuren Männerspielzeug ausstatten lassen. Die *Maine* wird von einem Cat-Dieselmotor mit 800 PS angetrieben. Trotz des Tuna-Towers und des anderen Schnickschnacks macht sie etwa fünfundzwanzig Knoten, wodurch alle üblichen Angelreviere schnell zu erreichen sind.

Und sollte Kuba tatsächlich die Zukunft sein, könnte sie mich in weniger als fünf Stunden nach Havanna bringen und dabei hundertzehn Liter Diesel pro Stunde verbrauchen. Bis Cayo Guillermo würde sie etwa elfhundert Liter schlucken und dann noch einmal eine unbekannte Menge Treibstoff während des sechstägigen Angelturniers. Ich würde vor der Rückfahrt also auf alle Fälle tanken müssen, aber nur gerade genug, um bis Key West zu kommen – die *Maine* musste schnell und wendig bleiben. Wie schwer waren sechzig Millionen Dollar überhaupt?

Und weshalb stellte ich überhaupt solche Berechnungen an? Weil ich der Meinung war, dass man zwei Millionen Dollar nicht ausschlagen sollte, ohne sich zuvor die Bedingungen anzuhören.

Ich ging an Bord. Weder Jack noch Rum noch Cola waren irgendwo zu sehen.

Kombüse und Plicht waren tipptopp. Ich nahm eine Wasserflasche aus dem Kühlschrank und benutzte die ebenfalls blitzsaubere und einer kubanischen Dame würdige Toilette. Man kann über Jack sagen, was man will, aber er besteht auf Sauberkeit und Ordnung. Wahrscheinlich eine alte Angewohnheit aus Militärzeiten.

Die *Maine* ist beinahe fünf Meter breit, sodass unter Deck Platz genug für zwei Luxuskabinen mit insgesamt vier Schlafplätzen ist. Das wusste Carlos, aber wusste er auch, dass es mit Vorräten für zehn Tage ziemlich eng werden würde? Kamen die sechzig Millionen Dollar in großen oder kleinen Scheinen? Wo sollte ich sie verstauen? Nun, wir würden eine Lösung finden. Andernfalls konnte ich guten Gewissens ablehnen und Carlos sagen, dass er ein größeres Boot brauchte.

Ich überprüfte die Elektronik in der Plicht. Vor etwa einem Jahr hatte ich mich schwer in Unkosten gestürzt und alles auf Vordermann gebracht. Um in diesem Geschäft wettbewerbsfähig zu bleiben, braucht man nur das Beste und Neueste, was Kartenplotter, Funk, Radar, Echolot und so weiter angeht. Die Kabine war zusätzlich mit einem Flachbildschirm, DVD-Player, Stereoanlage und vier neuen Lautsprechern ausgestattet. So einen Komfort besitze ich noch nicht mal in dem schäbigen Bungalow, in dem ich zur Miete wohne.

Ich habe das Boot – das ursprünglich *Idyll Hour* hieß – einem reichen Mann aus Long Island namens Ragnar Knutsen abgekauft. Irgendwann dämmerte Ragnar, dass eine Freizeitjacht nicht nur Freizeit bedeutet. Er fuhr mit vier Kumpels nach Key West zum Angeln, legte danach an der Schooner Wharf an und stellte ein ZU-VERKAUFEN-Schild auf das Boot. Irgendjemand aus dem Parrot machte mich darauf aufmerksam. Ich sah es mir an und kaufte es Ragnar für dreihunderttausend ab, obwohl es ihn neu sicher das Doppelte gekostet hatte. Das erste Indiz dafür, dass ich dabei war, ein Fass ohne Boden zu erwerben. Aber darüber machte ich mir keine Illusionen, schließlich bin ich in Maine aufgewachsen.

Und ich war mir ebenso wie Ragnar Knutsen bewusst, dass die schönsten beiden Tage im Leben eines Mannes zum einen der ist, an denen er sich ein Boot kauft, zum anderen der, an dem er es verkauft. Ragnar verbarg seine Freude vor mir und erzählte mir stattdessen, dass er mir das Boot aus Dankbarkeit für meine Verdienste ums Vaterland praktisch schenkte.

Mein Vater war selbstverständlich der Meinung, dass ich im Begriff war, eine schlechte Investition zu tätigen und den falschen Beruf zu ergreifen. Und er warf mir vor, keine erwachsenen Entscheidungen zu treffen. Womit er in allen Punkten recht hatte.

Ich machte das Geschäft, das der Bank weitaus besser als meinem Vater gefiel, perfekt. Mit einem Eigenkapital von fünfzigtausend – meinem Entlassungsgeld sowie meinen gesamten Ersparnissen – konnte ich die Hypothek von einer Viertelmillion aufnehmen und das Boot auf *Maine* umtaufen. Mit etwas Glück bekam ich auch wieder zweihundertfünfzigtausend dafür. Damit konnte ich den Kredit zurückzahlen und wieder an der Wall Street arbeiten. Oder ich kehrte nach Hause zurück und lebte von meiner Versehrtenrente. Scheiße, es war noch nicht zu spät, um Finanzberater zu werden. Oder warum nicht gleich studieren und irgendeinen Abschluss machen? Um seine Zeit auf der Schulbank zu vergeuden, ist man nie zu alt. Wie bereits erwähnt war ich auf dem Bowdoin gewesen, dem ältesten College Maines und einem der ältesten des Landes. Zu meiner Zeit belegte es bei den Geisteswissenschaften im Hochschulranking den vierten Platz, und was das Saufen anging, lagen wir landesweit sogar an zweiter Stelle. Nur Dartmouth konnte uns schlagen. Keine Ahnung, wie. An mir lag's nicht.

Also kam auch eine Promotion infrage. Die Army – als kleine Entschuldigung dafür, dass mir eine Lenkrakete der Taliban beinahe die Eier weggeschossen hatte – würde sicher einen Teil der Kosten übernehmen.

Oder … ich hörte mir an, was mir Carlos und seine Amigos

anzubieten hatten. Wie ich meinen Männern immer gesagt hatte: Irgendwo muss man sterben. Das konnte man auf Kuba genauso gut wie in Afghanistan. Auf jeden Fall besser, als hier im Margaritaville oder an der Wall Street oder in Portland zu versauern. So viele Möglichkeiten, und keine gefiel mir. Abgesehen von dieser Kubageschichte vielleicht. Am Ende war heute mein Glückstag. Oder auch nicht.

6

Jack stellte einen Einkaufswagen neben der *Maine* ab. »Sind die Bohnenfresser schon an Bord?«, rief er.

Nun, in diesem Fall wären sie jetzt wohl empört wieder abgerauscht. Jack Colby hält nichts von politischer Korrektheit, Kulturpluralismus, Gleichberechtigung oder sonst irgendwelchen liberalen Trends. Gegen die Schwulen und Transsexuellen von Key West hat er aber nichts. Sein Credo lautet: »Jeder will mal gevögelt werden.«

Jack und ich brachten den Inhalt des Einkaufswagens an Bord. Er hatte zwei Flaschen geschmuggelten kubanischen Rum ergattert – ein Liter Ron Caney und ein Liter Ron Santiago. Außerdem hatte er Coca-Cola, Limetten, eine Tüte mit Eis sowie grauenhaften Knabberkram besorgt. Die *Maine* ist kein Partyboot, obwohl es im Laufe der Jahre in dieser Hinsicht ein paar interessante Törns gab, darunter auch mehrere Orgien, bei denen der Alkohol in Strömen floss. Der Kapitän und sein Bootsmann dürfen selbstverständlich nicht trinken, aber es spricht nichts gegen eine schnelle Nummer, wenn das Boot vor Anker liegt. Ja, dieser Job hat auch seine Höhepunkte.

Wir verstauten alles unter Deck. Dann setzte sich Jack in einen Kampfstuhl und zündete sich eine Zigarette an. »Was sind das für Typen?«, fragte er.

Ich öffnete eine Coladose und setzte mich in den anderen Stuhl. »Der Kerl, den ich im Parrot getroffen habe, heißt Carlos und ist Anwalt in Miami. Von den anderen beiden Passagieren ist einer eine Frau.«

»Warum wollte er dich wegen einer einfachen Charter im Parrot treffen?«

»Er wollte sich eben das berühmte Green Parrot ansehen.«

»Ach ja?« Jack zog an seiner Zigarette. Er arbeitete seit drei Jahren für mich. Inzwischen hatte er begriffen, dass er mehr Fragen stellte, als ich beantworten wollte. Trotzdem musste er von der Sache mit den Kubanern und dem Wettangeln wissen. Und diesem ominösen Auftrag.

Jack Colby war um die siebzig, groß, schlaksig und ziemlich gut in Form. Er hatte einen ewigen Dreitagebart und das lange, schüttere braune Haar nach hinten gekämmt. Seine Haut sah aus, als hätte man ihn etwas zu lange im Ofen gelassen. Jack trug stets Jeans und Turnschuhe, aber niemals Shorts oder Flipflops. Heute hatte er sich für sein »Ich töte Menschen«-T-Shirt entschieden.

»Wie wär's mal mit dem *Maine*-Shirt, das ich dir geschenkt habe?«, schlug ich vor.

»Ja, Sir.«

Er meinte weder »Ja« noch »Sir«, sondern »Leck mich am Arsch«. Manchmal sagte er »Captain« zu mir, doch ich glaube, das bezog sich auf meinen früheren Rang bei der Armee. Nicht, weil ich Inhaber eines Kapitänspatents war. In jedem Fall bedeutete es »Arschloch«.

Jack war als einfacher Soldat bei der Army gewesen. Egal, wie lange man sich verpflichtet, die militärische Hierarchie wird man sein Leben lang nicht los. »Per Kongressbeschluss bist du ein Offizier und Gentleman«, hatte mir Jack einmal gesagt. »Aber ein Arschloch bist du freiwillig.«

Beim Militär wird eine Verbrüderung zwischen Offizieren und Soldaten nicht gerne gesehen, und auch an diese Grundregel hält man sich ein Leben lang. Doch Jack und ich sind Kameraden, zusammengeschweißt durch den Kampfeinsatz, durch Schlamm und Blut. Wir gehen zwar nur selten einen heben, aber wir sind Freunde.

»Wie viel hast du ihnen abgeknöpft?«, fragte Jack.

»Zweitausend.«

»Nicht schlecht.«

»Wir machen halbe-halbe.«

»Danke. Hoffentlich sieht die kubanische Schlampe einigermaßen aus.«

»Sie ist eine kubanoamerikanische Lady, und was interessiert dich das überhaupt? Du bist so alt, dass sich bei dir nur noch die Arterien verhärten.«

Jack lachte. »Ach ja? Und du warst zu lange mit deinen schwulen Kameraden im Bunker.«

Jack hat einen schlechten Einfluss auf mich. In seiner Gegenwart fluche ich öfter als sonst, und ich imitiere sogar seinen schnippischen Tonfall. Das darf ich mir nicht angewöhnen. Ich habe auch so schon genug Probleme.

Als Jack, damals noch auf Jobsuche, zum ersten Mal an Bord der *Maine* kam, trug er ein T-Shirt mit der Aufschrift »Verwundeter Veteran – Mit Vorsicht zu genießen«. Er sagte, er hätte gehört, dass ich bei der Army gewesen war. Deshalb hatte er als Referenz seinen DD-214 – den Entlassungsschein – mitgebracht, den er so sorgfältig in einer Plastikhülle verwahrte, als handelte es sich um ein wichtiges Dokument. Dabei standen auf dem Papier nur eine Menge militärischer Abkürzungen in kleinen Kästchen. Kästchen 13a verriet mir, dass man ihn 1969 ehrenhaft entlassen hatte, einem anderen Kästchen zufolge war er ein Jahr lang im Kampfeinsatz gewesen. Zu seinen Auszeichnungen gehörten die Vietnam Service Medal, die Combat Infantry Badge, der Bronze Star und ein Purple Heart. Wenn ich mich recht erinnerte, kam er aus Paterson in New Jersey und war am Ende in Fort Benning in Georgia stationiert gewesen. Jacks Personenkennziffer begann mit einem »RA« für »Reguläre Armee«, was bedeutete, dass er sich für drei Jahre Infanterie verpflichtet hatte. Als Zivilberuf war »keiner« aufgeführt. Genau wie bei mir. Er war bis zum Private First Class aufgestiegen – nicht viel nach drei

Jahren Dienstzeit und einem Einsatz in Vietnam. Das ließ darauf schließen, dass er bei irgendeinem krummen Ding erwischt worden war oder generell ein Problem mit Autoritäten hatte. Oder beides. Wie dem auch sei, man hatte ihm für seine Tapferkeit den Bronze Star und ein Purple Heart verliehen, und das war für mich Einstellungsgrund genug.

Bei seiner Suche nach Vollidioten, die ihn nach Kuba begleiten würden, hatte Carlos sicher herausgefunden, dass Jack beim Militär gewesen war. Aber war Jack im Herbst seines Lebens noch bereit für ein solches Abenteuer? Carlos zufolge war Jacks Leben nicht in Gefahr. Für das Angeltournier galt das bestimmt. Aber anschließend, wenn wir mit sechzig Millionen an Bord vor kubanischen Kriegsschiffen fliehen mussten? Vorausgesetzt, wir kamen überhaupt so weit?

Nun, bald würde ich hören, was Carlos und seine Klienten zu sagen hatten. Im Berechnen von Überlebenschancen jedenfalls war ich Experte. Eine alte Faustregel besagt: Alles über fünfzig Prozent ist zu schön, um wahr zu sein. Ein wichtiger Hinweis auf die Gefährlichkeit dieses Auftrags war das Geld. Sie boten mir sicherlich keine zwei Millionen dafür, dass ich mit einem Scheck über sechzig Millionen in die Bank of Cuba marschierte und das Geld einfach abholte.

»Woran denkst du, Captain?«

»An das kubanische Tauwetter.«

»Das sind alles beschissene Kommunisten.« Er zitierte einen weiteren T-Shirt-Spruch: »Ich töte Kommunisten für Jesus.«

»Warst du schon mal auf Kuba?«

»In dem Drecksloch? Sicher nicht.«

»Könnte ganz interessant werden.«

»Ach ja? Vietnam war auch interessant.« Dann fiel ihm etwas ein. »Hey, ich habe auf der Duval ein tolles T-Shirt gesehen.« Er grinste. »›Guantanamo – Sonne satt und Waterboarding gratis‹.« Er lachte.

Jacks Leben schien sich zunehmend um seine T-Shirts zu drehen. Klar, wenn man kein Auto hat, das man mit Aufklebern zukleistern kann. Vielleicht hatte er auch herausgefunden, dass die Erleuchtung in einem Haufen lustiger T-Shirt-Sprüche bestand.

Jack war in Columbus, Georgia, hängen geblieben, hatte er erzählt. Einer Frau wegen, deren Mann in Vietnam gefallen war. Sie hatten geheiratet und sich anscheinend wieder getrennt. Von einer Scheidung hatte er mir allerdings nie etwas erzählt. Vielleicht war sie gestorben.

Und was mich angeht: Ich war mal mit Maggie Flemming aus Portland verlobt gewesen. Wir wuchsen zusammen auf und hatten uns dann aus den Augen verloren, bis ich sie während eines Heimaturlaubs wiedersah. Ich mochte sie, aber noch wichtiger war, dass meine Mutter ihre Familie mochte.

In aller Kürze: Die beiden Auslandseinsätze und die Tatsache, dass ich ständig weit weg von ihr auf irgendwelchen Militärbasen stationiert war, dann die Krankenhausaufenthalte und die Reha, das alles hatte die Beziehung nicht verkraftet. Außerdem war ich damals psychisch nicht ganz auf der Höhe, und wenn man verrückt im Kopf ist, stellt man verrückte Dinge an. Also zog ich nach Key West, wo das nicht so auffällt. Meine Mutter war natürlich schwer enttäuscht, dass ich die Verlobung auflöste. Mein Vater hatte keine Meinung dazu. Und beide dachten, ich würde in Key West Urlaub machen.

Portland ist eine nette Stadt mit etwa fünfundsechzigtausend Einwohnern und einem historischen Stadtzentrum, seit Kurzem bei den Touristen wieder angesagt. Mit den vielen neu eröffneten Luxusrestaurants und Bars erinnert es mich ein bisschen an Key West. Wahrscheinlich, weil Portland auch eine Hafenstadt ist. Obwohl dort niemand nackt schwimmen geht. Besonders nicht im Winter. Unser Familiensitz, ein großer viktorianischer Kasten, wurde zwar nicht von Gespenstern, aber von Erinnerungen heimgesucht. Dennoch war Portland ein schöner Ort, um aufzuwachsen, und es ist ein schöner Ort, um alt zu werden. Nur die Zeit dazwischen stellt für manche eine Herausforderung dar.

Wenn ich jetzt das große Geld machte, konnte ich es vielleicht noch einmal mit Portland versuchen. Maggie war inzwischen verheiratet, meine Eltern hatten immer noch nicht alle Tassen im Schrank, und mein Bruder war nach Boston gezogen. Ich sah mich schon am Fenster eines dieser alten Kapitänshäuser stehen und aufs Meer hinausblicken … irgendwie vermisste ich die Winterstürme dann doch.

Ich trank meine Coke aus, stand auf und sah mich auf dem lang gestreckten Pier um. Von meinen Gästen keine Spur. Anscheinend hatten sie sich beratschlagt und waren zu dem Schluss gekommen, dass Käpt'n MacCormick doch nicht der richtige Mann war. Das wäre eine große Erleichterung für mich. Oder eine Enttäuschung, falls dies das einzige Zwei-Millionen-Dollar-Angebot in dieser Woche blieb.

»Wo stecken die Bohnenfresser?«, fragte Jack.

»Jack, ich glaube, man bezeichnet nur Mexikaner als Bohnenfresser.«

»Die sind doch alle gleich. Immer nur *mañana, mañana.*«

»Hier ist niemand besonders pünktlich. Du auch nicht, *gringo.*«

Er lachte.

Ich glaube, Jacks Vorurteile sind eine Generationensache. Manchmal erinnert er mich an meinen Vater, und der ist mehr oder weniger in einem anderen Land als ich aufgewachsen. Jack Colbys und Webster MacCormicks Scheißkrieg hat ihnen einen anderen Dachschaden verpasst als mein Scheißkrieg mir. Beide machen auf mich den Eindruck, dass sie lieber wieder in jenes andere Land zurückkehren würden. Meine Generation dagegen hat wenig Grund, die Vergangenheit nostalgisch zu verklären: Sie war schon beschissen, als wir auf die Welt kamen. »Wer sich an die Vergangenheit erinnert, dem geht's um die Gegenwart«, hat mein Vater in einem seltenen philosophischen Moment einmal zu mir gesagt.

Und was die Zukunft anging – die sah auch nicht so rosig aus. Das konnte sich durch zwei Millionen natürlich schnell ändern.

Endlich betraten meine Passagiere den Pier: Carlos, ein älterer Mann und eine junge Frau. »Unsere Gäste sind da.«

Jack wirbelte im Stuhl herum. »Hey! Die sieht ja wirklich nicht schlecht aus.«

»Guck lieber *mich* an – und hör mir vor allem zu.«

Er wandte sich mir zu. »Was denn?«

»Carlos, der Anwalt, hat mir dreißigtausend geboten. Er will die *Maine* für das Pescando Por la Paz chartern.«

»Ach ja? Dann fahren wir also nach Kuba?«

»Ich habe noch nicht zugesagt.«

»Warum nicht?«

»Ich wollte erst dich fragen.«

»Ich bin dabei.«

»Ich gebe dir das Kommando über die *Maine*.«

»Mir?«

»Ganz genau. Die erste Nacht verbringt ihr in Havanna, dann fahrt ihr zum Wettangeln vor Cayo Guillermo und anschließend wieder nach Hause. Du und drei Angler und …«

»Die drei?«

»Halt den Mund und hör zu. Du bekommst einen Bootsmann gestellt. Das Turnier dauert zehn Tage. Wir machen halbe-halbe.«

»Ach ja? Geht klar. Aber wieso kommst du nicht mit?«

»Ich fliege nach Havanna. Wir treffen uns später, wahrscheinlich auf Cayo Guillermo.«

»Warum?«

»Weil ich in Havanna was erledigen muss.«

»Was denn?«

»Das willst du nicht wissen. Aber wir fahren auf jeden Fall gemeinsam zurück nach Key West.«

Jack starrte mich an. »Hast du deinen Verstand verloren?«

Ich sagte nichts, obwohl ich die Antwort kannte.

Jack stand auf und kam auf mich zu. »Jetzt hör mal zu, Sportsfreund. Deine Glückssträhne war zu Ende, als sie dich in die Luft gesprengt haben. Seitdem hattest du nur Pech, und wenn du dich jetzt mit diesen verfluchten Anti-Castro-Spinnern einlässt ...«

»Das ist ganz allein meine Entscheidung, Jack. Du musst diese Leute nur zu einem Angelturnier fahren.«

»Ach ja? Und wenn's hart auf hart kommt, nehmen mich die kubanischen Kriegsschiffe ins Visier, und ich habe einen Haufen Illegaler an Bord.«

»Wir werden niemanden aus Kuba herausschmuggeln.«

»Was hast du dann dort vor, während wir beim Fischen sind?«

»Weiß ich noch nicht.«

Er legte eine Hand auf meine Schulter und gab mir einen väterlichen Ratschlag: »Wenn du zusagst, reiß ich dir den Kopf ab und scheiß dir in den Hals.«

»Ich will's mir doch nur mal anhören.«

»Nein, willst du nicht. Und ich mach da nicht mit.«

»Okay ... aber da ist viel mehr für uns drin als nur dreißigtausend.«

»Ach ja? Brauchst du Geld? Dann versenk das Scheißboot und kassier die Versicherung ab.«

»Ich habe die letzte Rate nicht bezahlt.«

»Wie wär's mit einem Banküberfall? Das ist viel sicherer, und niemand wird dich foltern, wenn du dabei erwischt wirst.«

Carlos und die anderen kamen näher. Die Frau trug weiße Jeans und ein blaues Poloshirt. Ein Baseballkäppi saß auf ihrem langen dunklen Haar. Sie war in etwa so alt wie ich – Mitte dreißig – und pflegte einen flotten Schritt.

»Mac? Hörst du mir überhaupt zu?«

»Ja ... hör mal, Jack, sie bieten mir ... uns ... zwei Millionen.«

»Zwei ... *was?*«

»Ich habe ihnen versprochen, mir ihr Angebot anzuhören und dann zu entscheiden.«

»Ach ja? Und wenn du zuhörst und dich dann dagegen entscheidest, dann weißt du zu viel, und sie werden dich vielleicht ...« Er fuhr mit dem Finger über seine Kehle. »*Comprende?*«

»Dein Anteil ist eine halbe Million.«

Einen Moment lang war Jack untypisch still. »Dann hör ihnen gut zu«, sagte er schließlich. »Weil ich nämlich gar nichts davon hören will.«

»Sie wollen auch nicht, dass du zuhörst.«

Die Passagiere trafen ein. »Tolles Boot«, sagte Carlos.

Jack und ich streckten gleichzeitig den Arm aus, um der hübschen jungen Lady an Bord zu helfen. Sie hatte schöne Hände. Ich sah uns schon gemeinsam in Havanna.

7

Carlos stellte seine Klienten als Eduardo und Sara vor. Keine Nachnamen. Wir gaben uns die Hände.

Eduardo sah sehr vornehm aus. Er war älter und größer als Jack und hatte eine weitaus geradere Haltung. Zu seiner schwarzen Hose und den Sandalen trug er ein gelbes Guayabera-Hemd. An seiner Halskette baumelte ein Goldkreuz. Er sprach mit schwerem Akzent, und seine Biografie war leicht zu erraten: Er und seine Familie waren auf Kuba sehr wohlhabend gewesen, hatten den gottlosen Kommunisten aber mit nichts mehr als der Guayabera auf dem Leib entkommen können, was Eduardo bis heute keine Ruhe ließ.

Sara sprach genau wie Carlos völlig akzentfrei. Sie war eher reserviert und lächelte kaum, doch ihre Augen funkelten.

Wir plauderten ein paar Minuten. Ich hatte den Eindruck, dass Carlos vorfühlen wollte, ob Sara und ich an einer gemeinsamen Reise nach Havanna Interesse hatten. Unterdessen musterten die anderen Gäste verstohlen Jacks T-Shirt und fragten sich wahrscheinlich, ob er noch ganz dicht war.

»Sieht nach einem wunderbaren Sonnenuntergang aus«, sagte Carlos.

»Leinen los!«, befahl ich Jack, da Zeit, Gezeiten und Sonnenuntergänge auf niemanden warten. Ich ging zum Steuerstand und ließ den Motor an.

Carlos und Eduardo machten es sich in den Kampfstühlen bequem, Sara setzte sich auf die Polsterbank im Heck und beobachtete mich.

»Leinen sind los!«, rief Jack, und ich gab Gas. Zehn Minuten später hatten wir die Marina hinter uns gelassen und hielten auf die Marquesas Keys zu.

Der Duft des Meeres erinnert mich immer an Maine, an im Segelboot der Familie verbrachte Sommer und Hummeressen am Strand bei Sonnenuntergang. Schöne Erinnerungen.

Ich beschleunigte auf zwanzig Knoten und schlug Kurs Südwest ein. Die See war ruhig, der Wind wehte mit etwa fünf Knoten von Süden her, und die Sonne stand ungefähr zwanzig Grad über dem Horizont. Zeit genug, um vor Anker zu gehen, Drinks zu mixen und der sterbenden Sonne die letzte Ehre zu erweisen.

Jack betrat die Plicht, nahm auf dem linken Stuhl Platz und zündete sich eine Zigarette an. »Auch eine?«

»Nein.«

»Die sind glutenfrei.«

»Mach die Drinks.«

»Was sind das für Gestalten?«

»Habe ich dir doch gesagt.«

»Wer ist die Braut?«

»Vielleicht fliegt sie mit mir nach Havanna.«

»Du kannst sie doch auch hier vögeln.«

»Jack ...«

»Willst du wirklich nur mit einer Frau als Verstärkung nach Havanna?«

»Heute Abend will ich einfach nur zuhören.«

»Wer ist der alte Knacker?«

»Da bin ich genauso schlau wie du.«

»Lass dir ganz genau erklären, wo und wie die Geldübergabe erfolgen soll. Die würden dich sicher lieber umbringen, als dir zwei Millionen zu geben.«

»Ich würde *dich* auch lieber umbringen, als dir eine halbe Million zu geben.«

Er lachte, dann wurde er wieder ernst. »Wenn du dich dagegen entscheidest, soll's mir recht sein. Und wenn du zusagst, dann bin ich mit von der Partie, weil ich deinem Urteilsvermögen vertraue.«

»Mein Urteilsvermögen ist scheiße, Jack. Immerhin habe ich dich eingestellt. Aber meinen Instinkten kann ich vertrauen.«

Wir sahen uns an. Jack nickte.

»Zieh dir ein anderes T-Shirt an«, sagte ich. »Das ist ein Befehl.«

Jack ging nach unten.

Ich wurde langsamer und blickte zum Horizont. Jack Colby und ich sind selten einer Meinung, doch in einem Punkt sind wir uns einig: Für jemanden, der den Einsatz an vorderster Front überlebt hat, ist der Rest des Lebens ein unerwartetes Geschenk. Meine Ex-Verlobte Maggie sagte immer, dass Gott etwas anderes für mich geplant hätte. Na hoffentlich. Der letzte Plan hat ja nicht so toll geklappt. Aber um Gott gegenüber fair zu bleiben: Es war mein Plan, in den Krieg zu ziehen. Der Mensch plant, Gott lacht.

Ich schaltete in den Leerlauf und warf einen Blick auf das Echolot, da es in dieser Gegend viele Untiefen gab. Sobald ich mir sicher war, dass wir nicht auf Grund laufen würden, stellte ich den Motor ab.

Als ich die Plicht verließ, trug Jack sein *Maine*-T-Shirt und hatte Snacks, Rum, Cola, Eis und fünf Plastikbecher mit Limettenschnitzen darin auf einem Klapptisch aufgebaut.

Carlos machte die Drinks. Er entschied sich für den Ron Santiago und mixte jedem einen Cuba Libre. Eigentlich gilt für die Besatzung: Zwölf Stunden vor der Fahrt keinen Alkohol. Jack allerdings behauptet, dass die Regel lautet, beim Trinken mindestens zwölf Fuß Abstand zum Steuerrad einzuhalten. Ich sage: Wenn man einen Drink braucht, soll man auch einen haben.

Eduardo brachte den Toast aus. »Auf ein freies Kuba. *Salud.*«

Wir stießen an und tranken.

»Die Scheißkommunisten haben die Bacardi-Fabrik verstaatlicht. Trotzdem ist es noch guter Rum«, bemerkte Carlos.

Aus meinen spärlichen Erfahrungen mit Kubanoamerikanern wusste ich, dass sie eine Vorliebe für das Wort »Scheißkommunisten« hatten. Na ja, ich wäre auch sauer, wenn die Conch Republic mein Boot verstaatlichen würde. Trotzdem konnte ich diesen leidenschaftlichen und hartnäckigen Hass nicht ganz nachvollziehen.

Ich warf Sara einen Blick zu. Sie bewunderte den Sonnenuntergang. Bisher hatte sie nicht viel gesagt, obwohl Carlos mir versichert hatte, dass sie mir die Gefahren, die auf Kuba lauerten, nicht verschweigen würde. Vielleicht war ich auch nicht der Mann, dem sie ihr Leben anvertrauen wollte. Umgekehrt war es schließlich genauso.

Auch Jack hatte etwas zum Thema beizutragen: »In Vietnam hab ich jede Menge Scheißkommunisten umgelegt.«

Eduardo lächelte und prostete Jack zu.

Carlos kam allmählich in Fahrt. »Wussten Sie, dass kubanische Kommunisten amerikanische Kriegsgefangene im Hanoi Hilton gefoltert haben?«

»Davon habe ich gehört«, sagte Jack.

»Aber nur die wenigsten wissen, dass etwa zwanzig Kriegsgefangene ins Villa-Marista-Gefängnis in Havanna gebracht wurden. Dort hat man brutale experimentelle Verhörmethoden an ihnen getestet, darunter auch bewusstseinsverändernde Drogen und extreme psychologische Folter. Sie sind alle auf Kuba gestorben, obwohl sie von offizieller Seite als in Vietnam vermisst gelten.«

»Scheißkommunisten«, sagte Jack.

Carlos versuchte offensichtlich, seinen Truppen den Hass auf den unmenschlichen Feind einzuimpfen. Doch dabei riskierte er, seine Truppen zu verängstigen. Plötzlich kam mir Havanna gar nicht mehr so verführerisch vor.

Üblicherweise habe ich auf solchen Fahrten zwei bis drei Pärchen auf der Suche nach Romantik an Bord und spiele Schmachtmusik wie Bobby Darins »Beyond the Sea«. Wenn die Passagiere jünger sind, lege ich eine Adele-CD oder etwas von Beyoncé auf. Diese

Gruppe hier dagegen hätte wohl am liebsten »Vorwärts, Christi Streiter« gehört.

Ich versuchte einen Themenwechsel. »Schon mal vom grünen Leuchten gehört?«

Hatten sie nicht. »Wenn die Sonne hinter dem Horizont versinkt, gibt es manchmal einen grünen Lichtschein. Manche Leute sehen ihn, andere nicht. Aber wenn man ihn sieht, ist das ein gutes Omen.«

»Vielleicht behaupten das die Leute aber auch nur«, sagte Carlos, ganz Anwalt.

»Das zu behaupten«, sagte ich, »bringt Unglück.«

Darauf sagte Carlos nichts. »Ich kenne das anders«, wandte Sara ein. »Wer bereits gesegnet und auserwählt ist, sieht das grüne Leuchten. Alle anderen nicht.«

»Das habe ich auch gehört«, sagte ich. »Aber meine zahlenden Gäste sind sowieso ausnahmslos gesegnet und auserwählt.«

Sie grinste.

Eduardo zog fünf Cohibas hervor. »Von Sklaven auf Kuba gefertigt, aber trotzdem auf traditionelle Weise handgerollt.« Er reichte sie herum. Auch Sara nahm eine.

Jack zündete die Zigarren mit seinem Zippo an. Dann zeigte er seinem Altersgenossen das Feuerzeug, das er schon in Vietnam dabeigehabt hatte. Eduardo las die darauf eingravierten Worte laut vor: »Und ob ich schon wanderte im finsteren Tal, fürchte ich kein Unglück, weil ich die härteste Sau im ganzen Scheißtal bin.«

Darüber mussten Jack und Eduardo herzlich lachen.

Anscheinend hatte Jack einen neuen Freund gefunden. Wenn man erst mal siebzig wird, spielen kulturelle Unterschiede offensichtlich keine große Rolle mehr.

Wir rauchten die geschmuggelten Zigarren und tranken den geschmuggelten Rum. Dann holte ich das Fernglas aus der Plicht und beobachtete den Horizont. Ein Schiff im Süden sah verdächtig nach

Küstenwache aus. Außerdem hatte ich mindestens zwei Küstenwachenhubschrauber bemerkt.

Die Floridastraße zwischen den Keys und Kuba steht unter ständiger Überwachung. Küstenwache und Drug Enforcement Agency halten pausenlos nach Drogenschmugglern, Schleusern und verzweifelten Flüchtlingen Ausschau, die die kurze, aber gefährliche Fahrt in die Freiheit wagen.

Jeder auf den Keys weiß, dass sich Jahr für Jahr Tausende von Kubanern mit selbst gebauten Booten oder kaum seetauglichen Flößen auf den Weg machen. Man nennt sie *balseros*. Die Flößer. Sie beten um eine ruhige See, günstigen Wind und darum, dass keine Haie auftauchen. Dann legen sie ihr Leben in Gottes Hände.

Keine Ahnung, wie viele es schaffen, wie viele ertrinken oder was mit denen geschieht, die von den kubanischen Patrouillenbooten erwischt werden. Jedenfalls besagen die gegenwärtigen Gesetze, dass alle, die auf See von der Küstenwache der Vereinigten Staaten aufgegriffen werden, wieder nach Kuba zurückkehren müssen. Wer jedoch das Land erreicht, darf bleiben. Meiner Meinung nach ist das eine grausame und willkürliche Regel. Wieder mal ein Beweis dafür, wie unfair das Leben ist.

Wie die meisten meiner Kapitänskollegen habe ich mir geschworen, jeden *balsero*, den ich aus dem Wasser fische, auch an Land zu bringen.

Ich gab das Fernglas an Sara weiter. Abwechselnd beobachteten sie, Carlos und Eduardo den südlichen Horizont. Ob sie bewusst oder unbewusst nach ihren Landsleuten Ausschau hielten?

»Die See ist ruhig, der Wind kommt von Süden, und heute Nacht sorgt der Mond für ausreichend Licht.« Ideale Bedingungen für die *balseros* also.

Carlos schenkte uns nach und stellte mir mehrere Fragen über die *Maine*. Dann kam er auf das Pescando Por la Paz zu sprechen. »Ich hoffe, Sie ziehen unser Angebot in Betracht«, sagte er.

Ich antwortete nichts darauf. »Und ich soll das Kommando über die *Maine* übernehmen?«, fragte Jack.

»Ja. Wenn Kapitän MacCormick einverstanden ist.«

»Darüber sprechen wir später«, sagte ich.

»Haben Sie Reisepässe?«, fragte Carlos.

»Klar. Ausgestellt von der Conch Republic.« Jack lachte.

»Ich kann Ihnen im Eilverfahren in Miami einen Pass ausstellen lassen«, sagte Carlos, der den Witz ganz offensichtlich nicht verstanden hatte. »Gar kein Problem.«

Ich besaß einen echten Reisepass, und ich hatte Jack dazu gedrängt, sich ebenfalls einen machen zu lassen, falls wir jemals einen Passagier hatten, der eine karibische Insel ansteuern wollte. »Nicht nötig«, sagte ich.

Die rote Sonne versank im Meer, und wir beobachteten das Funkeln des Wassers am Horizont. Kaum zu glauben, dass ich für so etwas bezahlt wurde.

Apropos Bezahlung. »Wenn ich das grüne Leuchten sehe, kriegen Sie das Doppelte. Wenn nicht, ist die Fahrt umsonst«, sagte Carlos.

Das war natürlich ein als schwachsinnige Wette verkleideter Test. Konnte ich Carlos vertrauen? Nein. War ich eine Spielernatur? Ja. Wollte mich Carlos über den Tisch ziehen oder mir sein Angebot mit einem Zweitausend-Dollar-Trinkgeld schmackhaft machen? Es gab wohl nur eine Möglichkeit, das herauszufinden. »Einverstanden.«

Alle sahen schweigend zu, wie der rote Ball am Horizont verschwand. Einen Augenblick lang hing ein feuriges Licht über dem sich verdunkelnden Wasser, dann verschwand es, und aus Tag wurde Nacht. Aber ein grünes Leuchten sah ich nicht.

»Ja, ich habe es gesehen«, sagte Carlos. »Dann bin ich wohl gesegnet. Oder habe zumindest in nächster Zeit Glück.«

»Glück?«, warf Jack ein. »Sie haben gerade viertausend Dollar verloren.«

»Das war es wert.«

Ich war mir ziemlich sicher, dass er nicht mit seinem Geld spielte. Oder seinem Leben.

Eduardo hatte das grüne Leuchten ebenfalls nicht gesehen. »Ich glaube, da war etwas«, sagte Sara und wandte sich mir zu. »Was ist mit Ihnen?«

»Ich werde bald viertausend grüne Scheinchen sehen«, sagte ich.

Alle lachten. Sogar Carlos, der einen Umschlag aus der Tasche nahm und mir überreichte. »Hier sind zweitausend. Den Rest gibt's später.«

»Zwei sind völlig ausreichend.«

Carlos schenkte wieder ein – diesmal Rum ohne Cola –, und wir setzten uns. Jack ging nach unten und legte eine Sinatra-CD auf. »When I was seventeen, it was a very good year ...«, sang Frank.

Carlos und Eduardo hatten wieder auf den Kampfstühlen Platz genommen. Ich war neben Sara auf der Polsterbank gelandet.

Das Boot schwankte leicht auf und ab, die Brise wurde schwächer. Auf dem dunklen Wasser glitzerten die Lichter mehrerer Boote. Wenn man direkt nach Süden blickte, konnte man beinahe die Lichter des fünfzig Meilen entfernten Havanna erkennen.

Carlos deutete mit der Zigarre darauf. »Dort drüben ist die Hölle. Und hier das Paradies. Doch Kuba wird noch zu meinen Lebzeiten frei sein.«

Darauf tranken wir. »Und F.C., dieser Drecksack, der diese Hölle auf Erden geschaffen hat, wird bei seinem Vater, dem Teufel, in der Hölle schmoren«, fügte Eduardo hinzu.

Keine Ahnung, warum alle Kubanoamerikaner Fidel Castro nur F.C. nennen, aber so ist es eben. In Eduardos kubanischem Akzent klang die Verwünschung jedenfalls ziemlich feierlich.

Ich begriff so ungefähr, was Carlos und Eduardo antrieb, doch Sara war mir nach wie vor ein Rätsel. Sie wirkte noch immer etwas reserviert, aber sie war auch einer guten Zigarre nicht abgeneigt, war vierzig Meilen mit uns gefahren, trank puren Rum und trug eine Baseballkappe. Außerdem hatte sie die Schuhe ausgezogen. Jack fand barfüßige Frauen sehr erotisch. Da war was dran.

Jack kam wieder an Deck, schaltete die Positionslichter ein und warf einen Blick aufs Radar, damit wir nicht von einem Frachtschiff gerammt wurden.

Dann hingen wir still unseren Gedanken nach, rauchten, tranken, hörten Sinatra und genossen das majestätische Schauspiel von Meer und Himmel. Das Leben war schön.

Bis Carlos das Schweigen brach. »Sie sollten mit Sara und Eduardo über dieses Angelturnier sprechen. Wenn Sie nichts dagegen haben, gehe ich einstweilen unter Deck und sehe fern. Jack kann sich entweder zu mir gesellen oder in der Plicht bleiben.« Er sah mich an. »Einverstanden, Käpt'n?«

Ich nickte.

Carlos ging zu Jack im Steuerstand hinüber, dann verschwand er in der Kabine. Ich blieb mit seinen beiden Klienten auf Deck zurück.

»Ich glaube, Sie sind der Richtige für uns«, sagte Sara.

Ich sagte nichts.

»Mehr werden wir über Sie wohl nicht herausfinden. Aber Sie über uns. Stellen Sie uns Ihre Fragen, und entscheiden Sie dann, ob Sie mit uns zusammenarbeiten wollen.«

Ich sah Eduardo an, der mit steinerner Miene an seiner Zigarre zog und auf die dunkle See hinausblickte.

Dann wandte ich mich wieder Sara zu. »Wie ich Carlos schon gesagt habe: Ich bin nicht interessiert.«

»Doch, sind Sie. Sonst wären wir nicht hier.«

Der Augenblick war gekommen, um eine sehr wichtige Entscheidung zu treffen. Wie so oft damals in Kandahar. Ich starrte auf die glühende Spitze meiner Zigarre, dann sah ich Eduardo und Sara an. »Also gut.«

8

»I did it my way«, sang Sinatra, als der helle Mond im Osten aufging und ein silbernes Lichtband auf das dunkle Wasser zauberte.

Sara wandte sich mir zu. »Bevor Sie sich unser Angebot anhören, wollen Sie sicher erst mal wissen, mit wem Sie es zu tun haben«, sagte sie, sobald wir Blickkontakt hergestellt hatten.

Sie besaß eine sanfte Stimme, die dennoch sofort Aufmerksamkeit erregte.

»Das wäre ein Anfang, ja.«

»Ich heiße Sara Ortega, das hier ist Eduardo Valazquez. Bitte behalten Sie diese Namen für sich.«

»Dasselbe erwarte ich auch von Ihnen.«

Sie nickte. »Ich wurde in den USA geboren, bin Architektin und lebe und arbeite in Miami. Das steht übrigens alles auf meiner Website.«

»Verheiratet?«

Sie hielt kurz inne. »Nein.«

Jetzt war Eduardo an der Reihe. »Ich wohne ebenfalls in Miami, und meine Lebensaufgabe ist die Zerschlagung des kommunistischen Regimes in meinem Heimatland.«

»Steht das auch auf Ihrer Website?«

»Nein.«

In Südflorida und auch sonst überall in Amerika gab es Tausende von Kubanern, die einer der mehreren Dutzend Anti-Castro-Gruppierungen angehörten. In Miami war es zeitweise ein

Massenphänomen gewesen, doch inzwischen verloren die jüngeren Kubanoamerikaner das Interesse an diesem Kreuzzug. Da die dritte Generation das alte Kuba nicht mehr selbst erlebt und auch keine Erfahrungen mit dem kommunistischen Regime gemacht hatte, konnte sie den Hass ihrer Eltern und Großeltern nicht recht nachvollziehen. Außerdem finanzierte die CIA diese Gruppierungen nicht mehr so großzügig wie früher. Vielleicht waren Eduardo und seine *amigos* deshalb so scharf auf die sechzig Millionen Dollar.

»Privat sympathisiere ich mit Eduardo und seinen Freunden, offiziell habe ich aber nichts mit den Exilkubanern zu tun«, sagte Sara.

»Und deshalb wird man Sie auch nicht verhaften, sobald Sie in Havanna das Flugzeug verlassen.«

»Im Idealfall nicht. Ich halte mich wie viele andere bedeckt – um irgendwann einmal nach Kuba einreisen zu können.«

»Waren Sie schon mal dort?«

»Einmal. Letztes Jahr. Und Sie?«

»Ich hatte bisher noch nicht das Vergnügen«, sagte ich.

»Dann habe ich hoffentlich bald das Vergnügen, Ihnen Havanna zu zeigen.«

Normalerweise hätte ich jetzt »Aber mit Vergnügen« gesagt. Tat ich aber nicht.

»Ich beherrsche das kubanische Spanisch perfekt, und wenn ich kubanische Kleidung trage, gehe ich als Einheimische durch.«

Da war ich mir nicht so sicher.

»Können Sie Spanisch?«, fragte sie.

»Corona.«

»Na ja, ist auch nicht so wichtig.«

Das Ganze hörte sich wie die Einsatzbesprechung zu einer geheimen Mission an. »Jetzt mal mit der Ruhe. Sie preschen ja ganz schön vor«, sagte ich.

»Dann holen Sie mich doch ein. Ich bin gerade in Havanna. Sie auch?«

Das war jetzt doch ein bisschen albern. »Bleiben wir in Miami. Wer weiß sonst noch davon?«

»Mehrere Freunde, wobei jede Person nur so viel weiß, wie sie wissen muss«, sagte Eduardo. »Unsere Namen kennen nur wenige Eingeweihte.«

»Hoffentlich ist die kubanische Geheimpolizei nicht auch eingeweiht.«

»Ich will nicht behaupten, dass es keine Sicherheitslecks geben könnte. Aber bisher haben wir nur gute Erfahrungen gemacht, und unsere Freunde vom amerikanischen Geheimdienst sind sich sicher, dass die Geheimpolizei unsere Gruppe nicht infiltriert hat. Bisher konnten wir jeden Informanten in unseren Reihen enttarnen. Diese Verräter weilen nicht länger unter uns.«

Ich wollte gar nicht so genau wissen, was er damit meinte. Dafür interessierte mich etwas anderes. »Was ist mit den Tausenden von Flüchtlingen, die seither aus Kuba geflohen sind?«

»Mit denen haben wir so gut wie nichts zu tun. Wir helfen denen, die hier Familie haben, aber da wir ihnen nicht trauen können, halten wir uns von ihnen fern. Die meisten hassen das Regime ebenso wie wir, wenn auch aus anderen Gründen. Mein Ziel ist es, in ein freies Kuba zurückzukehren. Sie dagegen wollen Kuba für immer verlassen und in Amerika Arbeit finden. Dabei haben diese Leute in ihrem Leben noch nicht einen Tag lang gearbeitet.«

»Werden Sie schon noch, wenn es erst mal Starbucks dort gibt.«

»Jeder auf Kuba arbeitet für den Staat, und jeder verdient dasselbe – zwanzig Dollar im Monat«, teilte mir Eduardo mit, ohne meiner Bemerkung Beachtung zu schenken. »Ein wenig motivierender Hungerlohn, aber so ist das im Kommunismus nun mal.«

Ich hatte schon Zeiten durchgestanden, in denen ich weniger als zwanzig Dollar verdient hatte. Aber so ist das im Kapitalismus nun mal.

»Die Menschen hungern«, fuhr Eduardo fort. »Mangelernährung ist ein Problem.«

»Das tut mir wirklich sehr leid. Aber um auf das Thema Sicherheit und die Möglichkeit zurückzukommen, dass dieser Einsatz auffliegen könnte ...«

»Militärisches Denken«, sagte Eduardo. »Sehr gut.«

»Danke. Also ...«

»Das Risiko eines Verrats besteht immer, das will ich gar nicht schönreden. Wir haben bereits mehrere Leute auf Kuba verloren.«

Plötzlich erinnerte ich mich an eine Besprechung im Kommandobunker meines Bataillons. »Das wird eine haarige Angelegenheit«, hatte ein Colonel zu mir gesagt. »Das will ich gar nicht schönreden.«

Ich warf einen Blick in den Steuerstand, in dem Jack eine Zigarette rauchte. In der Kabine unter Deck flackerte der Fernseher. Vielleicht schaute sich Carlos eine Wiederholung von *I Love Lucy* an.

Jetzt war der richtige Zeitpunkt, um die Fahrt in den Sonnenuntergang für beendet zu erklären.

»Ich kann gut verstehen, dass Sie nicht mit mir nach Havanna fliegen wollen«, sagte Sara. »Die Reise ist mit einer gewissen Gefahr verbunden, da ist das Geld womöglich nicht Anreiz genug für Sie. Aber ich muss dorthin. Das ist etwas Persönliches.«

»Inwiefern sind sechzig Millionen Dollar etwas Persönliches?«

»Wir geben das Geld denjenigen zurück, denen es gehört – darunter auch meiner Familie«, sagte sie. »Ein Teil fließt in die Finanzierung unserer Sache. Und wir bezahlen Sie davon. Carlos sagt, dass Sie fünf Millionen verlangen. Wie wär's mit drei?«

»Reden wir zuerst über diese gewisse Gefahr.«

»Darauf komme ich noch. Inzwischen wissen Sie, wer wir sind. Sie sollten aber auch wissen, wie wir dazu geworden sind.« Sie nickte Eduardo zu.

Wie gesagt – ich hatte mir Eduardos Biografie bereits zusammengereimt, doch wie jeder Exilkubaner ließ er keine Gelegenheit aus, seine Lebensgeschichte vorzutragen. »Mein Vater Enrique war Großgrundbesitzer auf Kuba. Er besaß mehrere Zuckerrohrplantagen und Zuckerrohrmühlen. Als Castro an die Macht kam, wurden mein Vater und mein älterer Bruder – der auch Enrique hieß – verhaftet. Man ließ sie im Gefängnis schmachten, dann wurden sie an die Wand gestellt. Wie mehrere Anwesende bestätigen konnten, lauteten ihre letzten Worte ›Viva Cuba!‹.«

Eduardo hielt kurz inne. »Die Scheißkommunisten setzten die Leute vor der Hinrichtung unter Drogen, damit sie keine letzten Worte herausbrachten. Oder sie ließen sie verhungern oder sogar ausbluten. Sie wollten keine Märtyrer und keine Worte des Widerstands vor einer Hinrichtung.«

»Das ist schrecklich.«

»Es kommt noch schlimmer. Meine Mutter und ich wurden aus unserem Heim vertrieben und in eine Gemeinschaftsbaracke gesteckt. Wir mussten auf der Plantage arbeiten, die einst unser Eigentum gewesen war. Meine Schwester, die damals zehn Jahre alt war, wurde krank. Sie nahmen sie mit, und man hat niemals wieder etwas von ihr gehört. Meine Mutter starb an Überarbeitung – oder womöglich auch an einem gebrochenen Herzen. Nachdem ich keine Familie mehr hatte … hatte ich auch keinen Grund mehr zu bleiben. Ich floh in ein Küstendorf, wo ich mit mehreren anderen zusammen ein Segelboot stahl. Leider herrschte Flaute, sodass wir sechs Tage auf See verbringen mussten, bis uns ein Schiff der amerikanischen Küstenwache entdeckte und an Bord nahm. Damals waren die Gesetze noch etwas laxer, und man brachte uns zur Station der Küstenwache auf Key West.« Er machte eine weitere Kunstpause. »Meine Dankbarkeit wird ewig währen.«

Und seine Wut auch. Wer konnte es ihm verdenken? Ich war zwar nicht in Südflorida aufgewachsen, aber schon länger hier, daher hatte ich bereits eine Menge ähnlicher Horrorgeschichten von Menschen in Eduardos Alter gehört. Genau wie Holocaustüberlebende vergessen sie nie, und das sollten sie auch nicht. »Mein Beileid«, sagte ich nur, da mir nichts anderes einfiel.

»Ich glaube, dass Gott mich verschont hat, um denen, die unter diesen gottlosen Ungeheuern gelitten haben, Gerechtigkeit widerfahren zu lassen.«

»Wenn es Ihnen und Ihren Freunden jemals gelingt, das Regime zu stürzen, werden Sie dann Vergeltung üben?«, fragte ich, obwohl ich mich eigentlich nicht auf diese Diskussion einlassen wollte. »Werden Sie die Kommunisten erschießen lassen?«

»Jeden einzelnen, ohne Ausnahme.«

»Wir wollen nur Gerechtigkeit«, fiel ihm Sara ins Wort. »Wir wollen unser Eigentum und das Recht, in unsere Heimat zurückkehren zu dürfen. Wir wollen die Menschenrechte und die Freiheiten, die wir hier genießen, nach Kuba bringen.«

Kein Problem. Eduardo musste nur alle Kommunisten vorher an die Wand stellen lassen.

»Sara hat ein wunderschönes Denkmal entworfen, das in Havanna aufgestellt werden soll. Zum Gedenken an die vielen Märtyrer, die das Regime ermorden ließ«, sagte Eduardo.

In der Gegenwart von Menschen, die wirklich an eine Sache glauben, weiß ich nie so recht, was ich sagen soll. Meine Mutter hält mich deshalb für egozentrisch. Vielleicht hat sie recht. »Dann wollen wir hoffen, dass Sie es irgendwann bauen können«, sagte ich, damit ich überhaupt etwas sagte.

Sara trank ihren Rum aus. »Mein Großvater leitete übrigens die kubanische Filiale einer amerikanischen Bank. Ich kann Ihnen weder seinen Namen noch den Namen der Bank verraten, wie Sie sicher verstehen werden.«

Eduardos Zigarre war ausgegangen. Sara zündete sie an ihrer eigenen wieder an. Es war offensichtlich, dass sie sich schon länger kannten und sehr schätzten. »Mein Großvater sagte immer, dass die meisten Kubaner einfach nicht wahrhaben wollten, dass Castros Truppen in der Sierra Maestra mit jedem Tag stärker wurden. Batistas Regierung und die Zeitungen machten sich über die Revolutionäre lustig, und so wiegten sich die Menschen in Havanna fälschlicherweise in Sicherheit.«

Das kam mir bekannt vor – ich musste nur Havanna durch Kabul ersetzen.

»Mein Großvater war ein schlauer Mann. Noch bevor Castros Truppen die Berge verließen und Richtung Havanna marschierten, wusste er, dass die Tage von Batistas Herrschaft gezählt waren.«

Diese Unterhaltung über Castro, Batista und das Jahr 1959 erinnerte mich an *Der Pate – Teil II*, den ich erst vor ein paar Wochen um zwei Uhr nachts im Fernsehen gesehen hatte. Michael Corleone war zu demselben Schluss wie Saras Großvater gekommen: Batista war am Ende.

»Mein Großvater trug jeden amerikanischen und kanadischen Dollar in der Bank zusammen, holte Juwelen und Goldmünzen aus den Schließfächern und bot seinen Kunden an, ihr Bargeld im Hauptquartier seiner Bank in den Vereinigten Staaten in Sicherheit zu bringen. Das Geld wurde verpackt und mit dem Namen des Besitzers versehen. Danach stellte mein Großvater Schuldscheine dafür aus.« Sie sah mich an. »Das Geld hat Kuba nie verlassen.«

»Und da kommen wir ins Spiel.«

Sie nickte. »In den Päckchen befanden sich auch Besitzurkunden für Grundstücke und andere Wertpapiere. Und sechzig Millionen Dollar in bar, was 1958 eine Menge Geld war.«

»Es ist auch heute noch eine Menge Geld.«

»Ja, aber damals war es umgerechnet etwa eine Milliarde. Das Geld hat seit über einem halben Jahrhundert keine Zinsen erwirtschaftet,« fügte sie, ganz Bankiersenkeltochter, hinzu.

»Na ja, wie alles Geld, das man unter der Matratze versteckt.«

»Eigentlich ist es in einer Höhle versteckt.«

»Das will ich gar nicht so genau wissen.«

»Es gibt über zwanzigtausend Höhlen in Kuba.«

»Und ich nehme an, dass Ihnen die Höhle bekannt ist, in die Ihr Großvater das Geld seiner Kunden geschafft hat.«

Sie nickte.

»Und woher wollen Sie wissen, dass noch niemand eine Abhebung vorgenommen hat?«

»Saras Großvater hat die Höhle versiegelt«, sagte Eduardo. »Und das ist sie immer noch.«

Es war mir ein Rätsel, woher er das wusste, doch andernfalls hätte er wohl kaum eine Fahrt nach Kuba geplant. Ich sah mich schon die Spitzhacke schwingen.

Sara schenkte sich eine Coke ein. »Am Neujahrstag 1959 marschierten Castros Truppen in Havanna ein. Batista verließ das Land. Da mein Großvater für eine amerikanische Bank arbeitete, wurde er sofort verhaftet. Castro behauptete zwar, dass seine Revolution keine kommunistische war, doch das war selbstverständlich eine Riesenverarsche.«

Der Fluch, der ihr da über die Lippen kam, überraschte mich. Ich grinste, doch da sie nicht zurückgrinste, wurde ich wieder ernst und nickte.

»Die Revolutionspolizei befragte meinen Großvater nach den Barreserven der Bank. Er behauptete, dass seine reichen Kunden aus Angst vor dem Umsturz ihr Geld schon Monate vorher außer Landes geschafft hatten. Er hatte sogar seine Bücher dementsprechend frisiert. Dabei waren nur wenige wohlhabende Kubaner so weitsichtig gewesen. Die meisten hatten viel zu lange gezögert und konnten nicht einmal mehr sich selbst außer Landes schaffen.«

»Batistas Herrschaft endete sehr plötzlich«, sagte Eduardo. »Während Castro auf Havanna vorrückte und Batistas Soldaten flohen, feierten die ahnungslosen Bürger noch Silvester. Dann wurden alle verhaftet, die nicht hatten entkommen können: die Oberschicht, die Regierungsbeamten und die hochrangigen Militärs. Darunter befanden sich auch mehrere Kunden besagter Bank. Es ist nicht auszuschließen, dass sie unter Folter verrieten, dass Saras Großvater ihr Bargeld versteckt hatte.«

Es hatte nicht gut für Saras Opa ausgesehen, doch zum Glück gab es ein Happy End. »Mithilfe der amerikanischen Bank konnte er Kuba auf einem der letzten Linienflüge verlassen. Als er in Miami ankam, hatte er nichts außer meiner Großmutter und ihren drei Söhnen, von denen einer mein Vater wurde.«

»Da hatten ihre Großeltern aber Glück.«

»Ja. Mein Großvater arbeitete einfach in Miami weiter. Eine interne Versetzung, wie er immer sagte. Er ist vor zehn Jahren gestorben. Meine Großmutter und meine Eltern sind noch am Leben und warten darauf, in ihr Heim nach Havanna zurückkehren zu können. Wenn wir dort sind, werde ich Ihnen unser Haus zeigen«, sagte sie.

Ein Foto hätte es auch getan.

»Bevor die Revolutionäre die Bank dichtmachten, konnte mein Großvater der Zentrale in den USA die Informationen über die Einlagen telegrafisch übermitteln. Alle, denen die Flucht nach Amerika gelungen war, wurden ausfindig gemacht. Wer seine Schuldscheine verloren hatte, erhielt neue – die Bank verfügt also über eine genaue Aufstellung der Besitzverhältnisse. So kann das Eigentum seinen rechtmäßigen Besitzern zurückgegeben werden.«

Abzüglich gewisser Ausgaben – wie meinen drei Millionen beispielsweise. »Der Papierkram wäre also erledigt. Jetzt brauchen Sie nur noch das Geld.«

»Es wartet auf uns.« Sie sah mich an. »Mein Großvater war ein tapferer Mann. Er hat sein Leben riskiert, um zu verhindern, dass das Eigentum seiner Kunden und das der Bank den Kommunisten in die Hände fällt. Jetzt verstehen Sie sicher, warum das eine persönliche Angelegenheit für mich ist. Ich will dafür sorgen, dass das Versprechen, das mein Großvater gegeben hat, erfüllt wird.«

Ich nickte. Im Gegensatz zu mir hätte mein Vater Sara jetzt gefragt, wie diese reichen Kubaner überhaupt zu ihrem Geld gekommen waren. Meines Wissens war Kuba unter dem Batista-Regime fest in der Hand der amerikanischen Mafia gewesen. Glücksspiel, Drogen, Prostitution, Pornografie. Die Besitzer der Fabriken und Plantagen – so wie Eduardos Vater – hatte man nicht gerade als fortschrittliche Arbeitgeber bezeichnen können. Deswegen wurden nach der Revolution auch so viele von ihnen verhaftet. Ob die Mafia ebenfalls Kunde von Opas Bank gewesen war und Geld in dieser Höhle herumliegen hatte? Immerhin steht hinter jedem großen Vermögen ein Verbrechen, aber es war sicher auch ehrlich verdientes Geld darunter. Hauptsache, Castro hatte es nicht in die Finger bekommen. Ich will mir da kein moralisches Urteil erlauben – also, normalerweise tue ich das schon, nur in diesem Fall nicht. Oder erst dann, wenn ich entschieden hatte, ob ich drei Millionen davon abhaben wollte.

»Was sagen Sie dazu?«, fragte Sara.

»Was ich dazu sage? Warum jetzt?, frage ich mich. Warum warten Sie nicht, bis sich die diplomatischen Beziehungen weiter verbessern? Dann können die Bank und ihre Kunden ihre Ansprüche ganz legal anmelden. Das jedenfalls wäre mein Rat an Sie, und den bekommen Sie umsonst.«

»Die Entspannungspolitik ist gerade das Problem. Unseren Informationen zufolge soll in einem geplanten Abkommen zwischen den USA und Kuba die Entschädigung für von Castro beschlagnahmte amerikanische Vermögen geregelt werden, die sich inzwischen auf Milliarden belaufen. Im Gegenzug besteht das Regime darauf, dass die USA die Rechtmäßigkeit der Beschlagnahmung von Privateigentum und Vermögen der kubanischen Bürger anerkennt. Die Amerikaner können sich also auf dem Rechtsweg zurückholen, was man ihnen genommen hat. Die Kubaner, die alles verloren haben, bekommen gar nichts.«

Tja, dachte ich, einer wird immer über den Tisch gezogen. Das ist die Kunst des Erfolges.

»Es ist gut möglich, dass die amerikanische Bank im Zuge der

Ausgleichszahlungen die kubanische Regierung darüber in Kenntnis setzt, dass sich noch Barvermögen ehemaliger amerikanischer und kubanischer Einleger auf Kuba befinden. Wir haben dies mit mehreren Anwälten diskutiert und sind zu dem Schluss gekommen, dass wir so schnell wie möglich in Aktion treten und das Geld zurückholen müssen, bevor es zum Gegenstand der Verhandlungen wird.«

Das war wohl nicht unwahrscheinlich. Wenn sich die Vertreter der beiden Länder nach einem halben Jahrhundert des Schweigens an einen gemeinsamen Tisch setzten, war das Ergebnis völlig offen. Obwohl es bestimmt ein weiteres halbes Jahrhundert dauern würde, bis geklärt war, wem was gehörte, wer wie entschädigt wurde und wer leer ausging. Wäre es mein Geld gewesen – und drei Millionen davon konnten bald meines sein –, würde ich sofort losziehen und es holen.

»Mit dem Tauwetter kommen auch die Touristen«, fügte Eduardo hinzu. »Schon jetzt erkunden Tausende Kanadier, Europäer und Menschen aus anderen Nationen ohne Einreisebeschränkung das Land. Wandern und Campen wird immer beliebter. Und wenn dann auch noch die Amerikaner zu Zehntausenden einfallen ... wird früher oder später jemand auf den Höhleneingang stoßen.«

Womit sich die Reise für den Betreffenden gelohnt haben dürfte. Selbst bei zwanzigtausend Höhlen war es nur eine Frage der Zeit. »Hat schon mal irgendjemand versucht, das Geld zu bergen?«, fragte ich.

»Nur Sara weiß, wo sich die Höhle befindet.«

Ich sah sie an. »Das erkläre ich später«, sagte sie.

»Okay ... haben Sie Helfer auf Kuba?«

»Haben wir.«

Ob mit dem »wir« auch ich gemeint war? »Kommen wir zum nächsten Punkt.«

Anscheinend war dies das Stichwort für Eduardo. »Dann lasse ich Sie allein, damit Sie die Reise nach Havanna planen können.«

Offenbar war sich Eduardo sehr sicher, dass ich mit nach Kuba kommen würde. Ich hingegen war mir sehr sicher, dass er hierblieb oder an besagte Wand gestellt werden würde. Was ich übrigens nach Möglichkeit zu vermeiden trachtete.

Er schnappte sich die noch ungeöffnete Flasche Ron Caney und gesellte sich zu Carlos, der nach wie vor in der Kabine vor dem Fernseher saß.

Ich warf einen Blick in die Plicht. Jack hatte es sich im Kapitänssitz bequem gemacht, blätterte in einer Zeitschrift und aß Chips. Hoffentlich hatte er das Radar im Blick. Ganz sicher fragte er sich gerade, ob er in ein paar Wochen um eine halbe Million Dollar reicher oder tot sein würde.

Ich sah Sara an. Sie sah mich an. Eine schöne Frau. Und klug. Und tapfer. So lautete zumindest meine Einschätzung.

»Sie wirken nachdenklich, Mac. Ich darf Sie doch Mac nennen?«
»Natürlich.«
»Das war eine ganze Menge auf einmal, das ist mir bewusst. Sie wollen sicher gründlich über alles nachdenken.«
»In der Tat.«
»Wenn Sie sich alles angehört haben, was ich zu sagen habe, werden Sie in der Lage sein, eine wohlüberlegte Entscheidung zu treffen.«
»Oder eine dumme Entscheidung zu rechtfertigen.«
Sie lächelte, stand auf und schenkte uns Cola ein. »Rum?«
»Nein, danke. Ich muss noch fahren.«
Sie reichte mir mein Glas und ließ ihres dagegenklirren. »Danke, dass Sie mir zuhören.«
»Heute Abend ist es Ihr Boot.«
Sie setzte sich in Eduardos Kampfstuhl, drehte sich zu mir um, nahm einen Zug von der Zigarre und warf sie über Bord. Dann schlug sie die Beine übereinander. »Wir fahren jetzt nach Havanna. Oder wollen Sie lieber nach Hause?«

Ich wollte noch einen Drink. »Ich bin ganz Ohr. Aber ich behalte mir vor, Sie jederzeit zu unterbrechen.«

»Also gut.«

»Wasting Away in Margaritaville«, sang Jimmy Buffet. Was auch keine schlechte Idee war.

9

Sara starrte in Richtung Kuba auf das Meer hinaus, dann drehte sie sich zu mir um. »Letztes Jahr um etwa dieselbe Zeit erfuhren wir, dass an einer Normalisierung der diplomatischen Beziehungen gearbeitet wird. Wie Sie sicher wissen, ist es amerikanischen Staatsbürgern verboten, auf Kuba Urlaub zu machen. Allerdings erhalten Reisegruppen, die im Namen von Kultur, Bildung oder Kunst unterwegs sind, Sonderreisegenehmigungen. Auf diese Weise konnte ich Kuba besuchen.«

Mehrere Bekannte von mir hatten an solchen offiziell genehmigten Gruppenreisen teilgenommen – oder das Einreiseverbot einfach umgangen, indem sie über Kanada, Mexiko oder ein anderes Land geflogen waren. Die meisten Amerikaner besuchen die Insel aus Neugier oder um auf der nächsten Cocktailparty damit anzugeben und kubanische Zigarren zu verteilen. Oder sie sind auf der Suche nach sozialistischer Romantik – wie der amtierende Bürgermeister von New York City, der seine Flitterwochen in Havanna verbracht hat. Mehrere Amerikaner waren wohl auch zu Spionagezwecken dort. Wenn man den Nachrichten Glauben schenken wollte, saßen sie nun auf Kuba im Gefängnis. Wenn man Eduardo Glauben schenken wollte, waren ein paar davon spurlos verschwunden.

»Das war im Rahmen einer Weiterbildungsmaßnahme der Yale University. Ich habe dort meinen Abschluss in Architektur gemacht«, fügte sie bescheiden hinzu. »Wir waren zwölf Tage lang auf Kuba. Es gab viel wunderschöne alte Kolonialarchitektur zu sehen, meistens leider in katastrophalem Zustand. Und viel hässliche Sowjetarchitektur, gottlob in katastrophalem Zustand.«

»Haben Sie auch das Haus Ihrer Großeltern gesehen?«

»Ja. Ein entzückendes Bürgerhaus in der Altstadt, das in eine hoffnungslos überfüllte Mietskaserne umfunktioniert wurde. Die Bank, die mein Großvater geleitet hat, habe ich ebenfalls besucht. Das Gebäude beherbergt heute eine Behörde, die die *Libretas* ausgibt – die jährlich ausgestellten Bezugsscheinbüchlein für Lebensmittel. Das hat mich traurig ... nein, es hat mich eher wütend gemacht.«

Ich nickte. Bei einer Revolution ist es üblich, dass eine Gruppe inkompetenter, autokratischer Arschlöcher eine andere verdrängt. Alle anderen können dabei nur verlieren.

»Wenn Sie mit mir nach Kuba kommen, dann als Teilnehmer einer von der Yale University organisierten Bildungsreise.«

»Ich war aber nur auf der Bowdoin.«

»Mein Beileid.«

Wenigstens hatte sie Sinn für Humor. Gut so. Den würde sie brauchen.

»Solange noch Plätze frei sind, kann jeder mitkommen.«

Anscheinend war ich bereits verbindlich angemeldet.

»Diese Gruppenreisen unterliegen einem straffen Zeitplan, und man muss jederzeit nachweisen können, wann man wo war. Es gibt nur wenige Möglichkeiten, sich von der Gruppe abzuseilen, und es besteht die Gefahr, dass einen der kubanische Reiseleiter bei der Polizei meldet. Frühstück, Mittagessen und normalerweise auch das Abendessen werden gemeinsam eingenommen, und die meiste Zeit verbringt man mit der Gruppe und dem Reiseleiter im Bus. An den meisten Abenden halten die beiden Reisebegleiter aus Yale oder ein kubanischer Dozent vor dem Essen eine Vorlesung.«

»Und wann gibt's Cocktails?«

»Im Prinzip darf man Havanna nach dem Abendessen auf eigene Faust erkunden. Tagsüber ist es schwieriger, sich von der Gruppe zu trennen, aber es gibt gewisse Mittel und Wege. Wenn Sie krank werden zum Beispiel – Magen-Darm-Beschwerden kommen relativ häufig vor –, dürfen Sie auf Ihrem Hotelzimmer bleiben. Da wird niemand nachprüfen, ob Sie auch wirklich dort sind.«

»Solange gelegentlich die Toilettenspülung zu hören ist.«

»Etwas mehr Ernst, bitte.«

»Verzeihung. Also gut, soweit hab ich's kapiert. Kommen wir zum Kern der Sache. Was ist in Havanna geplant? Haben Sie dort eine Kontaktperson?«

»Ja. Vielleicht diejenige, die ich beim letzten Mal getroffen habe. Oder jemand anderen.«

»Und der oder die bringt uns zur Höhle.«

»Nein. Die Kontaktperson in Havanna wird uns dabei helfen, die Stadt zu verlassen und zu der Provinz zu gelangen, in der sich die Höhle befindet. Dort treffen wir eine andere Kontaktperson, bei der wir untertauchen können und die uns ein Fahrzeug für den Transport des Geldes von der Höhle bis nach Cayo Guillermo organisiert.«

Wie es aussah, wussten zwei Kubaner zu viel von dem Plan.

Sie bemerkte, dass ich skeptisch die Stirn runzelte. »Die Kontaktpersonen wissen weder von der Höhle noch von dem Geld«, versicherte sie mir. »Und sie sind vertrauenswürdig. Dieser Abschnitt der Operation wird reibungslos verlaufen.«

»Und der nächste Abschnitt?«

»Das Geld aus der Höhle nach Cayo Guillermo zu bringen ist der schwierigste ... gefährlichste Teil des Plans«, sagte sie. »Da sind Einfallsreichtum und Gerissenheit gefragt.«

Nein, da waren Superman und Wonder Woman gefragt. Andererseits – für drei Millionen Dollar konnte ich ziemlich einfallsreich und gerissen sein. »Wie kriegen wir das Geld an Bord der *Maine*?«, fragte ich.

»Da gibt es mehrere Möglichkeiten. Bevor wir Cayo Guillermo erreichen, werden wir es erfahren.«

Das Geld auf die *Maine* zu bringen schien mir das schwächste Glied einer nicht besonders stabilen Kette. Doch das war nicht mein Problem, denn so wie es aussah, würde ich nicht mitkommen. »Die genaue Lage der Höhle ist Ihnen bekannt?«, fragte ich eher pro forma.

»Mir und niemandem sonst«, sagte sie. »Mein Großvater hat meinem Vater eine Karte mit einer ausführlichen Wegbeschreibung vererbt. Und ich habe die Karte von meinem Vater erhalten.«

»Na gut.« Das war mehr, als ich jemals von meinem Vater bekommen hatte. »Warum Ihnen?«

»Mein Großvater mochte meinen Vater am liebsten, und mich mochten sie beide am liebsten.«

»Verstehe.« Bei einer solchen Erbschaftsregelung würde ich keinen roten Heller sehen.

»Außerdem bin ich am geeignetsten für diese Aufgabe«, fügte sie hinzu.

»Zweifellos.« Ich versuchte, mir eine fünfundfünfzig Jahre alte Schatzkarte mit einer ausführlichen Wegbeschreibung zu einer Höhle in einer kubanischen Provinz vorzustellen. In Kandahar hatten wir viel Zeit damit verbracht, irgendwelche Höhlen nach Bösewichtern, insbesondere nach Osama bin Laden, zu durchstöbern. Zeitverschwendung, da sich das Arschloch in Pakistan versteckt hatte, wie sich später herausstellte. Was, wenn ich auf Kuba dieselbe Erfahrung mit dem Geld machte? Das wäre dann wirklich der Gipfel der Ironie gewesen. »Okay, Sie haben also eine Schatzkarte. Was, wenn Sie der Zoll durchsucht oder Sie in eine Polizeikontrolle geraten …?«

»Ich habe eine Kopie angefertigt und sie leicht verändert. Auf die eigentliche Karte dagegen habe ich ›Toller Wanderweg durch die Provinz Camagüey‹ und eine Übersetzung der Wegbeschreibung ins Englische geschrieben.«

Die Lady war clever. »Hoffentlich haben Sie alles korrekt übersetzt.«

»Das lassen Sie mal meine Sorge sein. Auch dieser Teil wird reibungslos verlaufen«, versicherte sie mir. »Mein Großvater wird mir zur Seite stehen.«

War der nicht tot? »Also gut, mit Höhlen kenne ich mich aus, und ich kann mich gut im Gelände orientieren und bewegen.« Sogar, wenn mir andere Leute dabei ans Leder wollen.

»Davon gehe ich aus. Also sind Sie mit von der Partie? Ist das ein Ja?«

»Das ist ein theoretisches, vorbehaltliches Vielleicht. Was, wenn wir uns von der Reisegruppe abseilen und der kubanische Reiseführer die Polizei ruft?«

»Das spielt keine Rolle. Dann sind wir längst über alle Berge und kehren auch nicht nach Havanna zurück. Wir fahren erst zur Höhle, dann zu Ihrem Boot auf Cayo Guillermo und schließlich mit sechzig Millionen Dollar an Bord nach Key West.«

»Der Teufel steckt im Detail.«

»Wie immer.«

Ich nahm einen letzten Zug von meiner Zigarre, warf sie über Bord und blickte in Richtung Havanna. So nah, und gute Zigarren gab es dort auch. Der Reisegruppe konnte man wohl bedeutend leichter entwischen als der Polizei und dem Militär. Und wie sollten wir sechzig Millionen Dollar – dazu möglicherweise Gold und Juwelen, die um einiges schwerer als Papier sind – nach Cayo Guillermo und anschließend auf die *Maine* bringen? Genau das waren die teuflischen Details, mit denen wir uns auf Kuba herumschlagen mussten. Die Army stellt gerne detaillierte Pläne für alles Mögliche auf, obwohl allgemein bekannt ist, dass der beste Plan nichts taugt, wenn der erste Schuss fällt. Dann heißt es nämlich: improvisieren, seinen Instinkten vertrauen und die Initiative ergreifen. Etwas Glück schadet selbstverständlich auch nicht.

»Am zweiundzwanzigsten Oktober findet die nächste Yale-Bildungsreise nach Kuba statt. Ich bin bereits angemeldet. Sie ebenfalls.

Ich gehe davon aus, dass Sie einen gültigen Pass besitzen. Sie müssen nur noch den Papierkram für das Visum ausfüllen.«

»Habe ich schon eine Kaution hinterlegt?«

»Ja, haben Sie. Per Überweisung. Ich hoffe, Sie haben genug Geld auf dem Konto.«

»Wieso kommt mir gerade das Wort ›Bevormundung‹ in den Sinn?«

»›Zuversicht‹ wäre viel passender.«

»Und wenn ich Nein sage?«

»Dann fahre ich ohne Sie.«

»Und wie wollen Sie das Geld ohne mein Boot außer Landes schaffen?«

»Es gibt noch andere Möglichkeiten, wie ich während meines Kubaaufenthalts herausfinden konnte.«

»Also brauchen Sie mich gar nicht.«

»Ich habe außerdem herausgefunden, dass diese Möglichkeiten lange nicht so erfolgversprechend sind wie das Pescando Por la Paz. Der Angelwettbewerb ist die perfekte Tarnung. Wenn wir das Geld auf die *Maine* schaffen … sagen wir, in Proviantbehältern, dann müssen wir nicht nach möglicherweise gefährlichen Alternativen suchen.«

Das ganze Unternehmen war so oder so gefährlich, doch das behielt ich für mich.

»Und wenn wir zusammen mit den anderen Teilnehmern des Wettangelns nach Key West zurückfahren, müssen wir uns weder um die Küstenwache noch um den Zoll Sorgen machen.«

Damit lag sie richtig. Wäre ja auch schade, sich die sechzig Millionen nach dem ganzen Aufwand im Hafen von Key West beschlagnahmen zu lassen. Je länger sie den Plan erklärte, desto einfacher hörte er sich an – für sie jedenfalls. Die Ironie an der ganzen Sache war, dass Sara zwar ehrlich mit *mir* war, aber nicht mit sich selbst.

Sie fuhr mit ihrem Verkaufsgespräch fort. »Die Yale University organisiert zwei bis drei Kubareisen pro Jahr, und im Notfall gibt es noch weitere Veranstalter. Aber dass diese Reise ausgerechnet mit dem Wettangeln zusammenfällt, ist ein … Gottesgeschenk«, sagte sie. »Und Sie – und Ihr Boot – sind alles, was zum Gelingen des Plans fehlt.«

Setzte sie mich etwa unter Druck? Sie konnte wirklich sehr überzeugend sein. Hätte sie versucht, mir ein Boot zu vermieten, ich hätte das Angebot, ohne zu zögern, angenommen und es als Gottesgeschenk betrachtet. Aber wollte ich auch mein Leben für sie oder für das Geld riskieren? Außerdem hatte sie eine Sache bislang gar nicht angesprochen: »Wenn ich Ja sage – wie gestaltet sich unsere Reise überhaupt?«

»Unsere Reisegruppe fliegt mit einer Chartermaschine von Miami aus zum Aeroporto Internacional José Marti in der Nähe von Havanna. Für die Yale-Gruppe ist übrigens ein gutes Hotel mit ausländischem Besitzer reserviert.«

Danach hatte ich nicht gefragt. »Reisen wir als … Freunde?«

Das schien sie kurzzeitig aus der Fassung zu bringen, doch sie fing sich schnell wieder. »Wir sind Fremde, die sich erst während der Reise kennenlernen«, sagte sie. »Getrennte Zimmer«, fügte sie sicherheitshalber hinzu.

Wenn ich ihr Angebot jetzt annahm, konnte mir niemand vorwerfen, schwanzgesteuert zu handeln.

Ich wartete ab, ob sie diesbezüglich zu Zugeständnissen bereit war, um mir die Reise schmackhaft zu machen. »Ich habe einen Freund«, sagte sie stattdessen.

»Ich auch«, sagte ich. »Immerhin sind wir hier auf Key West.«

»Da habe ich etwas anderes gehört.« Sie grinste.

Die hatten ihre Hausaufgaben wirklich gemacht.

»Carlos hat ein anderes Boot für das Pescando Por la Paz angemeldet, damit wir auf jeden Fall dabei sind. Wir müssen die *Maine* einfach nur dagegen austauschen.«

Damit war auch die Frage beantwortet, weshalb ich bisher keine

Ahnung gehabt hatte, dass ich zu dem Wettangeln angemeldet war. So langsam kam ich mir wie ein Rockstar vor, der als Letzter erfährt, dass er von seinem raffinierten Manager für eine Tour gebucht wird, auf die er gar nicht gehen will.

»Ein paar Freunde von Carlos haben Ihr Boot im August gechartert.«

Ich dachte kurz nach. Richtig, da hatten zwei kubanoamerikanische Pärchen einen Angelurlaub gebucht.

»Angeblich sind Sie ein guter Kapitän.«

»So ist es.«

»Außerdem haben Sie Waffen an Bord, stimmt das?«

Ich besaß eine 9mm Glock und Jack eine .38er Smith & Wesson, falls uns mal ein Hai an die Angel ging. Des Weiteren befand sich eine Browning-Schrotflinte Kaliber 12 für die Jagd auf Vögel und Tontauben sowie ein halbautomatisches Gewehr vom Typ AR-15 zum Selbstschutz an Bord – immerhin treiben sich in der Floridastraße jede Menge Drogenschmuggler rum. Man versucht zwar, ihnen aus dem Weg zu gehen, aber im Falle eines Falles ist man besser vorbereitet. Mein Arsenal genügte also allen Anforderungen, was Sport, Geschäft und die Abwehr von Schurken anging, worunter sicher auch kubanische Patrouillenboote fielen.

»Carlos sagt, dass sich die Waffen nach internationalem Seerecht an Bord befinden dürfen, wenn die *Maine* vor Havanna oder Cayo Guillermo vor Anker liegt, solange Mr. Colby sie beim Zoll anmeldet und nicht mit an Land bringt.«

»Okay.«

»Könnte aber trotzdem sein, dass wir an Land eine Pistole brauchen.«

»Das kommt gar nicht infrage.«

»Darüber reden wir noch.«

»Haben Sie noch etwas anderes geplant, was mich auf Kuba in den Knast bringen könnte?«

»Nur das, was ich Ihnen gerade erzählt habe. Ich bin allerdings noch nicht über alle Details informiert«, gestand sie. »Ich weiß nur, was ich wissen muss. Segmentierte Informationsvergabe. Falls uns die kubanische Polizei verhört, verstehen Sie?«

Ich nickte. Womit sich Sara wohl neben dem Entwerfen von Denkmälern ihre Brötchen verdiente? »Segmentierte Informationsvergabe« gehörte nicht gerade zum Alltagswortschatz eines Architekten. Oder des Durchschnittsbürgers im Allgemeinen. Aber vielleicht las sie gerne Spionageromane. »Woher wollen Sie wissen, dass unsere Kontaktperson in Havanna nicht von der dortigen Polizei beobachtet wird?«

»Wer in einem Polizeistaat lebt, weiß, wie man einen Geheimpolizisten erkennt und wie man ihn abschüttelt«, sagte sie. »Bei dem Treffen mit der Kontaktperson letztes Jahr gab es keine Schwierigkeiten.«

Sara war so zuversichtlich, weil sie bereits eine Reise ins Herz der Finsternis überlebt hatte. Aber dort war ich auch schon mal gewesen und war nicht unversehrt zurückgekehrt.

»Es besteht die Möglichkeit, dass wir unsere Kontaktperson in Havanna überhaupt nicht zu Gesicht bekommen. Oder dass sie oder er uns bei dem Treffen mitteilt, dass das weitere Vorgehen zu gefährlich ist. Dann brechen wir die Mission ab, und Sie erhalten fünfzigtausend Dollar als Aufwandsentschädigung.«

»Muss ich mir dann die restliche Reise über Kolonialarchitektur ansehen?«

»Ich bin mir sicher, dass Sie den kulturellen Aspekt dieser Reise sehr interessant finden werden. Wenn wir grünes Licht haben, Sie es sich aber in Havanna anders überlegen …«

»Das wird nicht passieren.«

»Kann ich mir auch nicht vorstellen.«

»Okay. Wenn wir in Havanna sind und die Mission abbrechen müssen, gehen Sie dann mit mir tanzen und was trinken?«

»Mit Vergnügen.« Sie sah mit übertriebener Geste auf die Uhr. »Wir müssen heute noch nach Miami zurückfahren.«

»Warum bleiben Sie nicht auf Key West?«

»Wir werden in Miami erwartet.«

»Also gut.« Ich stand auf.

Sie stand ebenfalls auf. »Ich brauche Ihre Antwort jetzt.«

»Die kriegen Sie, bevor wir im Hafen sind. Ich muss erst noch mit Jack reden.«

»Er darf nur wissen, was er wissen muss.«

»Das hat mir Carlos bereits zu verstehen gegeben«, sagte ich. »Werde ich Eduardo noch einmal wiedersehen?«

»Warum fragen Sie?«

»Ich genieße seine Gesellschaft.«

Darüber dachte sie einen Augenblick nach. »Er ist ein begeisterter Angler.«

»Dann sollte er in sicheren Gewässern fischen.«

Sie nickte. »Wir werden sehen.«

»Wir fahren zurück!«, rief ich Jack zu, bevor ich mich wieder an Sara wandte. »Falls ich noch etwas wissen muss, dann sagen Sie es mir, bevor wir anlegen.«

»Na ja, eines noch …«

»Ja?«

»Schönes Designer-T-Shirt.« Sie lächelte und tippte mit dem Finger gegen meine Brust. Und schon hatte ich den Köder geschluckt. »Ich bin mir sicher, dass ich Ihnen mein Leben anvertrauen kann. Wer zwei Kampfeinsätze überlebt hat, überlebt auch Kuba.«

»Also … das ist nicht ganz dasselbe. In Afghanistan habe ich einhundert bis an die Zähne bewaffnete Männer befehligt. Auf Kuba sind wir nur zu zweit.«

»Dafür haben Sie Eier.«

Das kam überraschend.

»Und ich ein Hirn im Kopf. Und Erfahrung.« Wieder lächelte sie. »Teamwork macht's möglich.«

»Das klingt ebenfalls verdächtig nach T-Shirt-Spruch.«

»Vertrauen Sie mir?«

»Selbstvertrauen haben Sie jedenfalls genug.«

»Und was wollen Sie noch?«

Sex zum Beispiel. Aber drei Millionen waren auch nicht zu verachten.

»Ich will nicht, dass Sie es sich doch noch anders überlegen, Mac. Sie kennen bestimmt den Spruch: Lieber bereue ich das, was ich getan habe, als das, was ich nicht getan habe.«

»Ich bereue beides.«

»Wir brauchen Sie. Hier geht es nicht zuletzt um Gerechtigkeit. Darum, einem menschenverachtenden System eins auszuwischen.«

»Ich werde es im Hinterkopf behalten.« Dann ratterte ich meinen Standardspruch runter. »Machen Sie sich's unten bequem oder bleiben Sie an Deck, aber gehen Sie nicht über Bord, sonst enden Sie als Haifutter. In einer Stunde sind wir wieder im Hafen.«

»War eine schöne Fahrt.«

»Freut mich, dass es Ihnen gefallen hat.«

Während ich in die Plicht ging, hörte ich das Rattern des elektrischen Ankerspills. Jack ließ den Motor an. »Wie ist es gelaufen?«, fragte er.

»Ganz okay.«

»Sind wir bald reich?«

»Wenn, dann nicht wegen einem Angelausflug.«

»Steigt sie wenigstens mit dir in die Kiste?«

»Darüber haben wir nicht gesprochen.«

Er wollte den Kapitänsstuhl verlassen, doch ich hielt ihn auf. »Übernimm du das Ruder.«

»Warum?«

»Du brauchst Übung.«

Jack zündete sich eine Zigarette an und gab dann volle Fahrt. »Hör auf deinen Bauch, Mac.«

»Mein Bauch sagt mir, dass du als Kapitän nicht viel taugst.«

»Wenn's um eine halbe Million geht, lerne ich schnell.«

»Ich brauche deine Antwort, bevor wir anlegen.«

»Und was muss ich wissen, um dir eine Antwort geben zu können?«

»Nichts, was du nicht schon weißt.«

»Okay. Ich denke drüber nach. Irgendwo muss man ja sterben.«

Da hatte er wohl recht. Aber vorher war noch Zahltag.

10

Wir fuhren los. Jack warf einen Blick auf das GPS. »Ist das die richtige Richtung nach Key West?«

»Mehr oder weniger.«

Jack besaß weder ein Kapitänspatent, noch hatte er Erfahrung mit einer Zwölf-Meter-Jacht, aber er war ein Naturtalent mit Gespür für die See und das Wetter. Und ein guter Angler noch dazu. Nur die Bordelektronik war für ihn ein Buch mit sieben Siegeln.

»Kommst du beim Pescando Por la Paz allein klar?«, fragte ich.

»Gar kein Problem.«

Hoffentlich konnte der Steuermann, den Carlos stellte, einigermaßen navigieren. Ich wollte nicht mit sechzig Millionen Dollar auf Cayo Guillermo ankommen und erfahren, dass die *Maine* im Hafen von Havanna auf Grund gelaufen war.

Obwohl das unter Umständen mein geringstes Problem sein würde.

Jack riss die letzte Doritos-Tüte auf. »Willst du? Die sind glutenfrei.«

»Nein. Hau rein.«

»Weißt du, alle finden Kuba scheiße, aber ich Marx.« Er lachte. »Kapiert? *Marx*.«

»Behalt das Echolot im Auge.«

Ich konnte den Fernseher in der Kabine unter uns hören. Die Satellitenantenne funktionierte hier draußen nicht immer, doch gerade hatten meine Passagiere offenbar guten Empfang. Sie hatten eine

Sitcom mit Lachkonserven eingeschaltet, die ihr Gespräch übertönte. Dabei hätte ich sie auch so nicht belauschen können, da sie spanisch sprachen. Das mit der Sitcom stand wohl im Spionagelehrbuch.

Irgendwie wurde ich das Gefühl nicht los, dass mir Carlos, Eduardo und Sara nur die halbe Wahrheit erzählt hatten. Einerseits klang die Geschichte von dem versteckten Geld einigermaßen glaubwürdig und deckte sich mit dem, was zu jener Zeit auf Kuba passiert war. Andererseits war das Ganze einfach zu schön, um wahr zu sein. Oder wollte mich meine naturgegebene Skepsis nur von einem frühzeitigen Ruhestand abhalten?

Ich wollte es mir wirklich nicht anders überlegen, aber wenn einem jemand drei Millionen Dollar anbietet, dann fragte man sich unweigerlich, ob man (A) das Geld jemals zu Gesicht bekommt und (B) die Sache nicht doch gefährlicher ist, als sie sich anhört. Gefährlich ist okay, aber wenn es selbstmörderisch wird, dann bin ich raus.

»Worüber denkst du nach?«

»Ich überlege, wie ich dich um deine tausend Dollar bescheißen kann.«

»Ach ja? Ich hätte da einen Vorschlag. Derjenige, der die anderen zweitausend abgelehnt hat, geht jetzt zurück und fragt, ob er sie doch bekommt. Und derjenige, der sie nicht abgelehnt hat, kriegt die zweitausend aus dem Umschlag. Also schuldet mir jemand die Hälfte von viertausend Dollar.«

»Seit wann bist du so gut in Mathe?«

»Hab ich in Paterson gelernt. Und jetzt her mit dem Umschlag.«

Ich nahm den Umschlag aus der Tasche und gab ihn Jack.

»Wenn dir jemand Geld anbietet, solltest du niemals ablehnen es sei denn, die Sache hat einen Haken«, sagte er.

»Die Sache hat immer einen Haken.« Höchste Zeit für einen Themenwechsel. »Wie viel Munition haben wir an Bord?«

Er warf mir einen Blick zu. »Nicht viel«, sagte er. »Eine halbe Schachtel neun Millimeter …«

»Kauf von deinen unverdient erworbenen zweitausend mindestens vierhundert Patronen für das AR-15, hundert für die Pistole und den Revolver und ein paar Schachteln Brennekes für die Schrotflinte.«

Jack starrte aus der Windschutzscheibe. »In Vietnam gab's fünfzig Dollar im Monat. Ich hab für weniger als zwei Dollar am Tag mein Leben riskiert, ist das zu glauben?«

»Du hast nicht für die zwei Dollar dein Leben riskiert.«

»Stimmt schon. Aber selbst für eine halbe Million ...«

»Denk drüber nach, Jack. Ich bin dabei, aber wenn du nicht mitmachen willst, dann muss ich das wissen.«

»Du solltest nochmals drüber nachdenken. Ich muss nur zum Angeln fahren. Es sei denn, die Braut hat dir was anderes geflüstert.«

»Nichts, was du nicht schon weißt. Du fährst das Fluchtboot, ich – und Sara – rauben die Bank aus.«

»Welche Bank?«

Ich antwortete nicht.

»Werden wir auf der Flucht verfolgt?«

»Hoffentlich nicht.«

»Und wenn doch ...?«

»Dann wirst du für die halbe Million was tun müssen.«

Er nickte. »Sind deine zwei Millionen Teil der Beute?«

»Inzwischen sind's drei.«

»Ach ja? Dann ist es wohl auch gefährlicher geworden?«

»Machen wir's so: Wenn man auf uns schießt, kriegst du eine weitere halbe Million als Gefechtszulage. Vorausgesetzt, du machst mit.«

Er dachte darüber nach, dann grinste er. »Okay ... aber wenn du dich verspätest, dann fahre ich nach dem Wettangeln einfach nach Hause, verkaufe die *Maine* und behalte das Geld.«

Daniel MacCormick: tot. Boot günstig abzugeben.

»Abgemacht?«

Ich sah ihn an.

»Abgemacht.« Wir schlugen ein.

Das im Mondlicht glitzernde Wasser war ruhig, der Südwind hatte etwas aufgefrischt, und die *Maine* glitt mit fünfundzwanzig Knoten dahin. Schon waren die Lichter von Key West am Horizont zu sehen.

Jack zündete sich eine Zigarette an. »Ich kann mich noch gut an die Revolution auf Kuba erinnern.«

»Welche, die von 1898?«

»Die in den Fünfzigern, Klugscheißer. Das war eine Riesensache.«

»Für mich nicht. Weil ich noch nicht auf der Welt war.«

»Ich war damals ein Kind. Ich hab's in den Fernsehnachrichten gesehen.« Einen Augenblick lang schwelgte er in Erinnerungen. »Ich weiß noch, wie uns die Priester von der Sankt-Josefs-Kirche erzählt haben, dass die Kommunisten alle Kirchen in Kuba dichtmachen und die Pfarrer verhaften. Fidel Castro ist der Antichrist, hat mein katholischer Religionslehrer gesagt.« Er lachte. »Das hat mir eine Scheißangst eingejagt.«

Ja, wahrscheinlich hatten der Katholizismus und der Kommunismus im Amerika der Fünfziger nicht viele Berührungspunkte. Dass Jack sich so lebhaft an die letzten Tage des unschuldigen Amerika erinnerte, fand ich nicht uninteressant.

Er nahm einen weiteren langen Zug von der Zigarette. »Ich hab mir ein bisschen war dazuverdient, indem ich nach der Messe auf der Straße eine katholische Zeitung namens *The Tablet* verkauft habe. Zehn Cent das Stück. Das Blatt brachte ständig Geschichten über Leute, die aus Kuba geflohen waren oder dort hingerichtet wurden. In der Sankt-Josefs-Kirche wurde für die Flüchtlinge gesammelt. Ich weiß noch, als die erste kubanische Familie in unsere Nachbarschaft zog … Sie konnten alle ziemlich gut Englisch. Der Mann, Sebastian, lag den Nachbarn ständig in den Ohren damit, was er auf Kuba besessen und was man ihm weggenommen hatte, eine Fabrik und so weiter, und seine Frau – ich hab ihren Namen vergessen – hat die ganze Zeit geheult. Sie hatten drei kleine Kinder. Die waren ganz in Ordnung, haben aber auch nur ständig über das große Haus geredet, das sie in Kuba gehabt hatten. Mit Bediensteten und so. Tja, sie dachten, es hätte sie schlimm erwischt.« Er grinste. »Ich bin in New Jersey auf die Welt gekommen. Mich hat's von Geburt an schlimm erwischt.«

Man kann Geschichte auf zwei Arten erleben. Entweder man liest darüber, oder man ist live dabei. Für Jack war die kubanische Revolution eine Kindheitserinnerung. Für Sara war sie Familiengeschichte und Teil ihrer Herkunft. Für Eduardo war sie das Trauma seiner Jugend und eine Obsession. Und mich hatte sie bis heute nicht die Bohne interessiert.

»Traust du ihnen?«, fragte Jack.

»Mein Bauch sagt mir, dass sie zu ihrem Wort stehen.«

»Das ist keine Antwort.«

»Sie brauchen uns.«

»Bis wir mit dem Geld auf dem Boot sind.«

»Wir sind bewaffnet. Und außerdem denken sie sicher dasselbe über uns.«

»Tja, unter Dieben gibt es keine Ehre.«

»Wir sind keine Diebe. Wir repatriieren einen gewissen Geldbetrag, den reiche Kubaner armen Kubanern gestohlen haben, um ihn den reichen Kubanern zurückzugeben.«

Jack grinste. »Du bist völlig schwanzgesteuert, oder?«

»Diesmal nicht.«

»Wenn du das sagst. Wie viel Geld gibt's da überhaupt zu stehlen?«

»Das hat dich nicht zu interessieren. Und zu niemandem ein Sterbenswörtchen, aber das versteht sich wohl von selbst.«

»Reden ist Silber, Schweigen ist Gold.«

»Wir werden beide einen Brief aufsetzen, in dem wir Namen

nennen und sagen, was Sache ist. Diese Briefe deponieren wir dann in versiegelten Umschlägen bei meinem Anwalt. Sie sind im Falle unseres Todes oder Verschwindens zu öffnen.«

Jack hörte mir gespannt zu.

»Und wir lassen unsere neuen Amigos wissen, dass es diese Briefe gibt.«

Er nickte.

Sara kam an Deck und stellte sich zu uns in die Plicht. »Hat das Wettangeln Ihr Interesse geweckt?«, fragte sie Jack.

»Ja, und die Heimreise klingt noch viel interessanter«, sagte er. »Dorito?«

»Gerne.« Sie nahm einen Tortillachip und betrachtete die Displays auf dem Armaturenbrett. »Können Sie mir Havanna und Cayo Guillermo auf dem Navi zeigen?«

Ich rief Google Earth auf und tippte »Havanna« ein. Auf dem Bildschirm erschien eine Satellitenaufnahme der Stadt. »Mit Google Earth hätte Christoph Columbus schnell herausgefunden, dass er nicht in Indien gelandet ist.« Sie lachte zum ersten Mal. Es war ein schönes Lachen.

Dann deutete sie auf einen Punkt an der Küste, etwa vier bis fünf Meilen westlich von Havanna. »Das ist die Marina Hemingway. Früher haben die Boote bei den Angelturnieren dort angelegt. Aber um der Publicity und der Fotos willen werden die Teilnehmer am Pescando Por la Paz direkt in den Hafen von Havanna fahren.« Sie deutete auf das große Hafenbecken. »Hier ist das frisch renovierte Sierra-Maestra-Fährterminal. Es sieht jetzt wieder aus wie vor hundert Jahren.«

Ein langer, überdachter Pier ragte von der Fährhalle aus in den Hafen hinein.

»Man hat es wieder auf Vordermann gebracht, weil man darauf spekuliert, dass in Zukunft amerikanische Kreuzfahrtschiffe Havanna anlaufen.«

Vielleicht hatte Dave Katz recht. Diese Kreuzfahrtschiffe würden Key West links liegen lassen, und das war schlecht fürs Geschäft. Es war höchste Zeit, die drei Millionen einzustreichen und sich zur Ruhe zu setzen.

»Wie Sie sehen können, liegt die Fährhalle an einem Platz – der schönen alten Plaza de San Francisco de Asis.« Sie sah Jack an. »Wenn Sie also an Land gehen und die Fährhalle verlassen, sind Sie mitten in der historischen Altstadt.«

Jack starrte schweigend auf den Bildschirm.

»Vielleicht werden Sie von einer Blaskapelle und einer kleinen Menschenmenge empfangen. Wahrscheinlich werden Kamerateams und ein paar Reporter vom kubanischen Fernsehen und den Zeitungen anwesend sein, mit Sicherheit auch mehrere kubanische Regierungsvertreter und Abgesandte der amerikanischen Botschaft. Aber keine Sorge«, beruhigte sie Jack, »Sie müssen kein Interview geben oder für Fotos posieren, wenn Sie nicht wollen.«

Jack sagte immer noch nichts. Sollte er tatsächlich ein Interview geben oder für Fotos posieren wollen, empfahl ich ihm dringend, nicht das »Ich töte Kommunisten für Jesus«-T-Shirt anzuziehen.

»Wir wissen nicht, wie viel Aufmerksamkeit sich die kubanische Regierung für dieses Ereignis wünscht«, sagte Sara. »In dieser Hinsicht ist sich das Regime uneins. Für ihren Geschmack geht das mit der diplomatischen Annäherung viel zu schnell, aber sie wollen auch nicht auf der Verliererseite der Geschichte stehen.«

Interessant.

»In der Altstadt gibt es jede Menge guter Kneipen, Restaurants und Nachtclubs«, teilte sie Jack mit.

Der sah aus, als hätte er das Boot am liebsten auf der Stelle gewendet und Kurs auf Havanna genommen.

»Müssen die Angler ihre Pässe vorzeigen? Müssen sie durch den Zoll?«, fragte ich, um ihn wieder auf den Boden der Tatsachen zurückzuholen.

»Wahrscheinlich schon«, sagte sie. »Aber die Angler sind geladene Gäste, also sollte es keine Probleme geben. Warum fragen Sie?«

Weil dieser geladene Gast unter Umständen eine Pistole an Land schmuggeln musste. »Nur so.«

Ich warf Jack einen Blick zu. Er schien fieberhaft nachzudenken. Da er diesem gut bezahlten Auftrag bereits zugestimmt hatte, waren Saras süße Worte nutzlos. Aber schaden konnte die blumige Vorstellung von einem Empfang im Hafen von Havanna mit Blaskapelle und allem Drum und Dran nicht. Wenn sie ihm jetzt noch sagte, wo er sich einen blasen lassen konnte, war er mit von der Partie.

»Ich hoffe, jetzt haben Sie ungefähr eine Vorstellung davon, was Sie in Havanna erwartet«, sagte sie.

Jack nickte.

Dafür hatte er nicht die geringste Vorstellung, was ihn auf Cayo Guillermo erwartete.

Ich zoomte aus der Karte heraus, bis sowohl Havanna als auch Cayo Guillermo zu sehen war, das etwa zweihundertfünfzig Meilen östlich davon lag. Eine fröhliche Fahrt die Küste entlang. In der Theorie.

Jack starrte Google Maps an und nickte.

»Jack sitzt am Steuer, oder?«, fragte Sara. »Dann genehmigen wir uns einen Drink.«

Anstatt nach unten zu gehen, marschierte sie zum Heck. Ich folgte ihr.

Sie schenkt uns Rum ein.

»Eduardo ist schwer beeindruckt von Ihnen und Jack. Er ist mit den drei Millionen einverstanden«, sagte sie. »Also, machen Sie mit?«

»Ja.«

»Prima. Und Jack?«

»Der auch.«

Sie ließ ihr Glas gegen meines klirren. »Und Gott haben wir auch auf unserer Seite.«

»Dann kann ja nichts mehr schiefgehen.«

Darauf tranken wir.

»Sie müssen sich noch einmal mit Carlos treffen«, sagte sie. »Er wird Sie mit den Details der Gruppenreise vertraut machen. Außerdem müssen Sie für das Visum einige Dokumente unterzeichnen, und es gibt noch ein paar logistische Angelegenheiten zu besprechen. Können Sie morgen in sein Büro kommen?«

»Klar.«

»Er sagt Ihnen noch, wann genau.«

»Ich sage *ihm*, wann genau.«

Sie warf mir einen Blick zu. »Okay ... Carlos wird in ein paar Tagen wieder in Key West sein – also, sofern Ihnen das passt – und Ihnen und Jack Details über das Wettangeln geben. Außerdem braucht er eine Kopie von Jacks Pass und ein paar Informationen über die *Maine*. Im Gegenzug erhalten Sie die Teilnahmebestätigung für das Angelturnier und den Scheck über die Bootscharter.« Sie grinste. »Tja, jede geheime Mission fängt langweilig an.«

»Von mir aus kann sie auch langweilig bleiben.«

Sie sah mich an. »Wird schon schiefgehen.«

Das hatten sie wahrscheinlich auch vor der Invasion in der Schweinebucht gesagt. Oder vor den hundert Attentatsversuchen auf Castro. Oder vor der Kubakrise, der Mariel-Bootskrise oder dem Handelsembargo.

Wie Jack wohl gesagt hätte: Die USA und Kuba gingen sich schon so lange auf den Sack, dass sie es nicht mehr anders gewohnt waren.

Nun standen wir am Anfang einer neuen Ära – dem kubanischen Tauwetter. Doch bevor es so weit war, hatte ich die Gelegenheit, das zu tun, was schon viele andere Amerikaner – darunter die Mafia und die CIA – vor mir versucht hatten: die Kubaner ordentlich aufs Kreuz zu legen. Dafür standen die Chancen in etwa so gut, wie dasselbe mit Sara Ortega anzustellen.

»Warum lächeln Sie so?«

»Liegt wohl am Rum.«
»Dann trinken Sie noch einen. Ihr Lächeln gefällt mir.«
»Mir Ihres auch.«

Wir stießen ein weiteres Mal an. »Den nächsten Drink nehmen wir in Havanna«, sagte sie.

Vielleicht würde es unser letzter sein.

ZWEITER TEIL

11

Es war kurz vor acht. Ich saß im Pepe's, einem mexikanischen Kettenrestaurant in Abfertigungshalle E des Flughafens von Miami, trank ein Corona und inspizierte die Reiseunterlagen der Yale University. Wahrscheinlich hätte ich das Zeug schon vor Wochen lesen sollen, als Carlos es mir in seiner schicken Anwaltskanzlei in South Beach überreicht hatte. Aber ich hatte bis gestern nicht damit gerechnet, dass diese Reise wirklich zustande kommen würde. Doch jetzt war es so weit. Morgen früh ging's los. Ich hatte den Tipp in den Reiseunterlagen beherzigt und mir über der Bar, an der ich mir gerade ein paar Bierchen genehmigte, ein Hotelzimmer genommen. Die Yale-Reisegruppe würde sich um null-fünfhundertdreißig in der Hotellobby versammeln – oder um halb sechs Uhr morgens, wie wir Zivilisten sagten.

Jack hatte mich in meinem Ford Econoline über den Overseas Highway zum Flughafen gefahren. Nicht gerade das richtige Gefährt für einen Mann mit einer beginnenden Midlife-Crisis, aber ein Kleintransporter war für den Besitzer eines Charterangelboots nun mal unumgänglich. In wenigen Wochen würde ich ihn sowieso gegen einen Porsche 911 eintauschen.

Ich hatte die Fahrt dazu genutzt, Jack seinen Part in dem kubanischen Abenteuer zu erklären. Und ihn daran zu erinnern, vor dem Aufbruch die Munition zu besorgen.

Außerdem wies ich ihn an, die *Maine* keinesfalls vollzutanken, wenn sie vor Cayo Guillermo lag. Wenn wir Hals über Kopf fliehen mussten, sollte sie schließlich so leicht und damit so schnell wie möglich sein, obwohl mir ein unbemerkter Abgang natürlich lieber war. Jack hatte im Lauf der Woche einen Auffrischungskurs in Sachen Bordelektronik von mir erhalten, damit er auch wirklich in Havanna ankam und nicht in Puerto Rico. Dabei musste er eigentlich nur den anderen Booten folgen, die am Wettangeln teilnahmen.

Jack war von dieser ganzen Unternehmung nicht übermäßig begeistert, doch über seinen Anteil von einer halben Million freute er sich um so mehr. Unentschlossen war er noch in der Frage, ob es lohnte, sich für die andere halbe Million auf ein Feuergefecht einzulassen. »Du musst dich ja nicht gleich über den Haufen ballern lassen«, sagte ich ihm. »Ich gebe dir das Geld auch, wenn sie danebenschießen.«

Daraufhin meinte Jack, ich könne ihn mal kreuzweise, und fragte, wie wir das Geld an Bord der *Maine* schaffen würden. »Das haben sie mir noch nicht verraten«, sagte ich.

»Sag's mir, wenn du es weißt.«

»Du wirst es zu gegebener Zeit erfahren.«

»Und wenn mir der Plan dann nicht gefällt?«

»Der Plan wird dir sowieso nicht gefallen, egal, wie er lautet.«

»Ich könnte dabei draufgehen.«

»Oder reich werden.«

»Oder keins von beiden. Weil ich nämlich stark bezweifle, dass du es mit dem Geld zum Boot schaffst.«

»Dann wäre das Problem ja gelöst.«

Ich bestellte bei der Bedienung namens Tina das nächste Bier und hing weiter meinen Gedanken nach. Vor einem Einsatz sollte man die Fakten kennen, sich der Unwägbarkeiten bewusst sein und auf alles Denkbare vorbereiten. Außerdem war die Hinreise nur die halbe Miete. Man muss auch wissen, wie man wieder nach Hause kommt.

Folgendes war in den letzten Wochen geschehen: Ich hatte Carlos in Miami einen Besuch abgestattet, er war daraufhin wie versprochen nach Key West gekommen, wo ihn Jack und ich an Bord der *Maine* getroffen hatten. Er hatte uns neben einer Menge anderem Papierkram die Genehmigung dafür überreicht, dass die *Maine* im Rahmen des Wettangelns Kuba anlaufen durfte. Und er hatte uns den neuen Bootsmann der *Maine* vorgestellt, einen Kubanoamerikaner namens Felipe. Er schien nicht nur ein tüchtiger junger Mann zu sein, sondern auch darüber Bescheid zu wissen, dass es nicht ums Friedensfischen ging. Keine Ahnung, was sie ihm bezahlten. Hoffentlich erhielt er ebenfalls eine Gefechtszulage.

Felipe und Jack kamen gut miteinander aus – solange Felipe nicht vergaß, dass Jack der Käpt'n war. Sie verabredeten sich sogar für eine Probefahrt, und Felipe hatte mir versichert, sich mit der Elektronik an Bord der *Maine* auszukennen.

Carlos zufolge waren die drei Angler, die angeblich mein Boot charterten, tatsächlich Sportfischer, die Rute von Spule auseinanderhalten konnten und deshalb keinen Verdacht erregen würden. Die Männer, die Carlos nur als seine »drei Amigos« bezeichnete, würden am letzten Tag des Wettangelns von Kuba aus nach Mexico City fliegen. Außerdem hatten sie ein Hotel auf Cayo Guillermo gebucht, damit sie nicht an Bord waren, wenn die *Maine* einen Tag vor Ende des Wettbewerbs bei Nacht und Nebel den Hafen verließ und womöglich in ein Feuergefecht geriet. Falls unsere Auftraggeber ein doppeltes Spiel spielten, würden Jack und ich uns lediglich um Felipe kümmern müssen – und natürlich um Sara.

Eduardo würde ebenfalls nicht an Bord der *Maine* sein, hatte Carlos gesagt. Immerhin war er auf Kuba Persona non grata und würde sofort verhaftet, wenn er einen Fuß auf die Insel setzte – oder wenn die kubanischen Behörden das Boot durchsuchten und sich seinen Pass genauer ansahen. Er wäre wohl gern mitgekommen. Ob er Kuba zu seinen Lebzeiten noch einmal wiedersehen würde, war ungewiss. Jedenfalls nicht auf dieser Reise.

Selbstverständlich hatte ich Carlos auch von den Briefen erzählt.

Mein Anwalt hatte die Anweisung, sie zu öffnen, falls Jack oder ich unter ungeklärten Umständen verschwanden oder zu Tode kamen. »Damit habe ich gerechnet«, sagte er. »Aber Sie können uns vertrauen.«

Die zehn Boote, die am Pescando Por la Paz teilnahmen, würden Key West am Samstag, den vierundzwanzigsten, verlassen – zwei Tage vorher flog ich mit Sara und der Reisegruppe nach Havanna. Es war zwar vorgesehen, dass die Mannschaften und Angler zum Zeichen des guten Willens Samstagnacht in Havanna verbrachten, doch Carlos bestand darauf, dass sich weder Sara noch ich mit irgendjemandem von Bord der *Maine* trafen. Jack dagegen wollte mich unbedingt in Havanna auf einen Drink einladen, daher hatten wir uns in der Bar des berühmten Hotel Nacional verabredet. Schließlich hatte uns Carlos gar nichts zu befehlen.

Zu guter Letzt zeigte uns Carlos noch einen Ausschnitt aus dem *Miami Herald* über das Pescando Por la Paz. Der *Key West Citizen* hatte ähnliche Artikel darüber gebracht. Hauptsächlich wurde positiv über das kubanische Tauwetter berichtet, die Exilkubaner dagegen standen einer Aufweichung der amerikanischen Politik, wie sie seit über einem halben Jahrhundert betrieben wurde, erwartungsgemäß feindselig gegenüber. Für Carlos, Eduardo und ihre Amigos kam eine Normalisierung der diplomatischen Beziehungen nicht infrage, solange F.C. und sein Bruder Raúl nicht abdankten oder – noch besser – das Zeitliche segneten. Ich selbst hatte dazu keine Meinung, aber das hatte ich Carlos ja schon im Green Parrot gesagt.

Der Vollständigkeit halber hatte ich mir Carlos' Website angesehen und ihn gegoogelt. Wie er behauptet hatte, war er tatsächlich *der* Staranwalt der Anti-Castro-Gruppierungen in Miami. Darauf hinzuweisen wurde er auch auf seiner Homepage nicht müde.

Sara Ortegas Webpräsenz hatte ich ebenfalls unter die Lupe genommen. Sie arbeitete für ein exklusives kleines Architekturbüro, und sie hatte Talent. Wenn ich erst einmal reich war, konnte ich mir mein Haus von ihr entwerfen lassen. Auf ihrer Facebook-Seite war darüber hinaus nicht viel zu sehen, noch nicht mal ein Bild von ihrem Freund. Und auch eine Google-Suche gab nicht viel her.

Eduardo Valazquez existierte im Internet überhaupt nicht, doch das war für einen Mann seines Alters und Berufs nicht ungewöhnlich. Allerdings wurde ein gewisser Eduardo Valazquez in ein paar Artikeln über die kubanische Exilgemeinde erwähnt. Wenn es sich dabei um ein und denselben Mann handelte, war es nur zu verständlich, dass er sich auf Castros Kuba lieber nicht blicken ließ.

Das Problem mit dem Internet ist, dass man nichts für bare Münze nehmen kann und ein gewisses Vorwissen braucht, um das, was man online liest, auch richtig interpretieren zu können. Alles in allem war ich bei meinen Recherchen jedoch auf nichts gestoßen, was meine Alarmglocken zum Klingeln brachte. Und deshalb saß ich heute im Pepe's.

Über Kuba hatte ich mich dagegen so gut wie überhaupt nicht informiert. Was gab es über einen ungemütlichen Ort wie diesen auch groß zu wissen? Carlos hatte mir das Wesentliche mitgeteilt, vor Ort würde mir Sara Ortega alle wichtigen Informationen liefern, und ich hatte ja noch die Reisedokumente aus Yale und einen Reiseführer. Zu Recht hatte Carlos darauf hingewiesen, dass sie mich nicht wegen meiner Kuba-Kenntnisse engagiert hatten, sondern weil ich Erfahrung damit hatte, in feindlicher Umgebung zu überleben. Im Klartext: Sara Ortega war das Gehirn der Operation, Daniel MacCormick der Mann fürs Grobe. Nur so konnte es klappen.

Auf meine Frage hin, wie Sara, ich und das Geld in Cayo Guillermo an Bord gelangen sollten, hatte Carlos die lapidare Antwort: »Wir denken uns etwas aus, bevor Sie Cayo erreichen.«

»Und wie soll ich – oder Sara – dann von diesem Plan erfahren?«

»Wir werden Sie – oder Sara – rechtzeitig informieren.«

Ich fragte erst gar nicht, wie oder wann er das bewerkstelligen wollte. Wenn die kubanische Polizei meine Eier an ein Stromkabel anschloss, war es wohl besser, wenn ich es nicht wusste.

»Es darf keine Verbindung zwischen Ihnen und der *Maine* geben. Deshalb habe ich die nötigen Dokumente vorbereitet, um Ihnen das Boot abzukaufen.«

»Wie viel?«

»Hier ist ein gedeckter Scheck über exakt die Summe, die Sie sich von Ihrer Bank geliehen haben. Ausgestellt auf Ihre Bank.«

Jetzt, da ich Gelegenheit hatte, den Seelenverkäufer loszuwerden, wusste ich gar nicht so recht, ob ich das überhaupt wollte. »Der Kaufvertrag beinhaltet eine Rückkaufsoption. Bei Ihrer Rückkehr aus Kuba können Sie das Boot zu demselben Preis wieder erwerben.«

»Wenn Einschusslöcher drin sind, will ich einen Rabatt.«

»Die Wahrscheinlichkeit, dass die kubanischen Behörden den harmlosen Touristen Daniel MacCormick als ehemaligen Besitzer der *Maine* identifizieren, ist äußerst gering«, sagte Carlos, ohne auf meine Bemerkung einzugehen. »Doch wenn ihnen das gelingt, werden sie sicher misstrauisch werden.«

»Das kann ich mir vorstellen.«

Er gab mir den Kaufvertrag, ein paar Registrierungsformulare und den Scheck für meine Bank, ausgestellt von einer gewissen Sunset Corporation.

»Als zusätzliche Vorsichtsmaßnahme habe ich das Boot umbenannt«, sagte Carlos.

»Ist schließlich Ihr Boot.«

»Der neue Name steht jetzt auch auf dem Bug.« Er grinste. »Die *Maine* heißt jetzt *Fishy Business*.«

»Gefällt mir.« Doch für mich blieb es immer die *Maine*. Wenn ich es zurückkaufte, würde ich in großen goldenen Buchstaben *Maine* darauf pinseln lassen und damit nach Portland schippern.

Ich unterzeichnete den Kaufvertrag und überschrieb mein Boot an die Sunset Corporation. In meinem nächsten Leben will ich auch kubanischer Staranwalt in Miami mit einem Aktenkoffer voller schmutziger Tricks werden.

Selbst die Chartergebühr hatte Carlos nicht vergessen. Er gab mir einen gedeckten Scheck über dreißigtausend Dollar. Und er überreichte mir einen Kuba-Reiseführer. Als Abschiedsgeschenk gewissermaßen.

Mit einem »*Vayan con dios*« verabschiedete er sich von mir und Jack, bevor er mit Felipe Key West verließ.

Mit einem »Bis dann in Havanna« verabschiedete sich Jack von mir, als er mich am Flughafen rausließ.

»Mach Carlos' Boot nicht kaputt«, hatte ich gesagt und ihm aufgetragen, von seinem Anteil an der Chartergebühr vier kugelsichere Westen in passenden Größen zu kaufen.

Jetzt saß ich über meinem dritten Bier und meiner zweiten Portion Nachos, verfolgte mit halbem Auge das Play-off zwischen den Mets und den Cubs, das auf dem Fernseher über der Bar lief, und blätterte in den Yale-Reiseunterlagen. Auf einem Blatt stand: *Dreißig oft gestellte Fragen.* Nummer eins: Angeblich ist es Amerikanern verboten, nach Kuba einzureisen. Ist diese Reise überhaupt legal?

Höchstwahrscheinlich lautete die Antwort *Ja*, sonst hätten sie sich die restlichen neunundzwanzig Fragen sparen können. Obwohl die Reise für mich und Sara Ortega zugegebenermaßen nur teilweise legal war.

Weiter: *Diese Bildungsreise unterscheidet sich insofern von einem herkömmlichen Urlaub, als dass selbstständige Unternehmungen aufgrund der politischen Gegebenheiten nur stark eingeschränkt möglich sind.* Galt das auch für die Verführung der weiblichen Reiseteilnehmer?

Ich trank das Bier aus und aß einen Nacho. Zu den Reiseunterlagen gehörte auch eine Teilnehmerliste, die etwa dreißig Personen umfasste. Glücklicherweise kannte ich niemanden darauf. Bis auf Sara Ortega aus Miami natürlich, die in diesem Augenblick zufälligerweise sechs Meter von mir neben zwei streng dreinblickenden Frauen, deren Garderobe nicht gerade zu einem zweiten Blick einlud, an einem Tisch saß.

Sara trug ein hellblaues, ärmelloses Kleid, das ihr knapp über die Knie reichte. Ihre Slipper lagen neben ihren bloßen Füßen unter dem Tisch.

Seit der Fahrt in den Sonnenuntergang hatte ich nichts mehr von ihr gehört oder gesehen. Laut Plan waren wir Fremde. Dennoch hatte sie Blickkontakt aufgenommen, als sie Pepe's Cantina betreten hatte, und hatte ich da nicht ein Lächeln oder sogar ein Augenzwinkern gesehen? Anscheinend war sie ebenfalls im Flughafenhotel untergebracht. Ohne Freund, vermutete ich.

Überhaupt schien sich das Hotel bei meinen Mitreisenden großer Beliebtheit zu erfreuen. Einige kannten sich bereits, andere sprachen einfach irgendwelche Leute darauf an, ob sie ebenfalls mit der Yale University nach Kuba reisten. Auf diese Weise hatte sich Sara an die beiden Damen rangewanzt. Yale-Absolventen erkennen sich immer und überall. Bowdoin-Absolventen übrigens auch, weil sie diejenigen sind, die als Erste besoffen unter dem Tisch liegen.

Da Sara in die andere Richtung guckte, wandte ich mich von ihr ab und widmete mich wieder den Reiseunterlagen. *Sie werden jeden Tag Gelegenheit bekommen, interessante Unterhaltungen mit den Einheimischen zu führen.*

Was mich an eines von Jacks Motto-T-Shirts erinnerte: »Geh zur Army, schau dir die Welt an, lerne neue Leute kennen und schieß sie über den Haufen.«

Ich las weiter: *Der Altstipendiatenverein ist sehr darauf bedacht, die mit der Einreisegenehmigung einhergehenden Bestimmungen genau einzuhalten. Die Reisenden sind verpflichtet, an allen Gruppenaktivitäten teilzunehmen sowie fünf Jahre lang eine Kopie des definitiven Reiseplans aufzubewahren, um ihn auf Anfrage dem Amt zur Kontrolle von Auslandsvermögen vorzeigen zu können.*

Das Amt sagte mir zwar nichts, aber sonst klang das ziemlich ernst. Normalerweise bewahre ich meinen Papierkram nicht länger als fünf Minuten auf, doch hier war es wohl ratsam, diesen definitiven Reiseplan mit sich zu führen – nur für den Fall, dass ich in einem kubanischen Gefängnis landete und mir jemand von der neu gegründeten Botschaft der Vereinigten Staaten einen Besuch abstattete. »Haben Sie denn den definitiven Reiseplan der Yale University bei sich, Mr. MacCormick?«

»Leider nicht, Sir. Ich habe ihn auf der Flucht vor der Polizei verloren.«

»Tja, dann kann ich Ihnen leider nicht weiterhelfen. Sie sind geliefert.«

Tina nahm ungefragt die leere Flasche weg und stellte ein frisches kühles Bier vor mich hin. »Was gibt's zu grinsen?«, fragte sie.

»Ich freue mich auf meinen Urlaub.«

»Wo soll's hingehen?«

»Kuba.«

»Was wollen Sie denn auf Kuba?«

»Nordkorea war ausgebucht.«

»Wirklich?«

Sie war etwa zehn Jahre älter als ich und sah nicht schlecht aus. Wenn ich jetzt mit ihr flirtete, würde Sara das bemerken, eifersüchtig werden und rüberkommen. Solche Pläne schmiedet man nach drei Bier.

»Sind Sie hier abgestiegen?«, fragte sie und deutete mit dem Kinn auf die Hotellobby.

»Ja.«

Wir sahen uns in die Augen. »Wie sind die Zimmer so?«, fragte sie.

Wollte sie, dass ich ihr mein Flughafenhotelzimmer beschrieb? Sie hatte sicher bereits ein paar zu Gesicht bekommen. »Ich hatte schon schlechtere.«

»Ich auch.« Sie lächelte. »Das Bier geht auf's Haus.«

Ein Kellner kam mit seinen Getränkebestellungen, und sie machte sich an die Arbeit.

Mit der Barfrau zu schlafen war vielleicht nicht der ideale Einstieg in dieses Abenteuer – oder der ideale Beginn meiner Romanze mit Sara Ortega. Mir fiel ein, dass Sara in Miami wohnte. Sie war also nur deshalb im Flughafenhotel abgestiegen, um mich im Auge zu behalten – und nicht, um etwas mit mir zu trinken. Das kam vielleicht später.

Frauen sind wie Busse, sagte Jack immer. Wenn man eine verpasst, kommt in zehn Minuten die nächste. Allerdings war Sara Ortega sehr beeindruckend. Sie war bereit, ihr Leben für eine Sache zu geben – genau wie die Frauen aus der Army, die ich gedatet hatte –, und irgendwie hatte sie mich dazu überredet, mich erneut in Gefahr zu begeben. Das Geld war selbstverständlich auch keine geringe Motivation, doch ungeachtet dessen wollte ich nicht, dass sie allein oder mit inkompetenter Begleitung nach Kuba fuhr. *Sie haben Eier*, hatte sie gesagt.

Es ist eine allgemein bekannte Tatsache, dass Männer egoistische Idioten sind, die mit schöner Regelmäßigkeit auf den weiblichen Charme reinfallen. Selbst wenn wir uns auf Kuba nicht näherkamen, blieb uns doch immer Havanna. Vorausgesetzt, wir wurden dort nicht getötet.

Ich wandte mich wieder den *dreißig Fragen* zu. Nummer vier informierte mich darüber, dass ich die eine Hälfte meines Visums bei der Einreise vorzeigen musste und die andere Hälfte *unter keinen Umständen* verlieren durfte, wenn ich das Land wieder verlassen wollte.

Lief alles nach Plan, brauchte ich die zweite Hälfte gar nicht. Ging etwas schief, konnte ich mit ihr die Fliege machen.

Ich bin kein großer Freund von Gruppenreisen, aber das liegt wahrscheinlich an den beiden Gruppenreisen nach Afghanistan, die ich unternommen hatte. Immerhin war es eine ganz brauchbare Tarnung – bis wir uns von der Gruppe entfernten. Dann würde man Alarm schlagen. Wenn die kubanische Polizei auch nur etwas Sinn für Romantik hatte, würde sie annehmen, dass Sara Ortega und Daniel MacCormick wuschig geworden waren und sich gemeinsam abgeseilt hatten, um eine Weile ungestört zu sein. Carlos hatte uns jedenfalls eingeschärft, genau das der Polizei zu erzählen, falls sie uns auf dem Weg nach Cayo Guillermo aufgriff. Womöglich kamen wir sogar damit durch. Die Kubaner waren schließlich nicht nur Kommunisten, sondern auch heißblütige Latinos. Obwohl diese Geschichte wahrscheinlich etwas weniger glaubhaft wirkte, wenn wir sechzig Millionen Dollar im Gepäck hatten. Da war eine Pistole dann das überzeugendere Argument.

In den Reiseunterlagen stand außerdem, dass es verboten war, auf Kuba mit amerikanischen Dollars zu bezahlen, weshalb wir sie in einer Bank gegen sogenannte *Peso convertible* oder CUC tauschen mussten, eine speziell an Ausländer ausgegebene Währung.

Auf Carlos' Anraten hin hatte ich dreitausend Dollar mitgenommen. Zweitausend davon waren die Wettschulden, die er bei mir beglichen hatte. Wenn dir jemand Geld anbietet, solltest du niemals ablehnen – sogar dann, wenn du es bereits abgelehnt hast.

Amerikanern war es zudem untersagt, mit Pesos zu bezahlen, und sie durften auch keine Pesos in einer kubanischen Bank gegen Dollars tauschen. Unsere Kontaktpersonen dagegen bestanden darauf, in Pesos bezahlt zu werden, da ihnen wiederum der Besitz von amerikanischen Dollars oder CUC verboten war. Deshalb schmuggelte Sara dreihunderttausend kubanische Pesos – etwa zwölftausend Dollar – ein, um die Kontaktpersonen für das Risiko, verhaftet und eingesperrt zu werden, angemessen zu entschädigen. Eine Summe, die für uns zwar nicht nach viel klang, auf Kuba jedoch dem Gegenwert von etwa fünfzig Jahren ehrlicher Arbeit entsprach. Ich hätte fünf Millionen verlangen sollen. Dollar, nicht Pesos.

WLAN war in Kuba praktisch unbekannt, stand in den Reiseunterlagen, und Handyempfang gab es in der Regel auch nicht, worauf mich Carlos bereits hingewiesen hatte. Das stellte natürlich ein Problem dar, wenn ich mit Sara kommunizieren oder im Notfall die amerikanische Botschaft kontaktieren wollte. Nun, bei der Army hatte ich gelernt, dass man mit der Ausrüstung in die Schlacht ziehen muss, die einem zur Verfügung steht. Und nicht mit der, die man gerne hätte.

Satellitentelefone wären eine Möglichkeit gewesen, doch die hätten die kubanischen Behörden *erst recht* misstrauisch gemacht. Da kann man gleich mit einem CIA-Dienstausweis durch die Gegend marschieren.

Ich nahm einen großen Schluck Bier. Allmählich spürte ich, wie der Alkohol mein Gehirn vernebelte. Ein Zustand, in dem ich gelegentlich dazu neigte, schonungslos ehrlich mit mir zu sein. Irgendwo tief drin wusste ich, dass Mac nicht wegen des Geldes in dieses kubanische Abenteuer eingewilligt hatte, sondern deshalb, weil er geregelte Arbeitszeiten hasste und Action brauchte. Aus diesem Grund hatte ich auch den Job an der Wall Street hingeschmissen und für einen beschissenen Sold in Afghanistan gekämpft. Aus diesem Grund schipperte ich mit einem kleinen Boot auf einem großen Ozean, auch wenn mir das nicht annähernd denselben Adrenalinkick wie im Gefecht verschaffte. Wahrscheinlich waren irgendwelche Vaterkomplexe die Ursache dafür, doch diese Analyse hob ich mir für später auf.

Jedenfalls hatte ich nun eine elegante Lösung für meine Geldprobleme *und* meine Midlife-Langeweile gefunden. *Kuba.* Wenn ich Sara, Carlos und Eduardo glauben wollte, kämpfte ich zudem für die gerechte Sache, versetzte einem unterdrückerischen Regime einen empfindlichen Schlag und half bei der Wiedergutmachung eines alten Unrechts. Doch letzten Endes tat ich es für mich. Und Jack. Und in gewissem Sinne für alle, die mit einem leichten Dachschaden aus dem Krieg heimgekehrt waren.

Wie die meisten Veteranen hatte mich die Dienstzeit zu einem besseren Menschen gemacht. *Ehrenhaft*, stand auf meinen und Jacks Entlassungspapieren, und das stimmte auch. Was dagegen nicht stimmte, war die Behauptung, dass es zu meinem militärischen Rang – Infanteriekommandant – keine Entsprechung im zivilen Leben gibt. Die gab es nämlich durchaus.

Ich sah zu Sara hinüber. Sie war verschwunden.

Als ich bei Tina ein neues Bier bestellte, reichte sie mir stattdessen eine handgeschriebene Nachricht auf einer Papierserviette: *Gehen Sie schlafen. Wird ein langer Tag morgen. S.*

Oder, wie ich meinen Männern am Abend vor einem gefährlichen Einsatz immer zu sagen pflegte: »Ob der morgige Tag der längste oder der kürzeste eures Lebens wird, liegt ganz bei euch.« Und natürlich am Feind und den Kriegsgöttern und dem Schicksal.

12

Um uns in die richtige Abenteuerstimmung zu bringen, flog uns die dubiose Charterairline mit einer abgehalfterten MD-80 nach Kuba.

Sara saß etwa zehn Reihen vor mir auf dem Fensterplatz neben einem älteren Herrn, der entweder schlief oder beim Abheben vor Angst gestorben war.

Ich saß am Gang. Der Mann mittleren Alters neben mir – der für eine Wohltätigkeitsorganisation namens Friendly Planet arbeitete – starrte aus dem Fenster, während ich den Abschnitt über Cayo Guillermo in dem Reiseführer las, den Carlos mir gegeben hatte. Die Insel war nicht nur ein Paradies für Angler, sondern beherbergte auch einen von Kubas sieben offiziellen Importhäfen. Wir mussten uns also auf Sicherheitskontrollen, Grenzschutzbeamte und, da war ich mir sicher, Patrouillenboote einstellen.

Gähnend legte ich den Reiseführer beiseite und sah mich um. Die etwa dreißig Personen umfassende Yale-Gruppe hatte sich im bis zum letzten Platz besetzten Flugzeug verteilt. Keine Ahnung, zu welchen Organisationen die anderen Passagiere gehörten oder was sie in Kuba wollten.

Wie vereinbart hatten wir uns um 5.30 Uhr in der Lobby versammelt und waren von unseren Reisebegleitern begrüßt worden, einem jungen Mann namens Tad und einer jungen Frau namens Alison. Obwohl sie an der Yale dozierten, schienen sie kein sehr ausgeprägtes Organisationstalent zu besitzen. Tad war um die dreißig, wirkte aber jünger, wahrscheinlich das Resultat eines längeren Aufenthalts im Elfenbeinturm. Drei Jahre bei der Army hätten ihm sicher nicht geschadet. Alison sah ganz gut aus, wirkte aber etwas streng und verklemmt. Trotzdem – wäre Sara nicht gewesen, hätte ich die Herausforderung wohl angenommen. Laut Reiseplan würden Tad und Sara mehrere Vorträge über die kubanische Kultur halten. Ort und Zeit würden noch bekannt gegeben. Wahrscheinlich, damit man nicht so einfach schwänzen konnte.

Auch bei dieser ersten Versammlung achtete Sara darauf, sich nicht in meiner Nähe aufzuhalten, was mir aber um halb sechs Uhr morgens nicht unrecht war. Sie trug eine schwarze Hose, Sandalen und ein bequemes grünes Polohemd. Wo sie wohl die dreihunderttausend kubanischen Pesos versteckt hatte?

Wie die meisten Männer der Gruppe trug ich eine Chinohose, ein Polohemd und stinknormale Straßenschuhe. Apropos Kleidung: Carlos hatte uns empfohlen, uns bei unserer Flucht über Land als Wandererurlauber zu tarnen, daher hatten wir Rucksäcke als Handgepäck dabei. Die Koffer würden wir einfach im Hotel in Havanna stehen lassen, bevor wir uns auf Nimmerwiedersehen aus dem Staub machten.

Nach dem Morgenappell wurden wir in die nächste Wartehalle geschleust, wo wir unzählige Formulare ausfüllen und Passkontrollen, Visakontrollen und anderen bürokratischen Mist über uns ergehen lassen mussten. Nachdem wir fünfundzwanzig Dollar kubanische Ausreisesteuer bezahlt hatten, erhielten wir die Bordkarten für unsere Himmelfahrtskommando-Airline.

Während dieser langwierigen Prozedur beobachtete ich unauffällig meine Reisegefährten. Die Yale-Gruppe bestand größtenteils aus Paaren mittleren Alters, und die meisten sahen so aus, als hätten sie auf einmal keine Lust mehr auf das große Kubaabenteuer. Das konnte ich gut nachvollziehen. Ich zählte sieben bis acht Singles, darunter auch Sara und mich, und mehrere ältere Damen von der Sorte, wie man sie bei jeder Gruppenreise antrifft, egal wie miserabel die medizinische Versorgung am Zielort auch sein mag. Sie hatten meine Hochachtung, mein Amoxicillin würden sie nicht bekommen.

Das Wichtigste: Niemand aus der Gruppe wirkte verdächtig. Bis auf Sara und mich natürlich. Ebenfalls interessant war, dass aus der Yale-Gruppe bis auf Sara Ortega niemand einen spanischen Nachnamen trug. Hoffentlich bekam sie deshalb nach der Landung in Havanna keine Probleme.

Auf der Teilnehmerliste befand sich doch ein Name, den ich wiedererkannte – Richard Neville. Ein Bestsellerautor, von dem ich zwei oder drei gar nicht so schlechte Romane gelesen hatte. Und tatsächlich stand etwas von der Gruppe entfernt ein Mann, der Ähnlichkeit mit dem Foto auf dem Buchumschlag hatte, wenn ich mich recht erinnerte. Die gut aussehende Frau an seiner Seite war wohl – der Liste nach zu urteilen – Cindy Neville. Vom Alter her hätte sie auch seine Tochter sein können, doch da sie nicht die entfernteste Ähnlichkeit mit ihm hatte, vermutete ich, dass sie seine Frau war. Was ihr an ihm wohl so gut gefiel? Wahrscheinlich die dicke Beule in seiner Hose – die von seinem gut gefüllten Geldbeutel herrührte.

Auf der Liste stand auch ein Yale-Professor namens Barry Nalebuff, der ebenfalls Vorträge halten würde.

Nach dem dritten oder vierten Durchzählen und mehreren eher verwirrenden Anweisungen von Tad und Alison war es Zeit für eine Tasse Kaffee und womöglich den letzten Butterbagel, den ich in diesem Leben genießen würde. Dann ging es zum Gate.

Vierzig Minuten nachdem wir Miami verlassen hatten, befanden wir uns bereits im Landeanflug auf Havanna – der Hölle auf Erden, wenn man Eduardo und Carlos glauben wollte. Ich konnte mir gut vorstellen, wie es in den Fünfzigern auf solchen Flügen zugegangen war. Playboys, Filmstars, Gangster und Abenteuerlustige aus New York und Miami in luxuriösen Maschinen auf dem Weg ins sündige Havanna – wo es Casinos, Prostituierte, Sexshows, Drogen und alles andere gab, an das man in den konservativen USA der damaligen

Zeit nur schwer rankam. Das alte Havanna musste eine ausgenommen verruchte Stadt gewesen sein. Kein Wunder, dass Batistas Regime in sich zusammengefallen war wie eine verfaulte Mango. Sara hatte gesagt, dass ihr Großvater mit einer der letzten Linienmaschinen aus Havanna geflohen war. Jetzt kehrte seine Enkelin zurück. Hoffentlich hatte sie genauso viel Glück dabei, die Insel zu verlassen.

Die Kommunisten waren ebensolche Spaßbremsen wie die radikalen Islamisten, gegen die ich in Afghanistan gekämpft hatte. Wenn solche Leute an die Macht kommen, stellen sie zuerst mal eine Spaßpolizei auf. »Das Leben ist kurz, Sportsfreund. Lachen, tanzen, trinken und vögeln, darauf kommt's an«, hatte ich einem Taliban mal per Dolmetscher verständlich machen wollen. Vergebliche Liebesmüh.

Irgendwann hatte der Typ neben mir den Blick aus dem Fenster satt. »Wird auch allmählich Zeit für normale diplomatische Beziehungen«, sagte er.

»Genau.«

»Und das Handelsembargo muss auch aufgehoben werden.«

»Gute Idee.«

»Unsere Regierung hat uns belogen.«

»Was Sie nicht sagen.«

»Im Ernst, die Kubaner sind nicht anders als wir. Sie wollen Frieden und eine Normalisierung der Beziehungen.«

Oder so schnell wie möglich das Land in Richtung Miami verlassen, dachte ich. »Freut mich zu hören«, sagte ich.

»Wir werden positiv überrascht werden.«

Es klingelte. »Oh, der Kapitän hat gerade die ›Bitte nicht reden‹-Lämpchen eingeschaltet«, sagte ich.

Mein Reisegefährte wandte sich wieder zum Fenster um. Ich nutzte die Gelegenheit, um das Zollanmeldungsformular auszufüllen. Ob ich Feuerwaffen bei mir führte? Leider nicht. Rauschmittel? Nur Restalkohol.

Außerdem musste ich angeben, ob ich kubanische Pesos dabeihatte und wenn ja, wie viele. *Nein*, lautete die Antwort. Was Sara hier wohl ankreuzte? Ehrlich währt am längsten, heißt es immer, aber dieser Spruch gilt nur für schlechte Lügner.

Schließlich galt es noch ein Einreiseformular auszufüllen. War dies mein erster Aufenthalt auf Kuba? *Ja*. Und der letzte. Wie lautete meine voraussichtliche Aufenthaltsadresse? *Das Parque Central Hotel in Havanna*. Oder sollte ich die Höhle auch erwähnen? Lieber nicht. Bei der Frage zur Rückreise nannte ich Datum und Nummer des Rückflugs – obwohl ich die Insel höchstwahrscheinlich etwas früher auf meinem Boot und, wenn ich Pech hatte, unter Beschuss verlassen würde. Dann unterzeichnete ich.

Ich blickte auf. Sara kam auf mich zu. Ohne mich anzusehen, steuerte sie auf die Toiletten im Heck der Maschine zu. Auf dem Rückweg dagegen streifte ihre Hand leicht meine Schulter. Allmählich gefiel mir die Geheimnistuerei. Wie aufregend.

Beim Landeanflug konnte ich einen Blick auf Havanna in der Entfernung erhaschen. Eine Zweimillionenstadt um einen großen Hafen herum, der das Tor zur Floridastraße und der Welt dahinter darstellte – wenn man es denn so weit schaffte.

Dann setzten wir zur Landung auf dem Aeropuerto Internacional José Martí an. Neben mehreren so gut wie leeren Parkplätzen waren einige Passagierterminals zu erkennen. Ein Bereich des Flughafens diente militärischen Zwecken. Wie es aussah, war dort die komplette kubanische Luftwaffe – bestehend aus fünf gut erhaltenen sowjetischen MiG-Kampfflugzeugen, ein paar in Russland gebauten Helikoptern und einer altertümlichen amerikanischen DC-3 mit einem roten Stern auf dem Heck – versammelt. Hoffentlich waren die MiGs aus Ersatzteilmangel flugunfähig oder wurden gerade repariert. Bei unserer Flucht aus Kuba wollte ich sie jedenfalls nicht über mir kreisen sehen.

Im Reiseführer stand, dass der Aeropuerto Internacional José Martí 1961 zur Vorbereitung auf die von der CIA unterstützte Invasion in der Schweinebucht von exilkubanischen Piloten bombardiert worden war. Die Flugzeuge, amerikanische Bomber, hatte angeblich die CIA gestellt. So langsam begriff ich, weshalb das Castro-Regime den USA gegenüber einen gewissen Groll hegte. Nun, der Flughafen war wieder repariert, der Vorfall jedoch ganz sicher nicht vergessen.

Die MD-80 setzte auf der Landebahn auf, und ich war auf Kuba. Neunzig lange Meilen vom Green Parrot entfernt.

13

Wir stiegen aus und gingen im Gänsemarsch unter der sengenden Sonne und den Blicken der mit AK-47-Gewehren bewaffneten Sicherheitspolizisten über den flirrenden Asphalt. Aus der letzten AK, die ich zu Gesicht bekommen hatte, war auf mich geschossen worden.

Wir betraten Terminal zwei, ein dunkles, ungemütliches Gebäude, das laut Reiseführer in den Tagen der kubanisch-sowjetischen Zusammenarbeit eigens errichtet worden war, um die wenigen Amerikaner, die mit den Charterflügen kamen, von den anderen Reisenden fernzuhalten. Ich sah mich nach einem Schild um, auf dem WILLKOMMEN, US-BÜRGER! stand, aber das war wohl gerade in Reparatur. Eine Klimaanlage suchte ich ebenfalls vergebens. Wir mussten uns mit ein paar Standventilatoren begnügen.

Tad hielt ein Yale-University-Schild hoch, unter dem wir uns versammelten. Um uns herum tummelten sich die Teilnehmer anderer, von kulturellen Institutionen, Universitäten und Kunstmuseen organisierter Gruppenreisen. Anscheinend war Kuba beim Bildungsbürgertum gerade schwer angesagt.

Tad scharte uns um sich, und ich rechnete schon damit, gleich den »Whiffenpoof Song« anstimmen zu müssen. »Bitte zusammenbleiben!«, rief er stattdessen. Plötzlich stand Sara neben mir. Verständlicherweise wirkte sie etwas angespannt. »Hi, ich bin Dan MacCormick, und Sie?«, fragte ich, um sie etwas aufzuheitern.

Sie sah mich kurz an. »Sara.«

»Zum ersten Mal hier?«
»Nein.«
»Wissen Sie, wo ich hier Zigarren kaufen kann?«
»Im Zigarrenladen.«
»Aha. Reisen Sie allein?«

Darauf antwortete sie nicht, doch ein Lächeln huschte über ihr Gesicht. Ich tätschelte ihr beruhigend den Arm.

Unterdessen hatte Alison einen Uniformierten aufgetrieben, der die Gruppe zu einem Zollbeamten in einer kleinen Kabine hinter einem großen Schalter führte.

Wir bildeten eine Schlange. Sara war ein paar Meter vor mir. Sie wirkte völlig ruhig, obwohl sich irgendwo an ihrem Körper oder in ihrem Gepäck dreihunderttausend kubanische Pesos befanden. Die würde sie bei einer Leibesvisitation wohl nur schwer erklären können – genau wie die handgezeichnete Wanderkarte in ihrem Rucksack.

Der Zollbeamte winkte den ersten Reisenden – zufälligerweise eine der Damen, die neben Sara im Restaurant gesessen hatte – zu sich in die Kabine.

Roboterartig nahm der Beamte das Einreiseformular entgegen, verglich ihr Gesicht mit dem Foto im Pass und strich ihren Namen von einer Liste auf einem Klemmbrett. Dann stellte er mehrere Fragen, die ich nicht mitbekam, bat sie, zurückzutreten, die Brille abzunehmen und in eine Kamera über dem Schalter zu blicken. Dass sie uns fotografierten, war mir gar nicht recht, aber wir hatten wohl keine andere Wahl.

Dann stempelte der Zollbeamte das Visum der Dame und behielt eine Hälfte. Er drückte außerdem einen Stempel in ihren Pass, dann betätigte er einen Knopf, sodass sich eine Tür auf der linken Seite der Kabine öffnete. Ob wir die Gute jemals wiedersahen?

Der Beamte winkte die nächste Amerikanerin – Alison – zu sich, und die Prozedur ging von vorne los.

Das Ganze dauerte eine Ewigkeit. Einmal näherte sich ein Paar gemeinsam der Kabine, woraufhin der Beamte einen schweren Anfall von Korinthenkackerei bekam. »Uno, uno!«, keifte er, als hätte er noch nie vom kubanischen Tauwetter gehört.

Schließlich war Sara an der Reihe. Sie marschierte in die Kabine, als wäre es das Normalste von der Welt.

Der Zollbeamte sah sich Señorita Ortega ganz genau an. Es war offensichtlich, dass sie sich auf Anhieb unsympathisch waren. Sara trat zurück, ließ sich fotografieren, nahm Visum und Pass entgegen und verschwand durch die Tür.

Der Mann in der Kabine griff zum Hörer, sprach mit jemandem und bat dann die nächste Person in der Schlange zu sich. Womöglich war es bei dem Telefonat ja nicht um Sara Ortega gegangen. Vielleicht hatte er nur keine Tinte fürs Stempelkissen mehr.

Nach einer Viertelstunde war ich dran. Ich ging in die Kabine.

Der Beamte sah mich aus toten Augen an. Ich gab ihm meinen Pass, das Einreiseformular und das *visa tarjeta del turista*.

Er blätterte durch den Pass und betrachtete das Foto. Bis auf einen Abstecher auf die Cayman Islands vor zwei Jahren hatte ich die USA seit Längerem nicht verlassen.

»Reisen Sie allein?«, fragte er mit starkem Akzent.

»Ja.« Aber ich arbeite daran, die Lady flachzulegen, die Sie vorhin so auf die Palme gebracht hat.

Ich machte mich fürs Foto bereit, aber er betrachtete weiterhin meinen Pass. Ich hatte ihm doch hoffentlich nicht aus Versehen den der Conch Republic gegeben?

»Zurücktreten und in die Kamera blicken. Nicht lächeln«, sagte er schließlich.

Ich trat zurück und setzte eine finstere Miene auf, damit er für die Geheimpolizei ein Bild von mir machen konnte. Dann stempelte er Pass und Visum ab, behielt die Hälfte und drückte auf den Knopf, der die Tür öffnete. Wahrscheinlich war dahinter ein Loch im Boden.

Im Abfertigungsbereich schnüffelten Hunde an Reisenden und Gepäck. Während ich durch einen Scanner trat, wurde mein Gepäck durchleuchtet. Der Zollbeamte öffnete meinen Rucksack und besah sich den Feldstecher, den ich mitgenommen hatte, weil wir ihn auf dem Weg zur Höhle und auf Cayo Guillermo sicher gut gebrauchen konnten. Das Schweizer Taschenmesser fand er auch und fuchtelte damit vor meiner Nase herum. »Was ist das?«

»Zum Bierflaschenöffnen. *Cerveza.*«

»Illegal. Steuer. Zehn Dollar.«

Wahrscheinlich meinte er ein Bußgeld, und eigentlich war es Erpressung, aber ich gab ihm einen Zehner, woraufhin ich das Messer zurückbekam. »Okay. Weiter.«

Der *bandito* hatte sich gerade einen halben Monatslohn unter den Nagel gerissen. Ich für meinen Teil registrierte zufrieden, dass Korruption kein Fremdwort für die Beamten der kubanischen Republik war. Das konnte sich noch als nützlich erweisen.

Wir begaben uns zur Gepäckausgabe, bei der es sich um eine lange Theke handelte, auf die man unsere Koffer gestapelt hatte. Sara war nirgendwo zu sehen. Alison scheuchte alle zum Ausgang, die es durch den Zoll geschafft hatten und wieder mit ihrem Gepäck vereint waren.

Sobald ich meinen Koffer aufgesammelt hatte, rollte ich ihn zu dem Beamten hinüber, der die Zollanmeldungsformulare einsammelte. Auf mehreren Koffern waren Kreidemarkierungen. Diese wurden an einem separaten Schalter durchsucht, während man von ihren Besitzern weitere »Steuern« eintrieb. Allmählich machte ich mir Sorgen um Sara. Leider konnte ich mich nicht bei Alison nach ihr erkundigen. Offiziell kannte ich Sara Ortega gar nicht.

Da sich auf meinem Koffer keine Kreidemarkierungen befanden, gab ich dem Zollbeamten das Formular und trat aus dem Flughafen in die grelle Sonne. Vor dem Terminal warteten mehrere Busse in einer Reihe. Ich ging auf den Yale-Bus zu, vor dem Tad mit einem

Klemmbrett stand und Häkchen auf eine Teilnehmerliste setzte. Ein kubanischer Gepäckträger schlichtete unsere Koffer in den Laderaum.

»MacCormick«, teilte ich Tad mit.

Er suchte meinen Namen und hakte ihn ab. »Bitte geben Sie dem Herrn hier Ihren Koffer und steigen Sie ein.«

Ich riss Tad das Klemmbrett aus der Hand und warf einen Blick auf die Liste. Hinter den meisten Namen befand sich bereits ein Häkchen, nicht aber bei Sara Ortega. Ich gab das Klemmbrett zurück, ließ meinen Koffer am Bordstein stehen und wollte ins Terminal zurückgehen. Ein bewaffneter Wachposten versperrte mir den Weg, sodass mir nichts anderes übrig blieb, als von außen durchs Fenster zu spähen.

Ich holte das Handy heraus, doch ich hatte weder Empfang noch Saras Nummer. Wir hatten vereinbart, die Handynummern erst irgendwann nach der Ankunft in Havanna auszutauschen – für den unwahrscheinlichen Fall, dass es doch Empfang gab.

Weitere Mitglieder der Reisegruppe verließen das Terminal. Sara war nicht darunter.

Als ich kurz davor war, dem ahnungslosen Tad Saras Verschwinden zu melden, kamen Alison und Sara fröhlich plaudernd und ihre Koffer hinter sich herziehend aus der Tür. Sara nickte mir knapp zu. »Jetzt sind alle da«, sagte Alison, die mich anscheinend als Mitglied der Reisegruppe erkannt hatte. »Sie können einsteigen.«

Während Alison auf den Bus zueilte, ließ sich Sara etwas zurückfallen.

Obwohl mir Sara Ortega vollkommen unbekannt war, erbot ich mich, ihren Rucksack zu tragen, wie es jeder allein reisende Gentleman in Gegenwart einer hübschen Frau getan hätte. Sie nahm mein Angebot an. »Was ist passiert?«, fragte ich, während wir gemeinsam zum Bus gingen.

»Sie haben mich in einen Nebenraum geführt, meinen Koffer durchsucht, mich abgetastet und ein paar Fragen gestellt.«

»War das eine Zufallskontrolle?«

»Hier geschieht nichts zufällig. Wahrscheinlich hat mein Nachname Verdacht erregt. Das ist reine Paranoia. Die haben generell ein Problem mit kubanoamerikanischen Touristen.«

»Okay ... und was ist mit dem Geld? Und der Karte?«

»Musste ich gar nicht verstecken. Die Karte steckt in meinem Reiseführer und ist ihnen überhaupt nicht aufgefallen. Die Pesos habe ich zwischen die amerikanischen Dollars in meinem Rucksack gemischt. So habe ich das bei meinem letzten Besuch auch gemacht. Der Zollbeamte hat mich gefragt, warum ich Pesos einführe.«

Und sie hatte eine plausible Antwort darauf gehabt, sonst wäre sie jetzt nicht hier gewesen.

»Ich habe ihn daran erinnert, dass es mir nicht verboten ist, Pesos zu besitzen, solange ich sie nicht ausgebe. Außerdem hatte ich sie ordnungsgemäß deklariert, das konnte ich mit dem Beleg der kanadischen Bank nachweisen, bei der ich sie eingetauscht habe. Ich sagte, dass ich das Geld diversen kubanischen Wohltätigkeitseinrichtungen zukommen lassen will – das ist ein ganz legaler Vorgang. Die amerikanischen Hilfsorganisationen machen es ganz genauso.«

»Und den Quatsch hat er geglaubt?«

»Er hat in erster Linie ein Geschäft gewittert«, erklärte sie. »Beim Zoll zu arbeiten ist sehr lukrativ. Sie können dich ausnehmen wie eine Weihnachtsgans, und die Regierung gibt ihren Segen dazu.«

»Mir hat man zehn Dollar abgeknöpft.«

»Da sind Sie noch mal glimpflich davongekommen. Mich hat der Spaß zweihundert gekostet.«

»Wir sind in der falschen Branche.« Señora Ortega war wirklich mit allen Wassern gewaschen. »Es hat schon bei der Passkontrolle so ausgesehen, als würden Sie Ärger kriegen.«

»Der Typ war nervig, ja. Er wollte wissen, was die *americana* schon wieder auf Kuba zu suchen hat und woher ich das Geld hätte, um mir das Parque Central leisten zu können. Damit hat er mich mehr oder weniger indirekt der Prostitution beschuldigt, woraufhin ich ihm angedroht habe, mich bei seinen Vorgesetzten zu beschweren.«

»Und deswegen hat er Sie beim Zoll gemeldet.«

»Schon möglich«, sagte sie. »Scheißkerle.«

»Genau.« Normalerweise war *ich* derjenige, der Ärger wegen seines losen Mundwerks bekam. Dass sie dasselbe Problem hatte, machte es nicht einfacher.

Tad und Alison warteten schon ungeduldig auf uns. Sara nahm ihren Rucksack entgegen, Tad machte sein Häkchen, der Gepäckträger verstaute ihren Koffer, und sie stieg ein.

Tad presste sein Klemmbrett fest gegen die Brust. Er hatte wohl Angst, dass ich es ihm noch einmal wegnahm.

Ich stieg ein. Die Luft in dem großen, klimatisierten Bus war kälter als der Arsch eines Brunnenbauers aus Maine.

Da der Bus über mehr als fünfzig Sitzplätze verfügte, hatte ich einen Doppelsitz allein für mich und meinen Rucksack. Sara hatte hinter mir neben einer älteren Dame Platz genommen.

Tad und Alison stiegen als Letzte ein und begrüßten alle. »Na, das war doch gar nicht so schlimm.« Sie stellte uns den Busfahrer namens José vor, den wir alle artig begrüßten. »*Buenos dias*, José!«

Zu jeder Gruppenreise gehört ein gewisses Maß an freiwilliger Infantilisierung. Ich fühlte mich in den gelben Schulbus aus meiner Kindheit zurückversetzt.

José gab Gas, und schon waren wir auf dem Weg nach Havanna, das laut Reiseführer etwa zwanzig Kilometer entfernt war. Während der Fahrt machten uns Tad und Alison mit dem Tagesplan vertraut. Unser kubanischer Reiseleiter würde sich zum Wilkommensdinner im Hotel zu uns gesellen und alle Fragen beantworten, die wir noch hatten. Zum Beispiel: Wie kam man von hier am schnellsten nach Paris?

Der in China produzierte Bus war auch für Amerikaner überraschend bequem. Allerdings war die Toilette defekt. Wahrscheinlich mussten wir warten, bis der Klempner aus Shanghai eintraf.

Tad und Alison hatten bereits eine Kubareise hinter sich, wenn auch keine gemeinsame. Hoffentlich fanden sie bald zueinander und ließen sich im Anschluss so wenig wie möglich blicken.

Ich blendete sie aus und sah aus dem Fenster. Die Gegend um den Flughafen herum war ziemlich heruntergekommen. Häuser mit Wellblechdach, von den Wänden bröckelte der Putz. Gottlob wurde das Elend größtenteils von der üppigen, tropischen Vegetation verdeckt. Der Bus musste mehrmals Eselskarren ausweichen. Die Yalies knipsten wie verrückt aus dem Fenster.

Das also war die Hölle. Ich hatte einmal eine TV-Doku über ganz gewöhnliche Leute gesehen, die sich dazu überreden ließen, Drogen in oder aus einem gottverlassenen Entwicklungsland zu schmuggeln. Natürlich werden sie dabei erwischt. Damals hatte ich noch über die Blödheit dieser Amateurdrogenschmuggler gelacht – wer riskierte schon für ein paar mickrige Kröten zwanzig bis dreißig Jahre in einem Drittweltgefängnis? Wie konnte man nur so bescheuert sein? Ich würde so etwas nie machen.

14

Auf der Straße zum Flughafen herrschte nur wenig Verkehr, und auch sonst hielt sich die morgendliche Betriebsamkeit in Grenzen – es gab keine Geschäfte, keine Tankstellen, keinen McDonald's. Das Einzige, das hier zum Verkauf stand, war die Revolution. Dafür wurde auf Reklametafeln geworben, hauptsächlich mit dem allseits bekannten, an Jesus erinnernden Konterfei von Ernesto »Che« Guevara samt einem Zitat desselben, das *LA REVOLUCIÓN* pries. Ich sah auf dem ganzen Weg nur ein Graffiti: *CUBA SÍ – YANQUI NO*, stand auf der Wand eines baufälligen Hauses.

Wenn der zum Märtyrer stilisierte Che das Gesicht der Revolution war, so war Fidel der Strippenzieher. Dem Yale-Infomaterial war zu entnehmen, dass Fidel bescheidenerweise auf jede Form von Personenkult verzichtete, daher gab es weder Bilder noch Statuen, Postkarten oder Souvenirs mit F.C. oder R.C. darauf. Dabei hätte sich das Regime mit ein paar T-Shirts mit den Castro Brothers darauf sicher etwas dazuverdienen können.

Nach etwa dreißig Minuten hatten wir den Stadtrand von Havanna erreicht.

Der erste Eindruck bestimmt das Gesamtbild, und mein erster Eindruck von Kuba war der einer verfallenden Stadt. Die Gebäude in Havanna waren wie die neben der Straße zum Flughafen in schlechtem Zustand – oder in gar keinem Zustand mehr. Immerhin lag kein Müll auf den Straßen – was daran lag, dass die Leute schlicht nichts wegzuwerfen hatten.

Bei den wenigen Privatautos, die ich sah, handelte es sich um Schrottlauben aus der Sowjetära mit qualmenden Auspuffrohren. Dann erblickte ich den ersten amerikanischen Straßenkreuzer, ein kanariengelbes Chevy-Cabrio Baujahr 56 oder 57. Die Yalies fotografierten wie verrückt.

Überall lungerten irgendwelche Leute untätig herum, darunter auch Männer in Arbeitskleidung. Sie machten wohl gerade Pause, bevor sie zu ihren Zwanzig-Dollar-Jobs zurückkehrten. Die Frauen trugen samt und sonders dunkle Spandexhosen und Tanktops, aber niemand war gezwungen, in Fetzen durch die Gegend zu laufen. Wenn in Kuba Mangelernährung herrschte, wie Eduardo behauptet hatte, dann sicher nicht in Havanna. Im Gegenteil schienen die Damen hier eher gut genährt zu sein. Die Männer waren etwas schlanker und trugen hauptsächlich dunkle Hosen, Sandalen und T-Shirts mit den Logos amerikanischer Marken. Kinder konnte ich keine entdecken – die waren wahrscheinlich in der Schule oder noch gar nicht auf der Welt. Kuba hatte eine der niedrigsten Geburtenraten der westlichen Hemisphäre, was nicht gerade für die Zukunft des Landes sprach.

Alison kündigte einen Zwischenstopp auf der Plaza de la Revolución an, und kurz darauf verließen wir den klimatisierten Bus und traten in die drückende Oktoberhitze.

Der Platz war riesig. Tad sagte, dass eine Million Menschen – zehn Prozent der Gesamtbevölkerung – sich 1998 hier eingefunden hatte, um Papst Johannes Paul II. die Messe lesen zu hören. Ziemlich viele Leute für ein offiziell atheistisches Land, da hatte der Heilige Vater eine Menge Brot und Wein zu verteilen gehabt.

Die Plaza war von größtenteils hässlichen Gebäuden umgeben. Auf einer Fassade prangte eine riesige Metallsilhouette des bärtigen, Barett tragenden Che. HASTA LA VICTORIA SIEMPRE, stand darunter. Sicher die letzten Worte Ches an seine Frau Vickie, obwohl Tad behauptete, dass es »Immer bis zum Sieg!« hieß. Ich musste dringend an meinem Spanisch arbeiten. *Corona, por favor.*

Auf der hauptsächlich asphaltierten Plaza standen etwa ein Dutzend Reisebusse. Die Touristen machten fleißig Fotos mit ihren iPhones, die sie ihren Bekannten aber erst schicken konnten, wenn sie das WLAN-lose Kuba verlassen hatten.

Überall auf der Welt, wo sich Touristen versammeln, gibt es öffentliche Toiletten und Getränkeverkäufer, aber nicht hier, wie wir zu unserer Enttäuschung feststellen mussten. Anscheinend gehörten weder Klos noch kalte Getränke zum aktuellen Fünfjahresplan.

Mehrere Mitreisende schlichen sich auf die Toiletten der anderen Busse, andere kehrten in unseren Bus zurück, um der Hitze zu entkommen. Für die konstitutionsschwachen unter uns stellten die ersten Stunden auf Kuba eine echte Herausforderung dar. Von der Yale-Studienreise nach Afghanistan konnte ich ihnen nur abraten.

Eines der hässlichen Gebäude wurde von bewaffneten Soldaten bewacht. Mehrere Militärfahrzeuge standen davor. Das Hauptquartier der Kommunistischen Partei, wie Tad erklärte. Die Yalies fotografierten.

Das Schönste an der Plaza waren die vielen amerikanischen Oldtimer. Die Fahrer der Taxis forderten die Touristen auf, Bilder von sich mit ihren Autos zu machen. An vielen Antennen flatterten amerikanische Flaggen. Interessant.

Selbstverständlich war keiner der Oldtimer nach 1959 gebaut worden, jenem Jahr, in dem die Zeit hier stehen geblieben war. Sie waren in Topzustand und weitaus liebevoller gepflegt als die Gebäude um den Platz herum. In vier Wochen war ich reich, dann würde ich mir auch einen alten Caddy besorgen.

Mir fiel ein, dass sich Dave Katz sicher über so ein Foto freuen würde. Ich suchte mir ein hellblaues Buick-Cabrio aus, von dem sein Fahrer behauptete, es sei von 1956. Ich gab dem Mann mein iPhone und fragte Sara, die in der Nähe stand, ob sie sich mit mir fotografieren lassen wollte. Sie lehnte ab. Das ließ der Besitzer des Buick – der übrigens exzellent Englisch sprach – nicht auf sich beruhen und zerrte sie förmlich an der Hand zu seinem Wagen. Der tüchtige Geschäftsmann mit der romantischen Ader schob uns näher zusammen, und ich legte einen verschwitzten Arm um Sara.

»Sehr schön! Lächeln!«

Er machte zwei Fotos. »Geben Sie mir Ihre Nummer, damit ich Ihnen die Bilder schicken kann«, sagte ich.

»Später vielleicht.« Sie entfernte sich. Inzwischen hatten mehrere Mitreisende mitbekommen, dass ich an der hübschen, allein reisenden Lady, der ich am Flughafen den Rucksack getragen hatte, nicht uninteressiert war. Ich gab dem Besitzer des Buick verbotenerweise einen Fünfdollarschein, den er verbotenerweise annahm.

Apropos Geld: Alison kündigte als nächste Station eine Bank an, damit wir uns mit CUC versorgen konnten, solange sie noch welche vorrätig hatte, und wir stiegen wieder ein. Tad gab uns den hilfreichen Tipp, dass die Kassierer gelegentlich gefälschte Fünfziger und Hunderter, die sie zum halben Preis kauften, in die Auszahlung schmuggelten und die echten behielten. »Immer auf das Wasserzeichen achten«, sagte Tad. Saras Großvater rotierte wahrscheinlich gerade in seinem Grab.

Weiter ging es Richtung Norden auf einem breiten Boulevard mit gepflegtem Grünstreifen in der Mitte. Die Art-déco-Gebäude zu beiden Seiten mussten dringend restauriert werden. Eigentlich hätte der ganzen Stadt eine Generalüberholung durch kubanoamerikanische Bauunternehmer aus Florida gutgetan.

Der Bus bog in eine Seitenstraße und hielt vor einem kleinen, schäbigen Bau, der aussah wie ein Sozialamt, in Wahrheit aber eine staatliche Bank beherbergte. Wir stellten uns in der schmuddeligen Schalterhalle in einer Reihe auf und warteten darauf, unsere Yankee-Dollars in *Peso convertible* umzutauschen.

Carlos hatte mir empfohlen, nicht mehr als fünfhundert Dollar auf einmal umzutauschen, um keine unnötige Aufmerksamkeit zu erregen. Jeder zweite Kubaner sei ein inoffizieller Mitarbeiter der

Regierung, hatte er behauptet. Diese *los vigilantes* – oder auch *los chivatos*, die Spitzel – genannten Schnüffler spionierten ihre Nachbarn aus und meldeten auch alle verdächtigen ausländischen Umtriebe. Hier herrschten bestimmt keine Schweizer Verhältnisse, aber irgendwie vermutete ich, dass sowohl Carlos als auch Eduardo bei der Schilderung der Verdorbenheit der kubanischen Gesellschaft etwas übertrieben hatten. Die Realität hinter ihrer Paranoia und ihrem Hass auf das Regime war wohl etwas komplexer.

Ich gab einem griesgrämigen Bankangestellten fünfhundert Dollar und meinen Pass. Der offizielle Wechselkurs betrug eins zu eins, auf den er noch einen *Fuck-You-Yanqui*-Zuschlag von zehn Prozent kassierte. Außerdem fotokopierte er meinen Ausweis.

Bald saßen wieder alle im Bus und hielten die CDC-Scheine auf der Suche nach dem Wasserzeichen ins Licht. Tad zählte durch, dann ging es weiter zum Hotel Nacional, wo laut Alison ein Mittagessen auf uns wartete. Anschließend würden wir im Hotel Parque Central unsere Zimmer beziehen.

Auf dem Weg nach Norden in Richtung Floridastraße sah ich aus dem Fenster. *Havanna, die heruntergekommene Schönheit,* stand im Reiseführer.

Wenn man an einen Ort kommt, den man zu kennen glaubt, weil so viel über ihn berichtet oder geredet oder geschrieben wurde, findet man schnell heraus, dass man rein gar nichts darüber weiß. Wie hieß es im Infopaket so schön? *Vergessen Sie Ihre Vorurteile und entdecken Sie Kuba auf eigene Faust.*

Von mir aus. Letzten Endes interessierte ich mich nicht für das wahre oder wirkliche Kuba. Wenn ich wieder von hier verschwand, wollte ich nicht an Erfahrungen reicher, sondern nur reicher sein. Und nicht tot.

15

Der Reisebus fuhr eine lange, von Bäumen gesäumte Allee entlang, an dessen Ende das beeindruckende Hotel Nacional stand. Alison informierte uns darüber, dass es dem Breakers in Palm Beach nachempfunden ist. Das kannte ich, da war ich mal abgestiegen, in jenen sorglosen Zeiten, bevor ich mein Vermögen in die *Maine* gesteckt hatte. Die mir inzwischen auch nicht mehr gehörte.

Weiter erzählte Alison, dass das Nacional seit seiner Eröffnung im Jahre 1930 der Schauplatz vieler berühmter Ereignisse der kubanischen Geschichte gewesen war. Einmal war es sogar von einer revolutionären Gruppe besetzt worden, deren Mitglieder man später hinrichtete – wahrscheinlich hatten sie sich über die Rechnung beschwert. Des Weiteren hatte es eine Menge reicher, berühmter und mächtiger Leute beherbergt. Adlige, Politiker, Filmstars und nicht zuletzt Gangster. 1946 hatten Meyer Lansky und Lucky Luciano hier unter dem Deckmantel eines Frank-Sinatra-Konzerts die größte Zusammenkunft in der Geschichte der amerikanischen Mafia abgehalten. Ob Frank wohl gewusst hatte, was da vor sich ging? Mir jedenfalls war sofort klar gewesen, dass das Nacional der ideale Ort war, um sich mit Jack auf einen Drink zu treffen.

Wir durchquerten die prächtige Lobby, die Spuren einer kürzlich erfolgten Renovierung aufwies, betraten durch den Hintereingang eine Terrasse und folgten Tad und Alison eine sanft zur Floridastraße abfallende Rasenfläche hinunter. Dort war ein Pavillon aufgebaut, unter dem den Touristen das Mittagessen serviert wurde.

Für die Yale-Gruppe waren zwei lange Tische reserviert. Ich fand mich zwischen zwei Paaren wieder, die verkrampft Konversation machen wollten. Der Bestsellerautor mit seiner bestens aussehenden Frau saß mir gegenüber. Sara hatte am anderen Tisch Platz genommen.

Da ich nicht die geringste Lust auf ein familiäres Mittagessen à la »Könnten Sie mir wohl bitte die Bohnen reichen« hatte, entschuldigte ich mich und schlenderte zum Wasser hinunter, wo mehrere Befestigungsanlagen die Floridastraße bewachten.

Für einen amerikanischen Dollar bot mir ein freischaffender Reiseleiter eine Geschichtsstunde an. Ich stellte ihm zwei in Aussicht, wenn sie nicht länger als vier Minuten dauerte.

Besagter Reiseleiter, ein Student namens Pablo, erzählte mir, dass einige der Anlagen tatsächlich sehr alt waren. Allerdings hatte F.C. aus Furcht vor einer drohenden amerikanischen Invasion während der Kubakrise von 1962 den Bau weiterer Befestigungen auf dem Gelände des Hotel Nacional angeordnet.

Bei diesen sogenannten Befestigungen handelte es sich jedoch um nicht mehr als ein paar mickrige Bunker und exponierte Maschinengewehrstellungen. Meiner militärischen Erfahrung nach konnte man so etwas mit einer einzigen Salve aus den Sechzehn-Zoll-Geschützen eines Kriegsschiffes in etwa zwei Minuten dem Erdboden gleichmachen. Das ganze Arrangement war wohl eher auf einen psychologischen Effekt ausgerichtet.

Pablo schien ebenfalls der Meinung, dass die Befestigungen ein Witz waren, und gestand mir im Vertrauen, dass er in die USA auswandern wollte. »Da rüber«, sagte er und blickte sehnsüchtig auf die Floridastraße.

»Viel Glück.«

Ich gab ihm zehn Dollar, worauf er mir noch seine Meinung zur kubanischen Wirtschaft verriet: »Scheiße.«

Während ich noch überlegte, ob ich mich an die Bar setzen sollte, tauchte Sara auf. Sie sagte etwas auf Spanisch zu Pablo. Dieser lachte, antwortete ebenfalls auf Spanisch und machte sich mit einem halben Monatsgehalt vom Acker.

»Was haben Sie gesagt?«, fragte ich.

»Ob er mit Ihnen flirtet, und falls nicht, ob ich es mal versuchen dürfte.«

»Ein einfaches ›*Adios, amigo*‹ hätte es sicher auch getan.«

»Auf Kuba erwartet man eine gewisse Schlagfertigkeit. Die Leute haben schließlich sonst nichts. Gehen wir ein bisschen spazieren«, schlug sie vor.

Wir folgten einem Pfad durch den Park, von dem man auf eine vierspurige Straße blicken konnte, die durch einen Steindamm vom Meer getrennt war. Die Straße hieß Malecón, sagte Sara, was so viel wie Ufermauer bedeutet. Das Meer war ruhig, die Sonne brannte, und es herrschte totale Windstille. »Und, wie gefällt Ihnen Kuba bisher?«

»Kann ich noch nicht sagen.« Ich schob die übliche Plattitüde hinterher: »Aber die Leute sind nett.« Dabei kamen sie mir eher apathisch und gleichgültig vor. »Fragen Sie mich morgen noch einmal.«

Sie grinste. »Es sind gute Menschen, denen seit fünf Jahrhunderten von unfähigen, korrupten und despotischen Herrschern übel mitgespielt wird. Deshalb gab es auf Kuba auch so viele Revolutionen.«

Vielleicht hatten sie mehr Glück, wenn sie sich eine Regierung aus dem Telefonbuch suchten, dachte ich. »Wie geht es Ihnen, jetzt, da Sie wieder hier sind?«

»Ich weiß nicht so recht«, gestand sie. »Es ist zwar das Land meiner Vorfahren ... aber so richtig zu Hause fühle ich mich nicht.«

»Wenn Kuba ein freies Land wäre – wie viele Kubanoamerikaner würden tatsächlich zurückkehren?«

»Weniger als die, die es jetzt von sich behaupten. Aber wir alle würden gerne ungehindert unsere Familien besuchen, Ferienhäuser kaufen – und unseren Kindern und Enkelkindern zeigen, woher ihre Eltern und Großeltern stammen.«

»Das wäre nett. Aber nicht mit der Airline, mit der wir hergeflogen sind.«

Wieder grinste sie. »Sie werden sehen, in einem Jahr wird es Linienflüge von amerikanischen Flughäfen aus geben. Und im nächsten Frühjahr werden Kreuzfahrtschiffe voller Amerikaner am Sierra-Maestra-Terminal anlegen.«

»Zwei Länder, ein Urlaub.«

»Toller Slogan. Haben Sie sich den ausgedacht?«

»Ja.«

Wir gingen schweigend weiter. Sie hatte sicher ihre Gründe, um auf das Mittagessen zu verzichten und stattdessen mit mir spazieren zu gehen.

Wir erreichten ein Denkmal am Ende des Parks. Das Monumento a las Víctimas del *Maine*, erklärte Sara.

Ein schlechtes Omen.

Wir kehrten um und gingen zum Hotel zurück.

»Was halten Sie davon, dass die USA die Beziehungen zu Kuba verbessern wollen?«, fragte sie.

»Na ja … das ist sicher eine gute Sache. Aber was bekommen wir im Gegenzug dafür?«

»Von diesen Arschlöchern? Nichts als Lügen. Hier wird sich erst etwas ändern, wenn sich auch das Regime ändert.«

»Das wird schon, wenn erst mal eine halbe Million amerikanische Touristen und Geschäftsleute mit einer Menge Geld und großen Worten ihre Vorstellung von Freiheit verbreiten.«

»Und genau davor hat das Regime Angst. Es hat nichts dabei zu gewinnen. Es wird für einen diplomatischen Zwischenfall sorgen oder … ein paar Amerikaner unter irgendeinem Vorwand verhaften lassen, um diesen Annäherungsprozess zu beenden.«

»Und das fänden Sie gut?«

»Um ehrlich zu sein: Ja.«

»Solange wir es nicht sind, die dafür verhaftet werden.«

Da sie darauf nichts antwortete, wechselte ich das Thema. »Ich bin mir nicht wirklich im Klaren darüber, welcher Art die Beziehung zwischen uns gerade ist.«

»Darüber wollte ich mit Ihnen reden. Es soll so aussehen wie eine Urlaubsromanze, damit bei unserem Verschwinden …«

»Verstehe. Das passiert mir in jedem Urlaub.«

»Das kann ich mir vorstellen. Aber nicht auf einer Gruppenreise in einem Polizeistaat. Damit Tad und Alison nicht in Panik geraten und die Botschaft anrufen, werden wir Ihnen eine Nachricht hinterlassen. Wir liegen in Mayabeque am Strand und sind bis zum Rückflug wieder da, oder so ähnlich. Natürlich werden wir nicht nach Mayabeque fahren. Carlos hat Ihnen sicher gesagt, dass wir unser Gepäck im Hotel lassen werden. Als hätten wir tatsächlich vor zurückkommen.«

»Hat er.«

»Auch wenn Tad und Alison die Botschaft nicht verständigen, wird der kubanische Reiseleiter unser Verschwinden bei den Behörden melden. Und wenn die den Vorfall ernst nehmen, werden sie der Polizei von Mayabeque unsere Namen mitteilen und die Fotos vom Flughafen schicken. Oder uns gleich in allen Provinzen zur Fahndung ausschreiben.«

»Okay, und wie weiter?«

»Da sich Europäer, Kanadier und Südamerikaner frei im Land bewegen dürfen, werden wir als Wanderer nicht weiter auffallen. Selbst wenn uns die Polizei aufhält, werden wir uns irgendwie rausreden können.« Sie sah mich an. »Immerhin sind wir nur zwei liebestrunkene Turteltauben auf der Suche nach einem ungestörten Plätzchen.«

»Und scharf wie Chili.«

Sie grinste. »Man wird uns zur Gruppe zurückbringen oder im schlimmsten Fall des Landes verweisen.«

»Es sei denn, wir haben die sechzig Millionen Dollar bereits bei uns. Wenn sie uns dann aufhalten …«

»Das ist natürlich ein Problem. Der gefährlichste Abschnitt unserer Reise liegt zwischen der Höhle und Cayo Guillermo.«

»Wenn wir mit sechzig Millionen erwischt werden, dann haben Sie Ihren diplomatischen Zwischenfall.«

»Ich glaube nicht, dass unsere Verhaftung reicht, um die Beziehungen nach dem Tauwetter wieder einfrieren zu lassen. Da müssten sie uns schon hinrichten.«

Das fand sie anscheinend lustig. Ich weniger.

»Wir kümmern uns um ein Problem nach dem anderen, also können wir uns auch um eins nach dem anderen Sorgen machen. Wir müssen der Polizei eben stets einen Schritt voraus sein. Schon bald werden wir mit dem Geld auf der *Maine* sitzen und nach Key West fahren. Genau das hält die Zukunft für uns bereit. Wenn Sie daran glauben.«

»Tue ich. Sonst wäre ich nicht hier.«

»Prima.«

»Übrigens«, sagte ich, »wie kriegen wir das Geld auf die *Maine*?«

»Das weiß ich noch nicht.«

»Und wann wissen Sie es?«

Sie schwieg eine Weile. »Unsere Kontaktperson in Havanna führt uns zu unserer Kontaktperson in der Provinz Camagüey, und dann führt uns meine Karte zu der Höhle, und anschließend führt uns eine Straße nach Cayo Guillermo.«

»Das ist mir schon klar. Aber wie bewältigen wir den Endspurt?«

»Das werden wir sehen, wenn wir auf Cayo Guillermo sind. Segmentierte Informationsvergabe«, rief sie mir in Erinnerung. »Niemand weiß mehr, als er wissen muss.«

Offenbar gab es auch auf Cayo Guillermo eine Kontaktperson, aber das musste ich zu diesem Zeitpunkt offenbar nicht wissen. Ich wandte mich drängenderen Fragen zu. »Werde ich mich an Sie ranschmeißen? Oder Sie sich an mich?«

Sie sah mich an. »Ich werde mich Hals über Kopf in Sie verlieben – so unglaubwürdig das unseren Mitreisenden auch vorkommen mag.«

War ich jetzt mit Grinsen an der Reihe? »Und wann geht's los?«

»Heute Abend beim Cocktailempfang. Am vierten Tag unserer Reise, am Sonntag, wenn die Pescando Por la Paz-Flotte Havanna Richtung Cayo Guillermo verlässt, wird es zwischen uns mächtig funken.«

»Ich weiß nicht, ob ich das richtig ...«

»Wir werden miteinander schlafen. Einverstanden?«

»Lassen Sie mich kurz nachdenken ... okay.«

»Gut.«

Und dafür wurde ich auch noch bezahlt? Die Sache musste einfach einen Haken haben.

»Ich mag Sie«, sagte sie nach einer Weile. »Also ist es okay.«

Ich antwortete nicht.

Sie sah auf. »Was ist mit Ihnen?«

»Das gehört eben zum Job.«

»Eigentlich ist das mein Spruch.«

»Ich finde Sie sehr interessant.«

»Das ist ja schon mal ein Anfang.«

»Und ich mag Sie.«

Wir schlenderten schweigend weiter. »Ich dachte, Sie hätten einen Freund?«, fragte ich nach einer Weile wider besseres Wissen.

»Ich dachte, *Sie* hätten einen Freund.«

»Das war nur Spaß.«

»Also schön, dann hat keiner von uns einen Freund.«

Wir gingen über den Rasen in Richtung Hotel und die Anhöhe zum Pavillon hinauf. »Ich esse an der Bar. Kommen Sie doch mit«, sagte ich.

»Wir sollten bei der Gruppe bleiben.«

»Ich habe genug von der Gruppe. Bis später im Bus.«

»Danke für den Spaziergang.« Sie betrat den Pavillon. »Da sind Sie ja«, sagte Tad kurz darauf. »Haben Sie den anderen Herrn gesehen, wie heißt er noch ...?« *Den Klemmbrettdieb.*

Ich ging auf die Terrasse, wo ein paar Dutzend *touristas* Mojitos tranken.

Ich setzte mich an die Bar in der sogenannten Hall of Fame, bestellte ein Corona, bekam aber nur ein lokales Bier namens Bucanero, das acht CUC kostete. Der Pirat auf dem Etikett hatte also durchaus seine Berechtigung. Ich gab dem Barmann einen Zehner und setzte mich in einen Sessel. Die anderen Gäste waren zum Großteil Zigarren rauchende, wohlhabend aussehende Männer, wahrscheinlich Südamerikaner. Kubaner konnten sich dieses Lokal sicher nicht leisten, und wenn, dann taten sie gut daran, es nicht zu zeigen.

Eine junge Frau in Netzstrumpfhose, die einen Bauchladen trug, kam auf mich zu. »Zigarre, *Señor?*«

»Klar.« Ich suchte mir eine Cohiba aus. Die junge Dame schnitt die Spitze ab und gab mir Feuer. Zwanzig CUC. Egal. In ein paar Wochen konnte ich mir meine Zigarren mit Fünfzigdollarscheinen anzünden.

Ich lehnte mich zurück, trank mein Bier, rauchte meine Zigarre und ließ den Blick über die Fotos der Prominenten an der Wand schweifen, die in glücklicheren Zeiten an diesem Ort gewesen waren. Das Sinatra-Konzert von 1946 hätte ich wirklich gerne miterlebt.

Aber zurück zur Gegenwart. Sara Ortega. Was für eine angenehme Überraschung.

16

Wie der Name schon vermuten ließ, befand sich unser Hotel, das Parque Central, in der Nähe eines Stadtparks mitten in Havanna.

Wir stiegen aus, holten unser Gepäck und betraten das einigermaßen neue Gebäude. Um das Atrium zog sich eine Galerie, die über eine breite Treppe erreichbar war.

Eine Cocktailbar mit einem lang gestreckten Tresen zur Linken nahm den Großteil der Lobby ein. An den Tischen saßen nicht wenige Zigarrenraucher, die die Luft mit einem angenehmen Duft erfüllten. Die Yalies dagegen schienen eher entsetzt darüber. Hey, hier schrieb man immer noch 1959. Was erwarteten sie?

Die Rezeptionisten waren vom Gastgewerbe offenbar völlig unbeleckt, doch ein Gratismojito machte ihre Inkompetenz und Gleichgültigkeit wieder wett.

»Die Willkommenscocktailparty mit Abendessen findet ab halb sechs auf der Dachterrasse statt«, verkündete Tad noch, dann verdrückten er und Alison sich und überließen ihre Schäflein ihrem Schicksal.

Auf der Party würde es zu ersten Flirtversuchen mit Sara kommen. Ich musste schnell unter die Dusche, damit ich auch pünktlich war.

Sara nahm ihren Zimmerschlüssel in Empfang und rollte mit ihrem Koffer an mir vorbei, ohne mich eines Blickes zu würdigen.

Ich checkte ebenfalls ein und fuhr in den sechsten Stock.

Das saubere, zweckmäßige Zimmer mit Aussicht auf den Park

verfügte über ein französisches Bett, einen Flachbildfernseher und einen Safe, der aber wohl kaum vor der *policía* sicher war. Die Minibar war leer.

Es war drückend heiß. Ich schaltete die Klimaanlage ein, aber es tat sich nichts. Dann packte ich meine wenigen Habseligkeiten aus, entledigte mich meiner verschwitzten Kleidung und stellte mich unter die Dusche. Es gab kein heißes Wasser – gut so, ich musste meine Libido schließlich bis Sonntag im Zaum halten.

In frischen Klamotten und meinem blauen Blazer ging ich in die Lobby hinunter. Auch in dieser Bar gab es kein Corona, und ich bestellte ein Bucanero. Sechs CUC. Das Drittel eines Monatsverdienstes. Bis auf Tad sah ich niemanden aus unserer Gruppe. Er blätterte durch einen Papierstapel und trank dazu Wasser aus einer Flasche.

»Interessante Lektüre?«, fragte ich und setzte mich neben ihn.

Er sah auf. »Oh, Mr. …«

»MacCormick. Nennen Sie mich Mac.«

»Okay … das sind nur meine Vortragsnotizen.« Er legte die Hand darauf. Eigentlich hätte er eine Erklärung für meinen unhöflichen Klemmbrettdiebstahl verdient. Stattdessen gab ich ihm ein Bucanero aus.

Ich drehte dem Tresen den Rücken zu, damit ich nach Sara Ausschau halten konnte. »In meinem Viersternezimmer gibt es kein heißes Wasser, und die Klimaanlage hat Asthma«, sagte ich, um etwas Konversation zu betreiben.

»Tut mir leid, heißes Wasser gibt es nur in der Badewanne und im Waschbecken, die Duschen sind anscheinend an einen anderen Kreislauf angeschlossen. Und meine Klimaanlage funktioniert auch nicht. Havanna hat Probleme mit der Stromversorgung.«

»Wie soll das erst werden, wenn eine halbe Million verwöhnter Amerikaner in die Stadt einfallen?«

»Das wird sicher interessant.«

»Wenigstens ist das Bier kalt.«

»Das ist normalerweise der Fall, ja.«

Während wir uns unterhielten, behielt ich die Aufzugtüren im Auge. Tad war ganz in Ordnung, auch wenn er mich wegen meiner Abwesenheit beim Essen zurechtwies. »Wir haben Sie beim Lunch vermisst«, sagte er. »Sie dürfen sich nicht von der Gruppe entfernen.«

»Warum nicht?«

»Weil es eine Gruppenreise ist. Wenn Sie auf eigene Faust losziehen und an einem Ort landen, den wir nicht besuchen dürfen, weil ihn das Außenministerium nicht als Bildungsziel eingestuft hat – der Strand, ein Boot und so weiter –, riskieren wir unsere Veranstaltungslizenz.«

»Wie stuft das Außenministerium die hiesigen Bordelle ein?«

Das entlockte ihm tatsächlich ein Grinsen. »Ganz im Vertrauen – nach dem Abendessen dürfen Sie tun und lassen, was Sie wollen.«

»Es sieht niemand nach, ob wir auch brav im Bett liegen?«

»Natürlich nicht. In Havanna gibt es ein paar sehr schöne Nachtclubs. Darauf werde ich auch bei meinem Vortrag morgen hinweisen.«

»Toll. Worum geht's denn in Ihrem Vortrag?«

»Um die Geschichte der kubanischen Musik.«

»Das darf ich auf keinen Fall verpassen.«

»Die Teilnahme ist verpflichtend.«

Schwänzen kam also nicht infrage. »Darf ich einen Blick in Ihre Aufzeichnungen werfen? Damit ich morgen schlaue Fragen stellen kann?«

»Tut mir leid, aber ...«

»Schon gut. Jetzt mal ganz unter uns – diese Lady aus unserer Gruppe, der ich am Flughafen mit dem Gepäck geholfen habe, Sara Ortega. Was können Sie mir über sie sagen?«

Er sah mich misstrauisch an. »Tut mir leid, aber über die Reiseteilnehmer weiß ich nichts.«

»Was ist mit Alison? Würden Sie über die nicht gerne mehr wissen?«

Diese Bemerkung konterte er mit einer Gegenfrage: »Ist denn jemand aus Ihrem Abschlussjahr in der Gruppe?«

»Ich bin kein Yalie, ist Ihnen das noch nicht aufgefallen?«

Er lächelte höflich.

»Hat sich beim letzten Mal jemand abgeseilt?«, fragte ich.

»Nein ... doch, ein Pärchen ist zwischendurch zum Strand runter.«

»Und, haben Sie sie verhaften lassen?«

Er zwang sich zu einem Lächeln. »Ich habe sie ins Gebet genommen und vor dem nächsten Vortrag noch einmal der ganzen Gruppe die Verhaltensregeln erläutert.«

»Sind Sie dazu verpflichtet, die Botschaft zu verständigen, wenn jemand gegen die Regeln verstößt?«

»Ich ... also, letztes Jahr gab es die Botschaft noch gar nicht, aber ... warum wollen Sie das wissen?«

»Ich wollte ein bisschen tauchen gehen, wenn ich schon mal hier bin.«

»Das geht leider nicht«, sagte er. »Damit bringen Sie uns in große Schwierigkeiten.«

»Aber mit einem Puff haben Sie keine Probleme?«

Wieder lächelte er gezwungen. »Ich glaube nicht, dass es hier welche gibt. Sollten Sie ein solches Etablissement entdecken, dann sagen Sie mir Bescheid.«

Ich grinste. Tad war sogar schwer in Ordnung, nur etwas unentspannt, was seine Pflichten als Reiseleiter in einem Polizeistaat betraf. Hoffentlich traf es ihn nicht allzu schwer, wenn ich mich mit Sara aus dem Staub machte. Die Lizenz jedenfalls konnte er vergessen.

Wir plauderten noch eine Weile. »Was machen Sie beruflich?«, wollte er wissen.

Eine gute Frage, die auch schon auf dem Einreiseformular

gestanden hatte. Carlos und ich hatten uns darauf geeinigt, dass meine Tarnidentität – oder meine Legende, wie es in Geheimdienstkreisen hieß – so nahe an der Wahrheit blieb wie möglich, falls die kubanischen Behörden Nachforschungen anstellten. Warum sich durch irgendwelche Lügengebäude unnötig in Gefahr bringen? Ich war »Berufsfischer«, und niemand würde einen »Berufsfischer« mit dem Pescando Por la Paz in Verbindung bringen. Ich hatte ja noch nicht mal ein Boot für das Wettangeln angemeldet.

»Mister MacCormick?«

Tad hatte sicher eine Kopie meiner Reiseanmeldung vorliegen.

»Ich bin Berufsfischer«, sagte ich.

»Oje, ich sage Ihnen das nur ungern, aber für Angler ist Kuba ein wahres Paradies«, sagte er. »Leider werden Sie davon nichts haben.«

»Vielleicht nächstes Mal.«

»Irgendwann wird es auch uns Amerikanern erlaubt sein, ohne Beschränkungen einzureisen.«

»Ich kann's kaum erwarten.«

Ich hatte meinen Text aufgesagt. Zeit für den Abgang. »Bis später bei der Cocktailparty.«

Ich trug mein Bier zu einem Tisch in der Lobby und ließ den Blick durch den Raum schweifen. Mehrere Mitreisende waren eingetroffen. Sara war nicht darunter.

Carlos hatte mir verraten, dass in allen Hotels, in denen Amerikaner abstiegen, Spitzel des Innenministeriums aktiv waren. Da es dem Durchschnittskubaner verboten war, ein Hotel für Ausländer zu betreten, tarnten sich diese Informanten als Touristen oder Geschäftsleute aus Lateinamerika. Carlos zufolge konnte man sie an ihren billigen Klamotten, ihren schlechten Manieren oder der Tatsache erkennen, dass sie nicht für ihre Getränke bezahlten. Das alles klang eher nach Inspektor Clouseau als nach Orwell auf Kubanisch, aber womöglich hatte Carlos ja recht.

Ich saß in der Hotellobby und grübelte über meine Situation nach.

Ich war im kommunistischen Kuba, wo Paranoia überlebenswichtig war, und würde in zehn Tagen entweder in Amerika im Geld schwimmen oder hier im Gefängnis schmachten. Oder Schlimmeres. Und ich würde Sex mit einer Frau haben, die ich kaum kannte – das war keine Premiere, aber trotzdem aufregend.

Apropos Sara: Empathie war nicht gerade meine starke Seite, aber ich kam nicht umhin, sie für die Risiken zu bewundern, die sie auf sich nahm. Selbstverständlich hatte sie auch die dementsprechende Motivation, doch das schmälerte ihren Mut nicht. Und, jetzt mit etwas weniger Mitgefühl: Diese Motivation konnte sie dazu verleiten, unbedachte Dinge zu tun. Vor Leuten, die bereit waren, für eine Sache zu sterben, musste man sich stets in Acht nehmen. Dumm nur, wenn man für solche Leute arbeitete.

Und nicht zuletzt wusste Sara genauso gut wie ich, dass es nicht zur Mission gehörte, mit mir zu schlafen. Wir konnten unsere Romanze auch nur vortäuschen – wahrscheinlich war das auch von Anfang an so mit Carlos geplant gewesen, weshalb sie den Freund erwähnt hatte, den es gar nicht gab. Doch dann hatte Sara das Drehbuch und ihre Meinung geändert. Sie war nicht nur bereit, für ihre Sache zu sterben, sondern auch … zu vögeln. Was für eine Hingabe.

Als Gegenleistung für Sex forderte sie von mir Loyalität, Verlässlichkeit und Engagement. Wenn sich eine Frau in einer gefährlichen Situation befindet, lässt sich der Mann an ihrer Seite am leichtesten mit Sex disziplinieren. Männliche Kameradschaft funktioniert da etwas anders.

Vielleicht – so unwahrscheinlich das auch klang – mochte sie mich wirklich. Was zu ganz anderen Problemen führen konnte. Insbesondere, wenn das Gefühl auf Gegenseitigkeit beruhte.

Ich trank das Bier aus und sah auf die Uhr. Noch fünfzehn Minuten bis zur Cocktailparty.

Es war wie in einem Kriegsgebiet. Ich war ungewöhnlich wachsam, gleichzeitig kam mir alles unwirklich vor. Geschah das hier tatsächlich? Ja, und ich hatte Sara auf der *Maine* versprochen, dass ich, wenn ich erst mal hier war, auch Wort halten würde. Voller Einsatz, wie wir bei der Armee gesagt hatten. Allzeit bereit.

Sex, Geld, Abenteuer. Was wollte ich mehr?

17

Das exklusive Dachrestaurant auf dem neu gebauten Flügel des Hotels hätte sich genauso gut in Miami Beach befinden können. In Kuba wehte ein frischer Wind, und wenn er schon nicht die Marktwirtschaft mit sich brachte, so war er doch wenigstens heiß und feucht.

Wenn es um Frauen und Cocktails geht, bin ich nie unpünktlich. Leider ließ die halbe Reisegruppe, Sara eingeschlossen, noch auf sich warten. Tad, Alison und Professor Nalebuff warteten vor einer Topfpalme und unterhielten sich mit einem großen Mann mit langem, zurückgekämmtem Haar und einer engen Hose. Wahrscheinlich der kubanische Reiseführer.

Nach einem anstrengenden Tag voller bürokratischer Schikanen und tropischer Hitze wirkt eine kalte Dusche Wunder. Meine Reisegruppe jedenfalls schien äußerst erfrischt. Die Männer trugen Sportsakkos ohne Krawatte, wie in den Yale-Reiseinformationen empfohlen, die Damen hatten ihr Make-up aufgefrischt und waren in kühle, bequeme Sommerkleider geschlüpft.

Ein Kellner hielt mir ein Tablett voller Mojitos hin. Genau wie der Daiquiri war auch dieser Drink eine kubanische Erfindung, und er hätte die Insel niemals verlassen dürfen. Ich nahm trotzdem einen, um mich in Stimmung zu bringen.

Richard Neville schaffte es irgendwie, sich gleichzeitig mit einem Taschentuch den Schweiß von der Stirn zu wischen, einen Mojito zu kippen, Horsd'œuvres von den Tabletts vorbeihuschender Kellnerinnen zu schnappen und eine Zigarette zu rauchen.

Beeindruckend. Cindy, seine schöne Frau, stand allein vor der Brüstung der Dachterrasse, nippte an einem Mojito und betrachtete die Lichter der Stadt. Ich hätte mich zu ihr gesellt, doch ich rechnete jeden Augenblick mit Sara Ortegas Charmeoffensive.

Dann entdeckte ich eine Bar. Da ehemalige Infanteriekommandanten mit Gefechtserfahrung nur ungern mit Schirmchen verzierte Drinks in Primärfarben zu sich nehmen, tauschte ich den Mojito an der Theke gegen einen Wodka on the rocks.

Plötzlich stand Sara neben mir. »Cuba Libre«, bestellte sie. »*Por favor*«, fügte sie hinzu.

Dann schien sie plötzlich Notiz von mir zu nehmen. »Verzeihung, was haben Sie bestellt?«

»Wodka.«

»Probieren Sie doch was Regionales«, sagte sie. »Machen Sie dem Gentleman auch einen Cuba Libre«, wies sie den Barmann an. »Haben Sie schon mal einen getrunken?«, fragte sie lächelnd.

Diese Scharade war sehr amüsant. »Nur einmal. Auf meinem Boot.«

»Oh, Sie sind Seemann?«

»Berufsfischer.«

»Und wonach fischen Sie so?«

»Nach Frieden.«

»Wie schön.« Sie hielt mir die Hand hin. »Sara Ortega.«

»Daniel MacCormick.« Ich schüttelte sie. »Wir haben uns bereits am Flughafen kennengelernt«, rief ich ihr in Erinnerung. »Und auf der Plaza ein Foto von uns machen lassen.«

»Sie hatten einen ziemlich schwitzigen Arm.«

Sara trug ein weißes, schulterloses Seidenkleid, das bis zu den Riemchensandalen hinabreichte. Als Teenager wäre ich beim Anblick ihres mattrosa Lippenstifts ausgeflippt.

Der Barmann stellte uns die Cuba Libres hin. Ich hob das Glas. »Auf neue Abenteuer.«

Wir stießen an. Ich schau dir in die Augen, Kleines.

»Was führt Sie nach Kuba?«, fragte sie.

»Reine Neugier. Und Sie?«

»Ich suche nach etwas.«

»Hoffentlich finden Sie's auch.«

»Keine Sorge.«

Sie ging zur Brüstung hinüber und sah auf die Stadt hinaus. »Havanna ist so schön von hier oben. Von unten leider nicht.«

»Ist mir auch aufgefallen.«

»Aber trotzdem romantisch. Auf gewisse Weise.«

Sara lenkte meine Aufmerksamkeit zunächst auf mehrere bekannte Wahrzeichen der Stadt und dann auf den Hafen. »Sehen Sie den Platz dort? Auf der gegenüberliegenden Seite ist das Sierra-Maestra-Fährterminal.« Dann fiel sie kurz aus der Rolle. »Das wir uns auf Google Earth angesehen haben.«

Ich nickte. »Wo ist das Nacional?«

Sie zeigte auf die Silhouette eines großen Gebäudes, die sich vorm Meer abzeichnete, dann auf einen breiten Boulevard, der sich die Küste entlangschlängelte. »Das ist der Malecón. In heißen Nächten trifft sich dort halb Havanna.«

»Um was zu tun?«

»Um zu flanieren und sich zu unterhalten. Der Malecón ist ein Ort für Liebende, Poeten, Musiker, Philosophen und Fischer … und diejenigen, die Richtung Florida schauen.«

Tja, dachte ich, wenn man keine Klimaanlage, kein Fernsehen, kein Geld und keine Hoffnung hat, ist der Malecón wohl ein besserer Trost als die Kirche. Eigentlich taten mir diese Leute leid, aber ich beneidete sie auch ein wenig um ihr einfaches Leben. Sara war mehr Kubanerin, als sie ahnte.

Sie schlug vor, sich unters Volk zu mischen, und führte mich am Arm auf der Dachterrasse herum, damit ich meine Mitreisenden kennenlernte. Dabei stellte sie mich als Mac vor. War ich nicht gerade noch Daniel gewesen? Gelegentlich ließ sie durchblicken, dass ich keinen Yale-Abschluss hatte, und bat die Leute, trotzdem nett zu mir zu sein. Höfliches Gekicher.

Wir drehten eine Runde. Die meiste Zeit über redete Sara, während ich mir zunehmend wie ein Thunfisch an der Angel vorkam. Um auch etwas zum unverfänglichen Geplauder beizutragen, erzählte ich einen alten Witz aus meiner Zeit am Bowdoin: »Angeblich führt Yale gemischten Unterricht ein. Dann dürfen bald auch Männer dort studieren.« Kam nicht gut an.

Die eine Hälfte der Gruppe bestand aus normalen Menschen, die andere brauchte noch ein paar Mojitos oder einen Einlauf. In Portland, auf dem College, im Offizierscasino und an der Wall Street hatte ich mich auf Cocktailpartys ganz gut geschlagen. Doch in den vier Jahren, die ich auf See und in verschiedenen Spelunken auf Key West verbracht hatte, hatte meine Eloquenz wohl etwas gelitten. War mir scheißegal.

Sara dagegen machte auch vor humorlosen Fremden eine gute Figur. Sie war charmant, und ihre Augen funkelten. Was umso beeindruckender war, weil sie wusste, dass sie bald dem Tod ins Auge blicken würde. Nicht schlecht für eine Anfängerin.

Ich war dem Tod so oft von der Schippe gesprungen, dass ich ihn inzwischen mit anderen Augen sah. Er war keine Möglichkeit, sondern eine Wahrscheinlichkeit. Ich hatte meinen Frieden mit dem Sensenmann gemacht.

Sara unterhielt sich gerade mit vier Männern, von denen jeder einzelne der festen Überzeugung zu sein schien, dass sie das einzige Highlight dieser sonst so langweiligen Party war. Es entbehrte nicht einer gewissen Ironie, wenn ich die Liebe meines Lebens fand, kurz bevor ... egal.

Dann war ich in eine Unterhaltung mit zwei der jüngeren und attraktiveren Reiseteilnehmerinnen vertieft – Alexandra Mancusi und Ashleigh Arote. Alexandra und Ashleigh trugen Eheringe, ich konnte mich aber beim besten Willen nicht daran erinnern, ob ihre Ehemänner ebenfalls auf der Teilnehmerliste gestanden hatten. Namensschilder mit Zusatzinformationen zu Beziehungsstatus und aktuellem Aufenthaltsort des Partners wären eine große Hilfe für mich gewesen. Dann fiel mir ein, dass ich bereits vergeben war. Macht der Gewohnheit.

»Sie kommen mir bekannt vor«, sagte Ashleigh. »TD?«

»Total daneben? Ja, gelegentlich«, sagte ich etwas ratlos.

Die Damen lachten.

»Ich bin kein Yale-Absolvent«, gestand ich.

Ashleigh erklärte mir, dass »TD« für das Timothy Dwight College stand, eines der zwölf Colleges der Yale University.

Alexandra war JE – Jonathan Edwards College. Beide hatten ihren Abschluss 2002 gemacht, genau wie ich an der Bowdoin. Trotzdem kam ich mir irgendwie älter vor, was wohl an meiner Militärzeit lag.

Ein junger Mann, der anscheinend der Meinung war, dass ich Verstärkung brauchte, gesellte sich zu uns und stellte sich als Scott Mero vor. »TD?«, fragte ich.

»Nein, JE.«

Leider merkte Sara nicht, dass ich mit diesen hübschen Ladys sprach – oder sie ignorierte es geflissentlich. Dieses Balzverhalten war TD. Total dämlich.

Wie sich herausstellte, war Scott Mero mit Alexandra Mancusi verheiratet. Sie hatte ihren Mädchennamen behalten und Scott Mero nur geheiratet, um ihre monogrammierten Handtücher behalten zu können. Rasend komisch. Ich wollte mich gerade entschuldigen, um mir noch einen Drink zu holen, als Tad um Aufmerksamkeit bat. Die Gruppe wandte sich ihm nach und nach zu – bis auf Richard Neville, der sich gar nicht von Sara losreißen konnte.

Tad hieß uns offiziell im Namen der Yale University in Kuba willkommen. Die kurze Rede endete mit »Vergessen Sie Ihre Vorurteile und entdecken Sie Kuba auf eigene Faust«, was anscheinend das

Motto dieser Reise zu sein schien. Allerdings musste man bei der Gruppe bleiben, um Kuba auf eigene Faust zu entdecken.

Danach stellte Tad Alison vor, die sich ebenfalls kurzfasste. »In den kommenden Tagen werden Sie einige Herausforderungen meistern müssen, aber wenn Sie wieder zu Hause sind, werden Sie die Reise nicht zu bereuen haben.« Alison wiederum stellte uns Antonio vor, den angeblich besten Reiseleiter Kubas. Auf jeden Fall war er der mit der engsten Hose.

Er war etwa fünfunddreißig und sich vollkommen der Tatsache bewusst, dass er nicht schlecht aussah. Er ließ den Blick über die Gruppe schweifen und breitete die Arme aus. »*Buenas noches!*«, rief er.

Offenbar erwiderten nicht genug Reiseteilnehmer seinen Gruß. »*Buenas noches!*«, rief er abermals.

Diesmal klappte es besser. Antonio ließ die weißen Zähne aufblitzen. »*Bienvenido*. Willkommen auf Kuba. Willkommen in Havanna. Eine tolle Reisegruppe. Und sicher sehr intelligent.«

»Was heißt Schwachsinn auf Spanisch?«, wollte ich von Sara wissen.

Sie rammte mir einen Ellbogen in die Rippen.

»Das wird eine umwerfende Erfahrung für Sie. Sie haben großes Glück, dass Tad und die bezaubernde Alison Ihre Gruppe leiten. Damit wird es sicher eine wunderbare Erfahrung.«

Antonio trug seinen Schwachsinn auch noch mit Begeisterung vor.

Carlos hatte mir geraten, den Reiseleitern nicht über den Weg zu trauen. Die meisten waren informelle Mitarbeiter mit der Nummer der Geheimpolizei im Kurzwahlspeicher. Antonio sah mir zwar mehr nach Gigolo als nach *chivato* aus, aber ich blieb misstrauisch. Sara garantiert auch.

»Aber ich halte Sie von einem wunderbaren Dinner ab, und das werden Sie mir sicher nie verzeihen. Also halte ich jetzt meine große Klappe und mache sie nur zum Essen auf.«

Gelächter vonseiten der *americanos*, die gute Miene zum fremdländischen Schwachsinn machten.

An den vier runden Tischen war freie Platzwahl, und wie immer bei freier Platzwahl waren Verzögerung und Verwirrung die Folge. Man will ja nicht neben irgendwelchen Arschlöchern sitzen. Sara nahm Platz und klopfte auf den Stuhl neben sich. »Mac?«

Ich setzte mich. Richard Neville pflanzte sich auf den anderen freien Platz neben Sara. Unter den restlichen sieben Personen am Zehnertisch waren auch Cindy Neville, Professor Nalebuff, die beiden Paare, die meinen Yale-Witz nicht lustig gefunden hatten, und leider auch Antonio. »Ein wunderschönes Dinner«, sagte er.

Ein Kellner nahm die Getränkebestellungen auf. Ich verlangte einen doppelten Wodka. Ohne Eis.

Als Vorspeise gab es Shrimptatar. »Das ist die beste Mahlzeit, die Sie auf Kuba bekommen werden«, orakelte Professor Nalebuff, der schon zwei Male hier gewesen war.

»Ich habe Tische in acht wunderschönen *paladares* reserviert«, protestierte Antonio. »Kennen Sie das? Privat geführte Restaurants. Das Neueste auf Kuba.«

»So etwas gibt es auch in den Vereinigten Staaten«, bemerkte Nalebuff trocken.

»Ja, sicher, aber die sind teuer. Die *paladares* nicht. Außerdem sollte jeder einmal ein Regierungsrestaurant besuchen. Dort können die Einheimischen sehr preiswert essen.«

Die beiden mittelalten Paare, die mir gegenübersaßen, hielten das für eine ausgezeichnete Idee.

Natürlich hielt Antonio seine große Klappe nicht, obwohl er es versprochen hatte. Entweder war er tatsächlich eingefleischter Kommunist, oder er fand einfach Gefallen daran, die privilegierten Amerikaner zu provozieren, während er sich Shrimptatar in den Mund schaufelte. Die beiden Pärchen ließen sich im Nu das Gehirn waschen und pflichteten Antonio bedingungslos bei, wie gerecht und menschlich der Sozialismus doch war. Wenn man sie eine Stunde lang in einen Hundezwinger sperrte, bellten sie wahrscheinlich hinterher. So viel zum Abschluss an einer Eliteuni.

Neville hatte außer »Den Wein, bitte« nicht viel zu sagen. Seine Frau schmiss sich derweil an Nalebuff ran.

Antonio sah Sara ein paar Sekunden zu lange an. »Sie sind Kubanerin?«

»Amerikanerin.«

»Ja. Aber Kubanerin. Sprechen Sie Spanisch?«

»*Poco.*«

»Wir werden ein bisschen üben. Sie müssen doch Ihre Muttersprache sprechen können.«

Ich rechnete damit, dass er sie fragte, ob sie gebürtige Kubanerin war und wie ihre Eltern oder Großeltern nach Amerika gekommen waren, doch dann fiel mir ein, dass dies ein heikles Thema war – für die, die geflohen, und die, die geblieben waren.

»Willkommen zu Hause«, sagte Antonio.

Sara sagte nichts.

Sobald sich Antonio an seiner eigenen Stimme sattgehört hatte, bat er die Reiseteilnehmer, etwas über sich zu erzählen. Die beiden mittelalten Paare machten den Anfang. Leider war Antonio kein guter Zuhörer. Sein abwesender Blick war unübersehbar.

Barry Nalebuff, der Professor für Geschichte an der Yale war, hatte zwei Vorträge über die Beziehungen zwischen Kuba und den USA seit dem Spanisch-Amerikanischen Krieg vorbereitet. »Natürlich kann ich nicht ins Detail gehen, aber meine Kernaussage besteht darin, dass die beiden Länder eine Hassliebe verbindet. Sie müssen sich das wie eine problematische Ehe vorstellen, bei der beide Partner dringend eine Aggressionstherapie machen müssen.«

»Amerika hat Kuba immer wie eine Kolonie behandelt«, entgegnete Antonio reflexartig. »Bis zur Revolution jedenfalls.«

»Genau darum wird es in meinem Vortrag gehen«, sagte Nalebuff. »Kommen Sie doch auch.«

Dies wollte Antonio nicht zusichern, obwohl ihm der Vortrag sicher nicht schaden konnte. Er sah mich an. »Und Sie? Warum sind Sie in Kuba?«

»Aus Versehen. Eigentlich hatte ich eine Reise auf die Caymans gebucht.«

Alles lachte. Selbst Antonio grinste. Dann wandte er sich Neville zu, wobei sein Blick Sara streifte. »Sie sind ein berühmter Schriftsteller, sagt Tad. Morgen besuchen wir Hemingways Haus. Das wird Sie sicher inspirieren.«

»Ich kann Hemingway nicht leiden.«

»Aber Schatz, du *liebst* Hemingway«, widersprach seine Frau.

Darauf wusste Antonio nichts zu sagen und bestellte noch eine Flasche Wein. Kein schlechter Job.

Dann wurde der Fisch serviert. »Was ist das?«, fragte Sara.

Ich kenne hundert Fischarten, aber nur, wenn sie an der Angel zappeln, nicht auf dem Teller. Eigentlich mag ich gar keinen Fisch. »Keine Ahnung.«

Das mehrgängige Abendessen setzte sich während des Sonnenuntergangs fort. Die beiden Ehepaare, deren Namen ich mir einfach nicht merken konnte, stellten Antonio eine Menge Fragen über das Reiseprogramm, das mir allmählich wie eine Bildungsbürgerversion des Todesmarsches von Bataan vorkam.

»Warum dürfen wir nicht zum Strand gehen?«, fragte Sara, die die Gelegenheit witterte, eine falsche Fährte auszulegen.

Er zuckte mit den Schultern. »Meine Regierung hat nichts dagegen, aber Ihr Außenministerium hat es verboten. Fragen Sie dort nach.«

»Wegen des Embargos ist es US-Amerikanern untersagt, aus Urlaubsgründen nach Kuba zu reisen«, erklärte Professor Nalebuff. »Aus humanitären oder familiären Gründen sowie aus künstlerischen, kulturellen oder Bildungszwecken ist es uns allerdings gestattet.«

»Geschieht der Besuch eines Nachtclubs aus künstlerischen, kulturellen oder Bildungszwecken?«, fragte ich.

Nalebuff lächelte. »Zugegeben, das klingt alles recht willkürlich. Der wahre Grund liegt darin, die Einfuhr von Dollars nach Kuba zu begrenzen.«

»Das Embargo hat den Menschen viel Leid gebracht«, warf Antonio ein.

»Sie können doch mit fünfundneunzig Prozent der übrigen Welt handeln«, erwiderte Nalebuff, der von Antonio allmählich genug hatte. »Hören Sie auf, das amerikanische Embargo für all Ihre Schwierigkeiten verantwortlich zu machen. Ihre Probleme sind hausgemacht.«

Das hörte Antonio gar nicht gerne. Aber bevor er sich an den anderen Tisch setzen konnte, kam ihm Nalebuff zuvor. »Wenn Sie mich entschuldigen, ich will mal die Runde drehen.«

Er stand auf und ging zu Tads Tisch hinüber.

Die beiden Ehepaare wirkten peinlich berührt und hätten Antonio wohl am liebsten getröstet, doch Sara ließ nicht locker. »Nur mal angenommen, wir dürften an einen Strand gehen – welchen würden Sie empfehlen?«

Antonio, der immer noch sauer auf Nalebuff war und ihn wohl am liebsten gemeldet hätte, setzte ein Lächeln auf. »Auf ganz Kuba gibt es wunderschöne Strände. Die nächsten befinden sich in der Provinz Mayabeque, in der Havanna liegt.« Er zählte ein halbes Dutzend *playas* auf. »Leider dürfen Sie da nicht hin. Allerdings ...« Er sagte etwas auf Spanisch zu ihr, das Sara sichtlich unangenehm war. Ich konnte nur die Worte »*desnudo*« und »*playa*« verstehen. Nacktbadestrand, vermutete ich. Antonio war ein *pigalo*.

Nach dem Dessert verkündete Tad, dass wir nun Havanna bei Nacht erkunden durften. Eine überaus sichere Stadt, beruhigte er uns. »Seien Sie nur um acht Uhr früh in der Lobby. Morgen steht viel auf dem Programm, zum Beispiel eine Busfahrt zu Hemingways Haus. Frühstück um sieben.«

Die halbe Reisegruppe stand auf und ging zu den Aufzügen. Ich fragte Sara, ob sie mit mir in einen Nachtclub gehen wollte.

»Es war ein harter Tag. Ich bin müde.«

»Dann trinken wir noch einen Absacker in der Lobby. Wir müssen uns unterhalten.«

Sie sah mich an und nickte.

Dann verabschiedete sie sich von mehreren Leuten, und wir zwängten uns in den Aufzug. Auf dem Weg nach unten hakte sie sich bei mir unter. Ja, ich hatte den Köder geschluckt.

18

Wir setzten uns an einen Zweiertisch beim Klavier. Der Pianist trug einen schwarzen Anzug und spielte Broadway-Klassiker. »Das authentische Kuba lässt noch auf sich warten«, sagte ich.
»Warten Sie, bis wir auf der Flucht vor der Polizei sind.«
Bei dem Galgenhumor hätte man glauben können, dass sie Kampferfahrung besaß.
Eine gelangweilte Kellnerin kam vorbei. Wir bestellten Brandys.
»Hat Ihnen das Abendessen gefallen?«
»Ihre Gesellschaft hat mir gefallen.«
Sie lächelte. »Sie machen es einem nicht schwer.«
»Ich halte mich nur ans Drehbuch. Antonio ist ein Arschloch.«
»Sie sind ihm in jeder Hinsicht ebenbürtig.«
Sie war schon wieder so schnippisch. Reagierten eigentlich alle Frauen so auf mich? »Sie sollten sich vor ihm in Acht nehmen.«
»Schon klar. Ich nehme an, dass Ihnen Carlos von den *chiatos* erzählt hat? Den Spitzeln?«
»Hat er.«
»Und von den Informanten des Innenministeriums in den Hotels?«
»Ja.«
»Kuba sieht einem karibischen Tropenparadies trügerisch ähnlich. Der Polizeistaat ist nicht immer offensichtlich, und man wird schnell unaufmerksam.«
»Schon kapiert.«

Wir sahen auf unsere Handys. Kein Empfang. Wir tauschten trotzdem Nummern aus, falls Verizon diese Woche überraschend einen Funkmast auf dem Hoteldach installierte. »Ich schicke Ihnen die Fotos von der Plaza.«

Sie lächelte.

»Guter Schachzug, die Frage nach dem Strand.«

»Danke.«

»Was war das mit *desnudo* und *playa*?«

Sie grinste. »Die wichtigen Wörter verstehen Sie also doch. Er hat gesagt, dass es einen FKK-Strand nur für Ausländer in Mayabeque gibt, aber als Privatreiseführer könnte er mich dorthin begleiten. Er hat sogar ein Auto«, fügte sie hinzu.

»Lustmolch.«

»Eifersüchtig?«

Gar nicht. Nur manchmal. Wie dem auch sein mochte – wenn wir uns aus dem Staub machten, würde Antonio diese Unterhaltung der Polizei gegenüber erwähnen und sie hoffentlich auf eine falsche Fährte locken.

Der Brandy kam. Wir lauschten schweigend einem Medley aus *South Pacific*.

Sie sah mich an. »Und, bereuen Sie es schon?«

»Bis Sonntag muss ich wohl noch durchhalten.«

Sie zwang sich zu einem Lächeln.

Ein paar weitere Mitglieder der Reisegruppe strömten auf der Suche nach dem Nichtraucherbereich – den es nicht gab – in die Lobby. Ich sah mich um. Keine Informanten weit und breit. Nur amerikanische Touristen.

Carlos zufolge waren manche Hotelzimmer verwanzt. Dort wurden vorzugsweise Journalisten, die Vertreter ausländischer Regierungen und alle anderen einquartiert, die für die kubanische Staatssicherheit von Interesse waren. Womöglich zählte auch Sara Ortega zu diesem Personenkreis, daher war die Bar der richtige Ort, um etwas

Wichtigeres als Antonio und FKK-Strände zur Sprache zu bringen.

»Wo ist die Wanderkarte?«, fragte ich.

Sie tätschelte ihre Umhängetasche. »Hier drin. Genau wie die Pesos.«

»Deponieren Sie weder Karte noch Geld in den Zimmersafe oder den Hotelsafe. Und passen Sie auf, was Sie in Ihrem Zimmer sagen.«

»Schon klar.«

»Gut. Wissen Sie, wie, wann oder wo uns die Kontaktperson in Havanna kontaktieren wird?«

»Jedenfalls nicht hier. Beim letzten Mal kam eines Abends ein Mann auf dem Malecón auf mich zu und fragte mich, ob ich Antiquitäten kaufen wollte.« Sie stellte das Brandyglas ab. »Das war die Losung«, fügte sie unnötigerweise hinzu.

»War denn vereinbart, dass Sie sich an diesem Abend auf dem Malecón aufhielten?«

»Nein. Ich bin ganz spontan dorthin«, sagte sie. »Vorher fand ein Abendessen mit der Reisegruppe im Riviera statt. Danach brauchte ich etwas frische Luft.«

»Also wusste der Kontaktmann, dass Sie im Riviera sein würden. Und er wusste, wie Sie aussehen.«

»Unsere Freunde in Miami haben ihm den Reiseplan und ein Foto von mir zukommen lassen.«

»Wie das?«

»Durch einen kubanoamerikanischen Touristen.«

»Okay … und weshalb hat er Kontakt mit Ihnen aufgenommen?«

»Nur um zu sehen, ob es auch funktioniert. Sozusagen als Testlauf für meinen nächsten Havannabesuch. Außerdem wollte ich mich mit der Stadt vertraut machen. Damals wussten wir noch nicht, wie wir das Geld außer Landes schaffen sollen. Jetzt haben wir Sie und Ihr Boot.«

»Das habe ich an Carlos verkauft. Es heißt jetzt *Fishy Business*.«

»Ich weiß. Carlos denkt an alles.«

»Glaubt er zumindest.« Ich kehrte wieder zum Thema zurück. »Und die zweite Kontaktperson, die auf dem Land, haben Sie die auch getroffen?«

»Leider nicht. Sie wissen doch, dass wir die Gruppe nicht verlassen dürfen. Noch nicht mal für einen Tag ...«

»Richtig. Also, dieser Typ kommt auf dem Malecón auf Sie zu ...«

»Er heißt Marcelo. Wir sind einfach nur am Damm entlanggeschlendert und haben uns unterhalten ... um zu sehen, ob man uns folgt oder verhaftet.«

»Sehr romantisch.«

»Er ist ganz nett. Er hat mir ein paar nützliche Tipps gegeben, was den kubanischen Dialekt, die lokalen Gebräuche und die Methoden der Polizei angeht.«

»Haben Sie ihm ein paar Antiquitäten abgekauft?«

»Nein, aber einen Drink im Nacional ausgegeben und ihm dabei zweihunderttausend Pesos zugesteckt. Dann bin ich mit dem Taxi zurück zum Parque Central gefahren. Ich wurde nicht verhaftet. Er vielleicht schon.«

»Dann hätte man Sie auch eingebuchtet.«

»Oder sie sind ihm gefolgt und warten jetzt, bis er erneut Kontakt mit mir aufnimmt.«

Ich sah sie an. »Sind Sie eigentlich in solchen Sachen ausgebildet?«

»Nein ... nicht so richtig. Ich habe nur einen Crashkurs absolviert.«

»Bei wem?«

»Bei einem CIA-Agenten im Ruhestand. Einem Kubanoamerikaner. Wer hat *Sie* ausgebildet?«, fragte sie.

»Sagen Sie's mir.«

Sie zögerte. »Wir wissen, dass Sie einige Kurse bei der Defense Intelligence Agency absolviert haben.«

»Einen habe ich sogar bestanden. Das freut Sie sicher zu hören.«

Sie grinste.

»Was wissen Sie sonst noch über mich?«

»Alles, was öffentlich einsehbar ist. Schulbildung, Armeelaufbahn, fehlende Kreditwürdigkeit.« Sie grinste weiter.

»Mietwohnung, alter Lieferwagen, Kreditkartenlimit ausgereizt.«

»Aber keine Hypothek auf der *Maine*.«

»Nein.«

»Sie können morgen von hier verschwinden und ein neues Leben anfangen.«

»Da habe ich Ihnen aber etwas anderes versprochen.«

Das entlockte ihr ein Lächeln. »Dann bleiben Sie zumindest bis Sonntag.«

Ich lächelte zurück. »Ich bin wegen der drei Millionen Dollar in Kuba.«

»Und das, obwohl Sie eigentlich die Caymans gebucht hatten.«

Sehr witzig.

»Und was wissen Sie über mich?«, fragte sie.

»Nur, dass mir Ihr Lächeln gefällt.«

»Haben Sie sich meine Website angesehen?«

»Ja. Sie haben Talent.«

»Und Sie Geschmack.«

Und Eier in der Hose, nicht zu vergessen. Ich wurde wieder ernst. »Ist Marcelo auch diesmal unser Kontaktmann?«

»Keine Ahnung.«

»Wie lautet die neue Losung?«

»›Sind Sie an kubanischer Töpferei interessiert?‹«

»Auf Spanisch oder auf Englisch?«

»Auf Englisch.«

»Gibt es darauf auch eine entsprechende Antwort?«

»Nein.«

»Dann weiß die Kontaktperson also, wer Sie sind.«

»Natürlich, sonst würde sie mich nicht ansprechen.«

»Es sei denn, sie ist männlich und von Ihrer Schönheit bezaubert.«

»Dann braucht er schon einen besseren Anmachspruch.«

»Na gut. Haben Sie oder die Kontaktperson einen Code für ›Ich stehe unter Beobachtung, bin verkabelt oder werde erpresst‹?«

»Nein …«

»Sollten Sie aber. Weiß die Kontaktperson, wie ich heiße oder wie ich aussehe?«

»Weder noch. Wir haben Sie nur beschrieben.« Sie lächelte. »Groß, braun gebrannt, gut aussehend.«

Wir sahen uns in die Augen. »Und anhänglich wie ein Schoßhündchen.«

»Stimmt. Aber man wird nicht Sie, sondern mich ansprechen.«

»Okay.« Diese Leute schienen einigermaßen zu wissen, was sie taten. »Und was kann diese Kontaktperson für uns tun?«

»Zwei Dinge. Einmal wird sie uns Namen und Aufenthaltsort der Kontaktperson in Camagüey nennen. Und zweitens wird sie dafür sorgen, dass wir auch dorthin gelangen.«

»Wie?«

»In Kuba von einem Ort zum anderen zu gelangen ist nicht einfach. Doch die Kontaktperson wird uns garantiert unversehrt nach Camagüey bringen.«

»Na schön. Und wenn wir in Camagüey sind, was hat die Kontaktperson dort zu bieten?«

»Er oder sie wird einen sicheren Unterschlupf und einen Lastwagen bereitstellen, mit dem wir die Ladung nach Cayo Guillermo schaffen. Und Werkzeug, um in die Höhle zu kommen.«

»Gut. Vertrauen Sie diesen Leuten?«

»Es sind allesamt kubanische Patrioten. Sie verachten das Regime.«

»Und haben keine Ahnung, dass es hier um sechzig Millionen Dollar geht, richtig?«

»Sie wissen, dass ich auf der Suche nach einem Koffer mit wichtigen Dokumenten bin – Besitzurkunden, Bankunterlagen und andere Papiere, die aber keinen Wert an sich haben.«

»Verstehe. Damit sie nicht auf die Idee kommen, uns zu verraten.«

Sara überging die Bemerkung. »Den Koffer mit den Papieren gibt es tatsächlich«, sagte sie. »Im Tresorraum der Bank meines Großvaters befanden sich Grundstücksurkunden, die noch aus der Zeit der spanischen Könige stammen. Eigentumsbescheinigungen für Immobilien, Fabriken, Plantagen, Hotels, Mietshäuser ... das alles ist potenziell mehr wert als sechzig Millionen. Viel mehr.«

Das klang spannend. Bis auf das Wörtchen »potenziell« natürlich. Da waren mir die sechzig Millionen in amerikanischen Dollar lieber.

»Carlos und mehrere andere Anwälte werden diese Papiere dem zuständigen Gericht vorlegen und im Namen ihrer Klienten eine Rückgabe des gestohlenen Eigentums fordern.«

»Darüber wird die kubanische Regierung nicht gerade begeistert sein.«

»Aber die Exilkubaner. Scheiß auf die Regierung.«

»Und die Besitzurkunde über das Haus Ihres Großvaters ist auch in der Höhle?«

»Nein, die hat er aus dem Land geschmuggelt. Ich habe Sie bei mir in Miami.«

Sie hätte sie mitnehmen sollen, damit sie sie herzeigen konnte, wenn wir das Haus besichtigten. Zusammen mit den Räumungsbescheiden für die gegenwärtigen Mieter. Da ich spürte, dass es ein heikles Thema für Sara Ortega war, verkniff ich mir diese Bemerkung.

Je länger ich über die Kontaktpersonen nachdachte, desto mehr gelangte ich zur Überzeugung, dass eine gewisse Gefahr damit verbunden war. Meiner Schätzung nach hatte diese Mission eine fünfzigprozentige Chance auf Erfolg.

Sara legte ihre Hand auf meine. »Es wird schon schiefgehen«, sagte sie. »Die Geheimpolizei ist nicht so schlau, wie Sie vielleicht glauben.«

»Berühmte letzte Worte.«

»Sie ist nur gut im Angstmachen. Und Angst lähmt.« Sie sah mich an. »Aber ich habe keine Angst.«

»Angst ist nichts Schlechtes.«

»Was ist mit Ihnen? Haben Sie Angst?«

»Ja, und das ist ganz natürlich.«

»Immerhin sind Sie ehrlich.«

»Das müssen wir auch sein.«

Sie nickte.

Sara sah müde aus. »Sie sollten ins Bett gehen«, sagte ich.

»Sie auch.«

»Mache ich. Zimmer 615, falls Sie noch etwas brauchen.«

»Ich bin in 535. Bis dann beim Frühstück.« Sie ging zum Aufzug.

Der Klavierspieler stimmte die Titelmelodie von *Phantom der Oper* an.

Und heute Morgen war ich noch in Miami gewesen und hatte mich darüber geärgert, dass mein Bagel nicht ordentlich getoastet war.

19

Um halb acht betrat ich den Frühstücksraum. Ich trug eine Chinohose, ein kurzärmliges Hemd und Laufschuhe. Mehrere Mitreisende waren bereits anwesend, Sara noch nicht. Ein amerikanisches Frühstücksbuffet mit leicht kubanischer Note – inklusive Bohnen – spendete Energie für den Tag. Ich holte mir eine Tasse Kaffee, setzte mich und wartete auf Sara.

Ich hatte mich zwar zeitig ins Bett gelegt, aber nicht schlafen können und mir noch etwas kubanisches Fernsehen angesehen. Es gab fünf Kanäle: Tele Rebelde, einen Nachrichtensender, CubaVision, einen Unterhaltungskanal, und zwei schlaffördernde Bildungsprogramme. Auf dem fünften und letzten Kanal wurde einem nur empfohlen, das Fernsehgerät auszuschalten. Außerdem hatte ich CNN auf Englisch empfangen können. Laut Reiseführer machte die kubanische Regierung diesen Sender, der sonst auf der Insel verboten war, den Gästen ausgewählter Hotels und der kommunistischen Elite zugänglich. Die anderen elf Millionen nach Nachrichten lechzenden Inselbewohner mussten sich mit Tele Rebelde zufriedengeben – allerdings zeigte dieser angebliche »Rebellensender« nur Regierungspropaganda.

Ich hatte CNN geschaut, bis mir wieder eingefallen war, warum ich keine Nachrichtensender schaue, und dann auf Tele Rebelde umgeschaltet. Kein Wort über das Pescando Por la Paz. Anscheinend hatte sich das Regime noch nicht entschieden, ob die Veranstaltung Reporter und eine Blaskapelle wert war oder man sie besser geflissentlich ignorierte. Sara hatte behauptet, dass die kubanische Regierung kein Interesse am Tauwetter hatte.

Da es im Hotel keinen Kiosk gab, konnte ich mir keine Zeitung kaufen. Im Frühstücksraum lagen auch keine aus. Ich konnte also noch nicht einmal so tun, als würde ich die *Granma* lesen, das Zentralorgan der kommunistischen Partei, sondern musste mich damit begnügen, Löcher in die Luft zu starren. Wo blieb sie nur? Sollte ich auf ihrem Zimmer anrufen?

Ich nahm den Reiseplan aus der Tasche und breitete ihn auf dem Tisch aus. *Hemingways Haus ist noch in genau jenem Zustand, in dem er es 1960 verließ.* Wahrscheinlich, weil ihm die Kommunisten verboten hatten, irgendetwas mitzunehmen.

Nach der Besichtigung von Hemingways Haus und dem Mittagessen ging es nach Vivero Alamar, einem experimentellen Genossenschaftsbauernhof, wo wir etwas über den Anbau biologischer Lebensmittel erfahren würden. Welcher Sadist hatte diesen Reiseplan zusammengestellt?

»Ist hier noch frei?«

Bevor ich antworten konnte, hatte Sara auch schon Platz genommen.

»Guten Morgen«, sagte ich. Sie trug eine Jeans und ein weißes Poloshirt und sah sehr gut aus.

»Haben Sie schon gefrühstückt?«, fragte sie.

»Ich habe auf Sie gewartet.«

»Dann werden Sie wohl verhungern.«

»Gut geschlafen?«

»Nein. Sie?«

»Ich habe die ganze Nacht Tele Rebelde geguckt.«

»Und die Soaps auf CubaVision verpasst? Margaretta hat Francesco schon wieder betrogen, genau wie letztes Jahr, als ich hier war. Ich weiß nicht, wieso er sie nicht einfach verlässt.«

Ich schmunzelte. »Waren Sie damals allein hier?«

»Ja.« Sie stand auf. »Holen wir uns noch was, bevor der Bus kommt.«

Wir gingen zum Buffet, wo sich Richard Neville gerade das letzte Würstchen schnappte. Immerhin ließ er mir einen schmalen Speckstreifen übrig. Sara löffelte Früchte und einen Klecks Joghurt auf ihren Teller.

Wir setzten uns wieder. »Sie werden hier auf dem Land kein frisches Obst zu Gesicht bekommen.«

»Doch. Auf der Biofarm.«

»Die ist nur Show, und das Obst im Hotel ist importiert«, erklärte sie. »Alle Bauernhöfe gehören der Regierung. Sie zu bestellen ist harte Arbeit, die teilweise noch mithilfe von Nutztieren verrichtet wird. Und man verdient zwanzig Dollar im Monat, genau wie alle anderen. Warum also auf einem Bauernhof bleiben, wenn man in der Stadt eine ruhige Kugel schieben kann?«

Ich bereute, dass ich das Thema überhaupt zur Sprache gebracht hatte.

»Der Durchschnittskubaner ernährt sich zu neunzig Prozent von aus Vietnam importiertem Reis und Bohnen, und selbst die sind rationiert.«

Ich starrte den Speck und das Rührei auf meinem Teller an.

»Entschuldigung, ich wollte Ihnen kein schlechtes Gewissen einflößen. Essen Sie ruhig auf.«

Der Aufenthalt auf Kuba veränderte sie allmählich. Genau wie Eduardo geriet sie zunehmend in Rage. Ich stellte mir vor, wie es mir ginge, wenn ich in ein Amerika zurückkehrte, das die gegenwärtige Regierung in einen Trümmerhaufen verwandelt hatte … nun, eigentlich fiel mir die Vorstellung gar nicht so schwer.

»Uns spielt diese Landflucht natürlich in die Hände«, sagte sie. »So können wir uns relativ ungestört bewegen. Könnte aber auch ein Nachteil sein, wenn wir die Einzigen auf einer einsamen Straße sind.«

»Stimmt. Wie viel Platz wird unsere Ladung ungefähr einnehmen?«

»Mein Großvater hat damals alles in Überseekoffern verstaut.«

»Und wie viele Überseekoffer sind es?«

Sie sah sich um. Die Tische in unmittelbarer Nähe waren nicht besetzt.

»Wenn man einen Überseekoffer von normaler Größe mit Hundertdollarscheinen füllt, fasst er etwa fünfzehn Millionen und wiegt ungefähr 200 Kilo.«

»Okay ... wir sind zu zweit, also muss jeder zwei Koffer tragen.«

»Allerdings sind auch Fünfzigdollarscheine darunter«, sagte sie, ohne auf meine Rechenübungen einzugehen. »Und Zwanziger. Also sind es mehr als vier Koffer.«

»Wie viele?«

»Zehn, hat mein Großvater gesagt.«

»Und jeder wiegt zweihundert Kilo?«

»Ja. Ein Zwanziger ist genauso schwer wie ein Hunderter.«

»Okay. Also zweitausend Kilo in Überseekoffern.«

»Mehr oder weniger.«

»Hätten Sie mir das auf Key West gesagt, wäre ich noch ins Fitnessstudio gegangen. Was ist mit dem Gold und den Juwelen?«

»Das Gold ist wahrscheinlich zu schwer, um es mitzunehmen. Die Juwelen sind in vier kleineren Reisetaschen verstaut.«

»Dafür ist immer Platz. Und die Besitzurkunden?«

»Befinden sich in einem weiteren Überseekoffer.«

»Nun ja ... die Koffer aus der Höhle, auf einen Lastwagen und dann aufs Boot zu schaffen könnte ein winziges logistisches Problem darstellen«, gab ich zu bedenken.

»Carlos hat einen Plan.«

»Ach, Gott sei Dank. Noch etwas Kaffee?«

Sie starrte mich an. »Wenn wir nicht überzeugt davon wären, dass es möglich ist, hätten wir das alles nicht auf uns genommen.«

»Klar.«

Eine hübsche Kellnerin räumte unsere Teller ab und lächelte mich an.

Es war kurz vor acht. Mehrere Reisegruppen versammelten sich in der Lobby. Wir standen auf. Ich legte zwei CUC auf den Tisch.

»Das sind zwei Tageslöhne«, sagte Sara.

»Sie hat hart dafür gearbeitet.«

»Und einen tollen Hintern.«

»Ist mir gar nicht aufgefallen.«

Die Yale-Gruppe stieg bereits in den Bus. Sara und ich begrüßten José, Alison, Tad, Professor Nalebuff und die anderen Mitreisenden und setzten uns nebeneinander in den hinteren Teil des Busses.

Tad zählte gewissenhaft durch. »Alle da«, verkündete er.

Antonio sprang an Bord. »*Buenos dias!*«, rief er.

Alle erwiderten den Gruß, damit es nicht noch länger dauerte.

»Das wird ein wunderschöner Tag!«, sagte Antonio.

Si, camarada.

20

Der Bus schlängelte sich wieder aus Havanna heraus, und erneut hatte ich den Eindruck, dass diese einst so vitale Stadt unter dem Gewicht eines faulenden Leichnams allmählich erstickte.

Wir brauchten eine halbe Stunde bis zu Hemingways Haus, der Finca Vigía, einem prächtigen, etwa fünfzehn Kilometer von Havanna entfernten Kolonialbau.

Das Anwesen war gut in Schuss, da sich Kuba und die USA in einem seltenen Fall von gemeinsamer Anstrengung darum kümmerten. Kunst und Kultur bringen die Leute zusammen, sagte Alison, und deshalb waren wir hier: als Botschafter des guten Willens.

Doch Botschafter hin oder her, betreten durften wir das Haus nicht. Dutzende Touristen spähten durch die geöffneten Tore und Fenster in die Räume, die sich in demselben Zustand befanden wie damals, als Hemingway Kuba nach der Revolution verlassen hatte.

Antonio behauptete, Señor Hemingway hätte die Finca Vigía samt Inhalt dem kubanischen Volk vermacht. Professor Nalebuff dagegen sagte, dass er sie seiner vierten Frau vererbt hatte und diese 1961, nach seinem Selbstmord, von der kubanischen Regierung gezwungen worden war, sie zu überschreiben.

Ich begriff, dass Antonio nicht absichtlich versuchte, dreißig mehr oder weniger gebildete Menschen anzulügen. Wie alle anderen auf dieser Insel lebte er in der Vergangenheit, abgeschnitten von Nachrichten und Informationen. Er kannte die Wahrheit schlicht und einfach nicht. Doch das würde sich bald ändern – wenn das Regime es zuließ.

Ernest hatte einen netten Swimmingpool. Sein Boot, die *Pilar*, war in einem Pavillon ausgestellt. Auch nett, aber nicht so nett wie meines – oder wie das, das mir bis vor Kurzem gehört hatte. Auf der Gillung der *Pilar* stand KEY WEST. Da wäre ich jetzt auch lieber gewesen.

Nevilles Frau Cindy bestand darauf, dass ihr Bestsellergatte für mehrere Fotos posierte. Er gehorchte, ohne zu lächeln. Wahrscheinlich fragte er sich, warum sich niemand vor *seinem* Haus fotografieren ließ, wo immer das auch stehen mochte. Vielleicht war es seiner Bekanntheit förderlich, wenn er sich genau wie Hemingway das Hirn aus dem Schädel pustete. Nur so als Vorschlag.

Antonio führte uns zu mehreren Souvenirbuden. Sara kaufte mir ein Hemingway-T-Shirt, made in China.

Sobald alle wieder in den klimatisierten chinesischen Wunderbus eingestiegen waren, ging es weiter zu einem Restaurant, wo wir im Freien unser Mittagessen einnahmen – schwarze Bohnen, Reis, frittierte Kochbananen und Hühnchen, das anscheinend Jack the Ripper tranchiert hatte.

Dann stand die Biofarm auf dem Programm. Ein netter älterer Herr erklärte auf Spanisch, welche Fortschritte hier in der ökologischen Landwirtschaft gemacht wurden. Antonio übersetzte. »Auf Kuba sind alle Bauernhöfe bio«, sagte Sara. »Weil sich keiner chemischen Dünger leisten kann. Und die Erträge gehen direkt an die *comemierdas* von der kommunistischen Partei. Scheißefresser, heißt das übrigens wörtlich übersetzt.«

Das hatte Antonio gehört. Er warf ihr einen vernichtenden Blick zu.

Nachdem wir zwei Stunden lang unter der sengenden Sonne Bohnenstangen, Insekten und mir völlig unbekannte Pflanzen betrachtet hatten, schleppten wir uns zum Bus zurück.

»Morgen steht eine Führung durch die Altstadt auf dem Programm«, sagte Sara besänftigend. War mir etwa anzusehen, dass es mir keinen Spaß gemacht hatte, den ganzen Nachmittag über im Güllegestank zu stehen? »Dabei kommen wir am Haus meiner Großeltern und an der Bank meines Großvaters vorbei.«

»Das klingt doch ganz gut.«

»Ich sehe dem mit gemischten Gefühlen entgegen.«

»Vielleicht können Sie das Haus irgendwann zurückkaufen.«

»Vielleicht bekomme ich irgendwann rechtmäßig zurück, was meiner Familie gestohlen wurde.«

»Darauf würde ich nicht warten. Heben Sie lieber ein bisschen Geld aus Großvaters Bankschließfach ab.«

Sie nahm meine Hand und drückte sie. Vorsicht – diese Hand musste noch schwere Überseekoffer tragen.

Auf dem Rückweg zum Parque Central erinnerte uns Tad daran, dass er um halb sechs einen Vortrag über kubanische Musik halten würde, und bat uns, pünktlich zu erscheinen.

Alison erinnerte uns daran, dass wir unmittelbar im Anschluss zum Riviera Hotel fuhren. Wir sollen uns also bereits vorher umziehen. Außerdem verfügte unser Hotel über einen Swimmingpool auf dem Dach, der den Gästen zur freien Verfügung stand.

Sobald wir ausgestiegen waren, fragte ich Sara, ob sie Lust auf Planschen und ein kaltes Bier an der Bar hatte.

»Ich muss mich ausruhen und duschen.«

»Ist das eine Einladung?«

»Bis später beim Vortrag.«

Ich ging in die Bar. Von unserer Reisegruppe war niemand zu sehen, doch sobald ich ein Bucanero bestellt und mich gesetzt hatte, kam Antonio auf mich zu. »Hat es Ihnen heute gefallen?«, fragte er.

»Das Hemingway-Haus schon.«

»Das gefällt den meisten Amerikanern. Hat es Ihrer Reisebegleitung auch gefallen?«

»Sie ist nicht meine Reisebegleitung.«

»Verstehe ... sind Sie hier mit ihr verabredet?«

»Nein. Sie ist im FKK-Bereich.«

Antonio setzte sich neben mich, ohne dies zu kommentieren. Er trank Mineralwasser, das er aus dem Bus geklaut hatte, und zündete sich eine Zigarette an. »Eigentlich sollte ich Sie fragen, ob Sie etwas dagegen haben.«

»Es ist Ihr Land.«

»Stimmt.«

Wenn er nicht den Reiseführer spielte, kam mir Antonio etwas weniger albern vor. Trotzdem fragte ich mich, warum er meine Gesellschaft *sin* Sara suchte.

»Haben Sie Hemingway gelesen?«

»Ja. Und Sie?«

»Ja. Auf Spanisch und Englisch. Auf Kuba gibt es einen ... wie sagt man ... Hemingway-Kult.«

»Wirklich?«

»Ja. Morgen besichtigen wir das Hotel Ambos Mundos. Man kann das Zimmer besichtigen, in dem er wohnte und schrieb, bevor er die Finca Vigía gekauft hat.«

Mein Bier kam. Antonio setzte den Gratisvortrag fort. »Er hat mehrere Bücher auf Kuba geschrieben. In vielen seiner Werke geht es um Sozialismus.«

»Ist mir gar nicht aufgefallen.«

»Doch, wirklich. Die Menschen in seinen Büchern handeln so, wie es am besten für die Allgemeinheit ist ... und nicht für das Individuum.«

»Die meisten seiner Figuren sind egoistisch und selbstsüchtig. Genau wie ich. Deshalb gefallen sie mir so gut.«

»›Alle Werke Hemingways sind ein Plädoyer für die Menschenrechte‹, hat Fidel gesagt«, meinte Antonio. »Das ist ein sozialistischer Glaubensgrundsatz«, fügte er ohne jede Ironie hinzu.

Es hatte keinen Sinn, mit Leuten zu diskutieren, denen man

derart gründlich das Gehirn gewaschen hat. Außerdem wollte ich in Ruhe mein Bier trinken. »Tja, danke fürs Gespräch«, sagte ich. »Bis später beim Abendessen.«

Doch er wollte nicht gehen. »Fidel hat außerdem gesagt, dass *Wem die Stunde schlägt* eine große Inspiration für seine Guerillataktiken in der Sierra Maestra war«, sagte er. »Sie haben sich nur einmal getroffen, F.C. und Hemingway. Bei dem nach Hemingway benannten Angelturnier. F.C. hätte eigentlich dem Sieger die Trophäe überreichen sollen, aber er hat selbst den größten Marlin gefangen und gewonnen.«

»Und mit welcher Waage haben sie den Fisch gewogen?«

»Was meinen Sie?«

Da ich nicht schon am zweiten Tag verhaftet werden wollte, erwiderte ich nichts darauf.

Antonio nahm einen bedächtigen Schluck von seinem Wasser. »Sie sind Berufsfischer, hat Tad gesagt?«

»Stimmt.«

»Sie können also verstehen, wenn jemand diesen Sport mit Leidenschaft verfolgt.«

»Absolut.«

»Wussten Sie, dass es ein neues Angelturnier gibt? Das Pescando Por la Paz. Die teilnehmenden Boote legen morgen von Key West ab und nehmen Kurs auf Havanna. Sie leben doch auf Key West, richtig?«

»Richtig.«

»Hat Sie dieses Wettangeln gar nicht interessiert?«

»Nein.«

»Haben Sie *Haben und Nichthaben* gelesen?«, fragte er.

»Haben *Sie* es gelesen?«

»Ja, natürlich. Ein sehr gutes Buch. Darin wird auch eine Insel namens Cayo Guillermo erwähnt – und genau dort wird das Angelturnier stattfinden.«

Ich nahm einen Schluck Bier.

»In dem Buch stehen ein paar sehr prophetische Sätze über die Kubaner ... geschrieben vor der Revolution. ›Einer betrügt und verrät den anderen. Einer verkauft und beschubst den anderen. Die haben, was sie verdienen. Zum Teufel mit ihren Revolutionen‹«, zitierte er aus dem Gedächtnis. »Dann bis später beim Abendessen.«

Was zum Teufel sollte das Ganze?

21

Tads Vortrag fand in einem Auditorium im Zwischengeschoss statt. Wie befohlen hatten sich alle in Schale geworfen, damit wir gleich zum Abendessen fahren konnten, nachdem Tad mit seinem Cha-Cha-Cha fertig war. Sara saß neben mir. Sie trug ein rotes Spitzenkleid, Sandalen und ein bezauberndes Parfüm.

Antonio war nicht anwesend. Wollte er Tads Vortrag nicht auf subversive Elemente kontrollieren? Wahrscheinlich schwärzte er mich gerade bei der Geheimpolizei an, weil ich es gewagt hatte, das Gewicht von F.C.s Marlin in Zweifel zu ziehen. Mein loses Mundwerk bringt mich manchmal in Schwierigkeiten, aber das verleiht dem Leben ja erst die nötige Würze.

Bei der Anwesenheitskontrolle stellte sich heraus, dass drei Personen fehlten. Angeblich fühlten sie sich nicht wohl und waren auf ihren Zimmern geblieben. Das war nur zu verständlich, immerhin hatten sie sich den ganzen Tag lang unter sengender Hitze Antonios Blödsinn anhören müssen. Es war wahrscheinlich strategisch günstig, wenn sich Sara und ich ebenfalls krankmeldeten, bevor wir uns abseilten. Dann hatten wir einen gewissen Vorsprung.

Tads Vortrag begann mit einem kubanischen Lied von CD, wozu er Aufnahmen von heißen Tänzerinnen per Beamer an die Wand warf – das Highlight des Vortrags, wie sich herausstellte.

Wider Erwarten fand ich auch die restliche Vorlesung nicht uninteressant. Ich erfuhr so einiges über den Son Cubano, über Salsa, Rumba, Reggaeton und die afrikanischen Wurzeln von Musik und

Tanz auf Kuba. Für Fragen blieb keine Zeit mehr, aber Tad nannte uns ein paar gute Nachtclubs, darunter auch das Floridita – die Geburtsstätte des Daiquiri – sowie ein paar Lokale, in denen Hemingway abzuhängen pflegte. »Sein Rekord waren achtzehn doppelte Daiquiri. Bitte nicht nachmachen.«

»Das war unser Frühstück auf der Bowdoin«, sagte ich zu Sara.

Nach dem Vortrag gingen wir die Treppe zur Lobby hinunter. »Hat es Ihnen gefallen?«, fragte sie.

»In der Tat.«

»Musik und Tanz auf Kuba gehören zu den wenigen Dingen, die das Regime nicht zensiert oder manipuliert hat.«

Selbst die Kommunisten wollten wackelnde Hintern sehen. In gewisser Hinsicht war Kuba also Kuba geblieben. »Mittlerweile bin ich zwar etwas Hemingway-geschädigt, aber wir könnten nach dem Essen auf einen Sprung ins Floridita gehen.«

»Ein Spaziergang auf dem Malecón wäre mir lieber.«

»Und kommt mich billiger.«

Wir stiegen ein. José hatte nach wie vor Dienst, und Antonio ließ sich die Gratismahlzeit nicht entgehen.

Um dem Abendessen mehr Bedeutung und Tiefe zu verleihen, lieferte Antonio auf der Fahrt einige Hintergrundinformationen zum Hotel Riviera. Es war im Auftrag des berüchtigten amerikanischen Gangsters Meyer Lansky erbaut und an Weihnachten 1957 eröffnet worden. »Leider sorgte die Kommunistische Partei dafür, dass Meyer Lanskys Party am Neujahrstag 1959 auch schon wieder vorbei war.«

Mehrere Yalies, die anscheinend *Der Pate – Teil II* gesehen hatten, lachten. Antonio, der diesen Witz wohl schon hundert Male zum Besten gegeben hatte, grinste.

Aha, dachte ich, Meyer Lansky und seine Partner aus Las Vegas hatten sich mit dem Riviera Hotel und Casino ordentlich verspekuliert und an nur einem Tag alles verloren. Ob auch Mafiageld in der Höhle schlummerte? Ich stellte mir mit »Lansky« und »Luciano«

beschriftete Geldbündel vor. Vielleicht bezahlten sie mich sogar mit dem Geld dieser Gangster. Das würde mir gefallen.

Wir hielten vor dem Riviera, das auch auf dem Las Vegas Strip nicht fehl am Platze gewesen wäre, aber tatsächlich am Malecón lag.

Die gewaltige Marmorlobby war so gut wie verlassen. Gespenstisch. Wir durften einen Blick in den leeren Copa-Nachtclub werfen. Eine Fünfzigerjahre-Zeitkapsel. Ich sah jene schicksalhafte Neujahrsfeier förmlich vor mir. Männer und Frauen in Abendgarderobe saßen rauchend und trinkend an den Tischen oder tanzten zu dem zwanzigköpfigen Orchester, während Fidel Castro und sein bunter Haufen in Kuba einmarschierten, um die Party zu beenden.

»Wird das Casino jemals wieder eröffnet?«, fragte jemand.

»Niemals«, sagte Antonio. »Am ersten Tag der Befreiung wurde es von der Revolutionsarmee und dem kubanischen Volk mit Äxten und Hämmern vollständig zerstört. Im Revolutionsmuseum werden Filmaufnahmen davon gezeigt.«

Das anzusehen würde ich nicht übers Herz bringen.

Wie dem auch sei, es war Zeit für das wunderschöne Abendessen, das wir im Originalrestaurant des Hotels, dem L'Aiglon, zu uns nehmen würden. Antonio führte uns in das geräumige Lokal mit dem weichen Teppich, der roten Decke und den einst todschicken Kronleuchtern, inzwischen Antiquitäten aus der Mitte des letzten Jahrhunderts.

Ein Kellner mit Fliege nahm unsere Getränkebestellungen entgegen. Sara entschied sich für eine teure Flasche Veuve Cliquot. »Bald sind Sie reich«, sagte sie. »Gewöhnen Sie sich schon mal dran.«

Die Kellner arbeiteten im Schneckentempo, wodurch die Yalies genug Zeit für Fotos hatten. Ich konnte mir die Gespräche beim Diaabend in den USA schon vorstellen. »Und dann sind die beiden Turteltauben zusammen durchgebrannt, und wir wurden von der Polizei verhört und haben deswegen die Tabakplantage verpasst.«

Die Getränke kamen. Alle setzten sich.

Das Restaurant mochte einen französischen Namen tragen, die Küche hatte mit Frankreich nichts zu tun. Und auch der Service war so, wie man es von Kellnern erwarten durfte, die zwanzig Dollar im Monat verdienten. Aber dabei durfte man eines nicht vergessen: Die übrige Bevölkerung hielt sich mit Lebensmittelkarten über Wasser.

Ich erzählte Sara von meiner kleinen Unterhaltung mit Antonio. »Das bedeutet entweder, dass er persönliches Interesse an Ihnen hat oder dass er aus ganz anderen Gründen an Ihnen interessiert ist«, sagte ich.

Sie nickte. »Und was findet er an Ihnen so interessant?«

»Wahrscheinlich wollte er nur einen Konkurrenten beschnüffeln.«

Sie zwang sich zu einem Lächeln. »Warum hat er sich wohl bei Tad nach Ihnen erkundigt?«

»Keine Ahnung.«

»Und dass er das Wettangeln erwähnt hat, gefällt mir auch nicht.«

»Vielleicht wollte er einfach nur plaudern. Aber wenn nicht ...«

Sara wirkte besorgt, daher wechselte ich das Thema und erzählte ihr, dass ich F.C.s rechtmäßigen Sieg beim Hemingway-Angelturnier angezweifelt und Antonio gegenüber die Vermutung geäußert hatte, dass die Fischwaage manipuliert gewesen war. »Jetzt bekomme ich richtig Ärger.«

Sie lachte. »Diese Geschichte kennt hier jedes Kind. Die Kubaner in Miami erzählen sich, dass ein Taucher den Fisch an F.C.s Haken gehängt hat. Und vorher hat man das Vieh mit Bleigewichten vollgestopft.«

Darüber lachten wir beide.

Es lief nicht schlecht für ein zweites Date. In der wirklichen Welt wären wir heute oder spätestens bei der nächsten Verabredung im Bett gelandet, aber Sara Ortega hatte mich erst für Tag vier eingeplant. Warum? Keine Ahnung. Vielleicht konnte ich die Sache beschleunigen. Einen Versuch war es wert.

Und eine weitere Flasche Schampus.

Ich leerte die erste Flasche in unsere Flöten. »Deine Augen glitzern wie dieser Champagner.«

»Das ist der schlechteste Anmachspruch aller Zeiten.«

»Ich war wohl zu lange auf See.«

»Ganz offensichtlich.«

Weitere Gäste strömten ins Restaurant. Ich hörte Deutsch und Englisch mit britischem Akzent.

»Dieses Hotel ist eine leblose Parodie seiner selbst«, sagte Sara.

»In den richtigen Händen könnte das Riviera eine Goldmine sein.«

»Tatsächlich gehört es dem größten Grundstückseigentümer auf Kuba: dem Militär. Erst wenn alles, was der Staat an sich gerissen hat, seinen rechtmäßigen Eigentümern zurückgegeben wird, kann sich auf Kuba etwas ändern.«

»In diesem Fall also Meyer Lansky und seinen Kumpanen?«

»Zugegeben, der Rechtsweg ist kompliziert«, sagte sie. »Da ist es schon einfacher, sein Eigentum einfach zurückzustehlen.«

Aber so einfach nun auch wieder nicht.

Das Abendessen war inklusive, die Getränke – zweihundert CUC in bar – leider nicht. Und das kubanische Militär akzeptierte keine amerikanischen Kreditkarten.

Wir verzichteten aufs Dessert. Ich meldete Tad – und Antonio – pflichtgemäß, dass wir uns mit einem Taxi auf den Weg ins Floridita machen würden.

»Viel Spaß«, sagte Tad.

»Das ist eine Touristenfalle«, sagte Antonio. »Gehen Sie lieber auf dem Malecón spazieren.«

»Der liegt zu nahe am Strand«, sagte ich, obwohl wir genau das vorhatten. »Da wird uns Tad sofort beim Außenministerium verpetzen.«

Tad lächelte gezwungen, sagte aber nichts. Wahrscheinlich würde er mich nicht vermissen.

Antonio dagegen schon.

22

Wir verließen das Riviera und gingen in Richtung Nacional, das sich etwa zwei Meilen den Malecón hinunter befand. Es war warm, windstill und feucht. Der helle Mond auf dem Wasser erinnerte mich an einen ganz ähnlichen Abend, an dem Sara auf meinem Boot gewesen war. Derselbe Mond, dasselbe Meer, ein anderer Planet.

Auf dem breiten Gehweg drängte sich ein schier endloser Menschenstrom. Ganze Generationen aßen gemeinsam im Freien, mehrere Salsa- und Rumbabands spielten, es wurde getanzt.

»Der Malecón ist das Wohnzimmer und der Speisesaal Havannas. Und für arme Leute auch das Theater. Hier hast du dein authentisches Kuba.«

»Inklusive Geheimpolizisten?«

»Marcelo sagte, dass die sich hier nicht blicken lassen, weil man sie sofort erkennen würde. Aber womöglich sind ein paar *chivatos* unterwegs.«

Inmitten der vielen Amerikaner und Europäer fielen wir nicht auf, und ein besserer Ort für eine Zufallsbegegnung mit einem kubanischen Töpferwarenverkäufer war ebenfalls kaum denkbar. Mit ihrem roten Kleid war Sara jedenfalls nicht zu übersehen.

»Hast du deine Pesos dabei?«, fragte ich.

Sie tätschelte ihre Umhängetasche.

Wir blieben vor einer Salsaband stehen. Befeuert von der heißen Musik reichte mir Sara ihre Tasche und gesellte sich zu den Tanzenden. Dabei geizte sie nicht mit ihren Reizen, und als sie unter den

Pfiffen und Rufen der Menge den Rock hob, spürte ich, wie sich mein *pepino* regte.

Sara warf der Band einen Luftkuss zu, und wir gingen weiter.

»Nicht schlecht für eine Architektin«, sagte ich und gab ihr ihre Tasche zurück.

»Sobald wir wieder in Miami sind, bringe ich dir ein paar kubanische Tänze bei.«

Ich hätte den Satz mit »Falls …« angefangen, aber ich bewunderte ihren Optimismus.

Wir blieben stehen und blickten über den Uferdamm hinweg auf den Strand und die Floridastraße. Die Leute angelten oder wateten im Wasser und dachten dabei wahrscheinlich an die neunzig Meilen bis nach Key West.

Apropos: »Ist dir schon aufgefallen, dass hier keine Boote fahren?«, fragte Sara.

»Ja.«

»Aus offensichtlichen Gründen sind in Kuba so gut wie keine Wasserfahrzeuge erlaubt.«

»Sie sollten die Menschen einfach ziehen lassen.«

»Machen sie ja manchmal. Wie damals bei der Mariel-Bootskrise. Das Regime muss gelegentlich das Ventil öffnen, um auf inoffizielle Weise diejenigen Personen loszuwerden, die ihm sonst gefährlich werden könnten. Leider verliert Kuba so auch seine hellsten Köpfe.«

»Patrouillenboote gibt es aber schon, oder?«

»Jede Menge. Die Guarda Frontera – der Grenzschutz – behält die Fischfangflotte im Auge und hält Ausschau nach *balseros*. Aber man kann eine sechshundert Meilen lange Küste nicht lückenlos überwachen. Etwa fünf- bis sechstausend *balseros* versuchen jedes Jahr ihr Glück. Weniger als die Hälfte werden geschnappt.«

Also standen die Chancen nicht so schlecht, dachte ich. »Hat der Grenzschutz auch Helikopter und Wasserflugzeuge?«

»Ein paar. Nicht viele.«

»Wenn es blöd läuft, reicht eines.«

»Es wird schon alles gut gehen.«

»Okay.«

Wir gingen weiter. Bis auf ein paar bettelnde Kinder und Künstler, die Zeichnungen verkaufen wollten, sprach uns niemand an.

Dann sah ich ein paar Bordsteinschwalben. Sara merkte, dass ich sie bemerkt hatte. »Prostitution hat das Regime gleich als Allererstes verboten. Darauf stehen für beide Parteien vier Jahre Gefängnis.«

»Das muss ich Tad sagen.«

»Aber du musst doch für Sex nicht bezahlen«, sagte sie lächelnd und hakte sich bei mir unter.

Aber umsonst kriegte ich auch keinen.

»Auf Kuba geht es sehr freizügig zu. Gelegentliche Liebschaften sind hier keine große Sache. Sex ist das Einzige, was Castro nicht rationiert hat, sagen die Leute.«

Sehr witzig. Das viele Gerede über Sex machte mich allmählich spitz. Vor uns tauchte das Nacional auf. »Wie wäre es mit einem Absacker?«

»Gehen wir noch ein Stück.«

»Heute Abend hat anscheinend niemand Töpferware zu verkaufen.«

Sie antwortete nicht.

»Dabei wird es allmählich Zeit. Wir haben nur noch zwei, höchstens drei Tage.«

»Wirst du auch mit mir nach Camagüey fahren, wenn die Kontaktperson aus Havanna nicht auftaucht?«

Offen gestanden war es mir sogar lieber, wenn keine Kubaner beteiligt waren. Jedes Mal, wenn wir in Afghanistan einem Einheimischen vertraut hatten, waren wir verraten, in einen Hinterhalt gelockt oder bestenfalls um unser Geld geprellt worden. Vielleicht war es auf Kuba genauso.

»Mac?«

»Tja … wenn ich Nein sage, würdest du trotzdem fahren?«

»Definitiv.«

Die Lady hatte Eier. »Warten wir noch ein paar Tage ab, und wenn die Kontaktperson bis dahin immer noch nicht aufgetaucht ist, reden wir noch einmal darüber.«

»Also gut. Aber wenn wir die Kontaktperson in Havanna verpassen, werden wir auch die in Camagüey nicht treffen, und dann haben wir weder Lastwagen noch Unterschlupf, das ist dir doch klar?«

»Ich kann so gut wie jedes Fahrzeug kurzschließen«, sagte ich. »Und der sicherste Unterschlupf ist unter dem Sternenzelt.«

Sie blieb stehen und sah mich an. »Ich habe Carlos und Eduardo davon überzeugt, dass du der richtige Mann für diese Aufgabe bist.«

Bevor ich etwas antworten konnte, warf sie die Arme um meinen Hals, und wir küssten uns auf dem Malecón.

Dann löste sie sich von mir, und wir gingen weiter. »Hast du eine Pistole in der Tasche?«, fragte sie.

»Das ist eine von den alten Sowjetraketen.«

Sie lachte, dann wurde sie wieder ernst. »Eine Pistole könnten wir gut gebrauchen.«

»Wir haben Waffen auf der *Maine*, falls wir uns den Weg freischießen müssen.«

»Wir bräuchten sie aber früher.«

»Steht in Kuba auf Waffenbesitz nicht die Todesstrafe?«

»Ich würde lieber mit der Waffe in der Hand sterben, als mich gefangen nehmen zu lassen.«

»Jetzt ist es aber wirklich Zeit für einen Drink.«

Wir gingen schweigend weiter, bis Sara auf ein modernes sechsstöckiges Gebäude zu unserer Rechten deutete. »Das ist die amerikanische Botschaft.«

Nur in einem Eckbüro im sechsten Stock brannte Licht. Anscheinend leistete jemand Überstunden, immerhin gab es fünfzig Jahre nachzuholen. Das Grundstück um die Botschaft herum wurde von

Suchscheinwerfern erhellt. Über der Eingangstür prangte das Große Siegel der Vereinigten Staaten.

»Einen Botschafter haben wir noch nicht, nur einen Geschäftsträger namens Jeffrey De Laurentis. Seinen Chef, Außenminister John Kerry, habe ich mal kennengelernt. Er war auch in Yale. Hoffentlich hilft uns diese Verbindung weiter, wenn wir hier im Knast landen.«

Wenn ich an die anderen Mitglieder der Yale-Reisegruppe dachte, bezweifelte ich doch sehr, dass das Innenministerium oder die Botschaft alles stehen und liegen ließen, um zu unserer Rettung zu eilen.

Vor der Botschaft war ein kleiner Platz. »Das antiimperialistische Forum«, sagte Sara. »Hier versammeln sich die Leute zu spontanen Protestkundgebungen gegen die USA. Nur dass auf Kuba niemand etwas spontan tut.«

»Außer tanzen.« Und vögeln, weil Sex nicht rationiert war.

Tja, unsere eigentliche Mission auf dem Malecón war ein Reinfall. Doch vielleicht gelang es mir gleich im Nacional, auf einem wichtigen Nebenschauplatz Fortschritte zu erzielen.

23

Wir gingen die Allee zum Hotel Nacional hinauf. Im Gegensatz zum Riviera tummelten sich hier Gäste aus aller Herren Länder in der gut besuchten Lobby. Hoffentlich tauchte Jack morgen nicht in einem zu unpassenden T-Shirt auf.

Wir gingen durch die Hintertür wieder hinaus, um unsere Drinks auf der Terrasse zu genießen.

Für fünf CUC organisierte uns die Kellnerin auf der überfüllten Terrasse zwei bequeme Plätze mit Aussicht auf die Floridastraße. Sara bestellte einen Daiquiri, ich ein Bucanero, *por favor*. Eine dreiköpfige Calypsoband spielte karibische Musik.

Eine sanfte Brise wehte vom mondbeschienenen Wasser herüber und fuhr durch die Palmen. Es duftete nach Tropenblüten. Die Band spielte »Guantanamera«, eines meiner Lieblingslieder. Vom José-Martí-Flughafen stieg eine Linienmaschine in den Himmel auf.

Jetzt fehlte nur noch spontaner Sex als Krönung eines wunderschönen Abends.

Sara hatte ein anderes, wenn auch verwandtes Thema im Kopf. »Sehr romantisch«, sagte sie.

Wir stießen an. »Auf eine neue Freundschaft«, sagte sie.

»Und auf dich«, erwiderte ich.

Wir blickten aufs Meer hinaus. Entlang des Ufers waren die Silhouetten der alten und neuen Befestigungsanlagen zu erkennen. Die Leute schaffen es, einfach alles zu verschandeln – sogar dieses tropische Paradies.

»Was ich schon immer mal wissen wollte – hast du eigentlich eine Freundin?«, fragte sie.

Ich entschied mich für die beste und kürzeste Antwort: »Nein.«

»Warum nicht?«

»Ich war bis vor Kurzem mit meinem Boot verheiratet.«

»Im Ernst.«

»Ich habe die Richtige noch nicht gefunden«, sagte ich. »Aber die Suche dauert an.«

»So ein Blödsinn. Aber von mir aus. Sobald wir Kuba verlassen, trennen sich unsere Wege.«

Ich hasse solche Unterhaltungen. »Konzentrieren wir uns fürs Erste darauf, Kuba unversehrt zu verlassen.«

»Und wenn wir es nicht schaffen, bleibt uns immer noch dieser Abend.«

Irgendwie hatte ich das Gefühl, manipuliert zu werden. Gleichzeitig spürte ich, dass mich Sara aufrichtig mochte. Wenn wir es tatsächlich lebendig hier rausschafften, würden wir weitersehen. Doch bis dahin tickte die Uhr. Noch zwei Tage bis zum Sex am Sonntag, dann noch ein paar weitere Tage, bis wir einige wichtige Entscheidungen zu treffen hatten. »Nehmen wir uns doch ein Zimmer hier«, schlug ich Punkt eins betreffend vor.

Sie sagte nichts.

»Wer weiß, vielleicht verhaftet man uns noch heute Nacht und stellt uns morgen an die Wand.«

Sie lachte ein nervöses Lachen. Nein, sie war noch nicht bereit.

»Wir bezahlen«, sagte sie, als ich gerade das Thema wechseln wollte.

»Und rufen uns ein Taxi?«

»Und nehmen ein Zimmer.«

»Bin gleich wieder da.«

Ich eilte zur Rezeption und fragte, ob noch etwas frei war. Der Concierge, der sofort begriff, dass ich in Sachen *pepino* unterwegs war, konnte mir leider nur Luxuszimmer anbieten – davon gab es allerdings gleich vier zur Auswahl: das Errol-Flynn-Zimmer, was ziemlich aufregend klang, das Ava-Gardner-und-Frank-Sinatra-Zimmer, in dem es sich sicherlich auch gut vögeln ließ, das Walt-Disney-Zimmer, was mir etwas unpassend vorkam, und schließlich das Johnny-Weissmüller-Tarzan-Zimmer, mein absoluter Favorit, für das mir leider die nötigen fünfhundert CUC fehlten. Entweder war dem Concierge sehr daran gelegen, dass ich heute eine heiße Nacht verbrachte, oder er wollte sich etwas dazuverdienen – jedenfalls machte er mir den Vorschlag, einen Teil der Rechnung gegen einen Aufschlag von zehn Prozent in amerikanischen Dollar zu begleichen. Für Gratissex kam mir das alles ziemlich teuer vor.

Ich musste dem Concierge meinen Pass und mein Visum zeigen. Dann trug ich mich als »Dan MacDick« ein. Das war entweder ein genialer Schachzug zur Tarnung meiner tatsächlichen Identität – oder ein freudscher Verschreiber. Im Gegenzug erhielt ich einen großen Messingschlüssel. Auf dem Anhänger stand 232, *Tarzan*. Damit war ich gemeint.

Als ich auf die Terrasse zurückkehrte, leerte Sara gerade einen weiteren Daiquiri. »Wie viele davon brauchen Sie, um in Stimmung zu kommen?«

»Das Zeug entspannt mich.«

Ich legte einen Fünfzigdollarschein auf den Tisch. Amerikanische Dollars. »Bereit?«

Sie nickte und stand auf.

Schweigend gingen wir durch die Lobby zum Aufzug.

Im zweiten Stock folgten wir dem Schild im Flur zu Zimmer 232. *JOHNNY WEISSMÜLLER, TARZAN* stand auf einem Messingschild an der Tür.

Was Sara entweder nicht bemerkte oder lieber unkommentiert ließ. Ich öffnete die Tür, wir betraten das Zimmer, und ich schaltete das Licht ein, woraufhin ein großer, ziemlich uneinheitlich eingerichteter Raum zum Vorschein kam. Ein Leopardenfell auf dem Boden und die Tigerstreifen auf der Bettwäsche sorgten für ein kitschiges Dschungelflair. Ob wir mit dem Walt-Disney-Zimmer glücklicher geworden wären?

Gott sei Dank gab es eine Minibar. »Was willst du trinken?«, fragte ich.

Sara antwortete nicht. Sie starrte gedankenverloren aus dem Fenster aufs Wasser.

Ich nahm eine Piccoloflasche Moët aus der Minibar, ließ den Korken knallen, füllte den Sekt in zwei Flöten und gab ihr eine.

Sie nahm sie entgegen und betrachtete die Bläschen.

Ich wollte nicht aufdringlich sein, aber jetzt hatte Major Dödel das Kommando, daher musste ich die richtige Balance zwischen Romantik und Sex finden. Ich schaltete das Radio ein. Sanfte Son-Gitarren. So viel zur Romantik.

Allmählich schien Sara ins Hier und Jetzt zurückzufinden. Ich hob mein Glas. »Auf uns.«

Wir stießen an und tranken. Ich forderte sie zum Tanzen auf, und wir wiegten uns zu den rhythmischen Gitarren hin und her. Ihr Körper fühlte sich gut an.

»Nur damit du's weißt, ich springe nicht mit jedem Kerl ins Bett«, sagte sie leise.

»Ich auch nicht.«

Während wir tanzten und Champagner tranken, entledigten wir uns unserer Kleidung und landeten schließlich gemeinsam unter der Dusche. Sie trug einen Bikini Cut, und außerdem pflegte sie oben ohne in der Sonne zu liegen. Man kann eine Menge über eine bestimmte Person erfahren, wenn man sie nackt in der Dusche vor sich hat.

Sie fuhr mit dem Finger über die Narben auf meiner Brust. »Ach du lieber Himmel.«

»Hätte schlimmer kommen können.«

Sie erkundete weiter, bis sie schließlich mit einer Hand meine *bolas* und mit der anderen meinen *pepino* umfasste.

»Alles da«, versicherte ich ihr.

»Steck's lieber an einen sicheren Ort.«

Ich packte ihren Hintern und glitt in sie hinein.

Sie legte die Hände auf meine Schultern und drückte den Rücken durch. Das Wasser lief über ihr Gesicht und ihre Brüste, während ich in dem langsamen, rhythmischen Takt des »Chan Chan« aus dem Radio verfiel.

Olé!

Als wir später im Bett lagen, schlang Sara ihre Arme und Beine um mich. »Ich bin glücklich, aber jetzt … habe ich auch Angst«, flüsterte sie.

»Das ist ganz normal.«

»Letzte Woche lebte ich nur für den Tag, an dem ich nach Kuba zurückkehrte, um diesen Drecksäcken mein Geld direkt vor ihren hässlichen Nasen wegzuschnappen. Aber jetzt … gibt es vielleicht noch etwas anderes, wofür es sich zu leben lohnt.«

»Dasselbe habe ich auch gedacht.«

»Hattest du Angst, dort drüben?«

»Jeden Tag.«

»Sie dürfen mich auf keinen Fall erwischen«, sagte sie nach einer Pause.

»Verstehe.« Genau wie in Afghanistan. Lieber tot, als in die Hände der Taliban zu fallen. Außerdem hatte ich nicht vergessen, was Carlos über das Villa-Marista-Gefängnis erzählt hatte. Vermutlich hatten sich die Bedingungen dort nicht groß verbessert.

Sie schmiegte sich an mich. »Aber mit dir in Miami im Geld schwimmen, das würde mir durchaus gefallen. Ach was, einfach mit dir in Miami zu sein, das reicht mir.«

Das wäre wirklich schön.

Sie rollte sich aus dem Bett, ging zur Minibar hinüber und schenkte uns Champagner nach. Dabei bemerkte sie den Schlüssel auf dem Tisch. »Wieso ist das hier das Tarzan-Zimmer?«, fragte sie.

»Komm her, dann zeig ich's dir.«

24

Lieber tot, als in die Hände der Taliban zu fallen.
Sie schneiden dir erst die Eier und die Gesichtshaut mit einem Rasiermesser ab, halten dann deinen Kopf vor einen Spiegel und zwingen dich, den eigenen gesichtslosen roten Schädel anzustarren. Du kannst noch nicht mal die Augen schließen, weil du keine Augenlider mehr hast. Danach musst du dabei zusehen, wie sie dein Gesicht und deine Eier den Hunden zum Fraß vorwerfen, und schließlich klopfen sie dir auf die Schulter und lassen dich wieder laufen.

Daher jagt man sich lieber eine Kugel in den Kopf, als sich von ihnen erwischen zu lassen.

Während meines ersten Einsatzes, ich war noch nicht mal zum Captain befördert, war ich auf der Operationsbasis Ramrod in der Maiwand-Provinz stationiert. Ich hatte das Kommando über einen Zug aus etwa vierzig Männern von der Fifth Stryker Brigade, und es war meine Aufgabe, sie sicher durch diese staubige, schmutzige und steinige Mondlandschaft zu führen.

Das Fahrzeug an der Spitze, ein Bradley-Spähpanzer, wurde von einer Sprengladung getroffen, und plötzlich war die Hölle los. Sie feuerten mit Raketenwerfern und Automatikwaffen von den Felsen zu beiden Seiten der Straße auf uns herab. Wir stiegen ab und entfernten uns von den Fahrzeugen. Ich fing mir einen Treffer in der Schutzweste ein, rannte weiter, warf mich zusammen mit den anderen auf den Boden und erwiderte das Feuer.

Es gab kaum Deckung. Zehn Sekunden später war mir klar, dass wir in einen von langer Hand vorbereiteten Hinterhalt geraten waren und uns einer größeren feindlichen Streitmacht gegenübersahen. Es bestand also durchaus die Möglichkeit, dass wir alle draufgingen. *Tötet zuerst die Verwundeten und dann euch selbst.*

Die Hälfte der Schützenpanzer und Humvees stand bereits in Flammen. Ein Fahrzeug explodierte, ich spürte die heiße Druckwelle im Rücken.

Im Taktikunterricht bringen sie einem bei, dass ein Frontalangriff die beste Methode ist, einen Hinterhalt zu kontern. Schwachsinn.

Über Funk befahl ich meinem Zug, der Straße weiter nach Norden zu folgen und die Angreifer zu flankieren.

Die Taliban sind zwar zäh und kennen keine Angst, dafür haben sie meistens nicht viel in der Birne und sind ausnahmslos schlechte Schützen. Sie ballern mit ihren AK-47 im Dauerfeuer drauflos wie kleine Jungs mit einem Spielzeuggewehr. Doch auch Glückstreffer sind Treffer, und mehrere meiner Männer gingen zu Boden. Der Sanitäter meldete jedoch keine schweren Verletzungen.

Der Wind wehte aus südlicher Richtung über die Wüste, sodass wir in den Rauchwolken des brennenden Diesels unbemerkt nach Norden vorrücken konnten, bis der Hinterhalt etwa hundert Meter hinter uns lag. Von dort flankierten wir die feindlichen Stellungen, indem wir uns von Steinhaufen zu Steinhaufen zurückbewegten. Die Taliban begriffen zu spät, dass wir ihnen in den Rücken gefallen waren.

Die Besatzungen der unversehrten Bradley-Schützenpanzer waren wieder aufgesessen und gaben uns mit ihren 7.62-mm-Maschinengewehren und 25-Millimeter-Maschinenkanonen Feuerschutz.

Die Taliban zogen sich Steinhaufen für Steinhaufen zurück. Obwohl sie uns zahlenmäßig überlegen waren, befahl ich meinen Männern, sie zu verfolgen. Selbstverständlich war ich mir bewusst, dass wir dadurch in die nächste Falle tappen konnten. Das Ganze war ein Spiel ohne Regeln, aber mit viel Strategie. Angriff ist die beste Verteidigung, und so rückten wir durch das Wüstental bis zu mehreren riesigen Geröllfeldern am Fuße des nahe gelegenen Gebirges vor.

Mein Platoon Sergeant legte mir dringend nahe, die Verfolgung abzubrechen und auf die Kampfhubschrauber zu warten. Ich dagegen war bis zum Rand voll mit Adrenalin und stinksauer und führte den Angriff ins Geröllfeld höchstpersönlich an, ohne etwas von dem Hinterhalt vor uns zu ahnen.

Die Taliban hatten sich am Fuße des Berges versammelt und zusätzlich in zwei parallel verlaufenden Wadis Position bezogen, sodass wir direkt in einen abermaligen, hufeisenförmigen Hinterhalt liefen.

Wir bildeten eine Verteidigungsformation, während uns die Bradleys von der etwa vierhundert Meter entfernten Straße aus Feuerschutz gaben.

Die Taliban mochten in der Überzahl sein, wir besaßen die überlegene Feuerkraft. Es war eine Pattsituation, bis eine Talibangruppe das mit Gestrüpp überwachsene Wadi verließ und das Hufeisen in einen Kessel verwandelte. Wir waren umzingelt, und die Munition wurde knapp.

»Lieutenant, mit Ihnen wird's nie langweilig«, sagte mein Sergeant, ein großer Schwarzer namens Johnson.

»Das ist noch gar nichts.«

Das nächste Wadi befand sich etwa hundert Meter westlich von uns. Nur wenige Taliban sicherten das ausgetrocknete Flussbett. Die AK-Salven, die sie abgaben, prallten an den Felsen um uns herum ab.

Wir saßen in der Falle, waren aber trotzdem einigermaßen in Sicherheit. Wir hätten auf die Hubschrauber warten können, doch eine Taktik der Taliban bestand darin, unvermittelt vorzurücken, sobald Verstärkung auftauchte. So riskierten die Hubschrauberbesatzungen, die eigenen Leute zu treffen.

Tja, wenn man den Kopf in der Schlinge hat, trifft man unkonventionelle Entscheidungen. Ich befahl den Bradleys, drei Minuten lang ausschließlich das westliche Wadi ins Visier zu nehmen.

Währenddessen versammelte ich zwei Gruppen um mich. Sobald die Bradleys das Feuer einstellten, stürmten wir auf das Wadi zu.

Eine Minute später erreichten wir das trockene Flussbett, das bis auf ein halbes Dutzend toter und verwundeter Taliban verlassen war.

Da sie ihre Toten des Öfteren mit Sprengfallen versehen und die Verwundeten, ohne zu zögern, ihre Waffen abfeuern oder sich mit einer Granate in die Luft sprengen, sobald man sich ihnen nähert, zogen Sergeant Johnson und ich unsere Glocks und machten uns an die Drecksarbeit, während die übrigen Männer Verteidigungsposition einnahmen.

Der letzte verwundete Taliban sah mich an, als ich mich ihm näherte. Ein 25-mm-Projektil war zu seinen Füßen explodiert und hatte seine Beine zerfetzt. Er würdigte die Waffe in meiner Hand keines Blickes, sondern starrte mir direkt in die Augen. Ich zögerte. Sollte ich ihn gefangen nehmen, um ihn später zu verhören? Der Verwundete hob die Arme und faltete die Hände zum Gebet. In der Entfernung waren bereits die sich nähernden Hubschrauber zu hören.

Ich ließ die Waffe sinken und ging auf den Taliban zu, der plötzlich die Hand ausstreckte und meinen Knöchel umklammerte. Mir war nicht klar, ob er sich bedanken oder mich angreifen wollte. Ich schoss ihm mitten ins Gesicht. Bis heute weiß ich nicht, was er von mir wollte.

Ich spürte, wie sich ein Fuß an meinem rieb, und wachte auf. »Guten Morgen«, sagte jemand.

Mein Gesicht war schweißbedeckt. Es war noch dunkel. »Gut geschlafen?«, fragte sie.

»Nein. Kaffee?«

Sie gähnte. »Wir sollten zu unserem Hotel zurückfahren.«

»Okay.«

Aber wir blieben einfach liegen. »Ich habe Carlos versprochen, mich nicht in dich zu verlieben ... und nicht mit dir ins Bett zu gehen«, sagte sie. »Und jetzt haben wir schon drei Male miteinander geschlafen.«

»Drei Male?«

»Na ja, gleich, oder?« Sehr witzig.

Ich rollte mich auf sie. Danach nahm sie meine Hand. »Ich muss dir etwas beichten.«

»Die Straße runter ist eine Kirche.«

»Also, ich habe einen Freund ... gewissermaßen ... aber ...«

Das überraschte mich nicht. »Tja, das musst du mit dir selbst ausmachen.«

»Bist du sauer?«

»Ich habe wichtigere Dinge im Kopf.«

»Du bist sauer, stimmt's?«

»Bin ich nicht.«

»Eifersüchtig?«

»Nein. Wird er denn eifersüchtig?«

»Er ist Kubaner. Klar wird er eifersüchtig.«

»Dann sage ihm, dass es Teil des Auftrags war.«

»Ich ... ich sage ihm nur, dass es vorbei ist.«

»Deine Entscheidung.«

»Könntest du mich wenigstens ein bisschen ermutigen?«

»Was soll ich denn sagen?«

Darauf antwortete sie nicht. »Ich mag dich sehr«, sagte ich schließlich.

»Ich dich auch.« Sie drückte meine Hand.

Nun, jedenfalls hatte niemand das L-Wort mit fünf Buchstaben ausgesprochen. Aber es hing trotzdem in der Luft. Meine Dienstzeit hatte mich gelehrt, dass sich eine Romanze in einem Kriegsgebiet zwar wie Liebe anfühlte, doch wenn man wieder in die Heimat zurückkehrte, holte einen schnell die Realität ein.

»Willst du mir auch etwas beichten?«, fragte Sara.

»Ich bin Single. Wie bereits erwähnt.«

»Aber du wirst dir doch gelegentlich jemanden mit nach Hause nehmen.«

»Ist schon länger nicht mehr vorgekommen.«

»Warum bist du nicht verheiratet?«

Ich setzte mich auf und warf einen Blick auf die Uhr auf dem Nachttisch. 5.34 Uhr.

»Mac?«

»Mein Leben war größtenteils ... kompliziert.«

»Warst du mal verlobt?«

»Einmal. Du?«

Sie setzte sich ebenfalls auf. »Ich habe den Richtigen noch nicht gefunden.«

Darauf sagte ich nichts.

»Sollen wir das Thema wechseln?«

»Gerne.«

Sie schaltete ihre Nachttischlampe ein. »Worüber willst du dich unterhalten?«

Kaffee. Aber ich hatte noch etwas anderes auf dem Herzen. »Wo wir gerade so schön ehrlich miteinander sind: Geht es auf dieser Kubareise wirklich nur um das, was du mir erzählt hast?«

»Was meinst du?«

»Geht es wirklich nur ums Geld?«

Sie zögerte eine Sekunde. »Nein«, sagte sie. »Du bist nicht auf den Kopf gefallen.«

»Danke. Und?«

»Das erfährst du, wenn es so weit ist.«

»Ich will es aber auf der Stelle erfahren.«

»Je weniger du jetzt weißt, desto besser.«

»Nein, je mehr ich weiß ...«

»Desto mehr könntest du unter Folter verraten.«

Ziemlich starker Tobak für 5.30 Uhr. Da war mir das andere Thema fast lieber. »Okay, aber ...«

»Nur so viel – der andere Grund, aus dem wir hier sind, wird sogar das Geld in den Schatten stellen. Mehr sage ich nicht.«

»Okay ... Frühstück im Bett?«

»Wir müssen zurück in unser Hotel.« Sie stand auf, ging zum Tisch hinüber, öffnete ihre Umhängetasche und holte ein Bündel Pesos heraus.

»Das Zimmer ist schon bezahlt.«

Sie lächelte, zog ein Blatt Papier aus dem Banknotenstapel und reichte es mir. »Ich habe im Hotelbüro eine Kopie von der Karte angefertigt.« Sie sah mich an. »Wenn mir etwas zustößt, kannst du damit die Höhle finden.«

Ich schaltete meine eigene Lampe ein und betrachtete das Gekritzel auf dem Blatt, das aussah wie eine von einem Kind gezeichnete Piratenschatzkarte. Doch wenn man an der richtigen Stelle losging und den in englischer Sprache verfassten Anweisungen auf dem unteren Rand der Seite folgte, konnte eigentlich nichts schiefgehen. Die Karte war mit »Toller Wanderweg durch Camagüey« beschriftet.

»Wie gesagt, ich habe sie leicht verändert. Aber das erkläre ich dir später.«

»Okay.«

»Unsere Kontaktperson in Havanna wird uns außerdem eine Straßenkarte der Provinz zur Verfügung stellen. Als ehemaliger Infanterieoffizier weißt du sicher, wie man eine Karte liest.«

»Dafür bezahlt ihr mich schließlich.«

»Prima. Ich vertraue dir, Mac. Du wirst das Richtige tun, auch wenn ich nicht dabei bin.«

Ich betrachtete ihren nackten Körper im Lampenlicht. »Ich werde mein Bestes geben.«

Dann stand ich auf, ging zum Fenster und sah auf die im Sternenlicht glitzernde Floridastraße hinaus. Sara stellte sich hinter mich, schlang ihre Arme um meine Brust und legte ihr Kinn auf meine

Schulter. »Wenn ich das grüne Leuchten gesehen habe, dann kann ich auch unser Boot sehen, wie es durchs Wasser gleitet. Jack und Felipe sind unter Deck, du und ich sitzen im Bug, während am Horizont allmählich Key West in Sicht kommt. Gerade geht die Sonne auf. Siehst du es auch?«

Ich sah es, und ich sah es nicht. »Ja, ich sehe es auch«, sagte ich tapfer.

»Unser Vorhaben steht unter einem guten Stern. Du bist ein Glückspilz. Du bist zweimal aus Afghanistan zurückgekehrt, du wirst auch aus Kuba zurückkehren.«

Es sei denn, Gott war es allmählich leid, mir ständig den Arsch zu retten.

Sara fuhr mit einem Kamm durch das feuchte Haar und trug etwas Lipgloss auf. Das Notprogramm. Wir zogen uns an, verließen das Zimmer und fuhren im Aufzug nach unten. Ich gab den Schlüssel an der Rezeption ab. »Wie war Ihr Aufenthalt, *señor?*«, fragte der Concierge mit einem Blick auf Sara.

Ich hätte mir am liebsten auf die Brust getrommelt und den Schrei Tarzans ausgestoßen. »Sehr angenehm.«

»Das Frühstück wird auf der Veranda serviert.«

»Danke, ich habe schon gegessen.«

Wir verließen das Hotel. Die Sonne war bereits aufgegangen und die Luft heiß und feucht. Ich schlug vor, uns von Baum zu Baum zurück zum Hotel zu schwingen. Sara wandte ein, dass das Parque Central über eine Meile entfernt war. Wenn wir dort sein wollten, bevor sich unsere Mitreisenden zum Frühstück einfanden, mussten wir ein Taxi nehmen.

»Aber ich will, dass alle sehen, wie wir gemeinsam in die Lobby stolpern.«

»Kann ich mir vorstellen. Taxi, *por favor*«, bat sie den Portier.

Das einzige verfügbare Transportmittel war ein Cocotaxi, ein offenes, einem Lambretta-Lastendreirad ähnliches Gefährt. So welche gab es auch in Kabul. Wir setzten uns auf die Rückbank und ließen uns durch die stillen Straßen Havannas chauffieren. »Wie romantisch«, sagte Sara.

Ich konnte den Asphalt durch die Löcher im durchgerosteten Fahrzeugboden erkennen.

An diesem Samstagmorgen herrschte nur wenig Verkehr, dafür waren viele Fußgänger unterwegs. Im Morgennebel wirkte die Stadt beinahe gespenstisch. Obwohl es hier so hässlich war, gewöhnte ich mich allmählich daran.

Sara hakte sich bei mir unter. »Tut mir leid, dass ich dir das mit meinem Freund nicht erzählt habe. Ich werde dich nie wieder anlügen.«

»Und ihn hoffentlich auch nicht.«

»Sobald wir im Hotel sind, rufe ich ihn an.«

»Das kann doch warten, bis du wieder in Miami bist.«

»Aber ich will es jetzt hinter mich bringen ... falls ich nicht zurückkehre.«

»Dann ist es doch sowieso egal.«

»Ja, aber ... das gebietet einfach der Anstand. Betrügen darf man, lügen nicht.«

Wirklich? Ich dachte immer, dass eines das andere bedingte. Aber die Katholiken brauchen wohl immer etwas zu beichten. »Entscheiden wir das morgen.«

Gemeinsam betraten wir das Parque Central. Der Frühstücksraum wurde gerade geöffnet, aus unserer Gruppe war niemand zu sehen. »Kaffee?«

»Nein. Ich will nicht, dass man mich in deiner Begleitung sieht. Und schon gar nicht in demselben Kleid wie gestern.«

»Wen juckt's?«

»Mich. Du solltest dich auch umziehen.«

»Ich will erst einen Kaffee.«

»Bis dann.« Sie ging zum Aufzug.

Ich begab mich in den Frühstücksraum. Antonio stand beim Kaffee. »*Buenos días*«, sagte er. »Ich hatte eigentlich erwartet, Sie und Miss Ortega gestern Abend im Floridita zu treffen.«

Ach ja? Wieso? »Wir sind Ihrem Rat gefolgt und haben einen Spaziergang auf dem Malecón gemacht.«

»Sehr schön. Hat es Ihnen gefallen?«

»Sehr.« Ich sah mich um und entdeckte einen sonnigen Tisch neben dem Fenster. »Bis später.«

»Heute steht eine Stadtführung auf dem Programm. Da brauchen Sie keinen Blazer.«

»Wir waren heute Nacht nicht im Hotel, um ehrlich zu sein.«

»Ich weiß, ich habe Sie kommen sehen. Hoffentlich hatten Sie eine wunderschöne Nacht.«

»Hatte ich. Und jetzt brauche ich eine wunderschöne Tasse Kaffee.«

»Dann will ich Sie nicht länger aufhalten.«

»Besser so.«

Ich holte mir meinen Kaffee und setzte mich ans Fenster.

Antonio setzte sich woanders hin und telefonierte mit seinem Handy. Wieso hatte er Empfang und ich nicht? Er legte auf und nahm mehrere Papiere aus seiner Tasche. Das heutige Programm? Oder der Bericht seines Polizeispitzels? Der Kerl war ein Arschloch und womöglich – was noch schlimmer war – ein *chivato*.

Nichtsdestotrotz war die Welt heute Morgen schöner als sonst, und ich war so glücklich wie lange nicht.

Mein Herz sagte mir, dass Sara und ich einfach in den nächsten Flieger steigen sollten. Und wenn sie nicht gestorben sind, dann leben sie noch heute.

Mein Kopf dagegen gab zu bedenken, dass ich es schwer bereuen würde, wenn ich die drei Millionen Dollar sausen ließ. *Lieber bereue ich das, was ich getan habe, als das, was ich nicht getan habe.* Außerdem hatte ich es versprochen.

Allmählich wurde die ganze Sache kompliziert, aber damit hatte ich gerechnet.

Was verschwieg sie mir? Etwas, das ich gutheißen würde. Darunter konnte ich mir überhaupt nichts vorstellen. Aber ich würde es demnächst herausfinden.

25

Sobald ich wieder auf meinem Zimmer war, zog ich eine Jeans und mein neues Hemingway-T-Shirt an und packte zwei Wasserflaschen, das Schweizer Taschenmesser, das Fernglas und mein Exemplar der Schatzkarte in den Rucksack. Jetzt war ich bereit, Havanna auszukundschaften.

Um acht Uhr versammelte sich unsere Reisegruppe in der Lobby. Tad ging die Anwesenheitsliste durch.

Sara trug weiße Shorts, ein T-Shirt der Miami Dolphins und eine Baseballkappe. Sie sah sehr gut aus. In ihrer großen Umhängetasche waren sicher haufenweise Pesos und die Karte.

Wir hielten Händchen, damit unsere Mitreisenden auch kapierten, dass wir eine Urlaubsromanze am Laufen hatten.

Antonio führte uns über die Straße und in den kleinen Park. Dort erklärte er uns, dass die Innenstadt von Havanna aus drei Bezirken bestand: La Habana Vieja, die Altstadt, die wir heute Morgen besichtigen würden, Centro Habana, wo wir uns gerade befanden, und ein relativ neues Viertel namens Vedado mit den Hotels Riviera und Nacional, wo seinerzeit die amerikanische Mafia und ihre kubanischen Handlanger das Sagen gehabt hatten.

Antonio redete lang und breit über die Mafia, anscheinend eines seiner Lieblingsthemen. Wahrscheinlich hatte er *Der Pate – Teil II* schon ein Dutzend Mal gesehen.

»Wir werden das Mittagessen in einem wunderschönen *paladar* einnehmen und anschließend unseren Spaziergang fortsetzen. Wer war bereits in Havanna?«, fragte er, als ich mir schon Hoffnungen machte, er wäre endlich fertig.

Ein sonst ganz normal wirkendes Paar mittleren Alters hob die Hände.

»Na prima, dann können Sie heute für mich übernehmen.«

Die sonst so humorlosen Yalies machten für den charmanten Kubaner eine Ausnahme und lachten.

»Sonst noch jemand?«, fragte Antonio und blickte Sara an. Sie hatte die Hand nicht gehoben. »Miss Ortega, waren Sie nicht letztes Jahr hier?«

»Warum wollen Sie das wissen?«

Er antwortete nicht, sah sie aber misstrauisch an. »Wir brechen auf.«

Wir gingen nach Osten in Richtung Hafen. Je näher wir der Altstadt kamen, desto enger wurden die Straßen und Gehwege. Antonio führte die Gruppe an, die sich inzwischen auf knapp fünfzig Meter verteilt hatte. Gott sei Dank war er so weit entfernt, dass ich ihn nicht hören konnte. Stattdessen hielt Sara für mich und alle Mitreisenden in der Nähe einen Vortrag über die Architekturgeschichte der Stadt.

Habana Vieja mit seinen teilweise dreihundert Jahre alten Häusern ist sehr malerisch, aber auch heiß und klaustrophobisch. Die Luft steht und ist von allerhand exotischen Gerüchen erfüllt. Es war Samstag und der Verkehr daher spärlich. Die Einheimischen drängten sich zu Fuß auf den Straßen, stets auf der Suche nach Nahrungsmitteln und anderen Mangelwaren. Die Älteren saßen vor den Fenstern und beobachteten das geschäftige Treiben. Dafür, dass sie so gut wie nichts hatten, wirkten diese Leute ziemlich glücklich. Vielleicht betrachtete ich aber auch alles durch eine rosa Brille – das ist ein Nebeneffekt von gutem Sex.

Die Anzahl halb verfallener oder komplett in sich zusammengestürzter Gebäude war bemerkenswert. Manchmal war eine ganze Fassade eingebrochen, sodass man in die Räume dahinter sehen konnte, wo Unkraut zwischen dem verrottenden Stuck wucherte. Vielleicht war mein Vermieter doch kein so großes Arschloch, wie ich dachte.

Wir erreichten einen kleinen Platz, auf dem sich Antonio lang und breit über die Catedral de San Cristóbal de la Habana ausließ, die ihm zufolge beinahe dreihundert Jahre alt war und in der einst die sterblichen Überreste von Christoph Columbus aufbewahrt worden waren. Leider hatten ihn die Spanier mitgenommen, als sie nach dem verlorenen Krieg von 1898 in ihr Heimatland zurückkehrten. »Wir wollen ihn wiederhaben!«, rief Antonio. »Für die Touristen!«

Die Yalies lachten anstandshalber. »Spanien und Kuba sollten sich die Knochen aufteilen«, sagte ich zu Sara. »Beim Schädel können sie eine Münze werfen.«

Sie funkelte mich an. »Ja, die Knochen müssen wieder zurück in ihre Heimat ... die Knochen bergen Antworten.«

Keine Ahnung, was das heißen sollte. Sie wirkte plötzlich völlig abwesend. Ich holte eine Wasserflasche aus dem Rucksack und gab ihr zu trinken.

Antonio plapperte weiter. Ich blendete ihn aus. Heute Abend war ich mit Jack im Nacional verabredet. Sara hatte ich nichts davon erzählt, weil ich nicht der Meinung gewesen war, dass sie das etwas anging. Doch jetzt waren wir uns nähergekommen, und ich musste es ihr wohl oder übel sagen. Das hat man davon, wenn man mit jemandem ins Bett steigt.

Antonio gab uns zehn Minuten, um die Kathedrale von innen zu besichtigen.

»Na los«, sagte Sara.

»Ja, Schatz.«

Neben den vielen Touristen waren auch mehrere Einheimische in der düsteren Kathedrale. Sie knieten vor dem Barockaltar, vor dem Sara ebenfalls beten wollte.

Ich hatte seit Afghanistan nicht mehr gebetet, und da auch nur unter Artilleriebeschuss, doch Sara bestand darauf, daher folgte ich ihr zur Kommunionsbank. Hätte ich meinen *pepino* in meinen Chinos gelassen, wäre mir das erspart geblieben. Andererseits hätte ich dann Gott auf Knien um eine Nacht mit ihr angefleht.

Sara ging in die Knie, bekreuzigte sich und betete stumm. Aus Respekt faltete ich ebenfalls die Hände und neigte den Kopf. Wenn ich schon mal da war, konnte ich auch darum beten, dass wir es wohlbehalten hier rausschafften – und dass niemand von uns schwanger wurde.

Sie bekreuzigte sich ein weiteres Mal, stand auf, drehte sich um und nahm meine Hand. Wir gingen an den flackernden Opferkerzen vorbei den Mittelgang hinunter. Sie blieb stehen und zündete eine Kerze an.

»Ich habe für unseren Erfolg gebetet und eine Kerze für die Seele meines Großvaters angezündet«, sagte sie, sobald wir wieder im grellen Sonnenlicht standen.

»Wie nett.«

Antonio verkündete, dass wir vor dem Mittagessen noch drei weitere *plazas* besichtigen würden.

Dios mio.

Zum Castillo de la Real Fuerza, einer alten Hafenfestung, ging es ständig bergauf. Wir stiegen auf einen mit altertümlichen Kanonen bestückten Festungswall, von dem man einen schönen Ausblick auf den Hafenkanal hatte. In einem unbeobachteten Augenblick deutete Sara auf ein etwa vierhundert Meter entferntes Gebäude. »Da ist das Sierra-Maestra-Terminal, wo eigentlich die Wettangelflotte anlegen sollte. Leider sehe ich weder die Boote noch ein Empfangskomitee.«

Sie hatte recht, das war auch ohne Fernglas deutlich zu erkennen.

»Hoffentlich wurde das Pescando Por la Paz nicht abgesagt. Davon hängt alles ab«, teilte sie mir überflüssigerweise mit.

Eigentlich hing alles von einer ganzen Reihe von Ereignissen ab, auf die wir wenig bis keinen Einfluss hatten. »Selbst, wenn die Flotte im Morgengrauen von Key West aufgebrochen und mit einer Geschwindigkeit von zwanzig Knoten unterwegs ist, erreicht sie Havanna nicht vor elf.« Ich sah auf die Uhr. »Und jetzt ist es erst kurz nach zehn.«

»Ja, nur ... wenn wir es nicht in den Nachrichten sehen, sollen wir uns mit eigenen Augen von der Ankunft der Boote überzeugen, hat Carlos gesagt. Außerdem wollte er telefonisch oder per Fax eine Nachricht im Hotel hinterlassen, falls das Angelturnier verschoben oder abgesagt wird.«

Das war mir neu, aber wie ich nach und nach herausfand, hatte mir Carlos eine ganze Menge verschwiegen. Egal – jetzt war der Augenblick günstig, um meinerseits etwas loszuwerden. »Ich habe mich heute Abend mit Jack verabredet.«

Sie sah mich entgeistert an. »Carlos hat doch ausdrücklich ...«

»Carlos wollte auch nicht, dass wir miteinander schlafen. Was Carlos will, kann uns egal sein.«

»Du hast dich bereit erklärt, seine Befehle zu befolgen, Captain. Ich werde nicht zulassen, dass du den ganzen Einsatz in Gefahr bringst.«

War ich wieder im Kommandobunker in Afghanistan? Wie jeder, der aus der sicheren Deckung heraus Kommandos gab, war auch Carlos felsenfest davon überzeugt, er wüsste ganz genau, wie es an der Front aussieht. Das wussten aber nur die, die an meiner Seite waren, wenn es hart auf hart kam. »Ich habe mich bereit erklärt, einen Auftrag zu erledigen. Und zwar auf meine Weise.«

»Es gibt keinen Grund, sich mit ihm zu treffen.«

»Dafür gibt es viele Gründe.«

»Zum Beispiel?«

»Zum Beispiel wissen wir dann, dass sie auch wirklich in Havanna sind. Das wolltest du doch, oder?«

»Falls wir es nicht von Carlos erfahren, können wir das auch ganz einfach herausfinden, indem wir zum Terminal gehen.«

»Ich muss mit Jack Infos austauschen. Und ein Bierchen zischen. Könnte ja sein, dass wir uns nie wiedersehen«, fügte ich hinzu.

Sie dachte nach. »Wo?«, fragte sie.

»An einem bereits vereinbarten Treffpunkt. Keine Sorge.«

»Wann?«

»Um sechs.«

»Ich komme mit.«

»Nein.«

Sie wandte sich zu mir um. Wir starrten uns gegenseitig an. »Also gut«, sagte sie schließlich. »Wenn es sein muss. Aber pass auf, dass dir niemand folgt, und vergewissere dich, dass ihm ebenfalls niemand gefolgt ist. Sie dürfen uns keinesfalls in Verbindung bringen mit ...«

»Ich weiß, ich weiß.«

Sie wirkte leicht beleidigt. Zum Glück hatten wir letzte Nacht schon miteinander geschlafen.

Anscheinend dachte sie dasselbe. »Das hat man davon, wenn man mit einem Mann ins Bett steigt«, sagte sie. »Dann trampelt er nur auf einem herum.«

»Nicht, wenn er noch eine Zugabe will.«

»Ich hätte bis Sonntag warten sollen.«

»Sonntag habe ich noch nichts vor.«

»Ich hätte auf Carlos hören sollen.«

»Du sollst auf dein Herz hören und nicht auf deinen Anwalt.«

»Und auf welches Organ hörst du, *señor*?«

»Auf mein Herz.« Und auf meinen Schwanz.

Sie sah mich an. »Das glaube ich dir.«

Wir küssten uns und vertrugen uns wieder. Sex verändert die zwischenmenschliche Dynamik. Man hat in einigen Bereichen mehr Kontrolle und gibt sie in anderen ab. So ist das Leben.

Ich beobachtete durch das Fernglas den Horizont. Keine auf den Hafen zusteuernden Boote in Sicht.

»Wie gut kennst du Felipe?«, fragte ich gedankenverloren.

»Einigermaßen. Carlos und Eduardo kennen ihn ebenfalls.«

»Also dürfen wir annehmen, dass sie ihn auch genau überprüft haben?«

»Felipe ist Eduardos Großneffe«, sagte sie. »Solche Sachen bleiben am besten in der Familie. Genau wie bei der Mafia. Wenn man der Familie nicht vertrauen kann, wem dann?«

Meine Familie hatte sie noch nicht kennengelernt. Irgendwann vielleicht. Das würde sicher interessant werden. »Dass er Eduardos Neffe ist, hättet ihr mir auch gleich sagen können.«

»Wir halten ... Außenstehende nach Möglichkeit von unseren Angelegenheiten fern«, sagte sie nach einer Weile. »Egal, worum es geht, wir verraten ihnen nur das Nötigste. Und das auch nur, wenn es sich nicht vermeiden lässt.«

Mit den schottischen Clans verhielt es sich genauso. Wir MacCormicks vom Clan Campbell konnten ebenfalls große Geheimniskrämer sein, aber im Vergleich zu den Kubanern waren die Schotten richtige Plaudertaschen.

Ich signalisierte schweigend mein Verständnis. Immerhin hatte ich alle *Pate*-Filme gesehen.

Sara nahm meine Hand. »Wir haben jetzt eine ganz besondere Beziehung.« Sie lächelte. »Du gehörst praktisch zur Familie. Das wirst du spätestens dann merken, wenn wir nach unserer Rückkehr eine große Party in Miami steigen lassen.«

Schon sah ich vor meinem geistigen Auge, wie ich in einem Guayabera-Hemd über dem traditionellen Kilt meines Clans in Miami feierte. Dieser Auftrag war wie eine Zwiebel, die man Haut für Haut abschälen musste. Gab es wirklich keinen einfacheren Weg, um an Sex und drei Millionen Dollar zu kommen?

26

Zu Füßen der alten Festung befand sich die von Palmen umgebene Plaza des Armas. Sobald die Reisegruppe im Schatten Zuflucht gesucht hatte, fuhr Antonio mit seiner Geschichtsstunde fort. So ungern ich auch über ihn sprach, eines interessierte mich dann doch. »Woher weiß Antonio, dass du schon mal hier warst?«, fragte ich Sara.

»Keine Ahnung ... ich habe es Alison gegenüber erwähnt, vielleicht hat sie es ihm erzählt.«

Oder Antonio erhielt Informationen von der Polizei, darunter womöglich auch unsere mit persönlichen Daten gespickten Visaanträge.

Sara schielte zu Antonio hinüber, der seinen Vortrag beendet hatte und gerade eine SMS schrieb. »Wieso interessiert er sich so für uns?«

»Das muss nichts heißen.«

»Und was sollte das dann mit diesem Hemingway-Zitat über die Kubaner? ›Einer betrügt und verrät den anderen‹?«

»Was weiß ich.«

»Bin ich froh, wenn wir erst aus Havanna raus sind.«

Vom Regen in die Traufe.

In der Fußgängerzone führte uns Antonio in die Calle Obispo – die Bischofsstraße – mit ihren vielen alten und wenigen neuen und schicken Geschäften, Kunstgalerien und Cafés. Allmählich hielt auch hier der Kapitalismus Einzug.

Sara blieb vor einem großen, klassizistischen Gebäude stehen und wartete, bis die Yalies uns überholt hatten. Das weiße Eingangsportal war aus irgendeinem Grund mit vierblättrigen Stuckkleeblättern geschmückt. Obwohl offiziell wirkende Schilder und Revolutionsposter in den dreckigen Fenstern hingen, war das Gemäuer ziemlich heruntergekommen. Ich vermutete, dass es einst die Bank ihres Großvaters beherbergt hatte.

»Ich sehe ihn direkt vor mir, wie er jeden Morgen in dunklem Anzug mit Krawatte zur Arbeit geht. Damals waren die Leute hier viel besser angezogen ... die feinen Leute jedenfalls, trotz der Hitze und obwohl sie keine Klimaanlagen besaßen. Sie legten einfach Wert auf gutes Aussehen.«

Jetzt kam ich mir in meinem Hemingway-T-Shirt etwas schäbig vor.

»Wäre Batista nicht so ein korrupter Gauner gewesen, der sich nur dank der amerikanischen Mafia, der amerikanischen Firmen und der amerikanischen Regierung an der Macht hielt ... die Kommunisten hätten niemals gewonnen.«

»Und du wärst hier in eine wohlhabende Familie geboren worden, und wir hätten uns nie kennengelernt.«

Sie zwang sich zu einem Lächeln. »O doch. Es war uns vorherbestimmt.«

»Eine schöne Vorstellung.«

Sie konnte den Blick nicht von der ehemaligen amerikanischen Bank lösen, in der sich heute eine Regierungsbehörde befand, wo sich die Leute ihre Libretas – die Bezugsbüchlein für Lebensmittel – abholen konnten. »Wer weiß, vielleicht erhält die Bank das Gebäude im Zuge der Verhandlungen zurück.«

»Schon möglich. Aber wir werden das Geld auf keinen Fall wieder in den Tresor legen.«

»Nein. Sondern es seinen rechtmäßigen Eigentümern zurückgeben.«

»Deshalb sind wir hier.«

Sie nahm meine Hand, und wir schlossen zur Gruppe auf.

Wie von Antonio versprochen, besuchten wir das Hotel Ambos Mundos, ein pastellrosa gestrichenes Gebäude, dessen Fassade man zu vorrevolutionärer Pracht restauriert hatte.

»Sie können hier das *baño* benutzen oder sich die Bar ansehen, in der Hemingway jeden Abend gesessen hat. Wem es nicht zu früh ist, der kann sich selbst einen Daiquiri oder Mojito gönnen. Für zwei CUC kann man das Zimmer besichtigen, in dem er *Tod am Nachmittag* geschrieben hat. Fünfzehn Minuten.«

Die Reisegruppe drängte ins Hotel. Auch Richard Neville war darunter. Er sah aus, als wäre er auf dem Weg zu einer Wurzelbehandlung. Ich überlegte, mir ein Bierchen zu genehmigen und mich dann vor dasselbe Urinal zu stellen, vor dem schon Ernest Hemingway gestanden hatte, doch Sara durchkreuzte meine Pläne. »Komm, ich zeige dir das Haus meiner Großeltern. Es ist ganz in der Nähe.«

»Okay.« Ich folgte ihr die Calle Obispo hinunter, dann bogen wir in eine von prächtigen alten Anwesen gesäumte Kopfsteinpflastergasse. Mehrere der altehrwürdigen Villen waren, so Sara, von ausländischen Unternehmen in Zusammenarbeit mit der kubanischen Regierung renoviert und zu Luxuswohnungen für Nichtkubaner umfunktioniert worden. Ein gutes Geschäft für alle Beteiligten, von den ehemaligen Eigentümern einmal abgesehen. Wahrscheinlich würde es noch ein halbes Jahrhundert dauern, bis alle Besitzansprüche geklärt und alle Wiedergutmachungen geleistet waren. Da schien es durchaus gerechtfertigt, das, was einem gestohlen wurde, zurückzustehlen.

Andere Häuser dagegen wirkten baufällig, waren aber noch bewohnt. Sara deutete auf eine von vielen Balkonen durchbrochene Fassade gegenüber. »Das ist das Haus meiner Großeltern – hier haben mein Vater und meine Onkel das Licht der Welt erblickt.«

Ich betrachtete das vierstöckige Gemäuer. Der Großteil des hellblauen Verputzes war abgefallen, sodass das blanke Mauerwerk darunter zum Vorschein kam. Ein paar Fensterscheiben und die meisten geriffelten Fensterläden fehlten. Am ehesten war die alte Pracht noch am prunkvollen, mit roten Granitsäulen versehenen Eingang zu erkennen. Der Kasten war riesig – kein Wunder, dass die sozialistische Regierung zu dem Schluss gekommen war, dass dieses Haus zu groß für eine fünfköpfige Familie samt Bediensteten war.

Mehrere Personen liefen an den großen Fenstern vorbei. Ein älteres Paar saß auf einem Balkon, den wohl nur noch der Heilige Geist vor dem Absturz bewahrte.

»Beim letzten Mal habe ich mich darin umgesehen. Die Rohre sind undicht, und die sanitären Anlagen funktionieren nur noch in zwei Badezimmern. Im Keller befindet sich eine Gemeinschaftsküche, überall ist Schimmel, und es wimmelt vor Ungeziefer. In Kuba muss niemand Miete bezahlen. Das kommt dann dabei heraus. Willst du reingehen?«

»Nur mit Schutzanzug.«

»Die Bewohner sind ganz nett«, versicherte sie mir.

»Hast du ihnen gesagt, dass dir das Haus gehört und dass du es zurückverlangen wirst?«

»Ich habe gesagt, dass ich Architektin bin und das Haus renovieren werde, wenn man es mir zurückerstattet. Ich werde es von oben bis unten sanieren lassen und mir nur eine kleine Wohnung ausbedingen.«

»Haben sie dir das geglaubt?«

»Ich habe außerdem angekündigt, eine monatliche Miete von fünf Dollar zu verlangen.«

»Wie haben sie das aufgenommen?«

»Nicht gerade positiv. Sie haben noch einen langen Weg vor sich. Die Leute hier haben Angst vor der Zukunft.«

»Wer nicht?«

Sie starrte unverwandt das Haus an. »Das Klavier meiner Großmutter steht nach wie vor im Musikzimmer. Ich habe es für sie fotografiert ... sie wollte das Bild nicht sehen.«

Ich sah auf die Uhr. »Daiquiri?«

»Nein.«

»Foto?«

Sie nickte und gab mir ihr Handy.

Ich ging auf die andere Straßenseite, machte ein paar Fotos von ihr vor dem ehemaligen Familienbesitz und anschließend ein paar Nahaufnahmen unter den Säulen des Portikus, bevor alles endgültig in sich zusammenfiel.

Dann gingen wir zum Ambos Mundos zurück. Natürlich konnte ich Saras Emotionen und ihre Trauer über diesen Verlust nachvollziehen, doch wer einmal fort ist, der kann nie wieder nach Hause zurückkehren. Außer, um ein paar Sachen abzuholen, die er dort vergessen hat.

27

Wir stießen wieder zur Gruppe, als diese gerade das Ambos Mundos verließ. Antonio führte uns auf die nahe gelegene Plaza de San Francisco de Asís. Auf einer Seite der Plaza stand die im spanischen Stil erbaute und frisch überholte Sierra-Maestra-Fährhalle. »Heute wird eine amerikanische Invasionsflotte hier eintreffen«, sagte Antonio.

Die Yalies kicherten verhalten und warteten auf eine nähere Erklärung.

»Es handelt sich um eine Flotte von Fischerbooten aus Key West. Sie wird von hier aus zu einem Angelturnier namens Pescando Por la Paz aufbrechen. Das Friedensfischen«, übersetzte er. »Das ist ... wie sagt man, doppeldeutig. Sehr clever.«

Das fanden auch die cleveren Yalies.

»Die Angler werden auf dieser wunderschönen Plaza vom Volk willkommen geheißen, bevor sie sich in die Kneipen verziehen und wie echte Seemänner betrinken.« Er lachte über seinen lahmen Witz.

Ich sah mich um. Von den Fischerbooten war nichts zu sehen – und auch keine Spur von irgendwelchen Würdenträgern, Reportern, Fahnen oder Orchestern.

Selbstverständlich war die Ankunft mehrerer amerikanischer Fischerboote nichts Weltbewegendes, im Rahmen des kubanischen Tauwetters jedoch durchaus von Bedeutung. Wichtig genug jedenfalls, um ein offizielles Empfangskomitee und eine ausführliche Berichterstattung zu rechtfertigen. Es sei denn, das Regime war entschlossen, das Ganze entweder zu ignorieren oder herunterzuspielen. Oder es gleich ganz abzusagen.

»Allmählich mache ich mir Sorgen«, sagte Sara.

»Gehen wir doch mal davon aus, dass Antonio auf dem neuesten Stand ist.«

Antonio richtete seinen Blick auf mich. »Mister Mac hier ist zufällig Fischer aus Key West, vielleicht will er heute Abend mit seinen Kollegen feiern.«

Da ich nichts darauf erwiderte, fuhr Antonio mit seinem Programm fort.

Die letzte Station an diesem Morgen war die Plaza Vieja – der alte Platz. »Warum hat er das gesagt?«, fragte Sara auf dem Weg dorthin.

»Ich will nichts reininterpretierten.«

»Aber er hat doch praktisch angedeutet, dass er weiß, dass du dich heute mit Jack triffst.«

»Es gibt nur drei Menschen auf der Welt, die davon wissen – ich, Jack und seit einer Stunde auch du.«

Sie war der Verzweiflung nahe. »Er weiß, dass es eine Verbindung zwischen dir – einem Berufsfischer aus Key West – und dem Pescando Por la Paz gibt.«

»Es gibt aber keine Verbindung. Das mit dem Angeln ist reiner Zufall, den er eben unbedingt kommentieren muss.«

Wir erreichten den Platz. »Diese Plaza wurde im Jahre 1559 für die Privatresidenzen der reichsten Familien von Havanna angelegt. In früheren Zeiten wurden hier öffentliche Hinrichtungen abgehalten«, sagte er. »Heutzutage sind diese reichen Familien selbstverständlich Geschichte.«

Weil sie an ihrer eigenen öffentlichen Hinrichtung teilgenommen hatten, doch das erwähnte Antonio selbstverständlich nicht. »Bitte sehen Sie sich in Ruhe um. Zehn Minuten. Danach gibt es Mittagessen.«

Die Hälfte der Reisegruppe begab sich zum Brunnen in der Mitte der Plaza, um Fotos zu machen. Andere suchten den Schatten, so auch Antonio, der sich unter einen Baum zurückzog, eine Zigarette anzündete und mit dem Handy telefonierte. »Er ruft das Exekutionskommando«, sagte ich.

»Das hättest du verdient.«

Sehr witzig. »Jetzt beruhige dich doch …«

»Könnte es sein, dass wir aufgeflogen sind?«

»In diesem Fall war es sehr nett von Antonio, uns vorzuwarnen«, sagte ich. »Kann ja sein, dass er ein Polizeispitzel ist, aber er weiß nichts. Er fischt im Trüben. Und dazu noch mit dem falschen Köder.«

»Aber warum fischt er überhaupt?«

Gute Frage. Darüber musste ich nachdenken. »Vielleicht hast du als Kubanoamerikanerin seine Aufmerksamkeit erregt, und jetzt will er sich als guter *chivato* bei der Polizei beliebt machen.«

Diese Erklärung schien sie nicht zufriedenzustellen. »Es könnte auch sein, dass die Einreisebeamten am Flughafen die Polizei auf dich aufmerksam gemacht haben«, fuhr ich fort. »Und die hat dem für die Gruppe zuständigen Reiseleiter befohlen, Sara Ortega im Auge zu behalten. Vergiss nicht, dass du diesen Hilfsorganisationen dreihunderttausend Pesos spenden willst. Vielleicht haben sie dich deshalb auf dem Schirm.« Oder jemand in Miami hatte uns verraten. In diesem Fall waren wir geliefert.

Sie sah mich an. »Du bist entweder ziemlich cool oder ziemlich dämlich.«

Das erinnerte mich an einen alten Army-Spruch: »Wenn du cool bleibst, wenn um dich herum die Kugeln fliegen und alle anderen sich in die Hose scheißen, dann hast du die Situation nicht so ganz verstanden.« Aber das war hier nicht der Fall.

»Ob Antonio glaubt, dass wir uns eben erst kennengelernt haben?«

»Wir *haben* uns eben erst kennengelernt. Du musst völlig in deiner Tarnidentität aufgehen.« Ich erinnerte mich an die unangenehmen Stunden in der Verhörzellenattrappe während meiner Ausbildung durch die Defense Intelligence Agency. »Sie werden uns getrennt voneinander befragen. Unsere Aussagen müssen übereinstimmen.«

»Das ist mir klar.«

Die zehn Minuten der Architekturkontemplation waren um, und Antonio rief die Gruppe zu sich. »Mittagessen.«

Wir folgten ihm die Straße zum Centro hinunter.

Irgendetwas hatte Saras positiver Einstellung einen Dämpfer verpasst. Ob es daran lag, dass sie plötzlich etwas hatte, wofür es sich zu leben lohnte?

»Ist es möglich, dass die Polizei eine Verbindung zwischen dir und der *Fishy Business* hergestellt hat?«, fragte sie, nachdem wir eine Weile schweigend marschiert waren.

»Alles ist möglich. In dieser Beziehung sollten wir Carlos vertrauen.«

»Tue ich ja. Aber ...«

»Auch wenn die Polizei herausfindet, dass ich mal der Besitzer eines Bootes war, das jetzt beim Pescando dabei ist, was dann? Das mag ihnen merkwürdig oder verdächtig vorkommen, aber deshalb wissen sie immer noch nicht, weshalb ich in Kuba bin.«

»Nein ... aber sie könnten dich wegen dieses seltsamen Zufalls verhören.«

»Für diesen Fall habe ich mir bereits die richtigen Antworten zurechtgelegt. Vetrau mir.«

Sara war sichtlich besorgt. »Ich kann beim besten Willen keine Gefahr sehen, hören oder spüren«, beruhigte ich sie. »Und wenn, dann sage ich dir sofort Bescheid.«

Wir standen uns gegenüber. »Wir sind hier in Kuba, Mac. Nicht in Afghanistan. Das erste Anzeichen von Gefahr ist normalerweise ein mitternächtliches Klopfen an der Tür.«

»Du hast doch gesagt, dass die Geheimpolizei nichts anderes kann, außer den Leuten Angst zu machen.«

»Na ja ... manchmal landen sie auch einen Glückstreffer.« Sie dachte einen Augenblick nach. »Vielleicht ist es das Geld nicht wert, dass wir unser Leben dafür riskieren ...«

»Es geht nicht nur ums Geld. Sondern darum, es ihnen vor ihren hässlichen Nasen wegzuschnappen. Es geht darum, das zu beenden, was dein Großvater begonnen hat. Und außerdem wurde mir noch etwas versprochen, das sogar das Geld in den Schatten stellt.«

»Also gut ... lass mich darüber nachdenken.«

»Aber gib mir Bescheid, bevor ich mich mit Jack treffe. Damit ich ihm sagen kann, dass wir Kuba früher verlassen, als geplant.«

»Okay ... und wenn das Turnier abgesagt wurde, ist die Entscheidung bereits gefallen.«

»Dann war es der Wille des Herrn«, sagte ich, um mit ihrer Sprache zu sprechen.

»Nein, sondern eine Entscheidung der kubanischen oder der amerikanischen Regierung.«

»Das auch.«

Wir sahen uns um. Die Reisegruppe war verschwunden. »Wir haben sie verloren. Gehen wir irgendwo ein kaltes Bier trinken.«

Sie zog das Tagesprogramm aus der Tasche. »Mittagessen im Los Nardos. Ich weiß, wo das ist.«

»Schade auch.«

»Na los. Wenn Tad rausfindet, dass wir fehlen, kriegt er die Panik.«

»Wäre eine gute Übung für später, wenn wir wirklich weg sind.«

Wir gingen gemächlich weiter, und ich dachte über alles gründlich nach. Ich konnte Antonio nur schwer einschätzen. Zehn Minuten mit ihm allein in einem dieser finsteren Seitengässchen, und er würde schon ein paar Antworten ausspucken. Leider hatte Sara recht: Wir waren nicht in Afghanistan, daher konnte ich mit den Einheimischen auch nicht umspringen, wie es mir gefiel.

Alles in allem hatten wir genug Hinweise, um einen Abbruch der Mission zu rechtfertigen und Kuba zu verlassen. Aber ich hatte Sara versprochen, nicht den Schwanz einzuziehen. Es war ihre Entscheidung. Wenn sie meinen Beteuerungen Glauben schenkte und wir verhaftet wurden – nun, es wäre nicht meine erste Fehlentscheidung.

Sie nahm meine Hand. »Vor dem Tod habe ich keine Angst, Mac. Aber davor, verhaftet zu werden, hier oder in Camagüey. Davor, dass sie die Karte finden und ... uns zum Reden bringen. Ich will nicht versagen. Ich will die anderen nicht enttäuschen.«

»Wirst du auch nicht.«

»Und außerdem ... habe ich dich in diese Sache hineingezogen.«

»Tja, die Verantwortung des Befehlshabenden. Aber ich wusste, worauf ich mich einlasse.« Mehr oder weniger. Ein paar Überraschungen gibt es immer.

»Als du in der Army warst ... musstest du da Befehle geben ... die jemanden das Leben gekostet haben?«

»So was kommt vor«, sagte ich. »Ich war nicht im Kommandobunker, sondern an vorderster Front. Und da bist du jetzt auch.«

Sie sah mich an. »Also gut ... ich entscheide, ob wir Kuba verlassen oder nicht. Wenn ich sage, dass wir weitermachen ...«

»Dann werde ich nicht dir die Schuld dafür geben, wenn wir im Gefängnis landen oder sterben. Mit großer Begeisterung darfst du allerdings nicht rechnen.«

Sie zwang sich zu einem Lächeln. »Die meisten Männer würden in so einer Situation nach Hause zurückkehren, die fünfzigtausend Dollar kassieren und ihren Freunden erzählen, dass sie mit einer Frau in Havanna geschlafen haben, die ihnen auch noch den Urlaub spendiert hat.«

»Führe mich nicht in Versuchung.«

»Danke, dass du mir zugehört hast. Ich sage dir Bescheid, bevor du dich mit Jack triffst.«

»Okay. Aber ich halte keine weitere Woche mit dieser Reisegruppe durch.«

»Das wird dich schon nicht umbringen.«

»Da wäre ich mir nicht so sicher.«

Sie begriff, dass ich es ernst meinte. »Wenn wir beobachtet werden, sollten wir so schnell wie möglich verschwinden.«

»Genau.«

»Was sich etwas schwierig gestalten dürfte. Wir können nicht einfach in die USA fliegen, sondern uns höchstens ein Ticket nach Mexiko oder Kanada besorgen.«

»Und selbst dann könnten sie uns am Flughafen abfangen.«

»So langsam gehen uns die Optionen aus.«

»Dann machen wir einfach weiter. Davon hatten wir von Vornherein nicht viele.«

»Nach Camagüey.«

»Genau.«

»Ob wir die Kontaktperson dort treffen oder nicht.«

»Genau.«

»Und damit wären wir wieder am Anfang.«

»Als wir in Miami ins Flugzeug gestiegen sind, wussten wir, dass es kein Zurück gibt.«

»Stimmt«, pflichtete sie mir bei.

»Der Weg nach Hause führt über Camagüey, die Höhle, Cayo Guillermo und die *Maine*.«

28

Wir kamen zu spät ins Los Nardos. Die Reisegruppe hatte bereits die verfügbaren Tische des kleinen Altstadtrestaurants in Beschlag genommen, doch der fürsorgliche Antonio hatte uns zwei Plätze an seinem kleinen Tisch frei gehalten. Wir saßen den Nevilles gegenüber.

»Schönes T-Shirt«, sagte die hübsche Cindy Neville.

Richard gefiel es weniger gut, und sobald er kapiert hatte, dass er sich bei Sara keine Hoffnungen mehr machen durfte, konnte er mich auch nicht mehr leiden. Außerdem hatte man ihn in die Bar des Ambos Mundos gezwungen, wo Hemingway verkehrt hatte. Es war ein schlimmer Tag für ihn, und ich konnte ihn nicht damit trösten, dass meiner noch schlimmer war.

»Ich hätte Richard schon in der Finca Vigía und dann im Ambos Mundos ein Hemingway-T-Shirt gekauft«, sagte Cindy. »Er wollte keins.«

»Dazu gibt es noch ein paar Gelegenheiten«, sagte ich. »Überraschen Sie ihn.«

Neville blickte finster drein. »Ich habe ein paar Bücher von Ihnen gelesen«, sagte ich, um die Stimmung beim Essen etwas aufzulockern.

Das hatte denselben Effekt, als hätte ich ihm eine Stange Zigaretten und einen Pulitzerpreis überreicht.

»Ich hoffe, sie haben Ihnen gefallen.«

Aber sicher hoffen Sie das. »Aber sicher haben sie mir gefallen.«

Als Aperitif erhielt jeder Gast einen Frozen Daiquiri. Antonio brachte den Trinkspruch aus. »Auf den großen Schriftsteller Ernest Hemingway. Eine wahre kubanische Seele und ein wunderschöner Autor des Volkes.«

Nevilles Miene wurde frostiger als sein Frozen Daiquiri.

Sobald wir die Speisekarten erhielten, beriet Antonio die etwas hilflos dreinschauenden Nevilles, die wohl eher Fast Food gewöhnt waren. Schließlich bestellte Antonio einfach für uns alle. Als wären wir eine große Familie.

»Woher kommen Sie?«, fragte Cindy Sara und mich.

»Aus Miami.«

»Key West.«

»Oh. Aber sind Sie nicht ...«

»Wir haben uns erst hier kennengelernt«, erklärte ich. »Aber wir haben viel gemeinsam.« Die Lust auf hemmungslosen Sex beispielsweise.

»Wie schön. Haben Sie bei unserem ersten Abendessen nicht erwähnt, dass Sie Kubanerin sind?«, fragte sie Sara.

»Kubanoamerikanerin.«

»Dann hat diese Reise sicher eine ganz besondere Bedeutung für Sie.«

»In der Tat. Und was hat Sie hierher verschlagen?«

»Richards nächster Roman soll auf Kuba spielen.«

»Komme ich auch darin vor?«, wollte Antonio von Neville wissen. »Als der tapfere Held vielleicht?«

Nevilles Antwort stand ihm förmlich auf die Stirn geschrieben: Nicht nach diesem Trinkspruch, du Arschloch.

»Er hat schon viel recherchiert«, sagte Cindy.

»Stellen Sie auf Kuba lieber nicht zu viele Fragen.« Diese Bemerkung konnte ich mir nicht verkneifen.

»Wenn er verhaftet wird, ist das die beste Publicity, sagt Richard«, vertraute uns Cindy an.

»Das lässt sich arrangieren«, sagte Antonio.

Darüber mussten wir alle lachen. Sehr witzig. Als hätte jemand einen Witz über Blut gemacht, während er mit einem Vampir zu Abend isst. Ich wurde etwas übermütig. »Hüten Sie sich vor den *chivatos*«, riet ich den Nevilles.

»Vor wem?«

»Fragen Sie Antonio.«

Antonio sah erst mich, dann die Nevilles an. »Das ist eine ... beleidigende Bezeichnung für die Bürger, die sich in den revolutionären Wachkomitees engagieren. Nachbarschaftswachen, wie das in Amerika wohl heißt. Freiwillige, die die Polizei im Kampf gegen das Verbrechen unterstützen. Mit den Touristen haben sie nichts zu schaffen«, fügte er eilig hinzu.

»Und was ist, wenn ein *chivato* einen Ausländer bei einer verdächtigen Tätigkeit beobachtet?«, fragte Sara. »Muss er ihn dann nicht der Polizei melden?«

»Nun ... ja, das ist selbstverständlich Bürgerpflicht.« Dann fiel Antonio etwas ein. »Bei Ihnen in Amerika mit Ihrem Terrorismus wird auch alles gemeldet, was verdächtig ist, oder nicht?«

»Aber in Amerika melden wir unsere Nachbarn nicht aufgrund ihrer politischen Einstellung der Polizei.«

In Maine schon. Früher jedenfalls.

»Und Sie sind also Berufsfischer«, sagte Cindy, um das Thema zu wechseln.

»Richtig.«

»Treffen Sie sich mit diesen Turnieranglern?«

»Die kenne ich gar nicht.«

»Ich würde gerne noch mal zur Fährhalle runter und Fotos von der Ankunft der Boote machen«, sagte Richard mit Blick auf Antonio.

»Sie müssen bei der Gruppe bleiben«, ermahnte ihn dieser. »Ihr Außenministerium ist schuld daran, dass Sie sich in Kuba nicht frei bewegen dürfen.«

Es war tatsächlich nicht ohne Ironie, dass meine und nicht Antonios Regierung unsere Bewegungsfreiheit in diesem Polizeistaat beschränkte. Doch schon bald würden Sara und ich die einmalige Gelegenheit haben, das Motto dieser Reise Wirklichkeit werden zu lassen. Entdecken Sie Kuba auf eigene Faust.

Dann hatte Antonio eine gute Nachricht zu überbringen. »Heute ist kein gemeinschaftliches Abendessen geplant. Sie können also gerne zur Plaza de San Francisco hinuntergehen und die Turnierangler besuchen.« Dabei sah er mich an.

»Woher nehmen Sie nur die Ideen für Ihre Geschichten?«, fragte ich Neville im Versuch, das Thema zu wechseln. Leider hatte er keine Antwort darauf.

»Wir haben Sie im Ambos Mundos vermisst. Wo waren Sie?«, fragte Antonio Sara und mich.

Ich ließ Sara den Vortritt. »Ich habe Mac das Haus meiner Großeltern gezeigt«, sagte sie wahrheitsgemäß.

Das schien sein Interesse zu wecken. »Also wissen Sie, wo es sich befindet?«

»Ich habe sogar die Besitzurkunde, ausgestellt im Jahre 1895.«

»Tja, dann sollten Sie sie noch weitere hundert Jahre behalten. Wer weiß?«, scherzte er.

Sara fand das naturgemäß nicht besonders lustig. »Inzwischen ist es ein verfallenes Mietshaus.«

»Immerhin wohnt jemand dort.«

»Es ist selbst für Tiere zu schäbig.«

Antonio sah Sara an. »Sie sind sehr direkt.«

»Eine amerikanische Angewohnheit.«

»Ja, ich weiß. Was war Ihr Großvater von Beruf, um sich ein so großes Anwesen in Havanna leisten zu können?«

»Er war ehrlicher Geschäftsmann. Und er hatte das Glück, nach Amerika fliehen zu können, bevor man ihn ohne Angabe von Gründen verhaften konnte.«

Mir wäre es lieber gewesen, wenn Sara Antonio nicht weiter provoziert hätte, aber es lag wohl in der Natur der Exilkubaner, den Kommunisten auf die Nerven zu gehen. Verständlich, aber es wäre etwas sicherer gewesen, das in Miami zu tun. Nun, ich mit meinem lockeren Mundwerk musste gerade reden.

Den Nevilles schien die ganze Unterhaltung eher unangenehm zu sein. Richard entschuldigte sich und ging nach draußen, um eine Zigarette zu rauchen. Meine Hoffnung, dass Antonio ihn begleiten würde, erfüllte sich leider nicht. Cindy ließ sich von Antonio den Weg zum *baño* erklären.

Jetzt waren wir nur noch zu dritt.

Antonio sah Sara an. »Haben Sie noch Familie in Kuba?«

»Nein.«

»Darf ich fragen, warum Sie ein zweites Mal hierhergekommen sind?«

»Weil mir der erste Besuch so gut gefallen hat.«

»Schön. Kuba ist wie eine Mutter, die ihre verlorenen Söhne und Töchter immer mit offenen Armen willkommen heißt.«

»Und sie dann wegen erfundener Verbrechen verhaften lässt.«

Auch darauf wusste Antonio nichts zu sagen.

»Woher wissen Sie, dass dies mein zweiter Besuch ist?«, fragte Sara.

»Das hat mir jemand erzählt.«

»Wieso interessieren Sie sich so für mich?«

Er lächelte. »Ich dachte, Sie wären ... ungebunden.« Er sah mich an. »Herzlichen Glückwunsch, *señor*.«

Hey, nichts für ungut, *señor*.

Antonio sah sich über die Schulter nach der Eingangstür und dann zu den *baños* um, als könnte er sich nicht entscheiden, ob er eine Zigarette rauchen oder lieber pinkeln gehen sollte. Dann beugte er sich zu uns vor. »Wie wäre es, wenn wir heute Abend zusammen ausgehen?«

Weder Sara noch ich würdigten dieses Angebot einer Antwort.

»Es ist Ihr freier Abend. Treffen wir uns doch um sieben im Rolando's in Vedado.« Er grinste. »Keine Touristen. Kein Hemingway.«

Sara sah mich an. »Vielen Dank«, teilte ich Antonio mit, »aber wir haben schon andere Pläne.«

»Dann morgen Abend. Selbe Zeit, selber Ort. Sagen Sie das Abendessen mit der Gruppe einfach ab.«

Jetzt klang es allmählich nicht mehr nach freundlicher Einladung. Ich rechnete bereits damit, dass er als Nächstes »Entweder die Bar oder das Polizeihauptquartier« sagen würde.

»Keine Sorge, das ist eine lohnende Investition.«

»Wie bitte?«

»Fünfhundert Dollar.«

»Wofür?«

Richard Neville kam von der Zigarettenpause zurück, und auch Cindy näherte sich wieder unserem Tisch.

»Wie Hemingway über die Kubaner schrieb: Einer betrügt und verrät den anderen«, sagte Antonio, als sich die beiden wieder zu uns gesellt hatten.

War das die Antwort auf meine Frage?

»Schon wieder Hemingway?«, knurrte Richard.

Niemand antwortete. Die Vorspeise wurde serviert.

»Ich hoffe, Sie mögen Tintenfisch«, sagte Antonio.

Was zum Teufel führte er im Schilde?

29

Nach dem Essen gingen wir die kurze Strecke zum Revolutionsmuseum hinüber, das im ehemaligen Präsidentenpalast untergebracht war. Vor dem klassizistischen Gebäude stand ein in der Sowjetunion produzierter Panzer, mit dessen Hilfe, wie Antonio berichtete, Castros Truppen die Invasion in der Schweinebucht zurückgeschlagen hatten. »Diese Invasion war ein Fehlschlag«, sagte er. »Aber im Gegenzug sind eine Million Kubaner in Miami einmarschiert.«

»Wenn die Exilanten zurückkommen und Kuba aufkaufen, wird er das nicht mehr so lustig finden«, flüsterte Sara.

Es war ein ständiges Hin und Her.

Die Yalies hatten keine Ahnung, dass ihr so stolzer und patriotischer Fremdenführer käuflich war. Fünfhundert Dollar. So viel verdiente Antonio in zwei Jahren. Doch wofür? Informationen? Sein Schweigen? Es gab nur eine Möglichkeit, das herauszufinden.

Auf dem Weg zum Museum hatte mir Sara mitgeteilt, dass sie keine Lust hatte, Antonio in dieser Bar zu treffen. Meine Instinkte rieten mir das Gegenteil, aber sie hatte das Kommando. Es konnte sich selbstverständlich um eine Falle handeln, doch da man auf Kuba jederzeit ohne Angabe von Gründen verhaftet werden konnte, sprach nichts dagegen, sich vorher noch einen Drink zu genehmigen. Ich musste Sara irgendwie umstimmen.

Wir betraten den riesigen *palacio*. Antonio brannte darauf, uns etwas Bestimmtes zu zeigen, und wir folgten ihm zu einer Nische neben der großen Marmortreppe. »Die Rincón de los Cretinos«, sagte er. »Die Ecke der Kretins.«

Und was war in dieser Ecke ausgestellt? Lebensgroße Karikaturen des ehemaligen kubanischen Präsidenten Batista, daneben George Bush und ein wie ein Cowboy gekleideter Ronald Reagan. Sie sahen aus wie aus einem *Mad*-Heft. George hatte sogar leichte Ähnlichkeit mit Alfred E. Neumann.

Das fanden sogar die Yalies etwas übertrieben. Die Ecke der Kretins würde die diplomatischen Beziehungen sicher nicht verbessern.

Wir erklommen die breite Treppe und betraten die anderen Säle, in denen La Revolucíon gehuldigt wurde. Viele der Ausstellungsstücke waren nicht besonders geschmackvoll, darunter grässliche Fotos von Revolutionären, die von den vorhergehenden Regimes gefoltert und hingerichtet worden waren, sowie mehrere blutbefleckte Uniformen. In unserem Beisein wurden mehrere Schulklassen diesen grausigen Exponaten ausgesetzt. Kein Wunder, dass Antonio nicht mehr alle Tassen im Schrank hatte.

Als wir Batistas ehemaliges Büro betraten, zeigte uns Antonio ein vergoldetes Telefon mit Wählscheibe, das AT&T diesem wichtigen Kunden einst zum Geschenk gemacht hatte. Grund genug für Antonio, ein weiteres Mal über den amerikanischen Imperialismus herzuziehen. Gott sei Dank hielt Sara den Schnabel.

Irgendwann fasste sich Tad glücklicherweise ein Herz: »Gehen wir doch weiter.«

Wir besichtigten auch den Rest des Revolutionsmuseums, das sich wie halb Havanna und wohl auch die Revolution selbst in einem Zustand des fortschreitenden Verfalls befand.

Antonio zeigte uns eine Geheimtreppe, durch die Batista entkommen war, als ein Studententrupp den Palast gestürmt hatte, um ihn zu töten. »Viele der Studenten wurden verhaftet, gefoltert und hingerichtet.«

Offensichtlich nahm man hier Studentenproteste noch ernst.

»Verdünnisieren wir uns über die Treppe«, schlug ich Sara vor, während der Rest der Gruppe weitermarschierte.

»Aber wir sind doch hier, um was zu lernen.«

»Okay. Beim Mittagessen habe ich gelernt, dass Antonio aus persönlichen Gründen an dir interessiert ist.«

»Wohl kaum, und das weißt du genau.«

»Nur keine falsche Bescheidenheit. Du hättest ihn nicht fragen sollen, weshalb er dir hinterherschnüffelt.«

»Mac, manchmal muss man sich einfach den Personen stellen, die einem Angst einjagen wollen.«

»Schon klar. Und jetzt hast du ihn misstrauisch gemacht, und er will sich mit uns unterhalten.«

»Das kann er vergessen.«

»Darüber wollte ich eigentlich mit dir sprechen.«

»Später. Vielleicht.«

Wir schlossen wieder zur Gruppe auf. In einem zu einem Kinosaal umfunktionierten Raum mussten wir uns im Stehen einen Dokumentarfilm in spanischer Sprache ansehen. Die Filmausschnitte zeigten in Farbe und Schwarz-Weiß einen jungen Fidel, einen jungen Che Guevara und viele andere bärtige Typen, wie sie, mit Gewehren bewaffnet, durch den Dschungel krochen. Sie sahen aus wie Taliban.

Szenenwechsel. Am Neujahrstag 1959 fuhren die Rebellen unter dem Jubel der *habaneros* in einem Konvoi aus Lkws und Jeeps durch die Straßen. Dann kam das Hotel Nacional ins Bild. Ich erwartete, Michael Corleone und Hyman Roth schnell in ihre Fluchtwagen springen zu sehen, doch offenbar waren sie bereits abgehauen.

Als Nächstes erschien das Riviera Hotel auf der Leinwand. Wie Antonio versprochen hatte, wurde die Szene gezeigt, in der die Guerillakämpfer und Zivilisten das Casino zu Kleinholz verarbeiteten. Ein trauriges Ende, und da ich traurige Enden nicht vertragen kann, verließ ich den Saal.

Sara gesellte sich zu mir. »Mein Vater hatte in seinem ganzen Leben nicht so viel Angst wie an diesem Tag.«

Konnte ich mir vorstellen. Der arme kleine Junge wacht am Neujahrsmorgen in seinem großen Haus auf und fragt sich, warum ihm die Bediensteten das Frühstück noch nicht gebracht haben. »Das Volk sah aber ziemlich glücklich aus.«

»Ja ... man setzte große Hoffnungen auf die Revolution ... doch dann wurde sie zu einem Albtraum.«

»Leider.«

Sobald der Film zu Ende war, scheuchte Antonio die Gruppe in den ehemaligen Palastgarten, in dem nun das *Granma*-Denkmal stand: eine riesige Glaskonstruktion, in der die Jacht ausgestellt war, mit der Castro und seine kleine Schar von Revolutionären im Jahre 1956 von Mexiko nach Kuba gefahren waren. Der Rest ist Geschichte, wie es so schön heißt.

»Sobald Kuba wieder frei ist, werden wir das alles abreißen und mein Märtyrerdenkmal hier aufstellen«, sagte Sara.

»Genau der richtige Platz.« Und Eduardo konnte die Kommunisten an die Palastwände stellen lassen. Ich kam mir immer mehr wie ein Außenstehender vor, der unversehens in eine bis zu Kolumbus' Zeiten zurückreichende Familienfehde geraten ist.

Um die *Granma* waren mehrere mit Einschusslöchern übersäte Fahrzeuge und ein Flugzeugtriebwerk gruppiert, das Antonio zufolge zu einem amerikanischen U2-Spionagejet gehört hatte, der 1962 während der Kubakrise abgeschossen worden war. Das war zwar vor meiner Zeit, aber ich wusste, dass wir damals kurz vor einem Atomkrieg mit der Sowjetunion gestanden hatten. Kuba war von jeher ein Dorn in Amerikas Arsch, und die USA hatten nichts unversucht gelassen, ihrem Nachbarn das Leben schwer zu machen.

Es war kein besonders einladender Garten. Sara und ich seilten uns von der Gruppe ab, verließen das Museum und schlenderten in

Richtung der nächsten Station auf dem Reiseplan: die Nationale Ballettschule. Dort würden wir uns eine Generalprobe ansehen.

»Wir sollten uns anhören, was Antonio zu sagen hat«, sagte ich.

»Aber wenn wir sein Angebot annehmen, geben wir zu, dass wir keine harmlosen Touristen sind.«

»Ich kann deine Logik nachvollziehen, aber wenn man Poker spielt, müssen irgendwann die Karten auf den Tisch.«

»Oder man steigt aus.«

»Wie wäre es mit einem anderen Klischee: Wie lange willst du den Elefanten im Raum noch ignorieren?«

Wir gingen schweigend weiter. »Ich habe dir schon erlaubt, Jack heute Abend zu treffen. Jetzt auch noch Antonio?«

»Bist du gar nicht neugierig darauf, was er von uns will?«

»Ich weiß, was er uns zu sagen hat. Er will nur einen weiteren kubanoamerikanischen Touristen um fünfhundert Dollar erleichtern.«

»Du weißt genau, dass das nicht alles ist.«

»Ja. Vielleicht ist es auch eine Falle. Wir geben ihm fünfhundert amerikanische Dollar, und plötzlich taucht die Polizei auf und verhaftet uns wegen Bestechung und unerlaubter Deviseneinfuhr. Am schlimmsten wäre es, wenn sie uns vorwerfen, dass wir ihn als Spion anheuern wollten. Auch das ist schon vorgekommen. Spionage gilt hierzulande als Kapitalverbrechen.«

»Dann gehe ich eben ohne dich hin.«

»Vergiss es.«

»Okay, aber ...«

»Mac, du weißt nicht, wie die Kubaner ticken.«

»Im Vergleich mit den Afghanen sind das Chorknaben.«

»Sollten wir jemals nach Afghanistan kommen, dann überlasse ich gerne dir das Kommando.«

»*Sí, comandante.*«

»Sehr witzig.«

Wir setzten uns auf die Eingangsstufen der Ballettschule, teilten uns eine Flasche Wasser und warteten auf die Reisegruppe. »Antonio will dir sicher verraten, weshalb die Polizei so an dir interessiert ist.«

Keine Antwort.

»Er ist ein Möchtegernmafioso. Er will auch ein Stück vom Kuchen. Zwei Jahresgehälter. So einfach ist das Ganze.«

Darüber dachte sie nach. »Also gut, ich werde es mir überlegen. Das Abendessen sagen wir auf jeden Fall ab. Und was soll ich machen, während du dir mit Jack einen hinter die Binde kippst?«

»Wir treffen uns um ... neun im Floridita. Ich habe mir vorgenommen, Hemingways Daiquiri-Rekord zu brechen.«

Sie grinste. »Ich mache Fotos.«

Die anderen trafen ein. Antonio wartete, bis Tad, Alison und die Yalies in der Schule verschwunden waren. »Wollen Sie sich nicht zu uns gesellen?«

»Wir denken noch drüber nach.«

»Wie steht's mit meiner Einladung?«

»Sie geben einen aus?«

»Nein. Ich habe etwas zu verkaufen.«

Ich sah Sara an. Sie blickte zu Antonio auf, ohne aufzustehen. »Wir kommen.«

»Gut. Ihre Zeit und Ihr Geld sind gut angelegt.«

»Das wird sich zeigen.«

Er nickte und hüpfte die Stufen hinauf wie jemand, der auf einen Schlag zwei Jahresgehälter verdient hat.

Sara sah mich an. »Ich vertraue deinem Urteil.«

»Vertraue lieber meinem Instinkt.«

Sie stand auf. »Wir werden sehen. Willst du schwitzende junge Frauen in Tutus sehen?«

Eigentlich schon, aber ... »Wie weit ist es bis zum Parque Central?«

»Etwa drei Blocks, hier die Straße runter.«

»Los geht's.« Ich stand auf.

»Aber dann verpassen wir das Feuerwehrmuseum.«

»Dafür zeige ich dir meinen Schlauch. Na los.«

Lächelnd nahm sie meine Hand. »Auf dem Weg können wir nachsehen, ob die Turnierangler schon eingetroffen sind.«

»Falls man uns beschattet, sollten wir uns vom Fährterminal fernhalten«, sagte ich. »Wir können auch CNN oder Tele-Soundso im Hotelzimmer anmachen.«

Hand in Hand eilten wir zu einem Nachmittagsquickie ins Hotel zurück.

30

Auf dem Weg zum Parque Central kamen wir an einem alten Mann vorbei, der die *Granma* verhökerte, die Zeitung der kommunistischen Partei. Sara kaufte ihm für zehn Pesos eine Ausgabe ab.

Wir fragten an der Rezeption nach, ob Carlos angerufen oder ein Fax geschickt hatte. Nichts. »Keine Nachrichten sind gute Nachrichten«, sagte ich.

»Zu dir oder zu mir?«, fragte ich, als wir vor dem Aufzug standen.

»Ich glaube, mein Zimmer ist verwanzt.«

Wir fuhren auf mein Stockwerk. Ich hängte das BITTE-NICHT-STÖREN-Schild vor die Tür und sperrte zweimal ab.

Sara schaltete den Fernseher ein, setzte sich im Schneidersitz aufs Bett, schaute Tele Rebelde und las gleichzeitig die *Granma*.

»Kannst du irgendwie rausfinden, wie die Mets gespielt haben?«

Ich nahm zwei Bucaneros aus der gut sortierten Minibar und reichte ihr eines. Dann setzte ich mich auf den Sessel und verfolgte die Nachrichten. Der Moderator und seine Assistenten klangen, als würden sie eine Sehprobentafel auf Spanisch vorlesen.

Sara versuchte vergeblich, CNN reinzubekommen, und schaltete schließlich wieder zurück auf Tele Rebelde. Sie nahm einen Schluck Bier und blätterte durch die *Granma*. »Unglaublich. Hier steht nicht ein Wort über das Pescando Por la Paz.«

»Wenn sie das Turnier abgesagt hätten, würde das Regime doch eine große Sache daraus machen und es den verräterischen USA in die Schuhe schieben. Keine Nachrichten sind gute Nachrichten«, wiederholte ich.

Sie nickte. »Hoffentlich hast du recht. Wir müssen wegen heute Abend noch ein paar Dinge besprechen. Aber hol erst deine Karte, dann erkläre ich sie dir.«

Ich sah auf die Uhr. Es war kurz vor fünf. Um sechs war ich mit Jack verabredet, und ich wollte nicht zu spät kommen, daher schlug ich vor, die Besprechung aus Gründen der Zeitersparnis in der Dusche abzuhalten. Wir schälten uns aus den verschwitzten Klamotten.

Das Wasser aus der Dusche war eiskalt, aber ich ließ es trotzdem laufen für den Fall, dass auch mein Zimmer verwanzt war. Das Wasser in der Badewanne dagegen war warm, genau wie Tad gesagt hatte. Wir setzten uns gegenüber in die Wanne.

Sara schmiegte sich an mich. »Bitte schau auf dem Weg zu Jack am Hafen vorbei. Wenn die Fischerboote nicht eingetroffen sind, kommst du direkt wieder hierher.«

»Ich dachte, ich warte einfach, ob Jack auftaucht oder nicht.«

»Warum?«

»Weil die Flotte mit Verspätung eingetroffen sein könnte. Oder die Regierung das Ganze herunterspielen will und die Boote an einen weniger belebten Ort wie zum Beispiel die Hemingway Marina umgeleitet hat.«

»Na schön ... aber sobald du am Treffpunkt bist, rufst du von einem Münztelefon das Hotel an und hinterlässt an der Rezeption eine Nachricht für mich. Entweder ›Wir sitzen in der Bar‹ oder ›Er ist noch nicht aufgetaucht‹.«

Das Wasser reichte allmählich bis zum meinem Periskop.

»Hörst du mir überhaupt zu?«

»Ja.«

»Wenn er da ist, dann sind auch die Boote eingetroffen. Wenn er aber bis sieben Uhr nicht auftaucht, kommst du sofort hierher zurück, ich warte in der Lobby auf dich. Und geh wenigstens auf dem Rückweg an der Fährhalle vorbei.«

»*Sí, comandante*«, sagte ich, obwohl ich nichts dergleichen tun, sondern im Nacional auf Jack warten würde.

»Und gib Acht, dass dir niemand folgt. Am besten nimmst du ein Cocotaxi«, erklärte sie. »So kannst du dich zu allen Seiten umsehen, außerdem nehmen die Cocotaxis Abkürzungen durch Seitengassen und Straßen, die zu schmal für normale Autos sind.«

Genau wie in Kabul.

»Ich muss nicht extra erwähnen, dass du dem Fahrer keinesfalls deine tatsächliche Zieladresse nennen darfst, sondern am besten ein paar Straßen vorher aussteigst, oder?«

»Nein.« Das Wasser setzte Saras Badespielzeuge in Bewegung, und ich drehte den Wasserhahn zu. Die prasselnde Dusche machte genug Lärm.

»Wenn die *Maine* – die *Fishy Business* – nicht in Kuba ist, können wir das Geld unmöglich außer Landes schaffen«, sagte sie unnötigerweise. So schlau war ich auch.

»Wir haben das Geld noch gar nicht«, bemerkte ich. »Was ist mit der anderen angenehmen Überraschung? Ist die größer als eine Schuhschachtel? Kriegen wir die ohne Lkw und Boot von der Insel?«

»Ich hätte dir nichts davon erzählen sollen.«

»Du solltest mir sagen, was es ist.«

»Unmöglich.« Wir sahen uns in die Augen. »Wir müssen herausfinden, ob die Fischerboote hier sind. Das hat oberste Priorität.«

»Ja. Und wenn mir Jack dann noch bestätigt, dass sie weiter nach Cayo Guillermo fahren, können wir uns überlegen, ob wir weiter in Havanna auf die Kontaktperson warten oder auf eigene Faust nach Camagüey fahren. Außerdem sollten wir uns anhören, was Antonio zu verkaufen hat.«

Sie dachte darüber nach. »Carlos, Eduardo und ich waren der Meinung, den perfekten Plan ausgetüftelt zu haben ...«

»Der Plan ist toll«, versicherte ich ihr. »Deshalb habe ich auch mitgemacht. Leider läuft bis jetzt alles schief, aber so ist das meistens. Wir müssen eben dafür sorgen, dass es wieder glattläuft.«

»Deine Einstellung gefällt mir.«

Und mir gefiel, dass sie wieder mit an Bord war. »Wir sind ein gutes Team«, sagte ich. »Aber deshalb hast du mich schließlich angeheuert.«

Ich lehnte mich zurück und schloss die Augen. Es war sehr angenehm, mit einer Freundin und Teamgefährtin ein warmes Bad zu teilen.

Dann spürte ich Saras Finger an meinen *bolas* und lächelte.

»Jetzt habe ich dich bei den Eiern«, sagte meine Teamgefährtin. »Wo triffst du Jack?«

Sehr witzig. »Je weniger du weißt, desto ...«

»Und wo kann ich dich im Notfall erwischen?«

»Du hast mich schon erwischt, also bitte nicht zu fest drücken. Wir treffen uns im Nacional. In der Bar in der Hall of Fame.«

Sie ließ meine *bolas* wieder los. »Wenn Jack nicht auftaucht und die Boote auch nicht vor dem Sierra-Maestra-Terminal liegen, fahren wir mit dem Taxi zur Hemingway Marina.«

»Einverstanden.«

»Haben wir damit alle Eventualitäten abgedeckt?«

»Auf jeden Fall.«

Ich kann mich kaum noch an ein Leben ohne Handys, Mailboxen, SMS und Internet erinnern, aber wenn man den Geschichten meiner Eltern Glauben schenken wollte, musste man sich in der guten alten Zeit über jeden Plan, jede Alternative und jeden Treffpunkt hundertprozentig einig sein, bevor man seiner Wege ging oder das Telefonat beendete. Meine Generation, so behaupteten sie, war faul und verantwortungslos und verließ sich viel zu sehr auf technologische

Errungenschaften wie elektrische Zahnbürsten. Wenn man meinen Teller nur ein paar Zentimeter nach links schieben würde, sagten sie immer, würde ich glatt verhungern.

Nach den ersten fünf Jahren bei der Army hatte ich meinen Eltern bewiesen, dass ich es durchaus schaffte, auch ohne iPhone zu überleben.

»Was?«

»Jetzt haben wir Plan B und Plan C, aber noch keinen Plan A.«

»Und der wäre?«

»Vorrichtung A in Schlitz B zu stecken.«

»Sehr witzig.«

Wir hatten Sex in der Badewanne, es war insgesamt also eine sehr erfolgreiche Besprechung.

Sara saß in einem meiner sauberen T-Shirts auf dem Bett. Im Fernsehen lief Tele Rebelde in einer Lautstärke, die unsere Worte übertönte. Ich schlüpfte in meine Hose und zog mir ein Sportsakko über.

»Sei vorsichtig, und vergiss nicht anzurufen.«

Ich sah sie an. »Wenn du bis sieben nichts von mir hörst – oder wenn meine Nachricht ›Warte nicht auf mich‹ lautet, heißt das, dass mich die Polizei geschnappt hat.«

Darauf sagte sie nichts.

»Dann begibst du dich direkt in die amerikanische Botschaft, auf welchem Weg auch immer. In der Zwischenzeit hältst du dich in der Lobby auf, am besten in Gesellschaft. Damit du nicht allein auf dem Zimmer bist, falls jemand klopft. Damit hätten wir jetzt wohl wirklich alle Eventualitäten abgedeckt.«

Sie nickte.

»Keine Sorge, wird schon schiefgehen. Bis um neun im Floridita.«

»Bestell Jack schöne Grüße.«

»Den siehst du dann auf Cayo Guillermo.«

»Komm her.«

Ich ging zum Bett hinüber, und wir küssten uns. »Ich rufe jetzt meinen Freund in Miami an.«

»Das machst du am besten von der Lobby aus«, riet ich ihr.

Ich ging zur Rezeption, tauschte fünfhundert Dollar in CUC, verließ das Hotel und nahm mir ein Cocotaxi. »Zum Malecón, *por favor*.«

Das kleine motorisierte Dreirad setzte sich in Bewegung.

Paragliden ist weniger aufregend.

31

Das Cocotaxi schlängelte sich so fix durch den Verkehr, dass uns außer dem Lone Ranger auf seinem Pferd Silver wohl niemand hätte folgen können. Trotzdem vermied ich es, einen Umweg über das Sierra-Maestra-Fährterminal zu nehmen. Wenn Jack in Havanna war, würde ich das bald erfahren. Außerdem war ich spät dran.

Obwohl die Sonne noch nicht untergegangen war, herrschte auf dem Malecón bereits Samstagabend-Partystimmung. Die Uferpromenade kam mir wie die längste Aufreißerbar der Welt vor.

Ich ließ den Fahrer anhalten, gab ihm zehn CUC und ging an Bettlern, Dichtern, Trunkenbolden und einer Gruppe Amerikaner vorbei, die aussahen, als hätte sie ein Wirbelsturm aus Kansas hierhergeweht.

Ich bog in eine Seitenstraße und dann auf die lange Promenade, die direkt auf das Hotel zuführte. Es war 18.15 Uhr.

Dann betrat ich das Hotel Nacional zum dritten Mal in ebenso vielen Tagen. Ich erkundigte mich an der Rezeption, doch weder Jack noch Sara hatten eine Nachricht für mich hinterlassen, und so zog ich weiter in die Hall of Fame. Zigarrenrauchschwaden hingen unter der hohen Decke. Ich sah mich um. Von Jack keine Spur.

Ich bat den Maître d'um einen Platz für zwei. Für zehn CUC vergaß er eine Reservierung und führte mich zu einem kleinen Tisch unter dem Foto von Mickey Mantle.

Optimistischerweise bestellte ich zwei Bucaneros bei einer

Kellnerin. Dann bat ich sie, mir das Zigarrenmädchen vorbeizuschicken, dem ich zwei Monte Cristos abkaufte. Ich legte sie vor mir auf den Tisch.

Das Bier kam, ich trank allein. Es war halb sieben.

Wo war Jack? Sturzbesoffen in einer Hafenkneipe, in einem Puff, verschollen auf hoher See, verhaftet, immer noch in Key West? In allen diesen Fällen konnte ich mir die drei Millionen Dollar abschminken.

Sara machte sich inzwischen sicher auch Sorgen. Bevor sie aus Verzweiflung anrief, meldete ich mich lieber bei ihr. Ich bat den Bartender, das Parque Central anzurufen. Er reichte mir den Hörer.

Während es noch klingelte, schloss sich eine Hand um meinen Unterarm. »Sie sind verhaftet.«

Ich drehte mich um und sah mich einem grinsenden Jack gegenüber. »Na, jetzt hast du dir in die Hose gemacht, stimmt's?«

»Du bist gefeuert.«

»Schon wieder?«

Die Rezeptionistin hob ab. »Könnten Sie Sara Ortega auf Zimmer 535 bitte folgende Nachricht überbringen: Wir sitzen in der Bar. Bis dann um neun.« Ich bat sie, die Nachricht zu wiederholen, und legte auf.

»Hast du sie schon gevögelt?«, fragte Jack.

»Sie lässt dich schön grüßen.«

Ich führte Jack zu meinem Tisch. Wir setzten uns.

Jack trug eine unauffällige Kakihose und ein weißes Polohemd, das er für offizielle Anlässe auf der *Maine* aufbewahrte. Außerdem hatte er sich eine Bauchtasche um den Leib geschlungen, die ich noch nie an ihm gesehen hatte. »Was ist da drin?«

»Kondome.« Er hob die Bierflasche. Wir stießen an. »Schön, dich zu sehen.«

»Gleichfalls.«

Die gut gekleideten Männer an den Tischen um uns herum sprachen ausschließlich Spanisch und schienen sich nicht für uns zu interessieren. »Wie bist du hergekommen?«, fragte ich Jack.

»Mit einem 57er Chevy-Cabrio. Mein Dad hatte ein 58er und ...«

»Ist dir auch niemand gefolgt?«

»Gefolgt?« Er dachte einen Augenblick nach. »Ich habe dem Fahrer zehn amerikanische Dollar gegeben, damit er mich ans Steuer lässt.« Er grinste. »Ich hatte mich echt drauf gefreut, aber der Kerl hat einen beschissenen Vierzylinder-Toyota-Motor eingebaut. Wie zwei Hamster auf einer Tretmühle ...«

»Jack, ist dir jemand *gefolgt*?«

»Nein. Ich glaube nicht.«

Nein, das glaubte ich auch nicht. Andernfalls wusste die Polizei bereits, dass es eine Verbindung zwischen Jack Colby, Daniel Mac-Cormick und einem frisch auf den Namen *Fishy Business* getauften Fischerboot gab, und dann waren wir sowieso geliefert. »Wieso bist du so spät dran?«

Jack sah sich in der Hall of Fame um. »Ziemlich schicker Laden.«

»Und älter als du.«

»Ach ja? Guck mal, da ist Sinatra. Und Churchill ... Marlon Brando, John Wayne ... ach, Mickey Mantle.«

»Die sind alle tot, Jack. Und du auch gleich, wenn du mir nicht sagst, wieso du so spät bist.«

Jack sah mich an. »Ich musste noch ein paar Bierchen mit unseren drei Wettanglern zischen. Ich konnte ihnen ja schlecht verraten, dass ich mit dir verabredet bin, und mir ist auf die Schnelle auch keine Ausrede eingefallen, um mich loszueisen. Ich wollte dich anrufen, aber ich habe kein Netz. Was ist das für ein Scheißland hier? Wie kommst du überhaupt klar?«

»So weit ist alles okay«, sagte ich. »Wann seid ihr angekommen?«

»Gegen Mittag.«

»Gab's irgendwelche Probleme?«

»Nein. Ich bin direkt in den Hafen gefahren. Die Navigation war ein Kinderspiel.«

»Weil du dem Boot vor dir gefolgt bist.«

»Ja. Trotzdem.«

»Was hältst du von Felipe?«

»Der ist in Ordnung.« Dann schien ihm etwas einzufallen. »Er kennt Sara.«

»Ja.«

»Hast du sie schon gevögelt?«

»Sie hat einen Freund.«

»Na und? Hast du den guten alten ›Morgen könnten wir tot sein‹-Spruch nicht gebracht?«

»Was machen die drei Sportfischer für einen Eindruck?«

»Das sind ganz normale Typen. Man merkt noch nicht mal, dass sie Kubaner sind.«

»Ich hoffe, du hast ihnen dafür ein Kompliment gemacht.«

Jack kapierte, dass ich ihn veralberte, und lachte. Es war nicht zu übersehen, dass er bereits einen im Tee hatte, aber selbst in diesem Zustand konnte er sich zusammenreißen, wenn man ihm ordentlich in den Hintern trat. »Und nach der Landung?«

»Kein Problem. Ein paar beschissene Kommunisten sind von Boot zu Boot gegangen, haben sich die Ausweise und so weiter zeigen lassen und eine Anlegegebühr von fünfzig Dollar kassiert – fünfundzwanzig für Fidel, fünfundzwanzig in die eigene Tasche. Felipe hat ihnen ein paar Tüten mit Proviant und anderen Sachen von Walgreens – Zahnpasta, Vitamine und so weiter – gegeben. Sie haben unsere Visa abgestempelt und dann: *di-di mau*.«

Hin und wieder lässt Jack ein paar Brocken Vietnamesisch fallen. Besonders dann, wenn er nicht mehr ganz nüchtern ist. »Ich hoffe doch sehr, dass jemand das Boot bewacht.«

»Was, hältst du mich für bescheuert?« Ich antwortete nicht.

»Felipe ist an Bord geblieben. Auf jedem Boot schiebt einer Wache, sonst wären die in Null Komma nix weg.«

Oder wir mussten mit fünfhundert Kubanern an Bord nach Key West fahren. »Und der Pier, wird der auch bewacht?«

»Klar, von ungefähr zehn Soldaten mit AKs. Seit ich damals einem toten Charlie eine abgenommen hab, bin ich keiner AK mehr so nahe gekommen.«

»Hast du ihnen das erzählt?«

Jack lachte. »Diese Arschlöcher haben von jedem Boot zwanzig Mäuse kassiert – fürs Bewachen.«

»Damit bist du noch billig davongekommen.«

»Ohne ihre AKs hätte ich ihnen in die Eier getreten und ihnen Beine gemacht.«

»Richtig.« Ein Sturmgewehr stellte einen nicht zu leugnenden Vorteil in den meisten Verhandlungen dar. Das wussten Jack und ich aus der Zeit, als wir noch die Sturmgewehre in der Hand gehalten hatten. »Gab's ein Empfangskomitee? Eine Kapelle?«

»Nein. Nur eine Filmcrew und ein paar hundert Leute auf diesem Platz.«

»Nette Leute?«

»Die meisten haben ›Welcome *americanos*‹ und so geschrien. Nur ein kleinerer Haufen hat ›Yankee go home‹ und ›*Cuba sí, Yankee no*‹ und so einen Scheiß gebrüllt. Und wir standen dumm vor der Fährhalle rum.« Er nahm einen Schluck von seinem Bier. »Scheiße.«

Ich konnte mir schon vorstellen, wie das kubanische Fernsehen darüber berichten würde. Es würde so aussehen, als hätte halb Havanna an der antiamerikanischen Demonstration teilgenommen. Die Sympathisanten dagegen, die irgendwie Wind von der Ankunft der Fischerboote bekommen hatten, würde Tele Rebelde überhaupt nicht zeigen. »War Polizei anwesend?«, fragte ich. »Militär?«

»Ein paar Streifenwagen, aber die Cops sind nicht ausgestiegen.

Irgendwann haben sie was auf Spanisch über Lautsprecher gesagt, und alle haben sich verzogen.«

Ende der Spontandemonstration.

»Du kannst deiner Freundin ruhig sagen, dass das nicht der freundliche Empfang war, den sie uns versprochen hat.«

Aber auch nicht der, den Antonio prophezeit hatte. Und dabei fragte ich mich, wie Antonio vom Wettangeln erfahren hatte, wenn die Medien nicht darüber berichteten. Vielleicht aus derselben Quelle wie die antiamerikanischen Demonstranten. Von der Polizei.

Die mangelnde Berichterstattung sowie der inszenierte antiamerikanische Protest jedenfalls sprachen Bände darüber, wie die Regierung über das Tauwetter dachte. Aber das hatte mich nicht zu kümmern, solange das Wettangeln nicht abgesagt wurde. »Wann fahrt ihr weiter nach Cayo Guillermo?«

»Morgen bei Sonnenaufgang.«

»Okay. Aber vorher suchst du dir ein Münztelefon oder leihst dir ein Handy von einem Einheimischen und rufst im Parque Central Hotel an.« Ich gab ihm die Quittung, die ich beim Geldwechseln erhalten hatte. Die Telefonnummer des Hotels war darauf abgedruckt. »Du wirst eine Nachricht für Mr. MacCormick auf Zimmer 615 hinterlassen. ›Der Flug geht pünktlich‹, wenn ihr tatsächlich nach Cayo aufbrecht, und ›Der Flug wurde annulliert‹, wenn das Turnier abgesagt wird. Und du nennst dich ...« – ich warf einen Blick auf die Zigarren – »... Cristo. Kommen, ob verstanden.«

»Verstanden, Ende.« Der militärische Funkjargon brachte ihn zum Grinsen. »Warum glaubst du denn, dass sie das Turnier absagen wollen?«

»Ich glaube gar nichts«, sagte ich. »Aber es könnte durchaus sein, dass sich die beschissenen Kommunisten irgendeinen Vorwand ausdenken.«

»Na, dann kannst du gleich wieder nach Hause fahren.«

Leichter gesagt als getan. Apropos beschissene Kommunisten, Vorwand und abgesagtes Turnier: »Hatten irgendwelche Crewmitglieder oder Angler Ärger mit der Polizei oder den Einheimischen?«

»Nicht, dass ich wüsste. Wir sind alle gleichzeitig losgezogen. Insgesamt sind wir um die fünfzig Leute, darunter drei Frauen, zwei sehen ganz brauchbar aus. Wir haben ordentlich gebechert. Ich habe mein ›Pescando Por la Paz‹-Käppi einer kubanischen Braut gegeben. Die waren richtig nett überall, in den Kneipen und auf der Straße. Wir haben ihnen ohne Ende Drinks spendiert.«

»Und selbst ein paar gekippt.«

Er grinste. »Hey, als Zeichen des guten Willens. Dann haben wir uns getrennt.« Er zeigte mir ein Blatt Papier. »Das hier ist unsere Aufenthaltserlaubnis oder wie das heißt. Wir müssen um Mitternacht wieder auf den Booten sein.«

»Dann sei auch pünktlich.«

»Kein Problem.« Jack beäugte die Netzstrumpfhose der Zigarrenverkäuferin. »Wo kann sich ein Seemann denn hier ein bisschen verwöhnen lassen?«

Sofort fiel mir Saras Vortrag über dieses Thema ein. »Wer sich mit Prostituierten einlässt, landet bis zu vier Jahre hinter Gittern.«

»Scheiße. Wie viel verlangen die hier so?«

»Jack, du bist in wichtiger Mission unterwegs. Also lass deinen Schwanz in der Hose.« Da sprach der Experte. »Du kommst doch auch mit ein paar Drinks und einem feinen Essen ins Höschen von einer *señorita*.«

»Willst du nicht mitkommen?«

»Ich habe schon eine Verabredung.«

»Ach ja? Stehst du jetzt unterm Pantoffel?«

Ich bestellte zwei weitere Biere. Jack zückte sein Zippo, und wir zündeten die Monte Cristos an.

»Hat der Zoll das Boot durchsucht?«

»Nein. Die wollten sich noch nicht mal unter Deck umsehen.

Sobald sie ihre Anlegegebühr kassiert hatten, hieß es: Willkommen auf Kuba.«

»Hast du die Waffen angemeldet?«

»Das habe ich glatt vergessen.«

»Okay ... was ist mit der zusätzlichen Munition und den schusssicheren Westen?«

»Die haben ein Vermögen gekostet. Weißt du schon, wie wir das Geld an Bord schaffen?«, fragte er.

»Nein, aber ich werd's erfahren, wenn Sara und ich in Cayo Guillermo sind.«

»Und wer sagt mir Bescheid?«

»Hast du Felipe gefragt, ob der etwas weiß?«

»Ja, habe ich. *No comprende,* hat er gesagt.«

Was vermutlich sogar die Wahrheit war, wenn auch nicht die ganze Wahrheit. »Wenn ihr erst mal auf Cayo seid, wird man dich – oder Felipe – informieren.«

»Wie viel Geld ist es?«

»Ich sage nur: Wir haben schwer zu schleppen.«

Er sah mich an. »Unmöglich.«

»Das ist ein Befehl.«

Er betrachtete den von der Zigarre aufsteigenden Rauch.

»Jack, mach dir keine Gedanken über Dinge, auf die du sowieso keinen Einfluss hast. Genieß das Wettangeln. Wir werden Sara, mich und die Kohle schon irgendwie aufs Boot schaffen. Du hast es doch selbst erlebt – in diesem Land ist jeder käuflich.«

»Wir beide haben eine Menge Zeit in ziemlich beschissenen Ländern verbracht«, erinnerte er mich. »Haben dich die Einheimischen nie über den Tisch gezogen?«

»Ungefähr einmal pro Woche.«

»Mich auch. Daher ...?«

»Daher werden wir das machen, was wir früher auch gemacht haben, wenn wir in der Falle saßen. Uns den Weg freischießen.«

»Hast du eine Waffe?«

»Ich nicht, aber du. Vier Stück.«

»Du brauchst eine, bevor du Cayo Guillermo erreichst.« Er sah mich mit ernster Mine an.

Jetzt begriff ich, dass Jack nicht nur Kondome in seiner Bauchtasche verstaut hatte. »Wie hast du die am Zoll vorbeigeschmuggelt?«

»Das war einfacher als gedacht. Die beiden kubanischen Beamten, die an Bord gekommen sind, haben uns Formulare ausfüllen und unterschreiben lassen. Nichts zu verzollen. Dann haben sie ihren Papierkram und ihre Kohle genommen und sich verpisst.«

»Eine Waffe mitzuführen ist hier kein verfassungsmäßig garantiertes Recht«, sagte ich. »Darauf steht in Kuba die Todesstrafe.«

»Nicht Waffen töten Menschen, sondern Menschen töten Menschen. Und diese Glock erhöht die Chance, dass du – mit dem Geld – die *Maine* wohlbehalten erreichst.«

»Genauso wie sie die Chance erhöht, verhaftet zu werden, wenn mich die Polizei beim Verlassen dieser Kneipe aufhält und durchsucht.«

»Lieber eine Pistole haben und nicht brauchen, als brauchen und nicht haben.« Wieder einer seiner T-Shirt-Sprüche.

»Klar. Okay … Danke.«

»Das meinst du jetzt nicht ehrlich. Später vielleicht schon.« Jack trank einen Schluck Bier. »Gar nicht schlecht, die Plörre hier. Sollten wir in die Staaten exportieren. Ich mache mit meiner Million eine Importfirma auf, wenn das Embargo fällt.«

»Eine halbe Million garantiert, die andere halbe Million aber nur, falls es zu einem Feuergefecht kommt«, erinnerte ich ihn. »Wobei sie dich nicht treffen müssen«, fügte ich hinzu.

Er sah mich durch den Zigarrenrauch an. »Ach ja, beinahe hätte ich's vergessen – die Glock kostet dich eine halbe Million.«

»Die gehört bereits mir.«

»Ich habe sie unter Einsatz meines Lebens hierhergeschafft.«

»Ich habe nicht darum gebeten.«

»Weißt du was, Käpt'n? Wenn du sie nicht willst, nehme ich sie wieder mit.«

»So geschäftstüchtig, wie du bist, müsstest du eigentlich schon längst Millionär sein.«

»Ja, finde ich auch.«

»Leider bist du bloß ein Arschloch.«

»Hey, Vorsicht. Ich bin bewaffnet. Du nicht.« Das fand er anscheinend lustig.

Wir saßen eine Weile schweigend da und genossen Bier und Zigarren. Der DJ legte eine Sinatra-Platte auf. Jack hatte Hunger, ließ sich die Karte bringen und bestellte ein paar kubanische Sandwiches. »That's life«, sang Frank.

Apropos: »Was ist mit deiner Frau passiert?«, fragte ich.

»Ist krank geworden.«

»Hast du Kinder?«

»Nein.«

»Angehörige?«

»Eine Schwester in New Jersey.«

»Hast du dein Testament gemacht?«

»Nö.«

»Wie soll ich dann deine Schwester kontaktieren?«

»Wenn ich hier draufgehe, gehst du auch drauf.«

»Nur mal angenommen, dass ich's mit dem Geld nach Hause schaffe. Wie soll ich deinen Anteil deiner Schwester geben?«

»Wenn du so viel Glück hast, darfst du's behalten.«

»Na gut. Wie teile ich deiner Schwester mit, dass du nicht mehr unter den Lebenden weilst?«

»Jetzt klingst du wie ein Polizist.«

»Ich will aber wie ein Freund klingen.«

Er trank das Bier aus und starrte ins Leere.

Themenwechsel. »Wie wird das Wetter diese Woche?«

»Die nächsten paar Tage gibt's prima Angelwetter. Im Atlantik braut sich allerdings ein Tiefdruckgebiet zusammen.«

Die Hurrikansaison näherte sich zwar ihrem Ende, allerdings war es in der Karibik ungewöhnlich heiß für Oktober gewesen. »Behalte das im Auge.«

»Machen wir alle. Scheiße, warum ist es in Havanna so viel heißer als in Key West?«

»Das liegt an den Frauen.«

Er lachte. »Ja. Wenn man eine Kerze in eine mexikanische Frau steckt, dann schmilzt sie. Wenn man eine in eine kubanische Frau steckt, kann man sie brennend wieder rausziehen. Hat Felipe gesagt.«

Da entstand wohl eine echte Männerfreundschaft. »Das Boot macht keine Mucken?«

»Nö.«

»Wann fliegen die drei Angler nach Mexiko?«

»Sie fahren gleich nach dem letzten Turniertag zum Havana Airport. Sie werden sogar die Preisverleihung und das ganze Trara verpassen.«

»Und wann fahren die anderen Boote zurück?«

»So gegen neun am nächsten Morgen.« Er sah mich an. »Wenn du willst, sorge ich für ein technisches Problem, das uns etwas aufhält.«

Ich hatte nicht die leiseste Ahnung, wann Sara und ich Cayo Guillermo erreichen würden, wie gut der Yachthafen dort gesichert war, wen man bestechen oder aus dem Verkehr ziehen musste oder wer uns, wenn überhaupt, auf Cayo zur Seite stehen würde. Rein taktisch gesehen, musste ich das jetzt auch noch nicht wissen, aber für die Psychologie ist es nie schlecht, wenn man den Heimweg einigermaßen vor Augen hat.

»Mac?«

»Fahr einfach mit den anderen los. Aber vielen Dank.«

»Hey, hier geht's nicht um dich oder deine Freundin, sondern um mein Geld.«

»Wenn ich also ohne Geld auf Cayo auftauche ...«

»Dann lasse ich dich auf dem Pier stehen.« Er hob den Finger und grinste. »*Adios, amigo.*«

»Jack, du bist ein ganz Harter.«

»Nimm's nicht persönlich. Außerdem hast du mir das Boot versprochen, wenn's dich erwischt. Und gleich darauf hast du's dem bekackten Carlos verkauft, du Penner.«

»Wenn du es zurück in die USA schaffst, wird er es dir gerne überschreiben, nur damit du den Mund hältst. Und wenn wir beide draufgehen, müssen wir uns auch nicht länger Sorgen drüber machen.«

Schweigend streifte Jack die Asche von seiner Zigarre.

»New York, New York«, sang Sinatra gerade, und da wäre ich auch am liebsten gewesen.

Anscheinend waren aus zukünftigen gegenwärtige Probleme geworden. »Hör zu.« Ich blickte mich um und vergewisserte mich, dass niemand lauschte. »Könnte sein, dass die Polizei mich und Sara auf dem Kieker hat.«

Er sah mich an.

»Wenn dich die Polizei hier oder auf Cayo Guillermo ausquetscht, dann sag, dass du schon mal von mir gehört hast, mich aber nicht persönlich kennst und auch nicht weißt, dass ich auf Kuba bin. Und davon, dass ich mein Boot verkauft habe, hast du erst recht keine Ahnung. Du bist nur eine Aushilfskraft, und der Name Sara Ortega ist dir ebenfalls völlig unbekannt. Bleib bei deiner Geschichte, auch wenn sie behaupten, dass ich oder Sara dich verpfiffen haben.«

Er nickte.

»Wenn sie dich in Havanna festnehmen, dann musst du auf einem Anruf bei der Botschaft bestehen. Und wenn du auf Cayo Guillermo bist und irgendwas noch schlimmer zum Himmel stinkt als der Fisch, dann sag Felipe, was ich dir grade gesagt habe. Falls er es dir nicht sowieso schon selbst gesagt hat. Ihr fahrt einfach mit euren Kunden raus zum Angeln, und das war's.«

Jack musterte mich kritisch. »Wie kommst du darauf, dass die Polizei dich und Sara im Visier hat?«

Ich hätte Jack gerne die Wahrheit erzählt, aber ich wusste ja selbst nicht, ob unser Vorhaben tatsächlich in Gefahr war oder Sara und ich nur überreagierten und Antonios Gelaber zu viel Bedeutung beimaßen. Vor morgen Abend würde ich Letzteres auch nicht erfahren, und dann war Jack bereits auf Cayo Guillermo. »Weißt du noch, wie es ist, wenn man auf Patrouille geht und fünf Stunden lang nichts passiert? Dann wird man paranoid, oder?«

»Ja.«

»Damit will dir Gott mitteilen, dass es kein Spaziergang ist. Also halt die Augen offen.«

»Schon klar. Das ist aber keine Antwort auf meine Frage.«

»Na gut.« Ich erzählte ihm, dass Sara am Flughafen aufgehalten worden war und wie sehr sich Antonio, unser kubanischer Reiseführer, für sie interessierte. »Könnte sein, dass er einfach nur scharf auf sie ist. Könnte aber auch nicht sein.«

»Klingt so, als wollte er ihr lediglich an die Wäsche.«

»Schon. Der Kerl könnte aber auch ein Polizeispitzel sein.«

»Ja?«

Ich erklärte ihm, dass das bei kubanischen Fremdenführern nicht selten der Fall war. »Außerdem hat er das Pescando Por la Paz ein paar Mal erwähnt. Er weiß, dass ich aus Key West bin.«

»Woher?«

»Von unserem amerikanischen Reisebegleiter.«

»Also ist der Typ wohl wirklich ein Spitzel.«

»Und ein lausiger Reiseführer.«

»Du solltest Antonio kaltmachen«, sagte Jack nach eingehender Überlegung.

»So lausig nun auch wieder nicht«, sagte ich. »Ich treffe ihn morgen Abend in einer Bar. Wahrscheinlich spielt er ein doppeltes Spiel und wird mir für fünfhundert Dollar verraten wollen, wieso mich die Polizei so interessant findet.«

»Okay. Danach folgst du ihm nach Hause und schießt ihm in den Kopf. Game over.«

»Ich glaube, für mich und Sara wäre es leichter, wenn wir einfach aus Havanna verschwinden und uns auf den Weg zum Geld machen.«

»Vielleicht ist das morgen Abend eine Falle.«

»Die kubanische Geheimpolizei verschwendet ihre Zeit nicht mit Fallen.«

»Ich habe dich vor dieser beschissenen Insel gewarnt«, rief er mir in Erinnerung. »Die drei Millionen hätten wir auch kassiert, wenn wir in Miami eine Bank überfallen hätten.«

»Eine Bank zu überfallen ist illegal. Das hier nicht. Das hier ist Urlaub.«

Jack lachte. »Du hast sie nicht alle.«

»Ich? Hast du nicht gerade gesagt, ich soll jemandem das Hirn aus dem Schädel pusten?«

»Das war nur ein Vorschlag. Tu, was du für richtig hältst.«

»Vielen Dank.«

Der DJ legte Dean Martin auf. Wir lauschten eine Weile schweigend. »Wollten die Zollbeamten die Bootszulassung sehen?«

»Ja ... einer hat die eingetragene Schiffsnummer mit der am Heck verglichen.«

Die Vorbesitzer waren in der Zulassung zwar nicht aufgeführt, doch jede interessierte Strafverfolgungsbehörde konnte diese Informationen beim zuständigen Amt des Staates Florida erfragen. Jede amerikanische Behörde jedenfalls. Die kubanische Geheimpolizei Gott sei Dank nicht.

Dafür hatte Jack schlechte Nachrichten. »Auf den anderen Booten sind ein paar Leute aus Key West. Die wissen, dass du die *Maine* verkauft hast und sie jetzt *Fishy Business* heißt.«

»Dann wollen wir hoffen, dass die Polizei nicht danach fragt. Aber sag den Leuten, sie sollen dir Bescheid geben, falls doch. Und sag ihnen, dass sie die *Maine* vergessen sollen.«

Jack beugte sich zu mir vor. »Vielleicht solltest du in Betracht ziehen, dich mit Sara aus Kuba zu verpissen.«

»Und du solltest in Betracht ziehen, dass du bald Millionär bist.«

»Das wird sowieso nicht passieren.«

»Wenn ich jetzt nach Hause fahre, dann auf keinen Fall.«

»Also gut. Wir sehen uns in Cayo Guillermo, wenn deine Eier groß genug sind.«

»Vertrau meinem Instinkt.«

»Dein Instinkt ist genauso beschissen wie dein Urteilsvermögen.«

»Anscheinend, immerhin habe ich dich angeheuert.«

Die Sandwiches kamen, aber wir hatten keinen Hunger mehr. Stattdessen bestellten wir noch zwei Bier. »When the moon hits your eye, like a big pizza pie, that's amore«, sang Dino.

Apropos: »Ich hoffe, dass du nicht nur den harten Mann markierst, um deiner Freundin zu imponieren«, sagte Jack.

So ganz von der Hand zu weisen war das natürlich nicht, aber ...

»Ich bin wegen dem Geld hier. Genau wie du.«

»Wenn du das sagst.«

Ich sah auf die Uhr. »Ich muss los«, sagte ich, obwohl bis zu meinem Rendezvous mit Sara noch etwas Zeit war.

»Eins noch.«

»Was?«

»Der alte Knacker – Eduardo.«

Ich wusste bereits, was als Nächstes kam.

»Er ist auch mit an Bord. Er hat sich einen falschen Pass besorgt. Bevor er stirbt, will er Kuba noch ein letztes Mal sehen, hat er gesagt.«

»Scheiße. Ist er mit dir von Bord gegangen?«

»Nein. Felipe passt auf ihn auf.«

Vom Boot aus würde Eduardo nicht viel von Kuba sehen. Womöglich war er Felipe bereits entwischt, lief gerade besoffen durch Havanna und schrie »Scheiß auf die Revolution!«. Falscher Pass hin oder her – Eduardo Valazquez' Anwesenheit auf Kuba stellte ein gewaltiges Sicherheitsrisiko dar. Dagegen war mein konspiratives Treffen mit Jack Kinderkacke. »Warum hast du ihn an Bord gelassen?«

»Habe ich doch gar nicht. Er hat seinen dürren Arsch in einer Kabine unter eine Pritsche gezwängt. Niemand hat was geahnt, bis wir im Hafen von Havanna waren.«

Ob Carlos es gewusst hatte? Nein, er hätte das niemals erlaubt, dafür war er zu clever. Andererseits war Eduardo sein Mandant, und wer zahlt, befiehlt. Ich war stinksauer.

»Haben ihn die Beamten, die an Bord waren, gesehen?«

»Nein. Wie gesagt, die wollten noch nicht mal unter Deck gehen.«

»Also gut. Hat man beim Verlassen des Piers deinen Pass kontrolliert?«

»Ja. Aber da war nur ein Beamter.«

»Hatte der einen Ausweisscanner?«

»Der hatte nur seine Augen. Ich glaube, das war alles ziemlich improvisiert.«

»Na schön …« Ich vermutete, dass Eduardos Pass ein Geschenk seiner sogenannten »Freunde vom amerikanischen Geheimdienst« war. In diesem Fall handelte es sich ganz bestimmt um eine gute Fälschung, die selbst einem genaueren Blick standhielt. Doch ob Eduardo standhielt, wenn er in einer Verhörzelle landete und ordentlich in die Mangel genommen wurde, war mehr als fraglich. Früher oder später würde er verraten, dass er auf der *Fishy Business* nach Kuba gekommen war. Mist.

Ich sah Jack an. »Okay … wenn ihr auf Cayo ankommt, sorgst du dafür, dass der Alte das Boot nicht verlässt.«

»Ich kann ihn auch auf dem Weg über Bord werfen«, schlug Jack vor.

»Er soll einfach unter Deck bleiben. Er ist Felipes Großonkel oder so ähnlich«, verriet ich Jack.

»Ach ja? Das ist ja ganz was Neues.«

»Jetzt weißt du's. Also wirf ihn lieber nicht den Haien zum Fraß vor.«

»Okay.«

Ob Sara wusste, dass Eduardo aus nostalgischen Gründen Kuba einen letzten Besuch abstatten wollte? Vielleicht. Vielleicht hatte sie deshalb nicht gewollt, dass ich Jack traf. Doch fairerweise musste man wohl davon ausgehen, dass weder Sara noch Carlos zuließen, dass Eduardos beknacktes Heimweh die Mission gefährdete. Also wussten sie wohl auch von nichts. Andererseits ... als Nichtkubaner konnte ich das alles vielleicht einfach nur nicht verstehen.

Ich sah auf die Uhr. 20.30 Uhr. »Noch was?«

»Die Knarre.«

»Okay. Du gehst zuerst und lässt die Bauchtasche auf dem Tisch liegen.«

»Also willst du die Glock kaufen?«

»Sie gehört mir schon.«

»Ich mache dir einen Vorschlag. Vierhunderttausend, und ich lege noch drei Magazine obendrauf. Sie ist geladen und gesichert, bereit für den Einsatz.«

»Schon gut, du Drecksack, ich kaufe die Knarre. Aber dafür kannst du die Gefechtszulage knicken.«

»Okay. Abgemacht.« Jack trank das Bier aus und sah mich an. »Und ich lege noch einen Tipp obendrauf. Ein paar Blocks von der Fährhalle entfernt ist eine alte Hafenbar namens Dos Hermanos. Um elf treffen sich dort alle Wettangler samt ihren Mannschaften. Wenn du und deine Süße nichts Besseres vorhabt, dann kommt um halb zwölf dorthin – mit euren Pässen und dem Geld, aber ohne Gepäck. Ich habe den Wachposten Blankoaufenthaltserlaubnisscheine abgekauft, damit ich später ein paar Frauen an Bord schmuggeln kann. Sie sind bereits abgestempelt und unterschrieben. So kommt ihr auf die *Maine*, und wenn die anderen morgen früh Kurs auf Cayo nehmen, fahren wir nach Key West zurück.«

»Wir sehen uns auf Cayo Guillermo.«

»Besprich das mit Sara.«

»Okay. Wenn wir um halb zwölf nicht im Dos Hermanos sind, dann trink einen auf unser Wohl.«

»Du hast echt Eier, Mac.«

»Irgendwo muss man sterben.«

Er nahm die Bauchtasche ab und stand auf. »Meine Schwester heißt Betty. Elizabeth. Sie wohnt in Hoboken. Ihr Nachname ist Kowalski, weil sie einen Polacken geheiratet hat. Ein selten dummes Arschloch. Derek und Sophie, ihre beiden Kinder, sind schon erwachsen und von zu Hause ausgezogen. Sieh zu, dass du sie aufstöberst. Sie können das Geld gut gebrauchen.«

»Okay.«

»Und wenn ich es schaffe und du nicht?«

»Dann fahr zu meinen Eltern nach Portland und erzähl nur Gutes über mich.«

»Ich werd's versuchen.«

»Du weißt ja, wie's läuft, Jack. ›Er starb schnell und ohne zu leiden, in Ausübung seiner Pflicht. Seine letzten Worte lauteten: Gott schütze Amerika.‹«

»Ich weiß, wie's läuft. Bis dann.«

Ich stand auf, und wir reichten uns die Hände. »Dein letzter Fischzug, Jack. Viel Glück.«

»Dir auch.« Er drehte sich um und ging.

Ich verlangte die Rechnung, setzte mich auf Jacks Platz und legte die Bauchtasche unter dem Sportjackett an. Dann bezahlte ich in bar und ging in die Lobby zurück. Dabei erwartete ich jeden Augenblick ein »Bleiben Sie stehen, *señor*, Sie sind verhaftet. Und diesmal ist es kein Scherz«.

Doch ich schaffte es unbehelligt durch die Lobby und aus dem Hotel. Der Portier rief mir ein weißes Pontiac-Cabrio.

Ich stieg ein. »Zum Floridita, *por favor.*«

»Ja, Florida. Das wäre schön«, sagte der Taxifahrer, der offenbar Englisch konnte.

Hier wimmelte es nur so von Komikern.

Das weiße, in der Mitte des letzten Jahrhunderts in Amerika hergestellte Cabrio setzte sich in Bewegung.

An diesem Ort war nicht nur die Zeit stehen geblieben. Er war vielmehr ein Paralleluniversum, in dem die Vergangenheit und die Gegenwart um die Zukunft kämpften. Und ich dachte immer, Key West wäre schräg.

32

Das Floridita befand sich in einem pinkfarbenen Gebäude in der Calle Obispo. Mit seinem Neonschild über der Tür wirkte es wie eine heruntergekommene Kaschemme in einem von Miamis Problemvierteln. Ich ging unter einer weißen Markise hindurch, auf der ERNEST HEMINGWAY stand. Und tatsächlich saß *Señor* Hemingway, oder zumindest eine lebensgroße Nachbildung aus Bronze, auf der Kante eines Barhockers und hatte den Ellenbogen auf das polierte Mahagoni des Tresens gestützt. Ich hätte ihm gerne einen Drink spendiert, aber er war schon zugelötet genug.

An der Wand hing eine Schwarz-Weiß-Fotografie, auf der E.H. und F.C. zu sehen waren. Wahrscheinlich war das Bild vor oder nach dem Wettangeln aufgenommen, das F.C. mit seinem bleibeschwerten Marlin gewonnen hatte.

Das Floridita selbst war nicht ganz so grässlich, weil es eher im Stil der Jahrhundertwende als der Fünfziger eingerichtet war. Das große Wandgemälde hinter der hübschen Bar zeigte eine Ansicht vom Hafen von Havanna zu einer Zeit, als ihn noch Segelschiffe angelaufen hatten. Die Decke des langen, hohen Raums war in Blau, die Wände in einem scheckigen Beige gehalten. Auf den Tischen stapelten sich Reiseführer, auf den Stühlen davor saßen amerikanische Touristen, die eine Hälfte in Shorts und T-Shirts, die andere einfach nur schlecht gekleidet. Die Kellner dagegen trugen hübsche rote Jacketts und Fliegen. Auf der Bar standen fünf Standmixer, die beständig Rum und Zuckersirup zu bunten Glucosetoleranztests mischten.

Der Maître d' erkannte mich sofort als Amerikaner – andere Gäste verirrten sich nicht hierher. »Einen Tisch oder an der Bar, *señor?*«, fragte er.

»Einen Tisch für zwei, bitte.«

Er führte mich zu einem Tisch vor der Wand. Ein Kellner kam, um meine Bestellung aufzunehmen.

Auf der Karte waren ein halbes Dutzend überteuerte Daiquiris aufgeführt, darunter auch ein Papa Hemingway – aber kein Fidel Castro. Eigentlich wollte ich ein Bier, doch um der Atmosphäre willen bestellte ich einen Daiquiri Rebelde – einen rebellischen Daiquiri.

»Sehr wohl. Sie erwarten noch jemanden?«

Tja, in einem Polizeistaat lässt sich das nie so genau sagen. Ich sah auf die Uhr. 20.55 Uhr.

»Bringen Sie mir zwei davon.«

Dann saß ich da und lauschte den amerikanischen Touristen und dem Surren der Mixer.

Die Klimaanlage gab ihr Bestes, trotzdem war es ziemlich warm. Ich hätte ja mein Jackett ausgezogen, aber in einem Polizeistaat wird es ebenfalls nicht gerne gesehen, wenn man eine geladene 9-mm-Glock in einer Bauchtasche mit sich herumträgt. Wir waren hier schließlich nicht in Florida, wo ein Waffenschein einfacher zu bekommen ist als eine Angelerlaubnis.

Sicher, das Floridita war eine Touristenfalle, dafür aber ganz nett. Obwohl Richard Neville wohl anderer Meinung gewesen wäre.

Die Daiquiris kamen. Ich nahm einen Schluck und fragte mich, wieso man keine Insulinspritzen dazu servierte. Dann sah ich ein weiteres Mal auf die Uhr: 21.05. Ich warf einen Blick aufs Handy. Kein Empfang. Nächstes Jahr vielleicht.

Ein Mann in hellgrünem Hemd mit Schulterklappen, schwarzem Barett und Pistolengürtel samt Holster betrat das Lokal.

Es wurde etwas leiser im Raum, als der Typ in Richtung Tresen ging. Noch bevor er ihn erreichte, hatte der Barmann schon ein Glas mit Mineralwasser in der Hand und reichte es ihm mit gezwungenem Lächeln. Der Mann – ein Polizist? Ein Soldat? – war offenbar Stammgast und hatte gerade Pause. Die gute Nachricht lautete also, dass er nicht im Einsatz war. Die schlechte? Er kehrte dem Tresen den Rücken zu, zündete sich eine Zigarette an, trank sein Wasser und ließ den Blick über die Menge schweifen. Die Hälfte der Touristen wich seinem Blick aus, die andere erwiderte ihn aufgeregt. Was für ein tolles Fotomotiv. Ein echter, bewaffneter Kommunist im Floridita. *Scheiße.*

Dann fiel der Blick des Mannes auf mich, den einzigen Mann in der Kneipe, der sein Sakko nicht abgelegt hatte. Weil er darunter eine Bauchtasche mit illegalem Inhalt trug. Wenn der Typ beschloss, mich zu durchsuchen, würde ich mich wohl kaum dagegen wehren können. Na, vielen Dank auch, Jack.

Der Cop – oder Soldat oder was auch immer – musterte mich noch einen Augenblick, dann wandte er seine Aufmerksamkeit einem Tisch zu, an dem zwei junge Damen in Shorts saßen. Sie hatten schöne Beine.

21.15 Uhr.

Ich hätte liebend gerne vom Tresen aus das Parque Central angerufen, durfte aber nicht riskieren, dass mich der Typ in eine Unterhaltung verwickelte. *Hier drin ist es furchtbar heiß*, señor. *Wieso legen Sie Ihr Jackett nicht ab?*

Señor Barett stellte sein Glas auf den Tresen und kam auf mich zu. Ich knöpfte das Jackett zu, um die Bauchtasche zu verbergen. Die *baños* befanden sich am anderen Ende des Raums. Ich stand auf. Ob ich die Knarre auf dem Scheißhaus verstecken sollte wie weiland Michael Corleone?

In diesem Augenblick kam Sara durch die Tür. Der Typ sah sie kurz an und blieb dann vor dem Tisch mit den vier hübschen Beinen darunter stehen.

Sara bemerkte den Beamten und runzelte die Stirn, dann sah sie mich und lächelte. Sie ging auf mich zu und küsste mich auf die Wange. Ich rückte ihr einen Stuhl zurecht. »Entschuldige die Verspätung«, sagte sie.

Ich sah zu dem Typen hinüber, der sich gerade grinsend an die beiden amerikanischen *señoritas* heranmachte, dann setzte ich mich wieder. Sara trug eine schwarze Hose und eine weiße Seidenbluse. »Gut siehst du aus«, sagte ich.

»Danke. Und du schwitzt.«

»Ist ziemlich warm hier.«

»Dann zieh doch dein Jackett aus.«

»Es geht schon.«

Sara sah mich an. »Ich bin so spät, weil ich kein Cocotaxi gekriegt habe. Nicht, weil das Telefonat so lange gedauert hat.«

»Du musst dich nicht dafür entschuldigen.«

»Ich habe gar nicht in Miami angerufen. Ich werde deinem Rat folgen und es ihm persönlich sagen.«

Sollte heißen: mir alle Optionen offenhalten.

»Das verschafft uns etwas Zeit, um … sicherzugehen …«

Hatten wir diese Unterhaltung nicht bereits geführt? »Hör dir heute Nacht mein Schnarchen an und entscheide dann.«

Sie lächelte und nahm meine Hand. Dann betrachtete sie die Drinks. »Was ist das?«

»Daiquiri Rebelde.«

Sie nahm einen Schluck. »Nicht schlecht.« Wir stießen an.

»Das hier war schon lange vor Hemingway ein beliebter Treffpunkt der Auswanderer aus Miami. Daher nannten die Einheimischen das Lokal Floridita. Klein-Florida.«

»Und ich dachte, Floridita bedeutet Touristenfalle.«

Sie lächelte. »Jeder, der Havanna besucht, muss zumindest einmal hierherkommen.«

»Okay, dann kann ich diese Sehenswürdigkeit auch abhaken.«

Eigentlich hätte ich am liebsten das ganze Land von meiner Liste noch zu besuchender Orte gestrichen.

Ich konnte den Blick nicht von dem Bewaffneten lösen. Sara sah über die Schulter. »Der ist von der BE – der Brigada Especial, die zur PNR gehört, der Policía Nacional Revolucionaria. Und die wiederum ist dem Innenministerium unterstellt. Die von der BE sind bekannt für ihre Vorliebe für ausländische Frauen. Je blonder, desto besser.«

»Damit bist du ja aus dem Schneider.«

»Das sind Verbrecher.«

Der BE-Typ musterte mich erneut – oder er beäugte Sara.

»Wenn er uns nach den Pässen fragt, dann zeig deinen einfach kommentarlos vor. Obwohl ich bezweifle, dass er sich das hier drin traut.«

Vielleicht bat er uns ja erst nach draußen. Ich warf einen Blick auf Saras Umhängetasche mit den Pesos und der Karte. Die Kopie steckte in meiner Jacketttasche. War das verdächtig? Wohl lange nicht so verdächtig wie die Pistole. Wenn er mich hochnahm, war Sara ebenfalls geliefert. Das war nicht gut.

»Die PNR hat folgende Masche«, erklärte Sara. »Ein Straßenhändler beschuldigt einen Touristen, irgendetwas nicht bezahlt zu haben. Dann taucht plötzlich einer von der PNR oder der BE auf und schlichtet den Streit gegen eine kleine Bearbeitungsgebühr. Und gnade Gott jedem Touristen, der in einen Autounfall verwickelt wird und es mit diesen Kerlen zu tun bekommt. Und wer Anzeige erstattet, weil man ihm den Pass gestohlen hat, wird verhaftet, weil er keinen Pass dabeihat.«

»Das entbehrt nicht einer gewissen Logik.«

»*Comemierdas*, allesamt. Scheißefresser. So nennt das Volk sie und alle anderen Funktionäre der kommunistischen Partei. Scheißefresser.«

»Das klingt auf Spanisch aber schöner.« Anscheinend war die Revolution auf lange Sicht nicht ganz so erfolgreich verlaufen.

»Das Misstrauen gegenüber Ausländern ist Teil ihrer Ausbildung. Und sie arbeiten eng mit den *chivatos* zusammen.«

»Vielleicht hatte Eduardo recht. Wenn ihr das Regime gestürzt habt, solltet ihr alle an die Wand stellen. Oder schlimmer noch – sie in der Tourismusbranche arbeiten lassen.«

Sie grinste. »Reden wir von angenehmeren Dingen.« Sie beugte sich vor. »Die Boote sind also angekommen.«

»Ja. Jack lässt schön grüßen.«

»Wollte er wissen, ob du mich schon vögelst?«

»Das kann man mir anscheinend ansehen.«

»Hoffentlich erzählt er es nicht Felipe.«

»Niemand weiß, dass wir uns getroffen haben«, rief ich ihr in Erinnerung. Ich hatte ganz vergessen, Jack einzuschärfen, den Mund zu halten.

Der BE ließ sich nun mit den beiden jungen Frauen von einem Kellner fotografieren. Dabei benutzte der Kellner nur das Handy des Soldaten, aber nicht das der Touristinnen.

»Die BE zu fotografieren ist verboten. Aber sie machen selbst gerne Bilder von sich, zusammen mit« – sie deutete mit dem Kinn auf die Frauen – »dämlichen Blondinen.«

»Er hat dich auch angestarrt.«

»An mich traut er sich nicht ran, weil du dabei bist. Aber beim letzten Mal wurde ich sofort von irgendwelchen Polizisten und dahergelaufenen *jineteros* belästigt, sobald ich mich nur ein paar Meter von der Gruppe entfernte.«

»*Jine...*«

»Kleinganoven. Gigolos. Arschlöcher. Von denen gibt's haufenweise in Havanna. Als Frau ist man Freiwild.«

»Jetzt verstehe ich, wieso ich mitkommen sollte.«

»Ich kann auf mich selbst aufpassen. Auf Spanisch und auf Englisch. Wir wollten nur dein Boot.«

»Überseekoffer kann ich auch schleppen.«

»Perfekt.«

Der BE hatte sein Wasser ausgetrunken und offenbar auch genug von den *señoritas*. Er ging zur Tür, und bevor er das Lokal verließ, warf er noch einen letzten Blick auf Sara.

Die nahm seinen Abgang mit Erleichterung zur Kenntnis. Ich auch.

»Wie war das Treffen mit Jack?«, fragte sie.

»Lief wie am Schnürchen. Noch einen?«

»Gerne.«

Ich winkte dem Kellner und bestellte einen weiteren Daiquiri Rebelde für Sara und ein Bucanero für mich.

Sara kaufte außerdem zwei Zigarillos. »Wir haben etwas zu feiern«, sagte sie. »Die Boote brechen also morgen nach Cayo Guillermo auf.«

»Das ist zumindest der derzeitige Stand. Jack hinterlässt mir auf jeden Fall eine Nachricht im Hotel.«

»Sehr gut. Bleiben wir optimistisch. Gab es am Pier irgendwelche Probleme?«

»Keine, die ein paar Dollars nicht behoben hätten.«

»Ausgezeichnet ... was war mit dem Empfangskomitee?«

»Es gab keines.« Ich wiederholte, was Jack mir erzählt hatte.

Sara nickte. »Diese antiamerikanischen Demonstranten waren von der BRR – den Brigadas de Respuesta Rápida, einer Schnelleinsatzgruppe.«

»Und was für schnelle Einsätze führen die durch?«

»Alle, die ihnen die Regierung befiehlt. Das sind von offizieller Stelle beauftragte Freiwillige. Das Ganze sollte nach einer Spontandemonstration aussehen. Aber wie schon gesagt – auf Kuba ist nichts spontan.«

»Bis auf ... die Liebe.«

Sie lächelte.

»Bedeutet der BRR-Einsatz, dass die Regierung das Turnier absagen wird?«

»Du musst dir das so vorstellen: Das Regime lädt zu einer Party ein, dann ändert es seine Meinung und will wieder alle ausladen, wenn es schon zu spät ist. Das wird in den nächsten Monaten sicher noch öfter vorkommen. Kuba war so lange isoliert, dass die Machthaber nicht mehr in der Lage sind, Entscheidungen zu treffen. Außerdem gibt es selbst in der Regierung Befürworter und Gegner des Tauwetters.«

»Heißt das nun ja oder nein?«

»Wenn sie einen Vorwand brauchen, um das Turnier abzusagen, werden sie auch einen finden. Schon möglich, dass ihnen diese antiamerikanische Demonstration Publicity genug ist. Vielleicht ist eine zweite auf Cayo Guillermo geplant.«

»Verstehe. Woher wussten die pro-amerikanischen Kubaner von dem Angelturnier?«

»Mundpropaganda. Damit erreicht man hier mehr Leute als mit WhatsApp. Oder durch Radio Martí aus den Vereinigten Staaten. Wenn sie nicht wieder das Signal blockieren.«

»Also könnte auch Antonio durch Radio Martí vom Pescando Por la Paz erfahren haben.«

»Oder er weiß es von den Brigadas de Respuesta Rápida, zu denen auch *los vigilantes* gehören – also die *chivatos,* die der PNR unterstellt sind. Der Nationalen Revolutionspolizei.«

»Jetzt bereue ich, dass ich überhaupt gefragt habe.«

»Kuba ist ein Polizeistaat, Mac. Vergiss das nicht.«

»Okay. Morgen werden wir ja rausfinden, woher Antonio seine Informationen hat.«

»Willst du dich immer noch mit ihm treffen?«

»Wenn ein Einheimischer Informationen zu verkaufen hat, sollte man nicht Nein sagen. Selbst der größte Schwachsinn könnte noch nützlich werden.«

»Na gut ... worüber habt ihr sonst noch gesprochen?«

Gute Frage. Wo anfangen? Bei der Pistole? Oder bei Eduardo?

Die Glock würde ich mir bis zum Schluss aufheben. »Eduardo war als blinder Passagier an Bord.« Ich sah sie an.

»Das hatte ich befürchtet«, sagte sie, ohne meinem Blick auszuweichen.

»Also, wenn du oder Carlos schon geahnt habt, dass Eduardo so etwas plant, warum habt ihr ihm nicht schon in Miami einen Babysitter zur Seite gestellt?«

»Eduardo ... ist ein mächtiger Mann«, sagte sie nach einer Weile.

»Klar. Weil er den ganzen Spaß bezahlt.«

»Nicht nur das. Eduardo kann man nichts abschlagen.«

»Der kubanische Pate also?«

»So ähnlich.« Sie zwang sich zu einem Lächeln. »Aber ein netter Pate.«

»Hätte ich gewusst, was Don Eduardo vorhat, hätte ich mich ganz bestimmt nicht auf diese verdammte Reise eingelassen.«

»Verständlich, dass du sauer bist. Aber ich hätte nicht gedacht, dass er ...«

»Hat er aber. Wenn die Polizei ihn schnappt, stecken wir ganz tief in der Scheiße.«

»Er würde nie ...«

»Ich habe mit eigenen Augen gesehen, wie die afghanische Polizei aus Talibankämpfern wimmernde Kleinkinder gemacht hat.«

Darauf fiel ihr nichts ein.

»Wenn Eduardo nicht Felipes ... was auch immer wäre, hätte ich Jack befohlen, ihn über Bord zu werfen.«

»Du würdest doch nie ...«

»Ich werde unsere Sicherheit – und mein, dein und Jacks Leben – um jeden Preis beschützen.«

Das schien Sara zu überzeugen. Sie wirkte unglücklich.

»Felipe ist auf dem Boot geblieben und passt auf Eduardo auf«, fügte ich unnötigerweise hinzu. »Damit er nicht frei in Havanna herumläuft.«

»Er … er will sich von Cayo Guillermo aus über Land zum alten Familiensitz durchschlagen. Und den Friedhof besuchen, auf dem seine Familie begraben liegt. An Allerseelen, dem Tag der Toten, wie es Brauch ist.« Sie sah mich an. »Und dann will er auf Kuba sterben.«

Das zumindest sollte kein Problem darstellen. »Okay, das kann man nachvollziehen«, sagte ich etwas versöhnlicher.

Schon bei der Fahrt in den Sonnenuntergang, mehr noch aber während der diversen Treffen mit Carlos in Miami und Key war mir klar gewesen, dass dieser Einsatz komplizierter werden würde als gedacht. Zum Beispiel, wenn sich Eduardo als blinder Passagier an Bord schmuggelte, wenn die Behörden auf Sara aufmerksam wurden oder ich eine Beziehung mit Ms. Ortega anfing. Jetzt war dies alles eingetreten, und zusätzlich hatten sich neue Probleme aufgetan. Antonio und die Pistole. Falls man mich damit erwischte. Wenn ich Jacks Rat befolgte, konnte die Pistole wenigstens das Antonio-Problem lösen, doch dafür sah ich noch keine Veranlassung. Vorerst.

Und zusätzlich drohte ständig die Gefahr, dass das Turnier abgesagt wurde und/oder wir unsere Kontaktperson verpassten. Aber waren dies wirkliche Probleme? Oder vielmehr gute Gründe, um nach Hause zurückzukehren?

Fazit: »Der beste Plan, ob Maus, ob Mann, geht oftmals ganz daneben«, wie ein berühmter Schotte mal gesagt hat. Soll heißen: »Bald ist alles im Arsch.« Und dabei hatten wir es noch nicht einmal aus Havanna herausgeschafft. Camagüey, die Höhle und Cayo standen uns noch bevor – und auch das würde nicht einfach werden.

»Woran denkst du?«, fragte sie.

»An den Weg, der noch vor uns liegt.«

»Diesbezüglich bin ich sehr zuversichtlich.«

Das lag wahrscheinlich an den Daiquiris. »Ich habe Jack von Antonio erzählt und dass er vom Pescando Por la Paz wusste. Und dass wir wahrscheinlich die Aufmerksamkeit der Behörden erregt haben.«

»Okay … und wie hat er es aufgenommen?«

»Er ist jetzt noch misstrauischer als vorher.«
»Aber noch mit von der Partie?«
»Ja, wenn ich es auch bin.«
»Und du bist dabei.«
»Wenn du es auch bist.«
»Also sind wir alle noch an Bord.«

Und alle nicht ganz richtig im Kopf. Ich trank mein Bier aus, sie ihren Daiquiri. »Hat er was von Felipe erzählt?«, fragte sie.

»Nein ... nur dass er nicht besonders begeistert war, als er Eduardo unter einer Pritsche gefunden hat.«

»Felipe wird schon mit ihm fertig.«

»Wollen wir's hoffen. Weiß Felipe, wie es auf Cayo Guillermo weitergeht? Wird er es Jack irgendwann verraten?«

»Keine Ahnung, was Felipe weiß.«

»Und Eduardo?«

»Eduardo wollte nichts von den Details der Operation hören. Er will nur nach Hause.«

»Er wird mit der *Maine* zurück nach Miami fahren.«

»Lass ihn doch ...«

»Ende der Diskussion.«

Sie rief den Kellner, um die nächste Runde zu bestellen. Ich bat ihn um Feuer. In Key West rauche ich nie mehr als eine Zigarre pro Woche, doch hier – genau wie in Afghanistan – gab es eine Menge Dinge, die der Lebenserwartung noch abträglicher waren als Tabakgenuss.

Drei Gitarristen erschienen und marschierten klimpernd und singend durch den Raum. Mehrere der Lieder waren mir aus Tads Vortrag bekannt. Diese Reise war wirklich ihr Geld wert.

Sara beugte sich vor. »Sind die Waffen an Bord?«

Drei davon, ja. Eine war in meiner Bauchtasche, doch ich wollte Sara nicht unnötig aufregen – oder erregen. »Ja. Jack hat außerdem vier schusssichere Westen besorgt. Ich hoffe aber, dass wir das alles nicht brauchen.«

Sie nickte.

Die Gitarristen stellten sich vor unseren Tisch und fragten, was wir hören wollen. »Wie wäre es mit ›Dos Gardenias‹ aus Buena Vista Social Club?«, fragte Sara auf Englisch. Anscheinend wollte sie nicht preisgeben, dass sie fließend Spanisch sprach.

Die Gitarristen erfüllten die Bitte gern. Sie waren nicht mal schlecht.

Ich sah auf die Uhr. 22.35. Wenn wir zurück nach Key West wollten, mussten wir in einer Stunde im Dos Hermanos sein.

Ich betrachtete Sara, die ihren Stumpen rauchte. Sie erwiderte den Blick und zwinkerte mir zu. Vor meinem geistigen Auge sah ich uns in Miami, in Key West, sogar in Maine. Aber jedes Mal in einem roten Porsche-Cabrio.

Das Lied war zu Ende. Ich gab den Gitarristen einen Zehner und erhielt ein dankbares Lächeln. Wenn uns jemand beobachtete, sollte er uns nicht für Staatsfeinde, sondern für dumme Touristen halten.

Das Floridita füllte sich zusehends. »Später gibt es Kleinkunst«, sagte Sara. »Willst du noch auf sechzehn doppelte Daiquiris bleiben?«

Oder lieber auf sechzehn Coronas nach Key West fahren? Sara wusste ja nichts von dieser Option.

»Mac?«

Ich sah sie an. »Um elf treffen sich die Turnierangler mit ihren Mannschafen in einem Lokal namens Dos Hermanos.«

»Das ist eine berühmte alte Hafenkneipe.«

»Jack hat mich gefragt, ob wir auch kommen wollen.«

»Unmöglich.«

Ich beugte mich vor. »Jack könnte uns heute Nacht an Bord der *Maine* schmuggeln.«

Sara sah mich an.

»Die anderen Fischerboote brechen morgen früh nach Cayo

Guillermo auf. Und wir könnten mit der *Maine* zurück nach Key West fahren.«

Das musste sie erst mal verdauen. »Was hast du Jack gesagt?«, fragte sie schließlich.

»Dass wir höchstwahrscheinlich kommen werden. Und dass ich es vorher noch mit dir bespreche. Und das tue ich gerade.«

»Haben wir uns nicht zum Weitermachen entschieden?«

»Haben wir.«

»Na gut ... und was hat sich geändert?«

»Man hat uns eine Rückfahrt angeboten.«

»Und wie will er uns an Bord schmuggeln?«

Ich erzählte ihr von den Aufenthaltserlaubnisscheinen. »Wie die berühmten Transit-Visa, die Bogie Ingrid Bergman und ihrem Gatten gibt. Man muss nur noch die Namen eintragen.«

Sie nickte gedankenverloren.

»Wir haben alles bei uns, was wir brauchen – die Pässe, die Visa und Bestechungsgeld. Außerdem hat mir Jack meine Glock mitgebracht, aber ich werde zusehen, dass ich sie vor der Kontrolle irgendwie loswerde. Vergiss nicht, Eduardo ist an Bord. Wir müssen ihn zurück nach Miami bringen. Und wenn das Turnier abgesagt wird, fahren morgen alle Teilnehmer zusammen zurück, und wir sitzen ohne Boot auf Kuba.« Jetzt wusste sie alles, was sie wissen musste.

Die Gitarristen bespaßten gerade ein junges, Händchen haltendes Pärchen, das sich tief in die Augen blickte. Ich blickte auf die Uhr und wandte mich dann Sara zu. »Wir müssen eine Entscheidung treffen.«

»Ich ... wäge noch Pro und Kontra ab.«

»Es spricht viel mehr dafür, den Einsatz abzubrechen, als weiterzumachen. Aber ich gehe mal davon aus, dass das keinen Einfluss auf deine Entscheidung haben wird.«

»Lass dir die Rechnung geben.«

Ich winkte dem Kellner und bezahlte in bar. Dann verließen wir Klein-Florida – etwa in Richtung Groß-Florida?

»Wo ist die Pistole?«, fragte sie.

»In der Bauchtasche um meine Hüfte.«

»Wolltest du Jack deshalb treffen?«

»Nein. Aber er mich vielleicht. Und vielleicht ist Eduardo der Grund, dass du Jack nicht treffen wolltest.«

»Das hat mich genauso überrascht wie dich.«

»Das Leben ist voller Überraschungen.«

»Ja«, pflichtete sie mir bei. »Voll guter und schlechter.«

»In der Tat. Wohin jetzt?«

»Das ist eine Überraschung.«

Wir gingen die Calle Obispo entlang bis zur Bank ihres Großvaters, wo alles vor fünfundfünfzig Jahren seinen Anfang genommen hatte. An der Ecke warteten mehrere Taxis auf Touristen. Wir stiegen in ein Cocotaxi. »*A donde vas?*«, wollte der Fahrer wissen.

Gute Frage.

»Zum Hotel Parque Central, *por favor*«, sagte Sara.

»Gute Entscheidung«, sagte ich.

»Die richtige.«

Das würde sich zeigen.

33

Dieser Sonntag war weder ein Tag der Ruhe noch des Gebets – außer für diejenigen, die klimatisierte chinesische Busse anbeten.

Der Reiseplan sah einen Ausflug nach Matanzas vor, einer hundert Kilometer östlich von Havanna gelegenen Stadt. Sara saß neben mir, während sich der Bus immer weiter vom Parque Central – unserer Heimat in der Fremde – entfernte.

Der Tag hatte mit zwei Nachrichten angefangen – einer telefonischen von Jack aka Cristo (»Der Flug geht pünktlich«) sowie Tads Ankündigung, dass »Antonio uns heute leider nicht begleiten kann«.

Für Sara war Jacks Nachricht die Bestätigung dafür, gestern Abend die richtige Entscheidung getroffen zu haben. Nun lief wieder alles nach Plan. Jack hätte dem wohl nur bedingt zugestimmt. Hoffentlich hatte er gestern noch eine Bettgefährtin gefunden.

»Wo er wohl steckt?«, wollte Sara wissen, als sie erfuhr, dass Antonio heute unentschuldigt fernblieb. Eine rhetorische Frage.

Wenn wir Glück hatten, war er unter die Räder eines Cocotaxis geraten. Oder ein eifersüchtiger Nebenbuhler hatte ihn erschossen und mir damit die Arbeit erspart. Andererseits – hüte dich vor deinen Wünschen. Ich freute mich zwar nicht gerade auf das Treffen mit Antonio heute Abend, aber er sollte zumindest so lange unter den Lebenden bleiben, bis er losgeworden war, was er zu sagen hatte.

»Ich finde nicht, dass wir heute Abend in diese Bar gehen sollten«, sagte Sara.

Tja, wären wir jetzt an Bord der *Maine* mit Kurs auf Key West, hätte sie sich darüber keine Gedanken mehr machen müssen.

»Mac?«

»Wir haben schon zugesagt.«

»Wieso hat er uns nicht erzählt, dass er heute einen freien Tag hat?«

»Das kannst du ihn heute Abend fragen.«

»Ich glaube, das ist eine Falle. Deshalb wollte er uns heute nicht sehen.«

»Interessante Logik, aber umgekehrt wird ein Schuh draus. Wenn das heute Abend wirklich eine Falle ist, wäre Antonio heute mitgefahren, um uns bei jeder Gelegenheit an unsere Verabredung zu erinnern.«

Darauf wusste sie nichts zu erwidern.

Dabei war es durchaus möglich, dass sie recht hatte. Antonio hatte nicht den Mumm, einem in die Augen zu sehen, bevor er einem den Judaskuss gab. Da hatte das Original größere Eier gehabt.

José, unser Fahrer, war ebenfalls abkömmlich und wurde durch einen gewissen Lope vertreten. Oder war Lope in Wirklichkeit Antonios Vertretung? So langsam wurde ich paranoid. Noch eine Woche hier, und ich würde wahrscheinlich meinen Schwanz für einen *chivato* halten.

Der Bus rollte durch die ruhigen sonntäglichen Straßen. Sara legte den Kopf auf meine Schulter und schloss die Augen.

Wir hatten die Nacht in meinem Zimmer verbracht. Heute Morgen hatte ich ihr mit knappen Worten erklärt, wie man die Glock bediente: Abzug drücken. Für die Soldatinnen, die ich gedatet hatte, war eine Waffe ein Modeaccessoire, vor einer Zivilistin dagegen tat man gut daran, sie zu verbergen. Sara schien erleichtert darüber, dass ich bewaffnet war, obwohl die Pistole unsere Fassade als harmlose Touristen im Handumdrehen zum Einsturz bringen konnte.

Das einzig sichere Versteck dafür war direkt am Mann – oder an der Frau. Daher schleppte ich die Glock zusammen mit den drei gefüllten Magazinen in Jacks Bauchtasche mit mir herum. Wir konnten nur hoffen, dass die Policía heute keinen Anlass hatte, den Inhalt meines Kängurubeutels zu überprüfen.

»Wenn wir Antonio treffen, bleibt die Glock zu Hause«, hatte mir Sara gestern Nacht eingeschärft. »Sollte es tatsächlich eine Falle sein, ist die Waffe Beweis genug, um uns vors Militärgericht zu stellen.«

Da hatte sie recht. Auf Kuba mit einer Waffe erwischt zu werden gehörte definitiv nicht zu den Situationen, aus denen man sich leicht herausredet.

Sara hatte mir gestern Nacht außerdem die Änderungen gezeigt, die sie auf der Karte vorgenommen hatte. Es waren relativ simple Manipulationen. Sie hatte einfach nur die Ziffern mehrerer zweistelliger Zahlen vertauscht. Als im Gelände ausgebildeter Infanterieoffizier a.D. würde ich ganz bestimmt auch ohne fremde Hilfe den Ort erreichen können, den das X auf dieser Karte markierte.

Wir fuhren die Küstenstraße entlang nach Osten in Richtung Matanzas. Die Natur war mehr oder weniger unberührt – weder Tankstellen, Einkaufszentren oder Werbetafeln, die für Mangos zum Selbstpflücken warben, störten die Aussicht. Noch dazu schien die Gegend schwach besiedelt. Viele der Bauernhöfe waren verlassen, die Felder darum herum lagen brach. In der Entfernung sah ich einen Bauern, der seinen Acker mithilfe zweier Ochsen pflügte.

Antonio war leider nicht zur Stelle, um uns den neuen Fünfjahresplan nahezubringen. Dafür verriet uns Tad subversiverweise, dass sich die kubanische Landwirtschaft technologisch auf Höhe des neunzehnten Jahrhunderts befand. Was meine Vermutung bestätigte, dass die Biofarm, die wir besucht hatten, reine Verarsche gewesen war.

Professor Nalebuff konnte Genaueres darüber berichten. »Bis vor Kurzem konnte Kuba noch auf Finanzspritzen aus Venezuela hoffen. Die dortige sozialistische Regierung hat Kubas Wirtschaft vor dem Kollaps bewahrt, indem sie regelmäßig Petrodollars ins Land pumpte. Doch mit dem Fall des Ölpreises steht auch Venezuela kurz vor dem Bankrott. Ironischerweise sind Kubas letzte Hoffnung derzeit die amerikanischen Touristen und die Aufnahme der Handelsbeziehungen.«

Angelturniere nicht zu vergessen.

Tad und Alison, die sich bisher mit Kritik am Regime zurückgehalten hatten, wagten es in Antonios Abwesenheit, etwas freier zu sprechen. Allerdings machte Lope trotz seiner Behauptung, kein Englisch zu können, ziemlich große Ohren.

Die Schnellstraße verlief so nahe an der Küste, dass ich die Floridastraße sehen konnte. Irgendwo da draußen waren die Fischerboote, und damit auch die *Maine*, ebenfalls in östlicher Richtung unterwegs. Hätten wir uns gestern Nacht anders entschieden, wären wir nun auf dem Weg nach Key West. Wie hatte Yogi Berra einst so schön gesagt: »Wenn du an eine Weggabelung kommst – nimm sie.«

»Vor der Revolution war Matanzas wegen der vielen Künstler, Schriftsteller, Musiker und Intellektuellen, die hier residierten, als das Athen Kubas bekannt«, sagte Alison, als wir die Stadtgrenze erreichten.

Jetzt sah es mehr wie Pompeji aus.

Wir stiegen auf einem großen Platz aus dem Bus und traten in die schwüle Hitze. Dann folgten wir Tad und Alison in eine ehemalige Apotheke, die das Pharmaziemuseum beherbergte. Das große Haus hatte bis zu La Revolucíon der Familie gehört, die auch die Apotheke betrieben hatte.

Das Museum war ganz interessant, insbesondere die großen, mit Tollkirsche und Cannabis gefüllten Glasbehälter. Das Opium sah auch ziemlich lecker aus. So etwas gab es bei Walgreens nicht zu kaufen.

Danach ging es durch die engen Gassen der Stadt. Wir mussten uns auf den schmalen Gehwegen an den Einheimischen vorbeidrängen, die sicher dachten, unser Bus wäre falsch abgebogen. »Jetzt weiß ich, warum Antonio heute freigenommen hat«, sagte ich.

»Hör auf zu jammern«, sagte Sara.

Was Taschendiebe anging, hatte man in Provinzstädten wie dieser weniger zu befürchten als in Havanna, sagte Tad. Es sei aber doch ratsam, seine Habseligkeiten im Auge zu behalten. Wahrscheinlich meinte er damit nicht zwingenderweise die Glock, dennoch rückte ich die Bauchtasche auch tatsächlich vor meinen Bauch und stopfte sie unter das Polohemd, was mir eine hübsche Bierwampe verlieh.

Auf dem Weg durch die Stadt sah ich mehrere PNR-Beamte, die uns argwöhnisch beobachteten, doch solange Sara und ich uns nicht von der Herde lösten, würde kein Wolf nach unseren Pässen und Visas fragen. *Señor, sind Sie etwa schwanger?*

Es war natürlich fraglich, ob sich Sara lange der Aufmerksamkeit der Wölfe entziehen konnte. Dafür war sie zu hübsch. »Wenn sie dich aufhalten, kann ich dir nicht helfen«, sagte ich. »Das ist Tads und Alisons Aufgabe. Und wenn sie mich kontrollieren, dann kennst du mich nicht.«

»Alle wissen doch, dass wir zusammen sind.«

»Die Polizisten nicht.« Wenigstens mussten wir nicht fürchten, von Antonio verpfiffen zu werden. »Wir haben uns gerade erst kennengelernt, und nur, weil wir miteinander schlafen, müssen wir uns nicht gemeinsam gefangen nehmen lassen – oder überhaupt ständig nebeneinander hergehen.«

»Schon kapiert. Soll ich die Pistole nehmen?«, fragte sie.

»Die gehört mir.«

Immerhin waren die Einheimischen freundlich, wenn ich auch nicht so recht begriff, warum es die Stadt überhaupt gab.

Ein paar Stunden später – wir hatten immer noch nicht herausgefunden, weshalb wir wir eigentlich hier waren – kehrte die von der Hitze ermattete Herde auf die Plaza zurück und stieg wieder in den

Bus. Sara und ich saßen nebeneinander und teilten uns eine Flasche Wasser.

Als Nächstes stand, da Sonntag, ein Mittagessen im Priesterseminar von Matanzas auf dem Programm. Überraschenderweise war das auf einem Hügel gelegene Seminar nicht katholisch, sondern methodistisch, presbyterianisch und episkopal. Die Hälfte der vierzig Studenten beiderlei Geschlechts würden – so Alison – Kuba bei der nächstbesten Gelegenheit verlassen. Das hätte ich an ihrer Stelle ganz genauso gemacht.

Die das Seminar umgebenden Gärten waren liebevoll gepflegt, und die Gebäude selbst waren in besserem Zustand als die in Matanzas. Hier würde mich wohl niemand kontrollieren, und zum ersten Mal an diesem Tag erlaubte ich mir, mich ein wenig zu entspannen.

»Die Religion wird Kuba retten«, hatte Sara gesagt, als wir aus dem Bus gestiegen waren.

»Ganz bestimmt. Das hat in Afghanistan ja auch schon prima geklappt.«

»Werd nicht zynisch – welcher Konfession gehörst du überhaupt an?«

»Du hast mit einem Presbyterianer geschlafen, aber wenn mir die Kugeln um die Ohren fliegen, bete ich zu so ziemlich allen Göttern.«

»Wärst du bereit, zum Katholizismus überzutreten?«

Ging es hier um die Hochzeit? Oder um die Letzte Ölung?

»Mac?«

»Ich werde drüber nachdenken.«

Sie nahm meine Hand und drückte sie.

Eine freundliche Dame mittleren Alters begrüßte uns und brachte uns in ein mit langen Tischen und Bänken ausgestattetes Refektorium. Sara und ich saßen bei Tad und Alison, zwischen denen es anscheinend noch nicht gefunkt hatte. Des Weiteren gesellten sich Alexandra und Ashleigh an unseren Tisch, die beiden Damen, mit denen ich – bevor ich Sara Ortega verfallen war – auf der

Willkommensfeier gesprochen hatte. Lope, unser Fahrer, hatte am Kopfende Platz genommen. Er saß ganz bestimmt nicht zufällig an unserem Tisch.

Eistee in großen Krügen wartete darauf, in Wein verwandelt zu werden. Hübsch anzusehende und vom Heiligen Geist beseelte Frauen und Männer servierten das Essen. Statt Brot und Fisch gab es Reis, Bohnen und die Verlierer mehrerer Hahnenkämpfe.

Wir plauderten ein wenig. »Wie gefällt Ihnen die Reise bisher?«, fragte Tad.

»Es war eine sehr erhellende Erfahrung.«

»Und Sie dürfen sich noch auf mehr freuen.«

Wohl wahr. Aber ohne dich, Freundchen. »Wo ist Antonio?«, fragte ich.

»Ich weiß nicht. Eigentlich hätte er uns heute begleiten sollen.«

»Er ist doch wohl nicht krank geworden?«

»Er hat ausrichten lassen, dass er morgen wieder dabei ist.«

»Aber nicht beim Abendessen?«

»Anscheinend nicht.«

Wie auch – er war schließlich mit mir und Sara verabredet.

»Heute Abend essen wir im La Guarida, einem der besten Restaurants Havannas, das in einem sehr schönen alten Gebäude untergebracht ist. Wenn Sie den Film *Erdbeeren und Schokolade* gesehen haben, werden Sie es sicher wiedererkennen. Mehrere Szenen wurden dort gedreht. Außerdem erhielt das La Guarida sehr gute Kritiken in der *New York Times*.«

»Genau wie Fidel Castro«, sagte ich.

Das fanden alle lustig. Sogar Lope grinste.

Alison fragte in die Runde, wo wir gestern zu Abend gegessen hatten. Jeder an unserem Tisch berichtete von seinen mehr oder weniger erfolgreichen kulinarischen Abenteuern. »Sara und ich haben im Floridita zu Abend getrunken.«

Allgemeines Gekicher. Allmählich wurden wir eine richtig

verschworene Gemeinschaft. Es würde wohl keine Woche mehr dauern, dann waren wir alle per Du.

Tad nutzte die Gelegenheit, um mich und Sara zu maßregeln. »Wieso waren Sie nicht bei der Ballettprobe und im Feuerwehrmuseum dabei?«

»Mir war nicht so gut, und Mac hat mich zurück ins Hotel begleitet«, sagte Sara.

»Denken Sie daran: Immer genug trinken«, riet Alison.

Das war ein denkbar schlechter Zeitpunkt, um Alison und Tad mitzuteilen, dass wir nicht beim Abendessen dabei sein würden. Dennoch bereitete ich sie schonend darauf vor: »Was sind die ersten Anzeichen von Malaria?«

Das schien niemand zu wissen.

Noch bevor das Essen beendet war, sah Sara auf die Uhr. »Ich habe einen Termin bei Dr. Mendcz, dem Leiter dieses Seminars«, verkündete sie.

Ach ja?

»Ich bin bei einer ökumenischen Wohltätigkeitsorganisation in Miami aktiv, in deren Namen ich mehreren religiösen Einrichtungen auf Kuba Bargeldspenden überbringen soll.« Sie stand auf. »Ich bin bald zurück.«

»Wie edel von Ihnen«, sagte Alison.

Und es diente außerdem der Aufrechterhaltung ihrer Tarnidentität.

Dem nächsten Programmpunkt, einer Darbietung des Kammerchors in der Kapelle, fieberte ich nicht gerade entgegen. Überraschenderweise jedoch verfügten die jungen Männer und Frauen über engelsgleiche Stimmen und gaben so großartige Evergreens wie »Rock of Ages« und »Amazing Grace« zum Besten. Ein paar Minuten lang war ich wieder der kleine Junge, der in seinem Sonntagsanzug in der Presbyterianerkirche in Portland sitzt. Sara ließ sich nicht blicken.

Danach gingen wir nach draußen und lauschten dem Vortrag eines Theologen über die wachsende Bedeutung der Religion in Kuba, die jedoch in erster Linie nicht der katholischen Kirche, sondern evangelikalen Missionsbestrebungen geschuldet war. Aber der Papst würde sicher auch nicht lange auf sich warten lassen.

Am Ende des Vortrags tauchte auch Sara wieder auf. Wir stiegen in den Bus und fuhren nach Havanna zurück.

»Wie viel hast du ihnen gegeben?«, fragte ich.

»Dreißigtausend Pesos. Das sind etwa zwölfhundert Dollar. Eine Menge Geld.«

»Ist Gott jetzt auf unserer Seite?«

»Das werden wir heute Abend herausfinden.«

34

Vor der Revolution war der Stadtteil Vedado fest in der Hand der Mafia gewesen. Eine erfolgreiche und profitable Zusammenarbeit kubanischer und amerikanischer Gangster, die zweifellos auch das Geschäftsmodell der Zukunft darstellte.

Wir fuhren mit unserem Taxi, einem heruntergekommenen sowjetischen Lada, der nach Blauschimmelkäse roch, über den Malecón bis zum westlichen Rand von Vedado, wo wir in einer Bar namens Rolando's mit Antonio verabredet waren.

In manchen Teilen Vedados war der vorrevolutionäre Geist noch präsent und äußerte sich unter anderem in diversen illegalen Aktivitäten wie dem Schwarzmarkthandel, dem Verkauf gestohlener Autos sowie dem Betrieb von Stundenhotels und Rumkneipen ohne Schanklizenz. Jede Stadt sollte ein Vedado haben.

Unser Fahrer, der ein paar Brocken Englisch sprach, hatte noch nie vom Rolando's gehört. Auch der Concierge an der Rezeption hatte das Lokal auf keiner Liste finden können. Erst als der Fahrer mehrere Kollegen angerufen hatte, konnte er mit einer Adresse aufwarten. Wenn es tatsächlich eine Falle war, machte es uns Antonio nicht leicht hineinzutappen.

Ich hatte im Hotel eine Nachricht für Tad und Alison hinterlegt: Fidels Rache hatte uns erwischt, sodass wir leider nicht am Abendessen teilnehmen konnten. PS: Jetzt geht's wieder los.

Während der Fahrt über den Malecón sagte Sara bis auf »Das ist ein Fehler« und »Das war deine Idee« herzlich wenig.

Wir waren leger in Jeans und T-Shirt gekleidet, dazu trugen wir unsere Laufschuhe, falls ein Sprint zur amerikanischen Botschaft erforderlich wurde.

Meine Schatzkarte steckte zusammen mit dem Reiseführer in meinem Rucksack im Hotelzimmer, die Glock, die drei Magazine, Saras Karte und meine amerikanischen Dollars waren in Saras Rucksack unter dicken Pesosbündeln versteckt. Diesen Rucksack hatten wir dabei und mussten ihn vor dem Treffen mit Antonio irgendwo verstecken.

Das Taxi bog vom Malecón in eine dunkle Seitenstraße ab. Die heruntergewirtschafteten Mehrfamilienhäuser zu beiden Seiten waren hinter dem wild wuchernden Gestrüpp kaum zu erkennen.

Der Fahrer ging vom Gas, und wir schauten auf der Suche nach einem Straßenschild aus dem Fenster. Der Großteil der Straßenlampen war defekt, und die Stadtgärtnerei hatte sich auch seit 1959 nicht mehr blicken lassen.

Sara bat den Fahrer anzuhalten. »Den Rest des Weges gehen wir zu Fuß.«

Ich bezahlte, und wir marschierten in die warme Nacht. Bis auf das Quaken der Laubfrösche war auf der dunklen, stillen Straße nichts zu hören. Beschattet wurden wir offenbar nicht – falls es eine Falle war, dann saß die Polizei bereits mit Antonio im Rolando's vor einem kühlen Bier und wartete auf uns. Ich sah auf die Uhr. 19.16.

Vor uns führte eine kleine Brücke über einen schmalen Fluss, den Sara als den Río Almendares identifizierte. Die hell erleuchteten Straßen auf der anderen Seite gehörten zu Miramar, Havannas reichstem und schickstem Viertel, in dem ausschließlich ausländische Geschäftsleute, Diplomaten und kommunistische Bonzen residierten. Wir hatten das Ende von Vedado und damit auch das Ende der Straße erreicht, in der sich das Rolando's angeblich befand.

Ich überlegte gerade, wie man hier wohl ein Uber rief, als ich am Flussufer ein etwas von der Straße zurückgesetztes, rosafarbenes, zweistöckiges Gebäude erspähte. In den Fenstern brannte Licht, und an der hohen Hecke davor lehnten mehrere Fahrräder.

»Das muss es sein«, sagte Sara.

Wir gingen auf das Gebäude zu, wobei wir eine schulterhohe Mauer passierten, die am Gehweg entlangführte. Dahinter stand ein verlassenes, auf dem von Gestrüpp völlig überwucherten Grundstück nur schwer auszumachendes Haus. »Hier könnten wir den Rucksack deponieren«, schlug ich vor.

Sie nickte. Wir sahen uns zu beiden Seiten der finsteren Straße um, obwohl wir seit unserer Ankunft kein Auto und keinen Fußgänger zu Gesicht bekommen hatten. Doch in Havanna musste man eben ständig damit rechnen, von den *los vigilantes* beobachtet zu werden.

Sara spähte über die Mauer, dann ließ sie den Rucksack in eine dichte Kletterpflanze fallen.

»Hast du alles rausgenommen, womit man dich identifizieren könnte?«

»Nein, Mac, den Pass habe ich im Rucksack gelassen, damit die Polizei weiß, wem sie die Glock zurückgeben muss.«

»Sehr vorausschauend.« Sie war anscheinend nicht in bester Stimmung. »Gehen wir was trinken.«

Am Ende der Straße spähten wir durch ein Gittertor in der Hecke. Auf einer Terrasse saßen vierschrötige *hombres* um mehrere Tische. Sie rauchten, tranken und spielten Karten.

Ich nahm Saras Arm. Gemeinsam gingen wir auf das, wie wir hofften, Rolando's zu.

Die Gäste starrten uns interessiert an, sagten aber nichts. Ich hatte so eine ähnliche Szene schon mal in einem Film gesehen. Leider hatte ich vergessen, was als Nächstes passiert war.

Über dem Eingang hing ein handgemaltes Schild: ROLANDO'S – AQUÍ JAMÁS ESTUVO HEMINGWAY. »Hemingway war niemals hier«, übersetzte Sara. Sehr witzig, aber das hatte

Antonio ja auch versprochen. Dieses Lokal war ein heißer Tipp für die Nevilles.

Ich betrat die Kneipe als Erster. Sara folgte mir auf dem Fuß.

Der Schankraum erinnerte an einen Gemischtwarenladen. Konservendosen stapelten sich in Regalen vor den schmutzigen Wänden. Außer uns war nur ein alter Mann anwesend, der hinter dem Tresen Zeitung las. Bevor ich »Wir wollen Antonio sprechen« sagen konnte, deutete er mit dem Kinn auf einen Vorhang.

Der Durchgang dahinter führte zu einer Treppe in den ersten Stock.

Am Ende der Treppe hörte ich Musik – »Empire State of Mind«. Wir betraten einen schummrigen Raum mit schmucklosen roten Wänden. Die Fensterläden waren geschlossen, mehrere Bodenventilatoren brummten.

Die Gäste, männlich wie weiblich, saßen auf verschlissenen, kreuz und quer auf dem Betonboden verteilten Polstermöbeln. Es wurde getanzt, alle rauchten und tranken, und mehrere Paare sahen aus, als wollten sie demnächst zur Sache kommen. Wahrscheinlich konnte man hier auch Zimmer mieten. Oder wenigstens die Besenkammer.

Antonio war nirgends zu sehen. Ein Mann stand auf und bedeutete uns, ihm zu folgen. Er führte uns zu einer Tür, die auf eine kleine Dachterrasse mit vier Tischen führte. Öllampen verbreiteten schwaches Licht. Bis auf Antonio, der vor seinem Bier saß, eine Zigarette rauchte und mit dem Handy telefonierte, war niemand hier.

Sobald er uns sah, beendete er das Gespräch, stand auf und grinste. *»Bienvenidos.«*

35

Antonio trug wieder die enge schwarze Hose und ein enges schwarzes T-Shirt, womit er ziemlich lächerlich aussah. Er gab uns nicht die Hand, bot uns aber immerhin einen Platz an.

»Haben Sie ohne Probleme hergefunden?«, fragte er.

»Das Lokal hier steht merkwürdigerweise nicht im Guide Michelin.«

Er sah uns an. »Ist Ihnen jemand gefolgt?«

Eine merkwürdige Frage aus dem Mund eines Informanten. »Sagen Sie's mir.«

Er zuckte mit den Achseln. »Nicht so wichtig. Ich habe schon öfter amerikanische Touristen hierhergeschickt. Um ihnen zu zeigen, wo die Kubaner nach der Arbeit entspannen.«

Klar. Diese Zwanzig-Dollar-Jobs waren sicher sehr anstrengend. »Wohnen Sie in der Gegend?«

»Ja. Das hier ist meine Stammkneipe.«

Jack hatte mir geraten, Antonio nach Hause zu folgen und ihm einen Kopfschuss zu verpassen. Sara hätte sicher auch nichts dagegen.

»Keine Sorge, hier stört uns niemand, bis wir fertig sind.«

»Was in zwei Minuten der Fall sein könnte«, sagte Sara.

Antonio sah sie an, sagte aber nichts darauf.

»I gotta feeling«, sangen die Black Eyed Peas.

Ein junger Kellner in einem Atlanta-Braves-T-Shirt betrat die Terrasse. Im Rolando's gab es nicht viel außer Bier und Rum, und da hier niemand mehr als zwanzig Dollar im Monat verdiente, kosteten alle Drinks zehn Pesos – umgerechnet vierzig Cent. Da konnte man sich nicht beschweren. Antonio trank ein Bucanero, Sara und ich bestellten Cola. »In ungeöffneten Flaschen«, sagte ich zum Kellner. »Gläser brauchen wir nicht.«

Dass ich damit die hygienischen Verhältnisse des Lokals anzweifelte oder gar andeutete, Antonio wollte uns K.-o.-Tropfen verabreichen, schien diesen nicht zu stören. Verwanzt war er auch nicht – die Hose und das T-Shirt waren so eng, das Abhörgerät hätte schon in seinem Arsch stecken müssen.

»Mehrere Teilnehmer der Reisegruppe wissen, dass wir hier mit Ihnen verabredet sind«, sagte ich.

»Damit die Polizei mich verdächtigt, wenn Sie spurlos verschwinden. Nur dass das der Polizei scheißegal ist.«

Da hatte er wohl recht. Wahrscheinlicher war es, dass man im Falle unseres Verschwindens wohl als Allererstes die Polizei verdächtigen würde.

»Wie haben Sie es geschafft, sich beim Abendessen zu entschuldigen?«

»Fidels Rache.«

Er sah Sara an. »*Que?*«

»Durchfall.«

Er grinste. »Aus diesem Grund habe ich mich heute auch krankgemeldet. Ein amerikanischer Apfel, habe ich gesagt.«

Vollidiot.

Der Kellner brachte uns die Drinks. Ich öffnete die Flaschen eigenhändig. Der Trinkspruch blieb aus.

Die Sonne war am westlichen Horizont untergegangen, und die Lichter Miramars leuchteten umso heller. Jenseits der Floridastraße, neunzig Meilen weiter nördlich in Key West, war das Fantasy Fest in vollem Gang. Tja, das Leben geht manchmal seltsame Wege.

Antonio kam zum Punkt. »Haben Sie das Geld?«

»Ihnen amerikanische Dollars auszuhändigen ist in Kuba gesetzlich verboten. Und warum sollten wir das auch tun?«

Antonio wandte sich mir als scheinbarer Stimme der Vernunft zu. »Ich bekomme auch mein Trinkgeld in amerikanischen Dollar. Das ist kein Problem.«

»Wir haben keine Dollars dabei, aber wenn uns das, was Sie anzubieten haben, interessiert, werden wir Ihr Trinkgeld in einem Umschlag an der Rezeption deponieren.«

»Kann es sein, dass Sie mir nicht vertrauen?«

»Wie kommen Sie denn darauf?«

»Indem ich Sie hier treffe, gehe ich ein hohes Risiko ein.«

»Dasselbe gilt für uns.«

»Sie leben sowieso schon riskant.«

»Könnten Sie sich etwas genauer ausdrücken?«

»Allerdings.« Er sah Sara an. »Ich weiß, dass sich die Polizei für Sie interessiert.«

Nun, das war keine große Überraschung. Mich hatte er allerdings noch nicht erwähnt. Oder hob er sich das Beste für den Schluss auf?

Sara sah Antonio in die Augen. »Es gibt nur wenige Betrugsmaschen in Kuba, von denen ich noch nichts gehört habe. Und diese hier kommt mir doch sehr bekannt vor.«

»Wenn das hier eine Falle wäre, hätte Sie die Polizei schon längst verhaftet. Und wenn Sie glauben, dass ich Sie über den Tisch ziehen will, machen Sie einen großen Fehler. Nicht ich bin Ihr Problem – sondern die Polizei.«

»Sie arbeiten für die Polizei.«

»Jeder auf Kuba hat zwei Jobs und zwei Leben«, sagte er. »Und zwei Seelen. Nur so können wir überleben. Jeder ist sich selbst der Nächste. Einer betrügt und verrät den anderen«, rief er uns in Erinnerung.

Okay, Antonio litt anscheinend unter einer schweren Form von multipler Persönlichkeitsstörung. Und mit welchem Antonio hatten wir es hier zu tun? »Das soll wohl heißen, dass Sie uns heute abkassieren und morgen trotzdem an die Polizei verraten.«

»Dieses Risiko müssen Sie eingehen.«

»Danke, ich verzichte.«

»Von mir aus. Aber das kostet Sie Ihre Freiheit.«

»Sehen Sie mich an«, sagte Sara.

Er gehorchte.

Sie sagte etwas auf Spanisch. Ich konnte »*los vigilantes*«, »*chivatos*« und »Policia Nacional Revolucionaria« heraushören, das Wort für »Scheißefresser« fiel aber nicht. Anscheinend hatte sie sich so weit unter Kontrolle. Ohne Stereotype bedienen zu wollen, aber Miss Ortega hatte ein kubanisches Temperament – insbesondere, wenn sie mit jemandem sprach, den sie für einen von den kommunistischen Scheißefressern hielt, die Kuba ruiniert hatten.

Antonio hörte unbeeindruckt zu. »Ihr Spanisch ist mehr als ›*un poco*‹«, sagte er schließlich.

»Gehen wir«, sagte Sara und stand auf.

»Wollen wir uns nicht erst anhören, warum Antonio der Meinung ist, dass sich die Polizei für dich interessiert?«, fragte ich.

Sie zögerte, dann setzte sie sich wieder und warf mir einen ziemlich wütenden Blick zu.

»Dann raus mit der Sprache, *amigo*«, befahl ich.

Er zündete sich eine Zigarette an. »Sie hatte Probleme am Flughafen«, teilte er mir – und nicht Sara – mit.

Wusste er das von Alison? Oder von der Polizei? »Ist mir nicht aufgefallen, und sie hat auch nichts dergleichen erwähnt.«

»Sie hatte dreihunderttausend Pesos bei sich.«

Das konnte er nur von der Polizei erfahren haben. »Was nicht gegen das Gesetz verstößt.«

»Aber verdächtig ist.«

»Wenn Sie heute dabei gewesen wären – oder mit Lope gesprochen hätten –, dann wüssten Sie, dass Miss Ortega dem Priesterseminar in Matanzas eine Bargeldspende überbracht hat.«

»Ja, und das war auch sehr großzügig von ihr. Die Polizei interessiert sich allerdings für den Rest des Geldes.«

»Das ist ausnahmslos für kubanische Wohltätigkeitsorganisationen gedacht. Aber noch mal zurück zum Flughafen: Woher wissen Sie überhaupt, was dort passiert ist?«

»Begreifen Sie nicht? Bei meiner Arbeit habe ich zwangsläufig Kontakt mit Touristen – amerikanischen Touristen. Da ist es nur natürlich, dass mich die Polizei gelegentlich fragt, ob ich etwas Verdächtiges gesehen oder gehört habe. Manchmal befehlen sie mir sogar, eine bestimmte Person im Auge zu behalten.« Er warf Sara einen Blick zu. »Jemanden, der bereits krimineller oder politischer Aktivitäten verdächtigt wird.«

»Warum sollte die Polizei Sara Ortega verdächtigen?«

»Das wollte mir niemand verraten. Ich weiß nur, dass sie nicht nur am Flughafen aufgehalten wurde, sondern schon einmal auf Kuba war. Und sie ist Kubanerin.«

»Kubanoamerikanerin«, warf Sara ein.

»Erzählen Sie allen amerikanischen – kubanoamerikanischen Touristen, dass die Polizei an ihnen interessiert ist? Und dann bitten Sie sie zur Kasse?«, fragte ich.

»Sie haben genug Fragen gestellt.«

»Mit Verlaub, aber ein paar hätte ich noch. Was haben Sie der Polizei über Miss Ortega erzählt?«

»Nur die Wahrheit – dass sie mehrere beleidigende Bemerkungen über den kubanischen Sozialismus hat fallen lassen.«

»Haben Sie auch erzählt, dass Sie persönliches Interesse an Miss Ortega haben?«

Er lächelte. »Das geht die nichts an. Aber über Ihre Urlaubsromanze musste ich selbstverständlich Bericht erstatten.«

»Sollte ich Sara deshalb heute Abend begleiten?«

»Ich habe Sie hinzugebeten, weil die Polizei inzwischen auch an Ihnen interessiert ist.«

Weil ich das Gewicht von F.C.s Marlin angezweifelt hatte? »Warum das?«

»Weil Sie und Miss Ortega sich mit schöner Regelmäßigkeit von der Gruppe entfernen. Angeblich wollten Sie nach dem Abendessen im Riviera ins Floridita gehen, aber dort waren Sie nicht. Sie haben eine Nacht außerhalb Ihres zugewiesenen Hotels verbracht und sich nach dem Besuch des Revolutionsmuseums von der Gruppe abgeseilt. Das alles ist sehr verdächtig, wie ich auch der Polizei mitgeteilt habe.«

»Haben Sie auch mitgeteilt, dass ich Miss Ortega erst auf dieser Reise kennengelernt habe?«

»Das behaupten Sie zumindest.«

Offenbar erwog Antonio sehr sorgfältig, was er der Polizei erzählte und was nicht. Wie alle professionellen Spitzel.

»Außerdem weiß die Polizei, dass Miss Ortega einen nicht genehmigten Strandbesuch geplant hat.«

»Und dass Sie sie zu einem Nudistenstrand fahren wollten, weiß sie das auch?«

Er sah Sara an. Vielleicht überlegte er, was hätte sein können, wenn ich nicht auf der Bildfläche erschienen wäre. Wahrscheinlich hatte er sich auch dieses Treffen etwas anders vorgestellt. Ohne mich nämlich. Dann hätte er ihr erzählt, dass die Polizei hinter ihr her sei, dass nur er ihr helfen wolle und wie sie diesen Gefallen wiedergutmachen könne. Ein schöner Tagtraum, doch irgendwann hatte Antonio wohl kapiert, dass Sara nicht so schnell vor Schreck die Hüllen fallen ließ. Also hatte er seine Fantasie dahingehend modifiziert, sie zumindest um fünfhundert Dollar zu erleichtern. Die Ironie des Ganzen lag darin, dass er richtiger lag, als er ahnte. Doch da er bisher weder das Pescando Por la Paz noch mein Treffen mit Jack Colby im Nacional erwähnt hatte, bestand mein einziges Vergehen in seinen Augen wohl darin, der zwielichtigen Miss Ortega nahegekommen zu sein.

»Bisher haben Sie uns noch nichts gesagt, was wir nicht schon selbst herausgefunden haben. Ich bezahle Ihr Bier und gebe Ihnen am Ende der Reise ein Trinkgeld, mehr ist für Sie nicht drin.«

»Das Ende der Reise könnte schneller kommen, als Sie denken.«

Ich hatte geahnt, dass er das sagen würde. »Soll das heißen, dass wir des Landes verwiesen werden?«

»Nein, das heißt etwas ganz anderes.«

Nur was?

Antonio zündete sich die nächste Zigarette an der Kippe der letzten an. »Wie Sie sicher wissen, gibt es sowohl auf Kuba als auch in den USA gewisse Personen, die kein Interesse an einer Normalisierung der diplomatischen Beziehungen haben. Das Regime steht dem Tauwetter zwiespältig gegenüber. Wahrscheinlich hat es Angst vor den Konsequenzen.«

Da weder ich noch Sara dies kommentierten, fuhr er fort: »Vielleicht haben Sie gehört, dass es eine antiamerikanische Demonstration gab, als die Fischerboote im Hafen eintrafen.«

Davon hatte ich tatsächlich gehört, ließ es mir aber nicht anmerken. »Das wird nicht zu einer Verbesserung der Beziehungen beitragen«, sagte ich.

»Nein, aber es war keine spontane Demonstration. Sie war ...«

»Inszeniert?«

»Genau. Inszeniert. Vom Innenministerium.« Er sah Sara an. »Wie Miss Ortega sicherlich weiß, handelt es sich um eine sehr einflussreiche Behörde. Sie ist verantwortlich für die innere Sicherheit, den Grenzschutz und die Polizei Kubas. Und strikt gegen normale diplomatische Beziehungen mit den USA. Sie haben Angst vor dem« – er deutete nach Norden – »was auf der anderen Seite des Meeres liegt.«

»Die Conch Republic?«

Das verwirrte ihn. »Amerika. Dort liegt die Zukunft, doch der Innenminister sucht nach einem Vorwand, um das Tauwetter wieder einfrieren zu lassen und die Amerikaner von Kuba fernzuhalten. Und Ihre Verhaftung wird ihm diesen Vorwand liefern.«

War das die Wahrheit, oder spekulierte er nur auf ein fettes Trinkgeld? »Ich hatte in meinem ganzen Leben noch nicht das Geringste mit Kuba zu schaffen.«

»Das sagen Sie. Die Polizei durchleuchtet Sie bereits. Mithilfe des Internets und mehrerer Informanten auf Key West. Auch Miss Ortegas Aktivitäten in Miami werden unter die Lupe genommen.«

Scheiße. Zum Glück hatte ich meine Website offline gestellt, sobald die *Maine* verkauft war. Trotzdem schien es keineswegs ausgeschlossen, dass mich die Polizei irgendwie mit der *Fishy Business* in Verbindung brachte. Und was Sara anging: Die hatte ihre Aktivitäten in Miami angeblich sorgfältig unter Verschluss gehalten. Ich warf ihr einen Seitenblick zu. Sie wirkte ruhig und gefasst.

»Ich weiß nicht genau, wann Sie verhaftet werden sollen«, fuhr Antonio fort. »Wahrscheinlich klopfen sie irgendwann mitten in der Nacht an Ihre Türen … oder an Ihrer Tür, wenn Sie in einem Bett schlafen. Das ist ihre bevorzugte Methode – sie schnappen sich die Leute, wenn sie am verwundbarsten sind – nachts, im Bett, wenn alles schläft.« Er sah erst Sara, dann mich an und wartete auf eine Reaktion.

»Angeblich verrät Ihnen die Polizei doch nichts – woher wissen Sie das alles?«

Antonio, der augenscheinlich eine etwas dramatischere Wirkung seiner Worte erwartet hatte, schwieg dazu. »Man hat mir befohlen, mich für das Verhör bereitzuhalten. Ich soll Sie beide denunzieren und danach ein schriftliches Geständnis ablegen.«

»Okay … angenommen, wir kaufen Ihnen das alles – für fünfhundert Dollar – ab, was sollen wir mit diesen Informationen anfangen?«

»Sie sollten Kuba so schnell wie möglich verlassen.«

»Dann wird die Polizei vermuten, dass Sie uns gewarnt haben.«

»Und wenn man Sie verhaftet, werden Sie der Polizei von dieser Unterhaltung erzählen.«

»Das würden wir doch niemals tun, *amigo*.«

»Aber selbstverständlich. Ich spiele hier ein sehr gefährliches Spiel. Es liegt sowohl in meinem als auch in Ihrem Interesse, dass Sie das Land so schnell wie möglich verlassen.«

Mein innerer Lügendetektor schlug Alarm, aber ich spielte vorerst mit. »Also gut. Und wie kommen wir von der Insel runter?«

»Ich habe mich umgehört.« Anscheinend hatte er das nicht als rhetorische Frage verstanden. »Ich kann Sie auf ein britisches Kreuzfahrtschiff bringen, das Havanna in zwei Tagen Richtung Bridgetown verlassen wird.«

Das war bereits die zweite Schiffsfahrt, die mir in dieser Woche angeboten wurde. Und diese hier klang zu schön, um wahr zu sein. »Wie viel?«, fragte ich.

Er tat so, als würde er darüber nachdenken. »Alles, was von Miss Ortegas dreihunderttausend Pesos noch übrig ist, plus tausend amerikanische Dollar – die brauche ich als Bestechungsgeld am Hafen.«

Antonio war ein Meister des optionalen Angebots. Fünfhundert Dollar für sein Schweigen, aber wenn wir weitere tausend und all unsere Pesos drauflegten, waren zusätzlich noch zwei Plätze auf einem Ausflugsdampfer nach Barbados drin.

»Darüber müssen wir erst nachdenken«, sagte Sara.

»Was gibt es da nachzudenken? Ich brauche Ihre Antwort bis morgen Mittag. Und die tausend Dollar, um alles in die Wege zu leiten. Die dreihunderttausend dann, wenn ich Ihren Platz auf dem Schiff gesichert habe.«

Weder Sara noch ich sagten etwas. Er fuhr mit dem Verkaufsgespräch fort. »Aufgrund des amerikanischen Embargos darf kein Schiff, egal welcher Nation, bis zu sechs Monate nach einem Kubabesuch einen US-amerikanischen Hafen anlaufen. Was bedeutet, dass nicht viele Kreuzfahrtschiffe in Kuba vor Anker gehen. Glücklicherweise fährt dieses britische Schiff – die *Braemar* – nicht nach Amerika weiter und liegt deshalb derzeit im Hafen von Havanna«, sagte er enthusiastisch. Anscheinend wähnte er sich schon auf der Zielgeraden. »Viele Amerikaner fliegen über Bridgetown nach Kuba, und das ist auch der Heimathafen der *Braemar*. Es sollte also kein Problem für Sie darstellen, einen Platz für die Rückfahrt nach Barbados zu ergattern.«

»Wozu brauchen wir Sie dann?«

»Ich werde Sie durch die Passkontrolle und den Zoll schleusen – immerhin stehen Ihre Namen bereits auf einer Beobachtungsliste.«

Besten Dank auch dafür.

»Das ist Ihre einzige Chance, das Land zu verlassen.«

»Also gut. Morgen kriegen Sie Ihre Antwort.«

Antonio hatte noch einen Ratschlag für uns. »Wenn Sie Ihre Botschaft anrufen, bringen Sie Ihr Außenministerium in eine schwierige Situation. Besonders jetzt, wo doch gerade so heikle diplomatische Verhandlungen stattfinden.«

Sollte ich ihm verraten, dass Sara Ortega und der Außenminister in Yale mehr oder weniger Kommilitonen gewesen waren?

»Und wenn Sie versuchen, auf das Gelände Ihrer Botschaft zu gelangen, wird Sie die Polizei vorher aufhalten. Und feststellen, dass Sie auf der Beobachtungsliste stehen.«

Sollte ich ihn daran erinnern, dass Richard Neville verhaftet werden *wollte*? Er hatte mehr davon als ich oder Sara.

»Und wenn Sie verhaftet werden oder Ihnen irgendwie die Flucht gelingt«, schloss Antonio, »wird Ihre gesamte Reisegruppe des Landes verwiesen. So etwas ist schon mal vorgekommen. Um die Spannungen zwischen den Ländern noch weiter zu erhöhen, wird das Regime daraufhin viele Aktivitäten, die der Annäherung der Nationen dienen sollen, einfach absagen. Wie zum Beispiel dieses Friedensfischen. Auch das gab es in der Vergangenheit schon öfter.«

Weshalb erwähnte er ausgerechnet das Pescando? Wollte er meine Reaktion darauf sehen? Das waren schlechte Nachrichten, aber ich ließ mir nichts anmerken. »Miss Ortega und ich sind harmlose Touristen, die sich hier kennengelernt haben«, sagte ich. »Wir sind im Rahmen einer von offizieller Stelle genehmigten Gruppenreise hier, um die kubanische Kultur kennenzulernen. Nicht, um das Regime zu stürzen.«

Antonio lächelte. »Schuldig oder nicht schuldig, das ist in Kuba nicht von Bedeutung«, erklärte er geduldig. »Was zählt, ist allein die Politik. Erinnern Sie sich noch an Ihren Landsmann Alan Gross? Er wurde wegen Spionage zu fünfzehn Jahren Gefängnis verurteilt und hat fünf davon abgesessen. Und er war völlig unschuldig.«

»Tja, er hätte jemanden wie Sie gebraucht, der ihn rechtzeitig gewarnt hätte.«

»Ja, da haben Sie Glück.«

»Wer Freunde wie Sie hat, braucht keine Feinde mehr. Altes amerikanisches Sprichwort.«

Er wusste nicht so recht, ob das ein Kompliment oder eine Beleidigung war. »Trotz unserer Differenzen kann ich Sie beide gut leiden, und ich freue mich, dass ich Ihnen in dieser Notlage behilflich sein kann.«

»In die Sie uns überhaupt erst gebracht haben«, sagte ich. »War's das?«

»Meine fünfhundert Dollar, bitte. Die habe ich verdient, da werden Sie mir doch wohl zustimmen.«

»Sie können sich den Umschlag morgen früh an der Rezeption abholen.«

»Und die tausend, die ich als Bestechungsgeld benötige?«

»Die sind im selben Umschlag.«

Ich machte Anstalten aufzustehen. »Sie verstehen doch hoffentlich, dass ich Ihnen das Leben gerettet habe. Und Ihre Freiheit«, sagte Antonio. Er sah Sara an. Sie erwiderte den Blick.

Er sagte etwas auf Spanisch, und obwohl ich dieser Sprache nicht mächtig war, wusste ich genau, was er von ihr wollte.

Sie holte tief Luft, und ich rechnete schon damit, dass sie ihn zur Sau machen würde. Doch stattdessen antwortete sie mit beinahe resignierter Stimme und schüttelte den Kopf. Antonio sagte noch etwas, woraufhin sie nickte und etwas erwiderte.

Er sah mich prüfend an, als wollte er wissen, ob ich die beiden verstanden hätte. Ich warf Sara einen Blick zu. »Schon in Ordnung«, sagte sie.

Dann stand sie auf. »Gehen wir.«

Antonio blieb sitzen. »Sie hätten nicht zurückkommen sollen«, teilte er Sara mit.

Sie nickte.

»Aber ich werde Sie hier rausholen.«

Wieder nickte sie.

Sie hakte sich bei mir unter, und wir gingen. »Because I'm happy …«, sang Pharrell.

36

»Habe ich da richtig gehört?«, fragte ich, sobald wir wieder auf der dunklen, stillen Straße standen.

Sie nickte. »Er hat gesagt, dass es im Rolando's auch Zimmer gibt, und gefragt, ob wir eines nehmen. Und ich habe gesagt, dass das nicht geht, solange du dabei bist.«

»So lange hätte das schon nicht gedauert.«

»Darüber macht man keine Scherze.«

»Entschuldige.«

»Wir haben vereinbart, dass er morgen gegen Mitternacht zu mir aufs Zimmer kommt.«

»Okay. Also glaubt er, dass wir sein Angebot annehmen?«

»Er glaubt, dass ich Angst habe. Und dass es mir Spaß machen wird.«

»Unglaublich, was sich dieser Drecksack in meiner Gegenwart herausnimmt – Spanisch hin oder her.«

Sie blickte zum Rolando's zurück. »Er hält mich für eine Schlampe und glaubt, dass das zwischen uns nur eine Urlaubsaffäre ist. Außerdem denkt er, dass du schon nichts dagegen hast, solange du dadurch dem Gefängnis entgehen und aus Kuba fliehen kannst. Ich habe gesagt, dass ich mit dir darüber rede, aber du höchstwahrscheinlich einverstanden bist.«

»War ja klar, dass er so etwas versucht.«

»Ja. Vom ersten Tag an. Wir müssen morgen Abend abhauen.«

»Okay. Holen wir den Rucksack morgen.« Ich glaubte zwar nicht, dass wir beschattet wurden, aber Vorsicht ist die Mutter der Porzellankiste.

Sie warf einen Blick auf das leer stehende Haus, dann sah sie zur Brücke über den Fluss hinüber. »Na schön. Gehen wir nach Miramar und nehmen uns ein Taxi.«

Wir überquerten die schmale Fußgängerbrücke über den Río Alendares. Von hier aus wirkte Miramar wie eine verschlafene Fünfzigerjahre-Vorstadt irgendwo in Florida. Schon klar, dass die Ausländer und die kommunistische Elite lieber hier wohnten, als zusammengepfercht mit den zwei Millionen weniger Privilegierten im baufälligen Rest von Havanna.

An die Brücke schloss sich eine von Palmen und pastellfarbenen Häusern gesäumte Straße an. Miramar war schachbrettartig angelegt, und Sara schien sich in diesem Viertel auszukennen. Wir gingen nach Norden zur Hauptstraße. »Auf der Avenida Quinta finden wir sicher ein Taxi.«

»Antonio hat schon wieder das Pescando Por la Paz erwähnt. Könnte ja sein, dass die Polizei vermutet, ich hätte irgendeine Verbindung dazu. Oder sie haben es bei der Hintergrundrecherche rausgefunden. In diesem Fall werden sie in Cayo Guillermo auf uns warten.«

»Darum kümmern wir uns, wenn wir dort sind.«

Nicht unbedingt meine bevorzugte Strategie, doch inzwischen türmten sich die Probleme – zu denen auch die Anwesenheit des nostalgischen Eduardo zählte – so schnell auf, dass eines mehr auch egal war.

Sara betrachtete die vornehmen Anwesen. »Die Kommunistenschweine haben Strandbars, bekommen tolles Essen und ausländische Waren. Davon kann der normale Kubaner nur träumen.«

»Sie sind wahrscheinlich von Schuldgefühlen regelrecht zerfressen.«

»Das sind scheinheilige Scheißefresser.«

Wenn das Regime erst einmal gestürzt war, konnten ja die Exilanten in Miramar einziehen. Carlos würde sicher sofort eine Zweigstelle seiner Kanzlei dort eröffnen. »Konzentriere dich auf unsere Aufgabe. Nicht darauf, wer in Miramar wohnt.«

»Halt mir keine Vorträge. Du bist kein Kubaner.«

»Ich halte dir keine Vorträge. Ich meine nur, dass du deinen Hass aufs Regime hintenanstellen und dir ins Gedächtnis rufen solltest, warum wir überhaupt hier sind. Und wie wir so schnell wie möglich wieder verschwinden können.«

Sie sagte nichts.

Ich nahm mir meinen eigenen Ratschlag zu Herzen und dachte über die vielen Knüppel nach, die man uns seit unserer Ankunft in Kuba in den Weg legte. Gott wollte uns damit etwas sagen, und ich ahnte, was. »Wie lange dauert die Fahrt von hier direkt nach Cayo Guillermo?«

Sara sagte nichts.

»Wie lange?«

»Ungefähr acht Stunden.«

»Für ein paar hundert Dollar könnten wir uns also mit einem Taxi nach Cayo fahren lassen, noch vor Sonnenaufgang an Bord der *Maine* und gerade rechtzeitig zur Happy Hour in Key West sein.«

Sie nahm meine Hand. »Hast du nicht gesagt, dass der Weg nach Hause durch Camagüey führt?«

»Das habe ich gesagt, ja. Aber das war, bevor Antonio uns darüber in Kenntnis gesetzt hat, dass die Polizei uns im Visier hat und das Turnier jederzeit abgesagt werden könnte.«

»Und warum sollten wir ihm das glauben?«

»Weil es vielleicht die Wahrheit ist. Außerdem bist du morgen um Mitternacht mit ihm verabredet. Ein Grund mehr, Havanna noch heute zu verlassen.«

Sie ließ meine Hand wieder los.

Wir erreichten die Avenida Quinta, die über einen Mittelstreifen verfügte und ebenfalls von tropischen Bäumen und großen Häusern flankiert wurde. »Wie sieht's aus? Fahren wir zum Hotel oder nach Cayo?«

»Wir brechen morgen Abend in Richtung Camagüey auf.«

»Jetzt hör mal zu. Es kann gut sein, dass sich Antonio irrt und das Turnier nicht abgesagt wird. Vielleicht hat er auch gelogen, und die Polizei hat uns weder auf eine Liste gesetzt, noch will sie uns verhaften. Aber nur mal angenommen, dass uns die Behörden tatsächlich durchleuchten. Wenn die Polizei auf die Verbindung zwischen mir und der *Fishy Business* stößt, werden sie in Cayo Guillermo auf uns warten, wenn wir einen Umweg über Camagüey machen. Dann kriegen sie nicht nur uns, sondern auch das Geld. Und die Eigentumsurkunden und … meine Überraschung. Bist du dir darüber im Klaren? Bist du dir auch darüber im Klaren, was sie in einem kubanischen Gefängnis mit uns anstellen werden?«

»Dann fahr doch nach Cayo Guillermo«, sagte sie nach einer Weile. »Du kannst dort entweder auf mich warten oder dich gleich mit Jack und Felipe vom Acker machen.«

Anscheinend schienen sie weder Logik, Vernunft oder die Angst vor der Polizei aufhalten zu können. »Also schön … dann werde ich wohl mein Versprechen halten müssen.«

Sie nahm meine Hand. »Wird schon schiefgehen. Bei dir fühle ich mich sicher.«

Ich hätte gerne dasselbe gesagt.

Sie deutete die Straße hinauf. »Da drüben ist das Museum des Innenministeriums. Das steht auch auf unserem Reiseplan. Dort macht man sich über die vielen Attentatsversuche der CIA auf Castro lustig.«

»Seltsam, dass das mit den explodierenden Zigarren nicht geklappt hat.«

»Die Geschichte der amerikanischen Intervention auf Kuba ist eine Geschichte des Scheiterns.«

Das war mir schon auf Key West klar gewesen.

»Aber wir – du und ich – werden dafür sorgen, dass sich das Blatt wendet.«

»Von mir aus. Taxi?«

Sie nickte.

Ich trat auf die Straße und hielt ein vorbeifahrendes Taxi an. Es war ein schöner, relativ neuer Toyota, der nicht nach Blauschimmelkäse roch.

»Hotel Parque Central«, teilte ich dem Fahrer mit.

Sara unterhielt sich kurz auf Spanisch mit dem Fahrer. Dann legte sie den Kopf auf meine Schulter. »Ich habe ihn gebeten, uns zu einem *casa particular* in Vedado zu fahren – einem Privathaus, in dem man uns ein Zimmer vermietet, ohne Fragen zu stellen. Ich will nicht riskieren, dass heute Nacht jemand an unsere Hotelzimmertür klopft. Und auf einen vorzeitigen Besuch von Antonio kann ich auch verzichten.« Sie nahm meine Hand. »Morgen früh fahren wir zum Hotel zurück und schließen uns wieder der Gruppe an. Und nach dem gemeinsamen Abendessen holen wir den Rucksack und fahren nach Camagüey.«

»Okay.«

Der Fahrer lenkte das Taxi durch den Tunnel, der unter dem Rió Almendares hindurchführte, Richtung Vedado. Sara plauderte noch ein wenig mit ihm. »Er heißt Tomas«, berichtete sie mir dann. »Ich habe ihm erzählt, dass wir von der kanadischen Botschaft sind. Und verheiratet, aber nicht miteinander. Deswegen brauchen wir ein diskretes *casa*, wo sich niemand für unsere Pässe interessiert.«

»Hast du das schon mal gemacht?«

Um die Täuschung aufrechtzuerhalten, schlang Sara die Arme um mich, und wir knutschten wie brünftige Karibus. Tomas justierte seinen Rückspiegel. Dass Kanadier so temperamentvoll sein können, war ihm offensichtlich neu.

Ein paar Minuten später hielten wir vor einem kleinen, völlig überwucherten Haus. Tomas stieg aus und klopfte. Bei unserem Glück hätte es mich nicht gewundert, Antonio in der Tür stehen zu sehen.

Doch stattdessen öffnete uns eine ältere Dame und wechselte ein paar Worte mit Tomas, woraufhin dieser uns zu sich heranwinkte. Wir stiegen aus. Sara und die Dame – Camila – unterhielten sich eine Minute lang. »Das hier ist ideal«, teilte Sara mir schließlich mit. »Gib ihm einen Zwanziger.«

Tomas erhielt einen Monatslohn, dafür zwinkerte er mir zu und wünschte uns *buenas noches*. Camila erkundigte sich weder nach unserem Gepäck noch nach unserem Pass, sondern sah sich nur kurz auf der Straße um, scheuchte uns ins Haus, schloss die Tür und sperrte sie ab.

Der Aufenthaltsraum des *casa* war klein und abgewohnt, aber ordentlich und sauber. An der Wand hing ein nettes Schwarz-Weiß-Foto des jungen Fidel Castro. Camila zeigte uns das *baño* und die kleine Küche, wo wir Sara zufolge am nächsten Morgen Kaffee trinken konnten. Die Miete für das Haus betrug 5 CUC, die im Voraus zu entrichten waren. Ich gab Camila einen Zehner, was sie so glücklich machte, dass sie uns anbot, Reis und Bohnen vom Abendessen aufzuwärmen.

»Frag sie, ob sie Canadian Club hat.«

Sara sagte etwas, woraufhin Camila uns zwei Gläser Rum auf Kosten des Hauses einschenkte.

Dann zeigte sie uns unser winziges, mit einem Doppelbett und einer Holzbank vollgestelltes Zimmer. Durch ein kleines vergittertes Fenster drang schwüle Nachtluft. Ein Kruzifix hing an der Stelle, an der man eigentlich einen Flachbildschirm erwartet hätte.

Auch Camila wünschte uns *buenas noches*. Ich schloss die Tür hinter unserer Gastgeberin und legte den Riegel vor.

»Sind wir hier sicher?«, fragte ich.

Sie deutete auf das Kreuz. »Der hier passt schon auf.«

So sah er nicht gerade aus.
Wir stießen an. »Und was jetzt?«, fragte ich.
»Jetzt ziehen wir uns aus und schlafen miteinander.«
Meine Rede.

Wir lagen nackt und schweißgebadet in der Dunkelheit. »Warum sind wir doch gleich hier? Vom Geld abgesehen?«

»Wegen der Dokumente und Urkunden und dem anderen gestohlenen Eigentum.«

»Und?«

»Wenn du es siehst, wirst du es verstehen.«

»Wir setzen unser Leben dafür aufs Spiel. Ist es das wert?«

»Vertrau mir, Mac.«

»Tue ich ja.«

»Liebst du mich?«

»Ich kam wegen des Geldes und blieb wegen der Liebe.«

Sie rollte sich auf mich. »Wir werden alles haben. Geld, Liebe und … Gerechtigkeit.«

Und hoffentlich ein langes Leben, um all das zu genießen.

37

Wir standen noch vor Morgengrauen auf, zogen uns an und verließen still und heimlich *señora* Camilas Vier-Sterne-Casa.

Die Plaza de Revolución war ganz in der Nähe. Dort würden wir auf alle Fälle ein Taxi bekommen. Auf dem Weg dorthin sahen wir kaum Autos oder Fußgänger. Ein Streifenwagen der Policía Nacional Revolucionaria wurde langsamer, sobald der Fahrer uns bemerkte. Er musterte uns argwöhnisch. Gott sei Dank hatten wir die Glock nicht dabei.

Wir erreichten die Plaza mit dem Gebäude, auf dessen Fassade der von Scheinwerfern beleuchtete Metallumriss von Che Guevara angebracht war. *HASTA LA VICTORIA SIEMPRE.*

»Das ist das Innenministerium – oder besser gesagt: das Folter- und Unterdrückungsministerium«, sagte Sara. »Nach dem Sturz des Regimes wird der Kasten abgerissen. Ich habe schon einen tollen Entwurf für den Neubau.«

»Gut so. Das Ding ist potthässlich.«

»Von innen ist es noch schlimmer. Denn wenn man es erst einmal von innen sieht, wird man es nie wieder von außen sehen.«

Kein Zweifel. Der erste Tag in Havanna, als ich mich zusammen mit Sara auf diesem Platz hatte fotografieren lassen, schien so lange zurückzuliegen, dass es mir wie eine Ewigkeit vorkam. Hätte ich damals gewusst, was ich jetzt wusste, dann … ja, was dann?

Sara entdeckte einen schwarzen Cadillac, Baujahr ungefähr 1957. Wir gingen darauf zu.

»Wie sollen wir Antonio bezahlen?«, fragte ich.

»Ich habe ungefähr fünfzehnhundert amerikanische Dollar im Hotelsafe, die kann er haben. Und die dreihunderttausend kriegt er dann heute Abend, wenn er mir – in meinem Hotelzimmer – versichert, dass er uns auf das Schiff nach Barbados bringen kann. Wir müssen nur den heutigen Tag überleben.«

Antonio war sicher hochzufrieden. Er wurde bezahlt und gevögelt.

Der Taxifahrer schlief noch. Wir weckten ihn, und er fuhr uns zum Parque Central.

Der Frühstücksraum war noch nicht geöffnet, doch ich konnte zwei Tassen Kaffee organisieren, die wir mit aufs Zimmer nahmen.

Nichts wies darauf hin, dass der Raum betreten oder durchsucht worden war. Reiseführer und Schatzkarte steckten noch im Rucksack.

Sara schaltete Tele Rebelde ein. »Ich habe das dumpfe Gefühl, dass wir heute unsere Kontaktperson treffen werden.«

»Heute oder nie.«

»Und wenn nicht … haben wir die Karte. Mehr brauchen wir nicht.«

Und ein Fahrzeug, um nach Camagüey zu kommen. Aber das behielt ich lieber für mich.

Sie trank ihren Kaffee aus. »Bis später beim Frühstück.«

»Sei heute nett zu Antonio.«

»Er erwartet nicht von mir, dass ich nett bin. Sondern gut im Bett.«

Sie ging. Ich zog mich aus und stellte mich unter die Dusche. Ausnahmsweise war das Wasser warm. Ein Zeichen Gottes.

Ich saß im Frühstücksraum vor meinem Kaffee und wartete auf Sara. Antonio war nirgendwo zu sehen. Dafür stand Tad von seinem Tisch auf und kam zu mir herüber. »Geht es Ihnen wieder besser?«

»Wenn doch die Toilette im Bus funktionieren würde.«

»Wir können auf dem Weg bei einer *farmacia* halten.«

»Ein bisschen Gummireis wird das schon wieder richten. Aber vielen Dank.«

»Was ist mit Sara? Kommt sie heute auch mit?«

»Ja.«

Tad setzte sich unaufgefordert. »Darf ich offen sprechen?«

»Aber bitte.«

»Sie und Sara haben viel vom Programm verpasst.«

Sportsfreund, du hast ja keine Ahnung.

»Ich muss einen abschließenden Bericht für das Amt zur Kontrolle von Auslandsvermögen schreiben. Wenn Sie sich weiterhin von der Gruppe entfernen, könnte das für die gesamte Reisegruppe und nicht zuletzt für Sie beide ernsthafte Konsequenzen nach sich ziehen.«

»Das tut mir leid, Tad. Wir wollen uns selbstverständlich nicht mit dem Amt für die Kontrolle von Auslandsvermögen anlegen, aber wissen Sie, zwischen uns hat es … nun ja, gefunkt. Deshalb hätte sie – hätten wir – gerne etwas Privatsphäre.«

»Ich verstehe, aber …«

»Wie läuft es eigentlich mit Alison?«

»Sie haben sich mit den Bedingungen einverstanden erklärt, die …«

»Tad, ich verspreche Ihnen, dass Sie sich für den Rest der Reise um uns keine Sorgen mehr zu machen brauchen.«

»Also gut. Vielen Dank. Übrigens … Antonio hat sich nach Ihnen beiden bei mir und Alison erkundigt.«

»Wirklich?«

»Gibt es … sollte ich da irgendetwas wissen?«

»Sehr nett, dass Sie fragen.«

»Und?«

Eine günstige Gelegenheit, um unsere Spuren zu verwischen und gleichzeitig Vorkehrungen für unsere Flucht zu treffen. »Wir sind hier im Staate Kuba, Tad. Sara Ortega ist von der Anti-Castro-Fraktion und Antonio ein *chivato*. Wissen Sie, was das ist?«

»Ja.«

»Wenn er also das nächste Mal Fragen über uns stellt, sagen Sie ihm, dass er sich verpissen soll.«

»Ich ...«

Ich beugte mich vor. »Sollten Sara und ich eines Morgens nicht auftauchen, dann tun Sie mir einen Gefallen und rufen Sie die Botschaft an.«

Tad verschlug es die Sprache, und er wurde etwas blass um die Nasenspitze. »Vielleicht wäre es besser, wenn Sie das Land verlassen«, brachte er schließlich heraus.

»Das haben wir bereits in Betracht gezogen.«

»Gut ... kann ich Ihnen irgendwie helfen?«

Tad war schwer in Ordnung. Wenn wir morgen Mittag nicht auftauchten, würde er die Botschaft und die wiederum das Innenministerium anrufen. Letzteres würde bestreiten, uns in Gewahrsam genommen zu haben – was vielleicht gelogen war, vielleicht aber auch nicht. Jedenfalls hatte Tad nun zwei plausible Gründe für unser Verschwinden: Entweder hatte uns die Liebe in ihren Fängen – oder der kubanische Staat.

»Möglicherweise sollten Sie heute noch die Botschaft aufsuchen«, schlug er vor.

Das kam nicht infrage, falls Antonio die Wahrheit gesagt hatte und wir tatsächlich auf einer Beobachtungsliste standen. So oder so konnten wir uns nur im äußersten Notfall an die Botschaft wenden. Nächster fahrplanmäßiger Halt: Camagüey. »Vielleicht leide ich auch nur unter Verfolgungswahn«, sagte ich.

»Nun ja ... in Kuba ...«

»Stimmt. Seien Sie so nett und behalten Sie das vorerst für sich. Wir können morgen alles mit Sara besprechen.«

»Einverstanden.«

»Ich hoffe nur, dass die Reisegruppe nicht wegen uns des Landes verwiesen wird.«

Tad wirkte sehr unglücklich.

»Ich hole mir etwas Gummireis. Wollen Sie auch?«

Er sah mich an. »Nein ...« Dann stand er auf. »Bitte verzeihen Sie.«

»Ist ja nicht Ihre Schuld. Übrigens, Lope ist ebenfalls ein *chivato*, und er kann Englisch.«

Tad wurde noch bleicher. Er nickte, kehrte zu seinem Tisch zurück und setzte sich neben Alison. Mir unbegreiflich, wieso er sie noch nicht gevögelt hatte. Mangelndes Selbstvertrauen, schätzte ich.

Sara kam frisch und adrett in den Frühstücksraum. Sie trug eine enge weiße Jeans, ein blaues Polohemd und eine Baseballkappe – dasselbe Outfit, in dem sie vor einer Million Jahren mein Boot betreten hatte. Wie schön es wohl wäre, mit ihr zu schlafen, hatte ich damals gedacht.

Sie setzte sich. »Ich bin am Verhungern.«

»Holen wir uns etwas Gummireis.«

»Etwas ... was?«

»Tad hat sich nach uns erkundigt.«

»Oha.«

Ich schilderte ihr die Unterhaltung mit Tad. »Tad weiß jetzt, dass du nicht gut auf das Regime zu sprechen bist und die Polizei dich deshalb im Visier hat.«

»Hast du ihm das unbedingt verraten müssen?«

»Wenn wir morgen früh nicht auftauchen, ruft er die Botschaft an und erzählt denen, was ich ihm gerade erzählt habe.«

»Der alte Plan gefällt mir besser. Wir hinterlassen ihm eine Nachricht: Sind am Strand und zum Heimflug wieder da.«

»Das ist Plan A. Plan B zieht außerdem die Möglichkeit in Betracht, dass wir Gäste des Innenministeriums sein könnten.«

Darüber dachte sie eine Weile nach. »Du bist entweder ziemlich schlau ... oder schlauer, als gut für uns ist.«

»Ich glaube, die Antwort kennst du bereits.«

»Du solltest mir Bescheid geben, bevor du den Plan änderst.«

»Taktik und Strategie müssen zeitnah den Bedingungen auf dem Schlachtfeld angepasst werden. Deshalb habt ihr mich engagiert.«

Sie nickte.

»Hast du den Umschlag für Antonio hinterlegt?«

»Ja. Meine letzten Dollars.«

»Ich weiß, wo wir neue finden.«

Sie stand auf. »Willst du nichts frühstücken?«

»Bring mir etwas Gummireis mit. Und hol dir auch welchen.«

Sara ging zum Buffet hinüber.

Ich trank einen Schluck Kaffee. Der Zivilist spricht davon, eine Wahl zu treffen. Beim Militär sagt man »Entscheidung« dazu. Eine Entscheidung hat mehr Gewicht und weitreichendere Konsequenzen. Die richtige Wahl führt zu Gesundheit, Wohlstand und Glück. Die falsche Entscheidung dagegen führt in der Regel zum Tod.

Wenn ich hier starb, dann nicht, weil irgendein Idiot aus dem Hinterhalt eine Rakete auf mich abfeuerte, sondern weil ich die falschen Entscheidungen getroffen hatte. Zum Beispiel, indem ich zuließ, dass Sara Ortega die falsche Wahl traf.

Andererseits ... Sara besaß etwas, das für den Erfolg im Leben und auf dem Schlachtfeld unerlässlich ist: Selbstvertrauen und den Glauben daran, dass Gott und die Gerechtigkeit auf ihrer Seite waren. Wie konnte es also die falsche Entscheidung sein, ihr bis zum Ende des Regenbogens zu folgen, wo sechzig Millionen Dollar in einer Höhle auf uns warteten? Teamwork macht's möglich.

38

Sara und ich saßen in der Mitte des Busses, der nun wieder von José gesteuert wurde. Anonio war mit federnden Schritten, sechs Jahresgehältern in seiner Tasche und der Aussicht auf mehr an Bord gehüpft, von seinem Rendezvous mit der ebenso frechen wie hübschen Sara Ortega ganz zu schweigen. Er würde dieser Schlampe aus Miami Beach schon zeigen, wo der Hammer hängt.

»Heute«, verkündete Antonio, »geht es ins ›Sperrgebiet‹. Das bedeutet *vedado* nämlich. Früher bezeichnete man damit die Jagdreviere vor der Stadt, die für das gemeine Volk gesperrt waren.«

Wen interessierte das?

Antonio laberte weiter, während der Bus über den Malecón nach Vedado fuhr. Hin und wieder versuchte er, Blickkontakt mit mir herzustellen und sich so zu versichern, dass unsere Abmachung noch Bestand hatte. Oder um mich wissen zu lassen, dass er mit Sara gleichzeitig auch mich flachlegte. Sara dagegen würdigte er kaum eines Blickes. Arschloch.

Tad saß gedankenverloren und stumm da. Anscheinend sah er Antonio nun in einem anderen Licht. Tad hatte Kuba auf eigene Faust entdeckt – und lernen müssen, dass hier nicht alles Rumba war.

Sara nahm meine Hand. »Die Hälfte des Weges haben wir hinter uns.«

So weit hatte Amelia Earhart es auch geschafft.

Wir fuhren an einem Denkmal für die Seemänner vorbei, die bei der Explosion der *Maine* ums Leben gekommen waren. »Nach der missglückten Invasion in der Schweinebucht rissen die Einwohner Havannas den amerikanischen Adler vom Denkmal«, erzählte Antonio. »An seiner Stelle findet sich heute eine Plakette mit folgender Inschrift: ›Für die Toten der *Maine,* die geopfert wurden, als der Imperialismus seine gierigen Hände nach Kuba ausstreckte‹.«

Das fand ich weniger ansprechend, aber es lag sicher an der Übersetzung.

Wir fuhren an der Plaza de la Dignidad mit dem Antiimperialistischen Forum vorbei, was Antonio zu einer antiimperialistischen Tirade verleitete.

Ich hatte ja schon immer vermutet, dass Antonio Kommunist aus Bequemlichkeit war. Ein opportunistischer *chivato,* leidenschaftlicher Schwindler und prinzipienloser Dreckskerl. Ich hätte keine Bedenken, ihm eine Kugel in den Kopf zu jagen.

Dann kamen wir an der amerikanischen Botschaft vorbei, deren Eingang von der kubanischen Polizei bewacht wurde. Die Beamten hatten wahrscheinlich die Liste mit unseren Namen darauf sowie die Fotos, die am Flughafen gemacht worden waren. Noch waren wir weder auf der Flucht noch zur Fahndung ausgeschrieben, doch Antonio zufolge würden wir ohne seine Hilfe weder in die Botschaft noch außer Landes gelangen.

»Zu Ihrer Rechten sehen Sie eine Statue von Lenin.« Die Yalies lachten, als sie sahen, dass es sich nicht um Wladimir Lenin, sondern um John Lennon handelte. Antonio grinste. Er war heute Morgen guter Dinge.

Der Bus schlängelte sich durch die Straßen von Vedado, damit wir die Errungenschaften des kubanischen Sozialismus sehen und entsprechend würdigen konnten. Wir hielten an einem Denkmal zu Ehren der kommunistischen Spione Julius und Ethel Rosenberg. Das hatte ich schon immer mal sehen wollen.

Anschließend fuhren wir durch das Tor eines riesigen Friedhofs, der Necrópolis Cristóbal Colon (aka Christoph Kolumbus). Hier gab es laut Antonio über fünfhunderttausend Mausoleen, Kapellen, Grüfte und unzählige Grabsteine. Leider hatte ich die Glock nicht dabei, es wäre der richtige Ort gewesen, um Antonio aus dem Verkehr zu ziehen. Das hätte zwar keine Probleme gelöst, meine Laune aber merklich gehoben.

»Hier ruhen die Reichen und Berühmten, die adligen Kolonialisten, die Kriegshelden, Geschäftsmänner, Künstler und Schriftsteller Seite an Seite mit den Märtyrern der Revolution«, sagte Antonio mit einer Begeisterung, als wollte er uns eine Grabstelle verkaufen. »Letzten Endes ist der Tod doch der große Gleichmacher.«

In der Tat.

Wir fuhren langsam durch diesen nicht enden wollenden Marmorhain, vorbei an gräkoromanischen Tempeln, Miniaturschlössern und mit Cherubim und Engeln dekorierten Grabmälern. Sogar eine ägyptische Pyramide war darunter. Anscheinend waren die Toten in Havanna besser untergebracht als die Lebenden.

Der Bus hielt neben einer Kapelle im byzantinischen Stil. Wir stiegen aus.

Antonios Vortrag über den Friedhof war gespickt mit marxistisch angehauchten Beobachtungen über die Bourgeoisie, die selbst im Tod noch ihrer Verschwendungssucht frönte. Anscheinend hat das letzte Hemd doch Taschen.

»Sie dürfen sich nun ein wenig umsehen. Bitte treffen Sie sich in dreißig Minuten wieder hier am Bus. Miss Ortega, zwingen Sie mich nicht, nach Ihnen zu suchen«, fügte Antonio grinsend hinzu. Ein paar Yalies lachten.

Sara gab keine Antwort. »Ich würde ihn heute Nacht wirklich gerne auf meinem Zimmer treffen«, zischte sie mir zu.

Vor meinem geistigen Auge sah ich Antonio auf Saras Bett. Ein Lampenkabel war um seine Hoden gezurrt, das andere Ende steckte in der Steckdose. »Stell dir einfach vor, wie gekränkt sein Ego und sein *pepino* sein werden, wenn ihm niemand aufmacht. Das ist die schönste Rache.«

Sie lachte.

Die Gruppe teilte sich auf und erkundete den schachbrettförmig angelegten Friedhof mit seinen breiten *avenidas, calles* und *plazas*. Es war wahrhaftig eine Nekropole.

Sara nahm meinen Arm und führte mich an dem beeindruckenden Mausoleum der spanischen Königsfamilie vorbei zu einem kleineren Grab, auf dem AMELIA GOYRI DE LA HOZ stand und das von der Marmorstatue einer Frau mit einem Baby in den Armen gekrönt war. Ungefähr ein Dutzend Personen stand oder kniete um das von frischen Blumensträußen bedeckte Grab.

»Das ist das Grab von La Milagrosa – der Wundertätigen«, sagte Sara.

»Klar.«

»Sie starb am 3. Mai 1901 im Kindsbett und wurde hier mit dem tot geborenen Kind zu ihren Füßen bestattet. Noch viele Jahre nach ihrem Tod besuchte sie ihr trauernder Ehemann mehrmals täglich. Dabei klopfte er jedes Mal mit einem der an der Steinplatte befestigten Kupferringe gegen das Grab. Und wenn er sie verließ, ging er rückwärts, damit er ihre Ruhestätte so lange wie möglich im Blick behielt.«

Die Menschen, die neu hinzutraten, taten es ihm gleich.

Sara betrachtete schweigend das Grabmal. »Als ihr Mann starb, wurde Amelias Sarg geöffnet. Ihr Leichnam wies keine Spuren von Verwesung auf – was im Katholizismus als Zeichen der Heiligkeit gilt. Und das Baby, das man zu ihren Füßen bestattet hatte, lag auf wundersame Weise in ihren Armen.«

Okay.

»Seither heißt sie La Milagrosa, und wer sie um ein Wunder bittet, dem wird es gewährt.«

Da hätten wir mal früher herkommen sollen.

Sie näherte sich dem Grab, klopfte drei Male mit dem Messingring gegen die Steinplatte und kniete sich neben die anderen Besucher, hauptsächlich Frauen. Dann betete sie, bekreuzigte sich, stand auf und entfernte sich rückwärts, ohne den Blick vom Grab zu nehmen.

Schließlich nahm sie meinen Arm, und wir schlenderten eine schattige Allee zwischen den Gräbern und Grabsteinen entlang. »Viele kinderlose Frauen beten an Señora Goyris Grab dafür, endlich schwanger zu werden.«

»Alles, was recht ist, aber mit diesem Wunder wäre ich vorsichtig.«

Sie grinste. »Entspann dich. Ich habe für den glücklichen Ausgang unseres Vorhabens und eine sichere Heimreise gebetet.«

Das wäre allerdings ein Wunder.

Wir durchstreiften weiter den Friedhof. »Ich sehe tote Menschen«, sagte ich jedes Mal, wenn wir jemandem aus unserer Reisegruppe begegneten.

Das fand Sara nicht besonders witzig. Dennoch war sie in besserer Stimmung als noch gestern Nacht nach der Unterhaltung mit Antonio. »Wird Zeit, dass wir Havanna hinter uns lassen und nach Camagüey aufbrechen.«

»Wie genau kommen wir dorthin, wenn wir die Kontaktperson nicht in den nächsten Stunden treffen?«

»Carlos hat einen Ausweichplan.«

»Und der wäre?«

»Ein Limousinenservice in Miramar, der oft von ausländischen Geschäftsleuten genutzt wird. Die bringen uns überallhin, ohne Fragen zu stellen oder darüber Buch zu führen.«

Gestern Nacht hatte ich noch versucht, sie zu einer Taxifahrt nach Cayo Guillermo zu überreden. Hätte ich das gewusst …

»Sobald wir in Camagüey sind, werden wir Rucksacktouristen – und Höhlenforscher.«

»Okay. Und wie kriegen wir das Dutzend Überseekoffer nach Cayo Guillermo?«

»Indem du einen Lkw klaust.«

»Ach so.«

»Von Camagüey nach Cayo sind es etwa hundertachtzig Meilen. Das schaffen wir in drei, vier Stunden.«

»Und wenn wir dort sind, was dann?«

»Dann gehen wir in ein Ferienhotel namens Melia und setzen uns an die Bar in der Lobby.«

Ich hatte zwar die ganze Zeit vermutet, dass irgendjemand wusste, wie es auf Cayo Guillermo weiterging. Dass es ausgerechnet Sara war, überraschte mich.

»Seit gestern sitzt jeden Abend gegen sieben Uhr jemand in dieser Bar, der weiß, wie wir aussehen. Er wird uns ansprechen.«

»Wie lautet die Losung?«

»Er – oder sie – wird sagen: ›Wie schön, dich hier zu sehen‹.«

Allerdings.

»Und dann wird er – oder sie – uns verraten, wie wir die Kisten auf die *Maine* kriegen.«

»Okay.«

»Im Melia steigen hauptsächlich europäische und kanadische Touristen ab. Wir dürften also nicht weiter auffallen.«

»Und wo stellen wir den Lkw mit den sechzig Millionen ab, während wir in der Bar warten?«

»Angeblich kann man den Parkplatz von der Lobby aus einsehen. Andernfalls bleibst du mit der Glock im Laster sitzen.«

»Bekommen wir keinen Roadie?«

»Erst mal müssen wir das Hotel erreichen. Dann sehen wir weiter.«

Nun wusste ich genug, um den letzten Teil des Plans notfalls auch ohne sie in die Tat umsetzen zu können. Genau deshalb hatte sie mir das alles erzählt. »Okay. Verstanden.«

Sie nahm meine Hand, und wir gingen weiter durch den stillen Friedhof, dann kehrten wir zum Bus zurück.

Bis auf das La Milagrosa waren die Gräber an diesem Montagmorgen kaum besucht. Wir waren allein auf weiter Flur – abgesehen von einem großen, schlanken Mann in einem schwarzen Hemd. Er war um die dreißig, trug eine Wrap-around-Sonnenbrille und kam direkt auf uns zu. »Den Typen habe ich vorhin schon beim Bus gesehen«, sagte ich.

Sie ließ meine Hand los. Wir verlangsamten unseren Schritt.

Der Mann blieb drei Meter vor uns stehen und sah sich um.

Da ich dem Kerl nicht den Rücken zukehren wollte, blieben wir ebenfalls stehen. »*Buenos días*«, sagte Sara.

Er grüßte zurück. »Sind Sie an kubanischer Töpferei interessiert?«, fragte er auf Englisch.

39

Während der Bus zum Parque Central zurückfuhr, erinnerte uns Tad daran, dass wir den Nachmittag zur freien Verfügung hatten. Wir konnten also nach Herzenslust bis 17 Uhr kulturelle Highlights genießen, dann würde Professor Nalebuff einen Vortrag halten. Um 18.30 Uhr gab es Abendessen bei Mama Inés.

»Erasmo, der Küchenchef, hat schon für Fidel Castro und Hugo Chávez, Jane Fonda, Jack Nicholson und Jimmy Carter gekocht.«

Wahrscheinlich hatten alle den Seniorenteller bestellt.

Das lang ersehnte Treffen mit unserem Mann in Havanna war nicht halb so interessant wie Saras Begegnung mit Marcelo auf dem Malecón vor einem Jahr. Der Typ gab Sara einfach nur einen Flyer, auf dem ein Nachtclub namens Cabaret Las Vegas beworben wurde. Eigentlich ein Fall für den nächsten Papierkorb, doch da der Mann die Losung kannte, sah sich Sara den Flugzettel auf dem Weg zum Bus etwas genauer an.

Auf den Flyer waren mit Bleistift eine Adresse – *Calle 37 No 570, Vedado* – und eine Uhrzeit – *22 Uhr* – geschrieben.

Dort wartete wohl die eigentliche Kontaktperson auf uns, um uns zu verraten, wen wir in Camagüey treffen sollten und wie wir dort hinkamen.

Oder um uns Töpferwaren zu verkaufen. »Für dieses Wunder sollten wir uns eigentlich bei La Milagrosa bedanken«, sagte ich.

»Schon erledigt.«

»Ach, richtig.«

Wir prägten uns die Adresse gut ein, dann verarbeitete Sara den Flyer zu Konfetti, die sie auf dem Weg zum Bus in einen Gully warf.

»Wir treffen uns in der Lobby«, flüsterte Antonio Sara und mir beim Einsteigen zu.

Mein Terminkalender füllte sich allmählich.

»Bei Mama Inés geht es kleidungstechnisch ganz zwanglos zu«, informierte uns Alison, als der Bus das Parque Central erreichte.

Gut so, immerhin würden wir die nächste Zeit nicht aus den Klamotten kommen, die wir heute Abend anzogen.

Wir stiegen aus. Sara und ich gingen in die Lobby und warteten dort auf Antonio. Tad bemerkte uns und zögerte einen Augenblick, bevor er den Aufzug betrat. Das war ganz sicher seine letzte Kubareise. Meine auch.

Antonio sah Sara an. »Danke für den Umschlag.« Er klopfte auf die Tasche seiner engen schwarzen Jeans. »Gute Neuigkeiten: Sie sollen morgen früh um sieben Uhr in der Sierra-Maestra-Fährhalle sein.« Er sah sich um und senkte verschwörerisch die Stimme. »Ein Mann namens Ramón wartet am Eingang auf Sie. Er bringt Sie durch die Passkontrolle und auf die *Braemar*, die um neun in Richtung Barbados ablegt.« Er sah Sara an. »Sie wollen doch noch auf das Schiff, oder?«

Sie nickte. »Ja.«

»Sehr schön. Das Ticket können Sie an Bord mit Kreditkarte kaufen.« Er grinste. »Jetzt bin ich auch noch Ihr Reisebüro. Und Ihr Schutzengel, der Ramón tausend Dollar geben wird, damit er die Kontrollbeamten schmiert.«

»*Muchas gracias.*« Eine andere Antwort fiel ihr auf diesen blühenden Blödsinn nicht ein.

»*De nada.* In zwei Tagen sind Sie in Bridgetown.« Er grinste erneut. »Dann können Sie Ihren Karibikurlaub auf Barbados fortsetzen.«

Ich bezweifelte, dass Kuba noch getoppt werden konnte.

»Hinterlassen Sie Tad und Alison eine Nachricht«, riet er uns. »Sagen Sie ihnen, dass Sie sich nicht wohlfühlen und auf Ihrem Zimmer bleiben wollen.«

»Schon klar.«

»Außerdem sollten Sie das Hotel nicht mit Gepäck verlassen. Tun Sie einfach so, als würden Sie einen Morgenspaziergang unternehmen.«

»Gute Idee.«

»Auf dem Schiff können Sie sich alles Nötige kaufen.«

In Wahrheit waren wir dann schon längst zu den sechzig Millionen in Camagüey unterwegs, und Antonio konnte seinen Kumpels von der Polizei erklären, wohin die beiden *americanos* über Nacht verschwunden waren. Hoffentlich vermöbelten sie ihn nach Strich und Faden.

»Ramón weiß, wie Sie aussehen. Er ist klein, um die sechzig und trägt eine grüne Sicherheitsbeamtenuniform.«

War aber in Wirklichkeit undercover für das Außenministerium tätig und kannte unsere Fotos vom Flughafen.

»Sie brauchen nur Ihre Pässe und die Ausreisevisa. Noch Fragen?«

»Nein.«

Er sah uns an. »Tut mir wirklich schrecklich leid«, log er. »Die Geschichte hat Sie eingeholt. Sie sind nur unschuldige Bauern in einem Schachspiel zwischen Havanna und Washington.«

Unschuldig? Im Gegenteil, du Arschloch, aber davon hast du keinen Schimmer.

»Ich kann nicht zum Abendessen kommen, weil ich Ramón treffen muss, aber ...« Er sah erst mich und dann Sara an. »Wir sehen uns ja später wegen der dreihunderttausend Pesos.«

Was für ein glänzendes Geschäft. Er durfte mit Sara schlafen, sackte die Kohle ein und kam ungeschoren davon, während wir verhaftet wurden.

»Ich sehe Sie später«, sagte Sara und fügte etwas auf Spanisch hinzu.

Antonio nickte und richtete den Blick auf mich. »Ich finde nicht, dass ich mich entschuldigen müsste. Sie?«

»Ich finde, Sie sollten sich vom Acker machen.«

Tat er aber nicht. »Das hier ist Kuba. Mein Heimatland. Sie haben Glück, dass ich Ihnen zur Flucht verhelfe. Sie sollten mir dankbar sein und weniger arrogant.«

»Vielen Dank«, sagte ich, da ich ja wusste, dass er von uns flachgelegt werden würde, anstatt Sara flachzulegen. »*Gracias.*«

»*De nada*« Er grinste. »Ich freue mich schon auf heute Abend«, teilte er Sara mit und verschwand.

Sara sah mich an. »Tut mir leid, dass ich dich da reingezogen habe.«

»Hey, wenigstens muss ich nicht mit Antonio schlafen.«

Sie zwang sich zu einem Lächeln. »Ich hasse ihn.«

»Hebe dir deinen Hass für später auf.« Obwohl ich ihm, um ehrlich zu sein, auch am liebsten auf der Stelle den Hals umgedreht hätte. »Wann wollt ihr euch treffen?«

»Um Mitternacht.«

Damit hatten wir zumindest einen kleinen Vorsprung.

»Welche bedeutende kubanische Sehenswürdigkeit wollen wir uns jetzt ansehen?«, fragte ich.

»Wir müssen den Rucksack holen.«

»Richtig. Und Calle 37 auskundschaften.«

Wir traten in die stickige Stadt hinaus und nahmen ein Cocotaxi nach Vedado. Dort suchten wir Calle 37, eine völlig unspektakuläre Straße mit Lagerhäusern und Autowerkstätten. Nummer 570 war ein heruntergekommenes Gebäude mit einer scheunentorgroßen Werkstatteinfahrt, vergitterten Fenstern und einer rostigen Eingangstür.

»Wahrscheinlich steht unser Fahrzeug da drin«, sagte Sara.

Das Ganze erinnerte mich an die Autowerkstatt, in der das Valentinstags-Massaker stattgefunden hatte, aber das behielt ich für mich.

Da wir sicher sein konnten, nicht beschattet oder verfolgt zu werden, gingen wir in Richtung Rolando's, um den Rucksack zu holen.

Es war ein fünfzehnminütiger Fußmarsch. Am helllichten Tag sah das Viertel anders aus als nachts, war aber genauso verlassen. Nach wie vor war uns deutlich anzusehen, dass wir nicht hierhergehörten. Gut möglich, dass uns die allgegenwärtigen *vigilantes und chivatos* gestern Nacht gemeldet hatten und nun die Polizei hinter der Mauer auf uns wartete. *Señorita, señor,* gehört der Rucksack mit den vielen Pesos und der Pistole etwa Ihnen? Sara zerstreute meine Bedenken. »Die *chivatos* verpfeifen zwar ihre Freunde und Bekannten, aber sie würden nie etwas, das mehr als zwei Dollar wert ist, der Polizei aushändigen, Beweismittel hin oder her.«

Mit anderen Worten: Etwas ist nur verdächtig, solange es nichts wert ist. Mit Patriotismus bezahlt man keine Rechnungen.

Sobald die niedrige Mauer in Sicht kam, lief Sara los, sprang darüber hinweg und tauchte einige Augenblicke später mit dem Rucksack wieder auf. Sie kehrte auf die Straße zurück und ging einfach weiter. Keine Polizei weit und breit.

Während wir zurück zur Brücke über den Río Almendares gingen, nahm ich die Glock aus dem Rucksack und schob sie unter dem Poloshirt in meinen Gürtel. Ab jetzt war Reisen wieder gefährlich.

Beim Überqueren der Brücke spielte ich mit dem Gedanken, das Schießeisen ins Wasser zu werfen. Doch dann dachte ich an das Treffen in der Valentinstags-Massaker-Werkstatt, an die Fahrt ins kubanische Herz der Finsternis und an unser Rendezvous auf Cayo, und es schien mir schlauer, die Pistole zu behalten. Wie lautete Jacks weiser T-Shirt-Spruch noch? »Lieber eine Pistole haben und nicht brauchen als brauchen und nicht haben.«

In Miramar wirkten wir etwas weniger verdächtig. Wir gingen auf demselben Weg wie gestern Nacht zur Avenida Quinta hoch und nahmen uns dort ein Taxi. Gegen vier Uhr erreichten wir das Hotel. Wir waren müde, verschwitzt, aber auch so glücklich, wie man es am Ende eines ereignislosen Patrouillengangs eben war.

Sara ging auf ihr Zimmer, um zu duschen. Ich zog mich um, damit ich sowohl für Mama Inés als auch für eine Woche im Dschungel passend gekleidet war und auch noch aussah wie ein Backpacker. Dann verabschiedete ich mich vom Rest meiner billigen, schmutzigen Klamotten. Nur das verschwitzte Hemingway-T-Shirt packte ich in eine Plastiktüte und stopfte sie in meinen Rucksack.

Ich legte die Bauchtasche mit der Glock und den Reservemagazinen um, hängte das BITTE-NICHT-STÖREN-Schild an die Tür und ging in den Konferenzsaal, wo sich die Yalies bereits zu Professor Nalebuffs Vortrag über die kubanisch-amerikanischen Beziehungen versammelten. Bei seinem nächsten Kubabesuch konnte er ja über Dan MacCormick und Sara Ortega berichten. Hatte man sie gefangen genommen und exekutiert? Oder waren sie mit ihrer Beute aus Batista-Zeiten geflohen und lebten nun in Saus und Braus? Ich setzte mich und wartete auf Sara.

Professor Nalebuff betrat das Podium und legte los. »Kuba und Amerika – das ist die alte Geschichte von David und Goliath. Eine Jahrhunderte überspannende Hassliebe, zu Tränen rührend und gleichzeitig voller Hoffnung.«

Richard Neville machte sich eifrig Notizen. Zweifellos würde Professor Nalebuffs Eloquenz Eingang in seinen nächsten Roman finden. Ein Plagiat ist eben die ehrlichste Form der Schmeichelei.

Sara erschien mit ihrem Rucksack in der Tür. Sie trug eine schwarze Jeans, ein dunkelgrünes T-Shirt und Wanderschuhe. Ihre Umhängetasche war garantiert randvoll mit Pesos. Ich selbst hatte mich für eine blaue Jeans, ein graues ärmelloses Trikot und Stiefel entschieden. Die Rucksäcke fielen nicht weiter auf. Für viele aus der Gruppe waren sie praktisch ständige Begleiter.

Sara setzte sich neben mich. »Ich komme mir vor, als würden wir durchbrennen«, flüsterte sie.

»Hast du deinen Badeanzug eingepackt?«

Professor Nalebuff erzählte uns in gewählten Worten, was mir schon vor meiner Ankunft auf Kuba klar gewesen war – die USA und Kuba gingen sich schon so lange auf den Sack, dass sie es nicht mehr anders gewohnt waren.

»Wenn beide Seiten mit gutem Willen vorangehen«, schloss er, »und kein Land einen diplomatischen Zwischenfall verursacht oder hochspielt, können wir hoffnungsvoll in eine vielversprechende Zukunft blicken.«

Sollte ich ihm verraten, dass der diplomatische Zwischenfall direkt vor ihm saß?

Wir gingen die breite Treppe zur Lobby hinunter. »Da wir später nicht noch mal herkommen, sollten wir die Nachricht für Tad und Alison jetzt gleich hinterlegen«, sagte Sara.

»Vergiss die Nachricht. Sie sollen denken, dass die Polizei uns geschnappt hat.«

»Okay, aber ...«

»Wer weiß, vielleicht stimmt es sogar.«

Darauf hatte sie keine Antwort.

Die Yalies strömten aus dem Hotel und in den Bus. Ich blieb an der Rezeption stehen, nahm die Plastiktüte aus dem Rucksack und reichte sie dem Concierge. »Das ist für Señor Neville. Lassen Sie es heute Abend auf sein Zimmer bringen.«

»Si, *señor*.« Er machte sich eine entsprechende Notiz. »Und Ihr Name ist ...?«

»Er wird wissen, von wem das ist.«

Dann verließ ich mit Sara das Hotel. »Was war denn das?«, fragte sie.

»Mein Hemingway-T-Shirt.«

»Wir haben keine Zeit für Streiche.«

»Ist aber gut für die Psyche.«

»Werde erwachsen.«

»Leider habe ich keine explodierende Zigarre für Antonio. Hast du auf dem Zimmer eine Nachricht für ihn hinterlassen?«

»Ich habe das BITTE-NICHT-STÖREN-Schild an die Tür gehängt.«

Ich sah Antonio förmlich vor mir, wie er mit einem breiten Grinsen und einem enormen Ständer heute um Mitternacht vor der Tür stand. Fehlanzeige, *amigo*. Mach's dir selbst.

Wir stiegen ein. Diesmal saß wieder Antonios Handlanger Lope am Steuer. Was spätestens dann ein Risiko darstellte, wenn Sara und ich nach dem Abendessen nicht wieder in den Bus stiegen. Dafür hatten wir einen neuen Verbündeten gewonnen: Tad. Er würde uns decken oder zumindest einen Vorsprung verschaffen.

Tad zählte durch, dann fuhren wir los.

Zehn Minuten später standen wir vor Mama Inés' Restaurant in der Altstadt. Das Gebäude im Kolonialstil befand sich ganz in der Nähe der Sierra-Maestra-Fährhalle, wo Sara und ich morgen um sieben Uhr erwartet wurden. Doch wir hatten andere Reisepläne – vorausgesetzt, dass in der Calle 37 alles glattlief.

Das schummrige Restaurant war gut besucht. Unsere Reisegruppe wurde auf mehrere Tische verteilt. Sara und ich saßen bei zwei jungen und ziemlich ahnungslosen Pärchen in den Zwanzigern. Wir plauderten etwas, und zu meiner Überraschung schienen diese Grünschnäbel, die immerhin die Universität besuchten, nicht verstanden zu haben, dass Kuba ein Polizeistaat war. Jeder kubanische Bauer hätte ihnen das sagen können. Selbst Jack, der keine Schule außer die des Lebens besucht hatte, verstand mehr von Politik als sie. Am liebsten hätte ich ihnen erzählt, dass unser Reiseleiter Sara und mich beinahe ins Gefängnis gebracht hätte, aber wahrscheinlich hätten sie auch das für einen Witz gehalten.

Ich wechselte das Thema, und während wir auf unsere Drinks warteten, sprachen wir über Sport. Sara verkündete, dass sie mit mir nach dem Essen einen Spaziergang auf dem Malecón machen und dann am Strand eine Flasche Wein leeren wollte – daher die Rucksäcke, falls sich jemand diese Frage stellte.

Sie wären sicher gerne mitgekommen, hätten sie gewusst, was der Malecón war.

Bis auf unsere Reisegruppe schien die Kundschaft von Mama Inés aus Europäern und wohlhabenden Lateinamerikanern zu bestehen. Der letzte Kubaner, der sich das Essen hier hatte leisten können, war wahrscheinlich Fidel Castro selig gewesen. Ich nahm jedenfalls erleichtert zur Kenntnis, dass sich niemand für uns interessierte.

Das Essen war vorzüglich. Mit zunehmendem Rumkonsum wurden unsere Tischnachbarn etwas wagemutiger. Einer verstieg sich sogar zu der Behauptung, dass Kuba ein kommunistisches Land sei. Wie Russland.

Sara sah auf die Uhr. »Gehen wir«, flüsterte sie mir ins Ohr.

»Bis zehn Uhr ist es doch noch etwas hin«, sagte ich. »Und ich unterhalte mich gerade so gut.«

»Ich will noch ein letztes Mal durch die Altstadt spazieren.«

»Okay.«

Wir standen auf, wünschten allen noch einen schönen Abend und schulterten die Rucksäcke. Ich ging zu Tads Tisch hinüber, an dem außerdem Professor Nalebuff, die Nevilles und Alison saßen. Ich vermisste sie schon jetzt. »Sara und ich machen einen Spaziergang auf dem Malecón, daher werden wir nicht mit dem Bus zurückfahren«, teilte ich Tad und Alison mit, nachdem ich Professor Nalebuff zu seinem informativen Vortrag gratuliert hatte – der an meinen Tischnachbarn scheinbar spurlos vorübergegangen war.

»Seien Sie vorsichtig«, sagte Tad mit aufrichtiger Besorgnis.

»Havanna ist eine sichere Stadt«, erinnerte ich ihn.

Darauf wusste er nichts zu entgegnen. »Bleiben Sie nicht zu lange weg«, riet uns Alison, die offensichtlich Bescheid wusste.

»Und genug trinken werden wir auch«, versicherte ich ihr und wandte mich den Nevilles zu. »Vielleicht ist das Rolando's in Vedado was für Sie. Sehr authentisch. Die Drinks kosten vierzig Cent, und Hemingway war ganz sicher nicht dort.«

Cindy strahlte mich fröhlich an. Richard knurrte.

»Was steht morgen auf dem Programm?«, fragte ich Tad.

»Steht alles in Ihrem Reiseplan. Vormittags das Museo de Bellas Artes, nachmittags der Besuch einer Tabakfarm.«

Wir ergriffen keinen Tag zu früh die Flucht. »Bis morgen.« Hoffentlich bandelten Tad und Alison bald miteinander an. Das Leben ist kurz.

Wir verließen Mama Inés und unsere neuen Yalie-Freunde, die unwissentlich für ein paar Lacher, eine gute Tarnung und Schutz in der Herde gesorgt hatten.

Ich hatte also meinen letzten Vortrag in Havanna, mein letztes Treffen mit Antonio und mein letztes Abendmahl hinter mich gebracht. Nun ging es nach Camagüey, nach Cayo und dann nach Hause. Hoffentlich reicher, definitiv schlauer.

Der Bus stand am Ende der Straße. Wir gingen in entgegengesetzter Richtung davon, verließen die Altstadt und näherten uns dem Sperrgebiet.

40

Wir gingen die Calle Obispo hinunter, vorbei an Opas Bank und dem Haus, in dem Saras Vorfahren gewohnt hatten. Die Chancen standen gut, dass wir beides in diesem Leben nicht mehr zu Gesicht bekommen würden. Am Floridita, wo wir eine unserer vielen verhängnisvollen – und womöglich ziemlich dummen – Entscheidungen getroffen hatten, kamen wir ebenfalls vorbei.

Ich glaubte nicht, dass wir verfolgt wurden. Vor dem Floridita standen zwei Polizisten mit schwarzen Baretten, die uns gründlich musterten. Ich durfte nicht vergessen, dass Sara automatisch die Aufmerksamkeit auf sich zog und ich eine Pistole dabeihatte, für die sie mir locker ein bis zwei Jahrzehnte aufbrummen würden.

»Nehmen wir ein Taxi«, sagte Sara, die offenbar ebenfalls kapiert hatte, dass wir zwei verführerisch glitzernde Fische in einem haiverseuchten Meer waren.

»Gut.« Ich winkte einem blauen Chevy Impala, Baujahr circa 1958.

»Eins will ich dir noch zeigen, bevor wir Havanna verlassen«, sagte sie.

»Okay.« Wir hatten noch genug Zeit, obwohl ich bis auf Calle 37, Nummer 570 nichts mehr von dieser Stadt sehen wollte.

Wir setzten uns auf die mit Plüsch bezogene Rückbank des großen alten Impala. Sara wechselte ein paar Worte mit dem jungen Fahrer namens Paco. »Ich habe ihm gesagt, dass wir ein paar Sehenswürdigkeiten ansehen wollen und ihm dreißig Dollar die Stunde versprochen.«

»Wie viel verlangt er für eine Verfolgungsjagd mit der Polizei?«

»Mit oder ohne Schießerei?«

Sehr witzig. Ich konnte Sara Ortega wirklich gut leiden.

Sie wies Paco an, die Altstadt zu verlassen und über die Avenida Salvador Allende in Richtung Plaza de la Revolución zu fahren. So allmählich fand ich mich in der Stadt zurecht, und sobald man das über einen gefährlichen Ort sagen kann, ist es Zeit weiterzuziehen. Es gab so viele Straßen, die nach irgendwelchen für die Revolution wichtigen Tagen benannt waren – Avenida 20 de Mayo, Calle 19 de Mayo –, dass man sich mit einem Kalender fast besser orientieren konnte als mit einer Straßenkarte.

Wir fuhren am Plaza de Revolución vorbei nach Süden in Richtung Flughafen. »Wo wollen wir hin?«, fragte ich.

»Wirst du schon sehen.«

Nachdem wir weitere fünfzehn Minuten nach Süden gefahren waren, erreichten wir ein Stadtviertel namens 10 de Octubre. Ein weiteres Datum, mit dem ich nicht das Geringste anfangen konnte.

Auch Paco schien sich zu fragen, was wir in diesem unscheinbaren Vorort verloren hatten. Sara dirigierte ihn durch die dunklen Straßen. »Calle La Vibora. Die Straße der Vipern«, übersetzte sie.

Die stand sicher nicht auf dem Reiseplan.

Hinter einem langen Maschendrahtzaun zu unserer Rechten war ein hellbrauner Gebäudekomplex zwischen Palmen und weitläufigen Rasenflächen zu erkennen. Eine Universität?

Paco, der offenbar wusste, worum es sich handelte, sah Sara fragend an. »*Girar a la derecha*«, sagte sie, woraufhin er nach rechts abbog. »*Detente*«, befahl sie. Paco fuhr weiter. »*Detente!*« Paco blieb stehen.

Sie gab ihm die Anweisung, auf uns zu warten, schnappte sich die Umhängetasche und ihren Rucksack und stieg aus. Ich folgte ihr. Dann standen wir neben dem Eingangstor, das von vier Uniformierten mit Maschinenpistolen bewacht wurde. Auf einem Schild stand:

MINISTERO DEL INTERIOR, und darunter DPTO. SEGURIDAD DEL ESTADO. Staatssicherheit?

»Wo sind wir hier?«, fragte ich.

»Das ist das Villa-Marista-Gefängnis.«

Sie überquerte die Straße der Vipern. Ich folgte ihr auf die andere Seite, weg von den Wachposten.

Paco, der bis jetzt neben dem Eingang gewartet hatte, gab plötzlich Gas, als wäre er auf der Flucht. Er wendete am Ende der Straße, blieb etwa hundert Meter hinter uns stehen und schaltete die Scheinwerfer aus.

Sara starrte das Gefängnis an.

»Warum sind wir hier?«

»Ich wollte, dass du das siehst.«

»Okay, ich hab's gesehen. Fahren wir wieder.«

Sie blieb, wo sie war. »Hier könnten wir am Ende landen – wenn wir es lebend aus dem Innenministeriumsgebäude an der Plaza de la Revolución schaffen.«

»Wir landen vielleicht sogar auf der Stelle hier, wenn die Wachen dort drüben die Straße überqueren und uns fragen, was wir hier wollen und was in unseren Rucksäcken ist.«

»Die Wachen können mich mal.«

Sara war ganz offensichtlich im »Scheiß drauf, ich hasse sie alle«-Modus. Das war nicht gut.

»Das Villa Marista war ursprünglich ein katholisches Knabeninternat unter der Leitung der Maristen-Schulbrüder.«

Und jetzt wurde es von den Castro-Brüdern geleitet.

»Das Regime hat das Internat säkularisiert, die Schüler und die Maristen rausgeworfen und es in die Hölle auf Erden verwandelt.«

Die war es höchstwahrscheinlich schon als katholisches Knabeninternat gewesen.

»Du würdest nicht glauben, was hinter der harmlosen Fassade vor sich geht«, sagte sie. »Körperliche und psychische Folter. Und wenn sie dich in ein seelisches Wrack verwandelt haben, knallen sie dich ab.«

Ich sah zu den vier Wachposten hinüber, die uns nach wie vor anstarrten, dann vergewisserte ich mich, dass der Chevy noch dastand.

»Hier befindet sich das Hauptquartier der Staatssicherheitspolizei, weshalb an diesem Ort auch keine Kriminellen verwahrt werden, sondern ausschließlich politische Gefangene. Staatsfeinde. Man darf die Insassen nicht besuchen, und die wenigen, die wieder freigelassen werden, laufen durch die Gegend wie lebende Tote. Als warnendes Beispiel für alle, die es wagen, sich dem Regime zu widersetzen.«

Ich legte eine Hand auf Saras Schulter. »Paco wartet.«

»In den Sechzigern brachte der KGB auf Castros Befehl hin in Villa Marista der Staatssicherheit die Feinheiten der psychischen Folter durch psychoaktive Substanzen bei. Anschließend wurden die kubanischen Folterknechte nach Vietnam geschickt, um ihre neu erworbenen Fertigkeiten im Hanoi Hilton und anderen nordvietnamesischen Gefängnissen an amerikanischen Kriegsgefangenen auszuprobieren. Danach kehrten die Kubaner wieder in ihre Heimat zurück.«

Ich rief mir in Erinnerung, was mir Carlos auf meinem Boot über das Villa Marista erzählt hatte, und wusste, was Sara als Nächstes sagen würde.

»Sie hatten siebzehn amerikanische Gefangene dabei, an denen sie Drogenexperimente durchführten. Alles topsecret natürlich.«

Man hatte sie in Vietnam gefangen genommen und gefoltert und dann nach Kuba gebracht, um sie weitere Qualen durchleiden zu lassen. Eine schreckliche Vorstellung. Noch dazu hatten diese Männer gewusst, dass sie nicht einmal hundert Meilen von den USA entfernt waren und ihre Heimat trotzdem nie wiedersehen würden.

»Die meisten dieser siebzehn Männer starben. Die wenigen, die überlebten, wurden 1973, als der Vietnamkrieg zu Ende ging, erschossen. Die Kriegsgefangenen in Vietnam wurden freigelassen und durften nach Hause zurückkehren. Die inhaftierten siebzehn Soldaten und Piloten jedoch wurden vom Pentagon für vermisst erklärt, obwohl es stichhaltige Beweise dafür gibt, dass sie sich in nordvietnamesischer Gefangenschaft befanden. Einer ist sogar auf einem Foto zu sehen, das Fidel Castro beim Besuch eines Kriegsgefangenenlagers in Nordvietnam zeigt. Von in die Staaten geflohenen Gefängniswärtern wissen wir, dass die angeblich verschollenen Gefangenen hier starben oder ermordet wurden. Man hat sie auf dem Villa-Marista-Gelände verscharrt.«

Zum Glück litt ich nicht unter einer posttraumatischen Belastungsstörung. Solche Geschichten konnten Flashbacks auslösen. Tatsächlich erlebte ich kurzzeitig einen Augenblick wieder, in dem ich ... wäre es nur etwas anders gekommen, hätten mich die Taliban geschnappt ... oder ... ich hätte mir eine Kugel in den Kopf gejagt.

Sara sah mich an. »Vielleicht willst du als Veteran ein Gebet für die Seelen dieser siebzehn amerikanischen Kriegsgefangenen sprechen, die hier mutterseelenallein gestorben sind, ohne dass jemand von ihrem Schicksal erfuhr.«

Sie nahm meine Hand, und wir ließen die Köpfe hängen. Es gab zwar kaum Vermisste in Afghanistan, dafür waren zweitausend Soldaten nie aus Vietnam zurückgekehrt. Ich dachte an Jack, meinen Vater und die anderen Männer, die in diesem Krieg gekämpft hatten, und zum ersten Mal in meinem Leben betete ich für sie.

Ein Wachposten rief uns etwas zu und fuchtelte drohend mit seinem Gewehr herum.

»Amen«, sagte Sara leise. »Leck mich«, etwas lauter. Dann nahm sie das Handy aus der Tasche und machte ein Foto von mir mit dem Villa-Marista-Gefängnis im Hintergrund. »Damit du es nicht vergisst.«

Der Wachposten wurde zusehends wütender.

Wir kehrten zum wartenden Taxi zurück.

»Weißt du jetzt, warum wir hier waren?«, fragte sie.

»Um der Toten zu gedenken.«

Sie schwieg, und mir fiel ein, was sie vor der Catedral de San Cristóbal gesagt hatte. *Die Knochen müssen wieder zurück in ihre Heimat.* Was deutlich mehr Sinn ergab, wenn sie nicht die Überreste von Christoph Kolumbus, sondern *diese* Knochen gemeint hatte. Ich erinnerte mich außerdem an das, was mir Carlos auf der *Maine* über das Villa Marista erzählt hatte. Und schließlich dachte ich an Saras Worte, die sie mir im Bett zugeflüstert hatte. *Diese Überraschung stellt sogar das Geld in den Schatten.* Aus alldem schloss ich, dass die Exilkubaner, die gegen das Tauwetter waren, die alten Geschichten über auf Kuba gefolterte und ermordete US-Kriegsgefangene aufwärmen und eine Rückführung ihrer Gebeine fordern wollten – mit dem Ziel, die amerikanische Öffentlichkeit und die Politiker aufzuhetzen und die laufenden diplomatischen Verhandlungen empfindlich zu stören.

»Verstehst du es jetzt?«

»Ich glaube schon, aber ...«

»Später wirst du alles erfahren.«

Wann auch sonst.

41

Wir ließen uns von Paco zum Bollywood fahren, einem indischen Restaurant auf der Calle 35, das Sara in erster Linie wegen seiner Lage ausgewählt hatte.

Bevor wir ausstiegen, gab ich Paco einhundert CUC zum Dank dafür, dass er uns vor dem Villa-Marista-Gefängnis nicht im Stich gelassen hatte. Und falls sich herausstellte, dass er ein Spitzel war und die Polizei verständigte, würde diese im Bollywood nach uns suchen. Der Polizei in einem Polizeistaat stets einen Schritt voraus zu sein war eine intellektuelle Herausforderung und auf gewisse Weise auch ein perverses Vergnügen.

Paco fuhr davon. Ich sah auf die Uhr. Wir hatten noch zehn Minuten, um zur Nummer 570 zu gelangen. In diesem kubanischen Monopolyspiel hatten wir soeben die »Du kommst aus dem Gefängnis frei«-Karte gelöst. Hoffentlich stand »Gehe direkt nach Camagüey und ziehe dort sechzig Millionen Dollar ein« auf der nächsten.

Wortlos gingen wir durch die finsteren Straßen. »Bei meinem letzten Besuch habe ich mich auch zum Villa-Marista-Gefängnis fahren lassen. Das dunkle Herz eines Ungeheuers«, sagte sie schließlich. »Die Welt muss davon erfahren.«

»Ja.« Aber würde es die Welt – oder wenigstens die amerikanische Öffentlichkeit und die Politiker – so weit interessieren, dass sie dafür die Verhandlungen aufs Spiel setzten? Dafür hätten wir schon die Namen jener siebzehn Männer kennen müssen. Später, wie Sara zu sagen pflegte.

Wir erreichten die Calle 37 und marschierten zu Nummer 570 am Ende der schwach beleuchteten Straße. Ich nahm die Glock aus der Bauchtasche und schob sie unter dem Hemd in den Hosenbund.

Als wir uns der Werkstatt näherten, bemerkte ich eine Bewegung unter einer flackernden Straßenlampe. Ein Mann saß neben der rostigen Eingangstür auf einem Stuhl. Sara und ich gingen auf ihn zu. Von irgendwoher kam Musik. »Dos Gardenias«.

Wir blieben ein paar Meter vor dem Mann auf dem Stuhl stehen. Er rauchte eine Zigarre, trank ein Bucanero und lauschte konzentriert der Musik aus dem alten Kassettenrekorder, der neben ihm auf dem Asphalt stand. »*Buenas noches*«, sagte Sara.

Er wandte sich uns zu. »*Buenas noches.*«

Es war ein alter Mann mit weißen Haaren und weißen Stoppeln auf den Wangen. Er trug ein vor Schweiß oder Bier klatschnasses Tanktop. Ein Spazierstock lehnte an der Wand.

Er nahm einen Zug von der Zigarre. »Wonach suchen Sie?«, fragte er auf Englisch.

»Töpferwaren«, sagte Sara.

Er nickte. »Dann sind Sie hier richtig.«

Das hört man gerne, wenn man nachts in einer fremden Stadt eine Adresse aufsucht, die einem ein Unbekannter auf einem Friedhof gegeben hat.

Der Alte – der hier ganz offensichtlich den Beobachtungsposten spielte – schnappte sich den Gehstock und schlug damit drei Male fest gegen die Stahltür. »Gehen Sie nur rein«, sagte er. »Sie werden erwartet.«

Modernste Sicherheitstechnik. Ich ging voran. Als ich mich an dem Alten vorbeizwängte, tippte er mit dem Stock gegen meinen Bauch. »Nicht nötig«, sagte er und meinte damit nicht meine Plauze, sondern die Waffe. Ich wollte jedoch nicht auf die Glock verzichten und ließ sie, wo sie war, bevor ich die rostige Tür öffnete. Sie quietschte in den Angeln. »Legen Sie den Riegel vor«, sagte der Alte zu Sara, die mir auf dem Fuße folgte.

Sara verriegelte die Tür, während ich ins Zwielicht spähte. Sobald sich meine Augen an die Dunkelheit gewöhnt hatten, bemerkte ich, dass wir tatsächlich in einer Werkstatt standen. Der Boden war mit Autoteilen – Auspufftöpfe und Rohre, Motorhauben und Türen – übersät. Auf einer Werkbank standen mehrere Schweißbrenner, und von der Decke hing ein an Ketten befestigter Motor, was mich aus irgendeinem Grund an *The Texas Chain Saw Massacre* erinnerte. Gruselig. Zum Glück hatte ich die Glock dabei.

Am Ende der Werkstatt war eine Bewegung zu erkennen. Zwei Männer kamen auf uns zu. »Willkommen in Chicos Werkstatt«, sagte einer. Der andere schwieg.

Sara ging auf sie zu – und lief mir damit mitten in die Schusslinie. Sie gaben sich die Hände und plauderten auf Spanisch. Ich sah mich unterdessen in den dunklen Ecken des großen Raumes um. Bis auf ein paar Motorräder sah ich nichts, womit wir nach Camagüey hätten fahren können.

Sara und ihre neuen Freunde gesellten sich zu mir. Sie stellte mir Chico vor, einen abgerissenen Typen um die fünfzig mit ölverschmierten Händen sowie einen etwas jüngeren, gut aussehenden und adrett gekleideten Mann namens Flavio. Letzterer war sichtlich nervös, was mich ebenfalls nervös machte.

»Ich habe ein Auto für Sie, wenn Sie hundertfünfzigtausend Pesos für mich haben«, sagte Chico in beinahe akzentfreiem Englisch.

»Sind Sie staatlich zugelassener Autohändler?«, fragte ich. Ich hatte nicht vergessen, dass Klugscheißerei auf Kuba zum guten Ton gehört.

Er lachte. »Er hat gesagt, dass Sie Humor haben.«

»Wer hat das gesagt?«

Ohne zu antworten, führte er Sara und mich durch die Werkstatt zu einem alten Buick Kombi. Flavio blieb, wo er war.

»Ein echtes Prachtstück.« Chico klang, als hätte er lange als

Gebrauchtwagenhändler in Miami gearbeitet. »Etwas für Kenner. Ein Oldtimer.«

Rostlaube traf es eher.

»Ein 53er Roadmaster Estate Wagon. Ich habe ihn einer Oma in Miramar abgekauft. Seit sie ihren Mann 1959 verhaftet haben, ist sie nur ab und zu am Wochenende damit gefahren.«

Wo war ich hier gelandet? In der *Twilight Zone?*

»Fährt der auch?«, fragte ich.

»Wie geschmiert. Sehen Sie selbst.«

Wir legten die Rucksäcke ab und nahmen den Buick in Augenschein. Man hatte die Karosserie – bis auf die originale Holzverkleidung, die aussah wie von Termiten befallen – erst kürzlich schwarz lackiert. Der charakteristische Kühlergrill war schon etwas mitgenommen, dafür schienen alle Fenster, Scheinwerfer und Rücklichter intakt. »Auf wen ist der Wagen zugelassen?«, fragte ich.

»Auf die Oma. Völlig unverdächtig«, fügte er hinzu.

Ich schwieg.

»Wir sind hier nicht in den USA, *señor*. Hier hat die Polizei keine Computer, mit denen sie die Nummernschilder überprüfen kann«, versicherte er mir. »Außerdem wird man Sie sowieso nicht anhalten.«

Berühmte letzte Worte.

Ich sah mich in der Werkstatt um. »Haben Sie kein moderneres Auto? Ein rotes Porsche Cabrio zum Beispiel?«

»Für zusätzliche hunderttausend Pesos könnte ich Ihnen einen zehn Jahre alten Honda Civic anbieten. Aber man hat mir gesagt, dass Sie entweder einen Kombi, einen Lieferwagen oder ein SUV wollen.«

»Wer hat Ihnen ...«

»Weil Sie etwas transportieren müssen.«

Das Dutzend Überseekoffer passte niemals in den Kombi. »Was denn?«

»Woher soll ich das wissen?« Er öffnete die Motorhaube des Buick. »Sehen Sie sich diesen Motor an. Wissen Sie, was das ist?«

Ich spähte hinein. »Nein. Sie?«

»Das ist ein 90-PS-Perkins-Bootsmotor. Generalüberholt.« Chico grinste. »Die Radaufhängung ist aus einem alten russischen Militärjeep, die Lenkung habe ich mit ein paar Kia-Teilen hergerichtet. Das Getriebe stammt aus einem fünf Jahre alten Hyundai, die Stoßdämpfer aus einem Renault-Lkw und die Bremsscheiben aus einem Mercedes. Ein echtes Frankenstein-Auto.«

»Weil es einen umbringen kann?«

Er lachte. »Witziger Typ«, sagte er zu Sara.

»Was ist mit den Reifen?«, fragte ich.

»Die kann man auf Kuba sogar neu kaufen. Das sind vier aus Mexiko importierte Goodyears. Die haben ein Vermögen gekostet. Bitte nicht dagegentreten.«

»Was ist mit dem Ersatzreifen?«

»Sie sollten einen Platten nach Möglichkeit vermeiden.«

Chico öffnete die Fahrertür. »Originale Innenausstattung.«

»Das sehe ich.«

»Die Innenbeleuchtung funktioniert nicht.«

»Kein Problem.«

Er setzte sich hinters Steuer und trat auf die Bremse. »Sehen Sie die Bremslichter?«

»Ja.«

Er führte auch noch die Blinker und die Scheinwerfer vor. Dann ließ er den Motor an. Er klang ganz ordentlich, obwohl dieses Ungetüm mit neunzig PS wohl hoffnungslos untermotorisiert war.

»Schnurrt wie ein Kätzchen«, rief Chico über den Motorenlärm hinweg.

»Wie wär's mit einer Probefahrt?«

»Klar. Nachdem Sie ihn gekauft haben.« Er schaltete die Scheibenwischer ein und drückte auf die Hupe. »Schaffen Sie den Esel von der Straße!«, rief er.

Der Mann hatte zwar nicht alle Tassen im Schrank, dafür aber das sonnigste Gemüt, das mir bisher in Havanna untergekommen war. Wahrscheinlich, weil er für niemanden arbeitete außer sich selbst.

Chico schaltete den Motor ab und stieg aus. »Der Schlüssel steckt. Der Tank ist voll, aber die Anzeige funktioniert nicht. Eigentlich funktioniert überhaupt keine Anzeige, aber die brauchen Sie auch nicht. Das Radio geht, aber die Röhren sind etwas locker, könnte also sein, dass es sich bei einem Schlagloch verabschiedet. Dann klopfen Sie einfach fest drauf. Der Zigarettenanzünder dagegen funktioniert tadellos.«

»Wo ist der Knopf für die Klimaanlage?«

»Im Honda.« Er lachte.

Wir mussten uns einig werden, bevor uns die lustigen Sprüche ausgingen. Ich sah Sara an. Die nickte.

»Hundertfünfzig ist zu viel«, sagte ich.

»Wenn ich ihn herrichte, kann ich ihn für fünfhunderttausend verkaufen. Davon sind überhaupt nur sechshundert in Detroit vom Fließband gerollt. Für hundertfünfzig gehört er Ihnen, Steuern und Händlerprovision inklusive.« Er lachte.

»Also gut ... abgemacht.«

»Sie werden es nicht bereuen. Eine echte Schönheit.«

»Und wie.« Frankensteins Braut.

»Gehen wir in mein Büro.«

Wir folgten ihm zu einem Tisch im rückwärtigen Teil der Werkstatt. Flavio war nirgendwo mehr zu sehen.

Chico schob mehrere Bierflaschen und Kaffeetassen beiseite. »Hundertfünfzig. Das Benzin geht auf mich.«

Sara nahm ein Bündel aus Fünfhundertpesonoten aus dem Rucksack, und sie zählten das Geld.

Nun hatten wir also ein Auto, mit dem wir es hoffentlich bis nach Camagüey schafften, ohne zu wissen, wen wir dort treffen sollten und wo. Ich bezweifelte, dass Chico uns das sagen konnte. Flavio vielleicht?

Sara und Chico zählten umgerechnet sechstausend Dollar ab. Damit blieb uns noch genug, um der Kontaktperson in Camagüey einen Lkw abzukaufen, mit dem wir die Überseekoffer nach Cayo Guillermo transportieren konnten. Allerdings stellte sich die Frage, wieso man Chico nicht von vornherein gesagt hatte, dass wir einen Lastwagen brauchten. Er hätte uns doch sicher schnell einen Vierachser aus Legosteinen zusammenbauen können. Irgendwas war faul. Woher wusste Chico von meinem Sinn für Humor?

Dann war das Geld gezählt, wir gaben uns die Hände, und Chico stopfte die Banknoten in seine Taschen.

»Was ist mit dem Fahrzeugschein?«

»*Señor*, die einzigen Papiere, die Sie brauchen, sind Pesos.«

»Klar.« Nach der Versicherung oder dem Scheckheft fragte ich erst gar nicht. Immerhin hinterließ die Transaktion keine Spuren. Ein Mietwagen oder ein Fahrservice war immer mit dem Risiko verbunden, dass jemand die Polizei alarmierte. Hier war niemand außer Chico und Flavio, und den beiden konnten wir wahrscheinlich vertrauen.

Chico suchte drei saubere Gläser zusammen und schenkte uns weißen Rum ein. Wir stießen an. »*Salud!*«

Dann bemerkte er die Beule unter meinem Hemd. »Ich weiß nicht, wer Sie sind, warum Sie ein Auto brauchen oder wo Sie hinwollen, und ich will es auch nicht wissen. Aber mir wurde versprochen, dass Sie ganz schnell vergessen, woher Sie dieses Fahrzeug haben, wenn Sie die Polizei aufhält.«

»Ich weiß auch nicht, wer Sie sind, *señor*. Wenn Sie schweigen, schweigen wir auch.«

Er sah Sara an. Sie sagte ihm etwas auf Spanisch, und er nickte.

Chico wünschte uns *buenas noches*, ging zu einer alten Harley hinüber, ließ den Motor an und knatterte zum Tor. Flavio trat aus dem Schatten und öffnete einen Torflügel gerade in dem Augenblick, in dem Chico hindurchbrauste. Sobald Chico seine Werkstatt – wenn sie ihm denn gehörte – verlassen hatte, schloss Flavio das Tor.

Ich warf Sara einen Blick zu. Seit wir hier waren, hatte sie kaum gesprochen. Ich wollte so schnell wie möglich los, doch zuerst brauchten wir Informationen über die Kontaktperson in Camagüey. Vermutlich konnte uns Flavio weiterhelfen. »Warten Sie hier. Jemand wird in Kürze zu Ihnen stoßen«, sagte er.

Das »Wer?« konnte ich mir sparen. »Wann?«, fragte ich stattdessen.

»Bald. Viel Glück.« Flavio wollte uns anscheinend ebenfalls verlassen. Er sah aus, als könne er einen Drink vertragen.

»Vielen Dank«, sagte Sara.

»Marcelo wäre gerne gekommen, aber er wird beschattet.«

»Nächstes Mal vielleicht.«

»Er lässt Sie grüßen.«

»Grüße zurück.«

Er wünschte uns einen schönen Abend, drehte sich um und ging aus der Tür.

Wieder hatte ich das Gefühl, etwas zu verpassen. Als wäre man zum Essen bei den Verwandten seiner Liebsten eingeladen, und alle reden über Personen, die einem völlig unbekannt sind.

»Wer ist das?«, fragte ich. »Und warum war er hier?«

»Er sollte aufpassen, dass mit Chico alles glattläuft«, sagte sie. »Er arbeitet noch nicht lange mit uns zusammen. Die Polizei kennt ihn nicht.«

»Das ist auch besser so. Er hat nicht den Eindruck erweckt, als würde er bei einem Verhör lange durchhalten.«

Darauf wusste sie keine Antwort.

Ich sah auf die Uhr. Wir waren seit etwa vierzig Minuten hier. Ich wusste aus Erfahrung, dass man einen Treffpunkt nach der Verhandlung mit den Einheimischen so schnell wie möglich verließ. Doch stattdessen warteten wir auf jemanden. Auf die Polizei etwa?

Ich sah mich in der Werkstatt nach Neben- und Hintereingängen um, dann ging ich zur Eingangstür und öffnete sie. Der Bier trinkende Wachposten war noch an Ort und Stelle. Aus dem Kassettenrekorder ertönte ein nettes Gitarrensolo. Ich schloss die Tür wieder und legte den Riegel vor. Weder Riegel noch Wachposten würden die Polizei lange aufhalten, aber sie verschafften uns wenigstens einen kleinen Vorsprung. Ich ging zu Sara hinüber, die unser neues Auto bewunderte. »Was machen wir?«

»Wir warten.«

»Auf wen?«

»Keine Ahnung.«

»Wer hat Chico erzählt, dass wir einen Kombi brauchen und ich Humor habe?«

»Eduardo.«

Allerdings war es nicht Sara, die das sagte. Sondern Eduardo.

42

Also war Eduardo Valazquez unser Mann in Havanna.

Wo hatte er sich bis gerade eben versteckt? Im *baño?* Sara jedenfalls schien nicht besonders überrascht, ihn hier zu treffen. Und um die Wahrheit zu sagen: Ich auch nicht.

Er trug dasselbe wie damals auf dem Boot – Sandalen, eine schwarze Hose und ein weißes Guayabera-Hemd. Nur das Goldkreuz fehlte. Es hätte in Kuba zu viel Aufmerksamkeit erregt.

Er ging zu Sara hinüber und umarmte sie. »Gut siehst du aus«, sagte er. »Alles in Ordnung?«

»*Sí.*«

Eduardo sah mich an. »Haben Sie gut auf sie aufgepasst?«

»*Sí.*«

Er marschierte zum Buick und legte eine Hand auf den Kotflügel. »Wunderschön. Mein Vater hatte ein Oldsmobile.«

Die gute alte Zeit. Anscheinend nahm Eduardos Nostalgiereise in Chicos Werkstatt ihren Anfang. Entweder war er Felipe entschlüpft oder hatte ihm, was wahrscheinlicher war, einfach befohlen, ihn von Bord zu lassen. Eduardo war der Boss. Und vermutlich derjenige, der im Hintergrund die Fäden zog.

Er klappte das Heckfenster hoch und begutachtete die Ladefläche. »Das wird reichen.«

»Wofür?«

Ich erhielt keine Antwort.

Womit ich mir nur noch mehr wie ein Fremdkörper vorkam. Sara schwieg ebenfalls. Meine Geduld mit älteren Menschen ist begrenzt, insbesondere wenn sie meinen Zeitplan oder ganz allgemein mein Leben durcheinanderbringen. Es war beinahe elf Uhr. Um Mitternacht würde Antonio mit seinem Ständer gegen Saras Tür klopfen, dann von der Rezeption aus erst ihr und dann mein Zimmer anrufen und sich schließlich vom Hotelmanager die Tür öffnen lassen – vielleicht war Mrs. Ortega ja etwas zugestoßen. Anschließend würde er seinen *comandante* bei der Polizei verständigen oder auf Sara in der Lobby warten und sich fragen, wie sie nur so undankbar sein und ihn versetzen hatte können, nach allem, was er in die Wege geleitet hatte, um ihr die Flucht zu ermöglichen. Jedenfalls mussten wir aufbrechen, bevor die Polizei nach uns suchte.

Eduardo ging zu Chicos Allzwecktisch hinüber, schenkte sich Rum ein und bot uns davon an. Wir lehnten ab. Er holte drei Cohibas in Aluminiumröhrchen aus der Tasche und verteilte sie.

Dann nahm er ein Zippo in die Hand und sah mich an. »Ein Geschenk für Sie. Von Señor Colby.« Er reichte mir das Feuerzeug, und ich betrachtete es genauer. Es war tatsächlich Jacks Zippo. *Und ob ich schon wanderte im finsteren Tal, fürchte ich kein Unglück …*

Anscheinend war es weder Felipe noch Jack gelungen, Eduardo daran zu hindern, das Boot zu verlassen und uns zu treffen. Mir hatte schon nicht geschmeckt, dass er als blinder Passagier auf der *Maine* nach Kuba gekommen war. Dass er unser Kontaktmann war, gefiel mir noch viel weniger.

»Es ist vielleicht nicht unbedingt ein Geschenk, eher ein Glücksbringer. Sie sollen es ihm auf Cayo Guillermo zurückgeben.«

»Mache ich.« … *weil ich die härteste Sau im ganzen Scheißtal bin.*

Eduardo nahm seine Zigarre aus dem Röhrchen. Sara und ich wollten unsere für die Fahrt aufsparen. Ich gab Eduardo mit dem Zippo Feuer. Wie damals auf dem Boot.

Er stieß eine weiße Rauchwolke aus. »Hier schmecken sie einfach besser.«

Im Gegenteil. Ich konnte sie in den USA, wo die Zigarren illegal und wir legal waren, unbeschwerter genießen. Apropos: »Wir sollten aufbrechen«, sagte ich.

Er starrte ins Nichts. »Havanna hat sich verändert ... es ist so heruntergekommen, dass ich es nicht wiedererkenne. Und die Leute ... wo ist die Lebensfreude von früher?«

Ich verstand das als rhetorische Frage. Sara nicht. »Weg«, sagte sie. »Aber sie wird in die Herzen der Menschen zurückkehren.«

Irgendwie hatte ich den Eindruck, dass sie eine solche Unterhaltung schon des Öfteren geführt hatten. Wie alle Exilanten und ihre Kinder verklärten Sara und Eduardo die alten Tage in der alten Heimat, in der im Falle Kubas die korruptesten Gangster der westlichen Hemisphäre geherrscht hatten. Das gegenwärtige Regime hatte sein Verfallsdatum ebenfalls lange überschritten, doch das Kind war bereits in den Brunnen gefallen, und ich wollte mir gar nicht erst vorstellen, was diesem bedauernswerten Inselstaat als Nächstes bevorstand. Es interessierte mich auch nicht. Nun ja, ein bisschen vielleicht.

Eduardo genoss schweigend seine Zigarre. »Wie geht es voran?«, fragte er schließlich.

»Wir hatten kleinere Schwierigkeiten«, sagte ich, bevor Sara antworten konnte.

Er nickte. »Ja, das hat mir *Señor* Colby bereits mitgeteilt.«

Señor Colby hatte also nicht für sich behalten können, dass wir uns getroffen und was wir dabei besprochen hatten. Wenn ich seinen dünnen Hals in die Finger bekam ...

»Sie sollten ihn nicht treffen.« Eduardo sah mich an.

»Wieso nicht?«

»Aus Sicherheitsgründen.«

»Mit Verlaub, aber bisher sind doch wohl Sie das größte Sicherheitsrisiko.«

Er beschloss, diese Bemerkung zu ignorieren. »Zum Glück hatte er Ihnen die hier gegeben ...« Er tippte gegen meinen Bauch. Offenbar eine kubanische Sitte. »Sonst hätte ich sie mitgebracht.«

»Er hat Ihnen die Arbeit abgenommen.«

»Kommen wir zu den Schwierigkeiten mit Ihrem ... Reiseleiter.«

»Diese Schwierigkeiten liegen hinter uns. Wir sollten losfahren. Sie können uns sicher verraten, wo wir die Kontaktperson in Camagüey treffen werden.«

Wieder weigerte er sich, mir zu antworten. Das ging mir allmählich auf die Nerven. »Sie wollen doch nicht etwa mitkommen?«

»Ich gehe nach Hause.«

»Dann viel Spaß. Und wenn die Polizei Sie erwischt, dann ...«

»Ich habe eine Zyankalikapsel dabei.«

Endlich eine gute Nachricht.

»Sie werden mich nicht lebend in die Finger bekommen.«

Fest zubeißen.

»Bitte, komm mit uns«, sagte Sara. »Wir gehen gemeinsam nach Hause.«

»Ich bin zu Hause.« Er schenkte sich nach, nahm einen Zug von der Zigarre und sah erst mich und dann Sara an – mit einem vielsagenden Blick. »Wie klappt es mit Ihrer ... Zusammenarbeit?«

Ja, wir schlafen miteinander.

»Mac hat Außerordentliches geleistet«, sagte Sara.

»Sehr gut. Wir haben die richtige Wahl getroffen. Ich hege große Bewunderung für die amerikanische Armee. Sie bringt gut ausgebildete, vertrauenswürdige Männer hervor, die zu ihrem Wort stehen.«

»Danke.«

»Männer wie Mr. Colby.« Er sah mir in die Augen. »Mister Colby hat die Vermutung geäußert, dass Sie eine romantische Beziehung zu Sara pflegen.«

Vielen Dank, Jack. Du Arschloch. Oder wollte mich Eduardo, der alte Fuchs, etwa in eine Falle locken?

Sara lief rot an.

Eduardo sah sie an. »Du hast einen Partner in Miami.«

Wir sind aber nicht in Miami, *señor*. Wieso um alles in der Welt interessierte sich der alte Knacker überhaupt dafür? Wir waren auf der Flucht vor der beschissenen Polizei, unser Leben war in Gefahr, und er … »*Señor* Valazquez«, sagte ich, ganz Offizier und Gentleman, »ich kann Ihnen versichern, dass Saras Treue zu … wem auch immer zu keinem Zeitpunkt in Gefahr war.«

»Sie geben mir beide Ihr Wort darauf?«

»Ja.«

Sara zögerte. »Ich schwöre es.«

Ich bezweifelte, dass er uns glaubte, aber er hatte gehört, was er hören wollte. Jetzt wollte ich wirklich gerne auf die sechzig Millionen Dollar zu sprechen kommen.

»Weißt du, wie du die Kontaktperson auf Cayo Guillermo erreichst?«, fragte er Sara.

»Im Hotel Melia, in der Bar, jeden Abend nach neunzehn Uhr.«

»Korrekt. Die Kontaktperson wird ›Wie schön, dich hier zu sehen‹ sagen.« Er sah Sara misstrauisch an, als hätte sie schon einmal eine Losung vergessen.

Sie nickte.

»Die drei Wettangler sind im Melia untergebracht«, teilte er uns mit. »Felipe und *Señor* Colby schlafen auf dem Boot. Wenn sie also bei Nacht und Nebel die Insel verlassen, werden die Angler nicht an Bord sein – sondern in ihren Betten.«

Und schlafen wie die Babys. Allerdings würden sie später der Polizei erklären müssen, wo ihr Boot abgeblieben war. Hoffentlich ließ man sie trotzdem nach Mexico City fliegen. Wenn sie verhaftet wurden, hatten Eduardo und seine *amigos* ihren diplomatischen Zwischenfall. Die Sportfischer selbst waren nichts als ein Kollateralschaden. *Señor* Valazquez und seine Spießgesellen kämpften mit harten Bandagen. Ich tat gut daran, das nicht zu vergessen.

Eduardo sah mich an. »Sie versprechen mir, dass Sie Ihren Auftrag zu Ende bringen, auch wenn ... Sara etwas zustößt?«

»Wenn ich noch am Leben und dazu in der Lage bin, komme ich ins Melia Hotel auf Cayo Guillermo.«

»Sehr gut.«

Anscheinend war ich der Einzige, der es eilig hatte. »Wenn das alles war, sollten wir jetzt abhauen. Wenn Sie uns noch verraten würden, wo wir die Kontaktperson in Camagüey treffen?«

Wieder ignorierte er meine Frage. »Glauben Sie, dass die Polizei eine Verbindung zwischen Ihnen und dem Boot hergestellt hat?«

»Das bezweifeln wir«, sagte Sara. »Aber es wäre möglich, dass sie im Zuge ihrer Recherchen darauf stoßen.«

Eduardo nickte. »Es war von vornherein riskant.«

»Können Sie die Kontaktperson auf Cayo irgendwie vorwarnen?«

»Nein«, sagte er. »Ich kenne ihn nicht.«

Woher wissen Sie dann, dass es ein »er« ist? »Was ist mit Felipe?«

»Ich kann niemanden kontaktieren. Und Sie bald auch nicht mehr. Wenn wir uns trennen, liegt alles Weitere in Gottes Hand.«

Guter Handyempfang wäre mir lieber gewesen. Dieser Einsatz war wie eine Rakete – sobald sie gezündet war, konnte man ihre Flugbahn nicht mehr beeinflussen. Zu wissen, was in Cayo Guillermo vor sich ging, wäre wirklich nützlich gewesen. Wurde das Turnier abgesagt, waren die Boote noch vor Ort, wartete die Polizei dort auf uns – all das würden wir erst im Melia Hotel erfahren. Wenn wir es überhaupt bis dorthin schafften.

»Mister Colby hat außerdem gesagt, dass Sie eine Verabredung mit diesem ... Reiseleiter hatten.«

Himmelherrgott, Jack. Hatte ihn Eduardo einem Waterboarding unterzogen? Ihn abgefüllt? Wollte Jack uns mit Absicht sabotieren?

»Was konnten Sie bei diesem Treffen in Erfahrung bringen?«, fragte er.

»Dass wir auf der Beobachtungsliste der Polizei stehen«, sagte

Sara. »Allerdings ist dieser Mann ein Lügner und Betrüger, der nur auf Geld aus ist.«

Und auf Sex.

Eduardo nickte.

Ob er überlegte, das Ganze abzubrechen? Sara und ich hatten uns gegenseitig immer wieder Hoffnung gemacht, doch womöglich hielt er das Unternehmen inzwischen für zu riskant. »Vielleicht ist das Geld gar nicht so wichtig«, sagte Eduardo schließlich.

»Mir schon«, sagte ich.

»Es gibt Wichtigeres.«

»Stimmt. Aber das kann man alles mit Geld kaufen.«

Er sah mich an. »Wir haben höhere Ziele als den schnöden Mammon.«

»Ich nicht.«

»Unsere Lebensaufgabe ist der Sturz dieses Regimes.«

»Auch dazu braucht man Geld.«

»Ich habe ihm Villa Marista gezeigt.«

Er nickte. »Also wissen Sie Bescheid.«

Nicht so richtig – doch allmählich hatte ich eine leise Ahnung.

Wieder wechselte Eduardo das Thema. »Warst du bei der Bank deines Großvaters?«

»Ja. Ich habe sie Mac gezeigt.«

»Und das Haus deiner Familie?«

»Auch das.«

»Ich war ebenfalls dort.« Er schüttelte den Kopf. »Ein trauriger Anblick. Es hat mich wütend gemacht.« Und dass Eduardo Valazquez einfach so durch Havanna spazierte, machte *mich* wütend. Hier herumzustehen machte mich wütend. Ich sah Sara an und tippte mit dem Finger auf meine Uhr.

Sie nickte.

»Außerdem ist es unser Ziel, das von den Kommunisten gestohlene Eigentum seinen rechtmäßigen Besitzern zurückzugeben.«

»Ja, Sara hat etwas in der Richtung erwähnt.«

Eduardo ging zur Werkbank hinüber, wo etwas Großes unter einer schwarzen Plane lag. Sara und ich folgten ihm.

»Flavio hat Ihnen etwas mitgebracht.« Er zog die Plane weg. Darunter kamen zwei mittelgroße Überseekoffer zum Vorschein, die bequem in den Buick passten.

Eduardo klemmte sich die Zigarre zwischen die Zähne, nahm einen Schlüssel aus der Tasche, öffnete das Vorhängeschloss an einem der Koffer und klappte den Deckel auf. Der Koffer war mit Papieren vollgestopft. Leider waren es keine Geldscheine.

»Das hier ist Abermillionen von Dollar wert«, sagte Eduardo.

Sara und ich wussten genau, was wir vor uns hatten. Eduardo verriet es uns trotzdem. »Eigentumsbescheinigungen, Grundstücksurkunden ... Aufzeichnungen darüber, wem die Immobilien, Plantagen, Farmen, Fabriken und Mietshäuser tatsächlich gehörten, bevor sie das Regime verstaatlicht ... gestohlen hat.«

»Ich dachte, das alles wäre in der Höhle in Camagüey«, sagte ich.

»Es war in Havanna.« Er sah Sara an. »Dein Großvater hat es getrennt von dem Geld versteckt.« Er lächelte. »Er war ein vorsichtiger Mann und wollte nicht alles auf ein Pferd setzen.«

Sie nickte.

»Die wenigsten Kubaner glaubten, dass Castros Herrschaft länger als ein Jahr dauerte. Sie waren fest davon überzeugt, dass die USA niemals ein kommunistisches Land direkt vor ihrer Küste dulden würden.«

Warum nicht? Kalifornien und Vermont duldeten wir schließlich auch.

»Die Kubaner, die nach Miami flohen, rechneten damit, in Jahresfrist zurückkehren zu können.« Er wandte sich Sara zu. »So wie dein Großvater. Er vertraute diese Koffer seinem Priester an, der sie in einer Gruft unter seiner Kirche in der Altstadt versteckte. Von dort habe ich sie heute Morgen geholt.«

Anscheinend war in der Gruft kein Platz für zwölf mit Geld gefüllte Überseekoffer gewesen. Schade, das hätte uns das Leben bedeutend leichter gemacht. Doch wahrscheinlich hätte sich die katholische Kirche die Kohle längst unter den Nagel gerissen.

Eduardo nahm mehrere zusammengefaltete und mit einem grünen Band verschnürte Dokumente aus einem Koffer. Das Papier war vergilbt und leicht brüchig. Er löste das Band, faltete die Dokumente auf und breitete sie vorsichtig auf der Werkbank aus. »Ah ... ja. Ein *título de propriedad* ... eine Eigentumsurkunde, die einen gewissen Señor Alfredo Xavier Gomez als offiziellen Besitzer eines *departamento* ... eines Wohnhauses in der Calle San Rafael in Vedado ausweist.«

Der Glückliche. Obwohl, wahrscheinlich war *Señor* Gomez schon längst tot. Wollte Eduardo jetzt etwa den gesamten Inhalt der Koffer durchgehen?

Eduardo faltete die Urkunde wieder zusammen, knotete sie mit dem Band fest und legte sie in den Koffer zurück. »Wer weiß, was hier noch zu finden ist?«, meinte er. »Grundstücksurkunden. Eigentumsbescheinigungen über ganze Fabriken, Anwesen, Plantagen ... alles vom Regime gestohlen.«

Da konnte man wieder einmal sehen, was ein Fetzen Papier wert war. US-Sparbriefe selbstverständlich ausgenommen. »Okay, also ...«

»Sie ...« Er deutete auf mich. »Sie und Sara werden das alles auf Ihrem Boot nach Amerika bringen.«

»Genau.«

»Die verschiedenen Exilantenorganisationen führen Buch darüber, welche Personen und Familien noch Eigentumsansprüche in Havanna und dem Rest Kubas haben. Wir werden alles seinen rechtmäßigen Besitzern zurückgeben.«

Der Vergleich mochte hinken, aber war das nicht so, als würde man den Anhängern der Südstaaten ihre alten Konföderations-Kriegsanleihen zurückzahlen?

Nun, die Hoffnung stirbt zuletzt. »Der Tag wird kommen, an dem die rechtmäßigen Eigentümer und ihre Erben ihren Besitz zurückerhalten werden«, sagte Eduardo mehr zu sich selbst. »Wie es in Osteuropa nach dem Sturz der Kommunisten geschehen ist. Oder mit dem Raubgut der Nazis. In Kuba wird es genauso sein.«

Schon möglich. Trotzdem würde ich die Dokumente nicht mit einem Nachlass von neunzig Prozent kaufen wollen. Da waren mir die amerikanischen Dollars in der Höhle viel lieber. »Dann laden wir die Koffer ein und ...«

Er sah mich an. »Sie beide müssen der Welt berichten, wie Sie in den Besitz dieser Koffer gekommen sind.«

Ich hatte eigentlich vorgehabt, meine – und Jacks – drei Millionen Dollar einzustreichen und dann den Ball flach zu halten. »Wie meinen Sie das?«

»Es wird eine große Pressekonferenz in Miami geben. Wir pflegen ausgezeichnete Kontakte zu den Medien und ...«

»Ich bin kamerascheu, daher ...«

»Auf dieser Pressekonferenz werden auch die Anwälte der Familien anwesend sein, denen man ihr Eigentum gestohlen hat. Jetzt, da wir einen rechtlich bindenden Beweis für ihre Forderungen haben, können wir damit vor das Bundesgericht gehen.«

»Verstehe.« Damit würde Carlos die nächsten zehn Jahre gut beschäftigt sein. »Klingt gut. Aber was die Pressekonferenz angeht, muss ich leider ...«

»Das ist eine wichtige Sache ... und Ihre Reise mit Sara nach Kuba ist eine hochinteressante Geschichte, die ...«

»Jetzt mal halblang, *amigo*. So war das nicht abgemacht.«

»Aber Sie werden berühmt.«

»Ich will reich werden.«

»Sie werden sich sehr gut im Fernsehen machen. Sie sind ein attraktives Paar.«

Da hatte er selbstverständlich recht, aber ich konnte darauf verzichten, auf der Pressekonferenz von ihrem eifersüchtigen kubanischen Freund erschossen zu werden. Ich sah Sara an. Sie wandte sich ab. Diese Beziehung stand auf der Kippe.

Eduardo dagegen war ganz Feuer und Flamme. »Wir werden alles erzählen. Das Pescando Por la Paz, die *Maine*, die *Fishy Business* ...«

»Ein weiteres Angelturnier wird das Regime sicher nicht erlauben.« Und mit den Yale-Reisegruppen war es dann wohl auch Essig.

»Ich habe bereits mit Jack gesprochen. Er hat sich bereit erklärt, Interviews zu geben.«

Ach wirklich? Vielleicht brauchte er eine Wiedergutmachung, weil man ihn in Havanna statt mit einer Kapelle und Fernsehkameras mit einer antiamerikanischen Demonstration empfangen hatte. Aber wann genau hatte Eduardo mit Jack darüber gesprochen? Nach unserem Treffen? Davor? Im Nacional hatte er jedenfalls nichts davon erwähnt.

Und, was noch wichtiger war: Diese Dokumente hatten weniger mit der Rückgabe von rechtmäßigem Eigentum, sondern vielmehr mit einem Rechtsstreit zu tun, der den diplomatischen Annäherungen einen empfindlichen Dämpfer verpassen würde.

Doch vorerst befand ich mich mit Sara, Eduardo, zwei Koffern voller *titulos* und meinem neuen Buick in Chicos Werkstatt, und nach Camagüey und Cayo Guillermo war es noch ein weiter Weg.

»Die Kontaktperson in Camagüey«, sagte ich. »Sagen Sie mir, wie ich sie erreichen kann. Und zwar sofort, *por favor*.«

»Ich hoffe sehr, dass Sie sich dazu entschließen, Teil dieser Geschichte zu werden.«

»Klar, ich bin dabei. Fahren wir.«

»Als Amerikaner ohne Verbindungen zu einer Anti-Castro-Organisation genießen Sie natürlich eine besonders hohe Glaubwürdigkeit.«

»Und fotogen bin ich auch.«

»Und ein hochdekorierter Kriegsveteran.«

»Eduardo, was Sie hier haben, spricht für sich selbst«, sagte ich. »Da muss ich weder zur Pressekonferenz antanzen noch im Morgenmagazin auftreten. Sie sollten es nicht übertreiben.«

Er schwieg. »Mir geht es um die sechzig Millionen Dollar«, fuhr ich fort. »Erstens, wie wir an sie rankommen, und zweitens, wie wir sie und uns aus Kuba herausschaffen. Drittens geht es mir um meinen Anteil und viertens darum, dass die amerikanische Regierung das Geld nicht beschlagnahmt, solange die Diplomaten verhandeln. Weil das nämlich noch fünfzig Jahre dauern könnte.«

Auch hierzu schwieg er. Ich warf Sara einen Blick zu. Sie war während Eduardos Monologen untypisch still geblieben. »Oder bist du anderer Meinung?«

War sie anscheinend. Ich wandte mich wieder Eduardo zu. »Was ist hier los?«

Zur Abwechslung kam er direkt auf den Punkt. »Sie werden nicht nach Camagüey fahren«, sagte er.

Ich hatte es geahnt. »Warum nicht?«

»Es ist zu gefährlich.«

»Das war es gestern auch schon. Und die ganze letzte Woche über.«

»Und morgen wird es noch gefährlicher. Oder übermorgen.«

»Das können Sie nicht wissen. Das müssen Sara und ich entscheiden.«

»Doch, das kann ich sehr wohl entscheiden. Sie haben selbst gesagt, dass das Geld unsere Bemühungen gefährden könnte, damit« – er deutete auf die Koffer – »an die Öffentlichkeit zu gehen. Es würde von unserem eigentlichen Vorhaben ablenken.«

Ja, es war anzunehmen, dass ein Dutzend mit sechzig Millionen Dollar gefüllte Koffer die amerikanische Öffentlichkeit mehr interessierte als dieser wertlose Papierberg. »Deshalb sollten wir auch nicht überall herumposaunen, dass wir das Geld ...«

»Wie Sie wissen – und auch Mr. Colby gegenüber erwähnt

haben – besteht die Möglichkeit, dass die kubanische Regierung das Angelturnier absagt und die Boote nach Hause schickt. Die Uhr läuft.«

Ich sah Sara an. Anscheinend waren Eduardos Argumente für einen Abbruch der Mission stichhaltiger als alles, was wir bereits besprochen hatten. Es lief zwar aufs Gleiche hinaus, aber ich musste zugeben, dass sich die Situation geändert hatte.

»Wir dürfen diese Dokumente nicht bei einer gefährlichen Höhlenexpedition riskieren.«

»Na schön ... aber das kostet mich drei Millionen Dollar.«

»Wir werden Sie dafür entschädigen.«

»Wie?«

»Sie erhalten die fünfzigtausend Dollar, die Ihnen bei einem Abbruch der Mission versprochen wurden. Und Sie bekommen Ihr Boot zurück. Und das ist immerhin eine halbe Million wert.«

Das konnte ich dann in *Albatros* umbenennen. Ich hätte gerne mit ihm verhandelt, aber er war bereits ein toter Mann. Und ich gewissermaßen auch.

»Mister Colby wurde bereits in Kenntnis darüber gesetzt, dass er für die Zeit, die er in diese Unternehmung gesteckt hat, sowie seine Bereitschaft, diesen großen moralischen Sieg über das Regime öffentlich zu machen, angemessen entlohnt werden wird.«

Ich musste dringend ein Wörtchen mit Jack reden. »Hast du gewusst, dass wir nicht nach Camagüey fahren?«, fragte ich Sara.

»Also ich ... die Möglichkeit stand im Raum.«

»Vielen Dank fürs Bescheidgeben.«

Sie sah mich an. »Mac ... es ist besser so. Sicherer. Bis Cayo sind es lediglich acht Stunden, und wir haben nur zwei Koffer zu transportieren. Morgen Abend treffen wir die Kontaktperson im Melia, gehen an Bord der *Maine* und fahren nach Key West.«

Na dann. Ich hätte sowieso nicht gewusst, was ich mit drei Millionen anfangen soll.

»Sara wusste von nichts«, sagte Eduardo. »Wir wollten die Entscheidung erst treffen, wenn wir wussten, ob wir Ihnen die Koffer vor Ihrem Aufbruch nach Camagüey aushändigen konnten. Jetzt haben wir die Koffer, daher gibt es keinen Grund, nach Camagüey zu fahren und das Geld zu holen. Es schlummert seit fünfzig Jahren dort, und es wird auch noch dort sein, wenn wir zurückkehren.«

Klar. Ich konnte es kaum erwarten, diese schöne Reise zu wiederholen. »Es ist Ihre Entscheidung«, sagte ich.

»Genau.« Er wandte sich Sara zu. »Die Karte.«

Sie ging zu unseren Rucksäcken hinüber und holte beide Karten heraus. Hoffentlich hatte sie nicht bemerkt, dass ich nur noch eine saubere Unterhose dabeihatte.

»Du hast eine Kopie angefertigt?«, fragte Eduardo, als er die Karten entgegennahm.

»Für Mac.«

»Gibt es noch weitere Kopien?«

»Das Original, das mir mein Großvater gegeben hat, liegt in Miami.«

Eduardo nickte. »Ihr Feuerzeug, bitte.«

Ich zündete das Zippo an. Sara hielt beide Karten in die Flamme. Als sie Feuer fingen, warf sie sie auf den Boden. Es roch nach verbranntem Geld.

»Am besten vergessen Sie, dass diese Karten überhaupt existiert haben«, riet mir Eduardo.

»Ich werde sie auf der Pressekonferenz mit keinem Wort erwähnen. Können wir jetzt losfahren?«

Anscheinend nicht.

Sara legte die Hand auf meinen Arm. Dann fiel ihr ein, dass Eduardo dies bestimmt nicht gerne sah, und nahm sie wieder weg. »Du hast mich gefragt, ob es bei dieser Sache um mehr geht als nur Geld.«

»Stimmt … wann war das noch mal?« Ach, richtig … als wir zusammen im Bett gelegen hatten.

»Ja, es geht um mehr.«

»Um die Besitzurkunden. Die Pressekonferenz ...« Was hatte Eduardo gesagt, als ihm Sara von unserem Villa-Marista-Besuch erzählt hatte? *Also wissen Sie Bescheid.* Deshalb maß Eduardo meiner militärischen Laufbahn so großen Wert bei. Captain Daniel Mac-Cormic sollte auf der Pressekonferenz die vermissten amerikanischen Kriegsgefangenen zur Sprache bringen. Na, hoffentlich waren Saras Fotos nicht verwackelt.

Sie sah Eduardo an und deutete auf den bislang ungeöffneten Koffer, der, wie ich vermutete, ebenfalls Eigentumsurkunden beinhaltete. Eduardo zögerte. »Er soll es jetzt sehen«, sagte Sara.

Eduardo nickte, nahm einen zweiten Schlüssel hervor und öffnete auch das zweite Vorhängeschloss.

Sara legte die Hand auf den Deckel des Koffers. »Das hier stellt sogar das Geld in den Schatten. Wie versprochen.« Sie hob ihn hoch. »Die Knochen kehren in ihre Heimat zurück.«

Der Koffer war mit Schädeln gefüllt. Die sorgfältig nebeneinander aufgereihten Totenköpfe starrten mich mit ihren leeren Augenhöhlen an und durch mich hindurch in die Ewigkeit. Diese Schädel stammten zweifellos aus Villa Marista. Vor mir lag die Antwort auf die Frage, was mit den siebzehn vermissten Soldaten geschehen war.

DRITTER TEIL

43

Eduardos Abschiedsworte an mich lauteten »*Vayan con dios*«, geh mit Gott. Und das war ehrlich gemeint.

Eduardo und Sara verabschiedeten sich etwas emotionaler und hauptsächlich auf Spanisch voneinander. Sara – die jetzt neben mir saß, während ich den Buick durch die ruhigen Straßen Vedados steuerte – war immer noch wütend. Aber nicht so wütend wie ich, weil mir Eduardo einen Strich durch die Rechnung gemacht hatte, weil ich kein Geld sehen würde und es niemand für nötig gehalten hatte, mich über irgendetwas zu informieren.

Eduardo hatte uns eine Straßenkarte gegeben und den Weg grob beschrieben. Wir sollten nach Süden fahren und nach Schildern Ausschau halten, die uns zur Autopista Nacional, der A-1, führten.

Es war kurz vor Mitternacht. Bald würde Antonio an Saras Tür klopfen, und ich hoffte, er war so anständig, einen Blumenstrauß und eine Flasche Rum mitzubringen. Sobald er herausfand, dass auf Zimmer 535 weder Geld noch Liebe auf ihn warteten, flippte er ganz sicher aus. Aber was dann? Würde er seinen *comandante* bei der Polizei anrufen oder abwarten, ob Sara doch noch auftauchte? Ich hoffte auf Letzteres. Wir mussten aus Havanna verschwinden, bevor wir zur Fahndung ausgeschrieben wurden.

Ich konzentrierte mich auf die Straße und auf den Wagen. Ich war noch nie einen solchen Oldtimer gefahren, und mit Chicos Sonderausstattung war es erst recht gewöhnungsbedürftig. Im Auto war es heiß und stickig, doch wir ließen die Fenster oben, um nicht so leicht gesehen zu werden. Lediglich die Ausstellfenster sorgten für etwas Frischluft. Schade, dass es so etwas bei zeitgenössischen Autos nicht mehr gibt.

Wie Chico angekündigt hatte, funktionierte die Tankanzeige nicht. Ich musste mich darauf verlassen, dass er vollgetankt hatte.

Der 90-Ps-Bootsmotor lieferte auch mit dem neu eingebauten Hyundai-Schaltgetriebe lange nicht dieselbe Leistung wie die originale 300-PS-V8-Maschine. Dafür brauchte er nicht so viel Sprit, sodass wir womöglich nur einen Tankstopp einlegen mussten. Viele Streifenwagen würden wir mit dieser Mühle allerdings nicht abhängen.

»Wie traurig«, sagte Sara. »Er war wie ein Großvater für mich.«

»Er ist hier, weil er es wollte«, obwohl es mir lieber gewesen wäre, wenn Eduardo Miami nie verlassen hätte. Und ich wäre in diesem Augenblick gerne dort gewesen, wo er in den USA an Land gegangen war – auf Key West.

»Alles klar?«, fragte sie.

»Alles klar. Hast du schon ein Autopista-Schild gesehen?«

Sie sah aus dem Fenster. »Nein, aber wir fahren in die richtige Richtung. Wir sind jetzt in 10 de Octubre. Villa Marista ist ganz in der Nähe.«

Das Foto von mir vor dem Gefängnis würde auf der Pressekonferenz gezeigt und dann durch die Medien und das Internet verbreitet werden. Diese Kubareise steckte voller Überraschungen. Die größte bisher? Die Schädel im Koffer. Ich sah förmlich, wie sie mich anstarrten. »Bring uns nach Hause«, flehten sie.

Weiter ging es durch die Straßen von 10 de Octubre. Die Autopista führte südlich von Havanna durchs Landesinnere in Richtung Cayo Guillermo im Osten. So stand es jedenfalls auf der Karte. Als Eduardo aus Kuba geflohen war, hatte es die von den Sowjets gebaute Schnellstraße noch nicht gegeben. Trotzdem waren sowohl Eduardo als auch Sara der festen Überzeugung, dass wir so schneller ans Ziel gelangten als über die Küstenstraße, auf der wir mit dem

Bus nach Matanzas gefahren waren. Und sicherer – die A-1 verlief fernab der Ortschaften und damit auch der örtlichen Polizei. Die zulässige Höchstgeschwindigkeit betrug hundert Stundenkilometer, und mit etwas Glück, behauptete Sara, würden wir auf der Fahrt keinen einzigen Streifenwagen zu Gesicht bekommen. Das klang zu schön, um wahr zu sein.

Wir hatten die beiden Überseekoffer mit vereinten Kräften in den Buick geladen und die Plane darüber ausgebreitet. Die Papiere waren überraschend schwer, die Schädel überraschend leicht gewesen. Eduardo hatte mir die Schlüssel für die Vorhängeschlösser ausgehändigt. »Das nächste Mal werden diese Koffer in Miami geöffnet«, hatte er gesagt.

Oder wenn es die kubanische Polizei von uns verlangte.

Ich hatte mir die mit Erde verkrusteten Schädel genauer angesehen. Mehrere Unterkiefer fehlten, doch die Zähne in den Oberkiefern schienen größtenteils noch vorhanden. Somit konnten die Toten durch einen DNA-Test und den Abgleich mit den zahnärztlichen Unterlagen identifiziert und mit der Vermisstenliste des Verteidigungsministeriums abgeglichen werden. Wir würden ihre Namen erfahren. Und herausfinden, ob sie Familie hatten ...

Etwa die Hälfte der Schädel wies unverkennbar Einschusslöcher auf, einen hatte man sogar mit einem stumpfen Gegenstand eingeschlagen. Woran die Besitzer der unversehrten Schädel gestorben waren, blieb ein Rätsel. Jedenfalls waren sie ein mächtiges und wirkungsvolles Symbol und ein wichtiger Beweis für die finsteren Machenschaften in Castros Kuba. Nun mussten wir der Welt nur noch berichten, wie wir an die Schädel gekommen waren.

»Worüber denkst du nach?«, fragte sie.

»Über unsere Ladung.«

Sie nickte. »Das Schicksal hat dich erwählt, sie nach Hause zu bringen. Und mich dazu, die Besitzurkunden ihren rechtmäßigen Eigentümern zu überbringen.«

Das klang schon wie ein Statement für die Pressekonferenz.

Ich hatte Eduardo nach den Skeletten gefragt, die zu den Schädeln gehörten. Angeblich waren die Leichen aus ihren unmarkierten Gräbern auf dem Villa-Marista-Grundstück geholt worden, um sie zu verbrennen und damit jeden Hinweis auf die amerikanischen Kriegsgefangenen verschwinden zu lassen, bevor die Diplomaten ihre Verhandlungen aufnahmen. Immerhin bestand die Möglichkeit, dass die Amerikaner – Politiker, Hinterbliebene, Veteranenorganisationen – die Forderung nach einem US-amerikanischen Spurensicherungsteam stellten, das die Gerüchte, dass in Villa Marista siebzehn amerikanische Soldaten ermordet worden waren, entweder bestätigen oder entkräften sollte.

Wie waren die Schädel den Flammen entkommen? Eduardo zufolge brannten Schädelknochen und insbesondere Zähne schlecht, sodass man sie zu Staub zermahlen musste, bevor man sie ins Feuer warf. Doch zuvor hatte sie jemand – ein Arbeiter, ein Wachposten, auf jeden Fall jemand, der dem Regime nicht wohlgesonnen war und den potenziellen politischen Wert der Schädel erkannt hatte – aus Villa Marista herausgeschmuggelt. Für Geld oder für Wahrheit und Gerechtigkeit. Oder für alles zusammen.

Ein Schild, das zum José Martí Airport wies, weckte Erinnerungen an meine Ankunft in Kuba. Nichts ahnend war ich aus dem Flugzeug gestiegen, um mein Glück zu finden. Und eine Bettgefährtin. Wenigstens Letzteres war mir gelungen.

»Hier musst du abbiegen.«

Ich folgte einem weiteren Schild Richtung A-1 nach Osten und gelangte über eine Auffahrt auf die Autopista. Wenn wir die Nacht durchfuhren, würden wir Cayo Guillermo gegen sieben oder acht Uhr morgens erreichen. Um sieben Uhr abends trafen wir dann die Kontaktperson in der Lobby des Melia, irgendwann in der Nacht luden wir die Koffer auf die *Maine* und nahmen Kurs auf Key West. Was konnte schon schiefgehen?

Die Autopista war insgesamt vier Spuren breit, zwei in jede Richtung. Die Straße an sich war ordentlich, die Beleuchtung weniger, aber das war auch gut – je dunkler, desto besser. Außerhalb Havannas herrschte gerade so viel Verkehr, dass wir nicht auffielen. Das würde sich jedoch spätestens dann ändern, wenn wir in den frühen Morgenstunden durchs Landesinnere fuhren. Obwohl es auf Kuba eine Menge amerikanischer Oldtimer gab, erregte ein 53er Buick Roadmaster Cabrio ähnlich viel Aufmerksamkeit wie Sara um zwei Uhr nachts in einem engen Kleid auf der Calle Obispo.

Diese Bedenken teilte ich mit Sara – selbstverständlich ohne den Vergleich zu erwähnen. »Marcelo sagt, dass die Tráficos – die Verkehrspolizei – unter einem chronisch knappen Budget leidet und nur im absoluten Notfall Benzin verschwendet oder ihre Wagen überhaupt in Bewegung setzt.«

Gott sei Dank hatte ihr Marcelo letztes Jahr viel beigebracht. Dabei brauchte es nur einen Tráfico, der aus seiner Siesta aufwachte, und wir steckten in Schwierigkeiten.

»Außerdem hast du eine Waffe«, sagte sie.

»Stimmt.« Und ich würde sie im Notfall auch einsetzen.

Ich beschleunigte auf schätzungsweise hundert Stundenkilometer. Der Wagen machte trotz des Sammelsuriums unter seiner Motorhaube keinen Ärger. Ich hatte also Zeit, um mir die ganze Sache in Ruhe durch den Kopf gehen zu lassen.

Woher hatte Eduardo gewusst, dass die Besitzurkunden in einer Kirche in Havanna versteckt waren – und nicht in der Höhle, wie Sara behauptet hatte? Es war anzunehmen, dass er Saras Vater oder Großvater gekannt hatte, obwohl weder er noch Sara dies erwähnt hatten. Wie er an die Schädel gekommen war, hatte mir Eduardo auch nicht verraten, und eigentlich wollte ich das auch gar nicht so genau wissen. Fazit: Dieses Universum wurde von einer Menge dunkler Materie zusammengehalten.

Die exhumierten Schädel jedenfalls ruhten nun neben den

ebenfalls exhumierten Dokumenten. Letztere würden zu den Familien finden, die man enteignet hatte, die Schädel würden zu denjenigen zurückkehren, die diese Männer einst gekannt und geliebt hatten, damit sie um sie trauern, aber vielleicht auch ihren Frieden machen konnten.

Wir fuhren weiter die schnurgerade Schnellstraße entlang. Bis jetzt hatte ich noch kein Polizeiauto gesehen, lediglich ein paar Militärfahrzeuge auf der Gegenfahrbahn. Das Armaturenbrett des Buick war voller Anzeigen, und keine einzige funktionierte. Ich wusste weder, ob der Motor zu heiß war, noch, ob der Öldruck stimmte oder die Lichtmaschine den Geist aufgegeben hatte. Eine Panne konnte unseren Tod bedeuten.

»Du bist so still.«

»Ich denke nach.«

»Bist du sauer?«

»Nein. Das hebe ich mir für später auf.«

Sie legte eine Hand auf meinen Arm. »Tut mir leid, dass ich dich angelogen habe.«

Hatten wir diese Unterhaltung nicht schon einmal geführt?

»Mac? Du verstehst doch, warum ich dir nicht die Wahrheit sagen konnte, oder?«

»Ich werde diese Frage beantworten, wenn du mir im Gegenzug erzählst, was du tatsächlich gewusst und wann du es erfahren hast.«

»Ich hatte wirklich keine Ahnung, dass Eduardo mit nach Kuba kommen würde ... oder dass wir nicht nach Camagüey fahren. Oder dass die beiden Koffer bereits in Havanna waren.«

Ich sagte nichts.

»Ich dachte, ich könnte das Versprechen erfüllen, das mein Großvater seinen Kunden gegeben hat. Ehrlich.«

Und was war mit den drei Millionen, die man mir versprochen hatte? Ich dachte an jenen Abend auf dem Boot zurück, als sie mir die Geschichte erzählt hatte. Schon damals hatte sie einfach zu gut geklungen. »Dass Carlos und Eduardo nicht ganz ehrlich mit dir waren, kann ich nachvollziehen. Und wir beide wissen, dass du nicht ganz ehrlich mit mir warst.«

Sie wich aus. »Was wir hier tun ... ist wichtig. Und manchmal heiligt der Zweck die Mittel.«

Was mich an ein paar grauenhafte Tage in der Kandahar-Provinz erinnerte. »Wer mit Ungeheuern kämpft, mag zusehen, dass er nicht dabei zum Ungeheuer wird.«

Sie nickte.

»Erwarten mich auf Cayo Guillermo noch weitere Überraschungen?«

»Du kennst die Antwort auf diese Frage bereits. Also stell sie nicht«, sagte sie nach ein paar Sekunden.

»Warum nicht?«

»Wie gesagt, du bist nicht auf den Kopf gefallen. Also zieh aus dem, was du weißt, deine eigenen Schlussfolgerungen.«

Was war das, kubanisches Zen? »Ist diese Überraschung ebenfalls spektakulärer als Geld?«

»Nein.«

Das sollte wohl heißen, dass wir uns die Zeit bis um sieben Uhr abends nicht an einem FKK-Strand vertreiben würden. Da ich mir die Überraschung nicht verderben wollte, bohrte ich nicht weiter nach.

»Das mit dem Geld tut mir leid«, sagte Sara nach einer Weile.

Nicht so sehr wie mir. Aber es war von Anfang sowieso mehr Illusion als Realität gewesen. Wie El Dorado, die goldene Stadt. Wie viele Männer waren auf der Suche nach ihr gestorben?

»Die Exilanten und ihre Familien werden auch nicht gerne hören, dass ihr Geld noch auf Kuba liegt.«

»Wir werden es so schnell wie möglich holen. Bald. Hilfst du mir dabei?«, fragte sie.

»Nein.«

»Überleg's dir noch mal.«
»Okay. Nein.«
»Noch mal.«
»Vielleicht.«
»Du hast das Herz eines echten Abenteurers.«
Und den Verstand eines echten Schwachkopfs.

44

Gegen ein Uhr ließ der Verkehr nach, und auch die Abstände zwischen den Ortschaften wurden immer größer. Der Motor hatte Mühe, die Steigungen des zunehmend hügeligeren Terrains zu bewältigen. War die Tatsache, dass der Kombi einen Bootsmotor besaß, nur ironisch oder schon Karma? Oder hatte Chico einfach nichts Besseres gefunden? Nun ja, meistens bekommt man, wofür man bezahlt hat. Nur nicht in Kuba.

»Zwei Dinge sind auf dieser Reise wichtiger als Geld«, sagte Sara.

»Der Besuch auf der Biofarm und ...?«

»*Wir*, Mac. Dass wir uns gefunden haben.«

»Ja.« Aber nicht ohne Komplikationen.

»Und dass wir die sterblichen Überreste dieser Männer nach Hause bringen.«

Zweifellos. Allerdings hatten auch die Schädel, wie alles andere auf dieser Insel, ihren Preis. Was war das für ein Land, in dem man – wie Antonio – aus Verzweiflung zum professionellen Lügner und Betrüger werden musste, um über die Runden zu kommen? Konnte es sein, dass diese Schädel überhaupt nicht den amerikanischen Kriegsgefangenen gehörten, die man in Villa Marista ermordet hatte? Vielleicht hatte einfach jemand aus der Geschichte Kapital schlagen wollen und Eduardo und seinen Freunden irgendwelche Schädel angedreht. Immerhin herrschte kein Mangel an verscharrten Hingerichteten, und die Exilkubaner waren bereit, jeden Blödsinn zu glauben, solange er nur das Regime verteufelte. Aber war Eduardo tatsächlich so naiv? Wenn – falls – wir es schafften, die Schädel aus Kuba zu schaffen, würden wir dank der modernen Wissenschaft bald herausfinden, wofür wir unser Leben riskierten.

Dieses Land war wie ein raffinierter Zaubertrick, eine große Illusion, ein Hütchenspiel, ein Hogwarts für Schwindler und Hochstapler. In dieser Beziehung konnten selbst die Afghanen den Kubanern nicht das Wasser reichen.

Die Eigentumsurkunden dagegen schienen echt zu sein.

Ich warf Sara einen Blick zu. Sie war auch echt. Und sie hatte ihre Lügen gestanden. Was wollte ich mehr?

»Ich hätte gerne Antonios Gesicht gesehen, als er heute um Mitternacht vor dem ›Bitte nicht stören‹-Schild stand.«

»Ob er die Polizei gerufen hat?«

»Kommt drauf an. Dann hätte er zugeben müssen, dass du ihn versetzt hast.«

Sie nickte.

»Mir persönlich wäre das peinlich, und ich würde es auf keinen Fall jemandem erzählen. Wenn er schlau ist, wird er der Polizei einfach nur mitteilen, dass sie um sieben Uhr am Pier auf uns warten soll. Wenn wir nicht dort auftauchen, besteht kein Zweifel mehr, dass wir auf der Flucht sind.«

Sie dachte darüber nach. »Unser Vorsprung ist nicht besonders groß.«

»Nein.« Außerdem standen wir bereits auf einer Beobachtungsliste der Polizei, Antonio sei Dank. Und das war nicht unser einziges Problem. Wenn die Polizei inzwischen die Verbindung zwischen mir und der *Fishy Business* aufgedeckt hatte, würde sie in Cayo Guillermo auf uns warten. Und wir führen nichts ahnend dorthin ... tja, wie heißt es so schön? Fahr nie schneller, als dein Schutzengel fliegen kann.

Als Nächstes drohte uns auf dieser *Misión imposible* die Gefahr, in Cayo anzukommen und festzustellen, dass man die Wettangler wieder nach Hause geschickt hatte. Und der dritte Risikofaktor war Eduardo, der entweder Havanna durchstreifte oder sich bereits über Land auf den Heimweg gemacht hatte.

Bis auf Jack und Felipe war Eduardo der einzige Mensch in Kuba, der Dan MacCormicks und Sara Ortegas Ziel kannte. Er wusste sogar, mit welchem Wagen sie unterwegs waren. Wenn ihn die Polizei in die Finger bekam und ihn als den erbitterten Castro-Gegner und Staatsfeind Eduardo Valazquez identifizierte, würden sie seine Eier auf kleiner Flamme rösten. Er hatte zwar Gift dabei – aber man wusste nie.

Chico und Flavio und nicht zuletzt den alten Mann mit dem Gehstock durften wir auch nicht vergessen. Sie wussten für meinen Geschmack eindeutig zu viel. Zweifellos hatten Eduardos *amigos* in Miami für sie gebürgt, aber ... wie Antonio schon gesagt hatte, jeder Kubaner hatte zwei Jobs. Und alle versuchten ständig, sich gegenseitig in den Rücken zu fallen.

»Der Tag wird kommen, an dem Antonio und seinesgleichen ihre gerechte Strafe erhalten.«

Wäre ich heute um Mitternacht in Saras Zimmer gewesen, hätten zumindest schon einmal Antonios Eier ihre gerechte Strafe erhalten. Aber die Mission hatte Vorrang.

Sara blickte ziemlich oft in den Rückspiegel und gelegentlich auch über ihre Schulter.

»Ich nehme an, dass die Tráficos auch über Zivilfahrzeuge verfügen?«

»Allerdings«, sagte sie. »Hauptsächlich Toyota-SUVs.«

Sara war ein sprudelnder Quell nützlicher Informationen. Die meisten davon hatte sie letztes Jahr von Marcelo erfahren, manches auch von ihrem Ausbilder, diesem CIA-Agenten im Ruhestand, sowie von Eduardo, Carlos und ihren Kumpanen.

Da ich gelegentlich eine Antwort erhielt, wenn ich eine Frage stellte, versuchte ich mein Glück. »Kannte Eduardo deinen Vater oder deinen Großvater?«

»Sowohl als auch.«

»Aha. Einer von beiden muss ihm verraten haben, dass die Besitzurkunden nicht in der Höhle, sondern in der Kirche versteckt waren.«

»Ja, möglich.«

»Aber du wusstest von nichts.«

»Vielleicht ... hab ich's einfach nur vergessen.«

»Es konnte auch sein, dass die Besitzurkunden tatsächlich in der Höhle waren. Und dass jemand vor uns dort war und sie ausgeräumt hat.«

»Worauf willst du hinaus?«

»Ich will nur andeuten, dass Eduardo dieses Spiel schon gespielt hat, als wir beide noch nicht mal geboren waren.«

»Das ist kein Spiel.«

»Doch. Aber wer stellt die Spielregeln auf?«

»Du nicht.«

»Stimmt. Ich bin nur der Runningback. Du bist der Quarterback, und Eduardo ist der Trainer.«

»Schöner Vergleich, aber das war's jetzt hoffentlich mit den Football-Analogien. Denk nicht zu viel über die ganze Sache nach.«

»Okay.« Eine Frage stellte sich mir trotzdem. Wem gehörte das Team? Meine Vermutung: der CIA.

Zyankalitabletten gibt es nicht bei Walgreens. Und auch Eduardos gefälschter Pass und seine »Freunde vom amerikanischen Geheimdienst« gaben mir zu denken. Je länger ich darüber nachgrübelte, desto überzeugter war ich, dass die CIA die Finger im Spiel hatte. Andererseits – wie jeder normale Amerikaner war ich mit einer Menge Verschwörungstheorien aufgewachsen und vermutete hinter allem die CIA. Sogar mein Vater glaubte, dass er nur deshalb so schlecht Golf spielte, weil die CIA seine Gedanken kontrollierte.

Ich hatte in Afghanistan mit Spezialkräften des Geheimdienstes zusammengearbeitet. Das waren echte Profis gewesen, doch Kuba stand auf einem anderen Blatt. Die CIA versuchte nicht erst seit Castro, ebenso obsessiv wie erfolglos in die Geschicke der Insel einzugreifen. Viele Spionagekarrieren hatten in Kuba ihren Anfang genommen und noch mehr ihr Ende gefunden. Auch wenn das alles schon eine Ewigkeit her war – diese Fehlschläge hatten die Behörde nachhaltig traumatisiert. Mit den explodierenden Zigarren war die CIA zu einer Lachnummer geworden, die Schweinebucht-Invasion dagegen war eine Katastrophe von historischen Ausmaßen.

Die CIA brauchte also dringend ein Erfolgserlebnis. Vermutlich war auch sie kein Freund des kubanischen Tauwetters, da es das Regime stabilisierte und die Castros und die Kommunisten im Allgemeinen an der Macht hielt. Eine Fortsetzung der Entspannungspolitik kam einem Verrat gleich – nicht nur an den Dissidenten, die auf Kuba ihr Leben riskierten, sondern auch an den Exilkubanern in den USA, die noch immer Kontakte zur CIA pflegten. Eduardo Valazquez und seine *amigos* beispielsweise. Ja, die ganze Unternehmung trug eindeutig die Handschrift der CIA, und wenn der Geheimdienst tatsächlich dahintersteckte, dann ging es weder um das Geld in der Höhle noch um die Besitzurkunden – sondern darum, einen Skandal auszulösen, damit sich die Fronten wieder verhärteten und womöglich sogar die Diplomaten abgezogen wurden.

In diesem Fall waren auch meine drei Millionen nur ein Köder gewesen – und noch nicht einmal ein fetter Fisch, sondern nur ein kleiner Wurm. Denk nicht zu viel drüber nach, hatte Sara gesagt. Trotzdem – die Beteiligung der CIA war für viele Dinge eine plausible Erklärung. War das die Überraschung, die mir in Cayo bevorstand?

Dessen ungeachtet war ich ganz zufrieden, endlich Havanna hinter mir gelassen zu haben und mit einer geladenen Glock im Gürtel am Steuer meines eigenen Wagens zu sitzen. Es war noch ein langer Weg nach Key West, aber zur Abwechslung bestimmte ich, wo es langging. Das Kapitel Havanna war abgeschlossen. Jetzt ging es ans Eingemachte.

Sara holte eine Wasserflasche aus dem Rucksack. Wir tranken.

»Wie es den Yalies jetzt wohl geht?«

»Wem?«

»Spaß beiseite, Mac. Hoffentlich geraten sie wegen uns nicht in Schwierigkeiten.«

»Sehr nobel von dir, dass du an sie denkst. Aber vergiss nicht, dass nicht wir, sondern die kubanische Regierung für alle eventuellen Probleme verantwortlich ist.«

»Wir haben sie ausgenutzt.«

»Stimmt. Aber das habt ihr doch von vornherein so geplant.« Ihr oder die CIA.

»Vielleicht werden sie verhört.«

»Dann haben sie hinterher wenigstens was zu erzählen.«

»Oder sie werden des Landes verwiesen.«

»Am schlimmsten wäre, wenn sie noch eine Woche mit Antonio verbringen müssen. Aber vielleicht hat den die Polizei bereits krankenhausreif geprügelt.«

»Sei nicht so herzlos.«

»Also gut. Tad konnte ich eigentlich ganz gut leiden«, sagte ich. »Und Alison und Professor Nalebuff und ein paar von den anderen.« Die hübsche Cindy Neville zum Beispiel. »Ich habe Richard mein Hemingway-T-Shirt geschenkt.«

»Was Tad wohl tun wird, wenn er herausfindet, dass wir uns verdrückt haben?«

Das war der springende Punkt. »Wenn wir Glück haben, ruft er die Botschaft an, die sich ihrerseits beim kubanischen Innenministerium nach uns erkundigen wird. Das wird abstreiten, uns in Gewahrsam genommen zu haben, weiß dann aber auch, dass die amerikanische Botschaft von unserem Verschwinden informiert wurde.«

Sie nickte.

»Allerdings müssen wir davon ausgehen, dass Antonio mittlerweile die Polizei verständigt hat. Inzwischen dürften jedes Polizeirevier, jede militärische Einrichtung, jeder Flugplatz und jeder Hafen im Land eine Mail mit den Fotos erhalten haben, die sie nach der Landung von uns gemacht haben. Auch die Behörden auf Cayo Guillermo.«

»Was meinst du – werden wir es schaffen?«, fragte sie nach einer Weile.

»Wir werden es jedenfalls versuchen.«

Sie nickte. »Weißt du noch, was ich dir auf dem Hotelzimmer im Nacional gesagt habe?«

»Über …«

»Über uns. Wie wir im Heck der *Maine* sitzen und Key West am Horizont auftauchen sehen?«

»Ach ja.«

»Und dass unsere Reise unter einem guten Stern steht?«

»Ja, ich erinnere mich.«

»Daran musst du glauben. Dieser Glaube hat dich schon einmal aus einem Krieg heimkehren lassen.« Sie legte eine Hand auf meine Schulter. »Wer für die gerechte Sache kämpft, hat Gott auf seiner Seite.«

Ich nickte. Das erinnerte mich an einen handgeschriebenen Spruch auf einem Zettel, der damals unter den Soldaten die Runde gemacht hatte. *Das Schicksal flüsterte dem Krieger zu:* »*Du kannst dem Sturm nicht standhalten.*« *Und der Krieger flüsterte zurück:* »*Ich bin der Sturm.*«

»Wir werden nach Hause zurückkehren. Jack und Felipe werden nach Hause zurückkehren. Und die Krieger ebenfalls.«

45

2.30 Uhr. Wir hatten Havanna vor ungefähr drei Stunden verlassen. Dass ich seit Längerem kein anderes Fahrzeug zu Gesicht bekommen hatte, beunruhigte mich ein wenig.

Wenn ich davon ausging, dass der Motor etwa sechzehn Liter pro hundert Kilometer brauchte, konnten wir theoretisch noch ein paar Stunden fahren, ohne zu tanken. Doch dafür mussten zwei Bedingungen erfüllt sein: Chio hatte tatsächlich vollgetankt und außerdem den Originaltank, der standardmäßig entweder fünfundsiebzig oder hundert Liter fasste, nicht ausgetauscht.

Ohne funktionierenden Tacho und Kilometerzähler war es eine Gleichung mit zu vielen Unbekannten. Ich war drei Stunden lang mit ungefähr hundert km/h gefahren, also waren wir jetzt etwa dreihundert Kilometer von Havanna entfernt. Bis nach Cayo Guillermo waren es weitere dreihundert Kilometer, die wir jedoch teilweise auf Landstraßen zurücklegen mussten. Ich rechnete für diesen zweiten Abschnitt mit über vier Stunden.

Meine größte Sorge war jedoch, dass uns der Motor irgendwann im Stich ließ und ein hilfsbereiter Tráfico anhielt, um sich die Sache anzusehen.

Da die Innenbeleuchtung defekt war, musste Sara die Karte im Licht ihres sonst nutzlosen Handys lesen. »Demnächst erreichen wir Santa Clara – das ist eine etwas größere Stadt.«

»Gibt es dort Tankstellen, die rund um die Uhr geöffnet haben?«

»Ja. Aber ... um drei Uhr morgens zu tanken ist keine so gute Idee.«

»Klar, aber ich habe keine Ahnung, wie viel Sprit wir noch haben.«

»Vielleicht sollten wir anhalten und im Morgengrauen weiterfahren, wenn auf der Straße mehr los ist«, schlug sie vor.

Wahrscheinlich war der Sprit nicht so knapp, wie ich dachte. Das eigentliche Risiko bestand darin, von einem Polizeiauto angehalten zu werden.

Die Hinweisschilder entlang der Autopista waren entweder miserabel beleuchtet oder nicht vorhanden. Wir hielten trotzdem nach der Abfahrt für Santa Clara Ausschau.

Mama Inés' Ropa vieja war nur noch eine schwache Erinnerung. Mein Magen knurrte. »Hast du was zu essen mitgenommen?«

»Nur einen Schokoriegel aus der Minibar. Willst du die Hälfte?«

»Ich biete hunderttausend Pesos.«

Sie holte ein KitKat aus dem Rucksack und teilte es. Wer jetzt wohl die Minibarrechnung im Parque Central bezahlte? Nun ja, dafür durften sie unser Gepäck behalten. Allein mein Koffer war mindestens fünfzig Dollar wert.

Wir fuhren weiter und verließen uns, was die Verkehrspolizei anging, auf unser Glück. Ich hätte gerne irgendwo angehalten, doch zu beiden Seiten der Straße verliefen tiefe Abwassergräben, sodass wir wohl oder übel bis zur nächsten Ausfahrt warten mussten.

Und die ganze Zeit über lauschte ich, ob der Motor Zicken machte, und fürchtete mich vor Scheinwerferlicht im Rückspiegel.

Bis irgendwann tatsächlich ein Fahrzeug hinter uns einen Hügel herunterkam. Sara bemerkte das Licht ebenfalls, sagte aber nichts.

Ich behielt unsere Geschwindigkeit bei, mehr war aus dem Bootsmotor sowieso nicht herauszuholen. Die Scheinwerfer kamen immer näher. Noch war nicht auszumachen, ob es ein Toyota-SUV war, der uns folgte.

Sara starrte in den Seitenspiegel. »Ich kann nichts erkennen.«

Als sich das Auto auf etwa fünfzehn Meter genähert hate, sah ich, dass es sich tatsächlich um einen kleinen SUV handelte. Er blieb hinter mir auf der rechten Spur und machte keine Anstalten, zu überholen. Die Scheinwerfer blendeten so stark, dass ich nicht ins Innere des Wagens blicken konnte. »Wie viele Cops sitzen normalerweise in einem Auto?«

»Zwei. Manchmal nur einer.«

Mit einem wurde ich fertig. Zwei waren schwierig.

Nun war der Wagen keine zehn Meter mehr entfernt, weigerte sich aber stoisch, auf eine der drei anderen Spuren auszuweichen.

Falls es ein Cop war, würde er uns sehr bald anhalten. Einfach nur, weil ihn interessierte, wer da um drei Uhr nachts in diesem amerikanischen Oldtimer durch die Gegend gondelte.

»Wenn das ein Polizist ist, spreche ich mit ihm und biete ihm Geld an. Das klappt meistens«, meinte Sara optimistisch.

Das Reden überließ sie besser mir. Mit meiner 9-mm-Glock konnte ich mich schließlich überall auf der Welt verständlich machen.

»Mac?«

»Und wenn er in den Kofferraum schaut?«

Darauf wusste sie keine Antwort.

Ob Antonio bereits die Polizei von Saras Verschwinden in Kenntnis gesetzt hatte? Vielleicht saß er immer noch in der Lobby des Parque Central (hin- und hergerissen zwischen seiner Pflicht und seinem Schwanz. Hoffentlich gewann sein Schwanz diesen Kampf und befahl ihm, geduldig zu sein). In Havanna konnte natürlich noch jede Menge schiefgehen. Chico oder Flavio verrieten uns, Eduardo gestand unter Folter ... womöglich hielten sie uns nur deshalb nicht an, weil sie die beiden *americanos* in dem Buick Kombi in die nächste Straßensperre treiben wollten. Ich musste etwas unternehmen. »Haben sie Funkgeräte?«

»Ja, aber die sind nicht besonders zuverlässig. Sie verständigen sich für gewöhnlich per Handy.«

Ich ging vom Gas und fuhr an den Straßenrand.

»Was hast du vor?«

»Mal sehen, wie er reagiert.«

»Mac ...«

Ich hielt vor dem Straßengraben an, zog die Glock und kurbelte das Fenster runter. »Kopf einziehen.« Sie blieb aufrecht sitzen.

Die Scheinwerfer waren nur noch fünf Meter entfernt. Der Wagen hielt hinter uns auf der verlassenen Schnellstraße an.

Mein Bauchgefühl sagte mir, dass der durchschnittliche kubanische Verkehrspolizist bei einer Routinekontrolle nicht mit einem bewaffneten Desperado rechnete und daher auch seine Pistole im Gürtel ließ. Wenn er jedoch gezielt nach uns fahndete, würde er sich mit der Waffe im Anschlag nähern.

Der Wagen hielt an. Die Warnblinkanlage wurde eingeschaltet. Ich warf einen Blick über die Schulter. Es war definitiv ein SUV, doch die Scheinwerfer waren so grell, dass ich nicht ausmachen konnte, wie viele Personen im Fahrzeug saßen und ob es sich tatsächlich um einen Streifenwagen handelte. Niemand stieg aus. Warteten sie auf Verstärkung?

»Hierzulande ist es üblich, dass du zu ihnen rübergehst«, sagte Sara im Flüsterton.

Das machte es sogar noch leichter. Ich steckte die Glock unters Hemd und wollte gerade den Wagen verlassen, als der SUV plötzlich ein paar Meter weiterfuhr und neben uns stehen blieb. Das Beifahrerfenster wurde herabgelassen. Ich nahm die Glock wieder heraus.

»Alles in Ordnung?«, fragte eine mittelalte Frau mit britischem Akzent, bevor ich zu einer »Erst schießen, dann fragen«-Entscheidung gelangen konnte.

Ich holte tief Luft. »Alles prima. Und bei Ihnen?«

»Oh ... Sie sind Amerikaner?«

»Kanadier.« Ich sah zu Sara hinüber. Sie hatte die Augen geschlossen und atmete hektisch.

Ein Mann saß hinterm Steuer. Er beugte sich über die Frau

hinweg vor. »Wir wollen nach Santa Clara, aber wir haben nicht ein verdammtes Straßenschild gesehen. Sind wir zu weit gefahren?«

»Bis nach Santa Clara ist es nicht mehr weit.«

Sara beugte sich ebenfalls vor. »Höchstens fünf bis zehn Kilometer.«

»Vielen Dank. Haben Sie eine Panne?«, fragte er.

»Nein. Ich muss nur dringend pinkeln«, sagte ich.

»Ach so ... na dann.«

»Schönes Auto«, sagte die Frau.

Sie fuhren weiter, um Kuba auf eigene Faust zu erkunden.

Sara öffnete die Tür. »Wo willst du hin?«, fragte ich.

»Pinkeln.«

»Da komme ich mit.«

Wir verrichteten unser Geschäft und fuhren weiter. Vor uns waren die Schlussleuchten des britischen Pärchens zu erkennen.

»Das waren die aufregendsten fünf Minuten meines Lebens«, sagte Sara.

Hätte ich nur dasselbe behaupten können. »Du hast dich wacker geschlagen«, sagte ich.

»Was hättest du getan, wenn es tatsächlich ein Polizist gewesen wäre?«, fragte ich.

»Ihn erschossen.«

Darauf sagte sie nichts mehr.

Ich hielt mich mehrere hundert Meter hinter dem Wagen mit den Touristen. Die Landschaft wurde noch bergiger. Um uns herum herrschte völlige Dunkelheit.

Sara nahm Eduardos Zigarre aus der Tasche, zündete sie mit Jacks Zippo an, nahm einen tiefen Zug und reichte sie an mich weiter.

Wir rauchten schweigend. »Nächstes Mal haben wir womöglich nicht so viel Glück«, sagte sie schließlich.

»Dann sorgen wir dafür, dass es kein nächstes Mal gibt.«

Sara konsultierte die Karte. »Bis zur nächsten Ausfahrt ist es nicht mehr weit.«

Ich sah, wie die Briten vor uns bremsten und nach rechts blinkten.

Ich folgte ihnen auf die unbeleuchtete Abfahrt, die in einer T-Kreuzung endete. Kein Straßenschild weit und breit. Die Briten fuhren nach links.

Sara blickte von der Karte auf. »Santa Clara ist zu unserer Linken. Nach rechts geht's in die Pampa.«

Ich warf die Zigarre aus dem Fenster, bog nach rechts ab und fuhr langsam auf einer dunklen, schmalen Straße einen Hügel hinunter. Zu meiner Linken befand sich ein kleiner See. Falls es Häuser entlang der Straße gab, so lagen sie im Dunklen. Alles wirkte völlig verlassen.

»Die Gegend um Santa Clara war früher ein bekanntes Tabakanbaugebiet. Die meisten Plantagen wurden inzwischen aufgegeben. Vielleicht finden wir irgendwo ein verlassenes Haus oder eine Scheune.«

»Okay.«

Die Scheinwerfer beleuchteten zwar die mit Schlaglöchern übersäte Straße, machten mich aber auch nachtblind, sodass ich sie ausschaltete. Im Mondschein waren brachliegende, von sanften Hügeln umgebene Felder zu erkennen.

Sara sah auf die Karte. »In zehn Kilometern kommt ein Dorf namens Osvaldo Herrera.«

»Okay.« Ich fuhr langsam weiter, immer nach der Suche nach Deckung. Wie damals im Humvee in Imarschistan.

Nach ein paar hundert Metern hatten wir eine Hügelkuppe erreicht. Sara entdeckte ein Gebäude.

Es war ein scheunenähnliches Gebilde aus Holz mit halb eingestürztem Dach. Ich bog auf den Feldweg, der darauf zuführte, fuhr durch ein flügelloses Tor direkt in den Schuppen hinein und stellte den Motor ab. Es wurde sehr still um uns.

Sara stieg aus und ließ die Tür offen stehen. Ich tat es ihr gleich und sah mich um. Durch die Löcher in der Decke konnte man den Himmel sehen. Fenster gab es keine. Es roch schwach nach Tabak.

»Ein Trockenschuppen für Tabakblätter«, sagte sie.

»Stand nicht für heute eine Tabakplantage auf dem Programm?«

»Ja.«

Zufall? Kosmischer Scherz? »Das können wir also auch abhaken.«

Während sich Sara in der Scheune umsah, ging ich nach draußen und erkundete die Umgebung. Weit und breit war kein einziges Licht zu sehen. Ich war mir ziemlich sicher, dass uns niemand bemerkt hatte. Da allerdings nicht ausgeschlossen war, dass tagsüber hier gearbeitet wurde, war es wohl das Beste, noch vor dem Morgengrauen zu verschwinden.

Ich bemerkte die Reifenspuren vor dem Scheunentor und bedeckte sie notdürftig mit ein paar Zweigen. Viele waren nicht zur Hand, aber der Mond würde bald untergehen, und Dunkelheit war die beste Tarnung.

Sara trat aus dem Schuppen. »Was machst du da?«, fragte sie flüsternd.

»Mich nützlich.«

»Komm rein.« Sie nahm meine Hand und zog mich in die Scheune.

Es war schon nach drei Uhr. In vier Stunden wurde es hell, und wir konnten weiterfahren.

»Wir sollten uns etwas hinlegen«, sagte Sara. »Vorne oder hinten?«

Ganz offensichtlich hatte sie noch nie in einem Kampfgebiet genächtigt. »Ich halte die nächsten zwei Stunden lang Wache, dann wecke ich dich, und du löst mich ab. Bei Sonnenaufgang weckst du dann mich. Sobald es hell genug ist, dass wir ohne Scheinwerfer fahren können, brechen wir auf.«

»Einverstanden.« Sie schwieg eine Weile. »Bekomme ich einen Kuss?«

Normalerweise pflege ich die von mir eingeteilten Wachposten nicht zu küssen, aber in ihrem Fall machte ich eine Ausnahme. Dann kletterte sie auf die Rückbank des Roadmaster und schloss lautlos die Tür.

Ich setzte mich auf den Boden, lehnte den Rücken gegen die Heckstoßstange des Buick, zog die Glock und behielt das Tor im Auge.

Es waren ein langer Tag und eine noch längere Nacht gewesen. Ich hätte müde sein müssen, war aber hellwach und aufmerksam. Wie damals in der Dukannstmichmal-Provinz.

Der Mond ging unter. Die Nacht war tintenschwarz und absolut windstill. Die Laubfrösche quakten, in der Entfernung sang ein nächtlicher Vogel.

Ich starrte durch das Scheunentor in die Finsternis, lauschte nach einem Motorbrummen oder Schritten oder einer unnatürlichen Stille.

Aus Langeweile visualisierte ich unseren Heimweg. Wenn wir diese Nacht überstanden und morgen Cayo Guillermo erreichten, ohne von der Polizei aufgehalten zu werden, trennte uns nur noch eine kleine Bootsfahrt von der Heimat.

Eine Stunde verging, dann noch eine, dann tauchten die ersten Sonnenstrahlen über einem weit entfernten Hügel auf und breiteten sich allmählich über die leeren Äcker aus.

»Du wolltest mich doch aufwecken«, sagte Sara und stieg aus dem Wagen.

»Dann hätte ich den Sonnenaufgang verpasst.«

Sie nickte. »Unseren nächsten Sonnenaufgang werden wir auf See erleben. Und zwar gemeinsam.«

»Genau.« Ich stand auf. »Fahren wir weiter.«

46

Wir hielten an einem *servicentro* am Stadtrand von Santa Clara. In Kuba zapft man nicht selbst, sondern wird von einem Tankwart bedient. Das *petróleo especial* kostete ungefähr einen Dollar sechzig pro Liter. Ein stolzer Preis, wenn man nur zwanzig im Monat verdient.

Sara stieg aus und unterhielt sich mit dem jungen Tankwart, der an ihr weit mehr interessiert war als an dem Oldtimer, in dem ich saß und die Straßenkarte studierte. Der Typ war völlig entspannt, scherzte und lachte und verhielt sich überhaupt nicht so, als hätte er irgendwo Fotos von uns gesehen.

Sara bezahlte in Pesos und stieg ein. Laut Zapfsäulenanzeige hatten wir achtundfünfzig Liter getankt. Jetzt wusste ich zwar immer noch nicht, wie viel in den Tank passte, doch damit würden wir auf jeden Fall nach Cayo Guillermo kommen.

Ich fuhr los.

»Ich habe behauptet, dass wir aus Baracoa sind. Das ist an der Ostspitze Kubas. Dort spricht man einen völlig anderen Akzent.«

Mit ihren Teva-Wanderstiefeln ging sie garantiert nirgendwo als Einheimische durch, doch darauf hatte der junge Mann sicher nicht geachtet. Er war zu beschäftigt damit gewesen, seinen Stutzen ins Tankloch zu stecken und *petróleo especial* hineinzuspritzen. Woran er dabei wohl gedacht hatte?

»Und du bist mein älterer Bruder, habe ich gesagt.«

»Besten Dank.«

»Und dass wir den Oldtimer in Havanna verkaufen wollen.«

»Clever.« Auf dieser Insel kamen einem die Lügen ganz leicht über die Lippen.

Wir fuhren auf die Autopista zurück, und ein paar Minuten später rollten wir wieder mit gemütlichen hundert Sachen nach Osten.

In beide Richtungen herrschte leichter Morgenverkehr, hauptsächlich Lkws und Lieferwagen. Obwohl sonst keine amerikanischen Oldtimer unterwegs waren, ernteten wir keine neugierigen Blicke.

Mehrere Personen am Fahrbahnrand winkten uns zu. »Nett, die Leute hier.«

»Das sind Anhalter, Mac. Sie wedeln mit Pesos.«

»So könnten wir die nächste Tankfüllung finanzieren.«

»Die öffentlichen Verkehrsmittel sind eine Katastrophe. Die Menschen sind so verzweifelt, dass sie praktisch mit jedem Fahrzeug mitfahren. Die Regierung hat sogenannte *botellas* eingerichtet. Treffpunkte für Anhalter, wo Regierungsbeamte entscheiden, wer in die anhaltenden Autos einsteigen darf. Es ist ein hartes Leben«, fügte sie hinzu.

Hart und beschissen.

Wir fuhren weiter. Seit unserer Ankunft war der Himmel jeden Tag klar gewesen, doch heute ballten sich schwarze Wolken am Horizont.

»Hoffentlich hatten sie beim Turnier gutes Wetter.«

»Angelst du gern?«

»Ich angle gar nicht. Meine Kunden angeln.«

»Aber gefällt dir deine Arbeit?«

Nein, sonst wäre ich jetzt nicht hier auf der Autopista. »Ich bin gerne auf dem Meer.«

»Meine Wohnung hat einen Meerblick.«

»Mein Boot auch.«

»Für heute ist ein Mitternachtsausflug auf der *Maine* geplant.«

»Ich kann es kaum erwarten.«

Wir kamen gut voran, obwohl wir es nicht eilig hatten. Im Gegenteil. Jack, Felipe und die drei Sportfischer waren jetzt wohl auf dem Wasser und angelten mit den neun anderen Teams um die Wette. Heute war der vierte Tag des Pescando Por la Paz und, so oder so, der letzte für die *Fishy Business*. Jack und Felipe warteten auf uns, wussten aber nicht, wann – oder ob – wir auftauchen würden. Ob sich Jack Sorgen um mich machte oder nur um sein Geld? Tja, da hatte ich gleich zwei Überraschungen für ihn auf Lager: Ich hatte es geschafft, das Geld nicht. Momentan jedenfalls hatten wir keine Möglichkeit, um herauszufinden, ob die Boote noch da waren oder nicht. »Mach doch mal das Radio an«, sagte ich. »Vielleicht bringen sie was über das Angelturnier.«

Sie schaltete das alte Röhrenradio ein. Rauschen erfüllte das Auto. Eine Weile lang spielte sie an dem Chromrädchen herum, mit dem man die Sender einstellte, doch außer kubanischer Musik und ein paar hitzigen Rednern – Scheißefresserpropaganda, sagte Sara – konnte sie nichts Brauchbares empfangen.

Etwa zwanzig Minuten hinter Santa Clara fuhren wir durch ein Schlagloch, und das Radio verstummte. Sara schaltete es aus. »Wir versuchen es später noch einmal.«

»Keine Nachrichten sind gute Nachrichten.«

»Hier kommt die schlechte Nachricht: Ich sehe ein Polizeiauto im Seitenspiegel.«

Ich warf einen Blick in den Rückspiegel. Etwa hundert Meter hinter uns fuhr ein grün-weißer Toyota-SUV auf der rechten der drei Spuren. Wir befanden uns auf der mittleren hinter einem großen Lkw. Ich wechselte auf die linke Spur und gab Gas, sodass unser Wagen auf gleicher Höhe mit dem Laster war und der Tráfico uns nicht mehr sehen konnte. Ich wartete, bis der Polizeiwagen mit hoher Geschwindigkeit rechts an uns vorbeizog, dann ließ ich mich wieder hinter den Lkw fallen.

Dieses Katz-und-Maus-Spiel würde ich die nächsten drei bis vier

Stunden wohl noch ein paar Male spielen. Wir hatten zwar keinen Grund zu der Annahme, dass die Polizei nach einem 1953er Buick Roadmaster suchte, inzwischen – es war acht Uhr – fahndete sie jedoch mit großer Wahrscheinlichkeit nach Sara Ortega und Daniel MacCormick, die sich unerlaubterweise aus dem Parque Central entfernt hatten. Es war also besser, wenn ich nicht durch waghalsige Manöver Aufmerksamkeit erregte.

Die Hügel wurden immer steiler, und der 90-PS-Motor hatte Mühe, die Steigungen zu bewältigen. Sara sah auf die Karte. »Der nächste größere Ort, Sancti Spíritus, ist noch etwa eine halbe Stunde entfernt. Dreißig Kilometer dahinter ist die Autopista zu Ende.«

»Wie schade.«

»Die Sowjets stellten den Bau ein, und das Regime hatte kein Geld, um sie zu Ende zu führen. Aber es gibt ein paar alternative Routen nach Nordosten bis zu dem Damm, der über Cayo Coco nach Cayo Guillermo führt.« Sie sah auf die Karte. »Hier ist auch eine alte Schnellstraße, die Carretera Central. Auf ihr kommen wir bis nach Camagüey.«

»Nächstes Mal.«

»Oder dieses Mal.«

Ich sah zu ihr hinüber. Sie hatte ein Blatt Papier in der Hand und legte es auf meinen Schoß. Unsere Schatzkarte. Eine dritte Kopie. Irgendwie hatte sie wohl vergessen, Eduardo und mir davon zu erzählen.

»Sie gehört dir. Für nächstes Mal – oder dieses Mal.«

Ich wusste nicht, was ich sagen sollte.

»Deine Entscheidung.«

»Wir haben keine Informationen über die Kontaktperson in Camagüey.«

»Brauchen wir auch nicht. Wir haben die Karte.«

»Und was ist mit dem Lastwagen?«

»Wir klauen uns einen.«

Diese Lady hatte wirklich Eier in der Hose. Oder sie bluffte sehr gekonnt. »Wir wissen doch gar nicht, ob das Geld noch in der Höhle ist.«

»Wir fahren hin und finden es raus.«

»Die Frage lautet: Ist es das Risiko wert?«

»Falls es dir entgangen sein sollte: Unsere Lage ist bereits mehr als riskant, Mac.«

»Das habe ich durchaus bemerkt. Aber sollten wir unsere Ladung diesem weiteren Risiko aussetzen?«

»Diese Frage musst du für dich selbst beantworten.«

»Okay ... ach, das Leben ist grausam, oder?«

Ich dachte fieberhaft nach. Meine drei Millionen Dollar waren also plötzlich wiederaufgetaucht. Wir mussten es nur bis nach Camagüey schaffen, einen Lkw klauen, den Buick irgendwo abstellen, die Höhle finden, mit zwölf prall mit Geld gefüllten Überseekoffern nach Cayo Guillermo fahren und dort unsere Kontaktperson wie verabredet um sieben Uhr abends im Melia Hotel treffen. Das war machbar. »Wie weit ist es nach Camagüey?«

Sie sah auf die Karte. »Bis zur Provinzgrenze sind es noch hundertfünfzig Kilometer. Dann können wir der Schatzkarte zur Höhle folgen.«

»Okay ...« Von den logistischen Herausforderungen und der Tatsache abgesehen, dass es sich ganz allgemein um ein Himmelfahrtskommando handelte, drängten sich mir mehrere Fragen auf. Was war mit den Koffern, die wir bereits geladen hatten? Bluffte Sara oder nicht? War das eine Art Wiedergutmachung dafür, dass Eduardo die Mission Camagüey abgebrochen hatte? »Lass mich drüber nachdenken.«

»In etwa einer Stunde erreichen wir eine Stadt namens Ciego de Ávila. Dort können wir entweder nach Norden zum Cayo-Coco-Damm fahren. Oder in östlicher Richtung nach Camagüey.«

Cayo Guillermo oder Camagüey? Die erste Option war weitaus einfacher und risikoärmer, dafür war der Profit viel geringer. Die zweite Option konnte mich zu einem reichen Mann machen – ich hätte das Geld aus der Höhle, die Dokumente, die bereits im Kofferraum lagen, und wahrscheinlich konnte ich aus Carlos in Miami ebenfalls etwas herausquetschen. »Eduardo war dagegen. Was meinst du?«, fragte ich.

»Mac, jetzt bist *du* am Zug. Wenn du dich dafür entscheidest, komme ich mit. Wenn du dich dagegen entscheidest, will ich niemals wieder auch nur ein Wort über die drei Millionen Dollar hören.«

Comprende? Sie hatte nicht nur Eier, sie drückte sich auch klar und deutlich aus.

»Wie du dich auch entscheidest, die Karte gehört dir. Aber bitte sag mir Bescheid, wenn du in unmittelbarer Zukunft eine Kubareise planen solltest.«

»Du weißt genau, dass ich niemals ...«

»Ich vertraue dir.«

»Danke. Bis wir in Diego Devilla sind, habe ich mich entschieden.«

»Ciego de Ávila.«

Meinetwegen auch bis dorthin.

Wir fuhren weiter über die landschaftlich überaus reizvolle Hochebene von Santa Clara. Die stille, bedrohliche Präsenz der Berge in der Entfernung erinnerte mich an Afghanistan.

Schweigend fuhren wir an der Ausfahrt nach Sancti Spíritus vorbei. Zehn Minuten später verengte sich die Fahrbahn auf zwei Spuren. »In ein paar Kilometern ist die Autopista zu Ende. Dann müssen wir auf die CC – die Carretera Central – und weiter nach Osten bis Ciego de Ávila.«

»Okay.«

Am Ende der Autopista folgte ich den anderen Fahrzeugen über eine schlecht asphaltierte Straße nach Osten. Auf den beiden Fahrspuren herrschte zähflüssiger Verkehr. Anhalter standen am Straßenrand und riefen den vorbeifahrenden Autos etwas zu. Darunter waren auch ein paar Backpacker aus einem anderen Teil der Welt: blond, jung, furchtlos und keinen blassen Schimmer. Ich wünschte ihnen nur das Beste. Hoffentlich mussten sie nie das durchmachen, was ich in ihrem Alter durchgemacht hatte.

»In einer halben Stunde sind wir in Ciego de Ávila.«

Ich warf ihr einen Seitenblick zu. »Was hättest du von einem Abstecher nach Camagüey?«, fragte ich.

»Erstens kann ich so das Versprechen erfüllen, das mein Großvater seinen Kunden gegeben hat. Und zweitens habe ich dir ebenfalls ein Versprechen gegeben, das ich damit einlösen kann«, sagte Sara.

Das war sehr rührend, aber weshalb sollte *ich* dafür mein Leben riskieren? »Weißt du was? Wenn wir die Höhle finden und das Geld noch da ist, teile ich meinen Anteil mir dir.«

»Danke. Aber ich bin nicht wegen dem Geld hier.«

»Aber du solltest es auch nicht ablehnen. Du hast es dir verdient.«

»Ich überlasse dir diese Entscheidung nicht zuletzt, um nie wieder ein Wort über die drei Millionen hören zu müssen, die dir durch die Lappen gegangen sind.«

»Also volles Risiko oder Maul halten?«

»So sieht's aus.«

»Danke.«

Auf der CC ging es wegen der Lastwagen und Traktoren, die es scheinbar nicht besonders eilig hatten, nur mit etwa vierzig Stundenkilometern voran. Auf der Gegenfahrbahn rauschte eine alte Ford-Limousine vorbei, und ich fühlte mich in meinem Oldtimer etwas weniger wie ein bunter Hund.

Sara konsultierte die Karte. »Um Ciego de Ávila führt eine Ringstraße. Sobald wir die erreicht haben, können wir entweder weiter nach Camagüey fahren oder die Carretera Norte zur Küste nehmen.«

Ich gab keine Antwort, und wir fuhren schweigend weiter.

Dann bogen wir auf die Ringstraße, und der Augenblick der Wahrheit war gekommen. Die erste Abfahrt führte nach Süden, dann kam die nach Camagüey. Ich sah Sara an. Sie hatte den Kopf in den Nacken gelegt und die Augen geschlossen.

Die Straße nach Camagüey war verlockend wie der Pfad nach El Dorado. Ich zögerte, dann verabschiedete ich mich von meinen drei Millionen und nahm die Abzweigung auf die Carretera Norte, die uns zur Küste brachte.

»Im Melia Hotel gebe ich dir einen aus«, sagte ich nach ein paar Minuten.

Sie nickte mit geschlossenen Augen.

Tja ... wäre ich allein gewesen, ich hätte es wohl riskiert. Aber ich würde weder Saras Leben aufs Spiel setzen noch die Toten enttäuschen, deren sterbliche Überreste darauf warteten, nach Hause zurückzukehren. Jack wäre sicher einer Meinung mit mir gewesen. Man ließ keinen Gefallenen zurück.

Auf der Carretera Norte war etwas weniger los. Es ging beinahe ständig bergab, und die Gegend wurde immer flacher, je näher wir der Küste kamen. »Wie weit ist es noch?«

Sie öffnete die Augen und blickte auf die Karte. »Noch dreißig Kilometer bis zu einem Ort namens Morón, dann noch mal fünfzehn bis zum Cayo-Coco-Damm. Der ebenfalls etwa fünfzehn Kilometer lang ist.«

Also waren es nach Adam Riese noch ungefähr sechzig Kilometer. Bei dieser Geschwindigkeit etwa eine Stunde. Ich sah auf die Uhr. Es war kurz nach elf. Wir würden gegen halb eins in Cayo Guillermo sein. »Wir werden es schaffen.«

»Ich habe nie daran gezweifelt.«

»Ich auch nicht.«

»Bereust du es?«

»Was?«

»Dass du das Geld nicht bekommst.«

»Was für Geld?«

Sie legte eine Hand auf meine Schulter. »Irgendwann kehren wir zurück und holen es.«

»Schau einfach im Green Parrot vorbei. Oder ruf an.«

Darauf sagte sie nichts.

Ich nahm die Schatzkarte von meinem Schoß und gab sie ihr. »Verbrenn sie.«

»Sie gehört dir.«

»Ja, und ich sage: Verbrenn sie.«

Sie warf einen Blick darauf. »Toller Wanderweg durch Camagüey.« Sie zündete Jacks Zippo an, hielt die Flamme gegen die Karte und warf sie dann aus dem Fenster.

Ich nahm meine Zigarre aus der Tasche und gab sie ihr. »Ab nach Hause.«

Wir teilten unsere letzte Zigarre auf dem Weg nach Cayo Guillermo – Jack, Felipe, der *Fishy Business* und unserem Schicksal entgegen. Ich freute mich schon auf meine Überraschung.

47

Wir durchquerten das malerische Dörfchen Morón und fuhren danach auf einer zweispurigen Straße an einem See vorbei und durch ursprüngliches, üppiges Marschland. Ein Flamingoschwarm ließ sich auf dem Wasser nieder, um das Mittagessen zu fischen.

Die Straße war völlig verlassen. »Wo sind denn alle?«

Sara wandte die Aufmerksamkeit von den Flamingos ab. »Die meisten Touristen kommen mit dem Boot oder dem Flugzeug auf die Inseln. Es gibt Direktflüge von Toronto und London zum Flughafen von Cayo Coco. Auch Chartermaschinen aus ganz Europa landen dort.«

»Was ist hier so toll?«

»Es ist warm und billig.«

»Na klar.« Die Europäer machten wahrscheinlich sogar in der Hölle Urlaub, wenn sie ein billiges Pauschalangebot erhaschen konnten.

»Und dass vor der Küste eines der besten Angelreviere der Welt liegt, ist dir sicher bekannt.« Sie grinste. »Angeblich findet dort im Augenblick ein großes Wettangeln statt.«

»Wollen wir's hoffen.«

»Sie sind noch da, Mac«, versicherte sie mir. »Irgendwann werden die amerikanischen Angler in Scharen hier einfallen«, fügte sie hinzu

Nicht, wenn Eduardo, Carlos und ihre *amigos* etwas zu melden hatten. Da ich neuerdings wieder arbeiten musste, konnte ich zukünftig von Key West aus Angeltouren nach Cayo Guillermo anbieten. Zwei Länder, ein Urlaub. Alles, was ich dazu brauchte, waren mein Boot und eine neue Identität.

Wir fuhren weiter durch das Sumpfgebiet. Vor uns lag das blaue Meer – die Bahía de Perros, wie Sara sagte. Die Hundebucht. Eine Landzunge zeigte auf den Horizont hinaus.

»Das ist der Damm«, sagte sie.

Je näher wir dem Meer kamen, desto ausgedehnter wurden die Wasserflächen.

»Sobald wir den Damm überquert haben, sind wir vor der Verkehrspolizei sicher.«

»Und was machen wir in den nächsten sechs Stunden?«

»Keine Ahnung. Hauptsache, wir entfernen uns nicht zu weit vom Wagen.«

»Ich bin völlig verschwitzt. Wie wär es mit einem FKK-Strand?«

»Weißt du noch, was in dem Reiseführer steht, den du eigentlich hättest lesen sollen?«

»So weit bin ich nicht gekommen, weil ich nicht damit gerechnet habe, dass wir so weit kommen.«

»Dann hör gut zu. Erstens wohnen bis auf diejenigen, die in den Ferienanlagen arbeiten, kaum Einheimische auf den Inseln. Daher gibt es auch keine Nachbarschaftswachen. Was aber nicht heißen soll, dass unter dem Personal der Hotels und Restaurants keine *chivatos* sind. Aber da die meisten Touristen aus Europa und Kanada kommen, hält sie das Regime für unverdächtig.«

Das alles stand bestimmt nicht im Reiseführer. Das wusste sie aus anderer Quelle. »Dann geben wir uns eben als Kanadier aus.« Damit hatte ich schon in Havanna gute Erfahrungen gemacht.

»Angeblich ist auch kaum Polizei auf den Inseln.«

»Was zur Abwechslung ganz angenehm ist. Allerdings – und das habe ich in *meinem* Infomaterial gelesen – ist Cayo Guillermo ein wichtiger Importhafen, weshalb es ganz sicher Patrouillenboote und

Kontrollbeamte dort gibt. Die Insel mit dem Auto zu erreichen ist einfach. Sie mit dem Boot zu verlassen womöglich nicht.«

»Das werden wir heute Nacht herausfinden.«

»Und wir werden herausfinden, ob die Angelboote noch hier oder schon in Key West sind.«

»Sie sind hier.«

»Und wenn nicht, haben wir dann einen Plan B?«

»Das fragen wir am besten unsere Kontaktperson.«

»Und wenn die nicht auftaucht?«

»Sie wird auftauchen. Und die Boote werden auch noch da sein.«

»Dein Wort in Gottes Ohr. Außerdem besteht die Möglichkeit, dass die Polizei die Verbindung zwischen mir und der *Fishy Business* aufgedeckt hat und auf Cayo Guillermo auf uns wartet.«

»Nein, dann wartet sie bei dem Kontrollposten auf dem Damm, wo wir unsere Pässe vorzeigen müssen.«

»Kontrollposten? Pässe? Das ist mir neu.«

»Das stand in dem Reiseführer, den Carlos dir gegeben hat.«

»Können wir den Posten irgendwie umgehen?«

»Nein. Aber wir können vermeiden, die Pässe vorzeigen zu müssen.«

»Mit Geld oder mit der Knarre?«

»Weder noch.« Sie zog zwei blaue Pässe aus der Tasche und gab mir einen.

Es war ein kanadischer Pass, der noch offizieller aussah als meiner von der Conch Republic. Ich öffnete ihn und sah dasselbe Foto, das sich auch in meinem richtigen Pass befand. Allerdings war mein Name hier als Jonathan Richard Mills angegeben, und der Pass war in Toronto ausgestellt. Komisch, wann war ich in Kanada gewesen? »Woher hast du die?«

»Von meinen *amigos*.«

»Aha.« Der Pass war sogar mit mehreren Ein- und Ausreisestempeln versehen. Wann war ich in Heathrow gewesen?

»Die Pässe werden den Beamten an der Kontrolle täuschen, aber keinen Flughafenscanner.«

»Wir fahren ja auch mit dem Schiff nach Hause«, rief ich ihr in Erinnerung. »Inzwischen dürften unsere Fotos vom Flughafen die Runde gemacht haben, und meines sieht dem da gar nicht so unähnlich.«

»Dann wollen wir hoffen, dass das Innenministerium den Kontrollposten vor Cayo Coco vergessen hat. Sag einfach *buenos dias*, lächle den Beamten an und lass dir die zwei CUC abknöpfen.«

»Okay.« Ich warf einen Blick auf das einsame Kontrollhäuschen, das in der Mitte der Straße stand, damit die Maut von beiden Richtungen kassiert werden konnte.

»Immer schön lächeln.«

»Geht klar. Wie heißt du?«, fragte ich.

Sie gab mir ihren kanadischen Pass. »Anna Teresa Mills. Wir sind verheiratet.«

»Seit wann das?«

»Das erklärt, warum ich wie eine Latina aussehe, aber keinen entsprechenden Namen trage.«

»Verstehe.« Das Ganze war von langer Hand in den USA geplant worden. »Wird das wirklich klappen?«

»Mac, wenn wir es nicht mal an einem Mauthäuschen vorbeischaffen, können wir gleich umkehren.«

Für eine Architektin war sie sehr cool und abgebrüht. Doch dann fiel mir ein, dass sie von einem ehemaligen oder vielleicht auch nicht so ehemaligen CIA-Agenten ausgebildet worden war.

Kurz vor dem Kontrollpunkt bog ein Pick-up aus einer Seitenstraße vor mir auf den Damm. Auf der Ladefläche saßen etwa ein Dutzend Männer und Frauen, rauchten und lachten.

»Tagelöhner«, sagte Sara.

Genau wie zu Hause.

Der Mann im Mauthäuschen winkte den Pick-up durch. Uns würde er ganz sicher aufhalten.

»Warte, bis er nach den Pässen fragt«, sagte Sara.

Ich hielt breit lächelnd neben dem Häuschen. »*Buenos dias*«, sagte ich und gab dem uniformierten Beamten zwei CUC.

»*Buenos dias, señor ... y señorita.*« Er zögerte einen Augenblick. »*Pasaporte, por favor.*«

Ich reichte ihm die beiden Pässe. Er blätterte sie durch, sah mich an und legte den Kopf schief, um auch einen Blick auf Anna Teresa werfen zu können. Die saß vorgebeugt da und lächelte ebenfalls.

Er sagte etwas auf Spanisch und gab mir die Pässe zurück. *Adios.*

Wir fuhren weiter über den Damm. »Zum Glück wollte er nicht in den Kofferraum sehen.«

»Das ist schließlich keine Landesgrenze«, sagte Sara. »Sehr gut. Man hat mir versichert, dass das kein Problem sein würde.«

Ich fragte mich, wer ihr das erzählt hatte. »Hey, wir müssen nur einmal Maut zahlen«, sagte ich.

Die beiden Fahrspuren auf dem steinernen Damm waren kaum breiter als eine einzige. Von Leitplanken weit und breit keine Spur. Ein Lkw kam uns entgegen, und es wurde so eng, dass ich jeden Augenblick damit rechnete, in der Hundebucht zu landen. Einen Unfall konnten wir uns nicht leisten. »Wie lang ist dieser Damm?«

»Fünfzehn Kilometer, schon vergessen? Genieß die Fahrt«, riet sie mir.

Ich fuhr langsamer. Der Damm erinnerte mich an den Overseas Highway, auf dem dieser Urlaub seinen Anfang genommen hatte. Möwen und Pelikane schwebten über die Straße. Unzählige Wasservögel tummelten sich in der Bucht.

»Irgendwann will ich wieder hierher zurückkehren«, sagte Sara.

Ich wollte so schnell wie möglich weg von hier.

Der Damm führte in beinahe gerader Linie über die Bucht. In der Entfernung war die Küste von Cayo Coco zu erkennen.

Mir fiel der Passkontrolleur am José-Martí-Flughafen ein, der Sara aufgehalten hatte. Hoffentlich war der Typ im Mauthäuschen nicht genauso misstrauisch. »Und wenn die Polizei am Ende des Damms auf uns wartet?«, fragte ich.

»Dann können wir jetzt auch nichts dagegen unternehmen.«

»Stimmt.« Hier konnte ich unmöglich wenden.

Eine Passagiermaschine näherte sich langsam dem Inselflughafen. Als sie zur Landung ansetzte, konnte ich das Ahornblattlogo von Air Canada auf der Höhenflosse erkennen. Erneut nahm ich erstaunt zur Kenntnis, dass Kuba für die übrige Welt einfach nur ein Urlaubsziel war. Für uns war diese Insel ein Relikt des Kalten Krieges, auf der man die Amerikaner entweder aus tiefstem Herzen hasste oder mit offenen Armen willkommen hieß.

Am Ende des Damms zogen sich mangrovenartige Sümpfe am Ufer entlang. Da die Fahrbahn einen Knick nach links machte, war sie deutlich einzusehen. Von einer Straßensperre keine Spur. »Ich glaube, die Luft ist rein.«

Sara, die die meiste Zeit über so eiskalt wie ein Frozen Daiquiri geblieben war, holte tief Luft. »Was sollte das vorhin heißen, ›Ruf mich an‹ oder ›Schau einfach im Green Parrot vorbei‹?«, fragte sie aus heiterem Himmel.

Das hieß wohl, dass wir nach diesem Abenteuer getrennte Wege gingen. Ein freudscher Versprecher?

»Mac?«

»Nur ein blöder Scherz.«

»Darüber kann ich nicht lachen.«

»Entschuldige.« War sie deshalb so schweigsam? Wir hatten weiß Gott größere Probleme.

»Wenn wir hier lebend rauskommen ...«

Das zum Beispiel.

»... dann sind wir untrennbar miteinander verbunden.«

Ob ihr Freund eine Pistole besaß?

»Glaubst du das wirklich?«

»Ja, das glaube ich«, sagte ich. »Diejenigen, die Seite an Seite mit mir gekämpft haben, werden bis zum Ende meines Lebens meine Kameraden sein.« Wobei – geschlafen hatte ich mit diesen Kameraden natürlich nicht.

»Liebst du mich?«

»Ja.«

»Das wollte ich nur wissen für den Fall, dass wir … getrennt werden.«

»Und du?«

»Das musst du nicht fragen.«

Wir hielten uns an den Händen, als wir über den Damm auf Cayo Coco fuhren.

»Nach Cayo Guillermo geht's nach links.«

Nächster Halt: Key West, Florida, USA.

48

Auf Cayo Coco, der größten Insel des Archipels, war anscheinend ein Bauboom ausgebrochen. Entlang der weißen Strände schossen die Hotels und Ferienhäuser wie Pilze aus dem Boden. Von dieser Seite kannte ich Kuba noch nicht. Ob die ausländischen Investoren mit der baldigen Ankunft der Amerikaner rechneten? Wie es aussah, würden sie wohl etwas länger warten müssen, als erwartet.

Sara betrachtete eine Karte in ihrem Reiseführer. »Einfach weiter auf der Straße bleiben, dann kommen wir zu dem Damm, der nach Cayo Guillermo führt.«

»Okay.« Die wenigen amerikanischen Oldtimer, die ich sah, waren ausnahmslos Taxis. Ein älteres Paar versuchte sogar mich anzuhalten. Ich winkte zurück. »Dave Katz sollte mal herkommen«, sagte ich.

»Wer ist das?«

»Ein Taxifahrer aus Key West.«

»*Wir* sollten mal herkommen. Auf deinem Boot.«

Meinte sie damit dasselbe Boot, auf dem wir die Flucht von Kuba antreten würden? »Ich weiß nicht, ob wir nach der Pressekonferenz in Miami noch willkommen sind.«

Auf dem Damm nach Cayo Guillermo drängten sich die Angler. Einer hatte gerade einen Red Snapper gefangen. »Magst du Sushi?«

»Rede nicht vom Essen.«

Die Sandbänke und Untiefen entlang des Damms waren rosa vor Flamingos. »Atemberaubend«, sagte Sara.

»In der Tat.«

Dann hatten wir den Damm überquert und waren auf Cayo Guillermo. Noch nicht das Ende der Reise, aber womöglich der Anfang vom Ende. Das hing ganz davon ab, ob das Pescando Por la Paz abgesagt worden war oder nicht. Was wir in etwa zehn Minuten erfahren würden.

»Wir haben's geschafft«, sagte Sara.

Es sah ganz danach aus. »Wo ist der Jachthafen?«

Sie warf einen Blick in den Reiseführer. »Nach rechts.«

Cayo Guillermo war nicht ganz so gut erschlossen wie Cayo Coco. Der Verkehr auf der schmalen Straße war bis auf Fahrräder und Cocotaxis kaum der Rede wert. Auf einem Schild vor uns stand: MARINA MARLIN. Ich hielt auf einem Schotterparkplatz.

Die Marina bestand aus einer Reihe solide wirkender Gebäude am Ufer, darunter auch ein großer, offener Schuppen, in dem die Fischer ihren Fang wiegen und sich mit ihm fotografieren ließen oder bei einem Bierchen Anglerlatein zum Besten gaben. Auf einem etwas heruntergekommenen Haus zur Linken flatterte die kubanische Fahne. Wahrscheinlich das regierungseigene Zollgebäude. Vier Militärfahrzeuge parkten davor. Auf einem Schild stand: GUARDA FRONTERA, und darunter: MINISTERO DEL INTERIOR – genau wie vor dem Villa-Marista-Gefängnis. Diese Arschlöcher waren überall.

Noch während ich das Gebäude beobachtete, trat ein Mann in einer olivgrünen Uniform heraus, stieg in eines der Fahrzeuge und kam direkt auf uns zu, während ich den Kombi in Richtung Hafenmeisterei steuerte. Als wir an ihm vorbeifuhren, warf uns der Typ einen misstrauischen Blick zu.

Hinter der Marina kamen die Docks zum Vorschein. Nur wenige Anlegeplätze waren besetzt. Ich sah auf die Uhr. Es war kurz nach eins, das Angelturnier war also in vollem Gange. Wenn die Boote nicht schon längst in Florida waren. »Mal sehen, ob ich was rausfinden kann. Du bleibst im Wagen.«

Sie antwortete etwas auf Spanisch, das ich nicht verstand. Aber ich wusste, was sie damit sagen wollte.

Sara stieg aus und ging in die Hafenmeisterei.

Dies war ein weiterer Augenblick, der über unser Vorhaben und unser Schicksal entschied. Wenn die Fischerboote aus Kuba ausgewiesen worden waren, konnten wir heute Nacht mit den *balseros* auf einem Floß nach Hause fahren.

Etwa hundert Meter von der Marina entfernt ankerte ein graues Dreißigmeterboot. Ich konnte zwar nirgendwo eine Kennung sehen, doch die kubanische Flagge flatterte am Heck, und auf dem Achterdeck war ein Geschützturm installiert. Das war kein Fischerboot.

Wieder einmal kam ich zu dem Schluss, dass wir uns zu sehr auf Ereignisse verließen, auf die wir wenig oder gar keinen Einfluss hatten. Ein Plan mit etwas weniger *vaya con dios* hätte mir besser gefallen.

Der nächste Uniformierte verließ das Zollgebäude, warf einen kurzen Blick auf den amerikanischen Kombi, stieg in seinen Wagen und fuhr los. Anscheinend war Mittagspause. Und wir parkten direkt neben dem Grenzschutz, dessen Mitarbeiter ihre Brötchen damit verdienten, sich anderer Leute Pässe zeigen zu lassen. *Pasaporte, señor?* Wie hieß ich noch gleich?

Sara verließ die Hafenmeisterei. Ihrem Gesichtsausdruck war unmöglich zu entnehmen, ob es gute Nachrichten gab oder wir nach Hause schwimmen mussten.

»Gute Nachrichten«, sagte sie, nachdem sie wieder eingestiegen war. »Die *Fishy Business* liegt auf dem dritten Platz.«

Ich hatte mich noch nie über einen dritten Platz so gefreut. »Noch ein paar Tage, und sie liegen in Führung. Okay, wohin jetzt?«

»Zum Melia Hotel. Das ist nur ein paar hundert Meter die Straße runter.«

Ich fuhr aus dem Parkplatz und nach rechts auf die mit Sand bedeckte Straße.

Das erste Hotel, an dem wir vorbeikamen, war das Grand Carib, darauf folgte das Iberostar Daiquiri, das mich daran erinnerte, welch großen Durst ich hatte.

»Hier.«

Ich bog auf die lange, von Palmen gesäumte Einfahrt des Melia Hotel. In diesem rosafarbenen Gebäudekomplex inmitten eines gepflegten Gartens waren die drei Angler untergebracht, und hier würden wir heute Abend um sieben Uhr unsere Kontaktperson auf Cayo Guillermo treffen – falls er oder sie auftauchte.

»Für ein ordentliches Trinkgeld dürfen wir sicher heute Abend vor dem Hotel parken, damit wir den Wagen von der Lobby aus im Auge behalten können.«

Nach unserem Gespräch auf dem Friedhof hatte ich eigentlich damit gerechnet, in einem mit sechzig Millionen Dollar beladenen Lkw vorzufahren. Wahrscheinlich konnte ich von Glück reden, dass ich überhaupt so weit gekommen war. Hätte ich mich auf dieses Abenteuer eingelassen, wenn ich damals schon gewusst hätte, dass es keine sechzig Millionen Dollar gab? Wohl kaum. Wenn ich von den Gebeinen aus Villa Marista gewusst hätte? Vielleicht.

»Mac? Gehen wir.«

»Okay. Wir sind doch jetzt Kanadier, also spricht nichts dagegen, wenn wir uns ein Zimmer nehmen und abwechselnd duschen und schlafen, während der andere in der Bar sitzt.« Guter Plan, aber wo brachten wir den Sex unter? »Wir bezahlen einfach in bar.«

»Klingt verlockend, aber wir müssten auch unsere Visa vorzeigen und angeben, mit welchen Verkehrsmitteln wir ankommen und abreisen.«

»Na schön, setzen wir uns einfach in die Hotelbar.«

»Wir sollen uns vor sieben Uhr nicht hier blicken lassen. Halten wir uns an den Plan. Ich weiß, wo wir hinfahren können. Hier rechts.«

Man hatte Sara offensichtlich darüber informiert, was sie zu tun und zu lassen hatte. Mir war nur gesagt worden, dass wir um sieben in der Hotelbar sein mussten.

Wir bogen nach links ab und fuhren am Sol Club vorbei, dem letzten Hotel an dieser Straße. Vor uns erstreckte sich dichtes tropisches Unterholz, aus dem hier und da Palmen aufragten, zu unserer Rechten lagen der weiße Sandstrand und dahinter der Atlantik, auf dem wir heute Nacht heimsegeln würden. Wenn der Plan aufging, den wir heute Abend um sieben erfahren würden.

PLAYA PILAR, stand auf einem Holzschild am Ende der Straße.

»So hieß Hemingways Boot«, sagte Sara.

»Was du nicht sagst.«

»Er hat es nach seiner Heldin aus *Wem die Stunde schlägt* benannt. Benennst du auch mal ein Boot nach mir?«

»Klar«. Wenn ich eines hätte. Wie überhaupt? Anna oder Teresa?

Ich hielt unter einer Palme auf einem sandigen, von hohen Büschen umgebenen Parkplatz, der von der Straße nicht einzusehen war und auf dem nur wenige Fahrzeuge abgestellt waren. In Ufernähe stand ein langes blaues Gebäude mit Reetdach, anscheinend ein Strandrestaurant.

»Hier bleiben wir fürs Erste. Von der rückwärtigen Terrasse aus können wir den Parkplatz im Auge behalten.«

Irgendjemand hatte offensichtlich die Gegend für uns ausgekundschaftet. Ich hoffte nur, dass dieser Jemand wusste, was er tat.

Wir stiegen aus und nahmen die Rucksäcke von der Rückbank. Ich zog die Glock aus dem Gürtel und stopfte sie hinein.

Das Restaurant hieß Ranchón Playa Pilar, die zugehörige Bar – welch Überraschung – Hemingway. Wir betraten die erhöhte Holzterrasse, wo hauptsächlich Pärchen in den Dreißigern an den Plastiktischen saßen. Von blass bis krebsrot waren alle Hautschattierungen vertreten. Es roch nach Pommes frites.

Wir setzten uns an einen Tisch, von dem aus der Buick Roadmaster gut zu beobachten war. Das Ehepaar am anderen Ende der Terrasse hatte drei lärmende, ungezogene Kinder.

»Ich hätte gerne Kinder«, sagte Sara.

»Ich nehme die Pommes.«

Ich blickte auf das teilweise von Sanddünen verdeckte Meer hinaus. Von der Terrasse führten mehrere Stege auf den Strand. Es gab sogar einen Aussichtsturm, auf dem Leute mit Ferngläsern und Kameras standen. Ein schönes Plätzchen.

Wir saßen einfach nur da, schnupperten die salzige Luft und die Fritten, lauschten der Brandung und den hyperaktiven Kindern. Wir hätten überall sein können, in der Karibik oder in Südflorida. Aber wir waren in Kuba, wo, Sara zufolge, der Polizeistaat nie weit entfernt war.

Ein Dutzend Gäste lief barfuß und in Strandklamotten herum. Sara und ich trugen mit unseren Wanderstiefeln eher den Backpacker-Look zur Schau. Ich war mir ziemlich sicher, dass außer mir niemand auf dieser Terrasse eine Pistole im Rucksack hatte. Aber sich an seine Umgebung anzupassen ist weniger eine Frage der Bekleidung, sondern der Einstellung, und je unauffälliger man sein will, desto verdächtiger macht man sich.

Eine junge Kellnerin in schwarzer Hose und rosa T-Shirt kam an unseren Tisch, wünschte uns *buenos días* und musterte uns, als wolle sie herausfinden, welcher Nationalität wir angehörten. Ich für meinen Teil war Kanadier.

Sara erwiderte den Gruß auf Spanisch. »Wir hätten gerne die Speisekarte«, fügte sie auf Englisch hinzu.

»*Sí, señora.*«

Bisher hatte ich angenommen, Sara wäre eine *señorita*. Anscheinend war sie auf der Reise ziemlich gealtert.

»Ich nehme ein Bier«, sagte ich. »Haben Sie auch Corona?«

»*Sí.*«

Es gab doch einen Gott. »Anna, weißt du schon, was du trinken möchtest?«, fragte ich Sara.

»Ja, Jonathan. Ich nehme einen Daiquiri.«

»Genau wie zu Hause in Toronto«, teilte ich der Kellnerin mit. »Also, einen Daiquiri für die *señora, por favor* – richtig?«

»*Sí*, kommt sofort.« Sie ging.

»Blödmann«, sagte Sara.

»Man muss voll in seiner Tarnidentität aufgehen. Hat man dir das nicht beigebracht?«

Sie sagte nichts.

»Und hier bleiben wir bis um sieben?«

»Das Lokal schließt um halb fünf.« Sie sah mich an. »Manchmal ist es am besten, vor einem konspirativen Treffen an Ort und Stelle zu bleiben. Und manchmal ist Mobilität angesagt.«

»Das war wirklich eine gute Ausbildung.«

»Ich habe nur ein paar Romane von Richard Neville gelesen.«

»Du darfst niemals Fakten mit Fiktion verwechseln.« Das brachte mich auf etwas. »Hast du die Liste mit den Teilnehmern der Reisegruppe noch?«

»Ja. Falls wir sie als Tarnung brauchen. Wieso?«

»Ich werde Richard eine Hemingway-Postkarte von hier schicken.«

»Bitte konzentriere dich auf die Aufgabe, die vor uns liegt.«

»Vor mir liegen viele Aufgaben.«

»Nicht, wenn du die hier vermasselst.«

»Stimmt.«

Ich sah wieder auf den Strand hinunter. Der Sand schillerte leicht in Blau- und Rosatönen. Das Wasser war von einem tiefen Aquamarin, weiter draußen waren jedoch Schaumkronen auf den Wellen zu erkennen. Wattewolken zogen schnell von Ost nach West. Ein Unwetter kündigte sich an.

Die Kellnerin kehrte mit unseren Drinks und zwei Speisekarten zurück. Die Preise waren ausschließlich in CUC angegeben. Einem Kubaner war es hier unmöglich, etwas zu bestellen. In seinem eigenen Land. Die Kellnerin wollte gleich noch einmal zurückkommen, doch wir ließen sie nicht gehen und bestellten die Spezialität des Hauses – Hummersalat –, dazu zwei Flaschen Wasser und *papas fritas*. »Kann man hier irgendwo Postkarten kaufen?«, fragte ich die Kellnerin.

»*Sí*. Im Restaurant.«

»*Gracias.*«

»*Los baños?*«, fragte Sara.

Die Kellnerin beschrieb ihr den Weg zu den *baños*, nahm die Speisekarten mit und ging.

»Was machen wir mit unseren kubanischen Pesos?«, fragte ich.

»Fürs nächste Mal aufheben.«

Viel Spaß. Schick mir eine Postkarte.

Sara nahm den Rucksack und stand auf. »Behalt den Kombi im Auge.«

»Kauf mir eine Hemingway-Postkarte.«

Zu Rehydrierungszwecken nahm ich einen Schluck von meinem Corona. Obwohl es aus Mexiko kam, weckte es Erinnerungen an daheim. Ich starrte mit derselben Wehmut aufs Meer, mit der die *habaneros* auf dem Malecón auf die Floridastraße hinausblicken. So nah und doch so fern.

Cayo Guillermo war gute dreihundertfünfzig Kilometer von Key West entfernt. Also eine Fahrt von etwa zehn Stunden bei fünfundzwanzig Knoten, abhängig selbstverständlich von Wind, Wellen und Gezeiten. Wenn wir um Mitternacht losfuhren, konnten wir um zehn Uhr morgens an der Charter Boat Row einlaufen und waren rechtzeitig zum Mittagessen im Green Parrot. Das Fantasy Fest war auch noch nicht vorbei.

Und was noch besser war: Nur eine Stunde, dann wären wir in internationalen Gewässern und mussten uns keine Gedanken mehr um die Patrouillenboote der Guarda Frontera machen.

Leider wusste ich noch nicht, wie wir die Ladung vom Kombi auf die *Fishy Business* schaffen sollten, aber das würden wir heute Abend um sieben Uhr herausfinden. Ich hoffte nur, dass sich der Plan nicht zu sehr auf die Hilfe der Jungfrau Maria verließ. Sonst musste ich als Kapitän ein Machtwort sprechen.

Ein ziemlich fetter, etwa sechs oder sieben Jahre alter, nur mit Badehose bekleideter Junge lief zu mir herüber. Er hielt eine Papiertüte in der Hand, aus der er eine Handvoll Fritten nahm und sie sich in den Mund stopfte. »Wo kommst du her?«, fragte er.

»Aus Kanada, sieht man das nicht?«

»Wir sind aus Hamilton. Und du?«

»Aus Toronto.«

»Du klingst wie ein Amerikaner.«

»Geh mit den Haien schwimmen.«

»Du bist Amerikaner.«

»Und was bist du, ein *chivato*?«

»Was ist das?«

»Wenn du mir eine Fritte gibst, sag ich's dir.«

Er hielt mir die Tüte hin. Ich nahm mir ein paar Fritten, dann zog er sie wieder weg.

»Was ist ein ... *chovi* ...«

»Ein *comemierda*. Das heißt Schlaukopf auf Spanisch. Versuch's mal.«

Er sprach es beim zweiten Anlauf fehlerfrei aus, und ich schlug ihm vor, das neu gelernte Wort mal bei den Kellnern auszuprobieren.

Seine Mutter rief ihm zu, den netten Mann nicht länger zu belästigen, und er lief mit der Pommestüte in der Hand davon. »Das ist ein Amerikaner!«

Na, besten Dank. Als Amerikaner auf Cayo Guillermo zu sein war zwar kein Verbrechen, als Daniel MacCormick und Sara Ortega in Kuba zu sein dagegen sehr wohl. Ich hätte dem Jungen meinen kanadischen Pass zeigen sollen. Wenn er drauf reinfiel, fiel auch die Polizei drauf rein.

Sara kam an den Tisch zurück. Ich beschloss, das Kind nicht zu erwähnen. Sie war zwar nicht leicht aus der Fassung zu bringen, doch ich wollte nicht riskieren, dass sie zum Aufbruch drängte, bevor der Hummersalat kam.

Sie legte einen ganzen Postkartenstapel auf den Tisch. »Such dir eine aus. Die anderen behalten wir als Andenken.«

Ich blätterte durch den Stapel. Auf einer Postkarte war ein Fischerboot zu sehen. *Cayo Coco und Cayo Guillermo, Ernest Hemingways liebstes Angelrevier,* stand darunter. Perfekt. »Lieber Richard, hoffentlich hat dir das T-Shirt gefallen. Warst du mit Cindy im Rolando's?«, schrieb ich.

»Hoffentlich kann ich die Postkarte morgen in Key West einwerfen.«

»Ja, bestimmt.«

Wir saßen da und genossen den Augenblick. Ich sah zum Buick Roadmaster auf dem Parkplatz hinüber. Dass wir unsere Ladung sicher und ohne Aufmerksamkeit zu erregen in die USA schafften, hatte höchste Priorität. Dabei fielen mir die vielen Schiffe der amerikanischen Küstenwache und die Patrouillenboote der DEA ein. Zum Glück waren Jack, ich und die *Maine* – beziehungsweise die *Fishy Business* – in den entsprechenden Datenbanken erfasst. Ich galt als unbescholtener Bootseigner, und Jack und ich kannten mehrere Mitglieder der Küstenwache, weil wir uns gelegentlich über Funk mit ihnen unterhielten. Auch von den Zollbeamten auf Key West hatten wir nichts zu befürchten. Das war wahrscheinlich einer der Gründe, weshalb sich Carlos und seine *amigos* für mich und Jack entschieden hatten.

Der Hummersalat und die Pommes kamen. Wir aßen und tranken schweigend und betrachteten dabei entweder das Meer oder den Parkplatz, auf dem der Buick stand und den die Polizei wohl als Erstes ansteuern würde.

Nun waren wir also in Cayo Guillermo, und das Angelturnier lief noch. Soweit die gute Nachricht. Die schlechte lautete, dass Sara und ich inzwischen landesweit von der Polizei gesucht wurden. Doch Kuba war groß, und wie in jedem Polizeistaat waren die Behörden auch hierzulande besser im Einschüchtern als im Ermitteln. Wahrscheinlich wurden die meisten Gesuchten nur gefasst, weil sie von irgendwelchen *chivatos* verraten wurden. In dieser mehr oder weniger *chivato*-freien Zone waren wir also relativ sicher.

Es sei denn, dass die Polizei meine Verbindung zur *Fishy Business* aufgedeckt hatte. Das konnte schon vor einer Stunde geschehen sein oder in einer Stunde passieren.

Soviel zur Analyse der Stärken, Schwächen und Ressourcen des Feindes. Nun zu meinen Freunden.

Eduardo war völlig unberechenbar. Ich hätte ihn in Chicos Werkstatt in den Kofferraum des Buick stopfen sollen, was Sara jedoch bestimmt nicht gefallen hätte.

Meine Überraschung hatte ich auch noch nicht bekommen. Was konnte es nur sein? Bis zu meinem Geburtstag war es eine Weile hin. Vielleicht hatten sie geplant, mich und Jack in Cayo Guillermo zurückzulassen. Überraschung! Aber nein, sie brauchten uns noch für die Pressekonferenz, und die war sicher kein Bluff. Außerdem liefen sie ohne Jack und mich Gefahr, entweder der kubanischen Küstenwache oder der amerikanischen Zollbehörde in die Arme zu laufen. Und da wir keine sechzig Millionen Dollar geladen hatten, gab es eigentlich auch keinen Grund, Jack und mich aus dem Weg zu räumen. Eigentlich.

Ich musste wieder an die drei Millionen denken. Ich konnte nicht anders. Zwei für mich, eine für Jack. Wir hätten ausgesorgt gehabt. Aber das Geld war ja nicht unbedingt verloren, ich konnte mit Sara zurückkehren, um es zu holen – vorausgesetzt, dass in den nächsten Stunden alles glattlief.

Die Kontaktperson konnte natürlich nicht wissen, an welchem

Tag wir auftauchten, also wartete sie einfach jeden Abend in der Hotelbar auf uns. *Schön, Sie zu sehen.*

»Hast du schon rausgefunden, welche Überraschung auf dich wartet?«, fragte Sara.

»Ich habe noch nicht darüber nachgedacht.«

»Na ja ... soll ich's dir verraten?«

»Ja, warum nicht?«

Sie zögerte. »Die Kontaktperson, die wir in der Hotelbar treffen, ist Felipe.«

Das war eine Überraschung, wenn auch keine große. Aus Gründen der Risikominimierung war das durchaus sinnvoll. Je weniger Mitwisser, desto besser. Außerdem hatte Felipe durchaus etwas zu verlieren. »Sehr gut.« Aber wieso dachte sie, dass mich das freuen würde? Anscheinend war ich doch nicht so clever wie gedacht.

Ich sah sie an. Sie erwiderte meinen Blick. »Okay ...« Jetzt dämmerte es mir. »Okay ... und ...?«

»Tut mir leid, Mac. Ich wollte, dass du es weißt, bevor wir ihn treffen.«

Na klar. Damit wir so tun konnten, als hätten wir uns nach einer Woche gerade so durchgerungen, uns mit Vornamen anzureden. Ja, hier blieb wirklich alles in der Familie.

»Ich ... ich weiß nicht, was ich sagen soll.«

»Tja, ich auch nicht. Was hast du dir dabei gedacht?«, fragte ich.

»Wahrscheinlich, dass wir es sowieso nicht so weit schaffen würden. Also war schon alles egal. Ich war einfach scharf auf dich ... vielleicht hätte ich etwas vorausschauender handeln sollen.«

Um die Wahrheit zu sagen: Ich überließ das Denken auch oft genug meinem Schwanz, aber zugegebenermaßen war ich ... was? Wütend? Nein, eher von meinen Gefühlen überrumpelt. Solange ihr Freund noch in Miami gewesen war, hatte er eine abstrakte Gefahr dargestellt, die mich nicht groß beunruhigt hatte. Aber jetzt, da dieser Freund einen Namen hatte, war ich doch etwas mehr als nur leicht gekränkt.

»Und wie geht's weiter?«

Ich sah sie an. Sie war nervös. »Wenn wir Felipe treffen, werde ich so tun, als wäre nichts zwischen uns vorgefallen«, versicherte ich ihr. Kein Problem, ich hatte *Casablanca* mindestens sechs Male gesehen.

»Er ist vor Eifersucht schon völlig außer sich.«

»Warum nur?«

»Er ist Kubaner.«

Und mit diesem Typen würde ich zehn Stunden auf einem Boot verbringen. Wenigstens war ich bewaffnet. Er allerdings auch. »Wie gut kennst du Felipe?«, hatte ich sie gefragt. »Einigermaßen«, hatte sie gesagt. Aha. Im Floridita hatte sie von mir wissen wollen, ob Jack gefragt hatte, wie es zwischen uns stand. Und Jack hatte mir erzählt, dass Felipe und Sara sich kannten. Hatte er mir damit etwas sagen wollen? Vielleicht. Normalerweise ist er direkter. Obwohl – vielleicht hatte sich Jack von Eduardo kaufen lassen und war nun Kubaner ehrenhalber. Und Eduardo, der alte Fuchs, hatte offensichtlich gewusst, was los war – entweder hatte er in Chicos Werkstatt den Blick in Saras Augen richtig gedeutet oder es von Jack erfahren. Er hatte sie daran erinnert, dass sie in Miami einen Partner hatte und sie vielsagend angestarrt, als sie die Losung wiederholt hatte: *Wie schön, dich hier zu sehen.*

Ja, eigentlich hätte ich nur zwei und zwei zusammenzählen müssen. Warum hatte ich es nicht getan? Weil Liebe blind macht.

Zum Glück hatte Eduardo seinen Neffen nicht mehr kontaktieren und über seine Vermutungen in Kenntnis setzen können. »Ich bin Offizier und Gentleman«, sagte ich.

»Mehr hast du dazu nicht zu sagen?«

»Was soll ich denn sagen?«

»Dass du mich begehrst, zum Beispiel.«

Anscheinend hatte sie ein paar kubanische Seifenopern zu viel gesehen.

»Du hast gesagt, dass du mich liebst.«

»Richtig.« Das hatte ich tatsächlich, daher war die nächste Frage unausweichlich. »Liebst du ihn?«

»Früher mal. Jetzt nicht mehr. Sonst hätte ich nicht mit dir geschlafen.«

»Okay. Liebt er dich?«

»Er verwechselt Eifersucht mit Liebe.«

Das war mir noch nie passiert, obwohl ich des Öfteren Sex mit Liebe verwechselt hatte.

Das Ganze gefiel mir überhaupt nicht. An einer Dreiecksbeziehung hatte ich kein Interesse. »Wir werden heute Abend so tun, als wäre nichts gewesen. Wenn wir zu Hause sind, können wir in Ruhe darüber reden.«

Sie nickte und nahm meine Hand. »Wenn wir zu Hause sind, sage ich ihm alles.«

Das hatte sie eigentlich schon in Havanna tun wollen. Sie hatte Felipe nicht erreicht, weil er bereits auf dem Boot gewesen war. Das hatte sie offenbar vergessen.

»Ich liebe dich, auch wenn du ein armer Schlucker bist.« Sie zwang sich zu einem Lächeln.

Das war nett gesagt, auch wenn sie damit Salz in die Wunde streute.

Sie sah sich nach der Kellnerin um. »Nehmen wir noch einen Drink?«

»Ich nicht, aber nur zu.« Ich stand auf und schulterte den Rucksack.

»Wo willst du hin?«

»Ich gehe am Strand spazieren.«

»Dann komme ich mit.«

»Nein, wir sollten uns trennen – aus taktischen Gründen. So erwischt die Polizei nur einen von uns, und der andere kann heute Abend die Kontakt... Felipe an der Bar treffen.«

»Nein ...« Sie stand auf.

»Ich habe jetzt das Kommando. Wie heute Abend, wenn ich wieder Kapitän auf meinem Boot bin. Also gewöhn dich schon mal dran.«

»Mac ... nicht ...«

»Bleib beim Wagen.« Ich warf die Autoschlüssel auf den Tisch. »Bis später in der Hotelbar. Um halb sieben, okay?«

Sie sah aus, als würde sie jeden Augenblick ausflippen. Wir erregten bereits Aufmerksamkeit, daher küsste ich sie. »Schon gut«, sagte ich. »So ist es am besten für alle. Bis in ein paar Stunden.«

Und dann marschierte ich mit dem Rucksack und der Glock zum Strand. Ich warf einen Blick über meine Schulter. Sie folgte mir nicht.

In der Liebe und im Krieg muss man manchmal schwierige Entscheidungen treffen.

Es würde ein interessanter Abend werden. Hoffentlich ohne weitere Überraschungen.

49

Ich ging auf dem beinahe menschenleeren Strand nach Westen zur äußersten Inselspitze. Dort wandte ich mich nach Süden, bis mir ein Mangrovensumpf den Weg versperrte, sodass ich ins Landesinnere auswich. Manchmal muss man das Terrain sondieren und manchmal den eigenen Kopf.

Nachdem ich mich eine Weile durch die Büsche geschlagen hatte, merkte ich, dass ich kurz davor war, im Gehen einzuschlafen. Dieses Schlafwandeln hatte ich bei der Army auf langen Nachtmärschen perfektioniert, doch da ich kein Ziel hatte, außer dem, allein zu sein, setzte ich mich auf einer kleinen Lichtung unter eine große Palme.

Ich zog die Glock aus dem Rucksack, steckte sie unter das Hemd und lehnte mich gegen den Palmenstamm. Im Inneren der Insel war es schwül, und die vielen Insekten würden dafür sorgen, dass ich ungestört blieb.

Im Nachhinein betrachtet, hätte mir viel früher klar werden müssen, dass Saras Freund aus Miami niemand anderes als Felipe war. Wie gesagt: Hinweise gab es genug, ich hatte ihnen einfach nur keine Beachtung geschenkt. Nicht, weil ich so dämlich bin, sondern weil ich sie nicht sehen wollte. »Vorsätzliche Unwissenheit«, nannte das meine Mutter früher immer. Heute wahrscheinlich auch noch.

Solche Situationen waren mir nicht neu. Neu war allerdings, dass sich ihr Freund auf dem Boot befinden würde, auf dem wir alle heute Nacht nach Hause fuhren. Ich, Jack, Felipe und Sara. Die Entscheidung, wer in welcher Kabine schlief, konnte sich als schwierig erweisen. Aber wir hatten schließlich vereinbart, so zu tun, als wäre ich auf Kuba der perfekte Gentleman gewesen.

Ich konnte nachvollziehen, warum Sara gelogen hatte, und ich konnte auch nachvollziehen, dass sie nach langem Hin und Her endlich eine Entscheidung getroffen hatte. Aber das alles hätte sich nur dann nicht zum Problem entwickelt, wenn wir Cayo Guillermo nie erreicht hätten. Doch jetzt waren wir gegen alle Wahrscheinlichkeit hier.

Dass Felipe rasend vor Eifersucht war, weil seine Freundin allein mit mir durch Kuba reiste, war mir scheißegal. Als Mann konnte ich ihn natürlich verstehen, und bei unserem Treffen auf Key West war er mir als sympathischer, fähiger, souveräner und vertrauenswürdiger Kerl vorgekommen. Allerdings wurde mir erst jetzt klar, dass er mich damals schon unter die Lupe genommen und sich gefragt hatte, ob ich wohl seiner Freundin an die Wäsche wollte. Hätte ich gewusst, was Sache ist, hätte ich ihm versichert, dass mir nichts ferner läge. Aber ich hatte keine Gelegenheit erhalten, meine edle Gesinnung zur Schau zu stellen, also hatte ich mich stattdessen flachlegen lassen.

Warum hatte mir eigentlich niemand gesagt, dass Sara und Felipe zusammen waren? Vielleicht wäre das *Saras* Aufgabe gewesen. Und was war mit Carlos und Eduardo? Womöglich waren sie so versessen darauf gewesen, mich an Bord zu holen – um im Bilde zu bleiben –, dass sie Sara Ortega nur als weiteren Köder benutzt hatten. Sara dagegen hatte nie abgestritten, einen Freund zu haben. Sie hatte sich nur nicht an seinen Namen erinnern können.

Kurz gesagt: Diese ganze Unternehmung war Eduardo, Carlos und ihren *amigos* so wichtig, dass sie alles gesagt und getan hätten, um die Sache ins Rollen zu bringen. Wie sie wohl Felipe dazu gebracht hatten, seine Freundin auf gefährliche Geheimmission mit einem gut aussehenden Fremden zu schicken? Und wie hatte Sara Felipe davon überzeugt, dass sie keusch bleiben würde? Wahrscheinlich mit Beteuerungen und Schwüren und dem Hinweis darauf, dass es größere und wichtigere Dinge gab als die Beziehung zwischen zwei Menschen. Vielleicht war Felipes Eifersucht auch mit einem erklecklichen Sümmchen gelindert worden. Und schließlich und endlich hatte niemand während der Planung damit gerechnet, dass der Augenblick der Wahrheit tatsächlich kommen würde.

Sara war das Objekt der Begierde für viele Männer – für mich, Felipe, Eduardo und natürlich Antonio. Carlos hatte ebenfalls ein Auge auf sie geworfen, aber Carlos war in erster Linie Anwalt und die Liebe nur ein Unterabsatz in dieser Geschäftsvereinbarung.

Sara hatte über all dies gründlicher nachgedacht, als sie zugeben wollte – oder als ihr überhaupt bewusst war. Als sie auf meinem Boot mit mir geflirtet hatte, war sie leicht zu durchschauen gewesen. Dabei hatte sie lange vor unserer Ankunft in Havanna gewusst, dass sie mit mir im Bett landen würde. Sonst hätte sie es mir nicht klipp und klar an unserem ersten Tag im Hotel Nacional gesagt. Immerhin tat sie nicht so, als hätte ich sie verführt. Im Gegenteil, es war eine Abmachung gewesen. Sex gegen Vertrauenswürdigkeit und Engagement bei der Erfüllung unseres Auftrags.

Dummerweise hat so eine Abmachung immer unvorhergesehene Konsequenzen. Dass sich jemand verliebt, zum Beispiel. Und genau das war passiert.

Wir mussten uns jetzt ausschließlich auf die Flucht konzentrieren. Wir durften nicht zulassen, dass uns Hass, Leidenschaft, Eifersucht und andere Angelegenheiten des Herzens diesen letzten Akt vermasselten. Key West war zum Greifen nahe. Nur dass ich mit Jack an Deck stehen und den Sonnenaufgang sehen würde, während Felipe mit Sara in der Kabine war. Sollte ich kraft meiner Kapitänsautorität Geschlechtsverkehr auf meinem Boot verbieten?

Es würde ein interessanter Abend werden. Erst die Cocktailverabredung um sieben Uhr, dann eine mitternächtliche Flucht vor den kubanischen Kriegsschiffen.

Ich schloss ein Auge und verfiel in einen Halbschlaf, den ich ebenfalls bei der Army perfektioniert hatte. Eine Hand auf der Waffe, eine Gehirnhälfte munter und allzeit bereit.

Mein letzter bewusster Gedanke war, dass Sara wirklich glaubte, sich in mich verliebt zu haben – Palmen, Gefahr, Daiquiris, Mondlicht und Liebeslieder. Wir würden sehen, wie das Ganze in Key West weiterging. Doch erst einmal mussten wir dorthin gelangen.

50

Ich beendete meine Siesta, verstaute die Glock wieder im Rucksack und kämpfte mich durchs Unterholz zur Straße zurück, die zum Melia Hotel führte.

Es war kurz nach sechs, und die Sonne stand bereits tief über dem Horizont. Die Straße war völlig verlassen. Ich schätzte, dass es etwa zwei Meilen bis zum Hotel waren. Das konnte ich in weniger als einer halben Stunde schaffen, wenn mich vorher kein Streifenwagen aufgabelte.

Apropos: Jetzt bekam ich leichte Gewissensbisse, weil ich Sara einfach hatte sitzen lassen, doch sie konnte auf sich selbst aufpassen, und sich zu trennen war eine taktisch vernünftige Entscheidung gewesen. Außerdem war ich sauer auf sie.

Leider hatten mich im Halbschlaf keine Geistesblitze, plötzlichen Einsichten oder Offenbarungen ereilt. Ich war immer noch sauer.

Ich kann es nämlich überhaupt nicht leiden, wenn man mich anlügt. Auf Carlos und Eduardo war ich auch nicht mehr besonders gut zu sprechen. Ersterer würde eine Menge zu erklären haben. Eduardo dagegen, der als wandelnder Toter durch Kuba irrte, kam wohl ungeschoren davon.

Wenn man darüber nachdachte, war Felipe wirklich nach Strich und Faden verarscht worden. Und es war noch nicht vorbei.

Ich ging am Sol Club vorbei, erspähte bereits das etwas von der Straße abgesetzte Melia und sah auf die Uhr. 18.30. Die Sonne ging hier etwas früher unter als in Havanna. Dunkle Wolken zogen über den Himmel.

Ich beschleunigte meinen Schritt. Schweißbedeckt erreichte ich die von Palmen gesäumte Hoteleinfahrt und hielt nach dem Buick Ausschau, doch er war nirgendwo zu sehen.

Ich wollte gerade die Parkhilfe fragen, ob er eine schöne Frau in einem schönen amerikanischen Wagen gesehen hatte, als der Buick eintraf. Sara bemerkte mich, blieb aber im Auto sitzen. Sie redete auf Spanisch mit einem der Angestellten, steckte ihm ein paar Geldscheine zu und stellte den Buick in der Einfahrt ab. Sie nahm den Rucksack von der Rückbank, schloss den Wagen ab und kam auf mich zu.

»Ich habe mir Sorgen um dich gemacht«, sagte sie.

»Mir geht's gut. Und dir?«

»Interessiert dich das überhaupt?«

Es würde ein langer Abend werden. »Gehen wir was trinken.«

Wir betraten das Hotel und darin die schummrige Bar namens Las Orquiédas. Orchideen sah ich keine, dafür jede Menge leerer Tische. Sara bat die Kellnerin um einen Fensterplatz. Damit sie den Buick mit den siebzehn Schädeln und den *títulos de propiedades* im Kofferraum im Auge behalten konnte.

Wir stellten die Rucksäcke auf den Boden und setzten uns gegenüber. Ein Sessel blieb für Felipe reserviert, damit auch ein schönes Dreieck daraus wurde.

»Ich hatte schon Angst, du würdest nicht kommen.«

»Was soll ich denn sonst machen?«

»Na ja, dir am Strand jemanden aufgabeln?«

Mist, warum war mir das nicht eingefallen?

»Außerdem hatte ich Angst, dass sie dich erwischen.«

Dann hätten sie eben ohne mich weitergemacht. »Ein Problem weniger für dich.«

Sie beugte sich vor. »Wenn du nicht gekommen wärst, hätte ich jeden Zentimeter dieser Insel nach dir abgesucht.«

»Du sprichst mir aus der Seele.«

Sie lehnte sich wieder zurück, sah auf die Uhr und ließ den Blick durchs Lokal schweifen. »Die meisten Gäste sitzen draußen. Normalerweise ist hier nicht viel los.«

Es wunderte mich nicht, dass Carlos oder wer auch immer jemanden vorgeschickt hatte, um das Terrain zu erkunden. Wieder war ich guter Hoffnung, dass es tatsächlich einen Plan gab, um uns rauszuholen.

Wenn Sara und ich polizeilich gesucht wurden, war es ziemlich riskant, Felipe an einem öffentlichen Ort zu treffen. Ursprünglich hatten wir damit gerechnet, dass unser Verschwinden die Polizei zwar auf den Plan rufen würde, dass diese sich aber mit verhaltenem Enthusiasmus und in erster Linie an den FKK-Stränden auf die Suche nach den beiden Turteltäubchen machen würde, die sich von ihrer Reisegruppe entfernt hatten. Wir hatten es diesem Vollidioten Antonio zu verdanken, dass Sara Ortega und Daniel MacCormick mit einem Mal verdächtigt wurden, ... ja, was legte man uns überhaupt zur Last? Jedenfalls saßen wir jetzt in einem Hotel, und jeden Augenblick konnten unsere Fotos auf Tele Rebelde erscheinen.

Immerhin war das Licht romantisch gedämpft, und wir sahen nach dieser Woche auch etwas anders aus als vorher. Immerhin hatte die Kellnerin bei unserem Anblick nicht sofort »Das sind die gesuchten *americanos!*« geschrien.

Sara starrte mich an. Ich schenkte ihr ein falsches Lächeln.

»Wo warst du?«, fragte sie anklagend.

»Spazieren. Und du?«

»Ich war in dem Lokal, wo du mich sitzen gelassen hast, bis sie mich um fünf Uhr rausgeschmissen haben. Dann habe ich im Wagen geflennt und mir Sorgen um dich gemacht.«

Daniel MacCormick, du unverbesserlicher Scheißkerl. »Ich musste mir kurz die Beine vertreten.«

»Mach das nie wieder.«

»Okay«, versprach ich, da ich schließlich nicht auf Wasser wandeln konnte.

»Die Rechnung musste ich auch bezahlen.«

»Dafür gehen die Drinks auf mich.« Es sei denn, Felipe kam in seinen Spendierhosen.

Eine in eine Art Sarong gehüllte Kellnerin näherte sich dem Tisch, wünschte uns einen guten Abend und schrie nicht nach der Polizei. »Sind Sie Gäste des Hotels?«, fragte sie.

»Wir wohnen im Sol Club«, sagte Sara. »Wir bezahlen in CUC.«

»*Sí, señora.*«

Sara bestellte einen Daiquiri – genau wie in Toronto. Ich entschied mich für eine Coke. Ich musste einen klaren Kopf behalten.

»Du solltest eine hiesige Spezialität probieren«, sagte Sara. »Bringen Sie diesem Herrn einen Cuba Libre«, wies sie die Kellnerin an. »Schon mal getrunken?«

»Ja, einmal.« Ich lächelte. »Auf meinem Boot.«

Die Kellnerin ging, um die Drinks zu holen. »Sie haben ein Boot?«

»Ich bin Berufsfischer.«

»Wonach fischen Sie?«

»Nach Frieden.«

»Wie schön.«

Sie sah mich an. »Ich bin Sara Ortega. Lieben Sie mich?«

»Ja, das tue ich.«

Sie beugte sich vor. »Wollen wir noch mal von vorne anfangen?«

Und den ganzen Schwachsinn hinter uns lassen? Warum nicht? Das Leben ist kurz. »Klar.«

»Die einzigen Lügen, die du von jetzt ab aus meinem Mund hören wirst, sind die, die ich gleich Felipe auftische.«

»Okay«, sagte ich, obwohl mir dieses Versprechen sehr bekannt vorkam.

»Werden wir noch zusammen sein, wenn wir wieder in den USA sind?«

»Das würde mir schon gefallen ... aber ... weißt du, wenn zwei Personen eine Gefahrensituation durchleben ...«

»Dann finden Sie heraus, aus welchem Holz die andere Person geschnitzt ist. Und mir gefällt, was ich herausgefunden habe.«

»Mir auch.« Ich hatte mich gut geschlagen. Sara ebenfalls.

Die Drinks kamen, wir stießen an. Ich schau dir in die Augen, Kleines. Musik ab, bitte.

»Also weiß ich, dass du mit Felipe zusammen bist«, sagte ich.

Sie nickte. »Das sollte ich dir sagen, ja.«

»Wann?«

»Kurz nach der Landung, am Flughafen.«

Meiner Erinnerung nach hatte sie bei unserem Spaziergang am ersten Tag geäußert, keinen Freund zu haben. Auf meinem Boot hatte sie das Gegenteil behauptet, mir später aber – im Bett – gestanden, doch liiert zu sein. Ich hätte mir das alles aufschreiben sollen.

»Ich hab's dir gesagt«, ermahnte sie mich.

»Deine Aufrichtigkeit ehrt dich«, sagte ich. »Aber seinen Namen hättest du mir schon verraten können.«

»Hätte das einen Unterschied gemacht?«

Gute Frage. Wäre ich mit ihr ins Bett gesprungen, wenn ich gewusst hätte, dass ich einen Teamgefährten hintergehe?

»Mac?«

»Die Frage ist rein akademisch.«

»Du klingst schon wie Carlos. Anwälte sagen dergleichen.«

»Ich bin in meinem ganzen Leben noch nicht so beleidigt worden.«

»Wechseln wir das Thema.«

Sie lehnte sich zurück. »Ich bin etwas nervös«, gestand sie.

»Dann trink.«

»Er muss nur einen Blick auf uns werfen ...«

»Er weiß es bereits. Oder glaubt es zu wissen. Oder er ist einfach stinksauer, weil wir seit einer Woche Tag und Nacht zusammen sind.«

Sie nickte.

»Konzentrieren wir uns aufs Wesentliche. Und das Wesentliche ist, mit heiler Haut hier rauszukommen. Das weiß er auch, und das wird heute Abend seine größte Sorge sein, nicht du«, sagte ich.

»Du weißt, wie man einer Frau Komplimente macht.«

»Was soll ich sagen, ich bin eben hoffnungslos romantisch.«

Ich erwähnte meine Befürchtung, dass man unsere Fotos im Fernsehen zeigen könnte.

Sara hatte bereits ähnliche Überlegungen angestellt – oder entsprechende Hinweise bekommen. »Der gewöhnliche Kubaner will nichts mit der Polizei zu tun haben und wird seiner Bürgerpflicht nur nachkommen, wenn nach einem Mörder oder Vergewaltiger gesucht wird. Staatsfeinde interessieren niemanden. Die meisten Kubaner haben nichts gegen Amerikaner.«

»Wir sind Kanadier.«

»Vor den *chivatos* muss man sich natürlich in Acht nehmen, aber wie wir bei Antonio gesehen haben, wollen die einen lieber erpressen, als die Polizei einzuschalten. Außerdem«, fügte sie hinzu, »gibt es auf dieser Insel so gut wie keine *chivatos*.«

»Einer reicht auch. Was, wenn das Innenministerium eine Belohnung für jede Information ausgesetzt hat, die zu unserer Verhaftung führt?«

Darauf antwortete sie nicht sofort. »Tja ... dann haben wir ein Problem. Aber sobald wir unsere Kontakt... sobald wir Felipe getroffen haben, verziehen wir uns. Die Wettangler haben ein zusätzliches Zimmer gebucht. Felipe hat den Schlüssel. Dort können wir uns verstecken – und frisch machen. Später schaffen wir die Ladung aufs Boot.«

»Okay. Und wer bleibt hier und passt auf den Buick auf?«

»Das besprechen wir, wenn Felipe hier ist.«

Interessant. Ich wollte auf keinen Fall mit Felipe duschen. »Weiß ich jetzt alles, was ich wissen muss?«

»Felipe hat genauere Informationen. Zum Beispiel darüber, wie wir die Koffer an Bord kriegen.«

»Aha.« Wenn einer unserer *amigos* in Havanna der Polizei gegenüber freiwillig oder unfreiwillig einen schwarzen 53er Buick erwähnt hatte, steckten wir in Schwierigkeiten. Wir mussten den Wagen so schnell wie möglich loswerden. Je früher wir ablegten, desto besser.

Von ihrem Platz aus konnte Sara sowohl den Buick als auch den Hoteleingang im Auge behalten. Ich saß mit dem Rücken zu beidem, also wusste ich erst, dass Felipe eingetroffen war, wenn ich Saras erfreutes und überraschtes Gesicht sah. Oder ihr weniger erfreutes, wenn die Polizei kam.

Sie sah auf die Uhr. »Er ist spät dran.«

»Vielleicht genehmigt er sich vorher noch ein paar Drinks.«

»Würdest du das tun?«

»Ja. Und das habe ich in ähnlichen Situationen auch schon getan.«

Sie sah mich an. »Du bist cool, aber kein Macho.«

»Ehrlichkeit ist keine Schande. Solange man keine Angst zeigt.«

Sie lächelte und blickte über meine Schulter. Felipe.

»Sag mir, dass du mich liebst.«

»Ich liebe dich.«

Sie stand auf und grinste. »Na, was sagt man dazu.«

Ich stand auf und drehte mich um. Felipe. Was für eine Überraschung.

51

Felipe trug eine Jeans, Sandalen und ein albernes Hawaiihemd mit Ananasmuster.

Er bedachte mich mit einem kurzen Blick, wandte sich Sara zu und knipste sein Lächeln an. »Wie schön, dich hier zu sehen.« Er wirkte ehrlich erfreut. Und erleichtert darüber, dass seine Freundin unversehrt war. Mich unversehrt zu sehen schien ihn weniger zu begeistern.

Da das Ganze wie ein unverhofftes Wiedersehen wirken sollte, umarmten sich Felipe und Sara und gaben sich Wangenküsschen. Dann drehte er sich um und hielt mir die Hand hin. Ich schüttelte sie. »Ich habe Sie seit Key West nicht gesehen. Wie geht es Ihnen?«

Zum Glück fragte er nicht, was ich in der Zwischenzeit getrieben hatte. »Ganz gut. Sie sehen auch nicht schlecht aus.«

»Danke. Und Sie ...«

Sind unrasiert, ungeduscht und von Schuldgefühlen zerfressen.

»Darf ich mich zu euch setzen?«

»Aber bitte.«

Er winkte die Kellnerin. Da er seit ein paar Tagen regelmäßig hier herumlungerte, kannte er sie bereits.

Felipe bestellte einen Daiquiri, nah verwandt mit dem Pink Squirrel, und da wusste ich, dass ich ihn windelweich prügeln konnte, wenn ich wollte. Sara und ich bestellten ebenfalls eine neue Runde. Jetzt war auch schon alles egal.

»Also, was hat Sie auf Cayo Guillermo verschlagen?«, fragte er Sara, solange die Kellnerin noch in Hörweite war.

Er lächelte, versuchte aber dabei angestrengt herauszufinden, ob ich sie nackt gesehen hatte.

Felipe war sonnengebräunt und durchtrainiert und jünger als ich oder Sara. Was fand sie nur an ihm? Ich hatte keine Ahnung, womit Felipe sich seinen Lebensunterhalt verdiente, wenn er nicht gerade Bootsmann auf der *Fishy Business* war, aber aus irgendeinem Grund verortete ich ihn im Einzelhandel. Damenhandtaschen?

»Wie ist es gelaufen?«, fragte er, nachdem er sich vergewissert hatte, dass niemand in der Nähe war.

»Mal so, mal so.«

»Was ist passiert?«

»Wir haben es nicht nach Camagüey geschafft.«

Das schien ihm nicht zu gefallen. »Wieso nicht?«

Mir wiederum gefiel der Ton nicht, in dem er mit Sara redete. »Ist doch egal«, sagte ich freundlich. »Wir haben es nicht nach Camagüey geschafft, Punkt. Was hat Ihnen Eduardo erzählt?«

Er sah mich an. »Bei unserem letzten Treffen war er noch unentschieden, was Camagüey anging.«

»Tja, und danach hat er seine Entscheidung getroffen. Wie geht's Jack?«

»Prima. Er freut sich, dass Sie es geschafft haben.«

Hat er Ihnen erzählt, dass ich Ihre Freundin vögle?

»Sie hätten Jack nicht in Havanna treffen dürfen.«

Felipe war etwas vorlauter, als ich ihn in Erinnerung hatte. »Wir hätten auch Eduardo nicht in Havanna treffen dürfen.«

Darauf wusste er nichts zu erwidern. »Was hat mein Onkel für einen Eindruck hinterlassen?«, fragte er Sara.

»Er war glücklich«, versicherte Sara ihm. »Er war bereit, nach Hause zu gehen.«

Felipe nickte. »Er geht mit Gott.«

»Er geht mit zu vielen Informationen«, warf ich ein.

»Das verstehen Sie nicht«, sagte Felipe.

Beinahe hätte ich »Sara hat versucht, es mir zu erklären« gesagt, aber ich verkniff mir den Kommentar und biss stattdessen in mein Rührstäbchen.

»Ich bete für ihn«, sagte Sara.

Felipe auch. Sie hatten wirklich viel gemeinsam.

»Haben Sie die Waffe noch?«, fragte Felipe.

»Klar, wieso nicht?«

»Ich kann Sie Ihnen abnehmen, wenn Sie sich dann wohler fühlen«, bot er an.

Sigmund Freud hätte jetzt wohl gesagt, dass er mir gerade angeboten hatte, mir den Schwanz abzunehmen. Ich ging nicht darauf ein.

Die Kellnerin brachte unsere Drinks. »Wohnen Sie hier?«, fragte Felipe um der Tarnung willen.

»Nein. Wir sind im Sol Club abgestiegen.«

»Wir sind gerade aus Toronto gekommen.«

Die Kellnerin verschwand wieder. »Die Wettangler sind hier untergebracht. Wir haben ein zusätzliches Zimmer angemietet, wo Sie sich vor der Heimfahrt frisch machen können.«

»Das hat Sara bereits erwähnt.«

Er sah mich an, als bräuchte ich dringend ein Bad. »Ich habe den Schlüssel bei mir. Gehen Sie schon mal vor, Sara und ich warten so lange.«

Das konnte er sich abschminken. »Wir müssen noch eine Menge besprechen.«

»Das können wir machen, wenn Sara und ich fertig sind.« Er grinste. »Nach fünf Tagen auf Ihrem Boot muss ich dringend duschen.«

Ich beugte mich vor. »Jetzt will ich mal was klarstellen. Sobald wir mein Boot betreten, habe ich das Kommando. Und ich will noch etwas anderes klarstellen: Sie haben überhaupt nie das Kommando.«

Wir starrten uns wütend an. Hätten wir Hörner gehabt, wären wir jetzt wohl mit dem Kopf voraus aufeinander zugestürmt.

Felipe gab als Erster nach. »Die Dusche kann warten.«

»Danke«, sagte Sara.

Ihr Freund hatte sie offenbar etwas eingeschüchtert – oder sie hatte Schuldgefühle. »Wann brechen wir auf?«, fragte ich.

»Gegen elf.«

»Wieso um elf?«

»Aus zwei Gründen. Die Guarda Frontera – der Grenzschutz – hat zwei Patrouillenboote. Jack und ich haben sie beobachtet. Eines fährt in der Abenddämmerung raus und kehrt zwischen drei und vier Uhr morgens zurück. Das andere, das schnellere, ist von Mitternacht bis zum Morgengrauen unterwegs. Dann haben wir vor diesem Boot eine Stunde Vorsprung.«

»Wenn wir noch früher fahren, haben wir zwei Stunden Vorsprung.«

»Das geht nicht, und zwar aus dem zweiten Grund: die Gezeiten. Zwischen elf und zwölf erreicht die Flut ihren Höchststand. Ich will das Boot in den Mangrovensumpf an der Südseite der Insel bringen, und das geht nur bei Flut. Dort treffen wir uns.«

Ich war davon ausgegangen, dass wir die Koffer im Jachthafen einladen würden. Die *Maine* in einem Mangrovensumpf? »Wir müssen nur zwei Koffer einladen«, sagte ich. »Geht das nicht von der Marina aus?«

»Dann werden die Grenzpolizisten wissen wollen, was Sie da treiben und wen und was Sie an Bord bringen«, erklärte er. »Und sie werden Ihren Pass und das Touristenvisum sehen wollen.«

»Wahrscheinlich wollen sie eher eine kleine Spende für die Pensionskasse.«

»Ihr beide haltet euch von ihnen fern.«

Das klang, als wüsste er, was er tat. Wenn er sich nur auf unsere Flucht statt auf die Frage konzentrierte, ob ich seine Freundin gevögelt hatte. »Also treffen wir Sie in diesem Mangrovensumpf?«

Er nickte. »Ich habe die Gegend vor ein paar Monaten ausgekundschaftet. Hier, ich habe Ihnen eine Karte gezeichnet.«

Anscheinend hielt sich jeder Kubaner für Magellan persönlich.

»Hier führt ein Feldweg zu einem Schwimmdock, das tagsüber von Touristen und Einheimischen genutzt wird. Der Weg ist breit genug für ein schwereres Fahrzeug. Womit sind Sie gekommen?«, fragte er.

»Mit einem Buick Kombi«, sagte Sara.

Er wandte sich ihr zu. »Was ist in den Koffern?«

»Wenn Ihnen Ihr Onkel das nicht verraten hat, müssen Sie das auch nicht wissen«, sagte ich.

»Ich glaube, ich weiß es bereits.«

»Dann fragen Sie nicht.«

Er wollte etwas erwidern, überlegte es sich aber anders, trank seinen Daiquiri aus und bestellte den nächsten. »Das ist der Letzte«, sagte ich. Er durfte sich nicht betrinken. »Werden Sie und Jack das Boot um diese Zeit ohne Probleme aus der Marina fahren können?«

»Ich muss mir bei der Guarda Frontera einen *despacho* fürs Nachtangeln holen. Das mache ich, sobald ich zum Hafen zurückkomme. Wenn nur Jack und ich ohne die drei Angler rausfahren, wird die Guarda nicht auf die Idee kommen, dass wir die Fischerei als Vorwand benutzen, um das Land zu verlassen.«

»Was wird mit den Anglern, wenn wir weg sind?«

»Die werden morgen früh ebenso aus allen Wolken fallen wie der Grenzschutz. Man wird sie befragen und wieder freilassen«, sagte er. »Sie fliegen am letzten Tag des Turniers nach Mexico City. Die Tickets haben sie bereits.«

Wenn sie nicht im Gefängnis schmorten. Aber Kollateralschaden gab es immer. »Also gut. Und Sie sind sicher, dass Sie die *Maine* durch den Mangrovensumpf manövrieren können?«

»Nein, da bin ich mir nicht sicher, und Jack ist es auch nicht. Laut Gezeitentabelle sind bei Flut etwa zwei Meter Wasser unter dem Schwimmdock. Jack sagt, dass die *Maine* etwa eineinhalb Meter Tiefgang hat, abhängig vom Gewicht. Der Tank ist so gut wie leer.«

Wenn er sich da nicht mal zu sehr auf seine Gezeitentabelle verließ. »Was ist mit dem Seitenabstand, reicht der?«

»Vom Dock bis zur Bahía de Perros – der Hundebucht – verläuft eine Fährrinne für die Touristenboote.«

Wie nett, dass er übersetzte.

»Die nehmen wir, dann laden wir die Koffer vom Dock aus ein und verschwinden«, sagte er.

Den Buick Roadmaster vermisste ich schon jetzt. Aber nicht so sehr wie den roten Porsche 911.

Ich wollte nicht länger hier rumsitzen, aber die Frage, wer aufs Zimmer durfte und wer warten musste, war noch nicht geklärt. Würde ich zulassen, dass Sara und Felipe zusammen hochgingen? Oder würde Sara allein gehen, um Team und Mission nicht zu gefährden? Es blieb spannend.

Wenn einem die Gesprächsthemen ausgehen, ist das Wetter immer eine sichere Bank. »Wie wird das Wetter?«, fragte ich Felipe.

Er nahm einen Schluck von seinem Daiquiri. »Schlecht.« Er sah aus dem Fenster. »Etwa sechzig Kilometer östlich von hier zieht ein Sturm auf. Er bewegt sich mit zehn bis fünfzehn Stundenkilometern Richtung Westnordwest, also müsste er …« – er sah auf die Uhr – »… so gegen Mitternacht hier sein. Eine genaue Vorhersage ist nur schwer zu bekommen.«

»Was ist mit dem Wind?«

»Etwa dreißig bis vierzig Knoten, Wellen zwischen fünf und zehn.«

Hoffentlich meinte er Fuß und nicht Meter.

»Wir werden dem Sturm einfach davonfahren«, sagte Felipe mit der vorgetäuschten Nonchalance aller Seemänner. »Kommt darauf an, wie schnell er sich bewegt und in welche Richtung.«

So schlau war ich auch. Sara zog eine besorgte Miene. »Die *Maine* kommt auch mit weitaus schlechterem Wetter klar«, sagte ich. Aber nur mit mir am Steuer. »Der Sturm ist sogar ganz nützlich. Dann sind weniger Patrouillenboote unterwegs.«

Dem konnte Felipe nur zustimmen. Er hatte auch gute Neuigkeiten zu vermelden. »Bei schlechtem Wetter fahren sie angeblich überhaupt nicht raus. Sie halten in erster Linie Ausschau nach *balseros*. Wieso sollten sie also in einer Nacht unterwegs sein, in der sowieso niemand diesem Paradies entfliehen will?« Er lächelte.

Sara lächelte zurück.

»Außerdem müssen sie Sprit sparen. Das Regime ist pleite.«

Dagegen wirkte sogar die Schweizer Marine gefährlich. Es sei denn, das Innenministerium hatte extra für uns Suchtrupps abgestellt. »Was sind das für Patrouillenboote?«, fragte ich Felipe.

»Wie gesagt, sie haben zwei Stück. Es waren mal sieben, Geschenke der Russen. Nach dem wirtschaftlichen Zusammenbruch waren es nur noch zwei – ein Zwanzig-Meter-Boot der Zhuk-Klasse, das etwa fünfundzwanzig Knoten macht. Also so viel wie die *Maine*.« Er warf Sara einen Blick zu und zögerte kurz. »Es ist mit zwei 12,7-mm-Maschinengewehren bewaffnet. Besatzung: elf Mann.«

Das hatte er sicher nicht beim Tag der offenen Tür erfahren. Daher schloss ich, dass auch Felipe eine Unterweisung von Eduardos *amigos* aus Miami erhalten hatte.

Er nahm noch einen Schluck. »Dieses Boot fährt in der Abenddämmerung raus und kehrt zwischen drei und vier Uhr zurück. Es fährt die Küste entlang nach Westen und hält nach den Flößen der *balseros* Ausschau, die vom Radar nicht erfasst werden. Ein kleines Boot, das womöglich gestohlen wurde und zu Fluchtzwecken missbraucht wird, erfasst es dagegen sehr wohl. Wenn uns das Zhuk entdeckt, kann es uns nicht einholen, wir können es aber auch nicht abschütteln. Wenn es nah genug kommt, wird es uns entweder befehlen anzuhalten oder gleich ...« – wieder warf er Sara einen Blick zu – »... ein paar Warnschüsse abgeben.«

So ein Maschinengewehr war ein überzeugendes Argument.

»Aber die *Maine* ist schnell genug, um ihm zu entkommen.«

»Außerdem haben wir Radar«, sagte ich.

Felipe nickte. »Die alte russische Elektronik auf diesen Booten funktioniert sowieso nur so halb. Außerdem haben die Techniker oft Schwierigkeiten bei der Bedienung.«

Anscheinend waren sie auf dieselbe Schule wie Jack gegangen. Das alles klang eher nach einem Kinderspiel als nach einem fairen Kampf.

Felipe leerte auch diesen Daiquiri und sah sich nach der Kellnerin um.

»Kaffee wäre angesagt«, meinte ich.

Das gefiel ihm zwar nicht, aber er wollte auch keinen Streit vom Zaun brechen. »Okay, kommen wir zum zweiten Boot, das um Mitternacht losfährt. Ein großes Patrouillenboot der Stenka-Klasse, vierzig Meter lang. Es schafft achtunddreißig bis vierzig Knoten.«

Das war das Boot, das ich vor der Marina gesehen hatte. Auf offener See wollte ich ihm nicht begegnen.

»Bei dieser Geschwindigkeit kann es uns gefährlich werden, und bei der Größe muss es kein Wetter fürchten.« Er saugte den letzten Rest Daiquiri ein. »Eigentlich beträgt die Besatzung vierunddreißig Mann, aber sie fährt immer mit der Hälfte raus. Das Radargerät ist zwar relativ neu, aber nicht immer betriebsbereit oder ausreichend bemannt.«

»Bewaffnung?«

»Ein paar handbetriebene Maschinengewehre sowie zwei radargesteuerte 30-mm-Zwillingsgeschütze. Eins am Bug und eins am Heck.«

Ja, genau dieses Boot hatte ich im Jachthafen gesehen. »Radargesteuert« bedeutete, dass uns die Geschütze auch im Dunklen, bei rauer See oder Nebel nicht verfehlen würden. Das war gar nicht gut. Vielleicht sollten wir doch noch eine Runde bestellen.

Felipe sah Sara an. »Sie werden nicht auf ein Boot schießen, das aus Kuba fliehen will.« Dann wandte er sich mir zu. »Sie erinnern sich sicher noch an den internationalen Zwischenfall von vor zwanzig Jahren.«

Da war ich fünfzehn gewesen, und nichts hatte mich weniger interessiert als internationale Zwischenfälle. »Wenn Sie meine Erinnerung kurz auffrischen möchten ...«

»Kubanische Flüchtlinge hatten einen Schlepper namens *13 de Marzo* gestohlen. Ein Boot der Guarda Frontera nahm es mit einem Wasserwerfer ins Visier, aber es wollte nicht anhalten. Also haben sie es gerammt und versenkt. Zweiundsiebzig Menschen sind ertrunken, darunter dreiundzwanzig Kinder. Es gab vehemente internationale Proteste, woraufhin sich das Regime verpflichtete, künftig weder auf ein Boot mit Flüchtlingen zu schießen noch es anzuhalten.«

»Und die schlechte Nachricht?«

»Dass das Regime lügt. Sie treffen die Flüchtlingsboote rein zufällig mit ihren Warnschüssen oder rammen sie, aus Versehen natürlich. Sie werden auf jeden Fall versuchen, uns zu entern.«

Wie in *Fluch der Karibik*. »Okay, die Gefahren dürften uns allen klar sein. Allerdings sind wir keine Kubaner, die aus dem Land fliehen wollen. Wir sind Amerikaner, die *Fishy Business* gehört zum Angelturnier, und Sie haben eine Nachtangelerlaubnis.«

»Das wissen die Patrouillenboote aber nicht, wenn ihr Radar uns erfasst. Sie werden uns entweder über Funk oder per Megafon den Befehl zum Anhalten geben. Dann können wir gehorchen und sie an Bord lassen, über Funk erklären, wer wir sind, und sie vielleicht abwimmeln oder hoffen, dass sie nicht an unseren Pässen und der Ladung, sondern nur an Bestechungsgeld interessiert sind.«

»Sie werden auf keinen Fall an Bord kommen«, bekräftigte ich.
Felipe nickte.
Sara sah ihren kubanischen Freund an. »Lebend werden sie mich nicht kriegen.«
»Das ist nicht unsere Entscheidung«, sagte Felipe, weil er nicht wusste, was er sonst sagen sollte.
Sie sah mich an.
»Auf offener See kann die *Maine* ein größeres Boot ausmanövrieren. Auch wenn es vierzig Knoten schafft.« Das war die Wahrheit. Vor einem radargesteuerten Schnellfeuergeschütz dagegen gab es kein Entkommen.
»Wir haben noch ein anderes Problem«, sagte Felipe. »Treibstoff. Wir waren mit leichtem Tank unterwegs, wie Sie es befohlen haben. Aber wir hatten immer genug für die Rückfahrt nach Key West. Bis heute Abend. Wir sind gegen vier Uhr eingelaufen und wollten sofort ein paar hundert Liter Diesel tanken, aber die Tankstelle hatte geschlossen. Spritknappheit, nehme ich an.«
»Wie viel haben wir noch?«
»Etwa elfhundert Liter, schätze ich.«
»Okay ...« Das reichte, abhängig von Wind und Gezeiten, bei einer Geschwindigkeit von fünfundzwanzig Knoten für etwa dreihundert Meilen. Bis Key West waren es zweihundertfünfzig, doch als Faustregel soll man immer einhundertfünfzig Prozent der Spritmenge an Bord haben, die man tatsächlich braucht. Was ganz besonders für Hochseefahrten gilt. »Das schaffen wir schon«, sagte ich, um etwas Optimismus zu verbreiten.
Felipe sah mich skeptisch an. Wahrscheinlich dachte er an den Umweg durch den Mangrovensumpf, an raue See, Wind und die eventuelle Notwendigkeit, ein Patrouillenboot auszumanövrieren.
»Pi mal Daumen«, fügte ich hinzu. »In weniger als einer Stunde sind wir in internationalen Gewässern und in sechs Stunden in amerikanischen Hoheitsgewässern.«

Er nickte. Dabei wollten wir beide vermeiden, von der Küstenwache abgeschleppt zu werden. Das war nicht nur peinlich, es bestand auch die Möglichkeit, dass sie uns peinliche Fragen stellte. »Wo kommen Sie her, und was haben Sie an Bord?« oder »Sind das Einschusslöcher in Ihrem Bug?« zum Beispiel.

Doch darüber konnten wir uns später Gedanken machen. Vorerst war es fraglich, ob wir es überhaupt so weit schafften.

52

Ich beschloss, dass wir alle noch eine Runde vertragen konnten. Allerdings bestand ich darauf, dass wir Bier tranken, weil man von Bier nicht betrunken wird.

Ein kurzer Blick auf die Uhr verriet mir, dass wir seit beinahe einer Stunde hier waren. Wir erregten zwar keine Aufmerksamkeit, dennoch war es das Beste, sich bald zu trennen – Sara konnte aufs Zimmer gehen, ich blieb sitzen, trank mein Bier und behielt den Buick im Auge, und Felipe musste sicher dringend zum Jachthafen zurück.

Das Corona kam. Wir stießen an. »Auf eine glückliche Heimreise«, sagte Sara.

Leinen los.

Felipe nahm ein zusammengefaltetes Stück Papier aus der Tasche und gab es Sara. »Hier ist die Karte. Es ist ganz einfach. Ihr geht etwa zwei Meilen auf der Küstenstraße nach Westen, dann kommt auf der Linken ein Schild mit der Aufschrift ›Mangrovenrundfahrt‹. Ihr folgt dem Feldweg etwa eine halbe Meile, dann seid ihr am Schwimmdock.«

Ganz in der Nähe hatte ich heute im Unterholz Siesta gehalten. »Ist da abends viel los?«

»Ich war vor zwei Tagen um elf Uhr nachts dort. Da war niemand.«

Ich musste zugeben, dass Felipe zwar ein Vollwichser, aber auch ein einigermaßen brauchbarer Teamplayer war. Kein Wunder –

genau wie Jack, Sara und ich setzte er sein Leben aufs Spiel und war deshalb entsprechend motiviert. Weshalb hatte er sich überhaupt freiwillig für diese Unternehmung gemeldet? Wegen des Geldes wahrscheinlich. Und um der Sache willen. Und weil er nicht in Miami bleiben wollte, während seine Freundin auf Kuba ihr Leben riskierte. Vielleicht hätte sie dann eine weniger hohe Meinung von ihm gehabt. Oder ihn am Ende mit einem anderen Mann betrogen.

»Wie gelangen Sie hier von einem Ort zum andern?«, fragte ich.

»Wir haben uns Fahrräder ausgeliehen. Damit bin ich auch gekommen.«

»Und Jack ist gerade auf dem Boot.«

Er nickte. »Jemand muss darauf aufpassen. Die Kubaner sind keine Diebe, aber sie nehmen gerne mal was mit.«

Toller Spruch. Den merkte ich mir für das Green Parrot. »Was ist mit den Waffen an Bord?«

»Die sind noch da. Wir müssen die Guarda Frontera jedes Mal bestechen, wenn wir ablegen oder in den Hafen einlaufen. Und wir können sie nur mit großzügigen Spenden davon abhalten, an Bord zu kommen.«

Friedensfischen war eine kostspielige Angelegenheit. »Gab es irgendwelche Probleme mit dem Boot?«

»Dann hätte ich das sicher erwähnt, oder nicht?«

Es wäre nicht zu diesem Schwanzvergleich gekommen, wenn Sara Steve geheißen hätte. Alle Männer sind Arschlöcher.

Felipe reichte Sara eine Schlüsselkarte. »Du zuerst«, sagte er. »Zimmer 318. Ich komme gleich nach.« Er sah mich an. »Sie passen derweil aufs Auto auf. Danach sind Sie an der Reihe. Einverstanden?«

Eigentlich nicht. »Wir sind noch nicht fertig.«

»Was noch?«

»Wie lief's beim Angeln?«

»Einfach großartig. Wir waren erst auf dem dritten Platz, doch seit heute sind wir Nummer zwei.«

»Glückwunsch.« Jacks Fähigkeit, Fische aufzuspüren, ist beinahe unheimlich. »Schade, dass Sie nicht bis zum Ende dabei sein können.«

Er lächelte, dann wanderte sein Blick unwillkürlich zur Schlüsselkarte, die Sara auf den Tisch gelegt hatte. Er schien es wirklich dringend nötig zu haben.

Ich sah sie an. Sie war ... angespannt? War das eine Prüfung? Hatte Felipe einen Köder ausgeworfen?

»Wie ist die allgemeine Reaktion auf das Pescando Por la Paz?«, fragte ich.

»Als wir ankamen, haben ein paar Pressefotografen der Regierung auf uns gewartet. Aber über das Turnier selbst wird nicht berichtet. Wieso?«

»Wir hatten befürchtet, dass man die Fischerboote wieder nach Hause schickt«, antwortete Sara.

Felipe nickte. »Und was hätten Sie ohne uns hier getan?«, fragte er.

Wie die Karnickel gerammelt, bis uns ein Fluchtplan eingefallen wäre. »Vielleicht hätten wir uns auf dem Landweg nach Guantanamo durchschlagen können.«

Er dachte darüber nach. »Wäre möglich«, sagte er. »Aber jetzt ist diese Frage ja rein akademisch.«

Wie konnte sie einen Mann lieben, der redete wie ein Anwalt? »Ich war sehr besorgt, dass die Polizei meine Verbindung zur *Fishy Business* herausfinden könnte. Hat Jack Ihnen das erzählt?«

Felipe sah mich an. »Ja. Wir haben dafür gesorgt, dass keiner der anderen Angler verraten hat, dass die *Fishy Business* früher die *Maine* war. Außerdem sollten sie uns sofort Bescheid geben, wenn jemand verdächtige Fragen stellt.«

»Okay.« Zum Glück hatte Jack das nicht vergessen. Aber er war ebenfalls am Geld interessiert. Und daran, seine Haut zu retten.

Ersteres konnten wir vergessen, aber Zweiteres war an sich schon Beweggrund genug.

»Ihnen ist bewusst, dass die Polizei in Havanna jederzeit diese Verbindung herstellen und die Kollegen auf Cayo Guillermo anrufen könnte?«

Felipe sagte nichts darauf, aber er wurde ein bisschen blass.

»Hat Ihnen Jack auch erzählt, dass die Polizei von Havanna auf uns aufmerksam geworden ist?«

Er nickte.

»Wir haben uns von der Reisegruppe abgeseilt. Sie werden inzwischen nach uns suchen, und womöglich auch nach dem Buick. Wenn es also irgendeine Möglichkeit gibt, früher loszufahren, sollten wir sie nutzen.«

Er nickte. »Ich kann einen erneuten Blick auf die ... Gezeitentabelle werfen, aber ...«

»Gibt es am Jachthafen einen öffentlichen Fernsprecher?«

»Ja ...«

Es wurde Zeit, ihn loszuwerden. »Okay, dann kehren Sie jetzt sofort zum Boot zurück und sagen Jack Bescheid. Anschließend hinterlassen Sie an der Rezeption eine Nachricht für Jonathan Mills. Das bin ich. In der Nachricht steht, dass wir uns auf einen Drink im Sol Club treffen, und zwar zu dem Zeitpunkt, an dem Sie mit der *Maine* am Schwimmdock sind. Peilen wir zehn Uhr an. Das Boot hat einen Tiefenmesser, benutzen Sie den. Sollten Sie sich in Polizeigewahrsam befinden, bringen Sie in Ihrer Nachricht irgendwie die Worte ›aufziehender Sturm‹ unter. Und jetzt schaffen Sie die *Maine* so schnell wie möglich aus dem Jachthafen. Sollten sich dort irgendwelche Polizisten aufhalten, können Sie annehmen, dass sie nach Ihnen suchen. Dann treten Sie und Jack in die Pedale, kommen wieder hierher, und wir versuchen, den Damm mit dem Buick zu überqueren.« Dies trug ich in einem so kalten Befehlston vor, dass ich selbst Angst vor mir hatte.

Felipe wurde immer blasser. Er nickte.

»Wenn ich in spätestens zwanzig Minuten nichts von Ihnen höre, muss ich annehmen, dass die Polizei Sie geschnappt hat. Dann werde ich mit Sara Richtung Damm aufbrechen. Halten Sie beim Polizeiverhör so lange durch, wie Sie können, damit Sara und ich einen Vorsprung haben, um zum Festland zu gelangen. Verstanden?«

Zunächst wirkte er, als wäre er mit den Gedanken ganz woanders, doch dann sah er mich an. »Vielleicht sollten wir jetzt sofort gemeinsam aufs Boot gehen. Ich kriege Sie bestimmt an Bord, ohne ...«

»Felipe, wir wollen alle Behördenkontakte nach Möglichkeit vermeiden. Nach uns wird gefahndet, nach dem Auto vielleicht auch. Wir können es uns nicht leisten, dass der Grenzschutz darauf aufmerksam wird.«

»Dann lassen Sie es stehen.«

»Wir werden es auf keinen Fall stehen lassen«, sagte Sara entschieden.

Ich stand auf. »Es wird Zeit. Bis dann – früher oder später. *Vaya con dios.*«

Er stand ebenfalls auf, und wir sahen uns in die Augen. Inzwischen hatte er kapiert, dass er auf Kuba nicht mit seiner Freundin schlafen würde, und wahrscheinlich wusste er auch, weshalb nicht – und zwar nicht aus den Gründen, die ich gerade erläutert hatte.

Er holte tief Luft und sah erst Sara und dann mich an. »Ich war von vornherein dagegen, dass ich auf dem Boot bleibe und Sie bei Sara sind.«

»Jeder nach seinen Fähigkeiten.«

»Ich habe Carlos gesagt, dass es besser wäre, wenn ich mit Sara nach Kuba fahre und die Höhle suche. Und dass er ein Boot mit einem kubanoamerikanischen Kapitän anheuern soll.«

Das hätte wohl tatsächlich besser funktioniert. Und ich hätte in seliger Unkenntnis des Abenteuers, das ich hier verpasste, in Key West mit Amber geschlafen. »Das nächste Mal machen wir es so, wie Sie wollen«, besänftigte ich ihn. »Aber gegenwärtig habe ich das Sagen.«

»Wenn wir zurückkehren, um das Geld zu holen, werden ausschließlich Personen mitfahren, die Spanisch sprechen und das Regime stürzen wollen«, verkündete Felipe, der das letzte Wort haben musste.

»Felipe, das ist jetzt ...«, fing Sara an.

Er warf ihr einen Blick zu, und sie verstummte.

»Wie Sie vielleicht wissen, ist es Eduardos Schuld, dass ich drei Millionen Dollar verloren habe. Ich bin also nicht in Feierlaune, und wenn ich heute Abend an Bord komme, dann übernehme ich das Kommando, und ich entscheide, was wir in Bezug auf das Wetter, die Patrouillenboote und den Treibstoff tun und wann wir die Waffen einsetzen.« Ich sah Felipe an. »Wenn Sie damit nicht einverstanden sind, können Sie gerne bleiben.«

Felipe war stocksauer, weil ich ihn vor seiner Freundin heruntergeputzt hatte. Verständlich, mir würde es ähnlich gehen. Aber ich hatte in Afghanistan auf die harte Tour gelernt, dass es nur *einen* Anführer geben kann, wenn die Kacke am Dampfen ist. »*Comprende?*«

Er war wirklich stinksauer, trotzdem zwang er sich zu einem höhnischen Lächeln. »*Sí, capitán.*«

»Dann *adios.*«

Sara war aufgestanden. Sie zögerte, dann umarmte sie Felipe kurz, gab ihm einen Kuss und sagte etwas auf Spanisch. Das machte wiederum mich sauer, aber vielleicht hatte sie ihm auch nur befohlen, sich zusammenzureißen und Leine zu ziehen.

»Bis später«, sagte Felipe und verließ das Dreieck. Die Schlüsselkarte ließ er liegen.

Sara und ich standen da und sahen uns an. »Du hast dich ... gut geschlagen«, sagte sie schließlich.

»Ja.«

»Und mich davor bewahrt, mit ihm aufs Zimmer gehen zu müssen.«

»Das war nicht meine Absicht.«

»Und wie.«

Schon möglich. »Setz dich wieder hin. Ich sage an der Rezeption Bescheid, dass ich auf eine Nachricht warte.«

Ich zeigte den beiden Concierges – männlich und weiblich – meinen kanadischen Pass. »Ich sitze mit einer jungen Frau in der Bar und warte auf eine telefonische Nachricht. Bitte überbringen Sie sie mir unverzüglich.« Ich unterstrich meine Anweisung mit zehn CUC, woraufhin sie versprachen, mir die Nachricht sogar bis ins *baño* hinterherzutragen, wenn es sein musste.

Dann kehrte ich zu unserem Tisch zurück, winkte der Kellnerin und bat um die Rechnung.

»Um Mitternacht werden wir die kubanischen Hoheitsgewässer verlassen haben«, sagte Sara.

»Genau.« Ich dachte an die letzten Tage und Stunden in Afghanistan zurück. Meine Kameraden und ich waren durch die Hölle gegangen, ohne auch nur ein einziges Mal in die Hose zu pissen, und am Ende hatten wir eine Heidenangst davor gehabt, dass noch etwas schiefging, bevor wir im Flugzeug nach Hause saßen. Wenn man dem Tod so lange von der Schippe gesprungen ist, packt einen früher oder später die Paranoia, dass er sich das irgendwie gemerkt hat und einen kurz vor Schluss doch noch holen will.

»Ich glaube, er weiß es«, sagte Sara.

In diesem Fall bestand durchaus die Möglichkeit, dass wir im Mangrovensumpf festsitzen würden, Jack bei den Fischen landete und Felipe mit Vollgas nach Miami fuhr, bevor ihn der Sturm oder die kubanischen Patrouillenboote erreichten. Das Geld lag noch in Camagüey, seine Freundin vögelte mit dem Kapitän, und die Polizei war ihm auf den Fersen. Verständlich, wenn Felipe diesem ganzen Scheiß *adios* sagte.

Sara und ich saßen schweigend da und warteten, bis ein Concierge oder Felipe auftauchte. Oder die Polizei.

Ich sah auf die Uhr. »Gehen wir.«

»Wohin?«

»Das werden wir gleich rausfinden.«

Sara stand auf. Wir nahmen unsere Rucksäcke und gingen in die Lobby, wo ich an der Rezeption nachfragte. Tatsächlich war soeben eine Nachricht eingetroffen. *Leinen los,* stand auf dem Zettel. *Wir planen, um halb elf im Sol Club zu sein.* Ich gab die Nachricht an Sara weiter.

Nachdem sie sie gelesen hatte, sah sie mich an. »Mac, das könnte das letzte Mal sein, dass wir Zeit für uns haben. Das Auto ist abgeschlossen. Gehen wir nach oben.« Sie hielt die Schlüsselkarte in der Hand.

Sehr verlockend, außerdem ist Sex vor einem gefährlichen Einsatz Tradition in der Army. Aber ich wollte so schnell wie möglich das Hotel verlassen. »Hast du es schon mal mitten in einem Mangrovensumpf auf der Rückbank eines Kombis getrieben?«

Sie grinste. »Ich versuche alles mindestens einmal.«

Wir verließen das Hotel. Sara gab mir den Autoschlüssel. Ich sperrte auf und setzte mich ans Steuer, ließ den Perkins-Bootsmotor an, fuhr die Einfahrt runter und auf der Küstenstraße nach Westen.

»Das war die schönste Woche meines Lebens«, sagte sie.

Wo war sie nur gewesen? »Meine auch.«

»Du hast Eier und ein Herz.«

»Und du Mumm und Verstand.« Auch das war ehrlich gemeint.

»Wir sind ein gutes Team.«

»Allerdings.«

»Wann sind wir in Key West?«, fragte sie.

»Rechtzeitig zum Mittagessen.«

»Ich lade dich ins Green Parrot ein.«

Ein Tisch für zwei? Oder für drei? Oder vier, mit Jack?

»Und nach dem Essen sage ich Felipe, dass er ohne mich zurück nach Miami fahren muss. Und ich erzähle ihm auch, warum.«

Viellicht sollte ich alle zum Essen einladen.

»Okay?«

Ich dachte über alles – Vergangenheit, Gegenwart und Zukunft – nach und kam zu dem Schluss, dass Sara Ortega mein Schicksal war. Zu ihr hatte mich meine Reise geführt. Ich nahm ihre Hand. »Einverstanden.«

53

Wir fuhren die nächtliche Küstenstraße entlang. Unheilvolle schwarze Wolken zogen vor dem Mond vorbei.

»Da ist das Schild«, sagte Sara.

Ich ging vom Gas. Ein Holzschild mit verblasster Schrift darauf tauchte im Scheinwerferlicht auf: MANGROVENRUNDFAHRT. Ich bog links in einen Feldweg ab, den man durch das dichte tropische Unterholz geschlagen hatte. Die Fahrbahn war so uneben, dass die Koffer auf und ab hüpften. Ich wurde langsamer und schaltete in den ersten Gang. Der Pfad führte schnurgerade durch das mindestens drei Meter hohe Gebüsch. Ich schaltete die Scheinwerfer aus und das Standlicht ein.

Felipe zufolge war es eine halbe Meile bis zum Schwimmdock. Nach fünf Minuten konnte ich den Sumpf riechen, eine Minute später sah ich den Mond, der sich auf den Wasserflächen spiegelte. Große Mangrovenbäume erhoben sich aus dem finsteren Marschland.

Ich fuhr mit Schrittgeschwindigkeit bis zum Wasser und blieb direkt am Ufer stehen. Wir befanden uns auf einem kleinen Parkplatz vor dem Schwimmdock. Am Dock waren keine Boote festgemacht, der Parkplatz war verlassen und wir die beiden einzigen Menschen weit und breit.

»Fahr den Wagen rückwärts zum Dock«, sagte Sara.

»Geht klar.«

Ich wendete den Buick auf der engen Lichtung und fuhr ihn so nah wie möglich an das Dock heran. Dann schaltete ich den Motor aus. »Sehen wir uns um.«

Wir stiegen aus und erkundeten die Umgebung.

Das schwache Mondlicht spiegelte sich im schwarzen Wasser. Als sich meine Augen an die Dunkelheit gewöhnt hatten, sah ich, dass die kleine Lichtung von dichter Vegetation umgeben war. Die Wurzeln der gewaltigen Mangroven bildeten einen einigermaßen festen Untergrund und verhinderten, dass der Buick im feuchten Schlamm versank.

Das Schwimmdock war eigentlich nur ein etwa eineinhalb mal drei Meter großes Floß aus zusammengebundenen Baumstämmen, das mit zwei Seilen an mehreren Pfosten am Ufer gesichert war. Ich stellte mich darauf. Den Buick würde es nicht aushalten, aber um die Koffer vom Wagen ins Boot zu laden, war es wahrscheinlich stabil genug. Unwillkürlich tauchte das Bild eines großen, mit einem Dutzend Überseekoffer beladenen Lastwagens vor meinem geistigen Auge auf. Hätte das ebenfalls geklappt? Wir würden es nie herausfinden.

»Okay. Sehr gut.«

Sara starrte auf den Sumpf hinaus. »Das Boot passt wirklich da durch?«

Ich hoffte wirklich, dass Felipe recht behielt.

Die Mangroven reichten bis zum Ufer. Ich erkannte eine menschengemachte Fährrinne durch den dunklen Sumpf. Ihre Breite war in der Finsternis nur schwer zu schätzen. Wahrscheinlich passte die *Maine* – Bug voraus – bei vorsichtiger und langsamer Fahrt gerade so hindurch. Das eigentliche Problem war nicht die Breite der Rinne, sondern ihre Tiefe. Man hatte sie sicher nicht ausgebaggert, warum auch? Sumpfboote hatten keinen Tiefgang. Bei der *Maine* dagegen betrug die Distanz zwischen Kiel und Wasserlinie etwa eineinhalb Meter. Selbst wenn das Wasser bei Flut über zwei Meter tief war, bestand die Möglichkeit, dass Mangrovenstümpfe und Wurzeln die Schiffsschraube beschädigten. Wenigstens hatte die *Maine* kaum Sprit und Ladung an Bord. Die zweitausend Kilogramm Bargeld hätten für einen viel zu großen Tiefgang gesorgt, also hatte die Sache auch ihr Gutes. Und falls wir doch irgendwo festhingen, konnten wir Ballast in Form von Felipe abwerfen. Also hatte die Sache auch ihr ...

»Mac?«

»Ja ... sieht machbar aus.« Das klang nicht gerade zuversichtlich. »Wenn es die *Maine* nicht bis hierher schafft, müssen wir eben rüberschwimmen«, fügte ich hinzu.

»Und die Ladung?«

»Ach so ... dann machen wir aus dem Dock einfach ein Floß und gelangen so zur *Maine* ins tiefere Wasser.«

Sie nickte.

Ich verkniff mir die Bemerkung, dass Felipe eher Optimist als Seemann war. Wahrscheinlich war ihm nichts Schlaueres eingefallen, und ich hatte es nach Möglichkeit immer vermieden, die Männer unter meinem Kommando dafür zurechtzuweisen, dass sie Initiative zeigten – selbst wenn ihre Lösung für ein Problem denkbar dämlich war.

»Mal schauen, wie es um halb elf aussieht.« Ich warf einen Blick auf die Uhr. 20.45 Uhr. Es würde also noch eine ganze Weile dauern, aber lieber hier auf die *Maine* warten als im Melia auf die Polizei.

Das Schwimmdock war mit zwei wenige Zentimeter dicken Hanfseilen an den Pfosten am Ufer befestigt. Kein Problem für mein Schweizer Taschenmesser.

Sara stellte sich auf das Dock. »Wenn wir das Dock losschneiden, wie steuern wir es dann durch den Sumpf?«

Gute Frage. Das Floß war zu groß und zu schwer, um sich dagegenzustemmen und mit den Füßen gegen die auflaufende Flut zu strampeln. Da hätten wir schon auf die Ebbe warten müssen.

»Ich will aber nicht warten«, sagte Sara. »Vielleicht sollten wir es wie die *balseros* machen, wenn sie ihre Flöße raus aufs Meer bringen wollen.«

»Und wie machen die das?«

»Mit einer Stake – einem Stock, mit dem sie sich vom Grund abstoßen.«

Na klar, wie bei Huckleberry Finn. »Okay. Gute Idee.« Sie war etwas schlauer als ihr junger Liebhaber. Also gut ... wenn das Wasser bei Flut zwei Meter tief war, brauchten wir mindestens drei Meter lange Stangen.

Als ich mich gerade im Unterholz nach etwas Brauchbarem umsehen wollte, fiel mein Blick auf zwei baseballschlägerdicke Pfähle, die am Ende des Schwimmdocks etwa zwei Meter hoch aus dem Wasser ragten. Man hatte sie in den Sumpfboden gerammt, um Boote daran festbinden zu können und zu verhindern, dass das Schwimmdock aufs offene Meer trieb. Wir gingen zu einem der Pfähle hinüber und versuchten, ihn aus dem Schlamm zu befreien. Nachdem wir ein paar Mal fest daran gerüttelt hatten, ließ er sich langsam aus dem Morast ziehen.

Wir legten die Holzstange auf das Dock. Sie war etwa vier Meter lang und einigermaßen gerade, aber leider auch mit Wasser vollgesogen, wodurch sie relativ biegsam und daher fürs Staken nur bedingt geeignet war. Doch im Notfall würde sie es schon tun.

Zehn Minuten des Schwitzens und Fluchens später hatten wir auch die andere Stange aus dem zähen Matsch gelöst und aufs Schwimmdock gelegt.

Ich wischte mir die dreckigen Hände an der Hose ab. »Okay«, sagte ich. »Jetzt können wir die Koffer aufs Dock legen, die Leinen kappen und das Dock aus dem Sumpf und bis zur *Maine* staken, falls es die *Maine* nicht bis zu uns schafft.«

»Sollen wir die Koffer ausladen?«

»Das machen wir erst, wenn ich den Dieselmotor meines Bootes höre.«

Sie legte eine Hand auf meine Schulter. Gemeinsam betrachteten wir den Abendnebel, der über dem Wasser aufstieg. Die Laubfrösche quakten, die Nachtvögel gaben noch seltsamere Geräusche von sich, die Insekten zirpten, und irgendetwas bewegte sich plätschernd durchs Wasser.

»Hier ist es unheimlich«, sagte Sara.

Nicht unheimlicher als die spinnenverseuchten Höhlen, durch die ich auf der Suche nach Osama bin Laden gekrochen war. Wer hatte ahnen können, dass der Scheißkerl in Pakistan war? Immerhin hatte ich in den Höhlen darauf zählen können, dass mir meine Kameraden zur Seite standen. Diese Garantie hatte ich momentan nicht.

»Setzen wir uns ins Auto«, sagte sie.

Ich hatte ihr zwar eine Nummer auf dem Rücksitz versprochen, doch jetzt, nach der Einschätzung der Lage vor Ort, kam es mir vernünftiger vor, die Hosen anzubehalten. »Wir müssen die Augen offen halten. Geh ruhig. Ich halte hier Wache.«

Sie ging zum Kombi hinüber, öffnete die Heckklappe und nahm die schwarze Plane heraus, die über die Koffer gebreitet war. Sie legte die Plane auf den schlammigen Boden zwischen Auto und Dock und bedeutete mir, mich hinzulegen und eine Weile auszuruhen.

Da wir nicht wussten, ob oder wann wir wieder dazu kommen würden, schliefen wir auf der Plane miteinander – leise, schnell und in Stiefeln. Dabei lauschten wir den Geräuschen des Mangrovensumpfes und dem Summen der Moskitos, die um meinen Hintern kreisten. »Immer schön die Augen offen halten«, sagte Sara, als wir so richtig in Fahrt waren, und lachte.

Danach saßen wir, mit den Rücken an die Stoßstange gelehnt, auf der Plane und teilten uns eine Flasche Wasser, die Sara im Ranchón Playa gekauft hatte. Mir fielen die Überreste der Männer ein, die unmittelbar hinter meinem Rücken im Koffer lagen. Hatte ich die Toten entehrt? Sie waren Soldaten gewesen, genau wie ich, und sie würden mir sicher verzeihen. Nur weil ich es nach Hause geschafft hatte und sie nicht, musste ich mich deshalb nicht schuldig fühlen.

»Und was jetzt?«, fragte Sara.

»Wir warten.« Ich sah auf die Uhr. 21.46 Uhr. Es würde noch mindestens fünfundvierzig Minuten dauern, bis ich das vertraute Tuckern meines Cat-800-Motors hörte. Oder noch länger, wenn Felipe und Jack beschlossen, auf die Flut zu warten. Oder gar nicht, wenn Felipe Jack im Jachthafen stehen gelassen hatte und schon auf dem Weg nach Miami war. Sicher war nur eines: Jack Colby würde Kuba nicht ohne mich verlassen.

»Sag mir, dass alles gut gehen wird.«

»Noch ein paar Stunden, dann sind wir auf dem offenen Meer«, versicherte ich ihr. »Kurs Key West.«

Sie nahm meine Hand. »Das hört sich gut an.«

Sara Ortega war nicht dumm. Sie wusste genau, wie riskant der Plan war. Den Mangrovensumpf würde der Fiberglasrumpf der *Maine* wohl unbeschädigt überstehen. Den Beschuss aus einem Schnellfeuergeschütz nicht unbedingt. »Siehst du das Wasser dort?«

»Ja.«

»Das Wasser ist eine Straße, die dich überall hinbringt, wo du hinwillst.«

Sie nickte und dachte eine Minute lang darüber nach. »Was, wenn man sie ... wenn sie nicht kommen?«

Das war das andere Problem. »Jack würde uns niemals zurücklassen.« Keine Ahnung, ob das auch für Felipe galt. Immerhin waren wir ohne die sechzig Millionen hier. Doch dann fiel mir Sara ein. Hoffentlich liebte Felipe sie immer noch.

»Also diese letzte Woche ...«, fing Sara nach einer Weile an.

»Wenn wir erst wieder in den Staaten sind, werden wir darüber lachen. Sogar Antonio ...«

»Was?«

»Psst.«

Wir lauschten. Stimmen waren im Sumpf zu hören. Sie kamen näher.

»Da ist jemand«, flüsterte Sara.

Ich zog die Glock aus dem Gürtel, legte mich auf den Bauch, brachte die Waffe in Anschlag und spähte in die Dunkelheit. Sara ließ sich neben mir auf der schwarzen Plane nieder.

Die Stimmen wurden lauter. Zwei Männer, die sich auf Spanisch unterhielten. Ruderblätter platschten im Wasser.

Ich bemerkte eine Bewegung, dann schälte sich plötzlich der eckige Bug eines Sumpfboots aus dem Nebel und hielt aufs Ufer zu.

Als es näher kam, konnte ich zwei Männer im Boot ausmachen. Sobald sie den Buick sahen, schnatterten sie aufgeregt drauflos. Sara und mich hatten sie noch nicht bemerkt.

Sara stand auf. »*Buenas noches*«, rief sie.

»*Buenas noches, señora*«, rief einer der Männer kurz darauf.

Ich steckte die Glock unter das Hemd und stand ebenfalls auf, verzichtete aber auf einen Gruß, um mich mit meinem Maine-Akzent nicht zu verraten.

Die beiden jungen Männer sprangen aus dem Boot ins Wasser, schnappten sich eine Leine und zogen das flache Fiberglasboot ans schlammige Ufer. Währenddessen unterhielten sie sich mit Sara.

Sie ging harmlos plaudernd auf sie zu. Wie alle Angler überall auf der Welt präsentierten sie ihren Fang, ein paar kümmerliche Welse. Anscheinend waren sie lausige Angler, aber in Kuba hat ja jeder bekanntermaßen zwei Jobs.

Die Männer stiegen mit den schlammigen Füßen in ihre Sandalen, zogen das Boot näher zum Buick heran und beäugten interessiert die Plane.

Offenbar fragten sie Sara über den Kombi aus. Mir warfen sie nur ein paar vorsichtige Blicke zu.

Dann verschwand einer im Gebüsch und zog einen kleinen Bootstrailer daraus hervor. Gemeinsam wuchteten sie das Boot darauf, sicherten es mit einem Seil und manövrierten den Trailer um den Buick herum auf den Feldweg.

Auf unseren nächtlichen Patrouillen waren wir oft Einheimischen begegnet. Jedes Mal hatte ich von Neuem entscheiden müssen, wie wir uns diesen Menschen gegenüber verhielten – doch stets galt der Grundsatz, dass man niemandem vertrauen durfte.

Die beiden jungen Männer zerrten den Trailer samt Boot etwas zu hektisch über den Weg, auf dem wir gekommen waren. *Buenas noches.*

Ich sah Sara an. »Und?«

»Ich … keine Ahnung. Sie waren sehr nett. Wahrscheinlich nur Angler.«

»Ja, wahrscheinlich.«

»Ich habe ihnen gesagt, dass wir auf ein paar Freunde warten, die beim Fischen sind.«

»Na gut …« Wäre es schlauer gewesen, sie mit der Waffe in Schach zu halten, während Sara sie mit ihrem eigenen Seil fesselte? Dann hätten wir sie auf der Rückbank des Buick verstauen können. Doch dafür war es jetzt zu spät.

Ich sah auf die Uhr. 22.04 Uhr. Wir konnten nichts anderes tun, als auf unser Boot zu warten und die Augen offen zu halten.

Als gegen halb elf noch immer kein Dieselmotor zu hören war, schlug Sara vor, die Koffer auszuladen. »Sie werden schon kommen.« Wir warfen unsere Rucksäcke aufs Schwimmdock, holten gemeinsam den schweren Koffer mit den *títulos de propiedades* aus dem Buick und trugen ihn über die Plane hinweg auf das Dock.

Wir wollten gerade den zweiten Koffer holen, als das Geräusch eines Motors ertönte – doch es kam nicht vom Wasser her, sondern von der Straße.

Ich sah Sara an. Dann zog ich die Glock.

Scheinwerfer durchschnitten die Dunkelheit. Das Motorengeräusch wurde lauter, dann fiel das Licht auf den Buick und uns.

Das Fahrzeug kam etwa sechs Meter vor uns ruckartig zum Stehen. Jemand rief etwas auf Spanisch. Ich verstand nur »Guarda Frontera«, doch das genügte.

»Mein Gott ...«, sagte Sara.

Ich sprang auf die hintere Stoßstange des Kombis und richtete die Glock über den Buick hinweg auf den offenen Jeep.

Ein Mann stand auf der Beifahrerseite. Er hatte ein Gewehr auf mich gerichtet und schrie etwas.

Ich feuerte drei Male auf ihn. Die Schüsse hallten durch die Nacht. Dann nahm ich die Windschutzscheibe auf der Fahrerseite ins Visier und drückte weitere drei Male ab. Schließlich versenkte ich, um auf Nummer sicher zu gehen, die letzten Kugeln des Magazins von links nach rechts im Jeep.

Die Vögel waren verstummt. Vom Jeep her war bis auf den im Leerlauf brummenden Motor nichts zu hören. Schnell rammte ich das nächste Magazin in die Glock.

Eine alte Faustregel besagt, dass man fünfzehn Sekunden warten soll, bevor man vorrückt. Ich wartete. Nichts rührte sich.

Ich sprang von der Stoßstange und schlich schnell, aber vorsichtig auf den Jeep zu. Eine Kugel hatte sich direkt über dem rechten Auge in den Schädel des Fahrers gebohrt. Sein Kamerad war auf dem Beifahrersitz zusammengesunken, lebte aber noch. Die beiden Soldaten waren jung, kaum älter als zwanzig.

Ich griff in den Jeep, schaltete die Scheinwerfer und den Motor aus und warf die Schlüssel weg. Dann nahm ich dem Sterbenden das Gewehr ab. Eine AK-47. Auf der Rückbank lag eine weitere geladene AK, dazu eine Munitionstasche mit vier weiteren Magazinen zu je dreißig Schuss. Ich schlang ein Gewehr über die Schulter und lief mit dem zweiten in der Hand auf den Buick zu.

Tja, nun hatte ich auf Kuba einen Mord begangen. Sich zu ergeben kam also nicht länger infrage. Aber das war sowieso nie eine Option gewesen.

Sara rief nach mir. »Mir geht's gut«, rief ich zurück, als mich plötzlich ein Lichtkegel streifte und ich einen weiteren Motor hinter mir hörte. Ich drehte mich um. Scheinwerfer kündigten das nächste Fahrzeug an, das auf der holprigen Straße auf uns zukam.

Ich sprang auf die Motorhaube des Jeeps, kniete mich hin und stellte den Feuermodus der AK-47 auf vollautomatisch. Der Jeep war noch etwa zehn Meter entfernt und wurde langsamer, sobald er sich dem ersten Guarda-Frontera-Fahrzeug näherte. Stimmen ertönten. Anscheinend herrschte Verwirrung darüber, was geschehen war. Ich beschloss, für Klarheit zu sorgen, und feuerte eine lange Salve aus grüner Leuchtspurmunition von links nach rechts in die Windschutzscheibe. Der Jeep kam von der Straße ab und rollte im Gebüsch aus. Der Motor erstarb.

Ich blieb auf dem ersten Jeep stehen und spähte die dunkle Straße hinab, konnte jedoch keine weiteren Scheinwerfer erkennen.

Dann sprang ich von der Motorhaube und lief zum Buick zurück. Sara hatte den Koffer mit den Schädeln bereits aus dem Wagen geholt und zerrte ihn über die schwarze Plane zum Dock. »Mac! Ist dir was passiert?«

»Nein.« Ich packte einen Griff, und gemeinsam stellten wir den Koffer auf dem Dock ab. Dann schob ich ein frisches Magazin in die AK-47, die ich soeben leer geschossen hatte, und legte beide Gewehre auf die Koffer.

Schließlich kappte ich mit meinem Schweizer Taschenmesser die beiden Seile, mit denen das Dock am Ufer befestigt war. Sara hatte sich bereits eine Stange geschnappt und stieß sie in den Schlamm.

Das Dock trieb einen Meter aufs Wasser hinaus, bevor es von der einsetzenden Flut wieder zurückgeworfen wurde. Ich nahm die andere Stange und stemmte sie in den matschigen Boden. Mit vereinten Kräften gelang es uns, das Dock vom Ufer zu lösen.

Wir kämpften verzweifelnd gegen die Strömung an, und unter großen Mühen gelang es uns, das Dock in Richtung des offenen

Wassers zu bewegen. Als wir etwa sechs Meter vom Ufer entfernt waren, wurde es so tief, dass wir uns hinknien mussten, um die Stangen anständig in den Grund stemmen zu können.

Als ich nachsehen wollte, wie weit wir gekommen waren, fiel mein Blick auf einige Mangrovenbäume am Ufer. Scheinwerferlicht spiegelte sich auf ihren Blättern. *Scheiße.*

Sara hatte es ebenfalls gesehen. »Mac ... da ...«

»Ich weiß. Hör nicht auf.«

Wir waren etwa zwanzig Meter vom Ufer entfernt. Allmählich verließen uns unsere Kräfte. Wo zum Teufel blieb die *Maine*?

Das soeben eintreffende Fahrzeug konnte nicht an den beiden vorbei, die ich außer Gefecht gesetzt hatte, und die Insassen mussten wohl oder übel aussteigen. Der Fahrer ließ den Scheinwerfer an, was nicht besonders schlau war, da sich im Licht drei Silhouetten am Ufer abzeichneten. Ein Mann untersuchte den Buick, die anderen sahen sich im Sumpf um.

Ich legte mich auf den Bauch und brachte eine AK in Anschlag. Man hatte mir beigebracht, bei schlechten Lichtverhältnissen immer leicht über das Ziel hinauszuschießen, da die Dunkelheit die Wahrnehmung verzerrt. Ich wartete ab. Hatten sie uns entdeckt? Ein Schrei ertönte, gefolgt von Mündungsfeuer. Grüne Leuchtspuren zischten hoch an uns vorbei, gleichzeitig war das *pop-pop-pop* einer AK-47 zu hören. Ein Geräusch, das mich bis in meine Albträume verfolgt.

Ich bestrich den Strand mit kontrollierten Feuerstößen. Ein Mann ging schreiend zu Boden. Schnell wechselte ich das Magazin, und als ich wieder aufblickte, bemerkte ich, dass sie die Scheinwerfer abgeschaltet hatten.

Leuchtspurmunition zeigt einem nicht nur, wohin man schießt, sie verrät dem Gegner auch, aus welcher Richtung die Schüsse kommen. Diesmal war das Gegenfeuer wesentlich akkurater. Mehrere Kugeln schlugen im Wasser vor mir ein, dann bohrte sich eine in den

Überseekoffer neben mir. Sara kniete auf dem Floß und stakte – ein leichtes Ziel. »Runter!«

Sie zog den Kopf ein, machte aber weiter.

Inzwischen waren weitere Soldaten eingetroffen. Ich zählte mindestens sechs Mündungsfeuer. Das Rattern automatischer Waffen erfüllte die Luft, Kugeln klatschten ins Wasser neben uns. Wir saßen da wie auf dem Präsentierteller. Lange würden wir das nicht durchhalten.

Es waren nur noch zwei AK-Magazine übrig, und allein mit der Glock ließ sich kein Deckungsfeuer aufrechterhalten.

Wieder nahm ich das Ufer ins Visier. Gerade als ich abdrücken wollte, erhellte ein Blitz den Himmel. Es donnerte. *Ich bin der Sturm.* Ich richtete das Gewehr auf den Buick und feuerte. Grüne Leuchtspurmunition durchsiebte das Heck des Fahrzeugs. Der Brennstoff in der Munition entzündete das Benzin im Tank, das daraufhin in einem rotorangen Feuerball explodierte.

Die Gewehre am Ufer verstummten, und sobald auch das Echo der Explosion verhallt war, hörte ich einen Bootsmotor – es waren mein Boot und mein Motor.

Wir drehten uns um und sahen, wie das Heck der *Maine* durch den Sumpfnebel auf uns zukam. Das Boot war noch etwa fünfzehn Meter entfernt. Jack kniete auf der Rückbank. Er hatte ein Gewehr – das AR-15 – aufs Ufer gerichtet, feuerte aber nicht, da er noch keinen Überblick über die Situation hatte. Dann erkannte ich Felipes Silhouette in der dunklen Plicht. Er hatte den Kopf in unsere Richtung gedreht und steuerte die *Maine* mit achtern voraus auf uns zu. Vermutlich musste ihm Jack Anweisungen geben und gleichzeitig Mut zusprechen.

Die *Maine* war nicht einmal fünf Knoten schnell. Genau die richtige Geschwindigkeit für ein so gefährliches Gewässer, aber viel zu langsam, um uns heil hier rauszubringen. Anscheinend war Felipe durch die Schüsse übervorsichtig geworden und hatte das Tempo noch weiter gedrosselt. Mir sollte es recht sein – solange er nicht stehen blieb.

Sara kniete immer noch auf dem Floß und stakte. Ich blickte zwischen dem Ufer und der *Maine* hin und her. Der Nebel war dichter geworden, sodass die Schützen das Feuer einstellten. Wusste Jack überhaupt, dass wir hier waren? Ich stellte mich hin und winkte ihm stumm zu. Jack entdeckte mich und winkte zurück. Sobald ich mich wieder hinkniete, schoss eine AK-Salve über meinen Kopf hinweg. Ich wirbelte herum, warf mich bäuchlings auf das Dock und leerte das letzte Magazin in Richtung Ufer. Erst dann hörte ich das wütende Bellen, mit dem Jacks AR-15 das Feuer erwiderte. Zum Glück hatte er die Reservemunition nicht vergessen. Hoffentlich hatte er auch an die kugelsicheren Westen gedacht.

Jetzt hatte ich nur noch zwei 9-mm-Magazine übrig, von denen ich eines in die Glock schob. Das Ufer war mehr als dreißig Meter entfernt. Auf diese Distanz war ein effektives Zielen mit der Pistole nicht länger möglich. Ich schoss das Magazin trotzdem leer – einfach, um nicht untätig herumzuliegen. Jack ballerte unterdessen drauflos, als wäre er vom Vietcong umzingelt.

Ich warf einen Blick zu Sara hinüber. Sie war erschöpft und konnte kaum noch die Stange halten. Das Schwimmdock trieb mit der Flut wieder ans Ufer zurück. *Scheiße.*

Die Männer am Ufer – es waren noch fünf oder sechs – schienen den Schreck über die Explosion überwunden zu haben und nahmen uns systematisch unter Feuer. Leuchtspurgeschosse zischten über die *Maine* hinweg, ein paar Projektile trafen den Steuerstand. Hoffentlich verlor Felipe nicht die Nerven und gab Gas. Brachte er es wirklich übers Herz, Sara im Stich zu lassen?

Die *Maine* war nur noch sechs Meter von uns entfernt. Ohne die Strömung hätten wir sie in ein, zwei Minuten erreicht. Leider schätzte Felipe die Situation falsch ein und näherte sich langsamer, als uns die Strömung von der *Maine* wegbewegte.

»Felipe!«, rief Sara plötzlich. »Schneller! Schneller!«

Wahrscheinlich hatte er diesen Ausruf bisher in völlig anderem Zusammenhang aus ihrem Mund gehört, doch es funktionierte. Der Motor heulte auf, die *Maine* kam näher.

Ich kroch zu Sara hinüber und schubste sie hinter die beiden Koffer. Die AK-Geschosse hatten nicht genug Wucht, um die Papierstapel zu durchschlagen – die Schädel allerdings schon, genau wie vor vierzig Jahren in Villa Marista. Ich zwängte mich zwischen Sara und die Koffer, dann drückte ich sie flach aufs Dock. Eine Kugel bohrte sich in einen Koffer, trat aber nicht wieder aus. Sie boten also tatsächlich eine gewisse Deckung, während die Dunkelheit und der Nebel für weiteren Schutz sorgten. Theoretisch waren wir in Sicherheit – zumindest bis wir aufstehen und die Koffer an Bord wuchten mussten.

Die *Maine* war kaum noch drei Meter entfernt. Ich konnte Jacks Gesicht erkennen. Konzentriert hielt er das Sperrfeuer aufrecht, und krachend schwirrten seine Kugeln über unsere Köpfe hinweg.

Dann richtete sich Jack aus irgendeinem Grund plötzlich auf. Vielleicht, um das Ufer besser ins Visier nehmen zu können. »Runter!«, rief ich.

Doch er blieb stehen, legte an und feuerte mehrmals, bevor ihn ein grünes Leuchtspurgeschoss von der Bank holte. Er fiel aufs Deck zurück.

Sara, die alles mit angesehen hatte, kreischte los. »Diese *Arschlöcher!*«, rief sie, sobald sie sich wieder einigermaßen in der Gewalt hatte.

Hey, die tun nur ihre Pflicht. Ich war auch mal einer von denen gewesen, genau wie Jack. *Na los, Jack. Steh auf.* »Jack!«

Er gab keine Antwort.

Die *Maine* war noch knapp einen Meter vom Schwimmdock entfernt. »Springt! Springt!«, rief Felipe.

»Du zuerst«, wies ich Sara an. »Schnell!«

»Die Koffer …«

»Los!«

»Nein!«

Scheiße.

»Springt, oder ich fahre los!«, rief Felipe. »Das ist mein Ernst!«

Dieser Scheißkerl. Er tat gerade so, als hätte man noch nie auf ihn geschossen. Außerdem hatte er den Leerlauf eingelegt, sodass wir aufgrund von Gezeiten und Strömung wieder davontrieben. »Rückwärts!«, rief ich. Ich schlang den Arm um Saras Hüfte und warf sie mir auf die Schulter. Weitere Leuchtspurgeschosse bohrten sich in den Koffer. Eine Kugel schlug direkt über dem »i« von *Fishy Business* in den Bug. *Ach du Scheiße.*

Anders als Benzin explodiert Diesel zwar nicht, trotzdem konnten wir auf Brennstoffladungen im Tank gut verzichten.

Wenn wir es nicht bald an Bord schafften, fielen wir entweder den Kugeln zum Opfer, oder Felipe fuhr ohne uns davon. »Steig jetzt ins Boot«, befahl ich Sara mit ruhiger, deutlicher Stimme.

Sie ging in die Hocke und sah erst zu den beiden Koffern und dann zum Boot hinüber, das etwas über einen Meter vom Schwimmdock entfernt war.

Wäre Sara gesprungen? Wäre Felipe mit Vollgas abgedampft? Ich sollte nie erfahren, was als Nächstes geschehen wäre, da mich etwas ins Gesicht traf. Einen Augenblick später begriff ich, dass es ein Seil von der *Maine* war. Ich packte es. »Mach es fest!«, rief mir Jack zu.

Ich warf mich auf den Boden und schlang das Seil um das Hanftau, mit dem die Baumstämme des Schwimmdocks zusammengebunden waren. »Los!«

Die *Maine* setzte sich in Bewegung und zog das Schwimmdock mit sich in den Nebel, weg vom Ufer und außer Reichweite der Gewehre.

Jack erschien auf der Rückbank und sah mich an. »Bist du verletzt?«, fragte ich.

»Als ob's dich interessieren würde, du Penner.«

Er klang ziemlich gesund. »Hat's dich erwischt?«

»Weste.«

Eine gute Investition.

Sobald wir die Mangroven hinter uns gelassen hatten, gab Felipe Gas. Wenige Minuten später brausten wir in westlicher Richtung durch die Hundebucht.

Sara setzte sich auf und legte einen Arm um meine Schultern. Sie atmete schwer, schien sich aber langsam wieder zu berappeln.

»Alles klar?«

»Alles klar.«

Ich warf einen Blick in die Plicht. Felipe beobachtete uns.

Es wurde höchste Zeit, dass ich an Bord zurückkehrte. »Leerlauf!«, schrie ich.

»Leerlauf!«, rief Jack Felipe zu.

Der Motor wurde leiser und die *Maine* langsamer.

Jack zog die Leine ein, bis das Schwimmdock gegen das Bootsheck stieß.

Sara und ich standen auf. Jack hielt ihr die Hand hin – genau wie damals, als sie die *Maine* zum ersten Mal betreten hatte. Diesmal jedoch legte ich meine Hände auf ihren Hintern und drückte, während Jack zog. Sie schwang die Beine über die Reling und purzelte auf die Rückbank. »Willkommen an Bord!«, rief Jack.

Sie umarmte ihn, zögerte kurz, warf mir einen Blick zu und verschwand in der Plicht.

Mit zwei Seilen gelang es Jack und mir, die Koffer an Bord zu hieven. Dann warf ich ihm die beiden Rucksäcke zu, kletterte auf die *Maine* und kappte das Tau. Felipe gab Gas, und wir entfernten uns vom dahindümpelnden Schwimmdock und glitten durch die Bucht.

Sara war bei ihrem Freund in der Plicht, ich stand neben Jack.

»Ich glaube, ich habe mir eine Rippe gebrochen«, jammerte er.

»Das kommt vor, wenn man sich eine Kugel aus einer AK einfängt.«

»Jetzt schuldest du mir die Gefechtszulage.«
»Ich habe dir das Leben gerettet.«
»Nein, ich habe *dir* das Leben gerettet, du Arschloch.«
»Darüber sprechen wir noch.«
»Was ist in den Koffern?«, fragte er.
»Also ... im schweren Koffer sind Besitzurkunden, die theoretisch eine Milliarde und praktisch überhaupt nichts wert sind.«
»Aha. Und im anderen Koffer?«
»Das zeige ich dir später.«
»Wir haben unser Leben dafür riskiert. War es das wert?«
»Ja.«
»Will ich auch hoffen.«
»Was gibt's zu trinken?«, fragte ich.
»Was willst du?«
»Rum mit Cola«, sagte ich. »Ohne Cola.«

Er drehte sich um und ging nach unten. »Und eine Zigarre, falls welche da sind«, rief ich ihm hinterher.

Ich sank auf den steuerbordseitigen Kampfstuhl, drehte mich um und ließ den Blick über die Bucht und das weit entfernte Ufer schweifen. Sobald wir die Bucht verlassen hatten, waren wir mehr oder weniger auf dem offenen Atlantik und konnten Kurs Nordwest einschlagen. Wenn ich mich jedoch richtig erinnerte, patrouillierte das Boot der Zhuk-Klasse in westlicher Richtung vor der Küste. Wenn man es rechtzeitig alarmierte, konnte es uns den Weg abschneiden.

Das vierzig Meter lange und vierzig Konten schnelle Patrouillenboot der Zenka-Klasse lag in diesem Augenblick noch vor Anker, aber nicht mehr lange. Wenn es demnächst den Jachthafen verließ, bestand die Möglichkeit, dass es uns einholte, bevor wir internationale Gewässer erreichten.

Ich sah zu Felipe hinüber, der konzentriert den Radarschirm auf der Instrumententafel beobachtete. Anscheinend war er, was die Patrouillenboote anbelangte, zum selben Schluss wie ich gekommen.

Ich hätte mich gerne zu ihm begeben, um unsere Strategie zu besprechen, doch er schien gerade in eine hitzige Diskussion mit Sara vertieft. Ich beschloss, noch zehn Minuten zu warten, bevor ich ihn aus der Plicht warf und wieder das Kommando über mein Schiff übernahm.

Jack kam mit zwei Gläsern voll dunklem Rum an Deck und reichte mir eins. Wir stießen an und tranken.

Er hatte die kugelsichere Weste abgelegt. Auf seinem T-Shirt war eine Karte von Vietnam abgebildet. »Wenn ich sterbe, komme ich in den Himmel. In der Hölle war ich nämlich schon«, stand darunter.

Wahre Worte.

»Hast du wenigstens ein paar von den Typen umgelegt?«

Ich nickte.

Er dachte nach. »Gelten wir als Kombattanten im Sinne der Genfer Konvention und der Haager Landkriegsordnung?«

»Leider nicht.«

»So ein Mist.«

»Hast du eine Zigarre?«

»Ja.« Er zog eine in Zedernholz gewickelte Zigarre aus der Jeanstasche und reichte sie mir.

Ich wickelte sie aus, biss die Spitze ab und zündete sie mir mit Jacks Zippo an. Jack hatte sich eine Zigarette zwischen die Zähne geklemmt. Ich gab ihm Feuer und das Zippo zurück.

Er betrachtete es. »Mein Glücksbringer. Hat ein Jahr lang dafür gesorgt, dass mir nichts passiert ist.«

»Wohl kaum.«

»Alle aus meiner Kompanie besaßen einen Glücksbringer. Kreuze, Hasenpfoten oder eine AK-Patrone. Die Patrone, die dich umbringt, wenn du sie nicht bei dir hast. Solche Sachen eben.«

»Und aus deiner Kompanie hat es keinen erwischt?«

»Doch, schon. Aber die mit dem Glücksbringer haben eben *geglaubt*, dass es sie nicht erwischt.«

»Verstehe. Jedenfalls vielen Dank fürs Ausleihen.«
»Hat gewirkt, oder?«
»Sieht ganz so aus.« Ich leerte mein Glas zur Hälfte.
»Was ist mit dem Geld?«
»Lange Geschichte.«
»Ich hab Zeit.«
»Wir nehmen es auf der nächsten Kubareise mit.«
Er lachte.

Ich stand auf. »Wenn wir es heil zurückschaffen, gehört das Boot mir. Ohne weitere Verpflichtungen. Wir verkaufen es und teilen uns den Erlös.«

»Mal sehen ... du schuldest mir eine halbe Million für den Kubatrip, eine halbe Million Gefechtszulage, vierhunderttausend für die Glock und, sagen wir, eine halbe Million dafür, dass ich dir den Arsch gerettet habe. Wie viel ist das Boot wert?«

»Das werden wir bald rausfinden. Hast du in Havanna eine Bettgefährtin gefunden?«, fragte ich.

»Zehn Minuten nach unserem Treffen. Was ist mit dir? Hast *du* in Havanna eine Bettgefährtin gefunden oder ...« – er deutete mit dem Kinn in Richtung Plicht – »bist du nur gefickt worden?«

Das wusste ich selbst nicht so genau. »Bleib hier und halt nach Patrouillenbooten Ausschau.«

Ich stellte mein Glas in den Becherhalter und ging in die Plicht. Felipe saß in kugelsicherer Weste am Steuer. Gleich links neben Felipes Kopf befanden sich zwei Einschusslöcher in der Windschutzscheibe.

Sara und ich sahen uns an. Sie machte Anstalten, unter Deck zu gehen, dann überlegte sie es sich anders.

»Gute Arbeit«, sagte ich. Sollte heißen: gut, aber nicht exzellent. Als es kritisch wurde, hast du nämlich die Nerven verloren, *amigo*.

Felipe nickte, ohne mich anzusehen.

Ich ging zum Radargerät hinüber, ohne Sara weiter zu beachten.

Anscheinend war außer uns kein weiteres Boot in der Bucht. Das war schon mal ein gutes Zeichen. Das Radar erfasste die Küstenlinie, nicht aber das offene Meer vor der Bucht. Wir mussten zunächst um den Archipel aus kleinen Inseln westlich von Cayo Guillermo manövrieren, bevor wir den Atlantik erreichten. Erst dann würde sich herausstellen, ob uns die beiden Patrouillenboote folgten.

Felipe schätzte die Situation ganz ähnlich ein. »Westlich von uns liegt die Buena-Vista-Bucht. Dort trennt uns der hundertfünfzig Kilometer lange Archipel vom Ozean. Auf der Höhe von Punta Gorda können wir dann aufs offene Meer gelangen.«

»Haben wir dafür eine Seekarte?«

»Ja. Und Radar, Echolot und GPS.«

In einer Gefahrensituation muss man oft Entscheidungen auf Leben und Tod treffen. Jeder, der gewohnheitsmäßig Risiken eingeht – Piloten, Schiffskapitäne, Infanteriekommandanten, Tiefseetaucher, Fallschirmspringer, Bergsteiger –, weiß das. Für einen solchen Menschen ist das eine Herausforderung, denn eine falsche Entscheidung kann man überleben. Einen dummen Fehler nicht.

»Was meinen Sie?«, fragte Felipe.

»Wir dürfen uns auf keinen Fall zwischen den vielen Inseln in die Enge treiben lassen. Nehmen wir Kurs aufs offene Meer.«

»Aber ...«

»Ich übernehme das Kommando. Bitte verlassen Sie die Plicht.«

Er sah mich an, dann stand er auf und ging unter Deck. Wahrscheinlich musste er dringend pinkeln.

Ich nahm auf dem Kapitänsstuhl Platz, überprüfte die Instrumente inklusive Tankanzeige, warf einen Blick auf den Radarschirm und brachte die *Maine* auf einen Kurs, auf dem wir in etwa fünfzehn Minuten das offene Meer erreichen würden.

In der Bucht herrschte raue See. Ein kleiner Vorgeschmack auf das, was uns auf dem Ozean erwartete. Ich nahm einen Zug von der Zigarre.

»Ich hatte Todesangst«, sagte Sara.

»Du hast dich gut geschlagen.«

»Jack ist sehr tapfer.«

Und Felipe? Nun, ehrlicherweise behält kaum jemand in seinem ersten Feuergefecht einen kühlen Kopf. Mit der Zeit wird es einfacher, und irgendwann ist es einem scheißegal. »Geh nach unten und ruh dich aus«, schlug ich vor.

Sie warf einen Blick auf die Treppe, die Felipe soeben genommen hatte. »Hast du Jack erzählt, was in dem Koffer ist?«

»Nein.«

»Dann zeige ich es ihm.«

»Okay.«

Sie ging an Deck und nahm einen Schlüssel aus der Tasche.

Ich fand, dass ich ebenfalls dabei sein sollte, also warf ich einen letzten Blick aufs Radar, schaltete den Autopiloten ein und folgte ihr.

»Weißt du noch, was uns Carlos bei unserem kleinen Ausflug damals über die Kriegsgefangenen im Villa-Marista-Gefängnis erzählt hat?«, fragte ich.

»Ja …«

Sara kniete sich hin, schloss einen Koffer auf und öffnete ihn.

Jack starrte die Schädel an. »Was zum …?«

»Das sind jene siebzehn Männer. Sie kehren nach Hause zurück, Jack.«

Er sah erst mich, dann Sara und dann wieder die Schädel an, trat einen Schritt darauf zu und bekreuzigte sich. »Willkommen daheim, Jungs.« Er salutierte.

Ich kehrte in die Plicht zurück. Je näher wir dem offenen Meer kamen, umso höher wurden die Wellen. Der Wind kam aus Südosten. Wir waren mit fünfundzwanzig Knoten in Richtung Nordwesten unterwegs, also hatten wir mitlaufende See. Ein Höllenritt.

Die äußerste Westspitze von Cayo Guillermo erschien auf dem Radar. Westlich davon lag noch eine kleinere Insel. Ich hielt auf die

Durchfahrt zwischen den beiden Inseln zu und behielt dabei das Echolot im Auge.

Es fing an zu regnen. Jack und Sara kamen in die Plicht. Sara spürte offenbar, dass sich Jack unter vier Augen mit mir unterhalten wollte, und ging unter Deck.

»Sie hat mir erzählt, dass ihr Eduardo getroffen habt.«

»Stimmt.«

»Dieses verfluchte alte Schlitzohr.«

»Das sagt der Richtige.«

»Als er im Hafen von Havanna von Bord ging, sagte er, dass er dir und Sara noch etwas Wichtiges geben müsste. Sobald ich es sehe, würde ich es verstehen, hat er gesagt.«

Das kam mir irgendwie bekannt vor.

»Ich schätze mal, ich hab's gerade gesehen.«

»So ist es.«

»Und bald kommen wir ins Fernsehen und berichten darüber.«

»Erst mal müssen wir es heil nach Key West schaffen.«

»Ich vermute, sie wollen die ... die Jungs als Vorwand hernehmen, um die Friedensverhandlungen zu boykottieren.«

Begraben lass Vergangenheit, was tot, hat jemand mal gesagt. »Die Schädel müssen identifiziert werden. Damit ihre Angehörigen sie ordentlich bestatten können.«

»Ja ...«

»Was hat Eduardo dir angeboten?«

»Ist jetzt auch egal.«

»Okay.«

»Brauchst du Hilfe am Steuer?«

»Nein.«

»Okay.« Er ging auf den Niedergang zu, dann hielt er inne. »Hol uns um Gottes willen hier raus.«

»Mach ich.«

Beim Militär lernt man die Einsamkeit des Befehlshabenden

kennen. Die Last auf seinen Schultern wiegt so schwer wie alle Leben, für die man verantwortlich ist. Es gibt kein schlimmeres Gefühl auf der Welt, aber man hat sich nun einmal dazu verpflichtet. Niemand hat behauptet, dass es einfach ist.

Ich steuerte die *Maine* durch die windgepeitschte Schneise zwischen den beiden Inseln. Dann waren wir auf dem Atlantik.

Auf dem Radar waren nur zwei Schiffe zu erkennen. Eines befand sich etwa zehn Seemeilen westlich von uns, das andere sechs Seemeilen östlich.

Theoretisch hätten das alle möglichen Schiffe sein können. Praktisch war ich mir ziemlich sicher, dass es gleich ordentlich zur Sache gehen würde.

Beide Boote erfassten mich auf ihrem Radar, änderten die Richtung und kamen auf die *Maine* zu.

Jetzt war die Kacke am Dampfen.

54

Die *Maine* wurde von Wellen und Wind ordentlich durchgeschüttelt, dennoch gelang es mir, sie einigermaßen auf nördlichem Kurs in Richtung der zehn Meilen entfernten internationalen Gewässer zu halten. Aber wie man es auch drehte und wendete – die beiden Guarda-Frontera-Boote würden uns abfangen, bevor wir diese gedachte Grenzlinie überqueren. Und selbst dann war nicht garantiert, dass sie diese Grenze auch respektierten.

Wahrscheinlich hatte man die beiden Patrouillenboote bereits von dem Vorfall im Mangrovensumpf in Kenntnis gesetzt, und diese waren schnell zu dem Schluss gekommen, dass es sich bei dem kleinen Punkt auf dem Radar um die flüchtigen Mörder auf dem amerikanischen Fischerboot *Fishy Business* handeln musste. Die Besatzungen der Patrouillenboote würden uns bis in die Hölle folgen, um sich für ihre Kameraden zu rächen.

Es regnete inzwischen stärker. Obwohl die Scheibenwischer auf Hochtouren liefen, war durch die Windschutzscheibe kaum noch etwas zu erkennen. Nicht, dass es viel zu sehen gegeben hätte – wenn man einen Sturm kennt, kennt man alle. Auf dem Radar war die Gefahr viel deutlicher auszumachen, und sie ging nicht vom Wetter aus.

Jack kam in die Plicht und warf einen Blick auf das Radar. »Sehe ich da richtig?«

»Leider ja.«

»Scheiße. Und jetzt?«, fragte er.

Jetzt würde man uns entweder gefangen nehmen oder umbringen.

Es sei denn, unsere Gegner begingen einen Fehler. Oder ich brachte sie dazu, einen Fehler zu begehen. »Das ist wie ein Schachspiel, bei dem jede Partei nur einen Zug hat.«

»Okay ... und wie sieht unser Zug aus?«

Das Zhuk-Patrouillenboot kam aus westlicher Richtung auf uns zu, vermutlich mit Höchstgeschwindigkeit, also fünfundzwanzig Knoten. Wenn ich weiter stur nach Norden fuhr, musste es ebenfalls in diese Richtung einschwenken. Irgendwann würde es sich uns bis auf Maschinengewehrreichweite nähern, aber einholen konnte es uns nicht. Das eigentliche Problem war die Stenka. Mit ihren fünfundvierzig Knoten konnte sie die sechs Seemeilen Entfernung zu uns in zehn, fünfzehn Minuten überwinden. Und uns mit den radargesteuerten Geschützen schon viel früher ins Visier nehmen.

Das Kaliber besagter Schnellfeuergeschütze war mit 30 mm nicht besonders groß. Ein Projektil war ungefähr so lang und dick wie eine Cohiba in ihrer Aluminiumröhre – nur dass es sich hier um explodierende Zigarren handelte. Solche Geschütze wurden für gewöhnlich gegen Flugzeuge und kleine Boote – wie die *Maine* – eingesetzt und hatten keine besonders hohe Reichweite. Zwei Meilen, schätzungsweise.

Die Frage lautete also: Wollten sie uns aufbringen oder versenken? Ich hatte eine Menge Guarda-Frontera-Leichen auf dem Strand hinterlassen, also wahrscheinlich eher Letzteres. Sie würden erst schießen und dann fragen.

»Mac?«

»Ich denke nach.«

»Solltest du nicht deinen Zug machen?«

Ich schaltete das Funkgerät ein und wechselte auf Kanal 16, der internationalen Notfrequenz. Wenn uns die kubanischen Patrouillenboote kontaktieren wollten, dann auf diesem Wege. Sofort hörte ich spanische Stimmen. Leider sangen sie nicht »Guantanamera«. Ich hätte mir einen Dolmetscher von unten rufen können, doch sobald ich »Guarda Frontera« und die mit starkem Akzent vorgetragenen Worte »*Fishy Business*« hörte, wusste ich alles, was ich wissen musste. Ich schaltete das Funkgerät wieder aus.

»Ach du Kacke«, sagte Jack.

»Jack, was macht man, wenn einem die guten Züge ausgegangen sind?«

»Hoffen, dass der Gegner einen schlechten Zug macht.«

»Richtig. Und was macht man, wenn man von einem überlegenen Gegner verfolgt wird, den man nicht abschütteln kann?«

»Man tut etwas, womit niemand rechnet.«

»Richtig.« Ich betrachtete den Radarschirm. Wenn wir weiter Kurs Nord hielten, würden sie uns von beiden Seiten abfangen. Ich konnte auch umkehren und zurück in das Küstengewässer zwischen dem Archipel und der kubanischen Küste im Süden fahren, doch solche Katz-und-Maus-Spiele zögerten das Unvermeidliche nur heraus.

»Der Feind kommt von beiden Seiten auf uns zu, und wir können ihn nicht abschütteln. Womit rechnet er also am wenigsten?«

»Dass wir angreifen.«

»Richtig.« Ich steuerte nach Backbord.

Jetzt fuhren wir direkt auf das Zhuk-Boot zu, das sich aus westlicher Richtung näherte.

»Du willst es wohl so schnell wie möglich hinter dich bringen?«

»Korrekt.«

Felipe kam auf Deck. Anscheinend schien ihn der Kurswechsel zu verwirren. »Was haben Sie vor?«

Ich tippte auf den Radarschirm. »Wir nehmen uns zuerst das Leichtgewicht vor. Die Zhuk.«

»Sind Sie wahnsinnig?«

Warum stellte man mir andauernd diese Frage? Ich nahm mir trotzdem die Zeit, es ihm zu erklären. »Wir müssen uns so weit von der Stenka fernhalten wie möglich. Deshalb fahren wir in die entgegengesetzte Richtung.«

Felipe sah auf das Radar. »Aber dann nehmen wir doch direkt Kurs auf die Zhuk ...«

»Das weiß ich.«

»Sind Sie wahnsinnig?«, fragte er noch einmal.

»Gehen Sie wieder unter Deck.«

Er hatte einen weiteren Vorschlag: »Kehren Sie um und fahren Sie in den Archipel zurück.«

»Gehen Sie wieder unter Deck.«

Felipe starrte wie hypnotisiert auf das Radar. »Hören Sie doch ... wenn wir es in den Archipel schaffen, können Sie uns nicht mehr orten ...«

»Es sei denn, sie folgen uns.«

»Dann sehen sie alles Mögliche auf dem Radar. Treibgut, Inseln ... wenn wir uns in einem Mangrovensumpf verstecken ...«

»Von Mangroven habe ich fürs Erste die Nase voll, *amigo*. Und jetzt unter Deck mit Ihnen. Das ist ein Befehl.«

Anscheinend wollte er keine Befehle von mir entgegennehmen. »Sie werden uns alle umbringen.«

Wir waren sowieso so gut wie tot. Auch Felipe wusste das. Er wollte dieser Tatsache nur nicht ins Auge sehen.

»Der Käpt'n hat gesagt, dass Sie unter Deck gehen sollen«, sagte Jack.

Felipe sah ihn an, als wäre Wahnsinn ansteckend. Dann holte er tief Luft, trat einen Schritt zurück und zog meine .38er Smith & Wesson unter seinem Hemd hervor. »Fahren Sie nach Süden. Sofort.«

»Sie haben versprochen, meinen Anweisungen Folge zu leisten«, erinnerte ich ihn.

»Sofort! Oder ich ...«

In diesem Augenblick kam Sara in die Plicht. Sie sah Felipe an, dann fiel ihr Blick auf die Waffe. »Felipe! Was soll das?«

»Sieht ganz nach Meuterei aus«, sagte ich. »Nimm ihn mit nach unten, bevor ich richtig sauer werde.«

»Er wird uns alle umbringen«, erklärte Felipe.

Sara musterte erst mich, dann Felipe. Sie wusste weder, auf welche Weise ich alle umbringen wollte, noch, worum es bei dieser Auseinandersetzung überhaupt ging. Trotzdem ging sie an Felipe vorbei und stellte sich zwischen mich und ihren Freund.

Mich hinter einer Frau zu verstecken war mir höchst unangenehm. Insbesondere, da ich eine Glock im Gürtel stecken hatte und sie mir in der Schusslinie stand. »Nimm ihm die Waffe ab und bring ihn nach unten«, befahl ich Jack.

Felipe ging rückwärts mehrere Stufen den Niedergang hinunter. »Bleiben Sie, wo Sie sind.«

Jack tat so, als hätte er ihn nicht gehört, und streckte die Hand aus. »Her damit.«

Langsam dämmerte es Felipe, dass er von Wahnsinnigen umzingelt war. Doch bevor er klein beigab, musste er noch einen letzten Ratschlag an die Mannschaft loswerden. »Wisst ihr überhaupt, was er vorhat? Ihr müsst ihn aufhalten, sonst sind wir alle geliefert.«

Das waren wir sowieso. Sobald man sich damit abgefunden hat, bleibt einem nur noch eine Möglichkeit: Angriff. Und den überlebte man entweder, oder man ging mit fliegenden Fahnen unter. Sara hatte gesagt, dass sie lieber sterben als sich gefangen nehmen lassen wollte. Nun, jetzt nahm ich sie beim Wort.

Felipe ging nach unten. Zwar immer noch bewaffnet, aber – vorerst – kaum gefährlich.

Jack bot sich an, ihm den Revolver abzunehmen. »Behalte ihn einfach nur im Auge«, sagte ich. »Wir brauchen ihn noch, falls es zu einer Schießerei kommt.«

Ich deutete auf den Radarschirm, um Sara zu erklären, mit welchem Plan ich alle umbringen wollte. »Das schnellere und besser bewaffnete Boot, die Stenka, wird uns im Handumdrehen abfangen, wenn wir diesen Kurs beibehalten. Wenn wir in die entgegengesetzte Richtung ausweichen, wird es etwas länger dauern, bis sie uns eingeholt hat.«

Sie starrte den Schirm an und nickte. Dann fiel ihr das andere Echozeichen auf. »Was ist das?«

»Das ist die Zhuk – ein kleineres Boot, ungefähr so schnell wie wir.« Beinahe hätte ich »und mit Maschinengewehren bewaffnet« hinzugefügt, aber das wäre der Moral sicher nicht förderlich gewesen. »Je näher wir der Zhuk kommen, desto unwahrscheinlicher ist es, dass die Stenka ihre Geschütze auf uns abfeuert.«

Wieder nickte sie. »Dafür wird die Zhuk das Feuer eröffnen«, folgerte sie schlauerweise.

»Und wir schießen zurück.«

»Wir sind ein bewegliches Ziel, das sie von einer schwankenden Plattform aus ins Visier nehmen müssen«, gab Jack zu bedenken.

Das schien Sara ein wenig zu beruhigen. Sie nickte.

»Das ist, als würde man auf einer Holperpiste aus einem fahrenden Wagen auf ein Auto schießen, das direkt auf einen zukommt«, fügte ich hinzu. »Wir sind im Handumdrehen an der Zhuk vorbei, und dann muss sie wenden, um uns zu verfolgen. Dabei verliert sie viel Geschwindigkeit, während wir nach wie vor mit fünfundzwanzig Knoten unterwegs sind.« Wenn uns die beiden Maschinengewehre nicht vorher durchsiebten.

Wieder nickte sie kommentarlos.

Ich wandte mich erneut dem Radar zu. Wir waren etwa fünf Seemeilen von der Stenka entfernt. Sie verfolgte uns, holte aber nicht auf. Anscheinend konnten sie nicht alles aus ihren Motoren herausholen, oder sie warteten erst einmal ab, welches waghalsige Manöver mir als Nächstes einfiel.

Die Zhuk dagegen kam mit voller Kraft auf uns zu. Gegen den Wind und die Wellen schaffte sie wohl kaum fünfundzwanzig Knoten, doch das spielte keine große Rolle. Die Annäherungsgeschwindigkeit betrug etwa vierzig Knoten. In fünf Minuten hatte sie uns erreicht.

»Wie viel Munition für die AR haben wir noch?«, fragte ich.

»Genug für zehn Magazine. Die muss ich aber erst laden.«

»Schaffst du das in drei Minuten? Wenn du fertig bist, bringst du dich in an der Decksluke im Bug in Position.«

Er verschwand unter Deck. »Geh runter und hol dir eine kugelsichere Weste«, wies ich Sara an. »Und bring mir auch eine mit.« Ich gab ihr die Glock. »Und hierfür noch ein paar Magazine.«

Sie ging ebenfalls nach unten.

Da wir kein Anemometer an Bord hatten, konnte ich weder die Richtung noch die Stärke des Windes messen. Ich schätzte, dass der Wind mit ungefähr zwanzig Knoten aus westlicher Richtung kam. Die Wellen waren etwa zwei Meter hoch und schlugen noch nicht über den Bug, der sich dennoch bei jeder Woge deutlich hob. Jack hatte also nur freies Schussfeld, wenn sich der Bug senkte. Zum Glück hatte die Zhuk dasselbe Problem, da die beiden Maschinengewehre auf dem Vorderdeck montiert waren.

Die Zhuk war jetzt drei Seemeilen vor uns und kam direkt auf uns zu. Anscheinend wollte ihr Kapitän unbedingt herausfinden, wer von uns als Erster nachgab, aber da war er an den Falschen geraten – oder glaubte er allen Ernstes, dass wir die Hoffnungslosigkeit unserer Lage erkannt hatten und uns ergeben würden? Das war leider viel zu rational gedacht.

Die Deckluke im Bug öffnete sich, doch statt Jack mit seiner AR-15 tauchten Felipes Kopf und Schultern daraus auf. Er war mit der automatischen Schrotflinte bewaffnet, die fünf Brenneke-Geschosse fasste. Eine unpräzise und für unsere Situation denkbar ungeeignete Waffe, aber immer noch besser als die .38er und viel besser als ein Stoßgebet.

Felipe drehte sich zu mir um und hob den Daumen. Anscheinend hatte er sich in das Unvermeidliche gefügt, oder Sara hatte ihn zur

Vernunft gebracht. Felipe war nicht groß genug, um aus der Luke sehen zu können, ohne auf etwas zu stehen. Hoffentlich stand er nicht auf Jacks Schultern.

Ich überprüfte das Radar. Die Zhuk war noch zwei Seemeilen entfernt. In der Dunkelheit und bei diesem Seegang war kein Sichtkontakt möglich. Allein die moderne Technologie verriet uns, dass wir auf Kollisionskurs waren. In ein, zwei Minuten jedoch würde es wieder ganz altmodisch werden. Dann zählte nur noch, wer die größeren Eier in der Hose und die schnelleren Kugeln im Lauf hatte.

Die Stenka lag fünf Seemeilen hinter uns. Der Kapitän wusste selbstverständlich, dass sein Boot schneller war als unseres. Andererseits brauchte es auch länger, um zu wenden, daher wartete er ab, falls ich plötzlich den Kurs änderte. Er würde erst ein Abfangmanöver einleiten und die radargesteuerten Geschütze abfeuern, wenn keine Gefahr für die Zhuk mehr bestand. Oder er ging wie der Kapitän der Zhuk davon aus, dass wir uns ergaben. Aus welchem Grund sollten wir sonst direkt auf die Zhuk zufahren?

Jack kam mit einem Segeltuchbeutel voller Magazine und der AR-15 an Deck. »Ich bin oben im Tuna-Tower«, sagte er.

Die Beobachtungsplattform befand sich etwa zweieinhalb Meter über dem Kabinendach und sechs Meter über dem Wasserspiegel. Keine besonders gute Idee, wie ich fand, immerhin schwankte der Tuna-Tower in einem Winkel von etwa zwanzig Grad hin und her. Der Vorteil war, dass Jack nicht warten musste, bis sich der Bug senkte, um ein freies Schussfeld zu haben. Dennoch – so etwas hätte ich keinem meiner Männer befohlen. Während ich noch überlegte, wie ich verhindern konnte, dass er sich als lebende Zielscheibe präsentierte, war er schon die Sprossen zur Plattform hochgestiegen. »Viel Glück.«

Sara kam den Niedergang herauf. Sie trug eine kugelsichere Weste und reichte mir eine weitere.

Ich zog sie an und deutete auf die Windschutzscheibe, die aus drei separat zu öffnenden Fenstern mit den zugehörigen Verschlüssen und Scharnieren bestand. »Zieh den Riegel vor dem linken Fenster zurück. Auf mein Kommando klappst du es auf, bis es einrastet. Dann kannst du dich auf die Treppe stellen und aus dem Fenster schießen.«

Sie nickte, schob den Riegel zurück und zog die Glock aus dem Gürtel.

»Du darfst auf keinen Fall feuern, wenn sich der Bug senkt«, sagte ich. »Sonst triffst du Felipe.« Sie hatte sich sicher schon etwas Ähnliches gedacht, aber ich wies sie trotzdem noch einmal darauf hin.

Ich sah wieder auf das Radar. Der kleine Punkt, der die Zhuk markierte, war direkt vor uns. Fünfhundert Meter. Felipe stand in der Luke, hatte die Ellenbogen aufs Deck gestützt und die Schrotflinte im Anschlag. Jack saß im Tuna-Tower, Sara stand mit der Glock in den Händen und ein paar Reservemagazinen in den Taschen neben mir und wartete auf den Feuerbefehl.

Der Kapitän der Zhuk begriff, dass wir uns nicht ergeben wollten, und ging zum Angriff über. Mündungsfeuer schlug aus den Maschinengewehren. Die grünen Leuchtspuren pfiffen weit über uns hinweg, da sich der Bug der Zhuk gerade hob. Der Schütze korrigierte, wobei er es etwas zu gut meinte. Die nächste Salve landete etwa hundert Meter vor der *Maine* im Wasser.

Durch die Leuchtspurmunition wussten wir, wo sich die Zhuk befand. Ich hörte, wie Jack schnell hintereinander mehrere Schüsse abgab.

Felipe, der von seiner Position aus bis auf die grünen Lichtblitze kaum etwas sah, feuerte seine fünf Patronen in die ungefähre Richtung der Zhuk ab und lud nach, sobald sich der Bug wieder hob.

Jack ballerte drauflos, als hätte er das Ziel deutlich vor Augen. Ich konnte überhaupt nichts erkennen und musste mich auf das Radar verlassen. Das Echozeichen war inzwischen so nah, dass ich die Zhuk eigentlich mit bloßem Auge hätte sehen müssen. Ich spähte durch die regennasse Windschutzscheibe, und da war sie – eine schwarze Silhouette vor dem schwarzen Horizont, die rasch auf uns zu kam.

»Feuer!«, rief ich.

Sara ging zum Fenster, klappte es auf und legte mit beiden Händen an, genau wie ich es ihr beigebracht hatte. Wind und Regen schlugen durch die Fensteröffnung. Sobald sich der Bug senkte, leerte sie in wenigen Sekunden das Magazin. Dann stand sie einfach nur da und starrte das näher kommende Schiff an, anstatt sich in Deckung zu begeben und nachzuladen.

»Arschlöcher!«

»Runter mir dir!«

Felipe, der bislang sowohl den gegnerischen Kugeln als auch dem Feuer aus den eigenen Reihen entgangen war, schoss auf die Zhuk – die, wie mir auffiel, das Feuer nicht erwiderte. Dafür konnte es nur einen Grund geben. Der Schütze war getroffen. Und tatsächlich: »Hab ihn! Ich hab den Drecksack erwischt!«, rief Jack aus vollem Hals.

Anscheinend hatte es Jack von seiner erhöhten Position aus geschafft, am Schutzschild des Maschinengewehrs vorbeizuschießen und den Schützen auszuschalten. Bedauerlicherweise herrschte auf der Zhuk kein Personalmangel. Als wir noch etwa hundert Meter von ihr entfernt waren, eröffneten die beiden Läufe abermals das Feuer. Der Bug hob sich, die Leuchtspuren schossen weit über uns hinweg. Dieser Schütze beherrschte sein Handwerk etwas besser, sodass die grünen Blitze mit dem Abfallen des Bugs immer näher kamen, bis schließlich Glas splitterte und Kugeln durch die Plicht zischten.

Sara schrie und ging im Niedergang in Deckung. Hoffentlich war sie unverletzt. Ich warf Felipe einen Blick zu. Er feuerte immer noch. Sara saß inzwischen auf einer Stufe und schob ein neues Magazin in die Glock. Dann stand sie auf und leerte es auf das vor uns aufragende Schiff.

Die nächste Leuchtspursalve zog hoch über uns hinweg – nicht, weil sich der Bug der Zhuk hob, sondern weil der Schütze offenbar Jack im Tuna-Tower entdeckt und ins Visier genommen hatte.

Wir waren auf Kollisionskurs. Bis zum Zusammenstoß dauerte es höchstens noch zehn Sekunden. Ich wich nicht aus, da die *Maine* und alle an Bord eh so gut wie tot waren. Also musste die Zhuk den Kurs ändern. Steuerbord oder backbord, das war hier die Frage.

Noch fünfzig Meter. Ich konnte die Brückenfenster des gegnerischen Schiffes erkennen. Dahinter stand der Kapitän entweder selbst am Steuer oder gab dem Steuermann Befehle. Ein leichtes Ziel, hätte ich nur ein Gewehr gehabt. Hatte ich aber nicht, und Jacks AR-15 war auch schon seit Längerem nicht zu hören gewesen. Dafür eröffnete das Zwillingsmaschinengewehr erneut das Feuer, doch da die *Maine* so nah an der Zhuk war und sich das Vorderdeck gerade hob, musste der Schütze den Lauf bis zum Anschlag nach unten richten, um überhaupt eine Salve abschießen zu können. Die Kugeln pfiffen über die Plicht hinweg und bohrten sich ins Achterdeck. Dann hatten wir von dem Geschütz nichts mehr zu befürchten, da die Zhuk plötzlich hart nach Backbord abdrehte, um einen Zusammenstoß zu vermeiden. Ich erhaschte einen Blick auf das doppelläufige Maschinengewehr, das der Schütze verzweifelt nach Steuerbord auszurichten versuchte. Wir glitten so nahe an dem fünfundzwanzig Meter langen Patrouillenboot vorbei, dass ich die Männer an Deck erkennen konnte.

Sobald wir das Heck des Schiffes passiert hatten, schlug ich das Ruder hart backbord ein, sodass die *Maine* über die Kielwelle sprang und einen Augenblick lang durch die Luft segelte. Die Landung fühlte sich an wie der Zusammenstoß mit einer Ziegelmauer. Die *Maine* wurde heftig durchgeschüttelt. Der Schütze des hinteren Maschinengewehrs war entweder gerade woanders, schlief oder reagierte viel zu langsam. Wie auch immer – das Heck der Zhuk drehte sich nach Steuerbord und von uns weg, ohne dass ein Schuss aus dem Heckgeschütz fiel.

Die *Maine* war viel wendiger als die größere Zhuk. Ich schlug hart steuerbord ein, sodass sich unser Heck mittschiffs der Zhuk befand. Die beiden Maschinengewehre an Bug und Heck konnten sich nur um jeweils hundertachtzig Grad drehen, wodurch in der Mitte des Schiffes ein toter Winkel mit einer Breite von etwa zwölf Metern entstand. Ich achtete sorgfältig darauf, dass die *Maine* in diesem Bereich blieb, solange die Zhuk ihre Steuerbordwende vollführte. Leider galt der tote Winkel nicht für die Gewehre der Besatzung. Schon leuchtete Mündungsfeuer auf dem Vorder- und Achterdeck auf, doch da die Wellen mit voller Wucht gegen die Steuerbordseite der Zhuk krachten, waren gezielte Schüsse nicht möglich. Der Kapitän änderte den Kurs, damit uns der Heckschütze ins Visier nehmen konnte. Ich steuerte dagegen. Das Ganze erinnerte an einen Hund, der seinem Schwanz hinterherjagt. Nur dass der Schwanz – also wir – allmählich etwas Vorsprung vor den Hundezähnen gewann.

Irgendwann gab der gegnerische Kapitän das Vorhaben auf, mich auszumanövrieren, und nahm einfach nur die Verfolgung auf, während ich Kurs auf die internationalen Gewässer nahm, die sich achtzig Meilen nördlich von uns befanden. Wenn wir unsere Geschwindigkeit von fünfundzwanzig Knoten beibehielten, würden wir sie in zwanzig Minuten erreichen.

Wieder verschluckte die Finsternis die Zhuk, sodass ich sie mit bloßem Auge nicht mehr sehen konnte. Das Patrouillenboot hatte durch die vielen Manöver Zeit verloren und lag nun etwa fünfhundert Meter hinter uns. Theoretisch blieb es auch so, wenn wir weiter mit voller Kraft voraus fuhren; in der Praxis war dies jedoch nur der Zhuk möglich, da sie aufgrund ihrer Größe besser mit den Wellen zurechtkam. Sobald sie aufholte, konnte ich es mit einem Zickzackkurs versuchen – wie ein Hase auf der Flucht vor einem großen bösen Alligator. Sobald die Zhuk dann meinen erratischen Bewegungen folgte, wurde sie durch ihre mangelnde Wendigkeit verlangsamt. Bei Alligatoren klappt so etwas immer.

Anscheinend waren sie auf der Zhuk richtig sauer. Sie feuerten aus allen Rohren, doch ein einen halben Kilometer entferntes Ziel auf hoher See zu treffen ist ein Ding der Unmöglichkeit. Die meisten Kugeln landeten hinter uns im Meer.

Ich warf einen Blick auf die Tankanzeige. Wir hatten zwar ordentlich Diesel verbraucht, würden es aber noch bis Key West oder im Notfall zumindest bis zu einer Insel der näher gelegenen Florida Keys, bis nach Key Largo oder der Bahamasinsel Andros Island schaffen. Noch musste ich diese Entscheidung nicht treffen, womöglich überhaupt nicht. Das Abenteuer hatte auf Key West seinen Anfang genommen, dort sollte es auch enden. Wir waren zwar noch nicht außer Gefahr, doch ich sah einen Silberstreifen am Horizont.

Dann sah ich etwas anderes. Ich hatte die Sichtweite des Radars so eingestellt, dass ich die Zhuk möglichst deutlich auf dem Schirm hatte. Nun wollte ich wissen, wo die Stenka war, und erhöhte die Reichweite auf zwölf Meilen. Auf der stürmischen See war nur ein weiteres Echozeichen zu sehen. Es befand sich etwa fünf Seemeilen östlich von uns auf Abfangkurs. Das musste die Stenka sein. *Scheiße*.

Wenn wir unseren Kurs beibehielten, waren wir in zwanzig Minuten in internationalen Gewässern, gerieten höchstwahrscheinlich vorher aber in Reichweite ihrer Geschütze. Wenn ich die Keys im Nordwesten ansteuerte, hielten wir uns zwar etwas länger in kubanischen Hoheitsgewässern auf, konnten dafür jedoch den Sturm und die Stenka länger auf Abstand halten. Ich beobachtete das Radar, und wie Tausende Kapitäne vor mir stellte ich dabei fieberhaft mathematische und geometrische Berechnungen an. *Mac, diesmal darfst du dir keinen Fehler erlauben.*

Sara saß im Stuhl neben mir. Keine Ahnung, seit wann. Ich war so sehr mit meinen eigenen Problemen beschäftigt gewesen, dass ich sie nicht bemerkt hatte. Typisch Mann.

»Alles klar?«, fragte ich.

Sie nickte.

»Kannst du mir einen Gefallen tun und nachsehen, wie es Jack ... ob er ...«

»Er lebt noch«, sagte der vom Regen völlig durchnässte Jack und betrat die Plicht. Dann drehte er sich um, ging wieder auf Deck und kotzte über die Reling. Dasselbe war mir auch schon mal nach einem längeren Aufenthalt auf dem Tuna-Tower bei rauer See passiert. Es gibt Schlimmeres.

Felipe hatte seine Position an der Deckluke verlassen und kam mit einer Flasche Ron Santiago von unten auf Deck. Er gab Sara den Rum, von dem er selbst anscheinend schon reichlich intus hatte. Sie hielt mir die Flasche hin. »Ich fahre«, sagte ich.

Sara nahm einen Schluck.

Jack kam in den Steuerstand. Sara bot ihm die Flasche an, doch Jack, der immer noch grün im Gesicht war, lehnte ab und ging nach unten. Kurz darauf hörte ich das Schlagen der Toilettentür.

Felipe sagte etwas auf Spanisch. »Scheiße« oder so ähnlich, vermutete ich. Anscheinend hatte er jetzt erst die Löcher in der Windschutzscheibe und die vielen Holzsplitter und Plastiktrümmer bemerkt.

Dann stellte er sich zwischen die Stühle, auf denen ich und Sara saßen, und deutete auf den Radarschirm. »Ist das die Stenka?«

»Ja.«

»Scheiße!«

»Und die Zhuk ist hinter uns«, teilte ich ihm mit. »Gute Arbeit, *amigo.*«

»Ich glaube, ich habe den Schützen am Maschinengewehr erwischt«, sagte er nach kurzem Zögern.

»Ich habe dem Dreckskerl genau zwischen die Augen geschossen«, widersprach Jack, der gerade den Niedergang heraufkam.

Das klang schon plausibler, doch es war genauso wahrscheinlich, dass Sara einen Glückstreffer von jener Sorte gelandet hatte, den jeder – einschließlich desjenigen, der sich die Kugel einfängt – für völlig unwahrscheinlich hält.

»Und jetzt?«, fragte Felipe.

»Diese Entscheidung überlassen wir dem Käpt'n«, rief ich ihm in Erinnerung.

Wortlos wandte er sich wieder dem Radar zu. »Die Zhuk ... ist ziemlich weit hinter uns.«

»Sie holt auf, aber nicht schnell genug. Wenn sie in Schussweite gelangen will, muss sie uns in internationale Gewässer folgen.« Was durchaus im Bereich des Möglichen lag. Der Kapitän war stinksauer und hatte noch ein Hühnchen mit uns zu rupfen, und ganz bestimmt machten ihm gerade seine Vorgesetzten über Funk mächtig Feuer unterm Hintern. Das wusste ich, weil ich solche Gespräche auch schon geführt hatte – als derjenige, der die Befehle gab, und derjenige, der sie entgegennahm.

»Wenn wir auf diesem Kurs bleiben, werden uns die Geschütze der Stenka in etwa ... zehn Minuten ins Visier nehmen«, sagte er.

»Woher wissen Sie so gut über die 30-mm-Geschütze Bescheid?«

»Das haben mir meine *amigos* verraten.«

Solche *amigos* brauchte ich auch. »Und welche Reichweite haben diese Geschütze?«

»Viertausend Meter, vielleicht sogar mehr.«

Aha. Die doppelläufigen Schnellfeuergeschütze der Stenka verschossen eine Menge Munition, daher war ein Treffer auch bei ungenauem Feuer über eine große Entfernung hinweg nicht unwahrscheinlich. Andererseits – vielleicht hatten wir Glück und segelten unbeschadet durch den Kugelhagel.

»Wir müssen ihr ausweichen«, sagte Felipe.

Eine ebenso unqualifizierte wie überflüssige Bemerkung. »Wenn wir weiter direkt nach Norden fahren, sind wir in zehn Minuten in internationalen Gewässern«, sagte ich.

»Das interessiert die einen Scheißdreck«, gab Felipe zu bedenken. »Wenn sie niemand aufhält, verfolgen uns diese Arschlöcher glatt bis nach Miami.«

»Das ist mir klar«, sagte ich.

»Wir müssen nach Westen«, sagte Jack. Eine weitere unqualifizierte Bemerkung.

»Sara?«

Sie pflichtete Jack und Felipe bei. »Tu, was du für das Beste hältst«, meinte sie immerhin.

Das Beste gab es in diesem Fall leider nicht. »Wenn wir nach Westen abdrehen, fahren wir an der kubanischen Küste entlang, und dann werden weitere Guarda-Frontera-Boote auslaufen und auf Abfangkurs gehen.«

Darauf hatte niemand eine Antwort parat. »Wenn wir uns Richtung Norden halten, weg von der Küste, dann müssen wir uns nur um die beiden Patrouillenboote Sorgen machen, die wir sowieso schon am Hals haben«, erklärte ich.

Allmählich begriff die Mannschaft das Dilemma, und mehr kann ein Käpt'n nicht erwarten. Ich schaltete das Funkgerät ein, das immer noch auf Kanal 16 eingestellt war, und lauschte, doch von den Patrouillenbooten war nichts mehr zu hören. Anscheinend war alles gesagt.

Ich reichte Felipe das Mikrofon. »Setzen Sie einen Notruf ab. Nennen Sie unsere Position, unseren Kurs und unsere Geschwindigkeit. Und dann wiederholen Sie das Ganze für unsere *amigos* auf Spanisch. Erwähnen Sie ruhig, dass wir von kubanischen Kriegsschiffen verfolgt werden.«

Er nahm das Mikrofon entgegen. »Wie lautet unser momentaner Kurs?«

»Augenblick. Unser Kurs beträgt ... dreihundert Grad.« Ich schwenkte Richtung Steuerbord auf einen Kurs, der uns in nordwestlicher Richtung durch die Floridastraße führte. Damit blieben wir zwar etwas näher an der kubanischen Küste und damit auch in kubanischen Hoheitsgewässern, als mir lieb war, aber es war auch der schnellste Weg nach Hause.

Felipe setzte den Funkspruch erst auf Englisch und dann auf Spanisch ab. Englisch war die internationale Verkehrssprache auf See, aber ich wollte, dass die Guarda Frontera auch wirklich mitbekam, dass wir sie verpetzten. Nur damit sie sich nicht mit einem *»no comprende«* aus der Affäre ziehen konnten, wenn wir sang- und klanglos untergingen. Andererseits: Sie fühlten sich wohl durchaus im Recht und waren der Ansicht, ein Boot voller Mörder zu verfolgen.

Als Antwort auf meinen Kurswechsel hatten auch die Zhuk und die Stenka den Kurs geändert. Die Zhuk holte allmählich auf, doch da wir uns beinahe entgegengesetzt zur Stenka bewegten, dauerte es meinen Berechnungen nach noch mindestens zehn bis zwanzig Minuten, bis wir in die Reichweite ihrer Geschütze gerieten. Nun konnten wir nichts anderes tun als Kurs halten und hoffen, dass die Guarda-Frontera-Boote bald den Befehl erhielten, die Verfolgung abzubrechen. Das Regime würde ganz bestimmt keinen internationalen Zwischenfall auf hoher See riskieren wollen, auch wenn wir keine unschuldigen Touristen, sondern gesuchte Mörder waren. Die Drecksäcke in Havanna würden also um ein Uhr nachts die Entscheidung treffen müssen, ob sie dieses Problem mit militärischen oder diplomatischen Mitteln lösen wollten. Hoffentlich war diese Nacht ebenso beschissen für sie wie für mich.

Zum ersten Mal überhaupt schaltete ich den Kartenplotter ein und zoomte heraus, bis das etwa dreihundertfünfzig Kilometer entfernte Key West auf dem Display erschien. Ich korrigierte den Kurs und schaltete den Autopiloten ein, der selbsttätig die Abdrift durch Wetter und Strömung korrigierte.

Wir hatten Rückenwind. Der Sturm war hinter uns und zog in Richtung Nordwesten. Ich konnte also die vollen fünfundzwanzig Knoten aus der *Maine* herausholen.

Laut Plotteruhr war es 1:57 Uhr, also würden wir gegen zehn, elf Uhr vormittags in Key West sein. Wir schafften es rechtzeitig zum Mittagessen ins Green Parrot – falls dann noch jemand Appetit hatte.

Der einzige Haken an diesem Plan waren die beiden kubanischen Patrouillenboote, die nach wie vor die Absicht hatten, uns zu den Fischen zu schicken.

Ich warf einen Blick aufs Radar. Die Zhuk holte zwar auf, doch bis wir in Reichweite ihrer Maschinengewehre gerieten, waren wir schon halb in Key West. Eine weitere Begegnung mit ihr wollte ich nach Möglichkeit vermeiden. Normalerweise rettet einem Gott nur einmal den Arsch. Beim nächsten Mal ist man selbst für das Wunder zuständig.

Das weitaus größere Problem stellte die Stenka dar, die mit fünfundvierzig Knoten hinter uns herjagte. Ich erinnerte mich daran, wie sie im Jachthaften gelegen hatte: gespickt mit Maschinengewehren, Geschütztürme mit doppelläufigen Kanonen an Bug und Heck – ein Monster. Vor meinem geistigen Auge sah ich, wie sie hinter uns durch die Wellen pflügte, wie ihr Kapitän auf seinen Radarschirm blickte und zufrieden zur Kenntnis nahm, dass der Abstand zwischen uns beständig schmolz.

Wieder sah ich auf den Kartenplotter. Wir waren inzwischen zu weit westlich, um noch Kurs auf Andros Island nehmen zu können. Das hätte ich gleich nach dem Feuergefecht mit der Zhuk machen sollen. Jetzt befanden wir uns mitten im Nirgendwo. Das nächste Land – Kuba ausgenommen – und unsere einzige Rettung waren die Keys.

Wir hatten vor etwa einer Viertelstunde das kubanische Hoheitsgewässer hinter uns gelassen, und wie zu erwarten, waren uns die Guarda-Frontera-Boote, ohne zu zögern, gefolgt. Der Begriff »internationale Gewässer« bedeutete ja lediglich, dass jeder das Recht hatte, sie zu durchqueren. Das amerikanische Hoheitsgewässer dagegen fing erst zwölf Seemeilen vor der Küste der Keys an. Wie man es drehte und wendete – die Stenka würde uns einholen, bevor wir es erreichten.

Jack kam in die Plicht. »Wie läuft's?«

»Ganz toll. Am besten funken wir gleich den Allmächtigen persönlich an.«

Er sah aufs Radar. »Da brauchst du aber eine höhere Frequenz.«

»Dein Wort in Gottes Ohr.«

»Du hast nicht zufällig noch ein paar Asse im Ärmel?«

»Ich bin schwer am Grübeln. Wie ist die Situation unter Deck?«

»Sara ist in der Backbordkabine und hat sich aufs Ohr gelegt, keine Ahnung. Felipe sitzt in der Kombüse und kümmert sich um das Löschen der Rumladung.«

»Er hat sich einen Drink verdient.«

»Willst du auch einen?«

»Nein. Aber du kannst dir ruhig einen genehmigen.«

Das erinnerte Jack an einen seiner T-Shirt-Sprüche: »Ich trinke nur mäßig, aber wenn ich trinke, werde ich zu einem anderen Menschen, und dieser Mensch kann eine Menge vertragen.«

Ich grinste. »Eine Zigarette wäre nicht schlecht.«

Er fischte die Packung aus der Hemdtasche. Dabei verzog er vor Schmerzen das Gesicht – wahrscheinlich wegen der AK-Kugel, die seine Rippe angeknackst hatte.

Ich nahm eine Zigarette. Er gab mir mit dem Zippo Feuer und zündete sich ebenfalls eine an. »Die Dinger werden mich irgendwann noch umbringen.«

»Wenn du so lange lebst.«

Stumm überprüfte ich Tankanzeige, Radar, GPS und Kartenplotter.

Je weiter wir nach Westen kamen, desto ruhiger wurde die See. Durch die Windschutzscheibe waren einzelne Sterne am Himmel zwischen den dahinrasenden Wolken zu erkennen. Die *Maine* hatte Rückenwind und machte gute Fahrt. Doch es reichte nicht.

Ich hatte das Radar auf sechs Meilen eingestellt, um unsere Verfolger – die ich Arschloch A und Arschloch B getauft hatte – jederzeit beobachten zu können. Arschloch A – die Zhuk – fiel immer weiter zurück. Vielleicht war ihr Sprit alle. Wenn sie nicht auf Cayo Guillermo vollgetankt hatten, bevor sie zur nächtlichen Patrouille aufgebrochen waren, mussten sie bald umkehren oder riskieren, mit leerem Tank mitten auf dem Ozean zu treiben.

Arschloch B – die Stenka – holte mit etwa fünfundvierzig Knoten rasch zu uns auf. Dieses Arschloch konnte uns zum Verhängnis werden.

Ich stellte das Radar auf die vollen fünfundfünfzig Meilen Abdeckungsbereich ein und hielt gemeinsam mit Jack nach irgendwelchen anderen Schiffen in der Gegend Ausschau. Wir sahen nur zwei. Eins folgte in westlicher Richtung dem Schifffahrtsweg durch die Floridastraße, das andere nahm Kurs auf den Hafen von Havanna. Durch den Sturm war das Meer im Osten völlig verlassen. Selbst die Drogenschmuggler hatten sich heute Nacht freigenommen.

»Setz einen Notruf ab«, bat ich Jack.

Er nahm das Mikrofon und gab unsere Position, unseren Kurs und unser Problem durch, das da lautete: Wir wurden von zwei beschissenen kubanischen Patrouillenbooten verfolgt, die uns ans Leder wollten.

»Sag, dass wir kaum noch Sprit und einen Verwundeten an Bord haben«, befahl ich ihm.

»Wer ist verwundet?«

»Du, Trottel.«

»Ach, richtig.« Er sah auf die Tankanzeige und funkte weiter.

Das traditionelle Seerecht verpflichtet alle Schiffe dazu, einem anderen, in Not geratenen Schiff zur Hilfe zu eilen. Wenn es sich bei dem Notfall allerdings um ein Feuergefecht in internationalen Gewässern handelt, machen die meisten Kapitäne lieber einen großen Bogen darum herum. Immerhin war das betreffende Schiff nicht durch höhere Gewalt in Not geraten, weshalb sie sich auch nicht bemüßigt fühlen mussten, ihr Leben oder das ihrer Mannschaft und ihrer Passagiere aufs Spiel zu setzen. Wir konnten nur hoffen, dass meine Kapitänskameraden Mitleid mit dem Verwundeten hatten.

»Vergiss nicht zu erwähnen, dass kaum noch Alkohol an Bord ist.«

»Soll ich auch sagen, dass wir bei einem kubanischen Angelturnier den zweiten Platz belegt haben?« Jacks Humor ist manchmal noch schwärzer als meiner.

»Kann nicht schaden.«

Doch obwohl Jacks Funkspruch völlig den Tatsachen entsprach, erhielten wir keine Antwort. Gut, die kubanischen Kriegsschiffe mochten abschreckend wirken, aber sie nicht zu erwähnen wäre unfair gewesen. Wenn man jemanden um Hilfe bittet, muss man auch auf mögliche Gefahren hinweisen. Hätte ich diesen Notruf gehört, dann ... nun, es wäre wahrscheinlich darauf angekommen, wen ich an Bord gehabt hätte. Aber ganz sicher hätte ich mich wohl gefragt, was das Hilfe suchende Schiff verbrochen hatte, um von kubanischen Patrouillenbooten verfolgt zu werden. Womöglich hätte ich das Ganze auch für einen Scherz oder eine Falle gehalten. Auf hoher See passieren eine ganze Menge schräger Sachen, die man an Land nicht für möglich halten würde. Hier draußen war es wie auf einem anderen Planeten. Und unter uns lauerte ein nasses Grab, bereit, die Toten und die noch nicht ganz Toten aufzunehmen.

»Versuchen wir's später noch mal«, sagte ich. Vielleicht antwortete in der Zwischenzeit jemand. »Jetzt brauche ich erst mal einen Schadensbericht.«

»Schau dich um«, sagte Jack.

»Und was sehe ich *nicht*, wenn ich mich umschaue?«

»Das Klo hat's übel erwischt, und der Wassertank hat ein Loch.«

»Was ist mit dem Bier?«

»Dem ist nichts passiert. Aber der Treibstofftank leckt.«

Ich warf einen Blick auf die Tankanzeige und nickte. Bei Tag hätte ich sehen können, ob wir eine Dieselspur hinter uns herzogen, doch so wusste ich nicht, ob wir Treibstoff verloren oder der Motor bei diesem Wellengang einfach nur mehr verbrauchte. In jedem Fall geriet Key West zusehends außer Reichweite. Noch war Key Largo eine Option. Insgesamt stellte der Treibstoff jedoch unser geringstes Problem dar. Das größte war die Stenka. Sie holte schnell auf. Ich verkleinerte den Radarmaßstab. Sie war noch drei Seemeilen hinter uns.

Sara betrat die Plicht. Jack, der kurz vor der Ohnmacht zu sein schien, wollte unter Deck gehen und Kaffee kochen. »Willst du einen?«

»Gerne. Alles klar?«, fragte ich Sara.

»Alles klar.«

»Wie geht's Felipe?«

»Er hat sich in einer Kabine eingeschlossen.«

»Er hat sich wacker geschlagen.«

Sie nickte und setzte sich neben mich. Dabei fiel ihr auf, dass ich das GPS und den Kartenplotter eingeschaltet hatte, genau wie bei unserer Fahrt in den Sonnenuntergang, als wir uns den Hafen von Havanna auf Google Maps angesehen hatten. Wären wir damals so schlau gewesen wie heute, hätten wir uns wohl *buenas noches* gewünscht und wären unserer Wege gegangen.

»Wie ist die Lage?«, fragte sie. »Raus mit der Sprache.«

»Seit der Begegnung mit der Zhuk haben wir ungefähr achtzig Meilen geschafft. Bis in amerikanische Hoheitsgewässer sind es noch hundertzwanzig.«

Sie nickte. »Wie lange werden sie uns verfolgen?«

»Bis etwa fünf bis zehn Meilen vor Ende der internationalen Gewässer. Näher können sie sich nicht heranwagen, ohne eine Warnung der Amerikaner über Funk zu riskieren. Vielleicht schickt die Küstenwache auch ein Schiff los, um nach dem Rechten zu sehen.«

»Okay ... also haben wir die Hälfte des Rückwegs geschafft.«

»Genau.« Rein streckenmäßig betrachtet schon.

Sie sah auf den Radarschirm. »Sie kommt näher.«

»Richtig.«

Sie schwieg.

Wir saßen Seite an Seite vor der Instrumententafel und betrachteten durch die von Einschusslöchern übersäte Windschutzscheibe den aufklarenden Himmel. Auch die See beruhigte sich allmählich. Es wurde eine schöne Nacht.

2:46 Uhr. Wenn wir eine Geschwindigkeit von zwanzig bis fünfundzwanzig Knoten beibehielten, nicht zu viel Sprit verloren und die Stenka auf Abstand hielten, würden wir morgen am späten Vormittag an der Charter Boat Row anlegen.

Es knisterte im Lautsprecher. »Somewhere beyond the sea, somewhere waiting for me, my lover stands on golden sands ...«, säuselte Bobby Darin.

Um die Moral zu heben, wäre Jay Z sicher besser geeignet gewesen, doch mit dieser CD hatte Jack leider Tontaubenschießen veranstaltet.

Sara stimmte ein, obwohl sie eindeutig den Text nicht kannte.

Wir schipperten dahin wie auf einer Fahrt in den Sonnenuntergang. Ein Schiff voller singender Narren.

Die Stenka kam immer näher, die Zhuk fiel weiter zurück. Noch während ich das Radar beobachtete, drehte die Zhuk nach Südwesten ab. Ich konsultierte den Kartenplotter. Sie nahm Kurs auf den Hafen von Matanzas. Offenbar ging ihr tatsächlich der Treibstoff aus, denn was hatte man sonst in Matanzas verloren? Eine sterbenslangweilige Stadt, wie ich aus eigener Erfahrung wusste. Nur das Pharmaziemuseum sollte man nicht verpassen.

»Was ist?«, fragte Sara.

»Die Zhuk hat die Verfolgung abgebrochen«, sagte ich. »Wahrscheinlich hat sie keinen Sprit mehr.«

»Gut. Gott hält seine schützende Hand über uns«, rief sie mir vorsichtshalber in Erinnerung. Als hätte ich das vergessen.

Ich wollte gerade fragen, was Gott gegen die Stenka zu

unternehmen gedachte, als mir Jack meinen Kaffee brachte. Ich unterrichtete ihn davon, dass die Zhuk die Verfolgung abgebrochen hatte, und bat ihn, eine CD aufzulegen, die in diesem Jahrtausend aufgenommen worden war.

»Vielleicht kehrt die Stenka auch um.« Den Musikwunsch ignorierte er geflissentlich.

Ich sah aufs Radar. Die Stenka hielt unverwandt auf uns zu und war nur noch zwei Meilen hinter uns. Jetzt waren wir in Reichweite der radargesteuerten 30-mm-Geschütze.

»Übernimm das Steuer.«

Ich stand auf, nahm ein Fernglas aus einem Fach über der Instrumententafel und verließ den Steuerstand.

»Wo willst du hin?«, fragte Sara.

»Bin gleich zurück.«

Ich kletterte den Tuna-Tower hinauf und hielt mich am Sitz fest. Ein Loch klaffte im Polster der Rückenlehne. Jack hatte wirklich Glück gehabt.

Ich richtete den Feldstecher auf den östlichen Horizont. Die Positionslichter der Stenka waren deutlich zu erkennen. Also fuhr sie im Gegensatz zu uns nicht verdunkelt. Warum auch? In diesen Gewässern gab es nichts, das ihr gefährlich werden konnte.

Plötzlich erhellten Blitze den Horizont. Mündungsfeuer, da gab es keinen Zweifel. *Scheiße!* »Ausweichmanöver einleiten!«, rief ich.

Offen gestanden erwartete ich nicht, dass Jack sofort reagierte, doch die *Maine* drehte unverzüglich hart nach Backbord ab. Im selben Augenblick zischten mehrere großkalibrige Projektile am Boot vorbei, durchschlugen die Wasseroberfläche und explodierten genau an der Stelle, an der wir gerade noch gewesen waren.

Leuchtspurmunition war überflüssig, da die Geschütze radargesteuert waren. Der Kapitän der Stenka musste einfach nur auf eine Explosion am Horizont warten. Bobby Darin gab »Mack the Knife« zum Besten.

Die *Maine* drehte hart nach Steuerbord, behielt diesen Kurs ein paar Sekunden bei und wechselte dann erneut die Richtung. Jack fuhr einen engen Zickzackkurs, um die Radarsteuerung der Geschütze zu verwirren. Mit mäßigem Erfolg. Das Buggeschütz blitzte erneut auf, und hin und wieder explodierten Projektile auf dem Wasser in der Nähe. Die Detonationen waren wie ein Donnergrollen am Horizont.

Hier oben gab es nichts mehr zu sehen. Während Jack bei einer Geschwindigkeit von fünfundzwanzig Knoten ein Ausweichmanöver nach dem anderen vollführte, kletterte ich den Tuna-Tower wieder hinunter. Dabei verlor ich mehrmals um ein Haar den Halt, doch schließlich bekam ich die Reling zu fassen, warf mich aufs schwankende Deck und rollte mit der Krängung erst nach Steuerbord und dann zurück nach Backbord.

Ich versuchte erst gar nicht, mich aufzurichten, sondern kroch auf allen vieren in die Plicht und zog mich auf den Stuhl, auf dem Sara gerade noch gesessen hatte. Wahrscheinlich hatte Jack sie unter Deck geschickt.

Jack stand am Steuer, und da er anscheinend wusste, was er tat, ließ ich ihn gewähren. Er änderte nicht nur den Kurs, sondern variierte auch unsere Geschwindigkeit. Und dazu sang er mit Bobby Darin im Duett. »Oh, the shark dear, has such teeth dear, and he ...«

»Jack, halt verdammt noch mal das Maul.«

»Okay.«

Ich wusste nicht, ob sich die radargesteuerte Feuerleitung der Geschütze durch den Zickzackkurs täuschen ließ. Wenn sie auf Flugabwehr ausgelegt waren, konnten sie dementsprechend schnell reagieren. Und doch hatten sie uns bislang nicht erwischt.

Jack sah mich an. »Irgendwelche Vorschläge?«

»Ja. Sieh zu, dass sie uns nicht treffen.«

»Guter Tipp.«

»Ich übernehme das Steuer.«

»Jetzt bin ich gerade so schön in Fahrt.«

»Also gut ... sag einfach Bescheid, wenn du müde wirst.«

»So lange halten wir nicht durch.«

Plötzlich übertönte eine ohrenbetäubende Explosion das Brüllen des Meeres und des Motors. Eine weitere Detonation brachte das Boot zum Beben. Ich wurde aufs Deck geschleudert.

»Wir wurden getroffen!«, rief Jack.

Ich sah den Niedergang hinunter. Rauch und Flammen drangen aus einer Kabine. Ich rappelte mich auf, schnappte mir eine Taschenlampe und einen über einem Schott befestigten Feuerlöscher und rannte nach unten in den Rauch. Die Musik war verstummt – wenigstens eine gute Nachricht.

Sara oder Felipe waren nirgendwo zu sehen. Die Kombüse brannte lichterloh. Ich richtete den Feuerlöscher auf die Flammen, und sobald er leer war, machte ich mit dem nächsten weiter, bis die Flammen erstickt waren. Das Loch in der Steuerbordwand war selbst durch den dichten Rauch hindurch zu erkennen. Aus der Tür zur Steuerbordkabine drang weiterer Qualm. Anscheinend war dort auch ein Projektil detoniert. Der Wind fuhr durch das Loch in der Kombüse und vertrieb den Rauch. Ich lief in die dunkle Steuerbordkabine.

Über der – gottlob leeren – Koje klaffte ein fünfzehn Zentimeter großes Loch. Dann fiel das Licht der Taschenlampe auf den am Boden liegenden Felipe. Seine Brust hob und senkte sich, und da nirgendwo Blut zu sehen war, lief ich aus dem Raum und trat die Tür zur Backbordkabine auf. Sara lag zusammengekrümmt auf dem Boden. Ich ging neben ihr auf die Knie. »Alles klar?«

Sie sah mich mit großen Augen an, antwortete aber nicht.

»Zieh dir eine Rettungsweste an und stell dich vor den Niedergang, komm aber erst rauf, wenn ich es dir sage. Verstanden?«

Sie nickte.

»Wo ist die Glock?«, fragte ich, bevor ich wieder nach oben ging.

Da sie nicht antwortete, ließ ich den Strahl der Taschenlampe durch den Raum schweifen. Die Glock lag auf der Koje. Da ich keinesfalls wollte, dass sie sie gegen sich selbst richtete, nahm ich sie mit. »Felipe ist in der anderen Kabine. Kannst du nach ihm sehen? In der Toilette ist ein Erste-Hilfe-Kasten.«

Sie nickte und stand vorsichtig auf.

Ich verließ die Kabine, stellte mich unter die Luke und leerte das Magazin in das Plexiglas, damit der Rauch abziehen konnte.

Dann ging ich in die Plicht zurück. Jack zündete sich gerade eine Zigarette mit seinem magischen Zippo an und kurbelte dabei wie wild am Steuerrad. »Alles klar da unten?«, fragte er.

»Mehr oder weniger.«

»Ist jemand verletzt?«

»Felipe. Vielleicht. Geh mal runter und sieh ihn dir an. Dann schnapp dir den Erste-Hilfe-Kasten und sieh zu, dass alle ihre Rettungsweste anlegen.«

»Wir gehen von Bord?«

»Schon möglich.«

»Mac, das Boot schwimmt doch noch.«

»Es ist eine verfluchte Zielscheibe, Jack.«

»Willst du bei einer Explosion sterben oder von einem Hai gefressen werden? Was ist dir lieber?«

»Ich will von der *Maine* runter, bevor die Stenka sie in die Luft jagt.«

»Okay. Und wer wird uns deiner Meinung nach aus dem Wasser ziehen? Ein Luxusliner oder die Stenka?«

»Unter Deck, sofort!«

»Und vergiss die Haie nicht.«

Er trat beiseite und ging nach unten. Ich übernahm das Steuer.

Ich setzte die Ausweichmanöver fort, lenkte in unregelmäßigen Zeitabständen von Steuerbord nach Backbord, behielt aber volle Kraft bei, sodass wir mit Höchstgeschwindigkeit in die Kurven fuhren und das Boot gefährlich krängte. Ich hatte keine Ahnung, wie man das Radar, das für die Feuerlenkung zuständig war, am besten verwirrte. Anscheinend gab es eine kleine, mechanisch bedingte Pause zwischen dem Erfassen des Ziels und dem Herumschwenken und Ausrichten der Läufe. Des Weiteren dauerte es eine gewisse Zeit, bis die Projektile die viertausend Meter zurückgelegt hatten. Und schließlich war es nicht unwahrscheinlich, dass die Geschütze nicht vollautomatisch operierten, sondern nur auf Befehl des Kapitäns oder Richtschützen abgefeuert wurden. Wie dem auch sei, es war möglich, den 30-mm-Kanonen auszuweichen, andernfalls hätten wir schon längst das Zeitliche gesegnet. Dennoch hatten wir bereits mehrere Treffer eingesteckt, weitere würden folgen.

Ich hatte seit geraumer Zeit keine Projektile mehr im Wasser landen sehen. Gerade als ich zu hoffen wagte, dass den Arschlöchern die Munition ausgegangen war, hörte ich einen Lärm, als würde ein Wildgänseschwarm mit Raketen im Hintern über uns hinwegziehen. *Scheiße!*

Jack streckte den Kopf aus dem Niedergang. »Felipe geht's gut. Er hat einen Vorschlag.«

»Nämlich?«

»Wir sollen uns per Funk ergeben, die Maschine stoppen und auf die Stenka warten. Er gibt die Kapitulation auch gerne auf Spanisch durch.«

»Dann sag ihm bitte, dass er mich am Arsch lecken kann. Auf Englisch.«

»Das hat Sara schon erledigt.«

»Sehr gut.«

»Da unten sieht's ziemlich übel aus«, sagte Jack.

»Haben alle ihre Rettungswesten an?«

»Ja.«

»Dann bring sie an Deck.«

»Willst du einen Drink?«

»Später. Nun mach schon.«

Jack, Sara und Felipe kamen in die Plicht. »Geht an Deck. Wenn wir noch mal getroffen werden und ein Feuer ausbricht oder das Schiff sinkt, dann gehen alle von Bord.«

»Du weißt ganz genau, dass ich mich nicht lebend gefangen nehmen lasse«, sagte Sara.

»Im Wasser sehen sie dich gar nicht«, sagte ich beschwichtigend.

»Und von den Haien fressen lasse ich mich auch nicht.« Anscheinend war ihr unsere Unterhaltung auf der Fahrt in den Sonnenuntergang wieder eingefallen.

»Wir müssen uns ergeben«, sagte Felipe, der anscheinend unter Schock stand. »Ich setze einen Funkspruch ab und ...«

»Vergessen Sie's!« So langsam hatten wir alle beschissenen Optionen durchgehechelt: kapitulieren, von Bord gehen, sich von Haien fressen oder in die Luft sprengen lassen. Und wenn man die erst mal alle abgehakt hat, ist es völlig in Ordnung, sich zurückzulehnen und alles Weitere dem Schicksal zu überlassen. »Alle auf Deck ...«

Ich sah und hörte die Explosion gleichzeitig. Ein Feuerball schlug aus dem Bug. Trümmer krachten durch die Windschutzscheibe, sodass ich mich instinktiv duckte, ohne die Hand vom Ruder zu nehmen. Ich schlug hart nach Backbord ein.

Dann richtete ich mich wieder auf und betrachtete die Bescherung. Nicht weit von der Deckklappe klaffte ein Loch von der Größe einer Kuchenplatte im weißen Fiberglasboden. Jeder, der jetzt noch unter Deck gewesen wäre, hätte es nicht oder nur schwer verletzt überlebt.

Jack lief nach unten, um nachzusehen, ob ein Feuer ausgebrochen war. »Alles prima«, sagte er, als er wieder auf Deck kam.

Plötzlich fiel mir auf, dass ich schon viel zu lange in eine Richtung lenkte. Ich sah die Zwillingsläufe, die sich auf uns richteten, förmlich vor mir. Schnell schlug ich nach Steuerbord ein, woraufhin Sara und Felipe das Gleichgewicht verloren und Jack wieder die Stufen hinunterrutschte. Erneut flatterten die Wildgänse über uns hinweg, diesmal jedoch auf der Backbordseite. Eine volle Breitseite, hätte ich nicht die Richtung geändert.

Ich setzte den Zickzackkurs fort, um den Alligator abzuschütteln. Doch ein Alligator gibt niemals auf, weil er Hunger hat und überleben will. Früher oder später machte jemand einen Fehler, und das war's dann.

Sara und Felipe lagen bäuchlings auf dem Achterdeck und hatten Arme und Beine ausgestreckt, um bei meinen wilden Ausweichmanövern nicht hin und her geschleudert zu werden. Jack saß im Stuhl neben mir und zündete sich eine Zigarette an. Ach, eine beschissene Option gab es doch noch: Wir konnten einfach den Motor abstellen und dahindümpeln, bis eine 30-mm-Salve die *Maine* in Stücke riss. Und uns gleich mit. Ich warf einen sehnsüchtigen Blick auf den Gashebel. Jack ahnte, was ich dachte.

»Zigarette?«, fragte er.

»Nein, danke.«

»Die sind glutenfrei.«

»Weißt du, Jack, deine Sparwitze sind grauenhaft.«

»Das hättest du mir früher sagen sollen.«

»Ist mir eben erst aufgefallen.«

»Ach ja? Und weißt du, was mir eben erst auffällt? Dass ich dir gesagt habe, du sollst die Finger von dieser beschissenen Kuba-Geschichte lassen.«

»Damals kam's mir wie eine gute Idee vor.«

»Ach, und jetzt nicht mehr?«

»Warum gehst du nicht auf Deck und leistest unseren Passagieren Gesellschaft?«

»Mir gefällt's hier. Kümmere du dich lieber um das Boot, Käpt'n.«

»Du lenkst mich ab.«

»Und denk nicht mal dran, den Gashebel anzufassen.«

Darauf sagte ich nichts.

Ich setzte das Katz-und-Maus-Spiel mit variierenden Manövern fort, bis mir auffiel, dass ich beim Versuch, einer Salve auszuweichen, genauso gut in eine hineinfahren konnte. Ich war kein so geschickter Steuermann, wie ich mir einredete. Ich hatte einfach nur Glück. Heute war mein Glückstag.

Felipe dagegen war zu einem anderen Schluss gekommen, denn plötzlich stand er in der Plicht. Mit der einen Hand klammerte er sich am Türrahmen fest, in der anderen hielt er die Smith & Wesson. »Her mit dem Mikrofon.«

»Einfach nicht beachten«, sagte Jack. »Irgendwann hört er wieder auf.«

Ich beachtete ihn nicht. »Ich zähle bis drei«, sagte Felipe. »Geben Sie mir das Mikrofon, sonst ...«

»Felipe«, sagte ich ruhig. »Sie werden das Mikrofon nicht bekommen. Wir werden nicht kapitulieren. Wir ...«

»Eins.«

»Nehmen Sie die Waffe runter«, sagte Jack.

»Zwei.«

»Sie können genau einmal abdrücken, Sie Volltrottel, dann wird derjenige, den Sie nicht getroffen haben, über Sie herfallen und Ihnen die Knarre so tief in den Arsch schieben, dass er Ihnen mit dem ersten Schuss die Mandeln rausballert.«

Darüber musste Felipe nachdenken. Der Revolver in seiner Hand zitterte. »Schon gut, *amigo*. Wir haben auch Angst. Aber das wird schon.«

Oder auch nicht. Der Kapitän der Stenka hatte Leuchtspurmunition einlegen lassen. War das psychologische Kriegsführung? Die grünen Blitze zischten keine zehn Meter an der Steuerbordseite vorbei und bohrten sich vor uns in die schwarze See. Ich zählte acht Explosionen. *Scheiße ...*

Ich schlug hart nach Steuerbord ein. Die nächste grüne Salve schoss etwa eineinhalb Meter über das Dach der Plicht hinweg. Das war so nah, dass mir das Spielchen keinen Spaß mehr machte.

Weitere acht Blitze sausten auf uns zu und klatschten drei Meter vom Heck entfernt ins Wasser.

»Mach einfach weiter«, riet mir Jack. »Beachte die Schüsse gar nicht. Du kannst sie nicht aufhalten und nicht ablenken. Einfach weiterrennen und immer schön mit den Hüften wackeln.«

»Danke für den Tipp.«

Ich wagte nicht, mich umzudrehen, doch ich nahm an, dass Jack Felipe im Auge hatte. Dieser war anscheinend in eine Art Schockstarre verfallen. Jetzt wandte ich mich doch um. Sara lag immer noch ausgestreckt auf dem Deck – in seliger Ahnungslosigkeit darüber, wie nah die Schüsse tatsächlich gekommen waren. Als ich gerade wieder zum Steuerrad greifen wollte, zischten grüne Streifen auf den hinteren Teil des Schiffes zu. Zwei Projektile detonierten im Heck. Eine gedämpfte Explosion ertönte. Danach war nur noch das Rauschen des Meeres, nicht aber das Brummen des Motors zu hören. Wir waren manövrierunfähig.

Sara hatte noch nicht angefangen zu schreien. Vielleicht hatte sie gar nicht mitbekommen, dass es uns erwischt hatte. Allmählich merkte sie, dass etwas nicht stimmte, richtete sich langsam auf und taumelte auf die Plicht zu. Hinter ihr stieg Rauch aus dem Maschinenraum auf. Aber keine Flammen.

Dann wurde alles still. Ich hörte die Wellen und den Wind, aber keine Schüsse von der Stenka mehr. Die Positionslichter am Horizont kamen auf uns zu. In zehn Minuten hatte sie uns erreicht. Genug Zeit für Plan B also. Wie auch immer der lautete.

Ich sah Jack an, doch dem fiel außer »Scheiße« auch nichts ein.

Sara warf mir einen Blick zu. »Tut mir leid«, sagte ich. »Der Kapitän wird das Schiff nicht verlassen«, sagte ich nach einer Weile. »Alle anderen gehen von Bord. Viel Glück.«

Niemand bewegte sich.

»Wir gehen alle zusammen von Bord, oder wir bleiben«, sagte Jack.

Felipe traf seine Entscheidung. »Ich bleibe.«

»Ich werde nicht zulassen, dass sie mich kriegen«, sagte Sara. »Ich gehe von Bord.« Sie sah mich an. »Und du kommst mit.«

»Ich weiß noch nicht so recht«, sagte Jack. »Könnte mir jemand dabei helfen, an diesen ... sterblichen Überresten eine Seebestattung vorzunehmen?«

Wir gingen alle an Deck. Jack und ich packten den Überseekoffer an den Griffen und wuchteten ihn auf die Scheuerleiste.

Sara sprach ein Gebet, das mit »Vater unser im Himmel« anfing und mit »wir befehlen den Geist dieser mutigen Männer in deine Hände« endete.

Jack und ich wollten gerade den Koffer über Bord werfen, als wir ein vertrautes Geräusch hörten. Wir sahen zum Horizont. Von Norden näherten sich zwei Hubschrauber. Sie waren kaum hundert Meter entfernt und flogen keine fünfzig Meter über der Wasseroberfläche. Black Hawks, der Silhouette nach zu urteilen.

Sie drehten nach Osten ab, direkt auf die Stenka zu. Ein Hubschrauber feuerte eine lange Salve roter Striche ab. »Schluss mit lustig«, hieß das wohl. »Fahr nach Hause.«

Der andere Black Hawk drehte bei und kam auf uns zu. Unter der offen stehenden Seitentür baumelte ein Rettungskorb an einem Seil.

Wir zerrten den Koffer wieder an Bord. Niemand sagte etwas, bis Sara schließlich das Schweigen brach: »Jetzt geht's nach Hause. Und zwar gemeinsam.«

Wahre Worte.

VIERTER TEIL

55

Kommt ein Typ in eine Kneipe: »Ein Corona. Aber ohne Limette.«

Sagt der Barmann: »Die Limette geht auf mich.«

Die Happy Hour im Green Parrot fängt an, wenn der Laden aufmacht, und ist beendet, wenn die Lichter ausgehen. Es war zwei Uhr an einem Montagmorgen. Bald würden die Lichter ausgehen.

Das Green Parrot war so gut wie leer, daher hatte Amber Zeit zum Plaudern. »Wie war Kuba?«

»Ganz nett.«

»Wie sind die Leute da so?«

»Ganz nett. Die meisten jedenfalls.« Ein paar hatten mich umbringen wollen, aber das war nicht der Rede wert.

»Hast du Fotos gemacht?«

»Nein.« Eigentlich schon, aber die Fotos waren auf meinem Handy gespeichert, mein Handy war in meinem Rucksack, und mein Rucksack lag auf dem Grund des Ozeans.

Amber schob mir eine Schüssel mit Tortillachips zu. »Wo ist Jack? Den habe ich schon länger nicht gesehen.«

»Ist gerade nicht auf der Insel.«

»Wie hat er beim Wettangeln abgeschnitten?«

»Er ist Zweiter geworden.«

»Schön für ihn. Hast du ihn auf Kuba getroffen?«, fragte sie.

»Nein.«

»Hast du gehört, dass sie das Pescando kurz vor Schluss abgebrochen haben?«

»Ja, habe ich gehört.«

»Und dass sie eine Reisegruppe des Landes verwiesen haben?«

Ich konnte mir denken, welche.

»Warst du nicht mit einer Reisegruppe unterwegs?«

»Anfangs schon. Aber dann habe ich Kuba auf eigene Faust erkundet.«

»Ist das nicht gefährlich?«

»Nein. Nicht für den gewöhnlichen Touristen.«

»Ich dachte, die Kubaner wollen eine Normalisierung der diplomatischen Beziehungen?«

»Tja, das ist wohl noch ein weiter Weg.«

Sie wechselte das Thema. »Und was hast du jetzt vor?«

»Ich überlege, ob ich mich zur Ruhe setzen soll.«

Sie lachte. »Ja, das überlege ich auch. Ein paar Kapitäne haben nachgefragt, ob du verfügbar bist.«

»Ich habe vom Meer die Schnauze voll.«

»Das sagen sie alle.«

Wurden auch alle von kubanischen Kriegsschiffen unter Beschuss genommen?

Ein Typ am anderen Ende des Tresens wollte etwas bestellen. Amber ging zu ihm hinüber.

Ich nahm einen Schluck von meinem Corona. Vor fünf Tagen waren wir mit dem Black Hawk nach Islamorada geflogen, einer Station der Küstenwache auf Plantation Key. Ich erinnerte mich nur verschwommen daran, dass der andere Black Hawk eine Rakete auf die *Maine* abfeuerte. Sie explodierte, ging in Flammen auf und versank, was aber nicht für meine Augen bestimmt gewesen war. Als ich später auf Islamorada nachfragte, sagte ein Offizier der Küstenwache, dass das Boot eine Gefahr für die Schifffahrt dargestellt hätte und deshalb versenkt werden musste. In Wahrheit war die *Maine* – oder die *Fishy Business* – ein Beweisstück, das versenkt werden musste. Schade. Sie hätte Besseres verdient gehabt.

Amber kam zurück. »Die Küche hat noch eine Portion Chicken Wings mit Pommes über. Willst du?«

»Keinen Hunger.«

Amber sah mich an. »Du hast abgenommen. Geht's dir auch wirklich gut?«

»Mir geht's blendend. Und dir?«

»Prima.« Sie holte ihre Zigaretten hinter dem Tresen hervor. »Darf ich?«

»Es ist deine Bar.«

»Schön wär's.« Sie zündete die Zigarette an und blies einen perfekten Rauchring in die Luft. »Hast du's rechtzeitig zum Fantasy Fest zurückgeschafft?«

»Das habe ich verpasst.«

»Wie das?«

»Ich war noch unterwegs.«

Tatsächlich war ich noch Gast der Küstenwache auf Plantation Key gewesen, genau wie Jack, Felipe und Sara. Angeblich hatten wir medizinisch betreut werden müssen, was in Jacks Fall sogar gestimmt hatte. Auf dem Röntgenbild war eine gebrochene Rippe zu erkennen gewesen. Keine große Sache. Ein Arzt der Küstenwache verordnete uns eine zweiundsiebzigstündige Quarantäne, womit wir auch zweiundsiebzig Stunden von der Außenwelt abgeschnitten waren.

Am zweiten Tag teilte uns ein Typ namens Keith – der im Black Hawk gesessen hatte – mit, dass uns die kubanische Regierung mehrerer Verbrechen beschuldigte, darunter auch des Mordes. Das war keine gute, aber auch keine unerwartete Nachricht.

Ich hatte vergebens nach einer Kennzeichnung auf den Black Hawks gesucht. Der Küstenwache gehörten sie jedenfalls nicht. Keith war selbstverständlich von der CIA, auch wenn er das niemals zugegeben hätte.

Was die Mordanklage anging, konnte uns Keith beruhigen. Da die USA kein Auslieferungsabkommen mit Kuba geschlossen hatten, konnte sich diese Angelegenheit noch Jahre hinziehen oder auf diplomatischem Wege in Wohlgefallen auflösen. In der Zwischenzeit sollten wir dem neugierigen Keith alles erzählen, was passiert war. Wir sagten ihm, dass wir in Anwesenheit unserer Anwälte mit Freuden eine Aussage machen würden.

Was war im Mangrovensumpf geschehen? Hatte ich gemordet? Ich konnte genauso gut auf Notwehr plädieren. Oder auf eine Kriegshandlung. Die Guarda Frontera bestand schließlich nicht aus unbewaffneten Zivilisten. Andererseits war ich kein Soldat mehr, und wir lagen auch nicht mit Kuba im Krieg. Aber ... es war doch *Kuba*. Wäre dasselbe in Schweden passiert, hätte ich mich, ohne zu zögern, ergeben. Stattdessen hatte ich tödliche Gewalt gewählt. Dass ich jetzt im Green Parrot ein Bier trank und die Typen aus dem Sumpf tot waren, tat mir natürlich schrecklich leid. *Die Menschheit ist eine Familie.* Nun, irgendwann würde ich über Kuba genauso hinwegkommen wie über Afghanistan. Oder wie Jack über Vietnam. Der Überlebenswille ist stark, eine Kapitulation kommt nicht infrage, und ein Kriegseinsatz ist immer eine Form von Notwehr. Aber man bezahlt einen hohen Preis dafür.

Amber riss mich aus meinen Gedanken. »Dieser Carlos, mit dem du dich letzten Monat hier getroffen hast, hat vor ein paar Tagen nach dir gefragt. Er hat's bei dir zu Hause versucht, aber du warst nicht da.«

»Was wollte er?«

»Hat er nicht gesagt.«

Ja, ich würde mich bald mit Carlos unterhalten müssen, nicht zuletzt über gewisse finanzielle und rechtliche Angelegenheiten. Wo hatte ich nur seine Visitenkarte hingetan?

»An dein Handy gehst du auch nicht, hat er gesagt. Ich habe übrigens auch mal angerufen.«

»Das Handy habe ich auf Kuba verloren.« Ich dachte an die Bergung mit dem Rettungskorb zurück. Alte und Kranke zuerst, heißt es, aber Jack hatte nur »Schönheit vor Alter« gesagt und Sara den Vortritt gelassen. Nach Jack hatten sie Felipe hochgezogen. Ich kam am Schluss an die Reihe, wie es sich für einen Kapitän gehört.

Wir baten die Crew, auch die beiden Koffer zu bergen, doch Keith behauptete, dass sich der andere Black Hawk darum kümmern würde. Als wir dann auf Plantation Key die Rückgabe der Koffer – unserer Koffer – forderten, hieß es plötzlich, dass sie mit dem Schiff untergegangen waren. Das war natürlich Blödsinn, und weiterer Blödsinn sollte folgen.

Amber sah auf die Uhr. »Letzte Runde.«

»Für mich nichts mehr, danke.«

Hoffentlich hatte Carlos das Boot versichert. Er schuldete mir fünfzig Riesen und ich ihm einen Tritt in die Eier. Eines wusste ich mit Sicherheit: Die Pressekonferenz in Miami war fürs Erste abgesagt. Keith riet uns sogar dringend davon ab, aus rechtlichen und diplomatischen Gründen überhaupt irgendjemandem von unserem Kubaabenteuer zu erzählen – außer ihm natürlich. Felipe pflichtete ihm bei und drängte mich, Jack und Sara dazu, Keiths Rat zu befolgen. Selbstverständlich hatte er unseren Fluchtplan zusammen mit Keiths Kollegen – wenn nicht sogar mit Keith selbst – ausbaldowert. Dass Felipe für die CIA arbeitete, war offensichtlich – um darauf zu kommen, musste man keine Richard-Neville-Romane gelesen haben.

Und was mein Geld anging: Eduardo hatte mir ein Trostpflaster für die drei Millionen versprochen, die mir durch die Lappen gegangen waren, sowie eine angemessene Bezahlung für meine Kooperation und die Fernsehauftritte. Aber ohne Pressekonferenz war es damit Essig, und Eduardo war inzwischen entweder tot, saß in einem kubanischen Gefängnis oder irrte auf einem Friedhof umher. »Welchen Tag haben wir heute?«, fragte ich Amber.

»Den zweiten November.«

»Der Tag der Toten.«

»Der was?«

»Allerseelen. Auf Spanisch: Tag der Toten.«

»Abgefahren.« Sie sah erneut auf die Uhr. »Ich muss Kasse machen. Willst du so lange warten? Dann gehen wir noch ein Bier trinken.«

»Lieber nicht.«

»Auch recht. Ich habe morgen frei.«

»Ich auch. Gehen wir schwimmen?«, schlug ich ganz spontan vor.

»Klingt gut.«

Ich stand auf. »Ich ruf dich an.«

»Du hast dein Handy verloren.«

»Per Festnetz.« Ich gab Amber die Nummer.

»Bis morgen.«

Ich trat auf die Whitehead hinaus und machte mich auf den Heimweg. Eine sanfte Brise wehte, und es war eine schöne, milde Novembernacht. Auf den Keys ist es im Winter wie in Portland im Sommer.

Einen Block vom Green Parrot entfernt nahm der U.S. Highway One seinen Anfang. Ich blieb stehen und betrachtete den Meilenstein, bei dem es sich streng genommen um eine Eisenstange handelte, an der mehrere Schilder befestigt waren. Ganz oben stand BEGIN, dann kam eine Eins, dann NORTH und schließlich MILE 0 auf einer kleinen grünen Plakette.

Tagsüber ließen sich die Touristen hier scharenweise fotografieren – Tausende im Jahr. Auf der Duval konnte man sich T-Shirts mit dem Schild darauf kaufen. Manche Leute hier glaubten sogar, dass es telepathische Kräfte oder so ähnlich besaß, also stellte ich mich davor und wartete auf einen tiefschürfenden Gedanken oder eine göttliche Eingebung, die mir den Weg verrieten, den ich einschlagen sollte. Da meinte ich eine Stimme zu hören: »Schnapp dir Amber, betrink dich, nimm sie mit nach Hause und ins Bett. Dann geht's dir besser.« Das war zwar kaum eine göttliche Eingebung, doch vor Sara Ortega hätte ich genau das getan.

Apropos: Sara war mit Felipe nach Miami zurückgekehrt. Jack hatte sich zum Flughafen bringen lassen, von wo aus er nach Newark fliegen wollte, um seine Schwester zu besuchen. Wie schön. Da ich nicht mit den dreien nach Miami wollte, ließ ich mich nach Key West fahren. Das war zwei Tage her. Da Sara und ich keine Nummern ausgetauscht hatten, hatten wir eine gute Entschuldigung dafür, uns nicht zu melden. »Ich muss noch ein paar Sachen regeln, dann komme ich runter nach Key West«, hatte sie gesagt.

Anscheinend war sie immer noch beim Regeln. Wenn es noch länger dauerte, würden wir wohl auf dem Overseas Highway aneinander vorbeifahren. Ich hatte seit jeher mal von genau hier, dem ersten Meilenstein, mit dem Auto den alten U.S. One bis hoch nach Portland fahren wollen, und jetzt war die Gelegenheit günstig. Auf dem Weg hatte ich genug Zeit, um über alles nachzudenken. Außerdem würden sich meine Eltern über die Rückkehr des verlorenen Sohnes sicher freuen.

Meine Beine weigerten sich, mich nach Hause zu bringen, und steuerten stattdessen die Charter Boat Row an.

Auf dem Weg durch die ruhigen, von Palmen gesäumten Straßen kehrten meine Gedanken nach Kuba zurück – aber ich dachte nicht an das, was ich gesehen, gehört und erlebt hatte, sondern an das, was mir verborgen geblieben war.

Meiner Vermutung nach – aber ich hatte ja nur begrenzte Erfahrung mit Geheimdienstoperationen – waren Eduardo und seine *amigos* mit ihrem Plan zur CIA gegangen und hatten dort Zustimmung gefunden. Jeder Plan zum Schaden Kubas war ein guter Plan, auch wenn ihn sich der Geheimdienst nicht selbst ausgedacht hatte. Allerdings hat es die CIA nicht so gerne, wenn jemand etwas plant, ohne dass sie die Kontrolle darüber hat. Wenn alles gut läuft, streicht sie gerne die Lorbeeren ein. Wenn es den Bach runtergeht, sind die anderen Schuld.

Kurz gesagt: Die CIA hatte sich mit Sicherheit eher für die

sterblichen Überreste der amerikanischen Soldaten aus dem Villa-Marista-Gefängnis interessiert als für das Geld, das Saras Großvater in einer Höhle versteckt hatte. Das Geld hatte es sicher irgendwann wirklich gegeben, und Sara glaubte fest daran. Doch wir würden wohl nie herausfinden, ob es nach wie vor dort war. Der CIA jedenfalls war es scheißegal, es waren schließlich nicht ihre Kröten. Und was die Besitzurkunden anging: Die wollten sie den unberechenbaren Exilkubanern lieber nicht in die Hände fallen lassen.

Wahrscheinlich hatte der Geheimdienst große Begeisterung für Eduardos Plan geheuchelt, eine Pressekonferenz in Miami abzuhalten. Der unweigerlich darauffolgende Sturm der Entrüstung im Kongress, in den Medien, beim Volk und den Veteranenorganisationen hätte dem Tauwetter schnell ein Ende gesetzt.

In Wahrheit hatte die CIA natürlich nicht daran gedacht, etwas so Wichtiges wie die amerikanische Außenpolitik einem Haufen kubanischer Exilanten zu überlassen. Sie hatte Eduardos Vorhaben zwar gutgeheißen und unterstützt, aber von vornherein ein anderes Ende geplant. Eines, bei dem sie selbst entschied, welche Beweise wann veröffentlicht wurden.

Das war sonnenklar. Wieso hatten Eduardo und seine *amigos* nicht gemerkt, dass ihre Partner von der CIA diesen letzten Akt zwangsläufig umschreiben würden? Wahrscheinlich schlicht deshalb, weil die Exilkubaner noch geiler als die CIA darauf waren, den Castro-Brüdern eins auszuwischen. Andere Leute sind blind vor Liebe, sie dagegen waren so blind vor Hass, dass sie nicht mehr klar denken konnten.

Keine Ahnung, was die CIA mit dem Inhalt der beiden Koffer vorhatte. Vielleicht hatte sich der Geheimdienst – auf Befehl von ganz oben – mit dem Tauwetter zu arrangieren, sodass er alle Beweise, die den diplomatischen Kuschelkurs stören konnten, einfach verschwinden ließ. Wie die *Maine*. Oder sie zeigten die Koffer einem erlesenen Personenkreis in Washington, damit diese sie als

Faustpfand bei den Verhandlungen einsetzen konnten. Mir war das herzlich egal, obwohl es mir durchaus gefallen hätte, die sterblichen Überreste der Soldaten ihren Familien zurückzugeben. Vielleicht geschah das ja irgendwann einmal, still und heimlich. Doch bis dahin lautete die offizielle Version der CIA, dass die Koffer auf dem Meeresgrund ruhten. Was Keith furchtbar leidtat.

Fazit: Man hatte Eduardo, Carlos, Sara, Jack und mich benutzt und verarscht. Felipe hatte mit der CIA zusammen unsere Flucht geplant. Als es dann brenzlig wurde, hatte er zwar noch mit einem vorher vereinbarten Funkspruch die Hubschrauber zu Hilfe gerufen, sich dann aber den kubanischen Patrouillenbooten ergeben wollen. Offenbar hatte er am Ende die Nerven und auch das Vertrauen in seine CIA-*amigos* verloren. So etwas kommt vor. Nun, Ende gut, alles gut, den Black Hawks sei Dank.

Das Motto der CIA – »Die Wahrheit wird euch befreien« – ist ein schlechter, das Motto von Key West – »Die Menschheit ist eine Familie« – ein trauriger Witz. Das wahre Wesen des Menschen liegt in der Mitte zwischen den zynischen Lügen und dem naiven Glauben an das Gute. Es ist komplex und umfasst Heldentum und Selbstaufopferung ebenso wie Verrat und Mord. So war es in Afghanistan, und so habe ich es in Kuba erlebt.

Hätten wir es nach Key West geschafft, hätten Keith und seine Kollegen bereits auf uns gewartet, um die Koffer in Empfang zu nehmen. Die Pressekonferenz hätte jedenfalls nie stattgefunden.

Die Black Hawks wären beinahe zu spät gekommen. Ob das nun am Sturm, an Keiths Fehleinschätzung der Situation oder an dem guten alten Unvermögen der Befehlskette lag, entschieden und schnell zu reagieren, kann ich nicht beurteilen. Ein Zyniker würde womöglich sogar vermuten, dass die Gelegenheit günstig gewesen wäre, die ganze Angelegenheit auf Nimmerwiedersehen verschwinden zu lassen. Wie gesagt: Ich hatte bereits in Afghanistan mit einer Spezialeinheit der CIA zusammengearbeitet. Die Jungs verstanden ihr Handwerk, und wenn sie mal einen Fehler machten – wenn zum Beispiel eine Drohne eine Hellfire-Rakete in ein Haus voller Zivilisten lenkte –, dann war es kein Fehler, sondern Absicht. Aber die war geheim, denn Tote können nicht mehr reden.

Soweit meine Einschätzung zu unserer erfolglos abgeschlossenen Mission. Aber weit wichtiger: Mein Einsatz war beendet. Ich hatte die Erlaubnis, nach Hause zurückzukehren.

Was Mission Sara Ortega anging – die war um einiges komplizierter und anhand der spärlichen Daten unmöglich einzuschätzen.

Im Leben, in der Liebe und im Krieg gibt es normalerweise mehr oder weniger eindeutige Gewinner und Verlierer. Was unser kubanisches Abenteuer anging, fiel es mir schwer, einen Gewinner zu benennen. Sara hatte inzwischen wohl kapiert, dass Felipe nicht ganz ehrlich zu ihr gewesen war, und Felipe hatte wohl kapiert, dass die CIA nicht ganz ehrlich zu ihm – oder Eduardo – gewesen war. Und die beiden waren ganz bestimmt nicht ehrlich zu mir gewesen. Sara auch nicht, obwohl sie sich sicher gedacht hatte, dass die Lügen, die sie mir auftischte, nur zu meinem Besten waren. So rechtfertigen wir den Verrat an unseren Liebsten. Felipe schließlich hat nur zu seinem eigenen Vorteil gelogen, dafür habe ich seine Freundin gevögelt, also sind wir quitt. Habe ich jemanden vergessen? Ach ja, Jack. Der hatte von Anfang an niemandem über dem Weg getraut, aber so sind die alten Knacker seines Schlages eben. Wenn ich so lange durchhielt, würde ich ganz genauso werden. Und Carlos ... *Fishy Business*, sage ich nur.

Dabei fiel mir wieder Antonio ein, der Hemingways Spruch über die Kubaner zitiert hatte. Einer betrügt und verrät den anderen. Hemingway hatte lange auf Kuba gelebt und wusste wahrscheinlich, wovon er sprach, obwohl er Antonio, Carlos, Felipe oder Eduardo nie kennengelernt hatte. Sara Ortega auch nicht, aber die hatte mich eigentlich nicht betrogen oder verraten. Nur angelogen. Wahrscheinlich hatten die Exilkubaner und die CIA einander verdient.

Das alles war ein riesengroßer Beschiss, und wenn es einen Gewinner gab, dann die CIA. Und die hatte, was Kuba anging, ein Erfolgserlebnis dringend nötig.

Ich erreichte die Charter Boat Row und ging – wie so oft in den Stunden vor Morgengrauen – bis zum Ende des langen Piers, wo die *Maine* einst vor Anker gelegen hatte.

Der letzte Anlegeplatz war noch frei.

Ich ließ den Blick über die Garrison Bight schweifen. Die Lichter des Hafens spiegelten sich im Wasser, Sterne funkelten am klaren Himmel, und der Mond ging im Westen unter.

Wann hatte ich die *Maine* hier zum letzten Mal vor Anker liegen sehen? An jenem Abend, bevor mich Jack zum Miami International Airport gefahren hatte. Irgendwie hatte ich damals schon geahnt, dass ich sie nicht wiedersehen würde, aber eher, weil es mich erwischen würde und nicht das Boot.

Dann fiel mir ein, wie ich mit Carlos, Eduardo und Sara den Pier hinuntergegangen war. »Hey! Die sieht ja wirklich nicht schlecht aus«, hatte Jack gesagt. »Leider auch nach Ärger«, hätte er hinzufügen sollen. Aber hätte es einen Unterschied gemacht?

Da ich keine Lust verspürte, nach Hause zu gehen, setzte ich mich aufs Dock, lehnte mich mit dem Rücken gegen einen Pfahl, betrachtete das Wasser und den Himmel und schnupperte die salzige Luft, die mich immer an meine Kindheit in Maine erinnerte.

Jetzt glaubte ich fest daran, dass alles aus einem Grund geschehen war, nämlich um mich von meinen weltlichen Besitztümern, meinen Schulden und Verpflichtungen zu befreien. Und von einem Job, der dem an der Wall Street verdammt ähnlich zu werden drohte.

Mein Wunsch nach einem neuen Abenteuer hatte sich ebenfalls erfüllt. Klar, die Schießerei im Mangrovensumpf oder das Feuergefecht mit der Zhuk hätte es nicht unbedingt gebraucht, die 30-mm-Kanonen schon gar nicht. Aber ich war mit allem fertiggeworden, und jeder Armeepsychologe hätte mir genau das empfohlen: einen neuen Kampfeinsatz, denn nichts hilft so gut gegen posttraumatischen Stress wie neuer Stress.

Wie ging es weiter? Was sollte ich morgen tun? Übermorgen? Die Reise nach Maine war eine gute Idee.

Anscheinend war ich leicht weggedämmert, denn in einer unbedachten Minute des Halbschlafs schlichen sich Saras Gesicht und ihre Stimme in meine Gedanken.

Ich hatte mich schwer in sie verliebt, doch die Realität besagte nun einmal, dass wir außerhalb von Kuba nichts gemeinsam hatten. Urlaubsromanzen sind eine feine Sache, doch leider kühlen die Küsse im Mondlicht in der heißen Sonne schnell ab, wie es in dem alten Song heißt.

Der Sex war toll, aber was war mit dem gegenseitigen Vertrauen? Ich verstehe die Frauen zwar nicht halb so gut, wie ich sie zu verstehen glaube, aber ich war mir sicher, dass Sara nur um der Mission willen unaufrichtig zu mir war und nicht, weil es ihrem Naturell entsprach. Deshalb hatte sie mir auch die Kopie der Schatzkarte gegeben – um mir zu zeigen, dass sie mir vertraute, aber auch, um Abbitte zu leisten. Ich war bereit, ihr ihre Lügen zu vergeben und ihr auch die Dinge zu verzeihen, die sie mir nicht gesagt hatte. Bis auf die Angelegenheit mit Felipe, das hatte ich persönlich genommen. Aber ihn hatte sie ja auch angelogen. Was zum Teufel machte sie überhaupt in Miami?

Nun, ich konnte mich glücklich schätzen, auch dieser Kugel ausgewichen zu sein. Mac war frei und ungebunden. Endlich.

Allmählich wurde es heller. Die Möwen kreischten.

Ich stand auf, gähnte und streckte mich. Ich habe zwar viele Nächte auf meinem Boot, aber nur wenige auf dem Pier verbracht.

Die Charter Boat Row erwachte zum Leben. Kapitäne und Mannschaften bemannten ihre Boote und warteten auf ihre Gäste, die in etwa einer Stunde eintreffen würden. Jetzt, da ich nichts mehr damit zu schaffen hatte, kam mir das alles gar nicht so schlimm vor. Ich würde es vermissen.

Ich warf noch einen letzten Blick auf den leeren Stellplatz, stellte mir vor, dass die *Maine* dort vor Anker lag, dann ging ich nach Hause, wo ich eine Tasse Kaffee trinken und für Maine packen würde. Besaß ich überhaupt noch einen Pullover?

Zuerst dachte ich, ich wäre noch im Halbschlaf oder würde halluzinieren – oder ich sah, wie so viele Männer, die ihre große Liebe verloren haben, ihr Gesicht in jeder Passantin. Doch die Frau, die auf mich zukam, trug eine weiße Jeans, ein blaues Polohemd und eine Baseballkappe. Und sie pflegte einen flotten Schritt.

Sie winkte mir zu. »Ich dachte mir schon, dass ich dich hier finde«, rief sie.

Wir liefen ziemlich schnell aufeinander zu, und wenige Sekunden später lagen wir uns in den Armen. »Bitte um Erlaubnis, an Bord kommen zu dürfen«, sagte sie.

»Willkommen an Bord.«

Schmalzig, ich weiß. Aber ... ach, was soll's.

Danksagung

Jeder Roman basiert auf Fakten, und an dieser Stelle möchte ich mich bei ein paar Leuten bedanken, die sogar noch mehr wissen als das Internet.

Zunächst möchte ich meinen Dank einem Mann aussprechen, den ich in Kuba kennengelernt habe und der mir einen ehrlichen und schonungslosen Einblick in die Politik, die Kultur und das Leben auf dieser Insel gewährt hat. Da er aus offensichtlichen Grünen anonym bleiben will, nenne ich ihn nur bei seinem Codenamen: »Lola«. Lola, wo immer du auch sein magst – vielen Dank.

Die Seefahrt spielt eine große Rolle in diesem Buch. Ich bin auf Long Island aufgewachsen und kenne eine Menge Hobbysegler. Vier davon habe ich gebeten, die Szenen, die auf See spielen, auf Fehler hin zu lesen. Falls es doch noch Irrtümer ins Buch geschafft haben, ist das allein meine Schuld.

Großer Dank gebührt auch meinem alten Kumpel Tom Eschmann, der genau wie »Mac« viel vor Key West gefischt hat. Tom weiß so gut wie alles, was es über Wasserfahrzeuge zu wissen gibt. Er ist nicht nur begeisterter Angler und erfahrener Segler, sondern liest auch gerne Romane. Diese glückliche Kombination half mir dabei, manche Szenen noch realistischer zu gestalten.

Auch Dan Barbiero, ein Freund aus Kindheitstagen, hat buchstäblich Jahre auf dem Wasser verbracht. Dan (der 1966 seinen Abschluss in Yale machte) hat mich und meine Frau nach Kuba begleitet. Unsere gemeinsame Yale-Bildungsreise war sehr lehrreich, insbesondere bezüglich des Themas kubanischer Rum. Dan schoss aus Recherchegründen eine Menge Fotos von Daiquiris und Mojitos und auch ein paar von Havanna. Dan und Helen, ohne euch wäre diese Reise nicht halb so vergnüglich gewesen.

Wie immer danke ich auch meinem lieben Freund John Kennedy, der mich als ehemaliger Deputy Police Commissioner von Nassau County im Staat New York und Mitglied der Anwaltskammer von New York City stets bestens in kriminalrechtlichen Fragen beraten hat. Diesmal war es von Vorteil, dass er sich auch mit nautischen Angelegenheiten auskennt. Er ist eben ein echter Universalgelehrter.

Der vierte Mann an Bord, Dave Westermann, ist ebenfalls ein guter Freund, ein tüchtiger Segler und ein ausgezeichneter Anwalt. Die Wochenenden, die wir auf seinem (teilweise von mir finanzierten) luxuriösen Kajütboot im Long Island Sound und um Manhattan Island herum verbracht haben, waren stets eine angenehme Mischung aus Arbeit und Vergnügen und gut von der Steuer abzusetzen.

Vielleicht ist dem einen oder anderen aufgefallen, dass ich nach fünfunddreißig Jahren den Verlag gewechselt habe. Meine Bücher werden nun von dem altehrwürdigen New Yorker Verlagshaus Simon & Schuster verlegt, das mich mit offenen Armen empfangen hat. Anscheinend war mir mein Ruf nicht vorausgeeilt. Besonders herzlich möchte ich mich bei der Geschäftsführerin Carolyn Reidy, dem Verlagsleiter Jonathan Karp und meiner exzellenten Lektorin Marysue Rucci bedanken – sie ist wirklich eine Meisterin darin, Manuskripte ebenso wie Autoren zu betreuen. Ich danke allen bei S&S, dass sie den Wechsel so angenehm gestaltet haben.

Dass ich überhaupt bei Simon & Schuster gelandet bin, habe ich der Mühe und den guten Ratschlägen meiner tüchtigen und hart arbeitenden Agenten Jenn Joel und Sloan Harris von ICM Partners zu verdanken. Jenn und Sloan sind glühende Anhänger des gedruckten Wortes, und diese Leidenschaft ist ihnen deutlich anzumerken. Gelegentlich reden wir aber auch über Geld.

In diesem Buch wird viel Spanisch gesprochen, meine Kenntnisse dieser Sprache erschöpfen sich jedoch in dem Satz »Corona, *por favor*«. Daher war es mir eine große Hilfe, dass Yadira Gallop-Marquez ihr Büro auf demselben Flur wie ich hat. Yadira, *gracias* für deine Geduld und deine Zeit.

Mein guter Freund Michael Smerconish, seines Zeichens Romanautor, Journalist, Fernseh- und Radiomoderator sowie politischer Unruhestifter, war so nett, seine kubanischen Erlebnisse mit mir zu teilen, die ich zu mehreren Szenen in diesem Buch verarbeitet habe. Michael, ich danke dir für deine jahrelange begeisterte Unterstützung.

Wie schon bei meinem letzten Dutzend Bücher habe ich auch diesmal auf die Hilfe meiner beiden großartigen Assistentinnen Dianne Francis und Patricia Chichester zurückgreifen dürfen. Mit Büchern ist es wie mit Würsten und Gesetzen: Niemand will so genau wissen, wie sie gemacht werden. Mir auf die Finger zu schauen, wenn ich Wurst mache, ist keine angenehme Aufgabe, aber jemand muss es tun. Ohne Dianne und Patricia gäbe es dieses Buch nicht. Vielen Dank, ich weiß eure Mühe sehr zu schätzen.

Für uns Schriftsteller sind die sozialen Medien ein zweischneidiges Schwert. Es ist schön, dass ich mit meinen Leserinnen und Lesern Kontakt aufnehmen kann (und umgekehrt), aber manchmal stellt das Format an sich eine Herausforderung dar, und dann muss man jemanden um Hilfe bitten, der halb so alt ist wie man selbst. Aus diesem Grund habe ich Katy Greene von Greene Digital Marketing eingestellt. Katy, vielen Dank für die Hilfe, den professionellen Rat, die Geduld und die Kreativität. Du bist die Zukunft.

Vielen Dank auch an meine Tochter Lauren und meinen Sohn Alex. Sie waren wie immer meine ersten Testleser. So revanchieren sie sich für die vielen Hausaufgaben, die ich für sie erledigt habe. Außerdem danke ich meinem elfjährigen Sohn James, der mich als Co-Autor für seinen nächsten komischen Roman auserwählt hat.

Die Letzten sollen die Ersten sein – und das ist in diesem Fall meine Frau Sandy Dillingham. Mit einem Schriftsteller zusammenzuleben ist nicht immer leicht, aber als ehemalige Verlagsmitarbeiterin weiß sie, wie man mit Autoren umgeht. Sie ist geduldig, streng, macht nur ernst gemeinte Komplimente und ignoriert meine Launenhaftigkeit. Sandy, ich liebe dich.

Mehrere Figuren in diesem Buch tragen die Namen der folgenden Personen oder Familien – zum Dank dafür, dass sie so großzügig für wohltätige Zwecke und Institutionen gespendet haben:

Alexandra Mancusi – Cancer Center for Kids at Winthrop-University Hospital; **Scott Mero** – FACES (Finding a Cure for Epilepsy & Seizures); **Dave Katz** – Robert F. Kennedy Center for Justice & Human Rights; **Ragnar Knutsen** – Cold Spring Harbor Laboratory; **Ashleigh Arote** – Crohn's & Colitis Foundation; **Professor Barry Nalebuff** – Robert F. Kennedy Center for Justice & Human Rights.

Ich hoffe, dass ihnen ihre fiktiven Doppelgänger gefallen haben und sie sich weiterhin so engagiert für den guten Zweck einsetzen.

William Wells

Sun Detektive

Cooler Crime im Sunshine State

»Diesen harten Hund muss man einfach lieben – Jack Starkey rules!«
Publishers Weekly

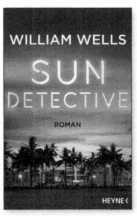

978-3-453-43964-1

Nach kalten Jahren in Chicago hat Ex-Cop Jack Starkey alles hingeschmissen und sich im paradiesischen Florida eingerichtet. Seine Kneipe »Drunken Parrot« läuft bestens und auf einem Hausboot genießt er die Sonne – am liebsten mit seiner schlagfertigen kubanischen Freundin Marisa. So ganz hat er die Dienstmarke allerdings nicht weggeschlossen. Und das ist gut so, denn als eine Mordserie Florida überschattet, wird es Zeit, wieder Detective zu spielen – Sun Detective!

Leseprobe unter **www.heyne.de**